NORA ROBERTS

A Transformação

LEGADO DO CORAÇÃO DE DRAGÃO

· LIVRO 2 ·

Tradução
Sandra Martha Dolinsky

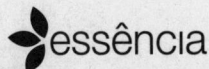

Copyright © Nora Roberts, 2021
Copyright © Editora Planeta do Brasil, 2022
Copyright da tradução © Sandra Martha Dolinsky
Todos os direitos reservados.
Título original: *The Becoming*

Preparação: Ligia Alves
Coordenação editorial: Algo Novo Editorial
Revisão: Natália Mori e Mariana Rimoli
Diagramação: Vanessa Lima
Capa: Renata Vidal
Imagem de capa: Vac1; Sara Winter; Ironika / Shutterstock

Esta é uma obra de ficção. Todos os personagens, organizações e eventos retratados neste romance são produto da imaginação da autora ou usados de forma fictícia.

Dados Internacionais de Catalogação na Publicação (CIP)
Angélica Ilacqua CRB-8/7057

Roberts, Nora
 A transformação: legado do coração de dragão: Livro 2 / Nora Roberts; tradução de Sandra Martha Dolinsky. - São Paulo: Planeta do Brasil, 2022.
 432 p.

ISBN 978-85-422-1955-5
Título original: The Becoming

1. Ficção norte-americana 2. Literatura fantástica I. Título II. Dolinsky, Sandra Martha

22-5563   CDD 813

Índice para catálogo sistemático:
1. Ficção norte-americana

Ao escolher este livro, você está apoiando o manejo responsável das florestas do mundo.

2022
Todos os direitos desta edição reservados à
EDITORA PLANETA DO BRASIL LTDA.
Rua Bela Cintra, 986 – 4º andar
01415-002 – Consolação
São Paulo-SP
www.planetadelivros.com.br
faleconosco@editoraplaneta.com.br

*Para Laura e JoAnne,
minhas meninas inteligentes*

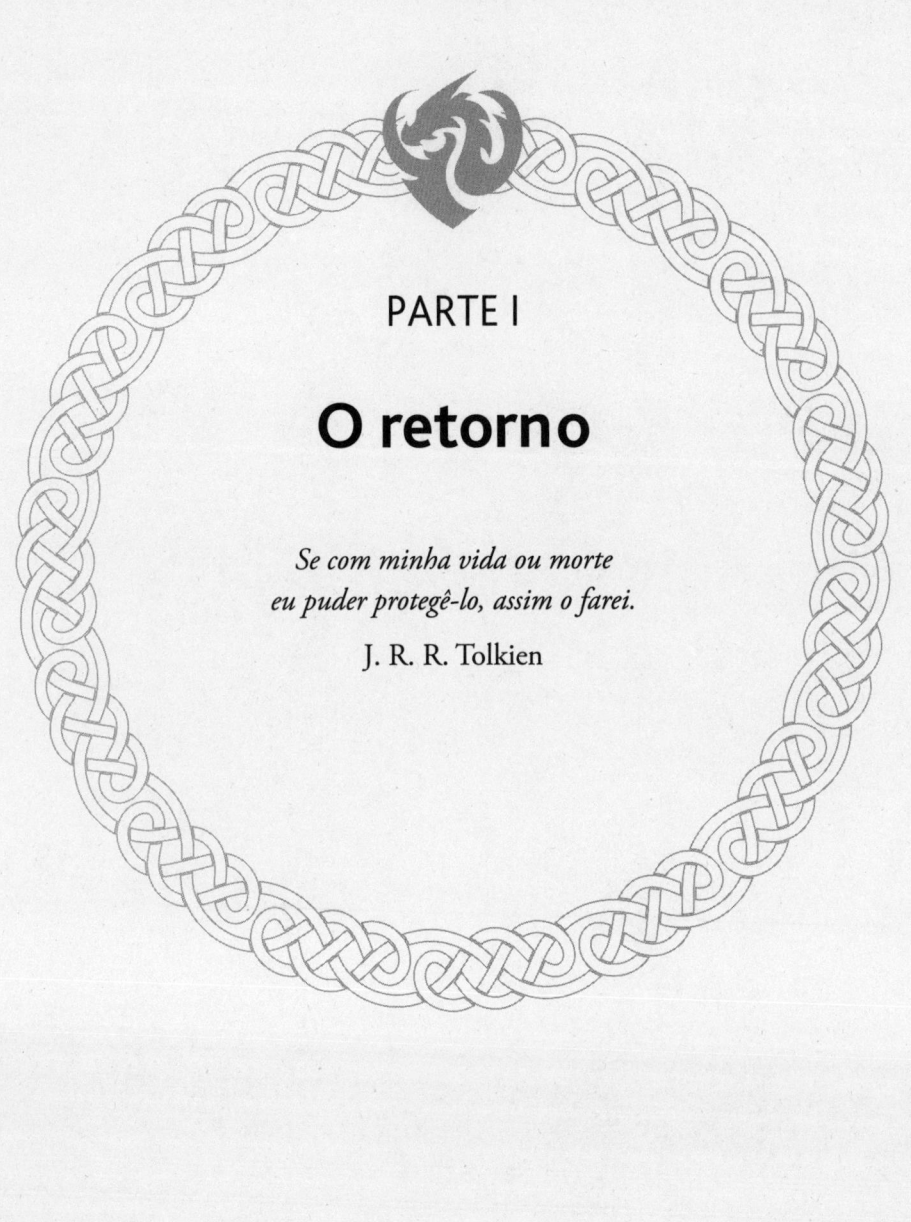

PARTE I

O retorno

*Se com minha vida ou morte
eu puder protegê-lo, assim o farei.*

J. R. R. Tolkien

PRÓLOGO

Antigamente, o mundo dos deuses, o dos homens e o dos feéricos coexistiam. Em tempos de paz, de guerra, de abundância ou carência, os mundos se mesclavam livremente.

A roda do tempo girou, e chegaram aqueles que trocaram os deuses antigos pelos deuses da ganância, pela luxúria do domínio da terra e do mar, pela glória do que alguns consideravam progresso.

No monte de esterco da ganância, da luxúria e da glória, o medo e o ódio floresceram. Alguns deuses se zangaram com a diminuição do respeito e das honrarias, e alguns transformaram a raiva em um desejo de possuir e destruir. A maioria, porém, com mais sabedoria e moderação, viu a roda girar como devia e expulsar aqueles que usavam seus grandes poderes para matar e escravizar.

À medida que os mundos do homem transformavam os deuses em mitos, aqueles que se autodenominavam sagrados perseguiam qualquer um que escolhesse adorar à maneira antiga. Tais atos, outrora tão comuns como as flores silvestres dos prados, derivaram em tortura e em uma morte horrível.

Em pouco tempo, o medo e o ódio apontaram seus dedos frágeis para os feéricos. Os Sábios, antes reverenciados por seus poderes, transformaram-se em criaturas do mal, assim como os *sidhe*, que não ousavam mais abrir suas asas por medo da flecha de um caçador. Animórficos se tornaram monstros amaldiçoados que devoravam carne humana, e sereianos, sereias que atraíam inocentes marinheiros para a morte.

Com medo e ódio, as perseguições se espalharam pelos mundos, opondo homem contra homem, feérico contra feérico, homem contra feérico, em uma era sangrenta e brutal, alimentada por aqueles que afirmavam estar em solo sagrado.

Assim, no mundo de Talamh e em outros, chegou o momento de escolher. O líder de Talamh ofereceu aos feéricos, a todas as suas tribos, uma escolha: abandonar os velhos hábitos e seguir as regras e as leis dos homens, ou preservar suas leis e sua magia, fechando-se para outros mundos.

Os feéricos escolheram a magia.

No fim, após os tempestuosos e honrados debates que tais assuntos demandavam, o *taoiseach* e o conselho chegaram a um acordo. Novas leis foram escritas. Todos foram incentivados a viajar para outros mundos, aprender sobre eles, experimentá-los. Quem escolhesse viver fora de Talamh deveria seguir as leis desse outro mundo, e apenas uma lei inquebrável de sua terra natal.

A magia nunca deveria ser usada para fazer mal a outra pessoa, a não ser para salvar uma vida. E, mesmo assim, tal ação exigiria um retorno a Talamh e o julgamento da justiça de suas ações.

Assim, geração após geração, Talamh manteve a paz dentro de suas fronteiras. Alguns partiram para outros mundos; outros trouxeram companheiros desses mundos para se estabelecer em Talamh. As plantações cresciam nos campos verdes, os trolls exploravam as cavernas profundas, animais vagavam pelos bosques densos, e as duas luas brilhavam sobre as colinas e os mares.

Mas mundos tão pacíficos, terras tão verdes e ricas plantaram voracidade em corações sombrios. Um dia, com propósito de vingança, um deus banido conseguiu entrar em Talamh. Conquistou o coração da jovem *taoiseach* que o via como ele desejava que o visse: bonito, bom e amoroso.

Fizeram um filho, pois era a criança que ele queria. Uma criança em quem corresse o sangue da *taoiseach*, dos Sábios e um pouco dos *sidhe*, e com o sangue dele mesmo, um deus.

Todas as noites, enquanto sua esposa dormia um sono encantado, o deus das trevas bebia o poder do bebê, consumindo-o para somá-lo ao seu. Mas a esposa acordou e viu o deus como ele era. Ela salvou seu filho e liderou Talamh em uma grande batalha para expulsar o deus caído.

Uma vez feito isso, e estando os portais enfeitiçados contra ele e qualquer um que o seguisse, ela renunciou a seu cajado e jogou a espada de *taoiseach* de volta no Lago da Verdade para que outro a levantasse e fosse o novo líder.

Ela criou seu filho, e, quando a hora chegou, assim como a roda decretara, ele ergueu a espada das águas do lago para assumir seu lugar como líder dos feéricos.

Sendo um líder sensato, ele manteve a paz estação após estação, ano após ano. Em uma de suas viagens, ele conheceu uma mulher humana, e se amaram. Ele a levou a seu mundo, a seu povo, à fazenda que era dele e de sua mãe, e que antes fora de seus antepassados.

Eles experimentaram a alegria, que cresceu quando fizeram uma filha. Durante três anos a criança não conheceu nada além de amor, fascinação e da paz que seu pai mantinha tão firmemente quanto segurava sua mão.

Essa menina era um grande prêmio, a única conhecida que carregava o sangue dos Sábios, dos *sidhe*, dos deuses e dos humanos.

O deus das trevas se aproximou dela usando os poderes de uma bruxa transformada para romper o portal. Ele a prendeu em uma caixa de vidro, nas profundezas das águas verde-claras do rio onde pretendia mantê-la enquanto os poderes dela cresciam um pouco mais. Dessa vez não teria que sugar um bebê, pois possuía uma criança que, quando madura, poderia engolir inteira.

Acontece que ela já detinha mais poder do que ele sabia. Mais do que ela mesma sabia. Seus gritos atravessaram o portal e alcançaram Talamh. Sua raiva atravessou o vidro conjurado e fez o deus recuar, enquanto os feéricos, liderados por seu pai e sua avó, travavam uma batalha feroz.

Mesmo com a filha a salvo, o castelo do deus destruído e a proteção do portal reforçada, a mãe da menina não se sentia tranquila.

Exigiu que voltassem ao mundo dos homens, longe da magia que ela passou a ver como maligna, e que mantivessem sua filha lá sem lembranças do mundo onde nascera.

Dividido entre o amor e o dever, o *taoiseach* vivia nos dois mundos: criando um lar da melhor maneira possível para a filha e voltando a Talamh para liderar e, assim, manter seu mundo e sua filha a salvo.

O casamento não sobreviveu, e, quando a roda girou, o *taoiseach* também não sobreviveu à batalha seguinte, pois o próprio pai o assassinou.

Enquanto a menina crescia acreditando que o pai a havia abandonado, sem nunca saber o que tinha dentro de si, criada por uma mãe cujo medo a levava a exigir que a filha se sentisse cada vez menos capaz, outro jovem ergueu a espada do lago.

Então, cada um em seu mundo, de menina ela passou a ser mulher e ele homem. Ela, infeliz, fazia o que lhe era ordenado. Ele, determinado, guardava a paz. Talamh esperava, sabendo que o deus das trevas ameaçava todos os mundos. Ele iria de novo atrás do sangue de seu sangue, e a roda giraria até que chegasse o momento em que os *talamhish* não mais poderiam detê-lo.

Ela, a ponte entre mundos, precisava retornar e despertar, e escolher dar tudo, arriscar tudo para ajudar a destruir o deus.

Quando chegou a Talamh, ignorante de tudo que acontecera antes, ela iniciou uma jornada para dentro de si mesma. Conduzida pelo coração aberto de sua avó, aprendeu, sofreu e aceitou.

E despertou.

Como seu pai, ela tinha amor e dever em dois mundos, e se sentiu atraída de volta ao mundo onde havia sido criada, mas com a promessa de voltar.

Com o coração dilacerado, ela se preparou para deixar o que conhecia e arriscar tudo que era. No fio da navalha, com o *taoiseach* e Talamh esperando, ela contou tudo a seu irmão de coração, um amigo como nenhum outro.

Quando ela atravessou o portal, ele, amigo verdadeiro como sempre, saltou com ela.

Dividida entre mundos, entre amores, entre deveres, ela começou sua jornada rumo à transformação.

CAPÍTULO 1

O vento açoitava no portal, e Breen sentiu a mão de Marco começar a escorregar. Ela não conseguia enxergar nada, pois a luz brilhava muito e a cegava. Nem conseguia ouvir com o rugido do vento.

Como se houvesse sido jogada pelo vendaval, ela rolou. A mão de Keegan apertava a sua, e com seus dedos desesperados ela mal conseguia segurar a de Marco.

Então, como se alguém tivesse apertado um botão, ela caiu. O ar ficou frio e úmido, a luz se apagou e o vento morreu.

Ela aterrissou, com força suficiente para chacoalhar seus ossos, em uma estrada de terra — notou —, molhada da chuva leve que ainda caía. E, na chuva, sentiu o cheiro de Talamh.

Ofegante, ela rolou até Marco, que estava esparramado, flácido e imóvel, com os olhos arregalados de choque.

— Você está bem? Marco, seu idiota! Me deixe ver. — Ela passou as mãos sobre o corpo dele. — Não quebrou nada. — Acariciou o rosto de Marco enquanto virava a cabeça e rosnava para Keegan. — Mas o que foi isso? Nem da primeira vez que entrei foi desse jeito.

Keegan passou a mão pelo cabelo.

— Eu não contava com o passageiro extra. Nem com toda a sua maldita bagagem. Mesmo assim, nós voltamos, não foi?

— Que porra toda é essa?

Marco se mexeu, e Breen se voltou para ele.

— Não tente levantar ainda. Vai ficar tonto e trêmulo, mas você está bem.

Marco cravou nela seus olhos castanhos enormes e arregalados de choque.

— Com toda essa loucura, você virou médica também?

— Não exatamente. Mas tente acalmar a respiração. Que diabos nós vamos fazer agora? — perguntou a Keegan.

— Sair desta maldita chuva, para começar. — Ele se levantou, alto e irritado, com seu cabelo escuro encaracolado pela umidade. — Eu pretendia sair no pátio da fazenda — apontou —, e olhe que nós nem caímos tão longe assim, considerando todas as coisas que trouxemos.

Ela viu a silhueta da casa de pedra a alguns metros dali, do outro lado da estrada.

— Marco não é uma coisa.

Keegan caminhou a passos largos até Marco e se agachou.

— Muito bem, irmão. Sente-se devagar.

— Meu notebook! — gritou Breen quando viu a pasta na estrada, e correu para pegá-lo.

— Claro, prioridades...

Na estrada, debaixo da chuva, ela o pegou.

— Ele é tão importante para mim quanto a sua espada é para você.

— Se quebrou, conserte. Fácil. — E voltando-se para Marco: — Devagar, calma.

Ouvir Keegan falar assim com Marco fez Breen lembrar que ele sabia ser gentil. Quando queria.

Ela colocou a pasta do notebook a tiracolo e correu para eles.

— Você vai se sentir tonto e estranho. Da primeira vez que entrei, eu desmaiei.

— Homens não desmaiam — disse Marco, mas sua cabeça, rodando, caiu sobre os joelhos dobrados. — Podemos levar um tranco, ser nocauteados, mas não desmaiamos.

— É isso aí — incentivou Keegan, alegre. — Vamos colocar você em pé. Uma ajuda aqui seria bem-vinda, Breen.

— Vou só pegar minha mala.

— Mulheres, pelos deuses!

Keegan estendeu a mão e a mala desapareceu.

— Para onde ela foi? — A voz de Marco falhou, e dessa vez revirou os olhos. — Para onde ela foi?

— Não se preocupe, está tudo bem. Agora levante. Fique apoiado em mim. Nós vamos levar você até lá.

— Não consigo sentir meus joelhos. Ainda estão aqui?

— Exatamente onde deveriam estar.

Breen correu para segurar Marco do outro lado.

— Está tudo bem. Você está bem. Não é longe, viu? Já estamos indo para lá.

Ele conseguiu dar uns passos trêmulos.

— Os homens não desmaiam, mas vomitam. E é o que eu vou fazer.

Breen pressionou o estômago de Marco com a mão e acalmou um pouco o enjoo dele. Isso a fez se sentir nauseada, mas ela disse a si mesma que daria conta.

— Melhorou?

— Um pouco, acho. Pelo jeito estou tendo um sonho muito estranho. Breen tem sonhos estranhos — contou a Keegan, parecendo meio bêbado. — Assustadores e estranhos às vezes. Este aqui é só estranho mesmo.

Keegan sacudiu a mão e o portão do pátio se abriu.

— Tipo isso. Mas o cheiro é bom. Parece a Irlanda. Não é, Breen?

— Sim, mas não é a Irlanda.

— Seria bem estranho se a gente estivesse no nosso apartamento na Filadélfia e de repente caísse no meio de uma estrada na Irlanda. "Me leve para cima, Scotty."

— Essa história é boa — disse Keegan, e abriu a porta. — Chegamos. Deite neste divã aqui.

— Deitar é bom. Ei, Breen, sua mala está aqui. Esse lugar é bem aconchegante. Aconchegante à moda antiga. É legal. Ah, graças a Cristo — Marco comemorou quando o deitaram no sofá. — Eu não desmaiei, viu? Nem vomitei. Ainda.

— Vou fazer um chá para você.

Ele sacudiu a cabeça.

— Prefiro uma cerveja.

— E quem não preferiria? Vou lhe arranjar uma. Fique com ele — Keegan ordenou a Breen. — Seque o corpo dele e o acalme.

— Ele deveria tomar o chá que eu tomei quando cheguei.

— O que vai no chá pode ir na cerveja.

— Ele está falando de droga, né? — perguntou Marco quando Keegan saiu. — Ele deu muita droga para nós, por isso nós estamos juntos aqui neste sonho esquisito.

— Não, Marco. É real.

Ela estendeu a mão para o fogo baixo da lareira e fez as chamas subirem e crepitarem. Acendeu as velas da sala ali de onde estava, ajoelhada ao lado do divã.

Passou as mãos pelas laterais do corpo de Marco para secar a roupa do amigo e depois sobre as próprias tranças, para secar seu cabelo.

— Eu voto no sonho maluco.

— Você sabe que é real. Por que você pulou comigo, Marco? Por que se agarrou em mim e pulou comigo?

— Eu não ia deixar você entrar sem mim em um buraco de luz no meio da nossa sala. E você estava chateada, chorando. Você... — Marco olhou para o teto. — Estou ouvindo alguma coisa. Tem mais alguém na casa.

— Harken, o irmão de Keegan, mora aqui. Ele é fazendeiro. Esta fazenda é deles. Era do meu pai. Eu nasci nesta casa.

Marco olhou para ela.

— Foi o que ele te falou, mas...

— Minha avó me contou, e é verdade. Estou me lembrando de coisas de que não lembrava. Vou te explicar tudo, prometo, mas...

Breen se interrompeu quando Harken e Morena desceram a escada – obviamente depois de se vestirem às pressas, pois a blusa de Morena estava do avesso.

— Bem-vinda! — Com seu cabelo cor de girassol emaranhado, sem os cachos, Morena correu para Breen e a agarrou em um abraço feroz.

— Estamos tão felizes em te ver! — Sorriu para Marco e o fitou com seus olhos azuis. — E você trouxe um amigo! Este é Marco, então? Minha avó disse que você era bonito, e ela nunca está errada. — Apertou a mão dele. — Minha avó é Finola McGill. Eu sou Morena.

— Hum, certo.

— Sou Harken Byrne, seja bem-vindo. Foi dura a passagem, né? Mas nós vamos cuidar de você.

— Já estou cuidando disso. — Keegan entrou com uma caneca.

Marco olhou de um para o outro. Irmãos, evidentemente; a semelhança era aparente nas maçãs do rosto fortes, no formato da boca.

— Cerveja? — comentou Harken. — Bem, contanto que você se lembre de...

— É uma poção básica, Harken. Eu sei o básico tanto quanto todo mundo.

— Poção? — Marco tentou se levantar, mas sua pele escura ficou meio acinzentada. — Nada de poção para mim.

— É uma espécie de remédio — afirmou Breen. — Você vai se sentir melhor depois de beber.

— Breen, esses três até parecem legais, mas podem estar atraindo você para algum tipo de culto. Ou...

— Confie em mim. — Breen pegou a caneca das mãos de Keegan. — Nós sempre confiamos um no outro, não é? Eu sei que é tudo difícil de acreditar, ainda mais de entender. Se bem que, de todas as pessoas que eu conheço, para você vai ser mais fácil, porque já acredita em multiversos.

— Talvez você seja uma impostora, uma pessoa idêntica à Breen, mas não seja a minha Breen de verdade.

— Um impostor saberia que nós fizemos um dueto cantando Lady Gaga enquanto você fazia a tatuagem de uma harpa irlandesa em Galway? Vamos lá, beba um gole. Essa pessoa teria trazido a caneca de sapo rosa que você fez para mim quando a gente era criança?

— Você trouxe? — Ele tomou um gole quando ela lhe mostrou a caneca. — Esse negócio mexeu muito com a minha cabeça.

— Eu sei do que você está falando. Beba mais um pouquinho.

Marco bebeu e examinou as três pessoas que o observavam.

— Então... vocês são tipo bruxos.

— Eu não. — Sorrindo, Morena abriu suas asas violeta de pontas prateadas. — Eu sou fada. Breen tem um pouco de *sidhe* também, mas não o suficiente para ter asas. Quando nós éramos pequenas, ela queria ter. — Morena se sentou na beira do sofá. — Nós éramos amigas, sabe? Amigas boas e fortes, como irmãs, quando éramos pequenas. Eu sei que você é um amigo bom e forte para ela, tipo um irmão, há muito tempo lá do outro lado.

Sentada sobre os calcanhares, Breen deixou Morena assumir o controle da situação com sua voz alegre e seu olhar compreensivo.

— Ela sentiu sua falta no verão, mas o pior foi o peso que sentiu por não ter contado a você, que é um amigo querido, tudo isso. Agora, como um amigo bom e forte, você vai ficar do lado dela para o que der e vier. Como todos nós.

— Você trabalhou bem — admitiu Harken, baixinho, e pôs a mão no ombro de Morena. — Você vai se sentir mais estável depois da poção, e faminto também. A travessia esvazia a gente.

— Eu diria que essa parte vale para todos nós. Não passamos pela Árvore de Boas-Vindas — contou Keegan. — Tive que abrir um portal temporário, mas seria só para dois.

— Ah, vocês devem estar morrendo de fome, então. Sobrou ensopado do jantar suficiente para preencher esse buraco. Vou esquentar.

— Todo mundo é tão bonito assim aqui? — perguntou Marco.

Morena lhe deu um soquinho no braço.

— Você que é. Bem, eu sou uma inútil na cozinha, mas vou ajudar Harken com a comida. Vocês vão dormir aqui, imagino. Tem espaço suficiente.

— Eu não queria que Marco fizesse outra travessia tão cedo, por isso nós não poderíamos ficar na cabana esta noite. E eu prefiro não acordar Nan e Sedric — Breen olhou para Keegan. — Seria bom dormir aqui, realmente.

— Vocês são bem-vindos, claro. Está melhor, Marco?

— Sim, estou me sentindo bem. Mais do que bem. Obrigado.

Ele olhou para dentro da caneca e franziu a testa quando conseguiu se sentar.

— O que tem aqui?

— Tem aquilo de que você precisava. Termine essa cerveja, irmão, depois Breen vai levar você para comer. Harken é um cozinheiro mais que decente, então você não vai passar fome.

Quando Keegan saiu, Marco olhou para sua cerveja.

— Você e eu, garota, precisamos ter uma longa conversa.

— Eu sei, vamos conversar. E está tudo naquele pen drive que eu te dei. Escrevi tudo do jeito que aconteceu, desde meu encontro com Morena e o falcão dela em Dromoland.

— Ela é a garota do falcão?

— É.

— Tudo bem. Me empreste o notebook que eu vou ler o que você escreveu. Depois nós podemos conversar.

— O notebook não funciona aqui. Não há tecnologia em Talamh.

Por um momento, Marco, adorador da tecnologia, só conseguiu ficar olhando para Breen.

— Está me zoando. Vocês conseguem viajar pelo multiverso, acendem velas pela sala, têm asas, mas não têm wi-fi?

— Vou te explicar tudo, prometo. Amanhã nós voltamos para a cabana, a nossa cabana na baía. Lá você pode ler o que eu escrevi e também ligar para Sally. Vai precisar de umas noites de folga. Vamos dizer... vamos dizer que você decidiu voltar para a Irlanda comigo por alguns dias, até eu me acomodar de novo. Mas não pode contar nada sobre isto aqui, Marco.

Os olhos de Marco se encheram de pavor.

— Vamos ter que passar por um desses portais de novo?

— Sim, mas vai ser mais fácil, prometo. Vamos, você precisa comer e dormir um pouco. Amanhã... todo o resto fica para amanhã.

— Todo o resto? É muita coisa?

— Bastante. — Ela acariciou o rosto de Marco e seu cavanhaque. — Bastante mesmo.

— Você estava com medo de voltar, deu pra notar. Se é tudo magia e fadas aladas, por que você estava com medo? — Ele olhou para onde Keegan e os outros haviam ido. — Não era de nenhum deles, deu pra ver isso também.

— Não, de nenhum deles. É uma longa história, Marco. Por enquanto, digamos apenas que tem um Grande Mal por aí.

— Muito grande?

— Muito. Eu seria uma imbecil se não tivesse medo, mas sou mais forte agora do que era antes. E vou ficar ainda mais.

Ele pegou a mão dela quando se levantou.

— Você sempre foi mais forte do que pensava. Se este lugar te ajudou a ver isso, já gostei.

— Este lugar, essas pessoas e outras que eu quero que você conheça antes de voltar para casa. — Breen apertou a mão dele. — Agora, vamos comer. Estou sentindo o cheiro daquele ensopado e morrendo de fome.

Marco abandonou o assunto, especialmente porque não cabia mais nada em sua cabeça. Depois de comer, embora achasse que não conseguiria dormir, desmaiou no instante em que se jogou na cama que Keegan lhe indicara.

O galo o acordou, o que foi bastante estranho. Além disso, ele se viu em um quarto que não era o seu, com um fogo baixo ardendo na lareira, a luz pálida do sol entrando pelas cortinas rendadas e a inquietante percepção de que nada da noite anterior havia sido um sonho.

Ele queria Breen, café e um banho longo e quente, e não sabia onde encontrar nenhum deles.

Levantou-se e, meticuloso como era, percebeu que havia dormido sem trocar de roupa. Talvez um dos irmãos gostosos pudesse lhe emprestar alguma coisa para vestir depois que tomasse banho.

Olhou para o relógio que usava no pulso, que lhe permitia monitorar seu sono, seus passos, bem como o tempo, e franziu a testa diante da tela preta.

Saiu do quarto sem saber as horas e desceu na ponta dos pés.

Ouviu vozes – vozes femininas – e as seguiu até a cozinha que havia visto na noite anterior.

Breen e Morena estavam sentadas diante de uma escrivaninha que também era usada para fazer refeições.

Breen se levantou.

— Acordou! Achei que fosse dormir mais.

— Ouvi um galo cantar. Acho.

— Bem, nós estamos em uma fazenda. Sente aqui. Vou pegar um chá para você.

— Café, Breen. Minha vida por um café.

— Hum... Bem...

Ele cobriu os olhos com a mão.

— Não me diga uma coisa dessas.

— O chá é muito forte, bem bom. Está com fome?

— Preciso de uma chuveirada.

Ela lançou para ele aquele olhar triste de novo.

— Hum... Bem...

Ele se sentou com a cabeça entre as mãos.

— Como é que alguém passa um dia aqui sem café e sem banho?

— Nós temos banheiro aqui — disse Morena. — E lindas banheiras bem grandes.

— Marco não curte banheira.

— Porque a gente fica sentado dentro da água suja.

— Até que você tem certa razão — concordou Morena. — Posso te arranjar um chuveiro lá fora.

— Pode?

— As fadas estão conectadas aos elementos. Se você quiser uma chuva quente e gostosa, eu posso ajudar. Lá fora, claro.

— Sim, claro, lá fora. — Marco pegou a xícara que Breen lhe entregou e experimentou o chá. Pestanejou. — Acho que o esmalte dos meus dentes acabou de derreter. Alguma chance de alguém me emprestar umas roupas?

— Você é menor que Harken, mas posso conseguir uma camisa e uma calça. Vamos procurar um lugar para o seu banho. — Morena abriu um armário e pegou um sabonete marrom. — Gostei das suas tranças — elogiou, enquanto abria a porta dos fundos. — Eu não teria paciência para fazer tantas. Do outro lado do celeiro. É mais reservado.

— Fico feliz.

— Amigo da minha amiga é meu amigo também. É melhor ali na grama, senão vai fazer um lamaçal. Pronto. — Ela colocou as mãos nos quadris. — Como você quer a água?

— Quente. Não queimando, mas quente e gostosa.

— Quente, então. — Morena entregou o sabonete a ele.

De calça e botas, e com a blusa não mais do avesso, Morena ergueu as mãos com as palmas para cima. Mexeu os dedos como se estivesse puxando algo para si.

Uma chuva fina, leve como pluma, começou a cair. Conforme ela mexia mais os dedos, ia ficando mais forte, apenas em uma área que não chegava a uns dois metros quadrados.

Marco sabia que estava de boca aberta, mas não conseguia fechá-la.

— Experimente com a mão, se quiser. Veja se está quente o bastante.

Ele estendeu a mão e sentiu o calor, a água, fascinado.

— Sim, está boa. Você... Que incrível! Jesus, não estou sabendo lidar com tudo isso.

— Acho que você está indo mais do que bem. — Morena começou a se afastar. — Vou buscar as roupas e uma toalha para você.

— Obrigado. Hmmm, como eu desligo isso?

— Vai durar quinze minutos. É melhor começar logo.

Depois que ela se foi, Marco desperdiçou quase um minuto olhando para a chuva mágica antes de se despir e entrar debaixo daquela felicidade.

Depois, já vestindo um traje "chique rural" – segundo ele mesmo definiu –, e revigorado com um ovo frito com torrada, sentia-se quase normal.

— Eu sei que nós precisamos conversar — disse Breen — e ir para a cabana, mas preciso ver minha avó primeiro. Preciso vê-la e quero pegar Porcaria.

— Quero conhecer esse cachorro, e sua avó.

— Ela não mora longe. É uma caminhada gostosa.

— Tudo bem. Estou tentando levar as coisas numa boa. — Ele a seguiu para fora da casa. — Parece a Irlanda. Eles parecem irlandeses. Tem certeza de que não...

— Não é. Você tentou usar o celular, não tentou?

Marco passou a mão sobre o bolso da calça emprestada.

— Sim, tentei, e nada. E, sim, eu tomei um banho de fada há mais ou menos uma hora. Foi o melhor banho da minha vida. Mas não parece real.

— Eu sei.

— Tem a baía, mas não é a baía da Irlanda onde nós ficamos. E estou vendo montanhas bem ali, mas não são as mesmas. Tem flores para todo lado, muitas ovelhas e vacas. E cavalos. Cavalos na fazenda. Você aprendeu a montar em um desses?

— Sim. — Breen decidiu não apontar para a área onde aprendera a usar uma espada... precariamente, sob o treinamento implacável de Keegan. — Você tem que saber montar aqui. Não existem carros.

— Não existem carros.

— Não existe tecnologia nem máquinas. Eles escolheram a magia.

— Não tem torradeira — lembrou Marco. — Você torra o pão na boca do fogão a lenha. Tira a água do poço, ou pede para uma fada. Pra você tudo bem?

— Eu tinha a cabana do outro lado para trabalhar. Mas existem jeitos de escrever aqui; jeitos mágicos. Aqui tudo é puro, Marco, pacífico, e vivo. Acho que me apaixonei.

— Memória sensorial, lembra? Você nasceu aqui. Aqueles são os irmãos gostosos?

— Irmãos gostosos? — Ela riu e passou o braço pelo dele. — Sim. Harken é fazendeiro até a alma. Keegan é mais um soldado, mas adora a fazenda e trabalha nela quando pode. Ele tem muita responsabilidade, porque é o *taoiseach*.

— É o quê?

— Significa líder. Ele é o líder de Talamh, dos feéricos.

— Tipo rei Keegan?

— Não, não é bem assim.

Era muito estranho, percebeu Breen, explicar a ele coisas que ela mesma só havia aprendido, ou recordado, alguns meses antes.

— Aqui não existem reis nem governantes. Ele é o líder. Escolheu e foi escolhido. É uma longa tradição que tem raízes no folclore. Tem um lago — começou, mas Marco a agarrou e a puxou.

— Puta merda, Breen, corra! Vamos para aqueles bosques ali!

— Que foi? Ah, não, não. Está tudo bem. É o dragão de Keegan.

— É o quê?

— Calma, respire. Aqui as pessoas têm dragões, mas não como aqueles que devoram princesas virgens em algumas histórias. Eu já montei naquele.

Marco ainda apertava Breen com força.

— Montou nada.

— Montei, e foi maravilhoso. Eles são leais. Quando se ligam a uma pessoa, são leais a ela. E são lindos. Meu pai tinha um.

— Acho que preciso sentar. Não quero te assustar, menina, mas meus joelhos estão falhando de novo.

Antes que Marco pudesse se sentar, ouviram um latido alegre na estrada. Porcaria, com seu topete e sua barba se agitando, corria para Breen.

— Aí está você! Aí está você! — Rindo, ela caiu para trás quando ele pulou em cima dela se balançando inteiro, desde o topete até o rabo fininho. — Nossa, você cresceu. Está maior que eu. Também estava com saudade. Estava morrendo de saudade!

Ela o encheu de beijos, abraços e carinhos.

— Esse é Porcaria.

— Imaginei. Nossa, ele é meio roxo mesmo, como você falou. Você devia chamá-lo de Hendrix, por causa de "Purple Haze". Você é uma gracinha, cachorrinho! Uma gracinha!

Esquecendo o dragão, Marco se agachou, e Porcaria o recompensou com lambidas e o rabo abanando.

— Ele gosta de mim!

— Ele é o cachorro mais doce do mundo. Nan sabe que estou aqui. Se ele sabe, ela sabe. Vamos ver Nan.

Porcaria correu alguns metros à frente, esperou abanando o rabo, depois correu para a frente e para trás de novo.

— Ele é um cachorro feliz. Sua avó... é o quê?

— Ela é do clã dos Sábios. É uma bruxa com um pouco de *sidhe*. Já foi *taoiseach*.

— E o mandato dela terminou.

— Não, ela renunciou, então veio outro. Depois meu pai foi líder. Agora o líder é Keegan. Vou te explicar tudo.

— E o seu avô?

— Ele não está aqui, e nós queremos que continue assim. Ele é o Grande Mal. — Breen pegou a mão de Marco e virou na estrada que levava à cabana de Mairghread. — Tenho muita coisa para te contar.

— Bota coisa nisso.

— Nan me deixou ir embora, mesmo ficando triste com isso. Depois que meu pai morreu, ela mandava o dinheiro que minha mãe escondeu de mim. E, por razões que eu vou explicar, e porque sabia que eu estava infeliz, ela deu um jeito de eu descobrir sobre o dinheiro. Depois disso, as escolhas foram minhas. Parar de dar aula, vir para a Irlanda... Ela fez a cabana para mim e mandou Porcaria me encontrar. Ele me trouxe aqui. Ela me ama do jeito que meu pai me amava e eu mal me lembrava disso. Do jeito que você, Sally e Derrick me amam. Como eu sou. E ela abriu meu mundo.

— Então, acho que vou amar a sua avó também.

Havia flores agrupadas e espalhadas, temperando o ar com o cheiro de outono. A cabana de pedra robusta sob o telhado de palha esperava com a porta azul aberta.

Mairghread saiu com um de seus vestidos longos verde-folha. O cabelo vermelho brilhante coroava sua cabeça. E, com os olhos azuis enevoados úmidos, pousou a mão no coração.

— Você é muito parecida com ela — murmurou Marco. — E ela nem parece uma avó.

— Eu sei. Nan!

Marg esticou os braços e Breen correu para eles.

— *Mo stór*, bem-vinda a sua casa. Bem-vinda, minha doce menina! Você está bem. — Ela ergueu o rosto de Breen. — Eu sinto e vejo isso. Meu coração está tão feliz! — Marg puxou Breen para si de novo e sorriu para Marco por cima do ombro da neta. — E você é Marco, não é?

— Sim, senhora.

— Você é bem-vindo aqui, sempre. — Ela estendeu a mão para ele. — Minha porta está aberta para você. Foi uma jornada estranha, não foi? — Segurou a mão dele mais um pouco, observando o rosto, os olhos profundos e escuros, o cavanhaque bem recortado e o sorriso ansioso de Marco. — Você é um grande amigo de minha Breen Siobhan, e um bom homem também. Eu vejo isso, e agradeço aos deuses. Entre e sente-se.

Ela os conduziu através da sala de estar, com sua lareira crepitante e o sofá cheio de lindas almofadas bordadas, até a cozinha.

— A cozinha é para a família. Vamos tomar um chá, e Sedric fez biscoitos de limão esta manhã.

— Onde ele está?

— Ah, por aí — disse Marg.

— Não, eu pego o chá, Nan. Sente-se com Marco.

— Está bem, então.

Marg se sentou à mesinha quadrada e deu um tapinha no tampo para que Marco fizesse o mesmo.

— E você é músico?

— Tento ser. — Marco via Breen e o pai, um homem que ele também amara, em Marg. — Pago o aluguel trabalhando no bar.

— No Sally's. Breen me contou tudo sobre Sally e Derrick e o seu local de trabalho. Sedric diz que é bem divertido.

— Ele esteve lá?

— O homem de cabelo prateado que você achava que eu estava imaginando — esclareceu Breen enquanto pegava as folhas de chá de um dos potes da prateleira.

— Ah... desculpe por isso.

— Nós estávamos preocupados com Breen, sabe? Nos últimos dois anos, cada vez mais. Ela ia arrastada para a escola, e não sentia que o lugar dela era lá.

— Não era mesmo. — Breen encheu o bule azul com água da chaleira de cobre que ficava no fogão e pressionou as folhas dentro dele para molhá-las.

— Não era, mas você era uma boa professora mesmo assim, muito melhor do que imaginava. Isso era uma preocupação — Marg disse a Marco. — Breen se achava tão pouca coisa, esperava tão pouco de si mesma...

A semelhança já havia quebrado o gelo para ele, e as palavras de Marg o derreteram.

— Era o que eu sempre dizia.

Marg riu e se aproximou, como se estivessem compartilhando segredos.

— Ela pintava o lindo cabelo de castanho para não ser notada, e usava roupas sem graça para esconder esse corpo lindo.

— Minhas palavras.

Marg riu de novo e Breen revirou os olhos.

— Vocês dois preferem que eu saia?

Marco ignorou Breen enquanto ela colocava o bule na mesa e voltava para pegar xícaras e pratos brancos.

— A mãe dela a fazia pensar e agir assim. A sra. Kelly sempre foi boa para mim, mas...

— Você não vai me ouvir falar mal dela. Mãe é mãe, e, quando ela e Eian fizeram Breen, foi com amor verdadeiro.

— Eu o amava. Aliás, eu queria dizer o quanto lamento a morte dele. Ele me deu a música, me ensinou. Me deu um violão quando eu fiz nove anos e mudou o meu mundo.

— Ele falava de você.

— Jura?

— Ah, sim, muitas vezes. Eu conhecia você pelo que meu filho contava. Grande talento, dizia ele, uma luz brilhante. E um amigo tão bom e verdadeiro para sua filha como ele poderia desejar. Eian amava você, Marco.

Os olhos de Marco marejaram, e Marg pegou a mão dele.

— Breen vai levar você ao lugar onde ele descansa. É um lugar sagrado. Eu sei que sua vinda para cá não foi planejada, mas, para ser sincera, estou muito feliz por você ter vindo. Estou muito feliz por conhecer o amigo mais querido de Breen do outro lado.

— Ainda não consegui me acostumar com tudo isto.

— É muita coisa para absorver, não é?

— As coisas aconteceram muito depressa e eu não tive tempo de contar tudo a ele. — Breen colocou os biscoitos na mesa e começou a servir o chá. — Nós vamos para a cabana, se você não se importar.

— Ora, claro! É sua, não é? Finola está enchendo a despensa agora mesmo. E está ansiosa para ver o belo Marco de novo.

Ele corou.

— Ela não precisava fazer tudo isso. Nós podíamos ir à aldeia comprar mantimentos. Nossa, temos que trocar dinheiro, Breen. Não sei quanto eu tenho no bolso.

— Não é preciso dinheiro em Talamh. — Ela se sentou e pegou um biscoito. — Eles não usam.

— E como vocês conseguem as coisas?

— Fazendo permuta — explicou Marg, e tomou um gole de chá. — E é um prazer para nós receber bem vocês na Cabana Feérica.

— Mas Breen me contou que o pai dela, depois a senhora, mandava dinheiro para ela.

— Sim. Existem maneiras de arranjar dinheiro. Os *trolls* são mineradores, e nós temos artesãos e coisas do tipo. E há pessoas do outro lado, em outros mundos, que compram e vendem coisas.

— Isso mudou a vida dela. Não só o dinheiro, mas saber que o pai cuidava dela, que ela podia usar esse dinheiro para deixar de fazer o que não amava e tentar fazer o que amava. — Marco olhou para Porcaria, que estava comendo feliz o biscoito que Breen lhe dera. — O livro que ela escreveu sobre esse garoto é ótimo. Chegou a ler?

— Li, sim. Muito divertido, como o personagem-título.

— Ela escreveu outro, para adultos. Mas não me deixou ler.

— Nem a mim.

— Não estou nem perto de terminar — interveio Breen. — Ainda acho que deveria sair para dar uma volta e deixar vocês dois à vontade.

— Nós temos muita coisa para conversar, não é, Marco?

— Sim, senhora.

— Por favor, só Marg. É assim que a maioria das pessoas me chama. Ou então, como você é irmão da minha menina, pode me chamar de Nan.

Enquanto ela falava, a porta dos fundos se abriu e Marco viu, pela primeira vez, o homem de cabelo prateado.

Breen deu um pulo para abraçá-lo, e Marco notou a surpresa e a alegria do sujeito.

— Bem-vinda ao lar, Breen Siobhan. E bem-vindo, Marco Olsen.

— Você existe mesmo! Desculpe, é que eu não acreditava.

— Bem, você não seria o primeiro.

— Sente-se. Não, sério, senta aqui — insistiu Breen. — Vou buscar a cadeira do meu quarto. Ainda está lá?

— Sempre estará lá — afirmou Marg.

Breen pegou outra xícara e outro pratinho.

— Quando voltei para a Filadélfia, fui confrontar minha mãe... Foi difícil.

— Eu sei, querida — disse Marco.

— Andei muito quando saí da casa dela, tentando me acalmar. Ela escondeu tudo de mim, tudo isso, minha herança, meus dons, e me colocou dentro de uma caixa. Eu sei que foi por medo, por mim — acrescentou, antes que Marg pudesse falar. — E, quando sentei no ponto de ônibus, Sedric estava lá. Estava lá porque eu precisava de alguém. Jamais vou me esquecer disso. E jamais vou esquecer o que Keegan disse. Que ela tem medo de mim também. Medo do que eu sou, do que eu tenho. E acho que um dia vou conseguir perdoá-la por isso. Vou pegar outra cadeira.

Quando ela saiu, Marg suspirou.

— O coração dela vai ficar mais leve quando conseguir perdoar. — Pegou o bule e serviu chá para Sedric. — Marco, você veio sem trazer o que poderia precisar ou desejar para sua estadia. Faça uma lista para Sedric que ele vai buscar o que você quiser.

— Você pode fazer isso?

— Posso, e será um prazer.

— Porque você é... um bruxo? Um feiticeiro?

— Bruxo? Só um pouquinho. Eu sou um animórfico.

A mão de Marco ficou paralisada no ar quando foi pegar um biscoito de limão.

— Animórfico? Tipo um lobisomem?

— Não, embora eu conheça vários que se transformam em lobo. Mas eles não ficam loucos por carne e sangue na lua cheia, garanto. Sou um homem-gato.

— Como um leão?

Marg deu uma risadinha e fez um gesto com a mão.

— Ande, Sedric, mostre ao rapaz.

Sedric deu de ombros e sorriu. E se transformou em gato.

Embaixo da mesa, Porcaria começou a abanar o rabo, feliz.

— Ah! — Breen estava entrando com a cadeira e viu Marco de olhos arregalados. — Nunca tinha visto você se transformar. É tão fácil!

O gato voltou a ser homem e pegou sua xícara de chá.

— O homem e o espírito animal são um só. Para viajar para outros mundos, meu lado bruxo ajuda. Diga do que precisa que eu trarei para você.

Marco levantou o dedo.

— Vamos beber alguma coisa bem forte mais tarde.

— Nós temos um vinho maravilhoso — disse Marg.

— Obrigado, mas, mesmo diante de tudo isso, ainda é meio cedo para mim. Mais tarde eu vou aceitar. Quanto ao que eu vou querer de lá, acho que depende. Breen estava com medo de voltar. Estava determinada, mas com medo. Keegan disse umas coisas, foi tudo muito rápido, muito confuso, mas ele falou que a liberava do dever, da promessa.

— Falou? — perguntou Marg.

— Sim, e Breen me contou que existe um Grande Mal, e ela vai me explicar tudo. Então, não sei do que vou precisar até saber por que alguém quer fazer mal a ela.

— Você não contou a ele sobre Odran?

— Nan, eu não sabia que Marco ia pular no portal daquele jeito, e ele estava, você pode imaginar, atarantado e passando mal. Tenho tudo escrito e quero que ele leia, e depois eu conto tudo.

— Essas coisas ele precisa saber aqui e agora, e, cedo ou não, um gole de vinho de maçã não faz mal a ninguém.

Sedric deu um tapinha no ombro de Marg.

— Deixe comigo.

CAPÍTULO 2

— Quando eu era jovem — começou Marg —, mais jovem que você, peguei a espada do lago, o cajado e fui *taoiseach*. Odran foi à Capital, e eu vi apenas o que ele queria que eu visse: que era bonito e gentil, charmoso e romântico. E assim eu me apaixonei por essa ilusão, e nos casamos.

Marg contou de seu retorno à fazenda da família no vale, dos meses durante os quais ele enganara ela e seus parentes, do nascimento do filho e de sua alegria por isso.

E de quando saíra daquele sono enfeitiçado e descobrira os propósitos de Odran. Que ele bebia o poder do próprio filho durante a noite para aumentar o seu. Da guerra que se seguiu contra o deus das trevas e seus demônios e escravos, e de tudo que aconteceu depois disso, até o sequestro de Breen pequenininha.

Marco ficou muito grato pelo vinho.

— Mas Breen é mais poderosa que o pai dela, certo? Ela também tem a mãe, que é humana.

— Você é astuto, Marco. Nossa Breen é a ponte entre o reino dos feéricos, o dos humanos e o dos deuses. Ela se libertou da gaiola de vidro, uma criança de três anos, por causa de tudo que é. Muito mais do que Odran sabia. E mais do que sabe, acho. Então, Eian, que era o *taoiseach*, liderou a Batalha do Castelo Sombrio e destruiu a fortaleza de Odran; bloqueou todos os portais daquele mundo de novo, fez tudo que podia ser feito.

— Mamãe queria que ele escolhesse entre mim, ela e Talamh — acrescentou Breen. — Como ele poderia? Mas ele deu a fazenda aos O'Broins, a família de Keegan. O pai deles morreu na batalha para me proteger, e eles eram grandes amigos. Ele também fazia parte da Sorcery, a banda, lembra? E está na foto que Tom Sweeney nos deu no pub em Doolin.

— Foi o destino que nos mandou lá — disse Marco, e bebeu mais vinho. — É evidente que nós tínhamos que conhecer Tom e saber como seus pais haviam se conhecido.

— Eles se amavam, acho que sempre se amaram. E, como meu pai a amava, fomos para a Filadélfia e ele tentou ser o que ela queria e o que seu povo necessitava.

— Então, todos aqueles shows longe de casa não eram shows. Ele vinha para cá?

— Sim. Ela sabia, claro, e isso foi gerando ressentimento. Mamãe quis o divórcio, e acho que ela deve ter dito a ele o que me disse quando voltei. Que na casa dela não permitiria uma aberração. Foi assim que ela se referiu aos meus dons e, na verdade, a mim também.

Marco apertou a mão de Breen.

— Ela acreditava que estava me protegendo, estava convencida disso, mas estava protegendo a si mesma, ao mundo como ela precisava que fosse.

Marco continuava segurando firme a mão dela.

— Lamento, Breen. Ela está errada, esteve errada o tempo todo, por isso eu lamento muito por ela também. Mas "aberração"? Caralho! Desculpe — disse a Marg imediatamente.

— Não precisa se desculpar, eu concordo.

— Você é uma maravilha, Breen. Sempre achei isso, só não imaginava que era uma deusa bruxa. — Marco olhou de novo para Marg. — Como foi que Eian morreu? Se vocês destruíram a fortaleza de Odran e bloquearam os portais, por que ele ainda é uma ameaça para Breen?

— Não só para Breen, mas ela é a chave. Odran matou meu filho. Com o tempo, com seus poderes e a ajuda da magia sombria de uma bruxa que se voltou para o lado dele, Odran travou uma guerra contra Talamh de novo. Isso, eu acho, foi um estratagema para atrair Eian, para matá-lo. Para matar o filho que se recusou a ceder à vontade do pai.

— Agora ele quer Breen. Bem, com todo respeito, e chateado por vocês terem que enfrentar essas guerras com um deus maluco, acho que o melhor lugar para ela é em casa, onde ele não pode alcançá-la. Não estou concordando com sua mãe, você precisa ser quem é e fazer o que ama, mas, menina, você não é uma princesa guerreira.

— Andei treinando para isso o verão todo. Não para ser princesa, mas para lutar com espada.

Ele deu um empurrãozinho no ombro dela.

— Cale a boca.

— Eu sei me defender. E nenhum lugar é seguro, Marco. Nem para mim nem para ninguém.

— Odran vai voltar — disse Marg. — Haverá outra batalha, mais sangue e mais morte. Lutaremos contra ele até que o último de nós tombe. Mas se ele nos derrotar, se conquistar ou destruir Talamh, seu mundo, Marco, será o próximo. E todos os outros depois, os quais ele matará e queimará. Os poderes dele crescerão, assim como a sede de mais.

— Está dizendo que ele vai destruir a Terra, tipo... tudo?

— Nosso mundo, seu mundo, todos os mundos. E cada um lhe dará mais. Entendo o desejo de Jennifer de manter Breen trancada, claro, mas o que ela nunca acreditaria e nunca aceitaria é que a filha é a chave do cadeado. Ela não pode ser trancada. Ele vai encontrá-la de um jeito ou de outro. Um deus tem todo o tempo do mundo. E se ela tiver um filho?

— Quero ter filhos um dia, Marco, mas jamais correria o risco sabendo disso.

— Jesus, Breen...

— Essa história tem que acabar em mim. Este é o meu povo. Eu sei que parece estranho, mas...

— Parece certo.

— Eles vão lutar, mas precisam de mim.

Marco assentiu e respirou fundo.

— Eu assisti a *Mulher-Maravilha*. Sei como funciona.

— Quatro vezes. Você assistiu quatro vezes.

Ele levantou cinco dedos.

— É preciso um deus para matar um deus. É assim que funciona, né?

— A filha do filho é a ponte entre os mundos. — Breen sentiu as palavras, os pensamentos, a verdade simplesmente fluindo para dentro e ao redor dela. — A ponte leva à luz ou à escuridão. O caminho dessa ponte é triplo: despertar, transformar-se e escolher.

Marco ficou calado um instante.

— O que é isso? Também faz profecias agora?

— Às vezes. Mas ainda sou eu, Marco.

— E quem disse que não? Está certo, então. Isso me dá uma imagem melhor do que eu vou precisar, se não for muito incômodo — disse a Sedric.

— Será um prazer.

— É muita coisa, já que não sabemos quanto tempo vou ficar aqui. Não vou embora até chutarmos esse deus idiota de volta para o inferno.

— Marco...

— Eu também tenho escolhas, garota, e essa é a minha.

— Você não tem poderes, não tem ideia do que Odran pode fazer.

— Tenho uma ideia bem clara, e é assustadora. Mas vou ficar.

Ele esticou o dedo indicador de cada mão.

— É isso, assunto encerrado. Se você começar a me encher, vou perguntar a Nan se ela tem um lugar para mim. Olhe nos meus olhos, Breen, olhe bem nos meus olhos e me diga que, se a gente trocasse de lugar, você voltaria para a Filadélfia e me deixaria aqui.

— Se alguma coisa acontecer com você...

— Digo o mesmo. Então, está resolvido. Acho que eu preciso de alguma coisa emprestada para fazer a lista.

Breen não discutiu com ele, conhecia-o bem. Mas esperava aos poucos ir minando a determinação do amigo de ficar. Marco, mais do que qualquer pessoa que ela conhecia, era uma criatura da vida urbana, com todas as suas conveniências.

Quanto mais tempo ele passasse em Talamh sem tecnologia e sem o básico, mais "manobrável" poderia ser. Especialmente se ela conseguisse convencê-lo de que podia fazer algo do outro lado para ajudar.

No momento, porém, ela não conseguia pensar em nada.

Na caminhada de volta à fazenda, ela apontou para dois dragões, com seus cavaleiros, deslizando pelos céus.

— São patrulheiros.

— Estou vendo que... há... existem dragões de todas as cores. E as pessoas? Tem alguém como eu aqui?

— Sim, e com as suas preferências. Amor é só amor aqui.

— Que bom! Não estou procurando romance agora, mas é bom saber que as pessoas daqui têm a mente aberta.

— E o coração também. Mas há pessoas, como em qualquer lugar, que não. Existia um culto religioso, o clã dos Piedosos. Não começou assim, mas acabaram ficando meio obscuros, digamos. E alguns feéricos seguiram por esse caminho. Marco, tenho que deixar claro que, se você ficar e quiser chegar a algum lugar, vai ter que aprender a montar. Em um cavalo.

— Você acha que eu não consigo? — Ele enganchou os polegares no cós da calça, se achando. — Vou tentar. Aliás, se você é capaz de aprender a usar uma espada, eu também sou.

— Sou péssima nisso.

— Até parece.

— Pergunte a Keegan. Ele me treinou e vai ser o primeiro a dizer isso.

Marco passou o braço em volta dos ombros de Breen; Porcaria trotava ao lado deles.

— Você vai para a cama de novo com aquele belo exemplar?

— Também não estou interessada em romance agora. E duvido que ele esteja. Tem alguma coisa no ar.

— Você vai.... — Ele fez um gesto com as mãos como quem dispensa algo.

— Sim, eu vou... — E imitou o gesto dele. — Estou sentindo alguma coisa... forçando. Quer entrar. Ainda não conseguiu, mas está quase. — Ela tentou afastar os pensamentos. — Mas ainda não chegou. Vamos pegar minhas coisas e seguir para a cabana. Acho que vai ser mais fácil se você ler o que eu escrevi sobre tudo isso. E depois, se tiver dúvidas, eu respondo.

— Tudo bem. Nós vamos voltar para a Irlanda por outro túnel de vento daqueles?

— Não vai ser tão dramático.

Porcaria soltou latidos felizes e ficou correndo ao redor deles. Pulou agilmente por cima do muro de pedra e foi direto para as duas crianças e a grande cadela que cuidava delas.

— Esses são Finian e Kavan. E a mulher na horta é irmã de Keegan e Harken, Aisling, mãe dos meninos.

— Pois é, todo mundo *é* bonito aqui.

Eles passaram pelo portão. Aisling, com seu cabelo escuro preso, limpou as mãos nas calças, pousou uma delas em sua barriga incipiente e foi em direção a eles.

— Bem-vinda, Breen Siobhan, bem-vinda. Você voltou, como prometeu. Eu não deveria ter duvidado de você. — Ela abraçou Breen. — Desculpe.

— Não precisa se desculpar. Eu sei que ficou preocupada, e entendo o motivo. Este é Marco.

— Ouvi dizer que você havia vindo. Me disseram que sofreu na chegada. Está bem agora?

— Estou bem, obrigado. Prazer em conhecê-la.

— O prazer é meu. Vão tomar um chá? A Mab cuida dos meninos enquanto nós estivermos lá dentro.

— Acabamos de sair da casa de Nan. Tomamos chá... e vinho. Só preciso pegar minhas coisas para que possamos nos instalar na Cabana Feérica.

— Ah, já mandamos tudo. Morena cuidou disso, e sua roupa tão bonita, Marco, foi lavada.

— Obrigado. Peguei estas emprestadas do seu irmão, Harken.

— Não se preocupe. Ele tem mais.

O menino mais velho, Finian, chegou correndo, com o mais novo atrás.

— É quase meu aniversário — anunciou. — Você vai estar aqui no meu aniversário!

— No Samhain — Breen se agachou —, eu lembro. Você vai fazer três anos.

— Diga olá e bem-vindo ao amigo de Breen, Fin. O nome dele é Marco.

Ele abaixou a cabeça, mas disse:

— Olá e bem-vindo.

— Ele é meio tímido com gente nova. Mas este aqui — continuou Aisling quando Kavan os alcançou e imediatamente tentou subir nas pernas de Marco —, nem um pouco.

Marco o puxou para cima.

— E quem é este?

— É o nosso Kavan — respondeu Aisling, enquanto o menino balbuciava algo para Marco —, que nunca viu um estrangeiro.

Kavan pegou um punhado de tranças de Marco e sorriu.

— Gosta!

— Eu também.

Então, o menino se jogou para Breen, balbuciando para ela.

— Para quando está esperando? — perguntou Marco.

— Por volta de Imbolc. No início de fevereiro — explicou, diante do olhar perplexo de Marco. — Já passei da metade do caminho. Torço para que seja uma menina desta vez, pois, como pode ver, já tenho dois selvagens.

— Estava com saudade dos seus selvagens — disse Breen, e deu um cheiro em Kavan antes de colocá-lo no chão. — Nós voltamos amanhã. Vou trabalhar com Nan, como antes. E, se puder, diga a Keegan que venho treinar, se ele quiser.

— Sem dúvida ele vai querer. Ele e Mahon... meu marido — disse a Marco —, estarão de volta ao nascer das luas. Venham me visitar quando puderem, vocês dois são bem-vindos. Vamos, meninos. Prometemos a Harken que cuidaríamos da horta, não é? Bênçãos a vocês dois — despediu-se, afastando-se com seus filhos.

— E a vocês também — gritou Breen. — Vamos, Porcaria — gesticulou enquanto eles passavam pelo portão de novo. — O portal fica naquela árvore. Ou o portal é a árvore, não sei direito.

Marco olhou para além da estrada de terra, onde havia outra cerca de pedra, um pasto de ovelhas e uma colina.

A árvore tinha mais de seis metros de largura e era altíssima. Seus galhos grossos se curvavam para baixo, alguns atingindo o chão, e se arqueavam para cima de novo. As folhas que Breen recordava como verdes durante o verão agora tinham um tom avermelhado.

— Que tipo de árvore é esta?

— É a Árvore de Boas-Vindas, e o portal, ou o principal deles, entre Talamh e a Irlanda.

Breen conduziu Marco até o outro lado. Porcaria pulou à frente e subiu os sete degraus de pedra. Empoleirado em um galho, parou e latiu, como se pedisse a eles que se apressassem.

— Se eu desmaiar, pode ir buscar aquela cerveja para mim de novo, com o que quer que tivesse dentro?

— Posso, mas você não vai precisar — Breen prometeu, enquanto ele a seguia pelos degraus — Você vai sentir a mudança e um pouco de vento, mas não como o outro. Uma mudança na luz, só um flash e pronto. Não se surpreenda se estiver chovendo do outro lado. Nunca se sabe.

— Acho que nada vai me surpreender. Nunca mais.

Ela estendeu a mão para Marco, abaixo. Sentiu a ansiedade de seu amigo, mas esse sentimento não era páreo para a lealdade dele.

— Pegue minha mão. Vá, Porcaria, já estamos indo. Pise no galho. Vai parecer que você está caindo, mas...

Uma luz brilhou e uma repentina brisa soprou seu cabelo.

— Não está. Viu?

— Passamos? Meu estômago deu uma tremidinha. Tem certeza que acabou?

— Sim, é só descer.

— Estou com os joelhos meio trêmulos — admitiu Marco —, mas não como antes. E não está chovendo.

— Sorte nossa, não vamos nos molhar. É quase um quilômetro e meio até a cabana.

— Parece praticamente o mesmo lugar.

— Parece, mas não é. Você não viu ontem à noite porque caía chuva por lá e você estava meio nervoso, mas Talamh tem duas luas.

— Duas?

— Uma é crescente enquanto a outra está no quarto minguante.

— Que demais! Quero ver. Mas, Breen, eu andei por todos esses bosques quando estive aqui e nunca vi essa árvore. Como é que alguém não enxerga uma árvore dessas? É enorme e cresce da rocha. Ou as rochas crescem dela.

— Não é para ser vista. Olhe para o seu relógio.

Ele olhou e soltou uma risadinha.

— Veja só, está funcionando — Tirou o celular da calça emprestada. — E o telefone também.

— Sally primeiro — disse Breen. — O melhor é falar que você decidiu voltar comigo e que nós viajamos ontem à noite. Você vai precisar de uns dias de folga e...

— Não sei quanto tempo vou ficar, e é isso que eu vou dizer. Desista, Breen, você está presa a mim. Vai dar tudo certo. E eu vou aprender a andar a cavalo. Irra!

— Não é tão fácil assim. Fiquei com a bunda cheia de hematomas durante dias. E eu me odeio por estar feliz por você estar aqui.

— Pode parar com isso. Diga uma coisa: em tudo isso que você escreveu, tem alguma coisa sobre transar com aquele líder gostoso?

— Eu... merda. Escute...

— Tarde demais. Você disse que eu podia ler tudo. E pode ser que vocês não estejam a fim de ir para a cama agora, mas eu vi como ele olha para você.

— Como se eu fosse uma pedra no sapato dele?

— Não, como eu espero que alguém olhe para mim um dia. — O coração romântico de Marco o fez dar um leve suspiro. — Ele nem tentou revidar quando dei um soco nele porque pensei que ia machucar você. Podia ter me quebrado no meio, mas não fez nada. Caraca, provavelmente ele podia ter me espremido como se eu fosse uma espinha, mas não fez nada.

— Ele respeita a lealdade e a amizade.

— Sally disse que ele tem classe.

— Acho que sim.

— Estou lembrando dessa trilha, caralho! É só pegar esse caminho para chegar à aldeia. A baía fica ali. Estava ali do outro lado, no lugar errado. Nossa, é incrível, sabia? — Ele farejou. — Está sentindo? É o cheiro da baía, acho. E... de fumaça.

— Eles acenderam o fogo para nós. — Breen apontou quando as árvores começaram a rarear. — Está vendo?

A cabana estava ali e a fumaça saía pela chaminé no telhado de palha. Os jardins dos quais Seamus a ensinara a cuidar espalhavam-se ainda mais coloridos do que nunca. E os vasos com as flores que ele lhe ensinara a plantar transbordavam.

— É sua casa, Breen. Sua avó disse que a fez para você. Entendo isso mais do que nunca agora. Eu também adorava ficar aqui.

— Eu sei. — Ela olhou para o cachorro, todo inquieto. — Pode ir.

O animal quase deu um pulo antes de sair correndo, atravessar o gramado verde e descer a encosta até a praia de xisto, imediatamente pulando na água.

— Cão d'água. — Marco riu. — Ele é uma figura.

— Vamos entrar. Eu me acostumei a tomar chá lá, e, Deus do céu, você tem que experimentar a limonada de Finola. É mágica. Espero que ela tenha lembrado de trazer Coca-Cola.

Era como voltar para casa, pensou Breen enquanto pegava uma Coca-Cola na geladeira. Dando os primeiros goles, observou sua linda cozinha; o pão acabado de sair do forno embrulhado em um pano branco no balcão cor de ardósia, a tigela de cerâmica com frutas frescas, as flores no peitoril da janela...

Tudo que ela havia visto pela primeira vez meses antes. Tanta coisa que deixara para trás.

— Vou fazer macarrão para nós — anunciou Marco enquanto vasculhava a cozinha. — Veja esses tomates! São de primeira! — Consultou o relógio e fez as contas. — Vou esperar uma hora mais ou menos para ligar para Sally. Eles devem estar dormindo, e eu prefiro que tomem café antes de eu avisar que desapareci.

— Legal. Vou ajeitar as coisas no quarto de baixo para trabalhar. — Breen foi indo para o quarto que dava para o jardim. — Esqueça, eles já fizeram isso por mim.

Passou a mão sobre seu notebook, que já estava na escrivaninha, e viu seu tapete de ioga, que nem havia pensado em pegar, cuidadosamente enrolado e guardado no canto.

— Sedric já foi e voltou — ela informou a Marco.
— O quê? Como?
— Você vai se acostumar com isso.

Breen retornou para abrir a porta para Porcaria, que foi até a lareira e, depois de suas três voltinhas habituais, deitou-se com um suspiro canino.

— Você acha que as minhas coisas estão no quarto que eu usei antes?
— Vamos descobrir. Quero desfazer as malas e depois escrever um pouco. Acho que eu devia escrever no blog também, sobre minha volta à cabana. E você, acomode-se para ler onde preferir.

Atravessaram a sala de estar com seu sofá verde-folha, suas velas, cristais, flores e a vista para a água azul.

O fogo crepitava na lareira.

Atravessando o hall e subindo as escadas, seguidos pelo cachorro, Breen pegou a direção do quarto de Marco.

O violão dele estava em seu suporte, e a harpa, fora do estojo, cintilava sobre uma mesa, ao lado do teclado.

Como ele estava ocupado observando, Breen abriu uma gaveta.
— Blusas e camisas.

Marco abriu o armário.
— Eles guardaram tudo.

— É uma espécie de bilhete de boas-vindas. Aposto que as suas jaquetas e capas de chuva, e as minhas, estão no armário do hall.

— Você acha mesmo que eu vou me acostumar com isso?

— Espero que sim. — Seu coração se apertou um pouco. — Eu sou isto aqui.

— Sempre vou amar quem você é. — Ele foi até a mesa e passou o dedo pelas cordas da harpa. — Quero aprender a tocar isto aqui. Foi o melhor presente que eu já ganhei.

— Lembro um pouco do que meu pai me ensinou. Posso te mostrar. Eu sei que você vai tirar de letra depois.

— Está certo. — Marco ficou andando pelo quarto de que se recordava e admirou a vista. — Talvez nós tenhamos uma noite musical depois do jantar. Cozinhar e tocar pode me ajudar a me acostumar. Vou descer e começar o molho para ficar bem apurado, e depois ligo para Sally.

Passou a mão sobre os cachos ruivos brilhantes dela.

— Faça o que tem que fazer, Breen.

Ela desceu para fazer o que tinha que fazer, com Porcaria enrolado na cama atrás dela. Escreveria para o blog primeiro, decidiu, um post curto, e esperaria para postar até que Marco falasse com Sally.

Como começar? Não podia escrever no blog sobre o *taoiseach* de Talamh, nem sobre Marco pulando o portal com ela.

Ficou sentada por um momento, tentando entender que havia voltado, que estava bem e de volta de verdade. Curtira sua solidão na cabana durante o verão, e se vira morando sozinha pela primeira vez na vida.

Mas sentada ali, agora, ouvindo Marco na cozinha cantando enquanto fazia alguma coisa com aqueles tomates nobres, sentiu a presença dele como um cobertor quente em uma manhã fria.

Conforto simples, como o cachorro cochilando atrás dela, ou saber que do outro lado das portas as flores haviam desabrochado.

Então, escreveu sobre o retorno à Irlanda. Pela primeira vez, escreveu no blog sobre ter encontrado sua avó e sabido da morte de seu pai. E sobre como essa dor se equilibrava com a alegria de encontrar familiares e amigos.

Falou de como encontrá-los a ajudou a se encontrar.

Satisfeita, deixou isso de lado e se abriu para a história do livro.

Mergulhou e se deixou envolver.

CAPÍTULO 3

Quando por fim emergiu, Breen sentiu-se meio atordoada. Trabalhara bem no apartamento na Filadélfia quando voltara, no fim do verão, mas não como ali, admitiu. Talvez isso se devesse à energia inicial por estar de volta onde havia começado essa parte de sua jornada, mas a questão é que enchera dez páginas.

Já fora da névoa da concentração, sentiu o cheiro do molho vermelho de Marco e notou a mudança de luz devido ao crepúsculo que se aproximava.

E viu que Porcaria havia deixado seu posto.

Ela se levantou e saiu. Viu Marco sentado à mesa da sala de jantar, com a testa franzida, lendo no notebook. Porcaria abandonou seu lugar em frente à lareira da cozinha e se recostou nas pernas dela.

— E Sally?

— Tudo bem. Ficou feliz por eu ter vindo com você. — Ele ergueu os olhos, olhando diretamente nos dela. — Isso que você tem aqui, Breen, não é nada bom. Nada bom. Puta merda, você quase morreu! Duas vezes!

— Mas não morri. E ele não me quer morta, Marco. O que ele quer é pior. — Breen entrou na cozinha para encher a tigela de comida do cachorro. — Estou mais forte do que era e vou ficar mais ainda.

— Como é que você vai lutar com ele?

— Não sei todas as respostas agora — ela pegou uma garrafa de vinho —, mas acho que isso pode se resumir a poder contra poder.

— Ele é um deus, caraca! É Loki, menina, sem as partes divertidas.

— Tenho o mesmo sangue que ele e muito mais. Tenho mais. Você não me perguntou se eu estou com medo.

— Você não é idiota nem louca, por isso eu sei que está. Keegan não pode acabar com ele? Tudo bem — disse Marco, levantando-se e começando a andar —, eu sei que ele faria isso, se pudesse. Já simpatizo mais com ele e com todo mundo de lá. Ainda não engoli tudo, mas simpatizo mais. Pelo menos com ele.

— Meu pai morreu tentando deter Odran.

— Eu sei, querida, eu sei. Mas aquela bruxa maluca com as cobras de duas cabeças... — Ele estremeceu antes de pegar o vinho que Breen lhe entregava. — Em termos de cobras, estou com Indiana Jones.

— Ela me enganou uma vez — ela brindou e bebeu —, mas não vai me pegar desprevenida de novo.

Marco a fitou longamente.

— Você não está tão assustada quanto ontem à noite.

— Talvez eu tivesse que voltar para perder um pouco o medo. Não todo, porque não sou idiota nem louca. E eu sei que vou ficar com muito medo de novo. Mas aprendi muito e ainda vou aprender mais. E, quanto mais eu aprendo, mais sinto. Eu tinha medo de tentar escrever, mas você me incentivou até eu conseguir. E eu sou boa nisso. Vou melhorar, mas sou boa nisso. E isso me dá alegria. Vou melhorar na magia; fiquei muito boa e vou melhorar. Isso me dá alegria.

Ele foi para a cozinha e mexeu o molho.

— Escrever não te deixa cair em um sono de morte.

— Você leu sobre a minha visão, o menino no altar, o que Odran e seus demônios fizeram com ele?

— Passei mal. Passei mal porque não era um filme. Era real.

— Como eu vou simplesmente virar as costas para isso se eu posso ser a pessoa que vai impedir que aconteça de novo?

— Não sei, mas esse negócio de acender umas velas não dá conta de tudo, menina. Isso é loucura.

— Normalmente, fazer fogo é a primeira habilidade que se aprende.

Ela deixou o vinho, estendeu a mão e puxou uma chama vermelha.

— Este queima com calor. — Na outra mão, puxou uma chama azul. — E este queima com o frio.

Jogou as duas chamas para o alto e as juntou, provocando um estrondo como um trovão, até que elas chiaram e morreram.

— O ar pode se agitar. — Girou o dedo. — Pode ser uma brisa morna... — Levantou a outra mão e a girou. — ... ou um vento gelado. — Ambos sopraram seu cabelo e as tranças de Marco, até que ela os fez desaparecer enquanto se dirigia à porta para sair. — A terra traz vida. — Ela colocou a mão no vaso de flores, e botões ainda não abertos floresceram. — Ou a tira. — O chão tremeu. — A água vem suave para que a terra a beba. — Levantou o braço e estendeu a palma da mão, recolhendo a chuva que havia feito sair das nuvens. — Ou violenta. — E lançou a mão em direção à baía, formando uma tromba-d'água. E a acalmou de novo. — Esses quatro elementos estão conectados em mim com um quinto: a magia, que meus antepassados me deram. Eu aprendi, Marco; meu pai tinha o que eu tenho, exceto o lado humano. Mas ele tentou ser humano, por ela, quando estava deste lado. E acho que, como ele tinha o coração ferido, porque estava tão dividido, Odran encontrou um jeito de se aproveitar disso. E o matou. Eu tenho a única coisa que meu pai não tinha. Não sei o que significa, nem como usá-la, nem se vou precisar usá-la, mas tenho.

— Tudo bem, preciso de mais vinho. Preciso encher esta taça imediatamente.

Marco voltou para a cozinha, mas suas mãos tremiam tanto que não conseguia levantar a garrafa.

Breen colocou a mão sobre a dele.

— Não tenha medo de mim. Acho que eu morreria se você tivesse medo de mim.

— Não! Sirva para mim, por favor. Não tenho medo. Estou pasmo, só isso. Essa é uma boa palavra, pasmo. — Ele bebeu o vinho que ela servira. — Você estava brilhando, como se estivesse toda iluminada por dentro. Eu li sobre algumas coisas que você aprendeu a fazer, mas ver é... — Ele passou um braço ao redor dela, ainda trêmulo, mas a abraçou. — Eu não disse sempre que você era especial? Só vai demorar um tempo para eu me acostumar com tudo isso.

— Todo o tempo de que você precisar. O que acha de eu fazer uma coisa totalmente normal, tipo uma salada para acompanhar seu macarrão?

— Seria bom. Vou guardar o notebook e ler o resto depois. Acho que já deu por enquanto. E vou pôr uma música.

Normal, pensou Breen enquanto descascava e cortava as coisas para a salada. Seria normal se ela colocasse um pouco de alecrim e cristais sob o travesseiro de Marco para garantir que ele tivesse uma noite de sono tranquila?

Era o normal dela, decidiu, então colocaria.

Eles jantariam e conversariam sobre coisas normais. Depois ela subiria para pegar a harpa de Marco e lhe mostrar o que recordava, e colocaria o feitiço debaixo do travesseiro. Talvez descesse o violão dele também.

Quando Marco apareceu para pôr a água do macarrão para ferver, tudo parecia normal – o normal deles, pensou Breen. Checou o trabalho dela com a salada e recitou para ela a receita do molho antes de colocar o espaguete na panela.

— Como nos velhos tempos — disse, e ela riu.

— Eu estava pensando justamente nisso. Vou pôr a mesa e vamos comemorar.

Porcaria soltou um latido, não de alerta, e sim de saudação. Ao olhar para ele, Breen viu Keegan prestes a bater na porta de vidro.

Viu só de passagem a cauda verde e dourada de Cróga subindo ao céu noturno.

Foi até a porta para abri-la, com os pratos na mão.

— Desculpe — disse ele imediatamente —, vocês vão jantar. Não vou atrapalhar.

— Oi! Entre — chamou Marco do fogão. — Já jantou?

— Ah, não, eu ia...

— Jante conosco, eu fiz bastante. Pegue outro prato, menina, e um vinho para esse homem.

— Não quero atrapalhar.

— Não atrapalha. — Ela deu um passo para trás. — Marco tem razão. Ele fez mais que o suficiente.

— Obrigado, é muita gentileza. O cheiro está bom demais.

— Espero que goste de espaguete à marinara.

— Gosto. Faz tempo que não como.

— Você vai adorar.

Sem saber bem o que aquilo significava para a normalidade da noite, Breen serviu outra taça de vinho.

— Marco é um ótimo cozinheiro.

— Eu queria ver se vocês estavam bem acomodados e dizer que vamos nos encontrar amanhã, como de costume, Breen. Mas parece que cheguei na hora errada.

— Imagine! Tire essa jaqueta elegante que eu queria para mim — disse Marco. — Leve a salada para a mesa, menina. E pode acender as velas do seu jeito. Já estou começando a me acostumar com isso.

Antes de mais nada, ela foi até Marco e o abraçou forte por trás.

— Ela está preocupada comigo — ele contou a Keegan.

— Amigos são assim. Mas você parece estável já. Morena disse que estava bem. E conheceu Marg e Sedric, não é?

— Sedric é um homem de sorte. Ou um gato de sorte. Também conheci sua irmã e seus dois sobrinhos.

Totalmente à vontade na cozinha, Marco despejou a massa no escorredor.

— Eu vi uns dragões também. Ainda não sei o que pensar sobre isso, mas li no diário de Breen que ela montou no seu.

— Você tem um diário?

— Sim — respondeu Breen, concentrada em servir a salada.

— Vamos precisar de outra garrafa de vinho — decidiu Marco. — Você abre uma, Keegan? Vou misturar a massa e o molho ao estilo família.

Marco fez todo um *mise-en-scène* ajeitando as fatias de pão, o molho e colocando manjericão na massa. Quando se sentou, ergueu sua taça de vinho.

— É gostoso ter companhia para o jantar. Na Filadélfia nós não tínhamos espaço para muita gente, por isso ficávamos no Sally's.

— Um bom lugar para isso.

— O melhor. — Marco provou a salada. — Ficou boa, Breen. Então, Keegan, você é o chefe por aqui? Ou por lá.

— Sou *taoiseach*.

— Eu li no diário como funciona isso. Tem que pular no lago e tal. Você encontrou a espada, subiu com ela e *bum*. Se bem que poderia ter dito: "Comigo não, violão", e saído nadando cachorrinho imediatamente.

— Seria uma escolha.

— Aposto que não foi fácil. Você era uma criança!

— Já tinha idade suficiente. — Keegan deu de ombros. — Nós aprendemos e treinamos desde que nascemos para conhecer os deveres do *taoiseach*.

— E Breen está treinando e aprendendo agora. Mas não para ser chefe.

— Se eu fracassar, ela pode escolher entrar no lago e subir com a espada.

— Não fale em fracassar.

Keegan olhou para ela.

— Ele perguntou. Essa é a resposta.

— Ela poderia fazer isso — prosseguiu Marco — mesmo sendo meio humana, ou terráquea, ou seja lá como vocês chamem?

— Ela também é *talamhish*, carrega o sangue dos Sábios e o dos *sidhes*. O que vem da mãe e do avô dela é o que a torna única. Não diferente, se é que me entende, mas...

— Especial — disse Marco, e assentiu. — Eu sempre digo isso a ela. A mãe dela tentou torná-la comum, mas não deu certo.

Fazendo as honras, Marco serviu uma enorme porção de espaguete no prato de Keegan.

— De qualquer maneira, estou feliz por você ter vindo hoje, porque eu ia tentar te encontrar amanhã. Por acaso devo chamá-lo de senhor, ou sua alteza, ou algo assim?

— Não! — disse Keegan, indignado. — Pelos deuses, não.

— Um terço disso, Marco. É sério. Droga! — Breen se limitou a suspirar quando ele serviu o macarrão. — Ele sempre coloca demais.

— Você está sarada, garota. E esses músculos precisam de carboidratos. Você a ajudou a ganhar músculos, Keegan.

— Ah...

— Com treino. Eu ia ficar muito chateado com você, chefe ou não, se a visse derrubar minha garota e a machucar.

— Marco, por favor. — Breen sentiu a maldição dos ruivos subindo por suas faces. — Coma e fique quieto.

— Tudo bem. Mas eu entendi que você foi duro com Breen porque precisava que ela revidasse, que quisesse revidar. A mãe dela... não vou falar mal dela. Quando eu saí do armário, minha família não me apoiou. Minha irmã sim, mas meus pais e meu irmão não. Só que a sra. Wilcox me apoiou, por isso não vou bater nela com muita força.

— Saiu de onde?

Marco riu.

— Do armário, cara. Sou gay.

— Ah, sim, Breen disse que isso significa que você prefere fazer sexo com homens. Não temos armários para isso em Talamh.

Marco apenas sorriu, vendo Keegan enrolar o espaguete no garfo e comer.

— Está divino. Melhor ainda do que o que eu comi na Itália.

— Você esteve na Itália? Vou te perguntar sobre isso, mas antes vou concluir meu pensamento.

— Conclua o que quiser. Eu vou comer.

— Eu quero dizer que é difícil aprender a revidar, querer revidar, quando durante a maior parte da vida você aprendeu que não devia fazer isso. E sempre te disseram que você nunca ganharia, porque nunca seria bom o suficiente.

Keegan assentiu enquanto continuava comendo.

— A mãe da Breen estava errada. Independentemente das razões dela, estava errada. Cada um é o que é. — Olhou para Breen com aqueles olhos verdes salpicados de âmbar. — E você sabe o que sabe agora. Isso não significa que eu não vou derrubá-la ou machucá-la no campo de treinamento.

— Porque você a quer viva.

— Sim, eu a quero viva.

— Por isso eu decidi não ficar chateado com você. Além disso, você salvou a vida dela. Duas vezes.

— Não era a vida dela que estava em perigo.

— Experimente o molho no páo, é criação minha. Você desceu do céu com seu dragão quando um homem-fada do mal a pegou. E *zum*!, cortou a cabeça dele.

— Bom este molho!

— E, quando as cobras da bruxa vadia a morderam, você a salvou.

— Ela teve grande participação nisso.

— Não foi o que ela disse, mas eu concordo com você. Enfim, ela é o mundo para mim, por isso, não há nada que você possa fazer, exceto machucá-la, que vá me irritar muito. Acho melhor eu ficar longe do campo de treinamento.

— Você escolhe bem seus amigos, Breen Siobhan.

— Aceito o crédito. Marco, não quero que você pense mais nisso esta noite. Foi um dia intenso.

— Estou quase acabando. Vou precisar de você, ou de alguém, para me treinar. Sou péssimo em brigas.

— Ele disse que vai ficar — explicou Breen quando Keegan olhou para ela.

— E eu falei sério. Ela é o mundo para mim — repetiu Marco. — Enquanto ela estiver aqui, vou estar também.

— Tudo bem, irmão, nós vamos treinar você, mas você não vai querer me agradecer. Precisa aprender a lutar para defender a si mesmo e aos outros. Mas devo dizer que existem outras maneiras de ajudar que não sejam com uma espada ou os punhos.

— Tipo como? Não sei soltar fogo como o pessoal daqui.

— Acho que vou querer repetir. Só que menos agora, senão nem Cróga vai conseguir me carregar para casa.

— Você sabe cozinhar?

— Guerreiros precisam comer, e bem. Vou arranjar alguém para treinar você. Acho que Morena seria boa para começar — ponderou, dirigindo-se a Breen. — Ela é firme, mas tem mais paciência que eu.

— Quem não tem?

— Ainda não encontrei um que não tenha — disse Keegan, com tranquilidade. — Você tem o dom de cozinhar, isso é mais que evidente, e não deve ser desperdiçado. E devo dizer que tem um soco sólido, de modo que, assim como Breen, acho que tem mais em você do que imagina.

Marco apoiou o queixo no punho.

— Você é lindo e forte, e fica me dizendo essas coisas... vai ser difícil não me apaixonar.

Keegan riu e comeu mais macarrão.

— Se eu gostasse de homens para aquele tipo de coisa, sem dúvida o cortejaria, só por você cozinhar bem.

— Sonhar não é crime. Fale sobre a Itália. Para onde você foi, o que você viu, o que fez?

Eles tinham uma boa conexão. Breen ficou ali, quase invisível, e viu uma amizade se enraizar, brotar e depois florescer; Keegan falava da arte de Florença, das fontes de Roma, das estradas litorâneas sinuosas e das ruas estreitas das aldeias.

Quando passaram a falar das montanhas e planícies de Montana, ela se levantou para recolher os pratos.

— Não, fiquem aí — exigiu quando os dois começaram a se levantar. — Você cozinhou. E você fique aí distraindo Marco.

E foi o que Keegan fez, enquanto ela cuidava dos pratos, contando a Marco histórias de outros mundos. Mundos de areias douradas e dunas e oásis exuberantes, mundos de cidades movimentadas com corredores aéreos e edifícios que perfuravam as nuvens.

E mundos primitivos, onde a magia prosperava entre os homens que caçavam com lanças e construíam cabanas de barro e palha.

Breen notou que nunca havia visto Keegan tão descontraído, nem tão disposto a ficar sentado simplesmente conversando.

— Quantos mundos existem? — perguntou Marco.

— Quem pode dizer? Nós sabemos de vinte, mas parece que existe mais que isso.

— Vinte? Você esteve em todos?

— Não, não. Meus deveres não me deixam tempo suficiente para viajar tão livremente. Além disso, existem mundos proibidos por lei para nós. Alguns ainda estão evoluindo, veja você, mundos de águas selvagens e montanhas ardentes, vulcões...

— Uau! Dinossauros?

— Já ouvi histórias sobre grandes feras.

Breen os deixou ali. Subiu e colocou o feitiço embaixo do travesseiro de Marco.

Quando desceu com a harpa, Keegan se levantou.

— Já atrapalhei bastante — começou, mas logo deu um passo em direção a Breen para observar a harpa. — Isto aqui é uma beleza!

— Breen me deu de presente.

— Ela disse que você é músico. É um bom instrumento.

— Tenho que aprender a tocar. Imagino que você não toque.

— Um pouco.

Marco deu um soquinho no braço de Keegan.

— Jura? Mostre!

— É melhor eu ir.
— Ouvi você tocar violino.
Keegan franziu a testa para Breen.
— Quando?
— Pouco antes de eu ir embora.
— Eian deve ter ensinado você a tocar. Aquele homem tirava música de qualquer instrumento — disse Keegan.
— Ele me ensinou, mas esqueci muita coisa. Seria bom ouvir a harpa tocada por alguém que não esqueceu.
Keegan hesitou, mas Marco lhe deu um cutucão.
— É o pagamento pelo seu jantar. O próximo.
— Bem, isso é difícil de recusar. Tudo bem, então, uma antes de eu ir.
Ele se sentou na sala, com a harpa no colo, passando os longos dedos sobre cada corda.
— Está bem afinada.
Parou por um momento e começou a tocar.
Era como se as cordas simplesmente chorassem as notas. Lindas, enternecedoras, e o ar suspirava com elas.
— Conheço essa música — murmurou Breen. — Estou lembrando.
— Com razão. É uma das composições do seu pai. Chama-se "Lágrimas do coração". Ah, você ficou triste — disse Keegan, e parou.
— Não, não! Parece que estou vendo ele tocar, sentado no quintal da casinha onde morávamos. Tarde da noite, sozinho. Eu o observava de minha janela, e ele parecia tão solitário. Mandei borboletas para ele.
Recordar a fez sorrir.
— Eu desejei e elas vieram e voaram em volta dele. Ele olhou para cima e me viu, sorriu e colocou um dedo nos lábios. Ficou tocando ao luar do verão com as borboletas a seu redor. Adormeci com a cabeça no parapeito da janela e, quando acordei na cama de manhã, pensei que havia sonhado. Toque de novo, por favor.
Keegan tocou, desta vez algo mais animado, para mudar o clima. Por fim, entregou a harpa para Marco.
— Tente.
— Nós tínhamos uma boa coleção de instrumentos na loja de música onde eu trabalhava, mas nada parecido com isto.

Marco tocou as cordas, mudou a harpa de posição e tocou um pouco mais.

E tocou uma canção que havia apresentado ao piano no Sally's no Dia de São Patrício.

— Olhe só! — disse Keegan, sorrindo. — Você é um talento, Marco, ou é mentira que nunca tocou harpa.

— Estou tentando tocar "Black Velvet Band", mas não está direitinho. Vou procurar no YouTube.

— Instruções — explicou Breen a Keegan —, demonstrações no computador.

— Pode ser, ou ele também pode levar a harpa quando for para lá. Aisling toca, e ela poderia lhe dar umas aulas. Pelo que estou ouvindo, você não vai precisar mais do que isso. — Keegan se levantou. — Obrigado pelo jantar e pela música. Tenho que ir. Harken vai me acordar antes de o sol nascer.

— Conheço esse tipo de gente — disse Marco, apontando para Breen com o polegar. — Gostei muito de você ter vindo. Amanhã nos veremos por lá. Acho que já estou meio acostumado com tudo — dirigiu-se a Breen. — Ou é o vinho.

— Beba um pouco de água, senão vai se arrepender amanhã. — Breen se levantou. — Vou sair com você. Porcaria já está inquieto. Quer seu mergulho noturno.

No instante em que ela abriu a porta, o cachorro disparou em direção à baía.

Keegan vestiu sua jaqueta.

— Boa noite, Marco.

— Até mais.

Na noite fria, enquanto Porcaria nadava no lago, Breen não perdeu tempo e foi direto ao assunto:

— Marco está decidido a ficar. Você precisa entender que ele não foi feito para lutar, para encarar o que está por vir. Tenho que convencê-lo a voltar. Você é *taoiseach*.

— E daí? Você acha que eu poderia mandá-lo embora? Não tenho essa influência, e, de qualquer maneira, ele já é grandinho, um homem que valoriza a amiga que tem. Você precisa respeitar isso.

— Eu respeito, caramba! Mas ele não tem poderes, é incapaz de...

A jaqueta de Keegan esvoaçou devido ao movimento brusco dele e de seus olhos.

— Você, mais que qualquer um, deveria pensar bem antes de julgá-lo incapaz. Ele está ao seu lado, esteja ao lado dele. Nem mais uma palavra — ordenou Keegan, antes que ela pudesse objetar de novo. — Não o menospreze.

— Não menosprezo! Eu não quis dizer...

— Eu prometo que darei minha vida para protegê-lo, como faria por você.

— Você faria isso por qualquer um, é o seu jeito. Mas, Keegan, se alguma coisa acontecer com ele, eu não vou suportar. Não vou.

— Vou cuidar para que ele esteja protegido, e você fará o mesmo. E não o menospreze. Você sabe muito bem o que ser diminuído faz com a mente, o coração e o espírito de uma pessoa.

— Não pretendo fazer isso. — Ela apertou os olhos com os dedos. — Ah, estou fazendo isso. — Deixou cair as mãos. — Tem razão, dizer que ele é incapaz foi ofensivo. Mas ele é humano, Keegan, totalmente humano.

— Você tem a proteção de Marg. — Keegan encostou na pedra coração de dragão que ela usava em volta do pescoço junto da aliança do pai. — Dê a ele a sua. Faça um amuleto para ele. Não será um escudo impenetrável, mas será uma proteção.

— Coloquei alecrim e ametista embaixo do travesseiro para ele dormir.

— Acho que o vinho vai ajudar também. Ele é forte para vinho. — Keegan observou o cachorro sair do lago e sacudir seus cachos densos. — Tenho uma coisa a dizer.

— Sobre o treino de amanhã?

— Antes disso. Já falei antes, mas foi de passagem e você já estava chateada. Desculpe, de verdade, por ter sido duro como eu fui quando você teve que voltar, por não acreditar que voltaria, mesmo tendo jurado.

— Fiquei magoada.

— Eu sei, era o que eu pretendia. — Quando Porcaria voltou correndo, Keegan se abaixou para fazer uma massagem forte nele e secá-lo por completo. — Desculpe. Para mim é um fardo ficar me desculpando o tempo todo, portanto quero encerrar o assunto.

— Algo mais?

— Antes de voltar da Capital, minha mãe me pediu para ser diplomático e paciente com você, mesmo sabendo que eu tenho pouca diplomacia e paciência. Lamento não ter feito o que ela me pediu. Não fui até você para te magoar, e magoei mesmo assim.

— Não magoou, não se preocupe. Eu não estava magoada, estava assustada e preocupada por nunca mais ver Marco, Sally ou Derrick. Nunca ver meu livro publicado, nem terminar o que estou escrevendo. Com medo de não ser suficiente para impedir o que está por vir e com medo de morrer justo agora, quando estou começando a viver.

— Mas você veio, filha de seu pai.

Ela olhou para a lua solitária desse mundo e pensou nas duas do mundo de seu pai.

Ambos dela.

— Se eu não tentar ser isso, o resto não significa muita coisa. Você me libertou.

— Sim, e vou libertar de novo, se for sua escolha.

— Não é. Esta é minha escolha.

— Então, vá ao campo de treinamento amanhã como fazia antes. Se eu a derrubar, você vai se levantar.

Breen olhou para a água e viu o reflexo da lua crescente sobre ela.

— Não temos muito tempo, não é?

— Não tanto como gostaríamos, acho.

— Nós vamos estar prontos?

— Vamos porque temos que estar. Deixe sua janela aberta como antes. Se Odran entrar em seus sonhos, eu virei.

— Ele ainda não sabe que eu voltei. Está ocupado demais forçando o portal.

Keegan segurou o braço dela.

— Você viu isso? Sabe disso?

— Eu sinto. Talvez esteja errada, mas...

— Não está errada. Coloque um feitiço embaixo do travesseiro também. Bloqueie Odran. Isso nos dá mais tempo.

— Tudo bem.

Ela viu Cróga passar diante da lua e varrer a água.

— Quando você se vinculou com seu dragão?

— Eu tinha onze anos. — Cróga pousou no gramado, fazendo o chão sacudir. — Nós dois éramos bem menores na época.

Keegan se aproximou e usou a cauda de Cróga para subir na sela. Olhou para Breen, parada ali, calada, com o luar derramando luz prateada em seu cabelo.

— *Oíche mhaith*, Breen Siobhan.

Dragão e cavaleiro subiram. Ela sentiu o vento da cauda se agitando antes que sobrevoassem a floresta escura rumo a Talamh.

CAPÍTULO 4

Cedinho, com a primeira xícara de café na mão, Breen abriu a porta lateral. Porcaria saiu para seu mergulho matinal, e seus latidos felizes ecoaram no silêncio.

Ela o seguiu mais devagar pelo pátio, pela grama esponjosa e úmida devido à chuva que havia caído e parado enquanto ela dormia.

Sentiu o cheiro de rosas e alecrim.

Descalça, desceu a encosta gramada até a praia de areia e xisto. Bebeu ali seu café, vendo a cabeça encaracolada de seu cachorro balançar no meio do cinza pálido da água e das brumas que subiam, como dedos finos, em direção a um céu que acabava de despertar.

A Filadélfia parecia um sonho agora; aquelas poucas semanas que havia passado lá antes de voltar eram como cores e movimentos borrados.

Estar ali ao amanhecer coberto de brumas, enquanto a noite dava lugar ao dia, com o silêncio perturbado apenas pelo canto dos pássaros e os pulinhos alegres de seu cachorro, lhe dava uma paz tão completa que Breen desejou poder segurar esse momento nas mãos.

E fazê-lo durar para sempre.

Aprumou-se um pouco e viu um barquinho vermelho atravessando a bruma, que diminuía conforme o sol se fortalecia.

Mas havia trabalho a fazer e deveres a cumprir. Breen voltou para dentro para encher as tigelas do cachorro, deixou a porta aberta para ele entrar e subiu as escadas.

Acendeu a lareira da sala com o pensamento, e fez o mesmo com a do quarto ao mesmo tempo que se trocava para o treino.

Marco dormia enquanto ela fazia sua rotina matinal. E continuava dormindo quando Breen se acomodou à mesa para escrever, com o cachorro enrolado na cama atrás dela.

E, como o barco, ela deslizou nas brumas da história que escrevia.

Quando voltou à tona, morrendo de vontade de uma Coca-Cola, sentiu a satisfação do progresso. Pensou que poderia escrever por mais uma hora depois de tomar aquela dose de cafeína gelada, e foi buscá-la.

Marco estava sentado à mesa da sala de jantar mexendo no notebook. Estava usando seu jeans justo, o suéter vermelho e suas lindas tranças amarradas com uma faixa vermelha combinando.

Como ele fazia isso?, ela se perguntava com frequência.

— Bom dia. Nem ouvi você.

— Meu trabalho é não fazer barulho. Além disso, do jeito que você estava concentrada, acho que nem tocando Beyoncé iria te atrapalhar.

— Peguei o ritmo. — Ela foi até a cozinha buscar a Coca-Cola e farejou o ar. — Cheiro de bacon.

— Fiz um café maravilho para nós. Está no forno.

Breen abriu a portinha e viu pratos com omelete, bacon e batatas.

— A cara está ótima. Costumo comer só um pedaço de torrada de manhã.

— Não enquanto Marco estiver aqui. — Ele se levantou e foi até a geladeira. — Nós temos uns *parfaits* de iogurte com frutas vermelhas. Tenho que retribuir a estadia, e além disso acho que você precisa de um combustível bom e saudável para todo esse negócio de treinamento.

— Eu não queria ficar feliz por você estar aqui. Você estragou tudo!

— Sente-se aqui — Marco lhe entregou os *parfaits* —, vou pegar os pratos. Legal o post do blog de hoje — acrescentou. — É um bônus, porque você tinha postado ontem à noite. Leu os comentários?

— Não. Eu queria entrar direto na história.

— Muita gente te dando as condolências pelo seu pai. Não tenho vergonha de dizer que eu chorei algumas vezes. Enfim, desde que nós vinculamos o blog ao seu site e o site ao blog, e entramos nas redes sociais, seus seguidores mais que dobraram.

— Desde que *você* fez tudo isso — corrigiu Breen. — Estou muito feliz por não ter que tentar cuidar dessas coisas.

— Você me encheu o saco para assumir isso. — Ele colocou os pratos na mesa. — Olhou seu e-mail desde que nós chegamos aqui?

Ela estremeceu.

— Não...

— Ainda bem que eu sou copiado nas coisas de Nova York. Mas você precisa olhar com mais frequência, menina.

Marco se sentou e fez um gesto para Breen fazer o mesmo, e virou o notebook para que ela pudesse ver a tela.

— Recebi este anexo hoje de manhã. Para você aprovar.

Ele abriu uma imagem que deixou Breen ofegante.

Porcaria – ou melhor, a versão do artista – pareceu saltar pela tela em toda a sua glória encaracolada. A cabeça estava virada para ela com seu grande sorriso canino. *As mágicas aventuras de Porcaria* formavam um arco vermelho acima dele. E embaixo se lia: Breen Kelly.

— Ah! Ah! Veja só ele! É você! — Ela virou a tela na direção do cachorro, que abanou o rabo, todo feliz. — É igualzinho! Ficou maravilhoso. Ficou maravilhoso? Ou só achei maravilhoso porque o meu nome está aí? É a capa de um livro, Marco, com o meu nome.

— Você escreveu, não foi?

— Puta merda, escrevi! Amei. Simplesmente amei. Você amou? Tudo bem se eu tiver amado?

— Respire, coma um pouco de iogurte. — Ele empurrou o notebook para que ela pudesse ver enquanto comia. — Acho que ficou fantástico.

— Você acha mesmo? — Ela pegou um pouco de iogurte e frutas. — Não posso confiar em mim, porque meus olhos estão simplesmente deslumbrados.

— Já tive tempo para analisar. Dei aula de música para crianças na faixa etária do seu público-alvo. E você também deu. Primeiro, quem não vai se apaixonar por um cachorro desses? Tem muita alegria e brilho, mas tem a floresta no fundo, certo? Ele parece despreocupado indo para lá, mas o que tem ali? Talvez algo meio assustador. Talvez alguma coisa que o nosso herói aqui tenha que vencer.

Assentindo para si mesmo, Marco pegou o garfo e cortou sua omelete.

— Eles vão querer descobrir, certo? E ele brilha na história, Breen. A história brilha. Isso vai atrair pais e professores.

— Você faz parecer verdade.

— É fácil, porque é. Agora, coma.

— Há um ano eu não acreditaria em nada disso. Mas aqui estamos, aí está.

— Eles querem uma foto sua com Porcaria para a contracapa. Vou tirar algumas antes de nós irmos para... você sabe, o outro lugar. Mas você vai fazer alguma coisa legal com o cabelo e se maquiar.

Enquanto comia, Marco analisou o suéter azul-claro e a calça marrom-escura que Breen usava.

— Você vai precisar de botas, e pode usar meu colete de couro marrom. Coloque uns brincos pequenos, para ficar bem casual, e pronto.

— Preciso de mais uma hora. Fiquei no livro adulto hoje cedo, preciso de uma hora na próxima aventura do Porcaria.

— Ótimo. Tenho muita coisa para fazer.

Ela trabalhou na hora seguinte e depois subiu para dar um jeito no cabelo. Pensou em passar só um pouco de maquiagem, mas admitiu que estava sendo preguiçosa.

Quando Marco entrou com o colete, fez um sinal afirmativo com a cabeça.

— O cabelo está bom, bonito e natural. Ninguém quer nada muito chique para um livro infantil. Mas você precisa passar alguma coisa mais nos olhos, menina.

Ele pendurou o colete no gancho da porta do banheiro.

— Feche os olhos.

Ela obedeceu; deixou que ele passasse sombra, delineador e rímel.

— Eles precisam se destacar na sua primeira foto oficial de escritora, né? Prontinho.

Quando ele virou Breen para o espelho, ela soltou um suspiro.

— Ficou bom.

Vestiu o colete que ele lhe deu.

— Que ódio, fica melhor em você do que em mim! Mas vou ignorar isso, já que acho que é o visual certo. Vamos fazer nossa primeira sessão de fotos!

Ela pensou que ele tiraria uma ou duas, mas foi uma dúzia. Com Porcaria e a água atrás deles, sentada em uma das cadeiras do pátio com Porcaria ao lado, sentados juntos na grama...

Então, Porcaria plantou as patas dianteiras na coxa dela e lambeu seu rosto.

Rindo, ela o abraçou.

— Essa ficou perfeita! Vou escolher as cinco melhores e mandar para eles. Não sei bem por que cinco, acho que é o número certo.

— Temos que ir.

— Cinco minutos e nós saímos.

Quando por fim adentraram a floresta, Porcaria disparou na frente perseguindo um esquilo, depois mergulhou no riacho, saiu e se chacoalhou, e correu de volta.

— Esse cachorro sabe se divertir — observou Marco. — Então... o que eu vou fazer lá?

— Acho que isso é com Morena.

— Ela não vai querer que eu faça alguma coisa com aquele passarinho, vai?

— Amish. Não sei por que ela iria querer que você treinasse com o falcão dela.

— O que você vai fazer?

— Eu costumo praticar com Nan um tempo. Magia requer prática.

— Como ioga.

— É, como ioga.

Breen sentiu o nervosismo de Marco, por isso passou o braço ao redor da cintura dele.

— Você poderia só me acompanhar hoje, e esperar um pouco até começar o resto.

— Dá na mesma. Nada parece real de novo. Bater papo com Keegan ontem à noite foi uma coisa normal, nós dois trabalhando hoje de manhã... Mas pensar que eu vou passar por uma árvore enorme e entrar em outro mundo não parece real.

— Já vai virar real. — Ela apontou para a Árvore de Boas-Vindas.

— Aí está ela. Nunca vi nada parecido. Eles, hum... colocaram a árvore aí?

— Nan me disse que há mil anos, mais ou menos, Birget, o Sábio, na época *taoiseach* de Talamh, assinou um tratado com os outros reinos. À medida que o homem foi abandonando a magia, começou a suspeitar dos outros e a condenar todos os que detinham poderes. E muitos que não tinham também.

— Como Salem e toda aquela loucura?

— Sim, e antes e depois disso. Talamh escolheu preservar o que eles eram, o que eles tinham, por isso os feéricos e o mundo dos homens passaram a usar esta árvore como uma fronteira e um portal quando Talamh se separou da Irlanda. Nem todos respeitaram o tratado, e a maioria das pessoas deste lado simplesmente esqueceu que o portal existia. A maioria esqueceu que existiam outros mundos. Mas Talamh lembra e preserva sua paz, e luta por ela quando precisa.

— Como agora.

— Como agora — concordou ela, e pegou a mão dele. — Preparado?

Ele respirou fundo, tentando se encher de coragem.

— Vamos descobrir.

Marco pisou em um dos galhos grossos e curvos com ela.

Depois em outro.

— Vá na frente, Porcaria — pediu Breen.

Com um latido feliz, o cachorro saiu correndo e desapareceu.

Houve um flash de luz, menos chocante dessa vez. E o vento aumentou e morreu. De repente, Marco estava com Breen em um dia claro, sob uma brisa, enquanto o cachorro perseguia as ovelhas no campo.

— Tudo bem?

— Tudo. Estranho — admitiu Marco. — Provavelmente vai ser sempre estranho. Mas não estou tonto nem tremendo. É tudo impressionante, Breen. Lá está Keegan fazendo coisas de fazendeiro. Não, é o outro, Harken. E acho que é sua amiga Morena com aqueles cavalos. Tem uma casa lá atrás. Acho que não tinha percebido antes.

— É a casa de Aisling e Mahon. Ela é irmã de Keegan, você a conheceu ontem, com os filhos. E Mahon é o marido dela, muito amigo de Keegan. Acho que meio que um tenente, um soldado. Ele é *sidhe*.

— Certo. Daqui a pouco vou estar entendendo tudo.

Ele começou a descer os sete degraus com ela.

Depois de atravessarem o campo, o muro e a estrada, se aproximaram de Morena, que os saudou. Seu cabelo estava preso em um longo rabo de cavalo, ela usava um gorro azul e levava o broche de falcão que Breen lhe dera preso na jaqueta.

Breen se perguntou se ela abriria as asas e voaria para eles, só para dar a Marco uma amostra do que era.

— Estava pensando em você — disse ela ao aterrissar. — Os cavalos estão selados e prontos para nós, Marco.

— Sei...

Mas ele estava deslumbrado demais com as asas para notar os cavalos.

— São lindas! Posso tocar? Ah, é grosseria fazer isso?

— Não se você pedir licença. Pode tocar.

Ele estendeu a mão, muito gentilmente, e tocou as bordas prateadas das asas cor de lavanda de Morena.

— Parece seda. Elas só... aparecem quando você quer?

— Sim.

— Demais!

— Me contaram que Keegan gostou de sua comida, Marco. Vou querer provar.

— Quando quiser.

— Sou péssima cozinheira.

— Eu te ensino.

— Veremos. Por hoje, quem vai dar aula sou eu. Veja, ali está meu Blue, e aquela linda égua baia é Cindie. Você vai montá-la hoje.

— Vou?

— Com certeza. Vamos circular um pouco no cercado para que vocês se conheçam.

— Por que eu não andei um pouco no cercado quando aprendi a montar?

Morena a fitou com seus olhos azuis.

— Digamos que Keegan e eu temos métodos diferentes. Venha conhecer nossa Cindie. Pelos olhos dela, você vai ver que coração doce ela tem. E também é incansável. Ela cavalga sem parar se você pedir.

Breen foi com ela e não precisou olhar nos olhos escuros de Cindie para sentir a doçura, a lealdade e o prazer de ter um propósito.

— Vou assistir só um pouquinho.

E, sentada na cerca, observou Marco acariciar a bochecha de Cindie e depois o pescoço.

— Nunca subi em um cavalo.

— As primeiras vezes são divertidas, não é? — disse Morena. — Pode montar que eu verifico os estribos para ver se estão no comprimento certo.

— Aqui vou eu.

Ele não tentou, como Breen, montar do lado errado, nem reclamou de não ter onde se segurar. Simplesmente subiu e sorriu.

— Eiaaa!

Rindo, Morena lhe mostrou como segurar as rédeas e usá-las.

— Cindie é uma alma dócil — ela explicou. — Pode ser gentil com ela. Firme, claro, mas ela vai querer agradar você.

— Gostei daqui de cima. Quem diria?

— Ande com ela. Calcanhar para baixo, joelhos para dentro. Isso mesmo. Mãos para baixo também.

— Estou andando a cavalo, que legal! Olhe para mim, Breen!

— Consegue virar agora e andar para o outro lado? Olhe só, você tem o dom!

Obviamente, pensou Breen, mais do que ela no início.

— Pode confiar em mim, eu cuido dele — Morena murmurou para Breen.

— Tenho certeza disso. Mas você vai ficar por perto, não é? Se alguém de Odran aparecer...

— Vou pegar a espada antes de nós sairmos da fazenda. Keegan e Mahon estão com os patrulheiros agora. Vou cuidar dele, dou minha palavra.

— E cuide-se também. — Hora de confiar, pensou Breen. — Está ótimo, Marco. Deixo você com Morena e te encontro aqui mais tarde.

— Até mais tarde. Ei, podemos dar uma volta por ali?

Breen saiu de lá e, com Porcaria, que correu de volta para ela, pegou a estrada para a casa de sua avó.

Acenou para Harken e olhou para o céu em busca de um sinal dos patrulheiros. Viu um falcão voando, mas nem sinal de dragões. Nem sinal também, percebeu, das crianças que vira correndo pelas estradas ou entrando e saindo da floresta durante o verão.

Deviam estar na escola, pensou, como as crianças de outros mundos.

O outono deixava o ar mais frio. Nas colinas, algumas árvores decíduas estavam vestidas de outono com seus vermelhos, dourados e cor de laranja crescendo entre os verdes profundos dos pinheiros. Ela viu *trolls* parados diante das altas cavernas, tomando ar antes de voltar para extrair pedras e cristais.

Na curva para a casa de sua avó, viu um cervo observando-a com um olhar longo e arrogante antes de desaparecer na floresta.

Um cervo, não um animórfico, pensou. Keegan tinha razão; ela sabia. Bastava olhar para o fanfarrão para saber.

A cabana de Marg estava com sua porta azul aberta, dando-lhe as boas-vindas, e fumaça saía de suas chaminés.

Breen encontrou sua avó e Finola na cozinha, colocando ervas em potes.

— Bem-vinda a casa. — Finola, com o cabelo castanho preso para trabalhar, veio abraçá-la. — Estou mais que satisfeita em vê-la. E Seamus em breve vai cuidar de seus jardins.

— Que pena que não estou lá! — Ela deu um beijo no rosto de Marg. — Querem ajuda?

— Tudo pronto. Quer um chá ou algo para comer?

— Não, obrigada. Marco fez um enorme café da manhã fora de hora.

— Claro! Ouvi dizer que o menino bonito é um excelente cozinheiro.

Breen sacudiu a cabeça.

— As notícias voam...

— Em Talamh, sem dúvida. Estou ansiosa para vê-lo de novo. Ele está com Morena agora?

— Sim, está com ela, e já monta melhor em cinco minutos de treino do que eu em cinco horas.

— Espero vê-lo no caminho de volta para casa, então. Tenho coisas a fazer, só vim trazer para Marg um pouco de nosso brandy de pêssego. É bem forte. Vá nos visitar, Breen, e leve o belo Marco.

— Eu vou sim.

— Leve isto. — Marg entregou um potinho à amiga. — Lembre-se, só uma pitadinha quando quiser alguma coisa um pouco mais forte, como seu conhaque, no ensopado.

— Obrigada, e agradeço em nome de Seamus, que gosta desse gostinho mais forte. Bênçãos a vocês duas.

Quando Finola saiu, Marg foi até o pote de biscoitos para cães. Porcaria ergueu as orelhas.

— E o que você vai fazer para ganhar um biscoito?

— Ele sabe dançar — contou Breen.

— Verdade?

— Dance para Nan, Porcaria!

Ele se levantou sobre as patas traseiras e se balançou todo, dando um passo para a direita e outro para a esquerda. Rindo muito, Marg jogou o biscoito para Porcaria pegar no ar.

— Você é muito inteligente! Agora, vamos à oficina?

— Por favor! Quero fazer uma proteção para Marco, já que não posso convencê-lo a voltar.

— Faremos, então. Vamos, rapaz, traga seu biscoito. Está um dia bom para você correr lá fora e mergulhar no riacho. Ele avisa quando quer entrar, não é?

— Sim.

As duas saíram, e, como não ficou ninguém para receber visitas, Marg fechou a porta.

— Eu o sinto pedir o que quer. Não em palavras, mas eu sei.

— Vocês se conectaram bem de verdade.

Elas adentraram a floresta, Porcaria todo empertigado com o biscoito na boca, e atravessaram a ponte sobre o riacho.

— Você tem o dom de se conectar com as coisas vivas, e isso é bom para você. — Marg parou ali, no arco da ponte de pedra, na frente do qual ficava a oficina, entre as árvores. — Sabe dizer qual é o cavalo que Marco está montando hoje?

— Morena a chamou de Cindie.

— Ah, sim, uma boa escolha. Doce, paciente, sempre pronta a agradar. Mantenha o nome dela em mente, pois ela entende. Veja-a em sua cabeça, traga-a para cá.

— Quer que eu a chame?

— Não, não, *mo stór*. Traga-a como faria com o nosso Porcaria. Traga-a. Sinta o que ela sente.

Breen já havia visto a égua nos campos de Harken antes, claro, e a avaliara antes de Marco a montar, mas conectar-se sem ter ideia de distância ou...

Distância não significava nada, dissera Keegan uma vez.

Então, ela se concentrou no nome e na imagem de Cindie e estendeu a mão. Por um momento, foi como se ela saísse de si mesma e entrasse de novo.

— Ela está contente. Gosta do humano e do cheiro do ar. Gosta de andar com Blue. Ela... ela acasalou com ele antes.

Marg sorriu.

— Sim, duas vezes, se não me falha a memória. Você trabalhou muito bem.

— Não sabia que eu podia fazer isso.

— Pode, isso e muito mais. E como o nosso Marco está se sentindo?

— Eu não...

— Não pense, apenas sinta. Não são os pensamentos dele, e é preciso mais, já que humanos e feéricos têm filtros que cavalos, cães e afins não têm. Mas sua conexão com ele já é forte. Você já fez isso sem saber, porque tem esse vínculo com Marco há muito tempo. O que ele está sentindo neste momento?

— Está animado.

Chocada com a clareza da sensação, Breen riu.

— Está orgulhoso de si mesmo. Meio presunçoso. Meio não — corrigiu —, bastante!

— Muito bem. — Marg deu um tapinha no braço de Breen antes de seguir para a oficina. — Então, quando estiver preocupada, pode olhar. Mas não esqueça as boas maneiras. Não se intrometa se não houver uma causa justa.

— Entendi. — Breen seguiu a avó até a oficina, onde Marg acendeu o fogo. — É como quando eu vi o cervo quando ia para sua casa e soube que não era um animórfico?

— Mais que isso. Todos os feéricos têm esse conhecimento. Ninguém lançaria uma flecha na caça sem olhar e saber. Mas nem todos têm o que você tem. É um dos dons de Harken também. E de Aisling, com sua maneira de curar uma ferida ou uma doença. Você tem os dois.

— E você? Nunca perguntei.

— Um pouco dos dois. Seu dom é mais forte, mas ainda precisa ser aprimorado.

— Perdi tanto tempo... poderia estar aprendendo.

— O tempo nunca é perdido, apenas gasto em outros assuntos. Agora — Marg apontou para suas diversas prateleiras, jarros, cestas, cristais e ferramentas —, que tipo de proteção você quer para seu amigo?

— Eu gostaria mesmo é de colocá-lo dentro de um campo de força impenetrável, mas acho que isso não é possível.

— Com tempo e prática — tranquilizou-a Marg, e acendeu o pequeno fogão onde estava a chaleira.

— É mesmo?

— Mas essas coisas também podem ser prisões, não é? Tirar a liberdade para dar proteção... O que eu sei dele? Eu diria... — Ela girou o dedo, como se quisesse encontrar a palavra. — ... alguma coisa estilosa, que ele possa usar e se exibir um pouco.

— Tem razão! Um colar — Breen brincou com o seu —, ou talvez uma pulseira.

Marg apontou para as prateleiras.

— Veja o que lhe chama a atenção.

Breen andou diante das prateleiras olhando, pegando e largando cordas, correntes, pedras, fitas, tiras de couro.

— Os *trolls* extraem os cristais?

— Sim.

— E você faz escambo com eles. Preciso aumentar meu estoque; você foi mais que generosa já, preciso começar a arranjar minhas coisas. Eles negociariam comigo?

— Claro que sim. Não há nada que os *trolls* gostem mais do que um bom escambo. E uma boa refeição com uma grande caneca de cerveja. É uma cavalgada e tanto até as minas mais próximas e o comércio deles. Keegan pode levar você enquanto estiverem treinando.

— Hmm — foi tudo que Breen disse.

— Mas agora escolha o que quiser para seu amigo, e meu também. E fazer a proteção vai ser um bom treino para você.

— Pensei em couro. Eu poderia fazer uma pulseira trançada de tiras de couro de cores diferentes, como preto e tons de marrom. E usar pedras. Malaquita, para proteção e apoio; ele vai gostar da cor. Turmalina negra para segurança e proteção, obsidiana para blindagem, para purificação e para mandar a energia negativa de volta à fonte. Citrino para energia positiva e limpeza espiritual. Ametista e labradorita para proteção contra ataques psíquicos.

Breen olhou para Marg.

— Boas escolhas, todas elas. Você aprende rápido, Breen Siobhan. Pensei em acrescentar uma ágata de fogo; é um escudo. Escolha suas pedras, então. Acho que as polidas são melhores para uma pulseira. Guardei sua varinha e seu *athame*, não se esqueça de levá-los quando for treinar.

Marg foi até outra prateleira e abriu uma caixa de madeira comprida. Pegou as ferramentas de Breen e as colocou na mesa de trabalho.

— Agora, separe o que escolheu. Faça o mais simples primeiro, que é trançar o couro com suas próprias mãos, pensando em seu amigo e em sua intenção a cada torção.

Breen sabia fazer tranças – Marco lhe havia ensinado –, de modo que se sentou e começou.

— Que cada torção dê proteção a meu irmão de coração. Couro forte, escuro e claro, três em um. E seu coração vai bater embaixo desta pulseira.

Marg assentiu.

— Muito bem, boas palavras. Coloque as pedras no couro como desejar.

Breen as organizou, reorganizou, mudou tudo mais uma vez.

— Será que está certo assim?

— O que você acha, o que sente?

— Parece certo. Ele vai gostar das cores e dos contrastes. É uma combinação forte.

— Sim. Agora traga a luz, *mo stór*. Carregue as pedras com a energia delas e com a sua.

Parecia que havia sido no dia anterior que aprendera a fazer magias intencionalmente. Seu coração disparou quando ela puxou seu poder, quando puxou a luz que entrava pela janela para banhar as pedras.

A energia pulsava nelas.

— Sua varinha, agora. Mescle as pedras e o couro com a intenção de seu coração. Dê a tudo seu poder e suas palavras.

— Este presente eu faço para alguém querido, para protegê-lo de todo e qualquer perigo. Com minhas mãos três fitas uma se torna, com meus poderes o sol as amorna. E, tendo estas pedras escolhido, eu as energizo para mantê-lo protegido. Corpo, espírito, mente, três unidos como um somente.

Breen passou a varinha sobre o couro e as pedras uma, duas, três vezes.

— E, por meio da varinha e da minha vontade, o encantamento está concluído.

As pedras afundaram no couro trançado e se fundiram com ele.

Ela sentiu o poder tremer dentro de si mais um momento, até que o liberou, com um suspiro.

— É um presente forte — Marg deu um beijo na cabeça de Breen —, e lindo.

Breen ergueu a pulseira trançada, virou-a e a observou, depois a colocou no pulso para ver o efeito das pedras.

— Senti falta disso — murmurou, e olhou para Marg —, e de você. Senti mais falta de tudo isso e de você do que imaginava.

— Vamos fazer uma bolsinha bonita para o presente.

Breen pegou a mão de Marg antes que ela pudesse voltar para as prateleiras.

— Odran ainda não me vê. É como uma cortina. Mas há uma fresta deixando entrar a escuridão em vez da luz. É sua cortina, seu feitiço que o está segurando, Marg.

— Por enquanto. Você ainda precisa de tempo, assim como todos nós.

— Ele vai abri-la em breve.

— Vai, sim. Mas nós temos o dia de hoje. — Marg tomou o rosto de Breen nas mãos. — Odran sabe que você tem mais do que ele pensava, mas não sabe quanto. Nem você sabe, mas vai saber.

Marg voltou para as prateleiras.

— Pensei em um saquinho de couro vermelho, arrematado com um cordão de ouro. Combinaria com Marco?

— Seria perfeito.

Breen sentiu Porcaria esperando pacientemente do lado de fora, então se levantou para deixá-lo entrar.

— Não vou embora de novo até que esteja tudo terminado, Nan. Essa é minha promessa, é minha escolha. Me ajude a encontrar mais em mim para poder fazer isso.

— Sempre a ajudarei, *mo stór*, mas quem vai encontrar o que tem e do que precisa é você mesma.

Que fosse logo, esperava Marg, pois os puxões nas cortinas ficavam mais fortes a cada dia.

CAPÍTULO 5

Depois de uma sublime tarde de conjurações, prática e criação com sua avó, Breen caminhou até a fazenda para vivenciar, senão o ridículo, o doloroso.

Teve uma centelha de esperança quando viu Morena no campo de treinamento dando dicas a Marco na luta com as mãos. Keegan estava recostado no cercado observando. Harken, geralmente ocupado nos campos ou com o gado, estava sentado na cerca ao lado do irmão.

A semelhança impressionou Breen quando Keegan, com as mãos nos bolsos do casaco, virou a cabeça para dizer algo que fez Harken sorrir. Tinham as mesmas feições do homem da foto com o pai de Breen, tirada antes de ela nascer. A mandíbula, o formato da boca, o nariz...

Independentemente das semelhanças, porém, ela havia detectado uma grande diferença na personalidade e nos interesses dos dois. Keegan levava uma espada ao flanco, e Harken tinha luvas de trabalho saindo do bolso da calça. Harken usava um velho boné marrom cobrindo o cabelo ondulado, e Keegan, o esbelto guerreiro, tinha o cabelo trançado de lado.

Taoiseach e fazendeiro, pensou. Se as câmeras funcionassem em Talamh, Breen teria tirado uma foto desse momento.

Harken ergueu a mão e acenou enquanto ela seguia a cerca de pedra até o portão. Keegan a seguiu com os olhos.

No campo, Morena fintou um soco de esquerda, lento o bastante para que Marco bloqueasse, seguido de um gancho de direita que parou a um fio de cabelo da mandíbula dele. Ele tentou um direto no queixo, e Morena desviou com uma cotovelada, lançando o punho e parando quase colado no nariz dele.

— A defesa está nos olhos tanto quanto nas mãos, Marco querido, lembre-se disso. Nos olhos e na postura. Use seu ombro à frente agora. Lá vamos nós de novo.

Na hora em que ela falou, Marco viu Breen. Sorriu.

— Olhe para mim. Estou...

E concluiu com um *uff* quando Morena lhe deu uma rasteira.

— Olhe para mim, Marco — Morena usou dois dedos para apontar para os olhos dela. — Distraído desse jeito você vai acabar de bunda no chão toda vez. — Ela estendeu a mão para ajudá-lo a levantar. — Para um iniciante, você está indo bem. Vamos fazer uns minutos de intervalo.

Ela pegou um odre de água e jogou para ele.

— Estou tendo um dia infernal — disse Marco a Breen.

Pelo tom de voz dele, ela interpretou que era infernal no sentido de bom.

— Como foi a aula de equitação?

— Pergunte à professora.

— Ele anda a cavalo como um pato na água.

— Jura?

— Tenho habilidades inexploradas.

Marco bebeu um pouco de água e enxugou o rosto suado.

— Mas lutar não parece ser uma delas.

— Isso só significa que você tem espaço para melhorar. Mas não hoje. Temos que entregar o campo.

— Não, eu espero — afirmou Breen.

— Não precisa. Marco fez por merecer a caneca de cerveja que eu prometi a ele. Ao anoitecer, então, Keegan?

— Sim, hoje.

Ele tirou a jaqueta e a jogou na cerca.

— Não me importo de jantar tarde — gritou Harken. — O crepúsculo daria a você tempo suficiente para cozinhar.

Morena lhe lançou um sorriso doce.

— Vá sonhando, meu querido. Um homem precisa ter sonhos. Pode montar Blue — disse Morena a Marco. — E vamos buscar aquela cerveja e o pão de gengibre que minha vó ia fazer hoje.

— Com prazer.

— Teste suas habilidades selando Blue.

No caminho para o cercado, Amish desceu e pousou no portão. Marco deu um pulo.

— Ora, Marco, eu tenho asas e você não se incomodou com isso.

— Não são as asas. É o bico... e os olhos. Os olhos que me olham diretamente, e eu o ouço pensando: "aposto que a língua dele tem um gosto muito bom".

Morena sacudiu a cabeça e puxou Marco para o cercado.

— Faço um juramento solene: ele não vai comer sua língua nem qualquer outra parte sua.

— Ele sabe disso?

— Se eu sei, ele sabe.

— Espere aí, Marco. Tenho uma coisa para você.

Breen tirou o saquinho do bolso enquanto entrava no cercado.

— Vou ganhar uma recompensa por não cair de um cavalo? Legal. — Abriu o saquinho e tirou a pulseira. — Nossa, arrasou! Obrigada, menina. Onde você arranjou? Não vi nenhuma loja por aqui.

— Eu fiz.

— Fez nada! — Com um meio sorriso, ele olhou para ela, pestanejando. — Você que fez?

— Ah, e fez muito bem, Breen. — Com as mãos às costas, Morena se inclinou para examinar o trabalho. — Maravilhoso.

Harken pulou da cerca para olhar também.

— Muito bom. Você escolheu pedras boas também.

— É para proteção. — Breen a prendeu no pulso de Marco. — Mente, corpo e espírito. Vou dormir mais tranquila se você usar. O tempo todo.

— Sem problemas. Quer dizer que ela é mágica? Você fez isto aqui com abracadabra?

— Com o feitiço mais forte que eu conheço. Isso não quer dizer que você não vai quebrar o pescoço se pular de um penhasco, ou que Morena não vai poder derrubá-lo. Mas é uma proteção.

— E é estilosa. — Ele deu um beijo em Breen. — Amei. E amo você.

Ele pestanejou de novo.

— Isso é uma faca? É uma faca no seu cinto?

— É meu *athame*. É para rituais. Eu tinha deixado com Nan quando voltei para a Filadélfia.

— Ela fez isso aí também, e a varinha — revelou Morena. — Mostre a ele, Breen.

— Você tem uma varinha mágica? Fala sério! — A insegurança dele a respeito da faca foi substituída por entusiasmo. — Quero ver. Faz alguma coisa com ela. Um coelho e uma cartola, alguém, por favor!

— Não quero atrapalhar — disse Keegan secamente —, mas não tenho todo o tempo do mundo para ficar aqui enquanto vocês admiram as habilidades artesanais de Breen.

— Keegan é um treinador durão. Bem, Marco, mostre suas habilidades. Vamos ver você selar meu grande Blue.

— Vejo vocês daqui a pouco — despediu-se Breen, saindo do cercado e recebendo de Harken um aperto no ombro, a título de apoio.

Enquanto Morena supervisionava Marco selando Blue, Keegan pegou uma segunda espada.

— Vamos começar com isto aqui e um espectro só. — Ele entregou a espada a Breen. — E vamos ver o quanto você esqueceu, já que faz um tempo considerável que não treina.

Marco gritou quando Breen desembainhou a espada.

— Você disse que elas não cortam, não é, brother? São enfeitiçadas, né?

— Não cortam nem perfuram carne viva, mas...

Voltando-se, Keegan fez um círculo com as mãos, mexeu-as para cima e para baixo, para baixo e para cima, agitando o ar e fazendo girar terra. E conjurou um homem-fada das trevas.

Breen observou o rosto familiar de um dos seguidores de Odran, aquele que a atacara em seu segundo dia em Talamh, no túmulo de seu pai.

Manteve o foco mesmo quando ouviu o grito espantado de Marco:

— Puta que pariu, que porra é essa?!

— É um espectro — explicou Morena. — Não é real do jeito que você pensa.

— É uma ferramenta de treinamento — completou Keegan, sem olhar. — Muito bem, Breen, vamos ver o que você conseguiu fazer nas suas férias. Defenda-se!

O homem-fada saltou com os olhos cintilantes e a espada erguida.

Breen bloqueou o golpe, sentindo o choque bem familiar do aço repercutir em seu braço. Mudou de posição, colocou o peso no pé de trás e lançou um chute lateral na barriga de seu oponente com o da frente.

A seguir, girou. Segurando a empunhadura com as duas mãos e usando o poder do giro, deu um golpe.

Como naquele lindo dia de verão sob a espada de Keegan, a cabeça do espectro bateu no chão e rolou.

— Caralho! Meu deus, garota, você é fera! — gritou Marco.

Breen simplesmente jogou o cabelo para trás, olhando com desdém nos olhos de Keegan.

— Não tirei folga nem saí de férias.

— Estou meio enjoado...

Breen se voltou e viu Marco curvado, com as mãos nos joelhos.

— Foco! — ordenou Keegan, mas ela o mandou esperar.

— Não é real, Marco. É como um holograma.

Ele levantou a cabeça, respirando devagar.

— Como um holograma. Tudo bem, eu dou conta.

— Vai ser real — murmurou Keegan. — Em breve.

— Eu sei disso, e estou aqui para treinar. Mas ele precisa de tempo para se acostumar. Você vai dar tempo a ele, ou eu encerro por aqui.

Breen pensou ter ouvido uma risadinha de Harken quando Keegan inclinou a cabeça para ela.

— Voltou cheia de si, é? Tudo bem, então, fique com dois.

Em vez de conjurar outro inimigo, Keegan trouxe de volta o primeiro e o duplicou. Eles correram para Breen, mas ela disparou um jato de fogo no da esquerda e empalou o da direita.

— Você é ligeira, Breen Kelly! — gritou Marco, ovacionando como uma multidão.

— Treinei todos os malditos dias. E você não é o único que pode conjurar espectros.

Como ela já previra algo assim, havia conjurado um que estava – segundo seu conceito – em *stand-by*.

Soltou seu espectro, um animórfico corpulento e barbudo de mais de dois metros de altura.

— Agora defenda-se você!

Ele se transformou em um urso e rosnou alto enquanto atacava Keegan.

— Ela fez um urso! — ouviu Marco gritar. — Breen fez um urso!

Keegan puxou a espada e girou, mas não conseguiu evitar a ponta das garras cortantes. Pulou para o lado, no entanto, e o acertou com a espada. Enquanto o urso gritava de dor e raiva, Keegan começou a próxima investida, abrindo o chão sob o espectro.

E pôs fogo nele.

A raiva deu lugar ao fascínio em Breen, que observava o fogo na cratera.

— Não conheço esse. Me mostre.

— Depois.

— Você vai fechar esse buraco, irmão, ou vou ajudar Breen a acabar com a sua raça!

Keegan deu de ombros para Harken, usou as duas mãos e trouxe a terra de volta ao nível do solo.

— Quero tentar fazer isso!

— Mais tarde. Defenda-se.

Breen conseguiu bloquear o golpe de Keegan, mas seu braço estremeceu até o ombro. Ela cerrou os dentes enquanto eles se olhavam por cima do aço vibrante.

— Você melhorou.

— Treinei todos os malditos dias.

Ele lhe passou uma rasteira e a desequilibrou, e, antes que ela pudesse se recuperar, atravessou-a com a espada.

— E mesmo assim está morta.

Irritada, Breen deu um passo para trás e se posicionou de novo. Fintou um golpe com a espada, mas usou a mão esquerda e seu poder para jogar uma rajada de ar. Isso derrubou Keegan. Ela lançou fogo nele, mas o transformou em água antes de atingi-lo.

— Somos dois.

Algo se acendeu naqueles lindos olhos dele, Breen notou. Mas não sabia dizer se era admiração ou espírito competitivo.

— Estou vendo que andou aprendendo uns truques sozinha. — Keegan se levantou. — Controle seu fogo, prefiro não acabar incendiado.

— Esse fogo não faz mal a nenhum ser vivo. É enfeitiçado, como as espadas. Você vai se molhar, mas não vai se queimar.

— Está bem, então. — Ele passou a mão pelo cabelo pingando. — Defenda-se.

Batalharam em meio a espadas e fumaça, fogo e punhos.

No cercado, Harken puxou Morena para lhe dar um beijo.

— Tenho que ordenhar as vacas.

Enquanto Harken se afastava, Marco subiu na sela, esticando o pescoço para observar a ação.

Viu os dedos de Breen vomitarem fogo, que colidiu com uma enxurrada de Keegan. Em meio a isso, espadas se chocavam.

— Tenho que admitir, estou ficando com tesão — disse Marco. — Para eles, isso é como preliminares?

— Um pouco. Dá para ver que ela trabalhou duro. Mesmo assim ele está se segurando. Bem, agora vamos deixá-los treinar e tomar cerveja com pão de gengibre.

Morena abriu as asas e subiu, com seu falcão ao lado.

— Me siga, Marco. Blue sabe o caminho de casa.

Breen os ouviu partir, mas os ignorou. Já estava toda doída. As espadas não cortavam, mas a picada doía. E cada músculo de seu corpo queria chorar depois de dez minutos de luta com Keegan.

O fogo não queimava, mas, Deus, seus pulmões sim. E, como Keegan usara seu próprio truque de transformar o fogo em água (Breen achou isso muito inteligente), ela estava encharcada até os ossos.

Ela podia treinar com a espada durante um ano ou dez, e nunca se igualaria a ele. Mas sua magia havia crescido e se aguçado. Tinha mais coisas para encontrar, mais para aprender, mas, se pudesse evitar os ataques de Keegan com magia, ele não a mataria com tanta frequência.

Contudo, mesmo com isso em seu arsenal, ela se sentia enfraquecendo. E ele nem ofegava! Reforços, pensou. Por que não?

E trouxe de volta seu animórfico para atacá-lo pelo flanco esquerdo.

Quando Keegan fez um movimento para se defender, ela se atirou sobre ele com fogo e espada.

Reconhecendo o golpe mortal, ele recuou.

— Isso foi astuto.

— Você não disse que não valia.

Ele passou a mão pelo cabelo encharcado.

— A única regra na guerra é derrotar o inimigo e sair vivo. — Baixou sua espada, um sinal para uma pausa. — Onde você treinou na Filadélfia?

— No apartamento, quando Marco saía.

— Naquele lugarzinho?

— Era o que eu tinha.

— Não, estou querendo dizer que isso mostra dedicação. Achei que teria que recomeçar de onde estávamos quando você partiu, mas vejo que avançou um ou dois passos.

— Nossa, um elogio! Preciso anotar o dia e a hora. Talvez o minuto.

A irritação cintilou nos olhos de Keegan.

— Já fiz elogios antes.

— Nesta área, bem poucos.

Ele passou a mão pelo cabelo, secando-o dessa vez.

— Então, vou dizer o seguinte: você não é boa com a espada.

— Ah, agora sim é mais familiar.

— Mas — disse ele, com uma leve contrariedade — está um pouco melhor que antes. Como você sabe que é fraca, encontrou maneiras de... como se diz? De compensar, usando recursos nos quais não é tão fraca. Essa é uma boa característica e uma boa tática para qualquer guerreiro.

— Nunca vou ser uma guerreira.

— Bobagem. Você já é uma guerreira. Odran não sabe disso, mas você deveria saber. Já me matou meia dúzia de vezes até agora.

Breen odiava o fato de o reconhecimento dele significar tanto para ela.

— Perdi a conta de quantas vezes você retribuiu esse favor.

Ele deu de ombros.

— Quando nós começamos, você mal conseguia segurar a espada, muito menos usá-la. E, embora não seja uma mulher desajeitada, tropeçava nos próprios pés. — Ele olhou para o céu e mediu o tempo pelo sol. — Já é tarde para fazer você montar hoje. Continuou cavalgando lá?

— Não. Não tinha cavalo nem lugar para montar.

— Então amanhã vamos trabalhar nisso.

— Se formos cavalgar, eu gostaria de ir às minas. Preciso aumentar meu suprimento de cristais sem ficar sempre tirando de Nan.

Ele olhou para ela, pensativo.

— O caminho é longo, e não muito agradável. Para não perder a viagem, o que você tem para oferecer no escambo?

— Ainda não sei.

— Os *trolls* não têm curandeiros. Eles mandam um sinal quando alguém sofre um ferimento grave ou uma doença, mas não houve nenhum ultimamente. Mas devem ter feridas e males menores. Você pode trocar por cura básica.

— Bem básica mesmo.

— Você tem o bastante — apontou Keegan. — E, se houver necessidade de mais, tenho o suficiente para ajudar. E comida. Doces, acho. Biscoitos, bolos, tortas. Tortas de carne também. Qualquer coisa do tipo. Peça a Marco. Se ele for tão bom para doces quanto é para salgados, você vai fazer bons negócios.

Ele olhou para as montanhas.

— É uma longa viagem — repetiu ele. — É que você precisa do treinamento, senão levaríamos Cróga. Temos que começar uma hora mais cedo do que hoje para estar de volta ao nascer das luas.

— Tudo bem. Se nós terminamos por hoje, posso chamar Marco e começar a fazer bolos e tortas.

— Parece noite para você? — Ele ergueu a espada, e seu sorriso era mais desafiador que amigável. — Defenda-se.

Quando finalmente anoiteceu, Breen se sentia como se houvesse sido atropelada por um caminhão e arrastada por um quilômetro e meio antes de ser atropelada de novo.

— Você se saiu bem, considerando que é a primeira vez desde que voltou.

— Por favor. — O orgulho a impediu de simplesmente se sentar no chão e gemer. — Um elogio tão efusivo vai me deixar toda metida.

Ele a ignorou.

— Depois, acho que vamos começar a treinar combate com arco.

— Imagino que não esteja se referindo a um arco de violino...

— Não. Morena e Marco voltaram. Ele gostou da pulseira e você se acalmou um pouco com a proteção que ela proporciona. Quando tiver seus suprimentos, pode fazer mais, para outros propósitos, como presentes e trocas. Vai precisar quando nós formos à Capital.

— À Capital? Você nunca disse...

— Minha mãe vem ao vale daqui a alguns dias, para visitar as pessoas e ver os netos. Ela vai estar aqui para o Samhain. E quando ela voltar, mês que vem, nós vamos com ela. As pessoas precisam ver você, e você a elas. Este vale não é o mundo inteiro. Para mim, é talvez o melhor, mas não o todo.

— Nós não temos até o mês que vem.

Ele viu a perplexidade e o medo quando ela teve acesso a essa informação dentro de si, e estendeu a mão para deter Marco e Morena no portão.

— Que venha, *mo bandia*, é seu. — Ele pegou a mão dela para firmá-la. — O conhecimento é uma arma, tanto quanto uma espada.

Ela enroscou os dedos nos dele e o olhou nos olhos, firme.

— A cortina se abre. Ela não pode segurar. E, quando clareia, ele vê. A criança, a ponte, a chave. O sangue do seu sangue. Filha dos feéricos, dos deuses, dos homens. Quando ele vê, ele sabe. E eles deslizam pelas brechas para trazer a escuridão onde as vestes brancas adoram, tramam e planejam. Sacrifício de sangue, magia de sangue. Começa aí.

— Quando o véu afinar — concluiu Keegan, porque ele também viu. Sentiu com ela, através dela, em si mesmo.

Ela estremeceu.

— Não sei o que isso significa, só sei que ele está vindo.

— Não, ainda não. — Distraidamente, Keegan deu um beijo na testa de Breen. — Mas ele já escolheu a hora e o lugar, e as pessoas de mente fraca que o seguirão.

— Não consegui ver.

— Vamos trabalhar nisso, não é? — disse Keegan, em um tom tão distraído quanto o beijo.

— Havia água, um oceano, acho. E falésias, e uma construção de pedra em cima. Não aqui, nem nos penhascos de Odran.

— Aqui não. No sul. No sul — garantiu Keegan enquanto chamava Morena e Marco com a mão.

— Você está bem, Breen? Está pálida. — Instintivamente, Marco passou o braço em volta dela. — O que houve, Keegan?

— Claro que ela está bem. Só não está acostumada a ver ainda. Mas ela viu bem o bastante, assim como eu. — Olhou para Morena. — Sabemos quando e onde ele vai tentar um golpe, e, assim, vamos estar prontos.

— Sul, você disse? O clã dos Piedosos? — Morena mostrou os dentes. — Malditos fanáticos! Eles juraram.

— E alguns quebram juramentos tão facilmente quanto um galho sob os pés. No Samhain. Preciso enviar um falcão para minha mãe.

— Amish levará sua mensagem. Ele é mais rápido que a maioria. Chamo Harken?

— E Mahon também, se puder.

— A guerra está chegando. Por que você está sorrindo? — perguntou Breen.

— Ela ia chegar de qualquer forma. Mas agora nós sabemos como, quando e onde. Você nos deu uma arma, e nós vamos usá-la. Ah, que pena, mulher, ele querer mandar seus demônios contra nós sem que nós saibamos, e em uma noite santa, na qual honramos aqueles que vieram antes de nós. Estaríamos em ritual, em celebração, em homenagem quando eles chegassem. Só que, graças ao seu dom, usaremos contra Odran a armadilha que ele pretende montar para nós.

— Minha avó. Preciso avisá-la.

— Não se preocupe, ela sabe. E ela não tem nada a temer esta noite, nem você. Dane-se tudo, mulher, você trabalhou muito bem. Fique satisfeita consigo mesma. Agora, volte e ajude Marco a fazer uns bolos.

— Ainda vamos às minas?

— E por que não iríamos? Seu treinamento não para, e você precisa do que eles extraem, não é? Leve-a, Marco. O vinho de que ela gosta lhe faria bem.

— A mim também.

— Amanhã, então. — Keegan pegou sua jaqueta e a espada que Breen deixara cair sem perceber. — Uma hora antes. Não se atrase.

— Ele está... animado — disse Breen, impressionada.

— Certo... Vamos, rapaz, acho que vamos voltar para a Irlanda. Acho que entendi — acrescentou Marco enquanto o cachorro se levantava e corria à frente deles. — Parece que os bandidos estão planejando um ataque surpresa, mas que agora não vai ser surpresa porque você teve uma daquelas coisas tipo visão, então vocês já sabem de tudo. Dia das Bruxas no Samhain, né?

— Isso mesmo.

— Vou pesquisar no Google para saber mais. — Marco olhou para trás quando chegaram ao muro de pedra do outro lado da estrada. — Uau, olhe lá em cima! Duas luas. Tem mesmo duas luas aqui! Tenho que pensar nisso mais tarde. Me deixe ajudar você.

— Estou bem. Você tem razão, e ele também. O conhecimento é uma arma. E nada vai acontecer esta noite, nem antes do Samhain.

Exceto que Odran empurraria a cortina de Nan para o lado, enfim, e a veria. Ela não sabia como lidaria com isso quando chegasse a hora.

— Inferno, nem me toquei. Vamos ter que atravessar toda aquela floresta no escuro.

— Sem problemas, eu posso puxar luz.

— Ela pode puxar luz — murmurou Marco enquanto subiam os sete degraus, e riu quando Breen lançou lindas bolas luminosas. — Você é uma maravilha, garota. Tenho tanta coisa para te falar! Um monte de merda. Mas tenho que perguntar...

Distraído, ele subiu na árvore e atravessou sem pensar. E então parou:

— Se eu acordar e tudo isso for um sonho, vou ficar puto. Enfim, eu ia perguntar antes de nós atravessarmos os mundos: o que eu tenho que cozinhar e por quê?

Ela explicou no caminho de volta à cabana e ouviu Marco falar sobre seu dia. Desde aprender a montar – sua parte favorita – até a visita à cabana dos avós de Morena – a segunda favorita.

— Todo dia lá é agitado desse jeito? — perguntou, vendo Porcaria ir direto para a baía.

— A princípio eu acho que sim. Nunca se sabe o que se vai ver ou fazer lá.

Breen acendeu o fogo antes de ir para a cozinha.

— Curti ver minha melhor amiga acender o fogo do outro lado da sala. Vamos tomar grandes taças de vinho.

— Vamos mesmo.

— Sobrou macarrão para o jantar. Que bom — ele comentou enquanto Breen servia taças generosas —, já que vou ter que cozinhar para o Atchim e o Zangado.

— Eu ajudo. Vou lavar tudo.

— Uma coisa de cada vez. Vou tomar um banho quente bem longo, colocar o pijama, e você faz o mesmo. Depois, vamos beber mais vinho e comer macarrão. E depois cozinhar.

— Banho e pijama, a melhor ideia de todos os tempos. Assim que eu der comida para Porcaria. — Mas ela se recostou no balcão primeiro, tentando esquecer o dia o máximo possível. — Como está sua bunda?

Ele virou o torso e chacoalhou a bunda.

— Durinha e afrontosa.

— Estou falando da sela.

— Meio dolorida aqui e ali, mas nada demais.

— Nossa, eu quase não conseguia andar depois da primeira aula. Eu odiaria você se não te amasse tanto.

Ela encheu as tigelas do cachorro e avisou mentalmente Porcaria de que o jantar estava esperando.

— Você e Keegan pegaram pesado. A coisa esquentou.

— O truque do fogo virar água era minha arma secreta. Bem, pelo menos no começo.

— Não estou falando disso, garota. — Revirando os olhos, Marco abanou o rosto com a mão. — Esquentou de outro jeito.

— De verdade. Não tem nada a ver com sexo.

Quando Porcaria entrou correndo, ela foi fechar a porta e viu que os duendes estavam de guarda.

— Eu sei reconhecer um clima. E se você se não pegar aquele homem de novo, vou ter pena de você, garota.

— Nós temos muito mais coisas para pensar além de sexo.

Marco revirou os olhos de novo.

— É por isso que você tem que pegar as coisas boas quando a chance aparece. — Ele passou o braço pelos ombros dela e os dois se dirigiram às escadas. — E eu aposto minha harpa nova que esse homem traz coisas boas.

— Pode ser, mas nós estamos concentrados em salvar mundos.

— Não faz muito sentido se você não pegar as coisas boas. Talvez eu precise de um banho frio agora.

Ela o empurrou em direção ao quarto dele e foi para o dela.

CAPÍTULO 6

Sempre madrugadora, Breen começou o dia antes de o sol nascer. Viu os duendes esvoaçando no jardim enquanto ela fazia seus exercícios matinais. Ela sabia que Keegan a testaria, com seu estilo implacável, de modo que queria estar preparada.

Quando o sol atravessou o vidro, ela postou no blog e fez bons progressos na segunda aventura de Porcaria.

Parando para um intervalo bem merecido, foi dar bom-dia a Marco.

— Acordou cedo — disse ela enquanto ele observava uma panela com água no fogão. — Ouvi você andando por aqui, mas eu estava num ritmo bom.

— Eu também. — Ele enfiou uma escumadeira na panela e virou alguma coisa. — Estou fazendo bagels.

— Acho que o bagel fica melhor torrado, Marco.

— Estou fazendo do zero.

— Fala sério! — Ela foi olhar e viu os círculos de massa flutuando na água fervente. — Tem que ferver? Eu sabia disso?

— Um minuto de cada lado. Depois, mergulha o lado de cima molhado nas sementes de papoula ou de gergelim, eu tenho as duas, e leva essas gracinhas para o forno.

Ela olhou para o balcão e viu o papel-manteiga com bagels ainda não assados.

— Nós fizemos biscoitos e petit-fours ontem, né? E eu tive essa inspiração: bagels. Quantos ali já sentiram a glória de comer um bagel torrado? Nós tínhamos todos os ingredientes na despensa, então eu pensei: por que não?

Ele tirou mais três da água, ligou o cronômetro e colocou mais três.

Breen observava enquanto ele passava cada um nas sementes em um pratinho e depois os colocava de novo no papel-manteiga.

— Vamos dividir um assim que estiverem assados — prometeu ele.

— Controle de qualidade.

— Sou a favor. Precisa de ajuda?

— Não, pode deixar. O negócio aqui é profissional.

— Avise quando for a hora de provar.

Como Marco parecia estar delirantemente feliz, Breen pegou uma Coca-Cola e o deixou lá. Então se sentou à sua mesa para anotar um lembrete para colocar uma confeitaria musical no terceiro livro de Porcaria.

Bagels e banjos? Biscoitos, bolos e bandas? Tortas e tambores?

Com certo esforço, deixou esse assunto de lado e mergulhou em seu romance. E só voltou quando Marco bateu no batente da porta.

— Você tem que comer, garota. Eu vou rufar os tambores.

— Estou indo, vou só desligar aqui.

Breen encontrou dois lugares postos à mesa com meio bagel, fatias de maçãs assadas com canela e uma porção de ovos mexidos com pedaços de presunto.

— Vou ter que treinar mais se continuar comendo assim.

— O bagel primeiro. — Ele passou a manteiga para ela e cobriu o seu com cream cheese. — Não entendo como você pode não gostar de cream cheese no bagel. Enfim... No três, ok?

Ela passou mais uma delicada camada de manteiga no dela.

— Um, dois, três! — E mordeu. — Meu Deus, que delícia!

— Boa textura — assentiu Marco enquanto mastigava. — Um leve toque do doce do mel. Não está duro, mastigável. São bagels dignos de *trolls*. Uma dúzia é para eles, a outra é para Nan, Morena e os demais.

— Você fez duas dúzias de bagels?

— Duas dúzias de padeiro. Guardei um para nós para amanhã.

— Estava pensando que você deveria abrir uma confeitaria musical, mas acho melhor uma lanchonete musical. Ia arrasar.

No fim da manhã, eles atravessaram a floresta com as caixas de guloseimas até Talamh.

— Nunca vou me cansar disso — disse Marco quando saíram da luz do sol para uma chuva fina e um dia nublado.

Perto da estrada, Breen ajeitou as caixas nas mãos e parou. Viu Cróga mergulhar das nuvens. Brilhando pela umidade, dragão e cavaleiro pousaram no centro da pista.

O chão tremeu, mas logo parou.

— Jesus, como é grande! É muito grande. Acho que esqueci alguma coisa na cabana.

— Respire, Marco.

— O que é tudo isso? — perguntou Keegan, escorregando de Cróga e passando a mão sobre as escamas brilhantes do dragão.

— Os doces para trocar.

Keegan examinou as caixas.

— Vai ficar com todas as pedras de Talamh?

— Eu não sabia quanto seria necessário. E esta pequena é para Nan e Sedric. Marco separou também para a fazenda e para a família de Morena.

— Ora, vamos dar uma olhada, então. — Ele mesmo abriu uma das caixas. — O que são esses docinhos aqui?

— São carolinas de creme — informou Marco, com um olhar fixo como laser em Cróga. — Ele vai ficar aí parado olhando para mim?

— Ele não vai lhe fazer mal, irmão. — Keegan pegou uma carolina e a colocou na boca. — Juro, isto aqui é digno dos deuses. E tem tortinhas também.

— Se você vai experimentar todos, é melhor sairmos da chuva.

Keegan nem olhou para Breen e pegou uma tortinha.

— Não é para mim. Cróga adora doces. Pegue isto, Marco, jogue para ele.

— Ah, não, jogue você.

— Ora, com certeza você é mais corajoso que isso. É só jogar.

Sem opção, Marco jogou a tortinha. Cróga apenas sacudiu a cabeça e a pegou. E então, soltou um rugido, como um leão depois de comer um antílope.

— Isso significa que ele gostou?

— Isso mesmo. E parece que ele vai fazer a viagem para as minas, afinal.

— Nós vamos nele?

— Nós vamos cavalgando, mas ele vai levar tudo isso; senão, precisaríamos de um cavalo de carga, o que é lento demais para viajar — Keegan examinou o céu. — O tempo deve abrir ao meio-dia, mas é melhor sairmos um pouco mais cedo. Vou passar pela casa de Marg quando for a hora.

Keegan pegou dois biscoitos e, enquanto voltava para seu dragão, partiu um ao meio. Jogou metade para Porcaria e a outra para Cróga. E comeu o outro enquanto montava.

— Tenho certeza de que os deuses chorariam se comessem isto, Marco.

O dragão subiu, formando um remoinho de ar com suas asas. E então desapareceu, engolido pelas nuvens.

— Eu dei uma tortinha para um dragão...

— Parabéns! Vamos levar tudo isso para a fazenda, depois pego os de Nan. Talvez só nos vejamos na hora de voltar.

— Vou ficar bem. Sei o caminho para a casa de Finola se Morena não estiver na fazenda. E eu dei uma tortinha para um dragão enorme.

Breen levou a caixa até a casa de Marg e passou o resto da manhã aprendendo e praticando um feitiço de barreira.

Quando a chuva passou, como Keegan previra, Marg a levou para a floresta.

— Agora, me diga o que há aqui.

— Aqui? — Breen olhou ao redor. — Árvores, o riacho, sua oficina.

— Você é una com o ar, com a terra. Está sempre conectada à luz, à água. Tudo que vive está conectado. Abra-se para os corações que batem, para o que busca a luz, para o que se esparrama pela terra. Ouça as batidas do meu coração.

Entendendo que o primeiro passo seria acalmar sua mente, Breen fechou os olhos, aprofundou e desacelerou a respiração. Abrir-se para Marg foi fácil como respirar.

— Eu ouço você, Nan, ouço seu coração forte. Sinto sua luz. E Porcaria... a emoção dele ao perseguir um esquilo... não, não, é uma tâmia. O coração do bichinho bate tão depressa quanto ele sobe em uma árvore. É um castanheiro. Velha... a árvore é velha, e sua casca tem sulcos profundos, mas seu coração ainda é forte. Suas folhas ficaram douradas para o outono e começaram a cair com o vento. Ano após ano, década após década, os pássaros cantam e se abrigam e fazem ninhos em suas folhas verdes na primavera. Mas a tâmia é jovem, briga com Porcaria na segurança do galho. Ela não entende que Porcaria não a machucaria. Ele só quer brincar.

Atordoada por ver tudo tão claramente, saber tudo com tanta certeza, Breen abriu os olhos.

— Nan...

— O que mais há aqui?

— O cervo, aquele que eu vi ontem. Ele está mais enfronhado na floresta, por isso Porcaria não o farejou. Uma corça e seu filhote, ainda manchado, caminham atrás dele. Cruzam o riacho e os peixes se dispersam quando eles param para beber. Aves, tantas aves. Trepadeiras-azuis, gaios, pegas, estorninhos, corvos e pica-paus. Uma raposa — apontou para o oeste — correndo do campo para as árvores. Está com um rato na boca. Morto. Embaixo de um carvalho vermelho-fogo, uma coelha amamenta seus filhotes em sua toca, a salvo do falcão. Perto dali, cogumelos brotam em uma árvore caída, encontrando vida na morte.

Marg pegou a mão de Breen.

— Pronto, já chega. Muito de uma vez pode deixá-la tonta.

— Há tanta, tanta vida pulsando e crescendo, dormindo e se alimentando, caçando e se escondendo... Todos os feéricos podem sentir isso?

— Não. Os elfos têm vínculo com as árvores, as pedras e a terra, mas é um saber diferente. Os animórficos têm vínculo com seus animais espirituais. Os *sidhes* estão mais próximos de sentir o mesmo, e essas gotas do sangue deles que você tem aumentam sua herança dos Sábios.

— Então você sente também? — perguntou Breen enquanto voltavam para a cabana.

— Não tão rápido, nem tão longe ou profundo como você.

— Foi uma sensação maravilhosa de segurança.

De ser preenchida, pensou Breen.

— É mesmo. E, como o feitiço de barreira que você aprendeu, é tanto defesa quanto ataque.

— Porque assim eu vou conhecer o coração, a intenção de um inimigo?

— Exato. Você não fez isso antes de Yseult machucá-la porque eu ainda não lhe havia ensinado essa habilidade.

— Eu não estava preparada antes. Não era forte o suficiente.

— Ela é poderosa e astuta. Sua ambição e seus desejos a atraíram para Odran.

— Você a conheceu antes?

— Nós fomos jovens na mesma época. Não amigas, isso nunca. Eu era do vale, e ela cobiçava a Capital. Era a sede do poder para ela.

Quando cruzaram a ponte, Porcaria saiu do riacho e correu para a cabana. Breen não precisava de poder para saber que ele estava esperando um biscoito na cozinha.

— Ela entrou no lago naquele dia, assim como eu. Ninguém queria a espada tanto quanto Yseult. Mas para governar, não para servir, nem proteger, nem carregar o peso de tudo isso. Senti a inveja, a escuridão nela, quando emergi do lago com a espada.

Marg tirou a capa quando entraram em casa e foi direto para a cozinha e o pote de biscoitos para atender ao desejo do cachorro.

— Que bom menino você é! Peça com educação.

Porcaria se sentou e latiu baixinho.

— Vamos tomar uma sopa antes de sua viagem. E vamos comer também uns doces de Marco.

Conhecendo essa rotina, Breen fatiou o pão enquanto Marg aquecia a sopa.

— Só nós duas hoje, *mo stór*. Sedric tinha coisas a fazer em outro lugar.

— Quando foi que Yseult mudou de lado, Nan? Você não me disse.

— Ela escondeu bem de mim, da família, de todos. E, a partir daquele dia, praticou as artes mais sombrias em segredo. Foi até ele pelo portal das cataratas, entrava e saía sem ser detectada. Será que eu teria notado se olhasse mais fundo? Não posso saber, mas sei que ela usou seus dons para ajudá-lo a atravessar, para ajudá-lo a me cegar para não ver o que ele era. Eu sei que ela o ajudou a se reconstruir quando eu o julgava derrotado. Ela o ajudou a reunir um exército e a raptar você naquela noite terrível. Isso eu vi no fogo e no cristal — acrescentou Marg quando começaram a comer. — Ela fez essas coisas pelo poder e para me atacar por ter o que ela cobiçava.

— Ela o ama?

— Ah, não. Yseult não ama. Ela pode desejar, mas amor é outra coisa. Ela o adora como a um deus, acho. Fez dele seu deus. E adora o poder dele e o que consegue por meio dele. Esse é seu verdadeiro deus, seu amante, seu filho amado. Odran é a resposta para ela, entende? Ela acredita nele, claro. É leal porque acredita.

— Eles vão destruir um ao outro para atingir seus objetivos. Odran estava pronto para matá-la na visão que tive, depois que ela não conseguiu me levar. Não a matou porque esfriou a cabeça e viu que ela ainda era útil. E ela jogou com astúcia, como você disse.

— Lembre-se dessas coisas, são armas também. E seja esperta com os *trolls* hoje. Eles adoram um comércio bom e justo, mas não hesitarão em tirar vantagem se você permitir. Loga é o chefe da tribo aqui no oeste, é inteligente. E a esposa dele, Sula, é mais inteligente ainda.

— Preciso da sua opinião. — Breen abriu a caixa e colocou várias amostras em um prato. — Acha que isto me daria alguma vantagem na negociação?

Com prazer, Marg escolheu um *petit-four* com uma cobertura verde forte.

— Bom. Muito bom. Nunca conheci um *troll* que não gostasse de doces. Carne e hidromel também, mas os doces os desarmam. Você vai se sair bem.

Como a porta estava aberta, Breen ouviu o som de cavalos trotando em direção à cabana.

— Acho que vou logo descobrir.

Marg se levantou com ela e a acompanhou até onde Keegan a esperava.

— Está um belo dia para cavalgar — disse Marg e, ao olhar para cima, viu Cróga sobrevoando. — Vai levar seu dragão também, então?

— Ela trouxe doces suficientes para o clã inteiro de *trolls*. Cróga vai carregar as caixas.

— Se for muito para agora, garanta que deixem de crédito para o que ela possa querer no futuro. Um belo dia — repetiu Marg. — Acho que vou passar um tempo ao ar livre também.

— Vou selar seu cavalo para você — disse Breen, mas Marg recusou.

— Não, pode ir. Keegan vai querer voltar da montanha antes de escurecer. — Ela deu um beijo no rosto de Breen. — Aproveite a vista de Sliabh Sióg.

Breen se inclinou para Porcaria.

— Pode ficar aqui na cabana ou subir até a fazenda. Vá brincar com as crianças, ou procure Marco e Morena. Estou indo longe demais para você me acompanhar.

Ele ficou gemendo enquanto ela se endireitava e acariciava Boy, o cavalo que ia montar.

— Voltarei com as luas — prometeu — e chamarei você.

Ela montou, e foi um alívio sentir-se confiante na sela.

— Mandarei buscá-lo quando chegar, e voltaremos amanhã, Nan.

— Bons negócios, e bênçãos sobre vocês dois.

Enquanto trotavam para a estrada, Breen revisou mentalmente as regras básicas da equitação. Sabia que Keegan zombaria de qualquer erro de novata que cometesse.

Quando chegaram à estrada, Keegan olhou para ela.

— Podemos pegar uma boa velocidade daqui para a frente — avisou ele.

E, então, fez o grande garanhão preto sair a galope.

— Isso aí, Boy, vamos torcer para nós dois lembrarmos como se faz.

Ela galopou atrás de Keegan e descobriu que se lembrava, e com a lembrança veio a emoção da velocidade, a força do cavalo embaixo dela.

Jamais alcançariam o ritmo de Merlin, mas era como se voassem pela estrada. O cabelo que Breen não pensou em prender esvoaçava atrás dela, e o açoite frio do vento em seu rosto era emocionante.

Uma carroça puxada por um par de cavalos vinha na direção contrária. O homem conduzia enquanto a mulher levava um bebê no colo. Um menininho, na parte de trás, acenou e gritou saudações, primeiro para Keegan – uns dez corpos à frente – e depois para ela.

Aproximaram-se da curva que levava à torre redonda, ao círculo de pedras, às ruínas onde o clã dos Piedosos uma vez rezara. E do cemitério onde as cinzas de seu pai jaziam, sob um jardim que ela e Marg haviam trazido à vida.

Mais à frente, Keegan virou e cavalgou em direção à curva distante da baía.

Breen viu uma sereia sentada em uma rocha, com sua cauda luminosa – uma verdadeira joia – enrolada em torno de si, penteando seus longos cabelos dourados. Na água, agora azul como o céu, outros sereianos jovens mergulhavam e subiam, chicoteando a água com as caudas brilhantes.

A beleza e o fascínio fizeram Breen desacelerar para ouvir o eco das risadas dos jovens.

A sereia virou a cabeça e, depois de um momento, levantou a mão e acenou.

Bênçãos sobre você, filha dos feéricos.

O coração de Breen disparou quando ela ouviu as palavras em sua cabeça. E sua mente formulou uma resposta.

E sobre você, filha do mar.

Tomada de beleza e fascínio, ela cavalgou até onde Keegan esperava.

— São filhos dela?

— Dois são, três são primos. Você poderá conhecê-los outro dia. Ainda temos muito caminho a percorrer.

— O coração de Boy vai explodir. É tão grande quanto o de Merlin, mas não tem a resistência dele.

— Tem razão. — E Keegan prosseguiu trotando apenas.

— Só vi uma sereia até hoje, uma mocinha. Ala. Porcaria gosta de brincar com ela.

— Se você o levar lá, outros jovens aparecerão.

— Farei isso. Quando Marco se sentir confiante para cavalgar, quero levá-lo ao túmulo do meu pai. Ele também o amava. E teria a chance de ver os sereianos.

— Eu o vi cavalgar ontem, não lhe falta confiança. Mas quando o levar, carregue uma espada também. Os dias estão ficando mais curtos — disse Keegan antes que ela pudesse falar. — Ele está treinando para a batalha no Samhain, e estaremos prontos. Mas, até lá, espiões e patrulheiros vão escapar.

— Como é que vamos ficar prontos?

Keegan hesitou, e ela se voltou para ele.

— Como posso ser tão importante para deter Odran se não sei como deter um ataque que vi chegando? Ou melhor, que senti? — corrigiu.

— Mahon e eu fomos para o sul com tropas ontem à noite. Ele está lá com elas, por enquanto. Temos patrulheiros e espiões também, e pessoas que vão observar e relatar o que essa facção do clã dos Piedosos planeja.

— Se você está reunindo tropas, eles não vão ver e perceber que já sabemos?

— Eles verão o que queremos que vejam. Alguns noviços que desejam a vida religiosa, outros que bebem cerveja demais nos bares ou flertam na praia, velejam etc. — Ele deu de ombros, como se falar de guerra fosse muito comum. — Minha mãe vem da Capital, e algumas pessoas que vêm com ela vão pegar a direção do sul. Temos quartéis lá, e isso vai parecer uma troca de tropas, mas ninguém sairá senão para a floresta, as cavernas ou os campos, onde vão esperar.

— Quando você vai?

— Mahon retorna para o aniversário de Finian. Voaremos para o sul antes do pôr do sol do Samhain. É uma questão tática — prosseguiu depois de um momento. — Esmagar esse ataque depressa e completamente e levar aqueles que quebraram o tratado ou se entregaram para a Capital, vivos, para julgamento mostra força e determinação.

— Mas não vai acabar com Odran — murmurou Breen.

— Não, mas vai servir para desmoralizar os fiéis de Odran e levantar o moral dos feéricos.

— E você não quer que eu esteja lá.

— Não há lugar para você lá. Isso não é um insulto; é que não está preparada para essas coisas, você sabe.

— Vou estar um dia?

— Deverá, portanto estará.

Ele olhou para cima e ela seguiu seu olhar. Viu Cróga planando no ar como um navio no mar. E, com ele, um dragão cor de rubi e safira, com um cavaleiro.

— É... é Nan! Eu não sabia que ela tinha ou que montava um dragão. Quer dizer, eu vi... vi no fogo, mas o que vi aconteceu anos atrás.

— Claro que ela monta. O dragão dela é Dilis, e deu à luz mais de uma dúzia de filhotes. Cróga é descendente dela. É neto... não, bisneto.

— Ela é linda. As duas são lindas.

Então, Breen se deu conta.

— Nan vai para o sul, para a batalha?

— Não. Não há necessidade. Quando houver, se e quando houver, ela voará e lutará. Venha, Boy já descansou o suficiente. Ainda falta quase uma hora, depois outra para subir até o posto comercial.

Dessa vez Merlin adaptou seu ritmo ao de Boy. A estrada se manteve suave e firme durante um tempo, mesmo quando começou a subir.

Keegan diminuiu a velocidade quando começaram a serpear pela floresta, sob árvores cujas folhas caíam quando o vento as libertava.

Havia tanta cor que era como andar dentro de um caleidoscópio atravessado pelo sol.

Testando a si mesma, Breen se abriu. Sentiu batimentos cardíacos – cervos, um urso-negro, três elfos caçando. Então, seu próprio coração disparou quando Merlin simplesmente saltou de uma margem à outra de um riacho.

— Não sei fazer isso.

— Boy sabe. Não vou deixar você cair. Peça a ele.

— Posso simplesmente descer, atravessar e montar de novo.

— Peça a ele — repetiu Keegan. — Eu disse que você não vai cair.

Considerando que – que ela soubesse – Keegan nunca mentia, ela prendeu a respiração e pensou *pule,* e Boy pulou. Talvez o som que Breen soltou tenha chegado muito perto de um grito, mas ela continuou sentada.

— Você ajudou?

— Só um pouco. Você cavalga melhor do que pensa. E em breve isso será necessário.

Não demorou muito para ela entender a verdade das palavras dele. A trilha ficou mais íngreme, mais áspera, até que parecia mais um monte de escombros de uma avalanche que um caminho.

A floresta deu lugar a uma clareira e a uma espécie de estrada estreita e esburacada, onde o vento soprava mais forte.

Ela olhou para cima, mais alto ainda, e sentiu a boca seca. O verde dos pinheiros cobria a encosta, mas o caminho, cheio de zigue-zagues e saliências, parecia mais apropriado para cabras que para cavalos.

— Você já fez isso antes, não é?

— Claro que já. Boy é firme. — Keegan se virou na sela para olhar para ela. — E não vou deixar você cair.

Ela resolveu que a melhor maneira de encarar seria manter os olhos fixos à frente, não olhar para baixo, para cima ou para os lados. Apenas confiar que seu cavalo colocaria uma pata na frente da outra com segurança.

E, seguindo sua decisão, não teria visto se Keegan não parasse e virasse com Merlin.

— Chamamos isto de Palma de Deus. Dá para descansar e ver Talamh — fez um gesto amplo com a mão —, todo o caminho para o sul e o Mar das Aflições.

Ela olhou e seu coração disparou. Não de medo, e sim devido à pura beleza.

Quilômetros e quilômetros de colinas e campos, uma colcha de retalhos de verdes, o brilho dos bosques de outono, o cinza dos muros de pedra e construções antigas, cabanas e vilarejos, e, sob o céu claro, o azul deslumbrante da água.

— A fortuna está a seu lado hoje, o dia está muito claro. Muitas vezes Talamh se esconde nas brumas.

— É como uma pintura, mas uma pintura dentro de um cristal, perfeita. Algo tão perfeito não parece real. Mas vejo movimento, vida. Onde fica a Capital?

— A leste, mas a montanha a bloqueia daqui, pois aqui é o limite do oeste. — Keegan pousou a mão no ombro dela para virá-la. — Dá para ver lá, onde se erguem as colinas e a floresta, onde a caça é densa para que ninguém nunca precise conhecer a fome. E, ali, os altos penhascos que cortam o Mar do Oeste, e o mar que corre até o fim do mundo. Seu mundo, tanto quanto meu.

— Você precisava que eu visse tudo assim, com essa paz.

Uma pintura capturada em cristal, pensou de novo, e pensou que desejava segurar nas mãos esse momento de uma manhã nublada.

— A paz que você vai lutar para manter — acrescentou. — Eu voltei, Keegan.

— Não, não! Que inferno, não é nada disso, e não vou pedir desculpas de novo. Eu *queria* que você visse tudo assim, não *precisava*. Queria que você visse o que protege, como eu.

— Acho que é o lugar mais bonito que eu já vi ou vou ver. E sinto que, independentemente de tudo que esqueci, ou que lembro que esqueci, estou ligada a este lugar. E sempre vou estar. — Ela olhou para ele. — Que deus nos mantém aqui?

— Todos eles.

— Odran não.

— Um deus caído é deus só no nome. — Keegan lhe ofereceu um odre de água. — Ele a quer porque você é muito mais.

Ela era?, perguntou-se, e inclinou a cabeça para trás para beber água.

— Veja, uma cabra! Um carneiro, bem ali em cima.

Ele olhou para cima.

— Eles gostam de lugares altos. Estamos quase chegando, e eles estão nos esperando.

— Esperando?

— Estão nos observando há algum tempo. Visitantes não escalam o Sliabh Sióg despercebidos. E, se não fôssemos bem-vindos, eles já teriam deixado isso bem claro.

— O *taoiseach* não é bem-vindo em todos os lugares?

Keegan pegou o odre de volta.

— Os *trolls* são meio espinhosos.

Voltou-se e retomou a subida.

Ela viu mais cabras, mais ovelhas de chifres compridos, mais paisagens de tirar o fôlego.

Então, um homem com ombros largos como um caminhão, uma trança de guerreiro que lhe chegava à cintura e um rosto quase tão marrom quanto seu cabelo pulou de cima na trilha.

Ele usava um capacete de bronze fosco e uma couraça peitoral que parecia ter levado muitos golpes ao longo dos anos. Com os olhos apertados, de um azul chocantemente brilhante, ele estava ali com os pés plantados, pernas abertas, e os punhos grandes e nodosos nos quadris.

— Saudações a você, Loga, e a todos os seus parentes. Pedimos sua permissão para passar. Trazemos produtos para troca.

— É mesmo? — Ele farejou. — E essa é a filha de Eian O'Ceallaigh?

— Sou Breen — disse ela antes que Keegan pudesse falar de novo. — Sou filha de meu pai. Bênçãos sobre você, Loga; sobre sua esposa, Sula, e todos os seus parentes.

Loga ergueu as sobrancelhas.

— Bonita você, hein? Tem a aparência de seu pai e de Mairghread. Vejo que puxou os olhos de Odran.

Virando a cabeça, Loga cuspiu.

— Para mim, eu os herdei de meu pai, e eles não olham com simpatia para Odran ou para aqueles que o seguem.

— É meio insolente... Gosto de insolência. Deitou com esse aí uma vez ou duas, ouvi dizer.

Quando ele apontou o polegar para Keegan, Breen fez um grande esforço para não corar de vergonha ou se mostrar ofendida.

— Isso é um assunto particular.

Ele soltou uma risada.

— Insolente! Podem passar e trazer suas mercadorias. Terão uma caneca de cerveja cada um em nome da hospitalidade.

— Ela gosta de vinho — avisou Keegan.

— Uma taça de vinho para ela, então.

Como uma cabra – pelo menos na imaginação de Breen –, Loga subiu pelas rochas. Tirou um chifre curvo do cinto e soprou três longas notas.

E, então, aparentemente sumiu.

— Somos bem-vindos — informou Keegan.

Ele passou com Merlin pelo último zigue-zague.

CAPÍTULO 7

Havia cabanas de pedra amontoadas no platô rochoso. E outras empilhadas montanha acima como blocos deliberadamente – e precariamente – colocados ali. Os degraus e saliências que levavam para cima pareciam ter sido arrancados da montanha rochosa a machadadas.

Mais além do amontoado de casas, Breen viu uma espécie de estábulo, ou celeiro, e mulas e cavalos robustos compartilhando um cercado ao lado. Dois porcos grunhiam e fuçavam em um chiqueiro perto de uma trilha estreita, enquanto um punhado de galinhas gordas cacarejava e ciscava em frente a um galinheiro.

Pequenas fogueiras queimavam dentro de círculos de pedras diante de cada cabana. O ar, rarefeito e frio, carregava o cheiro de fumaça de turfa e carne assada.

Breen tinha certeza de ter identificado um coelho azarado girando em um espeto sobre uma das fogueiras.

As crianças jogavam um jogo com bastões curvos e uma pequena bola de madeira que lembrava um pouco o hóquei. Algumas mulheres levavam bebês amarrados às costas ou em *slings* apertados sobre o peito. Outra entregou uma caneca para um velho sentado em um banco de pedra rústica à luz do sol.

Breen viu todos os tons de pele: preto, marrom, acobreado, avermelhado, creme... a maioria das atividades foi interrompida quando ela entrou no acampamento ao lado de Keegan.

Loga e mais dois *trolls* – um homem e uma mulher – saltaram da rocha acima.

— Eles vieram para negociar — anunciou Loga —, e têm permissão. Bem-vindo, *taoiseach*. Bem-vinda, filha do O'Ceallaigh.

Keegan desmontou.

— Saudações a você e a sua comunidade.

Imitando-o, Breen desmontou também.

— E obrigada.

— Sentem-se perto do fogo. Cerveja — gritou Loga —, e vinho para a filha. Você, garoto, leve os cavalos para beber água.

Loga foi na frente até o fogo diante de uma cabana cuja porta alta formava um arco, e se sentou no chão.

— Isto é hospitalidade — disse quando Keegan e Breen se juntaram a ele. — O resto é comércio.

— Entendido. — Keegan apontou para Cróga, que circulava no ar. — Ele carrega as caixas do que a filha deseja negociar. Pode pousar?

— Pode. E meu povo pegará as caixas.

Cróga se acomodou no pico rochoso e vários *trolls* subiram para soltar as caixas amarradas à cela do dragão. Um menino passou a mão nas escamas de Cróga, com o rosto vivo de anseio.

— Posso dar uma volta curta com seu neto.

O menino olhou para baixo e seu desejo se tornou uma vívida esperança.

— Está tentando me agradar para negociar, é?

— Eu conheço a futilidade de tais tentativas, e a negociação não é minha.

Loga apontou para o menino.

— Curta. Uma vez. Então — prosseguiu Loga, enquanto o garoto soltava um grito e subia em Cróga —, primeiro bebemos, depois negociamos.

Breen pegou a caneca que uma mulher lhe entregou e torceu pelo melhor.

— Muito bom.

E muito, muito forte, pensou. Como aguardente de maçã filtrada em ácido de bateria.

A porta da cabana se abriu; uma mulher quase preenchia o vão. Alta, braços como troncos de árvore, ela usava uma calça rústica, botas mais rústicas ainda e uma túnica com cinto. Tinha os olhos castanhos de uma leoa e cabelos cor de carvalho até a cintura, trançados. E uma trança de guerreira descia pela lateral de seu rosto largo.

— Bem-vindo, *taoiseach* — cumprimentou, e Keegan se levantou.

— Bem-vinda, filha dos feéricos.

Ao se levantar, Breen não pensou nas palavras, apenas as sentiu e pronunciou.

— Saudações, mãe dos *trolls*.

Sula inclinou a cabeça.

— Trouxe mercadorias para negociar, é?

— Sim. E também ofereço em troca minhas poucas habilidades de curandeira para quem necessitar.

Breen pegou uma das caixas empilhadas ao seu lado.

— Quer provar para poder avaliar?

Sula deu um passo à frente e espiou dentro da caixa.

— Doces?

Quando Sula pegou um biscoito, Breen viu a queimadura em seu braço. Foi estender a mão, mas congelou quando ouviu Sula sibilar.

— Ninguém do mundo dos homens toca um *troll* sem consentimento.

— Desculpe.

— A culpa é minha — disse Keegan, bebendo sua cerveja. — Ela não conhece as tradições, e eu falhei ao não lhe ensinar. Ela também é de Talamh, filha e neta de uma *taoiseach*.

— E neta daquele que quer nos destruir.

— No entanto, ela abandonou a segurança do mundo em que foi criada para defender o nosso.

— Desculpe pela ofensa — disse Breen, esforçando-se para falar com clareza apesar de sua garganta querer se fechar. — Vim para obter as pedras e os cristais que vocês extraem para poder usá-los em magias para lutar contra Odran.

Sula estreitou seus olhos brilhantes.

— Tem medo dele, não é?

— Sim, tenho.

— No entanto, usa a palavra coragem. Você a marcou em seu pulso. — Sula apontou para a tatuagem de Breen. — Apenas usa a palavra, ou a tem?

— Tenho mais do que tinha, e menos do que espero conseguir.

Apertando os lábios, Sula assentiu devagar.

— É uma boa resposta. — Olhou para Loga. — Uma boa resposta.

Observou o biscoito que tinha na mão e o cheirou. E deu uma mordida para provar. Sorriu.

— Você os fez?

— Não tenho esse talento. Foi um amigo. Eu ajudo um pouco, e limpo a bagunça depois. Mas ele faz os doces. Eu trouxe docinhos e tortas, e bolos com cobertura.

Sula deu outra mordida e passou o resto para Loga. A seguir, estendeu o braço ferido.

— Tem meu consentimento.

Breen passou os dedos levemente sobre a queimadura. Como Aisling lhe havia ensinado pacientemente, ela se abriu. Devagar, bem devagar.

Sentiu a dor, o calor, a infecção.

E algo mais.

— Sua luz e seu coração são fortes.

Breen podia aliviar a dor. Devagar, bem devagar, o calor foi diminuindo. Suavemente...

Queimou apenas por um instante em seu próprio braço, mas as bolhas diminuíram e a vermelhidão clareou.

— Há um bálsamo que... — começou Breen.

— Temos alguns na loja. Não tive tempo de me preocupar com isso.

— Poderia mandar buscá-lo? E me permitiria um momento em particular com você?

— Pegaremos o bálsamo quando formos negociar.

Sula se voltou e se dirigiu à porta, gesticulando para que Breen a seguisse.

Dentro, Breen viu uma espécie de conforto rústico. Banquinhos perto de um fogo baixo e uma panela fervendo sobre ele. Uma mesa, cadeiras, lamparinas a óleo e velas. E uma escada que levava a um sótão.

— Estou doente? — perguntou Sula, com o rosto rígido e os olhos duros.

— Acho que...

— Eu me canso muito rápido e com muita frequência. Não tenho apetite. Cure-me se puder, e diga se não puder. Não sou covarde.

— Não foi uma doença que eu senti, e sim um... um estado.

— Qual é a diferença? Queria falar em particular? Pois fale.

— Eu não sabia se você sabia ou se gostaria que os outros soubessem. Acho que você está grávida.

Sula deu um passo para trás.

— Por que está dizendo isso?

— Senti dois batimentos cardíacos dentro de você. Se eu pudesse olhar de novo para ter certeza... com seu consentimento.

Sula assentiu, mantendo seus olhos castanhos em Breen, que pousava uma mão em sua barriga e outra em seu peito. Breen pensou na aula com Marg para se abrir e sentir a vida.

Fechando os olhos, deixou fluir.

— Sinto um batimento cardíaco aqui — abriu os olhos e pressionou levemente o peito de Sula — e outro aqui — e pressionou o ventre. — O segundo ainda é baixinho, mas forte. Não tenho capacidade suficiente para dizer de quanto tempo está grávida.

Levantando a mão, Sula foi para os fundos da cabana. Inclinou-se sobre um longo balcão de pedra e colocou a cabeça para fora da janela a fim de conseguir respirar.

— Achei que era a mudança quando meus ciclos pararam. Dois ciclos não vieram, e já estou perto do fim do período fértil; era o que eu pensava. Eu não me sentia bem, ficava cansada o tempo todo, e aquelas dores... devia ter lembrado que eram por abrir espaço para uma nova vida. — Ela se voltou com aqueles olhos de leoa brilhando. — Tenho filhos grandes, e eles têm filhos. Nosso mais novo tem doze anos.

— Lamento se a gravidez não é bem-vinda.

— Não é bem-vinda? É uma dádiva. — Ela pousou as duas mãos na barriga. — Você me deu o presente de saber que estou fazendo uma vida de novo, e eu choro de gratidão. — Sula tirou os triângulos que tinha pendurados nas orelhas. — Ouro de nossas minas, martelado por nossos artesãos. Um presente por um presente.

— São lindos, obrigada. Mas não tive nada a ver com isso.

Com uma gargalhada, Sula deu um tapa no ombro de Breen com tamanha alegria que ela calculou que ficaria dolorida por uma semana.

— Você tem ousadia, não é?

— Foi o que Loga disse. É uma honra usá-los — disse Breen, e, apesar de seu ombro ardendo, colocou os brincos.

— Agora, vamos negociar.

A loja era uma caverna grande e profunda iluminada por tochas e guardada por *trolls* com grossos porretes.

A caverna de Aladim, pensou Breen, encantada e deslumbrada com as pedras e os cristais, alguns meros pedregulhos e outros maiores que seu cachorro.

Outra câmara continha ouro, prata e cobre. Outra, armas e armaduras forjadas de metais, e outra ainda produtos manufaturados: joias, potes, tigelas, copos e cálices...

— Pense no que você precisa — disse Keegan ao vê-la olhar tudo —, não no que quer.

— Bem, eu quero e preciso de um caldeirão.

Ela resistiu às joias e bugigangas, por ora, e voltou para escolher o que havia ido buscar.

— Diga-me quando atingir o limite para a troca.

Keegan soltou uma risadinha.

— Não se preocupe, Loga certamente fará exatamente isso.

Ela encheu um saco com pedras polidas e ásperas, fio de cobre e pó de prata. Quando começou a encher um segundo saco, olhou para Keegan.

— Não sei quando poderei voltar.

— Você já tem o suficiente para duas vidas.

— Estou quase acabando, então...

Então ela viu o globo, e todo o resto desapareceu. Labradorita, uma esfera perfeita, tão grande que precisava das duas mãos para segurá-la.

Quando a pegou, sentiu a vibração na pedra e em si mesma.

A esfera rodopiou, azul e verde, com toques de marrom dourado. Tempestades e mares, pensou, grama e terra. E sentiu que segurava os mundos em suas mãos.

Na pedra, ela se viu, e então...

— Está vendo?

Keegan já podia sentir o poder, e pousou a mão no ombro dela.

— O que está vendo?

— A cachoeira, e o rio que corre dos dois lados... a floresta, varrida pelo vento. Duas luas, uma nova, uma cheia, cavalgando o céu.

Odran. — Quando ela pronunciou esse nome, alguns *trolls* que estavam ali murmuraram na escuridão e fizeram o sinal contra o mal. — Está vendo? O outro lado, o lado dele. Yseult. Mechas brancas no cabelo dela. Liberando seu poder, empurrando, forçando, tremendo enquanto grita as palavras contra o vento. Não consigo ouvi-las claramente. Não as conheço. É uma língua estranha para mim. Enquanto ela grita, enquanto o vento aumenta, ele desfere golpes com sua espada. Uma cabra preta, um cão demônio, uma menininha chorando pela mãe. Então, o rio corre vermelho com o sangue deles, e as brumas vermelhas se elevam e mancham a água da cachoeira. — Sua cabeça girava... e seu poder aumentou. — Está subindo, subindo, até manchar as luas de sangue. Animal, demônio, humano em sacrifício. Borbulham e fervem, o rio, as cataratas. Ela cai de joelhos, seu cabelo é mais branco que vermelho agora. E Odran paira sobre o rio fervente, e, com um estrondo como um trovão, com um clarão como um relâmpago, sua mão atravessa a cachoeira e entra em Talamh. — Tremendo, Breen se esforçava para respirar. — Está vendo?

— Não claramente, e só através de você, não do globo. O globo é seu.

Keegan segurou Breen pela cintura para mantê-la de pé e se voltou para Loga.

— Troco o que quiser por isso, trago esta noite. Eu lhe dou minha palavra.

— Não é necessário. É dela. Não somos tolos. Isso é o agora, o antes ou o ainda por vir?

— Não é agora nem antes. — Breen se apoiou em Keegan, mantendo o globo nas mãos. — Não sei de quando é, mas ele não pode me ver. Ainda não pode me ver.

— Traga vinho para a filha — ordenou Sula.

— Água, por favor. Só água.

— Verão — disse Keegan. — As árvores estavam cheias de folhas, e, em Talamh, as dedaleiras e rosas-caninas estavam altas e floridas. O verão que vem, ou o seguinte, não sei dizer, mas é verão. Voltaremos para casa quando você se sentir capaz.

— Eu consigo montar.

— Então, vamos voltar.

Breen tentou não pensar no quanto era mais complicado descer uma montanha que subir. E no fato de que podia ver claramente as trilhas estreitas e as curvas fechadas. E o longo, longo caminho para baixo.

— Você aprendeu a purificar e energizar os cristais?

— Sim.

— Vai precisar de um lugar adequado para guardá-los.

— Já tenho um. A mesa do corredor do segundo andar, que Seamus fez.

— Servirá. Foi culpa minha — continuou Keegan — não explicar a você sobre tocar em um *troll*. Nem pensei nisso. E na verdade não esperava isso de Sula, que é uma mulher esperta, cautelosa, mas sensata. Bem, como eu disse, os *trolls* são meio espinhosos.

— A gravidez às vezes deixa as pessoas mais espinhosas ainda.

Ele se virou tão abruptamente na sela que ela prendeu a respiração.

— Olhe para onde anda!

— Merlim sabe. Está dizendo que Sula está grávida?

— Se quer que meu coração continue batendo, olhe por onde anda. Sim, ela está grávida. — Breen soltou um longo suspiro de alívio quando Keegan se endireitou. — Eu não sabia se ela sabia, ou se queria que mais alguém soubesse.

— Ah, por isso você quis falar com ela em particular. Você saiu usando os brincos dela, então acho que ela não sabia e ficou feliz.

— Não sabia, e ficou muito feliz.

— Assim como Loga vai ficar quando ela contar a ele. Você conduziu isso muito apropriadamente, assim como todo o resto.

— Você está conversando comigo, sendo que não costuma falar muito, e sendo gentil porque não quer que eu entre em pânico descendo esta montanha.

— Eu falo quando tenho algo a dizer.

— Pode continuar falando, porque está dando certo. Tem certeza de que o que vi era no verão? Eu estava tão concentrada em Odran e Yseult e no que estava acontecendo que não notei as folhas nem as flores.

— Tenho certeza, sim. Nós temos outros videntes, e, com o que eu disser a eles, eles poderão olhar.

— Não quer que eu olhe de novo?

— Você vai olhar, quer eu queira ou não, não é? Mais olhos são sempre úteis, de toda forma. Achei interessante ver você explicar a Loga como torrar e comer um bagel. Vou ter que experimentar.

— Nunca comeu bagel?

— Não, mas imagino que, como foi Marco que fez, deve ser delicioso. Então... o livro que está escrevendo, está indo bem?

Keegan estava puxando papo, pensou Breen, e achou comovente. Ele continuou conversando até que passaram a trilha rochosa e adentraram a floresta. A luz estava indo embora, de modo que ela não pediu para parar e descansar, apesar de cada célula de seu corpo ansiar por dez minutos fora do cavalo.

No entanto, quando ele parou para deixar os cavalos beberem água em um riacho, Breen continuou montada. Se descesse, não tinha certeza de que conseguiria montar de novo.

Mas ordenou a si mesma que relaxasse e se mantivesse presente.

Na quietude, ouvia-se apenas o sussurro do ar através dos pinheiros e outras árvores. As folhas caíam à medida que seu ciclo terminava, e os frutos ainda não colhidos ou comidos por pássaros e ursos eram como pedrinhas preciosas nos arbustos. A luz ia se suavizando e as sombras aumentando e se estendendo.

O riacho ondulava enquanto os cavalos bebiam, formando uma música calma que se juntava às notas mais vibrantes da água caindo de cima sobre as rochas.

O leve farfalhar de uma raposa se esgueirando pelo mato, o suave ruído de garras de uma coruja que acordou para a caçada noturna.

Breen pensou que, de todos os dons que encontrara dentro de si mesma, esse que acabara de descobrir parecia o mais precioso.

— Amish — disse Breen, apontando para cima. — Morena deve tê-lo mandado nos procurar, para ter certeza de que estávamos voltando.

Olhando para cima, Keegan viu o falcão descer e dançar entre os galhos até escolher um. De seu poleiro, deu a eles um olhar longo e frio.

Depois de mandá-lo de volta, Keegan afastou Merlin do riacho.

— Você não estava olhando para o céu quando disse o nome dele. Na verdade, parecia meio adormecida.

— Eu não estava dormindo. Mas eu o senti. E senti a coruja. — Ergueu o dedo enquanto puxavam os cavalos. — Ouça. — E riu ao ouvir o pio de dois tons. — Nan me ajudou a aprender a sentir os batimentos cardíacos e a respiração. Pode senti-los?

— Não como você. Meu poder nisso não é tão profundo quanto o seu, embora haja *sidhes* em minha linhagem.

— É mesmo?

— Sim, *sidhes* e elfos, animórficos e uma pitada de *troll*. Meu pai jurava que uma tataratataravó minha era sereiana.

— Basicamente, você tem todos os feéricos na família.

— É o que dizem.

Ela mal notou que haviam chegado ao terreno plano de novo enquanto pensava nisso.

— Isso pode ser importante.

— Essa mistura não é rara no período de um milênio, mais ou menos. Outros também têm.

— Mas outros não são *taoiseach*. Outros não estão liderando os feéricos neste momento contra Odran. Vocês é todos eles, ligado a todas as tribos. Poderia ser importante. Deveria ser.

— Foi sempre assim, nunca pensei nisso.

— Acho que você deveria tentar explorar esses outros aspectos.

— Acho que, se eu fosse capaz de criar asas e voar, já teria conseguido a esta altura da vida.

— Você está sendo muito literal. *Sidhes* não são só asas, nem um elfo tem apenas a velocidade.

— Isso é verdade. — Keegan fez Merlin trotar quando a trilha se alargou. — Ainda assim, duvido que eu consiga ultrapassar um elfo.

— Talvez sim, talvez não. Mesmo assim, pode ser mais rápido do que pensa, porque nunca desenvolveu esse seu lado. Pode acreditar: eu sei tudo sobre aceitar limitações e acreditar que as tenho. Muitas.

— Interessante. Vou pensar nisso.

— Se você fosse um animórfico, qual seria seu espírito animal?

— Isso não se escolhe.

Literal, pensou ela. Sempre tão literal.

— Se você pudesse escolher. Acho que eu seria um cachorro como Porcaria, faria todo mundo sorrir. Só uma suposição — insistiu.

— Um dragão. Porque não há nenhum, então eu seria o único.

— Ah, ego intacto. Não existem animórficos dragões em Talamh?

— Nem em qualquer outro mundo que eu conheça. Mesmo assim, quando os feéricos e os dragões têm uns aos outros, formam um só. Você tem a habilidade do galope dentro de si? Estamos chegando à estrada, e estou morrendo de fome.

Ela pediu a Boy e ele saiu a galope.

Queria perguntar a Keegan como dragão e cavaleiro se escolhem, como acontece, mas pensar em uma refeição quente e um galope para espantar um pouco o cansaço venceu.

Quando chegaram à estrada, ela sentiu a expectativa de Boy. Ele sabia que estava perto de casa, onde havia comida e descanso. E ela concordava plenamente com ele.

As luas se ergueram sobre a baía e as estrelas começaram a cintilar. Breen viu quatro dragões no céu noturno, sem cavaleiros, dois com um quarto do tamanho dos outros.

Uma família, pensou.

Pensou em Marg e Sedric na cabana e avisou mentalmente sua avó de que estava chegando.

Quando alcançaram a curva, ela sentiu algo e diminuiu a velocidade do cavalo.

— Que foi? — perguntou Keegan, voltando-se para ela. — Estou louco por uma refeição e uma cerveja.

— As ruínas. Há... — Breen via apenas a sombra escura contra o céu noturno. — Não há batimentos cardíacos, nem respiração, mas há alguma coisa. Seria consciência?

— O que anda por lá não é dos vivos, e não fica por muito tempo.

— Fantasmas?

— Alguns espíritos não querem descansar, outros não podem.

— As pedras estão cantando. Não aquelas. O círculo. Consegue ouvir?

— Sim. Costumo ouvir, mas não a esta distância. Espero ouvir através de você. São um lugar sagrado, como o cemitério. Santificado, purificado.

— Mas as ruínas não — ponderou ela, tomando a estrada de novo.

— Quando alguns do clã dos Piedosos mudaram de lado, tornaram-se mordazes e sombrios. Sangue inocente foi derramado lá como oferendas para a escuridão. Rituais proibidos já naquela época. E parte disso deixou uma mancha. E alguns acham que aquilo que permitiram que entrasse agora prende o espírito deles.

— Você acha isso?

— Eu ouvi os amaldiçoados, aqueles que foram torturados e mortos e estão presos com eles.

Ela olhou para trás porque sentiu um frio na espinha.

— Já entrou lá?

— Sim, e também os vi, seguindo seu caminho, cantando para seus falsos deuses. — Lançou um olhar frio e categórico a Breen. — Melhor não entrar.

E incitou Merlin a galopar. Feliz por deixar as ruínas para trás, Breen o alcançou.

Quando ela ia se conectar com Porcaria, ele chegou correndo. Todo o escuro e frio que havia se infiltrado nela desapareceu com a pura alegria dos olhos do cachorro enquanto corria em direção aos cavalos, ao redor deles, pulando, latindo e abanando o rabo.

— Alguém aqui já comeu, aposto. Vamos dar comida aos cavalos, uma boa escovada e depois jantar.

Luz brilhava na janela; fumaça subia das chaminés. Merlin não precisou de um sinal para pular a cerca de pedra. Breen prendeu a respiração, confiou em Boy e o seguiu.

— E aqui estão nossos viajantes!

Morena saiu da casa, com Harken e Marco logo atrás.

— Tiveram um longo dia. Espero que tenha sido frutífero.

— Tenho tudo de que preciso e muito mais.

Mais que animada, Breen desceu do cavalo. Ioga, disse a si mesma. Muita ioga daqui para a frente.

— Vão se lavar — disse Harken, pegando as rédeas. — Entrem e comam o ensopado de galinha que Marco fez. Morena e eu vamos cuidar dos cavalos, pois já nos deleitamos com a comida dele.

— Obrigado, estou louco por isso. Estes dois merecem uma maçã. — Keegan deu um tapa no flanco de Merlin. — Notícias de Mahon?

— Está tudo bem — respondeu Harken. — E nossa mãe deve estar aqui ao meio-dia.

— Muito bem.

Marco passou o braço em volta de Breen.

— Aposto que está louca para tomar um vinho e comer uma comida quentinha.

— Acertou.

— Vou preparar para você. Que dia, hein?

— Acertou, de novo.

E ela foi para o poço com Keegan para se lavar.

CAPÍTULO 8

Apesar de ter se alongado, na manhã seguinte Breen ainda sentia os resultados da longa e desafiadora viagem. Mas ninguém a viu mancar quando desceu para deixar o cachorro sair e recolher as pedras que havia purificado e energizado na noite anterior.

Teve que fazer algumas viagens, mas lhe deu muito prazer ver, segurar e arrumar na mesa do corredor de cima tudo que agora lhe pertencia.

O globo ela levou para seu escritório. Deixava-o lá durante o dia de trabalho e em seu quarto à noite.

Tomou seu café à porta da cabana silenciosa, observando as brumas que subiam da baía enquanto raiava o amanhecer.

Acomodou-se para escrever e teceu uma trama que falava de magia sombria, cobras soporíferas e um dragão que derreteu um lago congelado com seu hálito de fogo para afogar demônios.

Via a batalha enquanto a escrevia, no alto das montanhas, onde o vento fazia girar o gelo e a neve, *trolls* lutavam para segurar a barreira e cães demônios pulavam na garganta das pessoas.

A certa altura, fez uma pausa, tentando imaginar em que momento ficara tão sedenta de sangue. E logo voltou à luta.

Quando estava atravessando a floresta com Marco e Porcaria, já havia resolvido os problemas do corpo e do livro.

— Preparado para treinar mais?

— Preparado e capaz — disse ele. — Eu até que gosto do lance de espada. É tipo cosplay. Mas estou me esforçando na equitação. Aonde quer que nós vamos, garota, precisamos de cavalos. Ah, eu ia dizer que tenho uma reunião por Zoom com o seu pessoal da publicidade hoje à noite. Preciso estar de volta e pronto para a reunião às sete. O problema é que não tenho como saber as horas lá.

— Eles sabem, não me pergunte como. Mas eu sei que o pôr do sol é por volta das cinco; sempre confiro. Então, vamos controlar a partir daí.

— Tudo bem. Tudo funciona lá, não me pergunte como.

— Espero ficar longe dos cavalos hoje. Mas pergunte a Morena se você e eu podemos ir ao cemitério amanhã. Quero que você veja onde papai está enterrado.

— Quero muito. — Ele parou em frente à árvore. — Toda vez me dá um frio na barriga.

Mas pegou a mão dela e atravessaram.

— O dia está aberto hoje — comentou. — Eu estava torcendo. — Ele enfiou a mão no bolso e pegou seus óculos escuros. — Agora fiquei estiloso.

— Você está sempre estiloso.

Antes de começar a descer os degraus, Breen fez uma viseira sobre os olhos com a mão e olhou para o leste.

— Há muitos cavaleiros chegando.

— Eu diria que é um desfile. Com bandeiras e tudo. Meu Deus, dragões! Tem meia dúzia lá em cima.

— Deve ser a mãe de Keegan, que vem da Capital.

No instante em que disse isso, viu Keegan com Cróga – ele vinha do sul, percebeu. Então, havia ido para o sul. Saltou enquanto o dragão ainda dava um rasante sobre a estrada. Cróga subiu de novo e se juntou à formação.

Keegan se dirigiu a uma mulher montada em um cavalo branco. Segurou as rédeas enquanto ela descia, e se abraçaram na estrada, com duas dúzias de cavaleiros, homens e mulheres, atrás, além dos dragões sobrevoando no céu.

Seu cabelo louro cor de mel formava um coque trançado na nuca e deixava seu rosto limpo, sem moldura. Ela usava uma calça justa, quase uma legging, com botas altas por cima, um suéter da cor do céu de outubro e um colete de couro comprido.

— Se for mamãe — disse Marco, abaixando seus óculos escuros —, ela é gata.

Depois que a mulher beijou as faces de Keegan, ele pegou a mão de outra, que tinha pele negra luminosa e cabelo cor de ébano. E beijou a mão dela em um gesto surpreendentemente galante.

— A amiga dela também. — Colocando os óculos de sol no bolso, Marco começou a descer os degraus. — Vamos dar oi.

— É melhor deixar...

Ela parou quando os dois filhos de Aisling correram para fora de casa.

— Vovó! — gritaram, rindo.

A loura correu para pegá-los no colo.

Aisling saiu a seguir, indo depressa para a estrada com a mão na barriga. Com os meninos agarrados às pernas dela, a loura se endireitou e abraçou Aisling com força.

Harken, que chegava do campo ali perto, pulou o muro de pedra e se aproximou, ganhando também seu abraço.

— Vamos esperar aqui — murmurou Breen. — É coisa de família.

— É legal. — Marco pousou a mão no ombro de Breen. — É legar de ver.

Mas Porcaria não sabia se controlar e desceu os degraus. Pela primeira vez, ignorou as ovelhas e foi direto pular o muro. Breen ouviu a mulher rir de novo e se abaixar para cumprimentá-lo.

Então, ela virou a cabeça e olhou para Breen.

Breen sentiu um nó no estômago.

A mulher disse algo a Harken e gesticulou para Keegan.

E começou a atravessar a estrada, com Keegan ao seu lado.

— Nossa, ela anda como uma rainha — comentou Marco.

Breen teve que se obrigar a descer os degraus.

— Bênçãos sobre você, Breen Siobhan O'Ceallaigh. E sobre seu amigo também. É Marco, não é?

— Senhora...

— Esta é minha mãe, Tarryn O'Broin.

— É um prazer imenso conhecê-la. — Tarryn estendeu a mão, enquanto Breen se perguntava se devia fazer uma reverência. — Sua avó é um tesouro para mim, e seu pai, que descanse em paz, um grande amigo e um pai para meus filhos quando perderam o deles. Keegan, onde estão suas boas maneiras? — Tarryn deu um tapa no braço dele. — Ajude a garota a passar pelo muro.

— Tenho certeza de que ela consegue passar sozinha — murmurou ele, mas estendeu a mão e levantou Breen.

— Eu diria que a grosseria dele é meu fracasso como mãe, mas não direi, já que ele a desenvolveu sozinho. Não vou segurá-la mais tempo aqui na estrada, sei que está indo ver Marg. Transmita meu amor a ela, por favor, e pergunte se pode vir me visitar mais tarde.

— Claro.

Para surpresa de Breen, Tarryn tomou seu rosto e lhe deu um beijo.

— Saiba que seu pai tem orgulho de você — sussurrou. Então, deu um passo para trás e sorriu. — Eian contava histórias sobre vocês dois, por isso eu sei que gostam de música. Teremos um *ceilidh* esta noite.

— Mãe...

Ela ignorou Keegan.

— Guerras e batalhas virão em breve, temos que aproveitar o bom e alegre quando o encontramos. Voltem mais tarde — pediu a Breen e Marco — para o bom e alegre.

— Não queremos ser invasivos — começou Breen, mas Tarryn atravessou a estrada para pegar Kavan no colo e Finian pela mão.

— Ela quer que vocês venham, então vocês vêm. Mas você vai treinar primeiro. Não se atrase — alertou Keegan, e foi para o campo com Harken, onde os cavaleiros já estavam montando as barracas.

— Uau — exclamou Marco depois de um momento. — Que loucura! Eles vão acampar aqui, e todos os cavalos estão no campo. Há dragões circulando lá em cima. Jesus, estão descendo. Onde vão colocar os dragões?

Em fila indiana, eles pousaram na estrada, fazendo o chão tremer, e se alinhando como aviões no aeroporto.

Joias, pensou Breen. Joias magníficas deslizavam pelos pulsos de homens e mulheres ou desciam por suas costas.

Os cavaleiros tiraram selas, alforjes e mochilas. E um por um os dragões subiram, fazendo o coração de Breen palpitar de admiração e certa inveja.

Os cavaleiros carregavam seus equipamentos, acenando para Breen e Marco enquanto passavam, conversando amenidades.

Um deles, com a sela sobre um ombro e uma mochila nas costas, olhou para Breen e acenou com a cabeça, e fitou Marco longamente.

— Que bela cabeleira você tem, amigo.

— Ah, obrigado. Você também.

Ele ficou parado ali mais um momento. Tinha mais de um metro e oitenta, uma trança de guerreiro sobre o ombro e o resto da juba loura caindo pelas costas.

— De onde você é?

— Filadélfia.

— Fi-la-dél-fi-a — repetiu o guerreiro com cuidado, e sorriu. — Tudo bem, então.

Quando o rapaz saiu, Marco continuou o observando.

— Ele estava flertando comigo?

— Não sei. Não sei mesmo. Pode ser. Com certeza não estava flertando comigo.

— Acho que ele estava flertando comigo. Fiquei em choque, por isso não correspondi. Ele tem olhos muito azuis. Eu devia ter flertado também. E nem perguntei o nome dele.

— Vá treinar, Marco.

— Tá bom. — Ele colocou os óculos escuros de volta. — Vou por aqui — disse, mas continuou observando o cavaleiro do dragão. — Não se esqueça de que tenho aquele Zoom, mas depois vamos nos arrumar e voltar para a festa.

— Acho que nós não...

— A rainha... eu sei que ela não é uma rainha, mas devia ser. A rainha ordenou — enfatizou Marco, dando um soquinho de leve em Breen. — Até mais tarde.

Ela não tinha tempo para festas, e não podia pensar em ir a uma festa onde não conhecia ninguém. Mas, em vez de ficar pensando nisso, chamou o cachorro e foi até a casa de Marg.

Encontrou a avó no quintal, colhendo vegetais de sua hortinha.

E, como não tinha saída, contou a Marg sobre a chegada de Tarryn, o convite para que a visitasse e o *ceilidh*.

— É certo fazer um *ceilidh*. Vou até a fazenda com você contar babados pra Tarryn.

— Babados?

— Significa fofocar. E vamos colher umas abóboras dessas para fazer uma torta, e uma sopa também, para levar ao *ceilidh*.

— Você vai fazer uma torta e uma sopa com uma abóbora de verdade?

— Ora, claro! Não posso dizer que tenho a mão que Sedric tem, mas ninguém ainda torceu o nariz para minha comida. Há magia na culinária, Breen, quando você coloca sua intenção, seu trabalho e seu amor.

Pela primeira vez na vida, Breen cortou uma abóbora. Aprendeu a separar as sementes e a torrá-las enquanto os pedaços cozinhavam até amolecer.

Em vez de passar horas na oficina, passou-as com Marg na cozinha, entre os aromas do outono. Aprendeu a descascar e ralar noz-moscada, e a moer cravo e canela com o almofariz e o pilão.

E, mesmo duvidando seriamente de que colocaria essas habilidades em uso regularmente, sentiu prazer fazendo aquilo.

Guardaram tudo que sobrou em potes para usar como ingredientes em outros pratos ou magias.

No final, tinham uma panela de sopa, duas tortas e dois pães de abóbora.

— Você tem boa mão na cozinha.

— Como ajudante — disse Breen. — A cozinha de nosso apartamento é tão pequena que eu saía do caminho, mas, quando Marco queria uma mão, eu picava e mexia as coisas.

Enquanto lavavam tudo – uma tarefa que incluía puxar água do poço –, Breen perguntou sobre Sedric. Quando cozinhavam, ela havia percebido que ele havia ido para o sul.

— Está preocupada com Sedric?

— Onde há amor, há preocupação. A preocupação anda de mãos dadas com a alegria no caminho do amor. Ele está onde precisa estar. Assim como eu — acrescentou, roçando a mão no ombro de Breen.

— Você estaria no sul se não fosse por mim?

— Ah, mas eu tenho você, *mo stór*, e, se não tivesse, talvez não soubéssemos que deveríamos estar no sul de prontidão. Portanto, essa pergunta é uma espiral com inúmeras respostas. — Marg secou as mãos e observou sua cozinha arrumada. — Agora que está tudo pronto, vamos levar nosso bom trabalho para a fazenda. Mas vou deixar um pão para Sedric, para quando ele voltar.

Breen carregava a panela de sopa pela alça, e Marg a torta e o pão em uma cesta.

Folhas voavam pela estrada como crianças coloridas levadas pelo vento. No céu, dragões pairavam, com e sem cavaleiros. Breen viu crianças de verdade, aquele grupo de amigos que chamava de Gangue dos

Seis, correndo por um campo em direção à baía. Ao sentir o desejo de Porcaria, olhou para baixo e autorizou:

— Vá brincar um pouco.

Quando ele saiu correndo, ela riu.

— É difícil saber do que ele gosta mais: se de crianças ou de um mergulho.

— E assim ele terá os dois. E como está indo o novo livro sobre nosso garoto?

— Muito bem. Vou retomá-lo de manhã, para espairecer um pouco. Andei trabalhando no romance adulto e escrevi uma cena de batalha muito violenta. Preciso dar um tempo e passar para a diversão.

— É um dom você ter habilidade para os dois estilos, não é?

— Fico surpresa e grata por isso todos os dias. E pela cabana, Nan, onde posso escrever e Marco pode trabalhar. Ano passado, nesta época, eu tinha que levantar todas as manhãs para ir a um trabalho que nunca quis porque achava, realmente acreditava, que não tinha escolha. Mas agora eu me levanto todas as manhãs para fazer o que amo, por escolha minha. E eu sei que tenho mais escolhas a fazer.

— E assim fará.

— Sim. Assim como escolhi deixar Keegan me derrubar e acabar comigo em mais um treinamento. — Olhou de lado para Marg. — Não é a parte favorita do meu dia.

— Bem, passar por isso torna as partes boas muito melhores.

— Vou tentar me lembrar disso quando ele me matar meia dúzia de vezes. Mas gostei de conhecer os *trolls* e da vista da montanha, nunca vou me esquecer dessas coisas. Eu sei que não poderia ter feito isso se ele não tivesse me ensinado a montar e pegado pesado comigo. Eu vi você montando seu dragão. Disso também não vou esquecer. Você estava magnífica.

— Você é magnífica.

— Posso subir com você um dia?

— Claro! Ah, vejo que Keegan está montando um alvo. Então hoje você vai treinar com arco e flecha.

Breen olhou e viu Keegan em um campo colocando um alvo sobre uma pilha de fardos de feno.

— Não vai ser tão ruim. Talvez eu até seja boa no arco e flecha.

— Então, vá descobrir. Eu levo a sopa.
— Divirta-se contando *babados* para a mãe dele.
— Com certeza vou me divertir.

Breen se afastou do portão. Não poderia ser tão ruim, não é? – perguntou-se. Notou que ele deixara uma espada ali ao lado, de modo que haveria treino com ela também. O que significava levar uma surra – nada agradável. Mas, se ele havia tido o trabalho de prender um alvo, certamente passariam a maior parte do tempo treinando arco e flecha.

Com a mão descansando na empunhadura da espada, Keegan a esperava. Breen tinha musculatura para o peso do arco que ele escolhera para ela. Quem sabe não poderia mostrar mais talento que com uma espada?

Ainda era desconcertante e frustrante para Keegan que uma mulher com a força e a graça de Breen – pois ela tinha ambas de sobra – se atrapalhasse tanto com armas.

Ela havia melhorado, pensou ele, tentando encontrar um pouco de paciência. Sem dúvida havia melhorado. Jamais seria uma mestra nem uma grande estrategista com a lâmina, mas aguentaria.

Até que alguém cortasse seu braço fora.

E, como cabia a Keegan impedir que isso acontecesse, ele se via no direito de se sentir frustrado.

Para manter a cabeça em seu trabalho, disse a si mesmo que pouco importava que o cabelo dela fosse mais bonito que o espetáculo das folhas de outono.

— Assim como com a espada — disse ele sem preâmbulos —, você aponta o lado pontudo para o alvo.

— Isso eu já sei.

Ele lhe entregou um arco.

— Este peso vai servir para você.

— Peso?

— A corda; a força que você precisa fazer para puxar. Primeiro, observe. — Ele pegou outro arco e se posicionou. — Não vamos colocar a flecha ainda, mas eu usaria a mão de puxar para fazer isso; pegaria a corda com três dedos e seguraria o arco com a outra mão. — Ele ergueu a palma. — Conhece a linha da vida na palma da mão?

— Sim.

— Eu seguro o arco com o polegar para dentro até essa linha e depois levanto o braço, mantendo os ombros nivelados. Nivelados — repetiu. — E então eu puxo assim. Entendeu?

Ela o observou puxar a corda do arco suavemente para o lado direito do rosto.

— E com esse olho, desse mesmo lado, que é o direito para você e para mim, e o esquerdo para os outros, você treina o foco no alvo. Agora, junte as escápulas, peito para fora, para usar a musculatura e a força das costas, entende?

— Tudo bem.

— Depois você tira os dedos da corda e solta a flecha, e, quando faz isso, sua mão vai para trás, embaixo da orelha.

— São mais passos do que eu imaginava. — Ela tentou se concentrar para gravar a ordem dos passos na cabeça. — Achei que fosse só puxar, mirar e soltar.

— Não. Tente fazer como eu disse.

Ela tentou imitar a postura dele; com os ombros nivelados, segurou a corda e o arco conforme as instruções e puxou.

A corda não se deslocou nem um centímetro. Breen ajustou e colocou mais força. Quando soltou a corda, esta fez um som metálico e bateu em seu antebraço.

Como ela estava de jaqueta, foi mais o choque que a dor.

— De novo. Devagar e suavemente por enquanto.

Breen fez de novo, e de novo, e de novo, até que Keegan a considerou pronta para a flecha.

— Com a mão que puxa — demonstrou —, você encaixa a flecha. Seus três dedos seguram a ponta e a corda.

Em um movimento fluido, ele encaixou a flecha, ergueu o arco, puxou e atirou. E, naturalmente, acertou o centro do alvo.

Naturalmente.

Ela repetiu cada passo em sua mente e os seguiu. Quando soltou a corda, a flecha fez um voo trêmulo e atingiu o chão a um metro e meio de onde ela estava.

— Não — disse Keegan simplesmente, e entregou a Breen outra flecha.

— Ombros nivelados e puxados para trás. Puxe suave e constantemente.

Dessa vez a flecha chegou um pouco mais longe – quase um metro à direita do alvo, caindo em uma bela cerca viva fúcsia.

— Não — ele repetiu, e dessa vez se posicionou atrás dela, pegou seus ombros e os virou. — Ela vai para onde você mandar. É você quem manda, não ela.

Ele colou o rosto no dela para mirar no alvo, e as mãos sobre as dela para guiá-la.

— Puxe a energia e a força para suas costas. Isso, agora solte.

A flecha atingiu o alvo – não o centro, mas atingiu.

Breen cheirava a canela, e isso quase confundiu a mente de Keegan. Ele deu um passo para trás.

— O que andou fazendo? — perguntou.

— Andei tentando atirar uma maldita flecha.

— Não, antes. Que feitiços você fez?

— Hoje, nenhum. — Ela girou o ombro dolorido. — Nós fizemos tortas e pão, e sopa de abóbora da horta. Por quê?

— Está com cheiro disso.

E ele sabia que os óleos dessas especiarias podiam ser usados em feitiços para despertar a luxúria, até mesmo o amor. Feitiços proibidos.

Ele lhe entregou outra flecha.

— De novo.

— O cheiro de torta de abóbora te incomoda?

— Não. Seu cabelo e sua pele estão com cheiro de especiarias. Elas podem ser usadas para feitiços e poções, e também para cozinhar.

— Eu sei. Já estudei, pratiquei e usei dessa maneira. Mas hoje foi para cozinhar. — Ela começou a encaixar a flecha, e então caiu em si. E sentiu-se profundamente ofendida. — Poções de amor! Podem ser usadas em poções do amor. Você acha que eu faria isso? Eu sei que são proibidas, e eu respeito o ofício. Respeito meu dom. Respeito a sua escolha de sentir o que sente. Não estou tão desesperada a ponto de fazer uma poção do amor para que você me queira de novo.

— Eu só perguntei porque... maldição! Estou aqui para treinar você, prepará-la para o que está por vir. Alguns feéricos não voltarão para casa depois do Samhain, e tenho que enviá-los à luta mesmo sabendo disso. Não estou aqui para querer você, e mesmo assim quero.

— E isso irrita você. Problema seu, *taoiseach*.

Furiosa, Breen encaixou a flecha, que acabou na grama a trinta centímetros de suas botas.

— Merda, merda, merda!

Ele riu, não pôde evitar, e ela se voltou e o empurrou.

Ainda rindo, ele a puxou para perto e a levantou na ponta dos pés.

— Uma vez, dane-se. Só uma vez e nós acabamos com isso.

Ele desceu a boca sobre a dela e tomou o que necessitava. E sentiu a liberação, apesar do desejo que vibrava através dele como a corda do arco.

O cheiro, o gosto dela, a sensação... todas aquelas semanas sem isso exigia que ele tomasse o que pudesse, mesmo que só por um instante.

Ela não respondeu a princípio, nem para rejeitá-lo. Mas ele sentiu nela o mesmo desejo. E ela se rendeu, tomando-o como ele a tomara, abraçando-o sob o sol, em um campo que cheirava a grama e ovelhas.

Quando Keegan a soltou, ela pousou a mão no coração dele.

— Por que uma vez?

— Porque alguns não vão voltar, e eu tenho que dar tudo de mim a eles. Tenho que pensar neles, não nos meus desejos; tenho que pensar naqueles que lutam sabendo que não vão voltar.

Ela continuou com a mão sobre o coração dele por mais um momento, e então a deixou cair.

— Tudo bem. Nós dois pensaremos neles.

Então ela pegou o arco e a flecha e tentou de novo.

Em casa, Marg estava à janela com Tarryn, observando Breen tentar atirar uma flecha.

— Ela é muito parecida com você, Marg. Não só o cabelo, que, pelos deuses, é glorioso! Mas o formato do rosto, o porte. Eu sei o que significa para você tê-la de volta.

— Jennifer deu a ela uma vida tão estreita, fazendo-a se encaixar em um padrão limitado dia após dia. Acho que uma das maiores alegrias de minha vida foi vê-la despertar. E a maior tristeza também, sabendo o que ela vai enfrentar agora que despertou.

— Você me disse que os poderes dela são profundos, ainda mais que os seus.

— Sim. Ela ainda não acessou todos eles. — Marg riu quando a flecha de Breen atingiu o chão. — Quanto tempo você acha que a paciência de Keegan vai durar?

— Nunca o suficiente. Ele a treina para lutar, e deve, claro, mas não será a espada ou a flecha que ela usará no final.

Outra flecha atingiu o chão, e Tarryn balançou a cabeça.

— E graças aos deuses! Mas ela se esforça, não é?

— Pronto! Se ele a tivesse guiado assim no início...

Marg sorriu para si mesma quando viu Keegan pousar as mãos sobre as de Breen e colar seu rosto no dela.

— Eles ficam lindos juntos.

— Verdade.

Divertida, Tarryn passou o braço pela cintura de Marg.

— E ela acertou o alvo. Fico imaginando por que eles são tão cautelosos um com o outro se ouvi dizer que... O que foi agora? Por que ele está bravo? — Franzindo o cenho, Tarryn observou a cena no campo. — Como pode um homem com tanta bondade no coração ser tão cabeça-dura? Ela está fazendo seu melhor, não vê?

Tarryn ergueu as sobrancelhas quando, tendo começado a encaixar uma flecha de novo, Breen se voltou para Keegan.

— Palavras furiosas — disse. — Não é preciso ouvi-las para saber. Bem, que bom que ela vai se defender.

— Ela faz isso quando fica brava.

— Parece que ela disse poucas e boas. Muito bem.

Mas Tarryn estremeceu quando a flecha seguinte atingiu o chão a centímetros dos pés de Breen.

— Ah, agora o imbecil está rindo dela. Não se pode treinar um corpo se não... Ah, isso mesmo, dê a ele o que ele merece!

Ela quase aplaudiu quando Breen empurrou seu filho. Mas ficou em silêncio quando Keegan puxou Breen contra si.

— Ora, ora — murmurou Marg, bebendo seu chá. — Aí está.

— Aí está — repetiu Tarryn. — Ouvi dizer que ele se deitou com ela, mas agora vejo por que não vai mais à Capital de vez em quando para ir para a cama de Shana. Ele acha que eu não sei, mas tenho conhecimento de por onde andam meus filhos.

— Ah, os jovens... — Marg balançou a cabeça enquanto viu Keegan e Breen se afastarem e ela pegar o arco de novo. — Que desperdício de calor.

— Ele se afastou de Shana faz algum tempo. Não muito depois que Breen apareceu. Não me envergonho de dizer que estou feliz por isso.

Tarryn voltou para pegar o bule e as duas se sentaram.

— Vou lhe dizer o que só disse a Minga, que é uma irmã para mim. Tenho grande carinho pelos pais de Shana; o pai dela é um bom conselheiro, e a mãe é forte e gentil. Mas, quando a garota, que é uma belezura, Marg, colocou os olhos em Keegan, fiquei preocupada. Sim, porque não era tanto meu filho que ela almejava, e sim o *taoiseach*. Foi desejo e ambição que senti nela, e nunca amor por ele. Quero amor para meus filhos.

— É o que uma mãe quer.

— Shana está zangada agora que ele lhe disse claramente, e espero que gentilmente, que não vai se comprometer com ela. Mas pôs uma cara boa e está passando seu tempo com Loren Mac Niadh. Seria difícil encontrar um casal mais bonito em toda Talamh. Espero que o charme dele, pois o tem em abundância, esfrie a raiva que sinto existir nela.

— Mas você se preocupa. Hoje mesmo eu disse a Breen que amor é preocupação e alegria juntas.

— Essa é a verdade. — Tarryn apertou a mão de Marg. — Senti tanto sua falta!

— E eu a sua, filha de meu coração. Vou lhe dizer agora o que eu não consegui dizer antes. Depois que Eian e Jennifer se separaram, eu esperava que vocês jurassem um ao outro, você e meu filho.

— E vou lhe dizer o que não consegui dizer antes. Assim teria sido, acho, se ele estivesse vivo. Quase dez anos depois que perdemos Kavan... meu marido, meu amor, o amigo mais querido de Eian, um irmão em tudo menos no sangue... floresceu algo entre nós. Sou abençoada, Marg, por ter amado e sido amada por dois homens assim.

— Fico feliz por isso. E fico feliz por saber que ele viveu isso com você antes de morrer.

— E agora pode ser a filha dele e meu filho. — Entre esperançosa e preocupada, Tarryn olhou pela janela. — Certamente serão eles na ponta da lança contra Odran. Podemos torcer para que eles tragam alegria um ao outro também.

— Talvez ela não fique, Tarryn. Quando, queiram os deuses, Odran for destruído e os mundos estiverem seguros, ela poderá optar por voltar a seu outro mundo.

— Ela pode e deve fazer sua escolha. Mesmo assim, que bom que ela vai à Capital em breve. Vai ver quem é Keegan lá, conhecer mais sobre Talamh. Política e guerra — disse Tarryn, e suspirou. — Muito se conversará sobre as duas coisas, e ela deve ver e ouvir e saber o que somos e como governamos. — Recostou-se e bebeu mais chá. — É um prazer sentar com você um pouco e não conversar sobre política e guerra. Podemos ficar só observando esses assuntos do coração se desenrolarem.

— E ter o prazer de falar deles.

Tarryn riu.

— Sim. Por exemplo, quando Harken finalmente convencerá Morena a se casar para que os dois possam me dar mais netos?

— Harken é lento e planejador, e, para Morena, a vida é viver o hoje hoje e o amanhã amanhã. É capaz de Finian dar esse salto antes desses dois. Como estão os pais dela, os irmãos e suas famílias?

— Todos bem. O pai dela ficou na Capital, pois está no conselho. Mas Seamus e Phelin foram para o sul, e nossa luz foi com eles. A esposa de Seamus, Maura, como você lembra, ensina e treina os mais novos. Bem, ela está com a cabeça cheia por causa do mais velho dela, que aos dez anos pediu muito para participar da batalha no sul. E Noreen está carregando o primeiro deles.

Elas passaram mais uma hora conversando sobre amigos e familiares.

CAPÍTULO 9

Quando Marg foi embora, Tarryn saiu para colher flores para enfeitar a casa. Ela sabia que nisso nenhum de seus dois filhos pensaria. Percebeu que Keegan e Breen estavam treinando com espada e corpo a corpo usando espectros.

Ela não se intrometia, mas observava e considerava a habilidade de Breen com a espada aceitável para uma novata. Sua habilidade e estratégia com magias, porém, estavam em um nível bem superior.

Isso a fez sentir alívio e mais esperança. Muita coisa dependia da filha de Eian. Coisas demais, pensou, e o destino raramente era justo.

Enquanto enchia sua cesta, ouviu som de cascos.

Ergueu a mão para saudar Morena e Marco, que cavalgavam em direção ao cercado.

— Você tem uma postura boa na sela, Marco — gritou Tarryn. — Reflete a reputação de sua professora e de sua montaria.

— Eu galopei — anunciou ele, com a emoção ainda viva nos olhos e acariciando o pescoço da égua com as duas mãos. — Nossa, nós voamos!

— O crédito não é meu, na verdade. — Morena desceu de Blue. — Marco com certeza foi um centauro em outra vida.

Ele riu enquanto desmontava.

— Não tem centauros aqui, né?

— Há uma pequena tribo no extremo norte — observou Morena. — O mundo deles é conhecido como Greck, mas alguns migraram para cá.

Ele cutucou o ombro dela.

— É zoeira?

— Nem um pouco. Vamos cuidar dos cavalos agora, já que você tem aquela reunião, e o bolo que prometeu fazer para hoje à noite. Marco precisa falar com as pessoas do outro lado, em Nova York, pelo computador.

— Não é uma maravilha? Esse é seu trabalho, então? — perguntou Tarryn.

— Parte dele, senhora. É para o livro de Breen.

— Marg me disse que ela escreveu uma história sobre o cachorro. — Tarryn olhou para Porcaria, que havia chegado no fim do treino com arco e flecha, e estava perseguindo as vacas. — Ela disse que é boa.

— É mesmo.

— E, com as maçãs que vovô lhe deu, ele vai fazer um bolo de maçã para o *ceilidh* — explicou Morena.

— Será bem-vindo, assim como seu bolo.

Enquanto preparava o cavalo, Marco olhava para as tendas.

— Vimos os soldados treinando na cavalgada. É... eles vão à festa?

— Claro, são mais que bem-vindos.

— Que bom.

— Você irá à Capital conosco, Marco?

Ele estremeceu e pestanejou para Tarryn.

— Eu? Capital?

— Tenho certeza de que Breen gostaria de sua companhia, e todos nós também. Espero que se junte a nós.

— Nossa, obrigado. Obrigado. Eu gostaria muito de ir.

— E você, Morena, vem? Sei que sua mãe sente sua falta.

— Eu gostaria de passar um ou dois dias lá. É quase o máximo de tempo que consigo aguentar o barulho e a multidão, mesmo pela família. Mas não desta vez. Este aqui, ao contrário — acrescentou, apontando para Marco com o polegar —, adora barulho e multidão.

— Eu gosto de silêncio também. Mas, sim, sou uma pessoa urbana.

Ele estremeceu quando viu um dos espectros, que parecia algo saído de um filme de terror, acertar Breen com garras de quase dez centímetros. Quando ela caiu de costas, ele correu para pular o cercado.

— Breen está bem, Marco — Morena o tranquilizou. — Dê um momento a ela.

Caída de costas, ela disparou dardos afiados de gelo. Diretamente de seus dedos. O espectro gritou, ameaçou pular sobre ela, mas *puf*!

— Viu o que ela fez? Você viu isso? Ela é maravilhosa!

Marco fez uma dancinha da vitória enquanto Breen se levantava e atacava os dois espectros restantes com espada, punhos, pés e – caramba! – relâmpagos.

— Maravilhosa! — repetiu. — A única vez que a vi lutar antes foi quando nós tínhamos uns dez anos. Eu era magrelo, e um cara idiota, com dez quilos e dois anos a mais que eu, pulou em cima de mim no caminho de volta da escola. Acho que ele achava que eu era gay demais para viver. Ele estava me socando e minha Breen veio correndo, pulou nas costas dele e começou a bater. Ele tentou se livrar dela, mas ela se agarrou nele. Ele a machucou, fez o nariz dela sangrar, mas ela não parou. — Marco suspirou. — Sempre achei que ela tivesse dado sorte com um soco que o derrubou, mas talvez não tenha sido sorte. Enfim, a casa dela era mais perto, então nós fomos para lá. Breen com o nariz sangrando e eu com o nariz quebrado, um lábio rasgado, um olho roxo e hematomas por todo lado. A mãe dela fez curativos em mim e me levou para casa, e contou para minha mãe o que havia acontecido. Mas deixou Breen de castigo por uma semana por ter brigado.

— De castigo?

Marco olhou para Tarryn.

— Castigo é uma coisa muito comum entre os pais de onde eu venho. Significa que você não pode ir a lugar nenhum, exceto à escola. Só escola e casa. Nada de sair. Foi sem razão. Não era certo ela ficar de castigo.

— Onde estava Eian? — perguntou Tarryn.

— Fazendo um show em algum lugar. Não, acho que ele devia estar aqui. Mas nós não sabíamos disso.

Doeu no coração de Tarryn pensar nessa situação.

— Ele não sabia. Se soubesse, nunca teria deixado acontecer. Nunca teria permitido que Breen fosse punida por correr para ajudar um amigo.

— O que aconteceu com o idiota valentão? — Morena quis saber.

— Nunca mais me atormentou. Tinha levado uma surra de uma garota, e não havia nada pior para um sujeito como ele. — Deu de ombros. — Não entendo muito de deuses e tal, mas me parece que esse Odran é mais ou menos o que Morena disse, um idiota valentão. Eu aposto em Breen.

— Você tem sabedoria, Marco. — Tarryn olhou para onde estava Breen, fazendo uma pausa, curvada com as mãos nos joelhos. — Talamh inteira estará ao lado dela.

— Eu também. — Ele ergueu o saco de maçãs. — Ei, Breen! Temos que ir.

Ela assentiu e se aprumou. Entregou a espada a Keegan e seguiu em direção ao cercado.

— Você não terminou. — Keegan foi atrás dela. — Temos mais uma hora.

— Hoje não. — Os ouvidos dela ainda zumbiam por causa da pancada da cabeça no chão, e o braço doía das garras espectrais. — Marco tem trabalho a fazer na cabana.

— Então ele que vá, já sabe o caminho. Você tem mais uma hora de treino.

— Vou compensar outro dia.

— Temos que nos preparar para a festa — comentou Marco. — A garota tem que trocar de roupa.

— Por quê? Ela está bem assim. Você está bem — insistiu Keegan. — É um *ceilidh*, não um baile no palácio.

— Cara... — disse Marco, cheio de pena.

— Estou imunda — retrucou Breen —, e cheirando a gambá. E você também. Vou voltar, tomar uma taça bem grande de vinho e um banho quente bem demorado. Se não gostar, problema seu.

Ela se virou e percebeu que havia esquecido completamente que Tarryn estava ali.

— Desculpe, sra. O'Broin.

— Não há por que se desculpar. E é Tarryn, por favor. Não somos formais no vale, como você já notou. Eu pediria desculpas em nome do meu filho, mas o fato é que ele é homem, não entende. Estaremos ansiosos para vê-los esta noite, e espero ouvi-los tocar e cantar.

— Obrigada. Vou compensar a hora — ela informou a Keegan, e foi embora.

— Vou indo também — disse Morena alegremente, e tomou as rédeas de Blue. — Volto com meus sapatos de dança. Avise a Harken para se preparar.

— Tenha certeza de que vou avisar — respondeu Tarryn, e, enquanto Morena conduzia o cavalo até a estrada, voltou-se para Keegan e sorriu. — Gostei dela.

— Sim, é fácil gostar dela, mas...

— Ela dá duro, Keegan.

— E precisa dar tudo de si. Mais uma hora...

— Faz pouca diferença no todo, como você sabe. Ela não é um soldado, *mo chroí*.

— Mais um motivo para precisar... você tem razão, como sempre. Uma hora não faz nenhuma diferença.

— E ela tinha razão também. Você está cheirando a gambá.

Franzindo o cenho, ele cheirou debaixo do braço e teve que concordar.

— Você vai tomar um bom banho, mas primeiro desfrute de uma cerveja perto do fogo enquanto arrumo minhas flores e lhe conto uma história dela que Marco me contou.

Independentemente do quanto Marco tentasse convencê-la, Breen não usaria o vestido verde extravagante que Sally e Derrick tinham lhe dado antes da primeira viagem à Irlanda. Nem os sapatos chiques.

Não seria apropriado, insistiu, enquanto se servia de vinho e Marco colocava as maçãs para cozinhar.

Enquanto ele se preparava para a reunião, ela saiu para beber seu vinho ao ar livre. Sentou-se em uma cadeira e colocou os pés em cima de outra, suspirando de alívio, enquanto observava Porcaria mergulhar na baía.

Continuava sentada quando o cachorro voltou e descansou a cabeça em sua perna. E, ainda sentada, viu cair o crepúsculo e a noite se aprofundar.

Finalmente se mexeu porque lembrou que Porcaria precisava comer e ela continuava imunda e fedorenta.

Quando entrou, Marco estava na cozinha despejando massa em uma assadeira.

— Menina, pensei que já tivesse subido! Você precisa tomar aquele banho. Vamos discutir a roupa depois que eu colocar este bolo no forno e tomar meu banho.

— Podemos discutir, mas não vou usar o vestido cintilante.

Ela encheu a tigela do cachorro e aceitou a pá da batedeira que Marco lhe ofereceu para lamber a massa.

— Nossa, que delícia! Confeitaria ou lanchonete musical, Marco Polo. Essa é a saída.

Festas onde não conhecia ninguém deixavam Breen ansiosa, mas ela se proibiu de tomar outra taça de vinho antes do banho.

Tratou seus hematomas sob o chuveiro quente e se deu conta de que isso já fazia parte de sua rotina ali. Sem contar as bolhas, que havia acabado de notar.

Treinar arco e flecha era um saco, concluiu.

Quando saiu do chuveiro, estava atolada em autopiedade. E se sentia no direito, pois, mesmo querendo pôr o pijama, tirar uma pizza do freezer e beber mais vinho em frente ao fogo, cumpriu seu dever e começou a arrumar o cabelo e se maquiar.

Não fazia sentido chegar lá com cara de cansada e desanimada, disse a si mesma. Ficaria uma hora, seria educada e simpática e fugiria. Marco, festeiro, poderia ficar o tempo que quisesse – alguém o levaria de volta à cabana, ou ele poderia passar a noite na fazenda.

Ela deu um passo para trás, se analisou e concluiu que conseguiria passar pela revisão crítica de Marco. Raspando, mas passaria.

Uma boa calça preta, um suéter e botas, decidiu enquanto limpava a pia. Um par de brincos, e talvez um belo cachecol.

E isso teria que bastar.

Então, saiu do banheiro e viu o vestido em cima da cama.

Era de um azul profundo, como se tivesse sido mergulhado no mar sob o luar. Simples, pensou, de manga comprida e gola careca. E de veludo, macio ao toque.

Pegou o bilhete que estava ao lado do vestido e se sentiu estúpida e culpada por sua autopiedade.

Breen Siobhan, imaginei que você gostaria de usar este vestido hoje à noite. Se não servir, sem problemas. Nan.

— Claro que serve — murmurou Breen.

Simples, discreto, macio. Como poderia não servir?

Breen o colocou e ele serviu como se tivesse sido feito para ela – certamente tinha sido. Caía em um leve drapeado até um pouco acima dos tornozelos e a fez se sentir amada.

Escolheu os brincos que Sula lhe dera e, com a pedra do coração de dragão e a aliança de casamento de seu pai na corrente em volta do pescoço, achou que havia acertado em cheio nas joias.

Enquanto pensava em suas opções de sapatos — que não eram muitas, dada sua pressa em fazer as malas —, Marco bateu na porta.

— Entre.

— Vamos ao que interessa — ele começou, mas parou olhando para ela. Sem uma palavra, girou o dedo para que ela desse uma voltinha. — Onde arranjou esse vestido, garota? É matador.

— Nan mandou para mim. É matador?

— Seu corpo é matador, e esse vestido sabe como valorizá-lo.

— Ah! — Imediatamente aflita, Breen se voltou para o espelho.

— De um jeito elegante, Breen. Não tem nada de vulgar, Jesus! Não que tenha algo de errado nisso. Ponha aquelas botas legais, as pretas com os saltos grossos e os cadarços falsos na frente.

— Você acha?

— Sim. — Ele mesmo as pegou. — Não vai usar salto alto nem botas de caminhada com esse vestido.

— Vou me render à sua noção de moda muito superior à minha. Falando nisso, você está ótimo.

— Arrasei — concordou ele, e posou diante do espelho dela.

Ele estava usando jeans preto justo, tênis pretos de cano alto, um suéter de gola rolê cor de bronze envelhecido e o colete de couro por cima. Ostentava uma única argola de prata na orelha esquerda, e a pulseira de proteção que Breen havia feito para ele.

— Calce as botas para podermos nos olhar no espelho juntos.

Obediente, ela se sentou, colocou as botas e fechou os zíperes nas laterais. Ficou ao lado dele diante do espelho, pôs a mão no quadril e fez uma pose de passarela para fazê-lo rir.

— Lá vamos nós, com tudo! Vai ser difícil não nos darmos bem esta noite.

— Não estou querendo me dar bem.

Ele deu um suspiro.

— Menina, assim você me deixa triste bem na hora da festa. Vamos, vou pegar meu violão.

Ele foi para seu quarto e passou a alça colorida do violão pelas costas. Como se soubesse que iam a uma festa, Porcaria desceu os degraus abanando o rabo.

— Só falta descobrir a melhor maneira de levar o bolo até lá.

— Marco, ficou lindo!

Ele havia espalhado uma cobertura brilhante sobre o bolo, que estava esfriando em uma prateleira, perfumando a cozinha.

— Está decidido: você vai abrir uma confeitaria.

— No momento, minha preocupação é fazê-lo chegar lá inteiro.

Com cuidado, ele transferiu o bolo do suporte para um prato.

— Acho bom colocar um pano por cima.

— Tenho uma ideia melhor. Vou dar um jeito. — Ela correu para a lavanderia e voltou com uma caixa de papelão.

— Boa ideia. Não vai ficar bonito, mas é mais seguro.

— Eu dou um jeito — repetiu Breen.

Ela passou as mãos sobre as laterais, a parte superior e inferior da caixa várias vezes, enquanto visualizava o que queria.

Lentamente, o marrom da caixa foi ficando vermelho, fraco no início, depois mais profundo e mais vivo.

Para enfeitar, ela espalhou estrelas prateadas.

— Caralho! Como você fez isso? Como fez isso só tocando a caixa?

— É mais que tocar. É intenção, visualização e vontade. É só um enfeite, vai durar só algumas horas. Talvez menos, já que eu nunca fiz isso com um objeto antes. Mas é o suficiente para o seu bolo chegar lá em grande estilo.

— Você é a oitava, a nona e a décima maravilhas do mundo — ele exclamou, colocando o bolo dentro da caixa e amarrando a tampa com barbante. — Acho que você não conseguiria fazer uma fita chique, não é?

— Desafio aceito. Prateada, acho, para combinar com as estrelas.

Então, ela passou os dedos pelo barbante até que ele se alargou, achatou e começou a brilhar, prateado.

— Nunca fui muito boa em fazer laços, mas talvez assim...

Ela riu, ridiculamente satisfeita, quando transformou o nozinho de barbante em um laço elaborado.

Marco pegou a caixa.

— Minha melhor amiga é uma bruxa de verdade. Cadê a sua vassoura para nos levar para a festa?

— Que clichê! Vamos, Porcaria. Até que estou a fim de uma festa.

Ela puxou luz para guiá-los pela floresta. Corujas cantavam e Porcaria corria na frente.

— Quando eu resolver vir embora, você pode ficar na festa. Pode ficar na fazenda, ou no meu quarto na casa de Nan, se quiser. Ou alguém pode trazer você.

— Vamos ver. Não adianta pensar em ir embora antes mesmo de chegar.

— Dê aqui o bolo — pediu ela quando chegaram à árvore. — Vá na frente, Porcaria. Estamos bem atrás de você.

Quando passaram, Marco pousou a mão no ombro dela para se equilibrar e ali a deixou, olhando para o outro lado da estrada.

Luzes brilhavam em todas as janelas da fazenda, e fogueiras pontilhavam o campo onde estavam as tendas. A música enchia o ar na casa e no campo.

Dava para ver o movimento pelas janelas. Pessoas dançavam ali e no gramado. Outras estavam sentadas nos muros de pedra ou em fardos de feno, com pratos de comida, xícaras ou canecas nas mãos.

— Isso sim parece uma festa. — Marco a puxou escada abaixo. — Vamos curtir um pouco.

Não importava quantas pessoas (tantas!) estivessem lá, disse Breen a si mesma. Nan estaria lá, e Morena e outros que conhecia. Era só encontrar um canto seguro, beber um pouco de vinho com um amigo e ouvir música.

As pessoas sentadas no muro gritaram saudações enquanto os dois se dirigiam à porta. Marco ia bater, mas decidiu:

— Eles não vão ouvir mesmo. — E abriu a porta.

O calor escapou. O fogo crepitava, Harken tocava algo animado no violino enquanto outros tocavam acordeão, bandolim e *bodhrán*. Havia crianças e bebês sentados em colos, saltitando. E as pessoas dançavam como se tivessem asas nos pés.

Finola atravessou a confusão e se aproximou.

— Aqui está o meu lindo Marco. Vou dançar com você uma vez antes que a noite acabe.

— Só uma vez?

Ela riu e deu uns tapinhas no rosto dele.

— Como você está bonita, Breen! Ah, Marg ficará muito feliz de ver que o vestido caiu bem.

— Achei maravilhoso. Ela já chegou?

— Já sim, está nos fundos ajudando Tarryn com a comida. O suficiente para dois exércitos. Que bom, porque nós temos no mínimo isso de gente aqui.

— Vou levar o bolo e dar uma mãozinha a elas. Dance com Finola.

Ter tarefas a fazer geralmente a deixava mais à vontade em uma festa. Enquanto se afastava, ouviu Finola perguntar:

— Vai tocar para nós, meu querido menino?

Mesmo que tentassem impedi-lo, pensou Breen.

Enquanto ia para os fundos, ela viu alguns rostos familiares, e isso também ajudou.

Na cozinha, encontrou Tarryn e Marg servindo ainda mais comida, ali e na sala de jantar, em mesas cujos pés já gemiam sob o peso de tantas panelas, pratos e tigelas.

Aisling estava sentada com uma mão em sua crescente barriga.

— Chegou Breen trazendo presentes. Quase não a vi desde que voltou.

— Eu a monopolizei — disse Nan, que se aproximou e pousou as mãos nos ombros de Breen. — Estou muito feliz de ver que o vestido serviu.

— É lindo. Obrigada.

— Imagine!

— Obrigada por nos convidar — Breen disse a Tarryn. — Marco fez um bolo, não sei onde deixar.

— Dê aqui.

Tarryn, resplandecente com um vestido marrom avermelhado, apesar do pano amarrado na cintura, pegou a caixa.

— As habilidades culinárias de Marco já são famosas. Vamos ver o que temos aqui.

Tarryn limpou o espaço em uma mesa e abriu a caixa.

— Brigid, sinta só o cheiro! E veja que lindo! — Ela levantou o bolo para mostrá-lo. — Se o gosto for bom também, não vai durar nem um minuto.

— Por experiência própria, posso garantir que o gosto é ainda melhor. Ele está dançando com Finola agora. Podemos guardar uma fatia para ela e Seamus? Ele usou as maçãs deles.

— Claro. Marg, guarde duas fatias.

— O que eu posso fazer para ajudar?

— Beba um vinho, para começar. Não, não, fique sentada mais um pouco — disse Tarryn a Aisling. — O bebê gosta de música, pelo jeito, e está aí dançando a noite toda.

— Estou achando que este vai ser músico. — Aisling sorria enquanto acariciava a barriga.

Tarryn entregou a Breen uma taça de vinho e um prato com queijos e pão.

— Coma um pouco. Esses queijos nós fazemos aqui na fazenda. Harken e Aisling, e Keegan e eu quando estamos por aqui.

— Gostoso. — Breen elogiou depois de experimentar um pedaço. — Muito gostoso.

— Os queijos do vale são os melhores de Talamh.

Tarryn se voltou quando Morena irrompeu pela porta dos fundos.

— As crianças acabaram comigo. Eu imploro por uma taça de vinho. Mab e Porcaria estão com eles agora, e alguns adultos também. Olá, Breen — acrescentou enquanto pegava o vinho. — Você está de vestido!

— Assim como você. Eu uso vestidos de vez em quando.

Morena estava com um vestido violeta, como suas asas, que chegava até logo abaixo dos joelhos. E botas altas roxas e o longo cabelo solto e ondulado.

Ela viu o bolo.

— É o de Marco? Vou pegar um pedaço. — Cortou uma fatia generosa e deu a primeira mordida na mão mesmo. — Pelos deuses, maravilhoso. Prove — Partiu um pedaço e, para surpresa de Breen, deu a Tarryn.

— Maravilhoso mesmo. Ah, Minga — Tarryn disse quando a porta se abriu de novo —, venha conhecer Breen e provar uma fatia do bolo de Marco. Você nunca comeu nada melhor.

— Vou sim. Coloquei umas crianças mais velhas para lavar a louça, pois vamos precisar de mais pratos. — Ela se dirigiu a Breen e colou seu rosto luminoso no dela. — Esta é a primeira saudação tradicional de minha tribo — explicou.

— Minga é minha amiga mais querida. Ela veio do mundo desértico de Largus para Talamh por amor.

— E o meu amor está agora no campo jogando dados e contando histórias. Logo vão mandar um mensageiro pedindo mais comida, portanto estejam preparadas. — Ela pegou a fatia de bolo com Tarryn, ainda sorrindo para Breen. — Nunca estive em seu mundo, mas sei que há lugares não muito diferentes do meu, de areias douradas e calor, e cidades.

— Sim. Na verdade eu nunca fui. Nunca fui a lugar nenhum até vir para a Irlanda. E para cá.

— Não é de viajar, então? Eu mesma não sou, não muito. Mas fico feliz por Og ser, pois conheci meu amor em uma viagem dele. Preciso conhecer o deus que fez este bolo. Vai me apresentar, não?

Suavemente, Minga foi levando Breen para fora da cozinha. E deu uma piscadinha a Tarryn por cima do ombro.

— Minga vai mostrar tudo a Breen. Bem — Tarryn tirou o pano da cintura —, já cumprimos nosso dever aqui. Morena, tire aquela rabeca de Harken e faça o menino dançar.

— Vou fazer exatamente isso. E arranjar uma cadeira para você, Aisling.

— Não precisa — ela se levantou —, já descansei bastante. Já que este aqui quer dançar, vamos lá.

A mulher de outro mundo, com seu vestido vermelho, apresentou Breen a uma dúzia de pessoas, cujos nomes, rostos e palavras ficaram se misturando na cabeça dela.

Marco se juntou aos músicos, logo pegando o ritmo e as notas de canções que ela nunca havia ouvido. Ele estava vivendo o melhor momento de sua vida, pensou ela, e, como todos eram tão simpáticos, não se sentiu envergonhada.

Então, Marco a chamou.

— Venha, Breen, vamos cantar uma.

— Não, você está indo bem.

Mas Morena a empurrou para a frente, e as pessoas começaram a bater palmas e os pés. Marco sorriu quando ela lhe lançou aquele olhar de "você me paga".

— Ainda não conhecemos nenhuma música de Talamh — anunciou Marco, que já havia se tornado o mestre de cerimônias da festa —, então vamos cantar uma de nosso mundo: "Shallow".

Ela tentou pensar em outra canção, mais rápida e fácil, mas ele já havia encontrado as notas iniciais em seu violão. E a sala já estava na expectativa.

Marco começou a cantar e ela sintonizou com ele como fizera centenas de vezes antes. E, quando chegou sua parte, cantou sem pensar que havia pessoas assistindo ou ouvindo.

Ela mal percebeu quando Harken pegou o violino de novo e preencheu algumas notas; e o homem do bandolim também.

No instante em que ela apertava essa tecla mental, era só música e prazer.

Quando terminaram, com as vozes entrelaçadas, olhando-se nos olhos como a letra exigia, o silêncio durou um longo momento.

Então, explodiram os aplausos e ela voltou a si, de modo que suas faces coraram. Mas viu Marg ao lado de Tarryn, e as lágrimas nos olhos de sua avó.

Marg cruzou as mãos sobre o coração e, com amor no olhar, estendeu-as para Breen.

— Faça uma reverência, garota — ordenou Marco, e ele mesmo fez uma, bem elaborada.

Ela revirou os olhos, mas fez uma reverência, provocando mais aplausos.

E pedidos de bis.

— Vamos cantar mais uma — avisou Marco, e acrescentou no ouvido dela: — E depois eu preciso começar a flertar.

Ela olhou na direção do sorriso dele, e a princípio viu apenas Keegan, com sua jaqueta de couro, o cabelo agitado pelo vento e os olhos nos dela. Mas o condutor de dragão com quem Marco havia falado naquela manhã estava ao lado dele.

Cantaram mais uma, depois outra a pedido do público, até que Marco conseguiu se afastar. Breen pretendia ir direto para Marg, mas Keegan entrou em sua frente e lhe ofereceu uma taça de vinho.

— Obrigada.

— Você deveria cantar mais. — Ele a pegou pelo braço e a conduziu para a cozinha. — E eles vão pegar você se você não sair daqui. Seu cachorro está distraindo o pessoal das tendas.

— Preciso chamá-lo para voltar para a cabana.

— Por quê?

— Eu... Não me sinto bem em festas em que não conheço quase ninguém — decidiu explicar apenas. — Já conheci não sei quantas pessoas, mas nunca vou lembrar dos nomes.

Ele assentiu com a cabeça e bebeu um gole de cerveja.

— É muita gente e muito barulho, eu também preciso de um descanso. — Ele cortou um pedaço de pão e colocou queijo e frios dentro dele. — Fui tomar um pouco de ar, só voltei porque Brian queria conhecer Marco.

— Brian? Ah, eu não sabia o nome dele.

— Brian Kelly — continuou Keegan, levando-a para fora. — Ele é seu primo. O tataratatatatavô dele, mais ou menos, e o seu eram irmãos. O dele foi para o norte, conheceu uma mulher chamada Kate e se estabeleceu por lá. O seu ficou no vale.

— Como você sabe tudo isso? Como se lembra de tudo?

— Faz parte do meu dever, e acho que tenho mais facilidade com isso. Brian é um bom sujeito, não precisa se preocupar com Marco.

— Tudo bem.

Ele olhou para as tendas e as fogueiras.

— Alguns vão para o sul amanhã, outros no dia seguinte. Não vão todos de uma vez. E alguns vão ficar aqui para proteger o vale depois do Samhain, depois que nós desbaratarmos o que armaram para nós para essa noite. E nós vamos chorar por alguns. — Ele tentou não pensar nisso. — E alguns vão conosco à Capital.

— Quanto tempo tenho que ficar lá?

— Poucos dias. Você precisa ver e ser vista, e minha mãe vai promover outra festa.

— Uma festa no palácio?

Ele ficou aborrecido ao ouvir esse termo.

— Não é um palácio. É um castelo. São coisas diferentes, você deveria saber. Um castelo serve para defesa, para proteger, abrigar e fortificar.

E dessa vez não leve malas cheias de coisas. Serão poucos dias, vamos viajar direto e rápido. — Ele a fitou com um olhar direto e intenso. — Você está muito bonita hoje, saiba que está muito difícil manter as mãos longe de você. Vamos voltar, senão minha mãe vai me azucrinar por manter você aqui fora muito tempo.

— Eu gosto das suas mãos em mim.

— Deuses, agora não!

Ele a pegou pelo braço e a puxou de novo para dentro.

CAPÍTULO 10

Quando Breen voltou para a festa, Marco estava sentado no muro de pedra, na frente, bebendo uma cerveja com Brian Kelly.

— Está me dizendo que você e minha melhor amiga são primos?

— Sim, por parte de pai, bem lá atrás. Meu tataratataravô foi para o extremo norte, pela aventura, dizem. Lá, conheceu minha tataratataravó. Eles se apaixonaram e se casaram. Tiveram oito filhos e viveram bastante.

— Oito filhos?

Brian sorriu e tomou um gole de cerveja.

— As noites são longas e frias quando o inverno chega no norte. Eu descendo deles, e Breen do tataratataravô dela, que era irmão do meu e que ficou no vale, trabalhou nesta terra em que estamos agora e teve nove filhos com a esposa.

— Então, você mora no norte.

— Minha família mora lá; a maioria. Eu moro na Capital por enquanto, ou onde o *taoiseach* precisar de mim. Ouvi dizer que você vai para lá com Tarryn depois do Samhain.

— Sim. Estou grato pelo convite, porque preciso ficar perto de Breen.

Marco notou que os olhos de Brian tinham certo brilho... brilho de verdade.

— Você também vai voltar, não é?

— Sim, sim, assim que nós resolvermos as coisas no sul.

Marco pensou que *resolver as coisas* significava ir para a guerra.

— Vai lutar contra os bandidos?

— É o que nós fazemos quando ameaçam a paz. Somos um mundo de paz e de leis que a mantêm para todos.

— Está com medo de ir para o sul, de... participar da batalha?

— Quem não teme a batalha a procura. Nós não a procuramos, mas nos preparamos para ela, não lhe damos as costas. — Mudando de posição, Brian sorriu olhando diretamente para Marco. — Keegan me contou que você deu um soco na cara dele porque achava que estava ameaçando sua amiga.

— Sim, é verdade. Mas não sou muito de lutar.

— Quer dar uma volta? É incrível ver as luas sobre a baía em uma noite assim.

Marco sentiu um friozinho na barriga de ansiedade.

— Claro, adoro caminhadas. — Ele se levantou e, como Brian, deixou sua caneca na mureta. — Nós caminhamos muito no meu bairro.

— Filadélfia?

— Tem muitas lojas, restaurantes e baladas que dá para ir a pé. Não temos uma baía, mas temos um rio. Mas só uma lua.

— Eu vi uma lua única — disse Brian enquanto caminhavam. — Na Irlanda, na Escócia e na França, quando viajei.

— Você esteve na França? Paris?

— Sim, eu fui a Paris.

— Foi maravilhoso?

— Foi. Cheia de cores e sons, o velho e o novo misturados. Gostei da arte também, da antiga e da nova. Eu gosto de pintar.

O friozinho na barriga de Marco aumentou.

— Você é artista?

— Ah, eu gosto de desenhar e pintar, quando posso.

— Nós temos galerias de arte na Filadélfia, é uma das minhas coisas favoritas. Não sei desenhar nem pintar nada, mas adoro ver arte.

— Quando estivermos na Capital, vou mostrar a você algumas coisas que eu fiz, e você poderá julgar se chega a ser arte. Posso julgar sua música que acabei de ouvir como maravilhosa. Foi a primeira coisa que ouvi quando entrei. Era uma música apaixonada, romântica, e sua voz em sintonia com a de Breen fez meu coração se apertar. Não sei nada de música, mas admiro quem tem o dom.

— Eu posso te ensinar. Eu dou aula... bem, dava. Eu ensinava a tocar instrumentos e um pouco de canto. Uau! — Marco parou de falar ao ver as luas, uma crescente e outra minguante, sobre a baía. — É incrível!

Ainda impressionado, apontou.

— Veja. Sereias!

— Sereianos — corrigiu Brian, pegando a mão de Marco para levá-lo até a praia —, porque existem tritões também.

— Estão cantando. Ouviu isso?

— Os sereianos são músicos por natureza, pelo que parece, e a voz faz parte dos poderes deles. Eles conseguem chamar outros sereianos e criaturas do mar de muito, muito longe. E enfeitiçar com música quando são ameaçados. São lutadores ferozes também. Alguns vão para o sul.

— Tipo Aquaman?

— Não sei do que você está falando.

— Ah, é um personagem, um super-herói de história em quadrinhos. O sujeito que o interpretou nos filmes é maravilhoso.

Marco só conseguia pensar que estava em uma praia observando sereias nadando sob duas luas, de mãos dadas com um sujeito sexy que pilotava um dragão.

— Então, você... você tem habilidades mágicas como Breen?

— Ninguém tem o que ela tem. Eu tenho ancestrais Sábios, mas sou *sidhe*.

Diante de Marco, Brian abriu suas asas, de um azul tão forte e brilhante quanto seus olhos.

Ao sentir o coração quase parar, Marco lembrou a si mesmo que eram bicos, e não asas, que o assustavam.

— Isso incomoda você?

— Não. Bem, é tudo fantástico e estranho, mas fascinante também. Não consigo me acostumar. Nem quero me acostumar — percebeu —, porque nós acabamos menosprezando as coisas bonitas quando nos acostumamos demais com elas. E tudo isto é lindo.

Ele era lindo, pensou, enquanto o frio na barriga ia subindo até a garganta.

— Ouça, eu preciso perguntar, porque sou novo aqui e não sei se as coisas funcionam do mesmo jeito que lá. Preciso perguntar se estou lendo os sinais direito, se está acontecendo alguma coisa... uma faísca entre você e...

Não conseguiu terminar, pois Brian simplesmente o abraçou e respondeu à sua pergunta com um beijo.

Longo e profundo, e com tamanha ternura que derreteu os músculos das pernas de Marco. A canção dos sereianos se elevou e a água batia na costa, enquanto as luas navegavam em um céu deslumbrante de estrelas.

Estava ferrado, pensou Marco quando Brian recuou com seus olhos e suas asas azuis brilhantes.

— Você lê muito bem — disse Brian, e o beijou de novo. — Eu vi você lá de cima, e alguma coisa mexeu comigo. — Gentilmente, Brian passou o dedo no rosto de Marco. — E no chão, mais perto, vi seus olhos, seu coração neles, sua lealdade e sua coragem. Você é bonito, e esse cabelo... Pensei que gostaria de conhecê-lo um pouco.

— Eu pensei a mesma coisa ao mesmo tempo.

— E aí, ouvi você cantar e soube que um pouco só não seria suficiente. Espero que nós tenhamos mais tempo.

— Quero mais. — Marco tomou os lábios de Brian de novo, com força. — Quero muito mais.

— Nós vamos ter o que queremos quando eu voltar.

Ele vai para a guerra, pensou Marco. Parecia impossível que estivesse apaixonado por um homem alado que ia para a guerra.

— Volte comigo. Vamos até a cabana.

— Não posso. Nenhum feérico pode sair de Talamh enquanto nós não resolvermos as coisas no Samhain. Você vai me esperar, Marco, assim como eu preciso esperar? Quero mais passeios com você, mais palavras, mais tempo. Quero me deitar com você. Mas primeiro meu dever para com Talamh, para com os feéricos, o seu mundo, Marco, e tudo mais.

— Vou esperar. — Ele abraçou Brian e sentiu o roçar das asas nas costas de sua mão.

❈

Breen finalmente conseguiu escapar do *ceilidh*. Procurou Marco rapidamente, mas concluiu que ele escolheria uma das opções que haviam discutido. Talvez ela tivesse se divertido mais do que esperava... não, admitiu, não tinha dúvidas. Mas ficara exausta de falar com tanta gente, de beber vinho, de dançar (porque ninguém lhe dera escolha). Queria mesmo era sua cama.

E pensaria em Keegan. Ou não, corrigiu-se, pensaria nele se ficasse. Não queria pensar que em dois dias sua profecia sobre a batalha no sul poderia se tornar realidade.

Não queria pensar por pelo menos algumas horas, e, se dormisse, não pensaria.

Não estava se escondendo dessa realidade, afirmou a si mesma. O que queria era recarregar as baterias para enfrentá-la.

Quando começou a atravessar a estrada, Porcaria latiu feliz para alguém. Ela ergueu os olhos e viu Marco caminhando com o cavaleiro do dragão – que aparentemente também era seu primo.

De mãos dadas, notou, e sentiu seu coração derreter.

— Está voltando? — gritou Marco.

— Chega de festa. Fique aí. Seu violão ainda está lá, e com certeza vão fazer você tocar de novo.

— Não, vou voltar com você. Posso pegar o violão amanhã. Ah, você ainda não conhece Brian. Este é seu primo, Brian Kelly.

Ele se aproximou de Breen e lhe deu um beijo em cada face.

— Gostei muito das suas músicas.

— Obrigada. É um prazer conhecê-lo. Não sabia que eu tinha parentes aqui além de Nan.

— Mairghread, a Poderosa, é família suficiente para a maioria, mas você tem muitos primos em Talamh e do outro lado também. E todos estão felizes por você ter vindo, e eu por ter trazido Marco junto. — Ele olhou para a Árvore de Boas-Vindas. — Desculpem, não posso acompanhá-los; não é permitido até depois do Samhain.

— Não sabia. — E então ela percebeu. — Ah, você está indo para o sul.

— Antes de o dia raiar. Mas nos veremos logo depois na Capital, e vamos ter mais tempo para conversar. — Sorrindo, ele se voltou para Marco. — E caminhar. E mais. Durma bem.

Breen teve que segurar um suspiro quando eles se beijaram.

— Cuide-se — disse Marco, e ficou apertando as mãos enquanto Brian se afastava.

— Para um guerreiro você diz "lute bem", "seja forte".

— Certo. Lute bem, seja forte.

— Assim será. Boa noite a vocês dois.

— E cuide-se — sussurrou Marco quando Brian se afastou em direção às tendas.

— Você está com uma carinha feliz, Marco Polo — Breen pegou as mãos dele —, e eu quero saber tudo no caminho de volta.

— Estou caminhando? — Foram para o outro lado da estrada. — Porque parece que meus pés estão flutuando.

— Seus pés estão caminhando, mas você está flutuando. Primeiro, ele é encantador e definitivamente gostoso, e tenho certeza de que vi estrelas nos olhos dele quando olhou para você.

— Os olhos dele brilham. — Os dois escalaram o muro e Marco suspirou pelos dois. — Brilham de verdade, fisicamente. Nós ficamos sentados na mureta da frente um tempo, só conversando.

Breen continuou segurando a mão dele porque ainda parecia deslumbrado.

— Sobre?

— Ah, sobre a festa, música, o lance de vocês serem primos. Legal isso, não é?

Muito deslumbrado, observou Breen, pois passou de Talamh para a Irlanda sem nem perceber.

— É. Ele mora no norte?

— Não agora. Está na Capital. Deve estar servindo lá. Depois nós caminhamos até a praia, e havia sereianos nadando e cantando, e as luas, e ele tem asas. Asas azuis, como os olhos.

— Ele é *sidhe*?

— Sim, isso.

Porcaria saltitava ao lado deles em vez de correr na frente. Mantinha a cabeça inclinada e os olhos em Marco, como se estivesse absorvendo cada palavra.

— Eu estava sentindo tudo aquilo, mas não sabia se a coisa funcionava do mesmo jeito em Talamh, entende? Achei melhor perguntar, em vez de estragar tudo tomando a iniciativa. E ele me beijou.

— Quer me matar, Marco? Na praia, vendo sereianos e as duas luas?

— Né? E nós ficamos nos beijando, e beijando, e ele disse que tínhamos que esperar até depois dessa maldita batalha. E ele é artista, e já esteve em Paris. E acho que estou apaixonado. Eu sei que acabei de conhecê-lo, mas nunca me senti assim. É mais que tesão. Muito mais.

— Então, eu vou amá-lo também.

— Talvez eu me sinta diferente quando nós sairmos de Talamh e chegarmos à Irlanda.

— Marco, já voltamos para a Irlanda e estamos quase chegando à cabana.

— O quê? — Ele tentava olhar para todo lado e, ao mesmo tempo, para a luz que Breen segurava para guiá-los. — Uau! Não me sinto diferente, então aí está a resposta. Ele vai lutar contra aqueles malucos, Breen. E se alguma coisa acontecer com ele? E se...

— Não, não pense assim. Eu sei que é difícil, mas não podemos pensar assim.

Aflito, Marco esfregou seu bracelete.

— Você pode fazer alguma coisa assim para ele, como fez para mim?

— Sim, vou fazer. Tenho tudo de que preciso aqui na cabana.

— Eu sei que é tarde demais para amanhã, mas, quando ele voltar... eu vou poder ajudar? Sei que não tenho poderes, mas posso ajudar?

— Você pode escolher o couro e as pedras.

— Obrigado. Dá para a gente sentar um pouco? Preciso me acalmar.

— Tudo bem. Porcaria quer nadar antes de dormir mesmo. Vamos tomar mais uma taça de vinho. Eu estava ocupada demais falando, cantando e dançando e não bebi muito. E você estava ocupado demais beijando ao luar. Vamos brindar àqueles que lutam bem e são fortes.

Ele a abraçou quando chegaram à cabana.

— Ninguém nunca teve uma amiga melhor que você.

❖

De manhã, Breen trabalhou o máximo possível até ouvir Marco na cozinha. Sabendo que se o mantivesse ocupado poderia ajudá-lo a ficar menos aflito, desligou o computador.

Ele estava à porta com seu café, olhando para a baía. E pensando, sem dúvida, na baía do outro lado.

Ela o abraçou por trás.

— Já comeu?

— Acho que estou apaixonado. Perdi o apetite.

— É o seguinte: vou fazer um café da manhã para nós, mesmo já tendo passado da hora. — Ela foi até a cozinha e pegou uma caixa de cereal no armário. — Minha especialidade.

Isso o fez rir.

— Serve.

— E depois de comer nós vamos fazer a pulseira de Brian.

— Isso pode esperar. Eu sei que você quer escrever.

— Estou em uma parte boa para parar, e a pulseira é prioridade.

— Obrigado.

— E, quando nós terminarmos — ergueu os olhou enquanto servia o cereal nas tigelas —, vamos para lá mais cedo. Vamos fazer nossa primeira cavalgada juntos até o túmulo do meu pai. Eu disse a Nan ontem à noite que nós passaríamos por lá antes do meu treino.

Ela continuou falando enquanto levava à mesa as tigelas, o leite e outra tigela com frutas.

— Vamos comer pizza hoje à noite, estourar pipoca e assistir a um filme. Amanhã é aniversário de Finian, e eu tive uma ideia de presente para ele.

— Você está tentando me manter ocupado.

— E a mim também. Também estou preocupada, com medo... Tenho poderes, Marco, mas não são suficientes. Não querem que eu participe porque ainda não tenho o suficiente.

— Não quero que você participe nunca! Só não sei se isso é possível.

— Ainda não sei o que eu preciso fazer, o que tenho ou sou. É difícil saber o que eu não sei. Mas o que eu tenho — bateu a mão no coração — vai para o sul. Aqui, amanhã à noite, e em Talamh, vão acontecer cerimônias, rituais. O Samhain é um dia importante. Você não vai poder participar efetivamente, mas vai estar lá, assistir e enviar seus sentimentos e pensamentos.

— Certo, certo, vamos fazer tudo isso. E fazer as malas para passar uns dias na Capital. Brian vai me mostrar sua arte.

Ela apontou a colher para ele.

— Isso é um eufemismo?

— Não preciso de eufemismos. Vou ver a arte dele e depois nós vamos ficar nus. Ou pode ser o contrário. O que as pessoas usam na Capital?

— Não faço a menor ideia.

— Vou perguntar a Nan. E pegue aquele vestido novo. — Marco sorriu. — Você está me fazendo sentir melhor.

— É para isso que eu vivo. E, já que eu preparei este café elaborado, você pode lavar a louça enquanto eu pego o que nós precisamos para o presente do seu namorado.

— Não o chame assim ainda, dá azar.

Ela se levantou e falou, solenemente:

— Eu sei o que vi.

Quando voltou, acomodou na mesa as tiras de couro e as pedras selecionadas.

— Ele é um cara grande — Marco analisou as opções. — Podemos fazer uma trança de seis tiras?

— Não tenho a menor ideia de como se faz uma trança de seis.

— Eu sei, posso te ensinar.

— Faça você.

Instantaneamente, Marco tirou os dedos das tiras de couro.

— Não quero diluir nada!

— Não vai diluir. Ao contrário, vai acrescentar.

— Está certo, se você está dizendo... É como tecer, viu?

Ele escolheu cinco tiras em tons de marrom e uma preta para o centro. Com mãos ágeis, trançou-as.

— Nossa, impressionante! Escolha as pedras e coloque onde quiser.

— Me fale o que nós temos aqui e para que elas servem.

Ela ia explicando e ele colocando as pedras, formando um zigue--zague sobre a trança de couro.

— Não é muito?

— Não, e está melhor que a que eu fiz para você. Parece comprada em uma loja de artesanato chique.

— Não insulte a pulseira que minha melhor amiga me fez! — Satisfeito, ele se recostou. — E agora?

— Magia. — Ela pegou sua varinha. — Coloque sua mão sobre a minha na varinha.

Ele hesitou.

— Posso mesmo? Não vou estragar alguma coisa?

— O poder é meu, mas o coração é seu. Nós vamos entrelaçar tudo como você entrelaçou o couro.

— Que demais!

— Deixe seu coração e sua intenção conduzirem. Pense nele.

Ela chamou a luz, pronunciou as palavras e, com a mão de Marco na sua, passou a varinha sobre o couro e as pedras. Uma, duas, três vezes.

— Elas... elas foram derretendo no couro. Eu senti, Breen. — Deslumbrado, emocionado, ele olhou para ela. — Deu pra sentir a energia saindo de você.

— De você também. Sua fé e seus sentimentos. — Breen aproximou sua cabeça da de Marco. — É melhor ele valorizar você, senão vou queimar a bunda dele.

— Aposto que você faria isso. Espero que ele goste, e que eu não esteja sendo precipitado.

— Ele vai gostar, e você não está se precipitando. Agora, pode costurar o saquinho. Escolha uma cor. Eu trouxe couro porque ele pilota um dragão.

— Eu gosto do azul, como os olhos dele. Estou parecendo bobo?

— Não, você está muito fofo.

Como Marco costurava melhor que ela, Breen o deixou ali e foi guardar as pedras e o couro não utilizados. Calçou suas botas e vestiu uma jaqueta, enrolando um lenço no pescoço, pois o dia – pelo menos daquele lado – estava frio e úmido.

Quando saíram da cabana, as nuvens liberaram uma chuva fina e fria. Em Talamh, adentraram o ar fresco do outono e a luz do sol.

Como os meninos de Aisling estavam brincando perto da horta, vigiados pela paciente lebrel irlandesa Mab, Breen mandou Porcaria na frente.

Finian se aproximou, todo orgulhoso.

— Daqui a um dia é meu aniversário.

— Eu sei. — Marco se agachou para ficar à altura do menininho. E Kavan imediatamente subiu em seu joelho. — Você vai fazer quinze anos, né?

Muito entusiasmado, Finian sorriu e mostrou três dedos.

— Eu posso andar com Harken no dragão dele, porque não tenho asas como Kavan. Mas um dia vou ter um dragão só meu, como Harken e Keegan.

Breen também se agachou.

— Você tem o dom dos Sábios, como sua mãe.

Ele a observou.

— Mamãe diz isso, mas eu não sei fazer nada.

— Mas vai saber, coisas boas e grandes. Eu vejo e sinto isso.

Ele arregalou os olhos.

— Jura?

Ela tocou o coração dele e sentiu aquela luz, aquele poder suave e jovem.

— Juro. Seu dragão ainda é pequenininho. — Estendeu a outra mão para mostrar o tamanho. — Ele ainda precisa da mãe. É verde como seus campos, com as asas azuis como a baía.

Finian ofegou.

— Você viu meu dragão?

— Eu vejo o dragão que há em você. Você lhe deu o nome de Comrádaí em seu coração, que significa irmão, e ele será, como Kavan, um irmão para você.

— Eu escolhi o nome dele! Escolhi! Mas não o vi. Tenho que contar à mamãe. Vamos, Kavan, tenho que contar à mamãe sobre meu dragão.

Kavan parou de brincar com o cabelo de Marco, sorriu e desceu correndo atrás de Finian.

— Você viu mesmo tudo isso?

— Sim... não esperava. O anseio é tão forte nos dois... estava tudo ali. Meu Deus, espero que não tenha pisado na bola contando tudo isso a ele.

— Sabe o que eu acho? — Marco se levantou e puxou Breen pelo braço. — Acho que, se você viu e disse tudo aquilo, é porque devia. E com certeza deixou aquele garoto feliz.

Como Mab seguiu os meninos e Porcaria estava ansioso, olhando para Breen todo esperançoso, ela acariciou seu topete.

— Pode ir. Eu chamo você quando formos cavalgar.

— Você acha que é assim com os dragões? Como acontece com você e Porcaria?

— É o que dizem. Agora, acho que nós temos que procurar Harken, ou entrar para que eles saibam que nós viemos buscar os cavalos.

Ela foi na frente até os estábulos e encontrou Harken cantando e acariciando uma égua. Aquela, notou Breen, que ela vira o garanhão de Keegan emprenhar em um dia chuvoso de verão.

— Bom dia para vocês. — Harken murmurou algo para a égua e esfregou o rosto no dela.

— É Eryn, não é? Ela está bem?

— Muito bem. Estou só dando uma olhada antes de deixá-la correr pelo campo. Ela e o potro estão bem. E como estão vocês depois da grande noite?

— Ótimos — respondeu Marco. — Posso acariciá-la?

— Claro, ela gosta de atenção. Morena acabou de saiu para caçar com Amish. E minha mãe foi dar uma volta a cavalo com Minga.

— Marco e eu ainda podemos ir ao túmulo?

— Sim, claro. Vou pegar os arreios.

— Nós pegamos. Já sei onde fica tudo.

Marco acariciou a égua mais um pouco.

— Acho que alguns soldados já partiram para o sul.

— Antes de o sol nascer, e Keegan com eles. Ele e Mahon vão voltar para a festa de aniversário de Finian, depois vão embora de novo.

Breen pousou a mão no braço de Harken.

— E você?

— Não desta vez. Vou ficar aqui. Keegan quer que eu fique perto da nossa mãe, de Aisling e dos meninos. Eles não vão passar por aqui, mas não vamos correr riscos.

— Você vai à Capital?

— Não, graças aos deuses. Não gosto de multidão e barulho. A fazenda precisa de cuidados, o vale de proteção, isso tem mais a ver comigo. Bem, o dia está bom e fresco para um passeio a cavalo, aproveitem. Vamos lá, Eryn, minha linda.

Sem cabresto nem rédeas, a égua o seguiu obedientemente para fora dos estábulos.

— Ele é muito parecido com você — disse Breen a Marco enquanto observava Harken partir.

— Harken? Parecido comigo?

Ela levou a mão ao coração.

— Aqui. Na bondade, paciência e lealdade. Acho que é por isso que me senti à vontade com ele tão rápido.

Os dois pegaram os arreios e os levaram para o cercado, onde Harken já deixara Boy e Cindie esperando.

Ele colocou o arado em seu musculoso cavalo. Enquanto selava Boy, Breen o observou seguir atrás do cavalo, e seu arado revirava a terra de um campo ainda não cultivado.

O que será que ele plantaria ali naquela época do ano?, perguntou-se Breen. Ou estava apenas arejando o solo? Ela não entendia nada de agricultura, apesar de seu pai ter sido um lavrador.

— Ele não me parece do tipo guerreiro — comentou Marco, ouvindo a música que Harken cantava enquanto trabalhava.

— Harken? Ele é um fazendeiro de coração com o dom de um bruxo. Prefere usar o arado à espada, mas pode acreditar que ele sabe usar os dois. O pai dele o treinou, e, depois que morreu, o meu continuou o treinamento.

Ela abriu o portão e montou. Chamou Porcaria e esperou enquanto o cachorro corria para eles. Sorriu para Marco.

— O que os nossos amigos do bairro gay pensariam de nós agora?

— Diriam que ficamos elegantes e sensuais nestes cavalos.

Na estrada, Breen jogou o cabelo para trás e lançou um olhar desafiador a Marco.

— Preparado para um galope?

— Preparado? Eiaaa! — gritou ele, e saiu correndo.

— Caubói urbano — resmungou ela para Porcaria.

Gargalhando, Breen incitou Boy e começou a perseguir Marco.

PARTE II

Confiança

*Acreditar apenas em possibilidades
não é fé, e sim mera filosofia.*

Sir Thomas Brown

CAPÍTULO 11

Marco parou no caminho para cumprimentar uma mulher que pendurava roupas no varal com um bebê a seus pés, um velho que passeava com seu cachorro de orelhas compridas, e outro que colhia vegetais de uma horta.

Assim como Keegan, ele decorava os nomes das pessoas e os associava aos rostos, o que ajudava Breen a cumprimentá-los também.

Na curva, ela indicou.

— Vamos por ali. Você veio até aqui com Morena?

— Até esta estrada não. Nós cavalgamos ali para baixo, por aqueles bosques e até a costa.

— Não vi a costa. Bem, eu vi do alto daquela montanha. Era incrível.

— Não é tão longe, temos tempo se quiser ver. É fantástico.

— Quero ver. Podemos ir antes de voltar para a casa de Nan. — Ela apontou para a dupla de dragões. — Os gêmeos Magee. Bria e...

— Deaglan. Nós os conhecemos ontem à noite. Eles moram perto da Capital — lembrou Marco. — Chegaram ontem.

— Certo. Estão patrulhando, acho.

Quando atingiram o topo da ladeira, Marco parou de novo.

— Uau! Eu sei que nós vimos coisas assim na Irlanda, e foi demais, mas isto aqui também é. Nossa, eu queria poder tirar uma foto, sabe? A torre redonda, aquele círculo de pedra lá em cima na colina, aquela ruína de meter medo... Demais, também. O cemitério, os bosques, os campos. E ninguém, exceto as ovelhas. — Sentado na sela, observou tudo. — É assustador, né? É como se o céu não devesse estar todo azul e bonito sobre este lugar assustador. Deveria ser sempre pesado e cinza.

— Lá dentro o ar é assim.

— Já esteve lá?

— Não. — Breen sentiu a pele formigar como se aranhas rastejassem sobre ela. — Mas eu consigo sentir. Antes não sentia assim. É quase Samhain, acho que deve ser por isso. Ouço as pedras dançando, zumbindo.

E eu sinto também. É como um equilíbrio, luz contra escuridão. Não vá até a ruína, Marco, nem chegue muito perto dela hoje.

— Não vou nem a pau. É seguro ir ao cemitério?

— Sim, é um lugar santificado. — Breen apontou para Porcaria, que já estava sentado quietinho ao lado das flores espalhadas sobre o túmulo de seu pai. — Veja, ele sabe. Vai ficar por perto hoje. Está esperando no túmulo do meu pai.

— Ele é um bom cachorro — elogiou Marco, com a garganta já se apertando de emoção. — Muito bonitas as flores que você plantou lá. Que ódio ele ter morrido, Breen. Que ódio!

— É, eu sei.

Chegaram à sepultura e Breen desceu do cavalo. Foi até o outro lado da estrada amarrar os animais, para que pastassem um pouco na grama alta. E para deixar Marco uns minutos sozinho.

Quando voltou, Marco a abraçou e aninhou o rosto no ombro dela.

— Ele amava você — murmurou Breen. — Você o fazia rir, e o deixava orgulhoso sempre que tocava alguma música.

— Ele me deu a música e muito mais. Foi o primeiro adulto com quem eu me abri depois que me assumi.

— Eu não sabia disso.

— Foi um pouco antes de ele viajar aquela última vez. Eu estava com medo de contar, com medo do que ele pensaria de mim. Depois que levou você para a casa da sua mãe pela última vez, ele me acompanhou até a minha. Como sua mãe tinha se mudado, eram uns bons quilômetros, e eu havia pensado em pegar o ônibus; mas ele começou a caminhar ao meu lado. Disse que confiava em mim, que sabia que eu ajudaria a cuidar de você enquanto ele estivesse fora.

Marco respirou fundo, enxugou os olhos e recuou para olhar para a lápide de Eian.

— Ele me falou que era abençoado por eu estar na sua vida e na dele. Quando me olhou, eu comecei a chorar porque percebi que ele sabia. Ele passou o braço em volta dos meus ombros e continuou andando. Disse que só ficaria desapontado comigo se eu sentisse vergonha do que eu era, de quem era. E eu deixei escapar, como um grande anúncio: sou gay!

Ela riu e acariciou o rosto de Marco.

— E o que ele disse?

— Disse que esperava que um dia, quando eu fosse mais velho e estivesse preparado, encontrasse um homem digno de mim, e que não me contentasse com menos. "Seja fiel a si mesmo, Marco", foi o que ele falou. "Quem tentar fazer da sua verdade uma mentira ou uma vergonha não vale um único pensamento seu."

Dessa vez foi Breen quem aninhou o rosto no ombro de Marco com os olhos marejados.

— É a cara dele. Durante muito tempo eu quase esqueci como ele era, como falava... — Suspirando, ela recuou. — Voltar para cá me ajudou a lembrar.

— Aquela caminhada para casa com ele foi muito importante para mim. — Sentando-se, Marco passou as mãos pelas flores. — Foi muito importante, Eian.

Breen se sentou ao lado dele.

— Por que você nunca me contou?

— Não pude agradecer direito porque fiquei todo emocionado. Eu queria agradecer, falar com ele de novo quando voltasse. Mas...

— Mas ele morreu. Nós não sabíamos que ele tinha morrido, não sabíamos sobre Talamh. E ele nunca mais voltou.

— Eu não queria te contar, meu amor, porque você estava muito triste. Ficava esperando, e cada vez mais triste. Mas eu pude te dizer agora e agradecer a ele. É lindo aqui, e ele está em casa, não é? É lindo, mesmo com aquele lugar enorme ali.

— Ele está em casa, sim, e é lindo. Quando foi construído — continuou Breen, mudando de posição para observar as ruínas —, quando as pessoas viviam, trabalhavam e prestavam adoração lá, era um lugar sagrado, para boas obras, arte, oração e cura. Mas algumas pessoas que viviam, trabalhavam e prestavam adoração lá mudaram isso. Elas corromperam o templo, transformaram aquilo em um lugar para ser temido, um lugar de intolerância, perseguição e tortura.

— Alguém sempre tem que estragar as coisas boas, e sempre encontra outras pessoas para ajudar.

— Eu consigo ouvi-los — sussurrou Breen.

— Quem? — Marco arregalou os olhos, olhando para a ruína. — Lá?

— Estão se mexendo. Não dá para ouvir nitidamente, mas... Espere aqui.

— De jeito nenhum! Você não vai para aquele lugar.

— Não vou entrar — ela se levantou —, mas eles bem que gostariam que eu entrasse. Eles acham que não estou pronta para enfrentá-los. Devem ter razão, por isso não vou entrar.

— Vamos ficar longe dali. — Marco deu um pulo e a pegou pelo braço.

— Daqui não consigo ouvir com clareza, e eu preciso ouvir. Juro que não vou dar um passo além de onde eu sei que é seguro. Fique aqui. Porcaria, fique com Marco. Fiquem os dois aqui.

Ela saiu correndo pelo cemitério, esquivando-se das lápides e se aproximando das ruínas, dos sons e da vibração que emitiam.

Parou quando sentiu o ar mudar – de leve e fresco, passou a ser pesado e obscuro. Viu movimento pelas frestas das janelas, pela ampla abertura que um dia – ela sabia – havia abrigado grossas portas de madeira com símbolos sagrados esculpidos.

Eram como tênues sombras se movendo, deslizando.

E, como um eco – fraco, mas não distante —, ela ouviu as vozes, os cânticos, os gritos, os clamores a deuses obscuros e malditos.

No ar fresco do outono, sentiu cheiro de sangue quente e carne humana queimada.

Sinos dobraram. Tambores rufaram.

Bem devagar, ela levantou a mão e empurrou o ar. E sentiu a pressão a empurrar de volta.

Foi pegar sua varinha, sem saber se seria o suficiente. Então, voltou-se ao ouvir um cavalo se aproximar depressa. Era Tarryn, que vinha direto para ela, com olhos ferozes e o cabelo esvoaçando.

— Saia daí. Volte, criança tola!

— Eles não podem me alcançar. Não podem sair ainda. Consegue ouvir? Consegue ver?

Tarryn saltou do cavalo e pegou o braço de Breen.

— Nem mais um passo. Sim, eu consigo ouvi-los e vê-los. É cedo demais, e pesado demais. É Yseult quem está fazendo isso, pelos deuses, ela e sua legião perversa. Você trouxe alguma coisa?

— Só umas pedras e amuletos no meu alforje. E minha varinha e o *athame*.

— Pegue o que trouxe, depressa. Eu precisaria de mais cinco, ou de Marg, pelo menos, para completar três, mas vamos ter que nos contentar com nós duas. — Tarryn voltou-se para seu cavalo e abriu seu alforje. — Vá, depressa. Minga, fique aí com Marco.

— O que está fazendo? O que vocês estão fazendo? — perguntou Marco quando Breen correu para pegar seu alforje. — O que está acontecendo?

— Não sei direito, mas vou fazer o que ela mandar. E você, fique aqui.

Com o alforje no ombro, Breen correu de volta e subiu a colina em frente às ruínas, onde estava Tarryn. Porcaria correu atrás dela.

— Volte — ordenou Breen, mas o cachorro continuou ao seu lado, arreganhando os dentes para as ruínas.

— Não, deixe-o ficar. Ele está ligado a você, assim seremos três. Vamos lançar o círculo, ele tem que ficar. Nada pode quebrar o círculo até terminarmos. Junte as mãos.

Tarryn derramou sal de um saquinho nas mãos juntas de Breen.

— Faremos o círculo com sal. Eu não trouxe velas. Desenhe-as no sal, ao norte e oeste, sul e leste, e pronuncie as palavras.

Elas derramaram o sal e desenharam os símbolos. Cada uma pronunciou as palavras de proteção contra o mal.

O céu continuava azul, mas Breen ouviu o estrondo de um trovão. Sentiu o vento crescer, carregando cheiro de enxofre.

Porcaria rosnou.

— Pedras protetoras, norte e oeste, sul e leste, sobre os símbolos no sal. Diga as palavras — ordenou Tarryn.

Breen sentiu os poderes crescerem, a tempestade se formando sobre as ruínas no céu azul perfeito. E, quando se juntou a Tarryn no centro do círculo, viu dedos fantasmagóricos segurando a borda da pedra que havia sido uma porta, como se lutassem para se agarrar e sair.

Gritos atravessavam o remoinho de vento, alguns ardentes de raiva, outros gelados de dor e medo.

— Ouçam-nos — gritou Tarryn. — Conheçam-nos. Temam-nos. Pobres dos aprisionados pela escuridão, e, quando finalmente a chave gira no cadeado, seus espíritos se erguem, livres, para caminhar para a luz. Nós desprezamos aqueles que abraçam a escuridão, e vocês conhecerão o tormento que provocaram nos inocentes.

Uma figura, insubstancial como fumaça, tentou sair das frestas de uma das janelas.

— Yseult e o deus corrupto que ela adora não os libertarão, nem hoje nem nunca. Ouçam meu nome! Sou Tarryn de Talamh. Sou mãe do *taoiseach*. Sou filha do Tuatha Dé Danann, e vocês não passarão para o mundo da vida e da respiração. — Ela pegou a mão de Breen. — Libere o que há em você. Solte, diga seu nome.

Através das mãos unidas, Breen sentiu o choque elétrico do poder.

— Eu sou Breen Siobhan O'Ceallaigh. Sou filha de Eian, neta de Mairghread. Tenho sangue dos homens, dos deuses *sidhes* e Sábios. Sou filha dos feéricos, e vocês não passarão para o mundo da vida e da respiração.

Ela manteve a mão entrelaçada na de Tarryn e pousou a outra na cabeça de Porcaria, que rosnava.

— Um feitiço por um feitiço, um rito por um rito — gritou, e o poder e as palavras fluíam dela. — Deste círculo lançado em solo sagrado bloqueamos a escuridão com a luz. Não importa o que Yseult tenha conjurado, pelo nosso poder seu feitiço é quebrado. — Um relâmpago brilhou no céu, e seu raio queimou o solo entre a colina e as ruínas. Uma fumaça preta como tinta cobriu as aberturas e ficou pulsando ali. — Passem os ferrolhos, fechem os cadeados contra todos os espíritos conjurados.

O coração de Breen disparou quando ela ouviu o barulho de ferrolhos e cadeados como se fossem físicos. E repetiu com Tarryn as palavras finais do feitiço.

— Nenhum outro feitiço além do nosso pode libertá-los. É esse o nosso desejo, que assim seja.

A fumaça foi diminuindo, mas o vento ainda girava.

— Feche o círculo — Tarryn pegou o saquinho de sal — e mantenha o cachorro por perto. Diga a ele que não pode entrar.

— Ele sabe.

— Pegue seu *athame*. — Com o círculo fechado, Tarryn desceu a colina em direção à abertura na pedra. — Yseult é habilidosa e poderosa.

E, pelo feitiço dela, sangue inocente foi derramado. Um dia as profundezas da escuridão de seu próprio poder vão consumi-la. Mas hoje lançamos mais uma defesa contra ela. — Ela fez uma linha com sal e passou o *athame* sobre a palma da mão. — Faça isso, e com nosso terceiro também. Sangue de poder contra sangue dos condenados.

Ignorando a fumaça, o fedor e os gritos que não conseguia abafar, Breen se agachou e pegou a pata de Porcaria.

— É só um segundo, depois eu curo você. Desculpe.

Ele nem hesitou quando Breen tirou sangue dele, apenas a olhou nos olhos. Ela cortou sua palma, apertou-a contra a pata dele e se levantou para fazer o mesmo com a de Tarryn.

— Com sal amarramos, e este feitiço ao vento com sangue assinamos.

Dos dois lados da abertura, desenharam sinais contra o mal com o sangue dos três.

Os gritos se transformaram em murmúrios, e a fumaça em névoa.

— Está feito, e bem. — Tarryn se inclinou para Porcaria. — Você foi um amor, como sempre. — Ela esperou enquanto Breen curava o corte na pata de Porcaria; sorriu ao ver que ela tirava a dor dele antes de curar a si mesma. — Marg a ensinou bem. Vamos passar por lá e contar a ela o que aconteceu, e avisar Keegan. — Tarryn subiu a colina de novo, pronunciando palavras para recolher o que havia deixado lá. — Odran ficará contrariado com Yseult quando souber que os planos dela falharam.

— Eles teriam saído amanhã, no Samhain. Não como espíritos ou espectros, e sim reanimados. Ela teria que sacrificar um cervo, um cordeiro e uma criança, humana ou feérica, para operar esse feitiço. E mesmo assim...

— Teria que consumir uma grande quantidade de energia para uma noite de trabalho — completou Tarryn.

— Assim, eles poderiam atacar o vale enquanto os convertidos do clã dos Piedosos abriam as portas para os seguidores de Odran no sul. Eles nos emboscariam em duas frentes, achando que não sabíamos de nada.

— Boa tática — respondeu Tarryn enquanto voltavam para Marco, Minga e os cavalos. — Mas nós temos muito mais que uma pista. — Ela parou perto do túmulo de Eian. — Ele ficaria orgulhoso de você.

— Estendeu as mãos para Minga e para Marco. — Bem, foi emoção mais que suficiente para uma bela tarde, não foi?

— Eles estavam tentando sair — balbuciou Marco. — Minga disse que vocês tinham que quebrar um feitiço e lançar outro para mantê-los ali dentro.

— Foi o que nós fizemos.

— E não é de admirar que vocês tenham sido atraídas para cá neste dia, neste momento — acrescentou Minga. — O trabalho que vocês fizeram poupou vidas. E você também. — Abaixou-se para acariciar Porcaria. — Que luz brilhante você é! Quer enviar um falcão para Keegan?

— Acho melhor não arriscar escrever. Vou falar com ele diretamente pelo espelho. —Tarryn montou e ficou sentada um instante, observando as ruínas. — Achando que a coisa aqui deu errado, eles vão concentrar o ataque no sul. Mesmo assim, é melhor colocar guardas aqui. Bem, eu preciso de um bom galope para tirar esse fedor do meu nariz. E espero que haja alguma mais forte que chá na casa de Marg.

✤

Depois de conversar com sua mãe, Keegan ficou andando de um lado para o outro no quarto que dividia com Mahon. Havia chegado antes do amanhecer ao quartel do sul, e pouca gente sabia que ele iria para lá.

— Elas resolveram o problema — ponderou Mahon. — Tem algum motivo para duvidar disso?

— Não. Se minha mãe disse que elas têm tudo sob controle, é porque têm. Mas isso mostra claramente que eles querem mais que um ataque no sul, além de obter mais seguidores. Iam levantar um exército de zumbis no vale.

— Lá onde eles acreditam que você e sua mãe estão; o *taoiseach* e seu braço direito. Onde esperam encontrar Breen durante as cerimônias do domingo.

— Será que eles arriscariam feri-la? Espíritos reanimados como eles não têm restrições nem estratégias. Só querem sangue. — Frustrado, Keegan andava e pensava, pensava e andava. — Pelo menos um ou dois homens de Odran devem estar mais perto do que nós pensávamos.

Ele precisa dela viva, Mahon. Morta não tem utilidade. Deve haver alguém próximo o bastante para atraí-la ou sequestrá-la durante a confusão.

— Não haverá confusão agora, mas você tem razão. E vamos precisar erradicar quem quer que tenha sido infiltrado lá perto de casa.

— E aqui. — Keegan fez menção de sentar, mas não conseguiu. Havia uma única janela no quarto, mas ele não a podia usar sem correr o risco de ser visto. — Toric, como nós dois já desconfiávamos, é sem dúvida o líder desse maldito culto aqui. Ele fala baixinho, mantém a cabeça baixa, usa vestes brancas simples, mas exala ambição por todos os poros.

Mahon serviu cerveja para ambos.

— Sente-se, pelos deuses, irmão. Assim você me cansa. Falei com ele sobre negociar com o pessoal que treina aqui e protege o sul. Bem casual e diplomático, naturalmente, deixando claro que vou embora amanhã para o aniversário do meu filho.

— Nós lhe demos a liberdade de culto, como é justo, e ele a distorceu para tomar a liberdade de escolha dos outros e tirar vidas. — De uma distância cautelosa, Keegan olhou pela janela. — Ele não sentirá a brisa amena do mar durante muito mais tempo.

— Ainda não contei a você. Por causa da notícia que veio do vale, não tive tempo, mas ele pretende fazer um sacrifício ritual para Odran no Samhain.

Keegan se voltou.

— Ele se atreveria?

— Sim. Roubaram uma criança, uma menininha, e a puseram sob um feitiço de sono, trancada nas entranhas da torre redonda. Pretendem oferecê-la a Odran assim que os soldados dele chegarem, para ajudar a manter o portal aberto. Ela será queimada na fogueira na última hora do Samhain.

— E é isso que eles consideram adoração? — Keegan bateu sua caneca na mesa e se levantou de novo. — Como você descobriu?

— Dois elfos nossos conseguiram entrar, e, das paredes de pedra, um ouviu claramente. Posso afirmar com segurança que Toric não tem mais do que vinte pessoas a seu lado.

— Haverá mais em Talamh. E outros aqui no sul também, que não usam as vestes. Quantos estão vigiando a menina?

— Ninguém — Mahon sacudiu a cabeça —, tamanha a arrogância deles, ou o que chamam de fé. Ela está dormindo profundamente, trancada lá.

— Vamos nos assegurar disso. Mandaremos elfos para vigiá-la até amanhã, quando a colocaremos em segurança. Tirá-la agora daria muito na vista. Toric e os seguidores de Odran que sobreviverem à noite serão levados à Capital para julgamento.

— Eles estão rezando. Ouvi as orações por paz e generosidade quando falei com Toric. Como podem pensar que queimar meninas e massacrar feéricos é o caminho para a paz?

— Paz para eles significa poder sobre todos. Mas não vão conseguir. Preciso de ar.

— Keegan...

— E quero passear pela aldeia, pelos mercados, fazer uma visita à Casa de Oração.

Ao dizer isso, Keegan cobriu o rosto com as mãos. Seu cabelo ficou grisalho e ralo, e seu rosto enrugado e flácido. Em seu queixo nasceu uma barbicha pontuda.

Achando graça, Mahon apontou com sua caneca de cerveja.

— O rosto ficou bom, mas e o resto?

— Pronto.

O corpo de Keegan emagreceu e seus ombros se curvaram. Ele passou a usar sandálias de corda, um gorro de pano, calças remendadas e uma túnica puída. E sua espada se transformou em uma bengala torta.

— Tudo bem, Velho Pai, vamos tomar um pouco de ar. Se alguém se der o trabalho de perguntar, direi que você é um velho amigo da família, recém-chegado ao sul para sentir um pouco a brisa do mar.

Keegan esfregou a garganta para transformar sua voz em um coaxar fino.

— Sean. Um homem santo e eremita que veio passar seus últimos dias nos mares do sul.

Teve que se lembrar de desacelerar e encurtar o passo enquanto caminhava com Mahon pela vila, famosa por suas belas frutas e peixes frescos. As pessoas que faziam seu escambo tinham um ar alegre. Muitos vinham para o sul, como Keegan sabia, para passar as férias.

Iam aproveitar a água, ou velejar, ver seus filhos brincando na areia dourada da praia.

Aquela gente estava ali, pensou ele, sem saber que uma batalha seria travada em pouco mais de um dia.

Os dois não podiam alertar ninguém, senão a escuridão voltaria para seu buraco. Só podiam proteger e defender. E lutar para levar à justiça aqueles que haviam convidado a escuridão para Talamh.

Ele observou as ondas do mar, tão lindo quanto os que havia visto em outros mundos. Ouviu as crianças rindo, casais passeando pela orla... sentiu o cheiro do mar e dos peixes, e dos pães doces saindo do forno.

O mundo – seu mundo – era um lugar luminoso e pacífico, cheio de alegria e fartura. E, naquele exato momento, uma criança dormia, enfeitiçada, para ser sacrificada a alguém que queria escuridão e sangue.

— Quer descansar, Velho Pai?

— Estou com sede, rapaz, mas antes de saciá-la gostaria de prestar homenagem ao clã dos Piedosos. Quero somar minha oração à deles pela paz de Talamh e de todos os mundos.

Keegan seguiu mancando pela aldeia e seus mercados, sob o bálsamo do ar salobre, longe dos bosques, até a colina onde ficavam a torre e a Casa de Oração.

Naquele lugar, o clã dos Piedosos havia prometido se dedicar às necessidades de todos que chegassem e devotar a vida à oração e a boas obras trabalhando na aldeia, no mar, nas fazendas e barcos.

Eian, e o *taoiseach* antes dele, e Marg, e o *taoiseach* antes dela, e todos, durante mais de seiscentos anos, tinham honrado essa promessa. Deram ao clã dos Piedosos, que não tinha participação nas perseguições, e àqueles que depois vestiram as túnicas, aquele lugar no sul para adorar em paz.

E ele, Keegan, acabaria com essa paz.

Subiu, meio trêmulo, os degraus da colina, enquanto seus olhos – aguçados por trás da névoa da velhice que havia posto sobre eles – examinavam pessoas de túnica que trabalhavam em jardins ou caminhavam com as mãos entrelaçadas sob as mangas de suas vestes.

Pensou na garota dormindo e na família que deveria estar procurando por ela. Pensou nos símbolos e presentes de gratidão que eram deixados à porta da Casa de Oração todos os dias.

E na farsa que vivia naqueles corações que se escondiam por trás da benevolência e da piedade.

Quando entrou no templo, sentiu o dedo frio e afiado do pavor percorrer sua espinha. Havia sentido isso, e um aperto no peito, quando pisara nas ruínas do vale.

Então ali também, pensou, espíritos caminham entre os vivos. Ali também sangue fora derramado em segredo e para propósitos sombrios. Mortos honrados jaziam sob lajes de pedra esculpidas no chão ou sepultados em baús. Nichos continham potes de óleos sagrados, água benta, ervas santas. Embora a luz do sol fluísse através dos vitrais das janelas em arco, velas tremeluziam. Algumas para oferecer luz, outras para pagar penitências ou bênçãos.

O cheiro das velas e a fina fumaça de incenso flutuavam no ar como o cântico do clã dos Piedosos que seguia a colunata em oração.

Keegan avançou bem devagar, como um velho faria, até a sala do altar, onde algumas pessoas de túnica estavam ajoelhadas em oração silente e privada.

Uma gravação na pedra polida dava as boas-vindas a quem precisasse.

E ali, Keegan ouviu — tão claramente quanto as vozes melodiosas cantando pela paz, dando a vida por boas obras — os gritos dos sacrificados.

Cabras, cordeiros, cervos, crianças.

E, mais além do cheiro de óleos doces e velas, sentiu o fedor da magia sombria.

Por dentro seu sangue queimava, mas ele mantinha a cabeça baixa, em reverência. A mão que segurava a bengala morria de vontade de quebrar a ilusão e atacar.

— Esperei muito tempo para fazer esta peregrinação.

— Agora está aqui, Velho Pai.

Assentindo, Keegan se voltou e foi em direção a um arco. Depois dele, abria-se uma passagem para uma biblioteca, onde havia três pessoas sentadas a uma longa mesa, escrevendo histórias, orações e cânticos. Outra, tão velha quanto o ilusionismo de Keegan, cochilava perto do fogo, e seus roncos suaves e o arranhar das penas sobre o papel eram o único som que se ouvia ali.

Passou por outras salas onde homens e meninos teciam cestas e cobertores, e outras onde esculpiam madeira e poliam pedras.

As cozinhas e os refeitórios, recordou, ficavam do outro lado, perto de pequenas câmaras para aqueles que trabalhavam nelas.

Ele parou perto da escada de pedra que, pelo que lembrava, subia para salas e câmaras de contemplação. Gostaria de dar uma olhada nelas, para ver como Toric e outros hierarcas viviam desde a última vez que estivera ali.

Um ano, lembrou. Sim, esperara muito tempo.

Um garoto de uns catorze anos desceu correndo a escada com uma cesta de lençóis sujos nos braços. Seu cabelo ainda tinha que ser cortado rente, como era norma quando se completavam os votos, e seu manto chegava logo abaixo dos joelhos nodosos.

Um noviço e servo, pensou Keegan.

O garoto arregalou os olhos, espantado.

— Bênçãos sobre você, puro de coração.

Keegan sorriu e retomou a tradicional saudação do clã dos Piedosos.

— E sobre você e os seus.

— Não pode passar por aqui, meu bom senhor. Somente o clã dos Piedosos e aqueles que atendem às suas necessidades terrenas podem subir.

— Estou só descansando meus velhos ossos um instante. São muito, muito menos ágeis que os seus, rapaz.

— Posso lhe trazer uma cadeira ou um copo d'água?

Keegan pousou a mão no ombro do menino. Não tinha o dom de Harken, mas confiava quando sentia apenas inocência.

— Você é gentil, e está sendo abençoado por um homem santo, menino, de muita idade e sabedoria — disse Mahon em tom severo, mas não rude. — Traga Toric para que ele possa dar as boas-vindas ao peregrino.

— Muito obrigado, Velho Pai, pela bênção.

E o garoto saiu correndo sem dizer mais nada.

Satisfeito, Keegan continuou. Atravessou uma sala de pequenos altares e ícones antigos, e a colunata banhada pelo sol.

No centro, havia um dólmen com um círculo de pedras ao redor. A grama verde que se espalhava dali cobria as paredes e colunas de pedra. O clã dos Piedosos, com suas vestes brancas, o cabelo cortado rente ao crânio, contornava o caminho de pedras entoando cânticos.

Faziam isso, como Keegan sabia, durante duas horas quando o sol nascia, mais duas ao meio-dia e mais duas ao entardecer.

Arcos e portas cercavam a área, que não tinha teto – era aberta para os elementos.

O sol caía gentilmente nesse momento, mas, quando queimava e brilhava, ou quando chovia e ventava forte, eles oravam e entoavam cânticos mesmo assim, pela paz e pelos corações puros.

Quantos, perguntava-se Keegan, dos que caminhavam com as mãos humildemente guardadas nas mangas, participariam do sacrifício humano, do massacre? Quantos sabiam ou suspeitavam e se calavam?

O som de sandálias sobre pedra fez Keegan se voltar devagar.

Ele reconheceu Toric e notou que o corpo do líder do clã dos Piedosos ganhara alguns quilos. Sua cabeça, também redonda, era encimada pelo solidéu de sua posição na hierarquia.

Acima dos olhos azuis pálidos, as sobrancelhas cinzentas formavam um V profundo. Não usava barba, pois essas coisas constituíam a vaidade que o culto evitava, e seu queixo duplo balançava.

Keegan duvidava de que ele respeitasse o dia de jejum semanal.

— Mahon, não fui informado de que nos agraciaria com outra visita. Velho Pai, vocês dois são bem-vindos. Bênçãos sobre você, puro de coração.

— E sobre você e os seus. — Keegan pousou a mão sobre o coração e se apoiou na bengala. — Muito obrigado, irmão, por me acolher.

— O Velho Pai é um amigo da família. Um homem santo que fez sua peregrinação enquanto espalhava boas obras e boas palavras por Talamh.

— Por favor, venham, sentem-se.

Gesticulando, Toric os conduziu por outro arco até uns bancos de pedra, onde havia uma fogueira. Ali, tocou um sininho.

Outro menino – mulheres não eram permitidas dentro da Casa de Oração, mesmo como serviçais – entrou correndo.

— Frutas e vinho para nossos visitantes. Veio em busca de nosso refúgio, Velho Pai?

— É muita gentileza — Keegan se sentou e soltou um suspiro profundo e cansado. — Ah, meus velhos ossos rangem! Mas este jovem — deu um tapinha no joelho de Mahon — me ofereceu uma cama para passar a noite.

— Estará alojado em segurança, Velho Pai — prometeu Mahon.

— Minhas necessidades são poucas — Keegan levantou a mão —, mas receio que meus dias de viver em uma caverna nas colinas tenham terminado.

— Quantos anos tem, Velho Pai?

— Cento e sessenta, e estou chegando ao fim deste ciclo. Vim para cá pelo ar do mar e pela proximidade de vocês, que vivem uma vida de fé e oração.

O menino voltou com uma jarra de água, canecas e uma tigela de frutas.

— Laranjas! — disse Keegan, com a voz cheia de prazer. — Há *sidhes* entre seus fiéis, então.

— Alguns. E outros que trazem oferendas lá de baixo. — Toric observou Keegan atentamente enquanto o garoto servia água nas canecas. — Cento e sessenta é uma idade madura, mas acredito que terá muitos anos de vida mais.

— Não é esse o destino. Muito obrigado. — Keegan aceitou a caneca e bebeu devagar. — A morte se aproxima, já vi meu último verão. Não temo, pois vivi, sempre, na fé de que o que terminamos aqui apenas começa em outro plano, de luz mais brilhante e fé mais profunda. Estarei preparado quando os deuses me chamarem.

— Até esse dia, o senhor é bem-vindo aqui, Velho Pai. Sei que Mahon voltará para casa amanhã, mas o senhor nos honraria passando o tempo que lhe resta neste plano em fé e oração conosco. Providenciarei um quarto para abrigá-lo.

Keegan inclinou a cabeça.

— Sua bondade para com este peregrino traz bênçãos sobre você.

Quando foram embora, Keegan caminhou apoiado em Mahon, falando apenas do mar, das colinas e da floresta.

No instante em que entraram no quarto de Mahon, Keegan se livrou da ilusão.

— Pelos deuses, descobri que os Velhos Pais e Mães são mais corajosos que nós simplesmente por colocar os pés para fora da cama de manhã. — Jogou-se em uma cadeira e esticou as pernas. E sorriu. — Harken poderia ter captado todos os pensamentos, mas encontrei mais que o suficiente. Eles já fizeram sacrifícios, e mais de uma vez nestes últimos meses, no altar-mor. E Toric pretende cortar minha garganta amanhã e oferecer o sangue de um homem santo no fim de seu ciclo de vida a Odran e seus fiéis.

— Pelos deuses!

— E é com eles que ele vai passar seu próprio ciclo, pois tenho outros planos.

CAPÍTULO 12

Naquela noite, enquanto Keegan apresentava seus planos a Mahon, Breen e Marco passavam uma hora no Zoom com Sally e Derrick. Como era de esperar, encontraram os dois totalmente montados para o Halloween.

— Nós vamos de Mortícia e Gomez — disse Sally.

— *Cara mia*! — brincou Derrick, pousando beijos no braço de seu marido para fazê-lo rir.

— Queremos fotos! — insistiu Marco. — E do bar também. Aposto que a decoração está um arraso.

— Todo no tema *A Família Addams*. Geo vai de Tio Chico. E vocês?

— Eu vou de caubói — inventou Marco, no calor do momento.

— Eu de bruxa. — Bem fácil, decidiu Breen. — De bruxa boa.

— Bruxa sexy — acrescentou Sally. — Nós queremos fotos também. É o primeiro Halloween sem vocês aqui; deve fazer uns dez anos já.

Como diabos eles tirariam fotos?, pensou Breen enquanto Marco continuava tagarelando. Bem, pensaria em alguma coisa.

— Eu sei que vocês têm que ir para o bar — disse ela ao fim de uma hora. — Nós vamos fazer uma viagenzinha para pesquisas, e a internet vai ficar instável. Não se preocupem se não tiverem notícias nossas por alguns dias.

Ela não estava exatamente mentindo... e que escolha tinha?

Mas se sentia culpada enquanto cortava cuidadosamente a abóbora em cubos para Marco.

— Eu devia saber que eles iam querer fotos — reclamou ele enquanto preparava os peitos de frango para o prato principal. — Onde é que nós vamos conseguir fantasias?

— Eles não estão esperando nada elaborado.

Ele se limitou a olhar para Breen, e ela riu.

— Tá bom, eles esperam pelo menos uma fantasia criativa. Vamos montar qualquer coisa hoje à noite e tirar umas fotos.

— Eu disse caubói. Não posso ser um caubói sem chapéu de caubói. Ela pensou enquanto ele cortava o alho.

— Você tem um boné.

— Nenhum caubói que se preza usa boné, menina.

— Eu posso criar uma ilusão. Com certeza posso fazer isso. Como...

Ela se voltou para Marco, colocou a imagem em sua cabeça, aproximou-se e passou as mãos por ele.

Ele deu risadinhas

— Nada de cócegas! Estou com uma faca na mão!

— E um revólver de brinquedo, com seis tiros e cabo de madrepérola — acrescentou ela. Ele olhou para baixo e ficou de queixo caído. — Eu te conheço. Você ama um strass.

A camisa de Marco brilhava, parecia um arco-íris. Breen havia trocado o cinto dele por um coldre vermelho, acrescentado rasgos na calça jeans e transformado o tênis de cano alto em botas de caubói vermelhas com mais strass nas pontas.

— Vou me olhar no espelho!

— Traga o boné — gritou ela. — E o meu também.

Breen pensou em sua fantasia. Tentou um vestido preto com saia esvoaçante, e botas de cano e salto alto.

— Estou maravilhoso! — Ele voltou correndo, mas parou, medindo-a com os olhos apertados. — Abaixe esse decote, menina. E ponha um daqueles corpetes com lacinhos na frente. Vermelho. Melhor, bem melhor. — Ele a fazia girar enquanto ela trabalhava. — Quero ver lábios vermelhos e olhos esfumaçados. Se joga, é uma fantasia. — Marco passou os dedos pelo cabelo dela e o agitou, até se convencer com o ar de bruxa sexy. Só então colocou o boné. — Quero um belo *sombrero*, parceira. — Ela fez também uma faixa de strass para combinar com o chapéu; depois, colocou seu boné e o transformou em um clássico chapéu de bruxa. — Menor — orientou Marco, e o inclinou para ficar mais sensual.

Já no clima, Breen pegou um pano de prato, colocou-o sobre Porcaria e o transformou em uma capa esvoaçante.

— Super-Porcaria!

Morena entrou pela porta e viu Marco rindo.

— O que significa tudo isso?

— Gostosuras ou travessuras! — gritou Marco, em sua melhor pose de caubói. — Sou Marco Kid.

— Já vi caubóis no oeste do seu mundo, e eles não brilhavam tanto quanto você.

— Conhece meus amigos, Super-Porcaria e a Bruxa Boa Breen?

— Se você usar esse vestido na recepção de boas-vindas na Capital, não vai conseguir parar de dançar um minuto. Vocês trouxeram tudo isso da Filadélfia?

— São ilusões. Nossos amigos pediram fotos, e nós tivemos que dar um jeito.

— Eu posso tirar as fotos, sei fazer isso. E você me serve um pouco de vinho para eu contar as novidades.

— Algum problema?

— Não. Mahon e Keegan voltaram. Brian mandou um beijo, Marco.

— Ah...

Os dois passaram dez minutos posando, fazendo caras e bocas, juntos e separados. Até que Breen serviu vinho para todos.

— Quais são as novidades? Espere.

Ela quebrou as ilusões e tirou o boné.

— Ah, eu tinha gostado da camisa. Bem, estou fazendo frango com alecrim no vinho branco. Janta conosco?

— Como recusar? — disse Morena. — Não esqueçam de fazer as malas, e com sensatez. Vocês devem sair da fazenda no dia seguinte ao Samhain, uma hora depois do amanhecer.

— Queria que você fosse — disse Breen.

— Sou necessária aqui, por enquanto, mas espero que você leve meu amor à minha família quando os conhecer. Vou fazer uma visitinha rápida daqui a uma ou duas semanas. Bem, primeiro — começou —, o *taoiseach* e Mahon dizem que acreditam que existe alguém, talvez mais de uma pessoa, aqui no vale vigiando para Odran ou para o clã dos Piedosos, ou ambos.

— Um espião? — perguntou Marco enquanto refogava o alho na frigideira.

— Por assim dizer. Provavelmente alguém que nós conhecemos como conhecido de um conhecido aqui. E os dois concordam que Toric, no sul, foi quem planejou o ataque.

— Quem é Toric? — Breen quis saber.

— É o Primeiro Irmão do clã dos Piedosos. É assim que eles chamam o chefão, apesar de dizer que quem manda são os deuses e tal. Eles pegaram uma menininha e aplicaram o feitiço do sono, está trancada na torre redonda. Pretendem sacrificá-la amanhã à noite.

— Pretendem fazer o quê? — Atordoado, Marco fitou Morena. — Uma criança? E eles a deixaram lá?

— Espere, calma. — Morena ergueu as mãos. — Eles sabem o que estão fazendo. Nada de mal vai acontecer com ela. Puseram elfos para cuidar da criança. — Como Breen e Marco também pareciam saber o que estavam fazendo, Morena se espremeu para se sentar ao balcão e ficou observando os dois. — Keegan criou uma ilusão e entrou na Casa de Oração como um velho santo. E, como Mahon já havia falado da suspeita sobre Toric, Keegan o leu o melhor que pôde enquanto conversavam. O Velho Pai foi convidado a passar seus últimos dias com o clã dos Piedosos. E Toric pretende que esses dias terminem amanhã à noite, junto com os da garota, em sacrifício.

— Mas ele está aqui, então...

— Ah, ele vai voltar, pode ter certeza, e como o Velho Pai. E vai direto para a "morte", como pensa Toric. Mas haverá uma reviravolta que surpreenderá Toric. — Ela se levantou. — Não sou muito de guerrear, mas penso no que Toric e os outros vão fazer e já fizeram, o que outros como eles fizeram há tantos anos, antes que nós que vivemos agora tivéssemos nascido. Eles torturaram e mataram em nome de sua fé distorcida, e eu empunharia uma espada para corrigir esse erro. — Morena sacudiu a cabeça e se serviu mais vinho. E prosseguiu: — A menina que eles pegaram se chama Alanis, Keegan descobriu, e a família dela está feito louca procurando por ela, temendo que esteja perdida ou ferida.

— E ele não podia contar para eles — murmurou Breen —, porque não poderiam esperar mais um dia e nós perderíamos a vantagem.

— E por isso ele está com a consciência pesada. Mas vou dizer uma coisa: você vai ver mais do que lojas e artesãos, multidões e danças na recepção. Você vai ver a justiça ser feita na Capital quando Keegan se sentar na Cátedra da Justiça e baixar seu cajado sobre gente como Toric.

Essa notícia ocupou a mente e o coração de Breen, de modo que ela mal dormiu. Desistiu de tentar antes do amanhecer, mas não conseguiu se sentar para trabalhar. Desceu até a baía e se sentou lá, observando o alegre mergulho de Porcaria enquanto o sol nascia.

Ele se levantava cor-de-rosa no leste, como uma linha luminosa sobre as colinas que se espalhavam até onde a vista alcançava, com toques de dourado e listras escarlate.

Finas colunas de neblina se enroscavam na luz da superfície da água, como pequenas faíscas de prata que transformavam o mundo em uma cortina de gaze. A água que o cachorro espirrava ao mergulhar, feliz, era como pequenas pedras preciosas sobre a cortina.

E o sol nascente soprou para longe as sombras da noite.

Quando saiu da água, Porcaria se sentou ao lado de Breen e, em silêncio, observou com ela a manhã desabrochar.

Abanou o rabo quando Marco se aproximou com canecas de café fumegando nas duas mãos.

Mas ela não o ouviu.

— Vi você aqui embaixo, então trouxe café. Que vista!

Ele estendeu uma caneca, mas viu os olhos dela.

— Ei, menina!

— Antes que o sol nasça de novo, antes que a luz desponte como o dia segue a noite, vem a morte. O sangue jorra, e a tempestade da batalha rasga o ar. Enquanto o véu se afina neste Samhain, até os mortos choram pela inocência perdida. Mas o dragão voa, e seu fogo purga e limpa. Inocência perdida e inocência salva, e os suplicantes do deus caído encontrarão seu destino.

Quando Breen dobrou os joelhos e apoiou a testa neles, Marco se sentou ao seu lado e lhe acariciou as costas, enquanto Porcaria se apoiava nas pernas dela.

— Tentei afastar a visão, mas sei que tenho que ver. Tenho que ver. Esta noite.

— Não está querendo dizer que vai para lá, né?

— Não, não preciso estar lá para ver. Só aumentaria o risco se eu fosse. Marco, eu sinto que há algo que preciso encontrar, ser ou ter, que ainda não consigo ver. Ainda não consegue chegar a mim. E não sei o que vai acontecer se eu conseguir.

Breen ergueu a cabeça e a recostou no ombro de Marco, e passou um braço em volta do cachorro.

— Mas eu sei que daqui a poucas horas pessoas vão arriscar a vida, algumas a perderão para proteger as demais. E sei que em Talamh há um garotinho provavelmente acordado, muito feliz e animado porque hoje é seu aniversário. E eu sei que isso é importante.

— Tudo é importante, Breen. — Marco pegou o café que havia largado e colocou a caneca na mão dela. — É por isso que sempre aparece um filho da puta tentando foder tudo.

Ela soltou uma risadinha.

— Verdade. Vamos ficar sentados aqui com este cachorro maravilhoso, tomar nosso café e olhar toda essa beleza. É importante.

※

O vento soprava forte no vale, jogando a grama alta de um lado para outro e fazendo as folhas rodopiarem. Mas o sol atravessava as nuvens e abria manchas azuis cada vez maiores.

Na fazenda, no cercado, Harken caminhava ao lado de Finian, montado em um lindo cavalo cor de camurça com crina trançada. Seu irmão mais novo estava sentado nos ombros de Keegan balançando os braços e dando gritinhos, enquanto seus pais, abraçados pela cintura, assistiam.

A avó dos meninos estava sentada na cerca como uma mocinha, com o cabelo solto ao vento.

— Olhem para mim! Olhem para mim! — gritou Finian quando viu os recém-chegados. — Harken me deu um cavalo de presente, chama-se Stoirm. Keegan mandou fazer uma sela só para mim. Tem até meu nome. Posso cavalgar todos os dias.

— No cercado, meu rapaz — advertiu sua mãe. — Até segunda ordem.

Kavan estendeu os braços para Breen, que o jogou para cima de leve antes de apoiá-lo no quadril para que ele pudesse brincar com seu cabelo.

— *Lá breithe shona duit.* Caso não tenha pronunciado direito, feliz aniversário.

— Pronunciou direitinho — elogiou Keegan.

— *Míle buíochas!* — respondeu Finian.

— Ele agradeceu — traduziu Keegan.

— Na verdade eu já sabia; isso e um pouco mais. Meu pai me ensinou algumas coisas básicas, mas eu havia esquecido. E algumas coisas estão voltando.

— Mamãe disse que, quanto mais línguas a pessoa falar, mais lugares vai conhecer. — Apaixonado pelo cavalo, Finian se inclinou para encostar o rosto no pescoço do animal. — Vou aprender muitas, como Keegan, para poder ir a muitos lugares.

Ele ficou tímido quando viu uma caixinha na mão de Marco e uma sacola na mão de Breen.

— Vocês trouxeram presentes para mim?

— Presente não se pede, filho.

Finian sorriu para o pai.

— Eu só perguntei.

— Acho que o meu não é páreo para um cavalo ou uma sela com seu nome — disse Marco, e ergueu a caixa —, mas eu trouxe uma coisa minha que achei que você iria gostar.

— Me dar uma coisa sua torna o presente muito portente... é... importante — corrigiu.

— Muito boas palavras, e verdadeiras. Desça do cavalo — pediu Aisling — e venha receber seu presente importante.

Harken se moveu para erguê-lo, mas Finian sacudiu a cabeça.

— Eu sei descer sozinho.

Ele jogou a perna, desceu e foi saltitando até Marco e Breen.

— E quem vai cuidar do seu lindo cavalo? — perguntou Mahon enquanto Finian subia a cerca.

— Eu, papai. Prometo que vou cuidar bem dele sempre.

— Eu sei que vai. Vamos ver o que Marco trouxe para você.

Finian abriu a caixa e encontrou outra menor dentro. Riu, pois achou isso engraçado, enquanto pensava em como abrir a tampa.

— Brilha! É um... tem uma palavra, mas não conheço.

— É uma gaita. O pai de Breen me deu de presente quando eu era um pouco mais velho que você.

Finian soltou um suspiro.

— Um presente do *taoiseach*!? Mas você tem que ficar com ele.

— Tive a forte sensação de que ele queria que eu a desse a você. Foi o primeiro instrumento que ele me ensinou a tocar.

— É um presente importante mesmo, Fin — disse Tarryn, aproximando-se. — Tem história e sentimentos, além de música.

— Mil vezes obrigado! Vai tocar para mim?

Marco pegou a gaita e tocou um pouco.

— Toca feliz!

— Pode tocar feliz ou triste. — E tocou triste. — Ou assustador!

Depois de demonstrar, Marco devolveu a gaita a Finian e sugeriu:

— Tente. Segure assim.

Orientou o menininho nas primeiras notas, e Kavan começou a pular e a bater palmas.

Marco sorriu para Aisling.

— Desculpe pelo barulho que vai provocar.

— De jeito nenhum! Música é sempre bem-vinda.

— Vai me ensinar a tocar músicas com ela?

— Eu estava torcendo para você me pedir isso. Vou te ensinar. Dá para guardar no bolso, essa é a vantagem da gaita, e tocar quando quiser.

Levantando-se, ele tirou Kavan dos braços de Breen.

— É sua vez.

— Espero que goste — disse ela.

Finian enfiou a gaita no bolso, abriu a sacola de Breen e deu uma espiadinha.

— Um livro! Eu gosto de histórias. Mamãe ou papai leem ou nos contam histórias antes de dormir todas as noites.

Ele puxou o livro, intrigado com a capa desenhada à mão (com a ajuda de Morena).

— É meu nome! Eu sei ler meu nome, e um pouco mais. Diz Finian alguma coisa.

— *Finian, o Bravo e Verdadeiro.*

— Esta palavra é *de*, e a próxima começa com o som de *brr*, como *bravo*. É meu nome, Breen Kelly.

Ele olhou para ela em choque.

— Você escreveu uma história para mim?

— Para você e sobre você. É uma aventura que eu imaginei para você.

— Não sei ler todas as palavras. Você vai ler para mim?

— Claro!

— Lá dentro, longe deste vento. Vamos tomar um chá — convidou Tarryn, e pegou Finian no colo. — Venha, meu aniversariante. Vamos tomar chá e comer bolo, e ouvir sua história.

Keegan tocou o braço de Breen antes de ela seguir os outros.

— Foi um ótimo presente. Ele nunca vai esquecer.

— Toda criança merece um aniversário maravilhoso, não importa o que mais esteja acontecendo. Morena nos contou o que você descobriu e o que pretende fazer. Tem certeza de que aquela menina está segura?

— Sim, está. É uma bênção ela estar dormindo, assim não sente medo. — Ele olhou para o sul. — E em poucas horas estará tudo acabado. Mas, por enquanto, você tem razão; este menino merece um dia maravilhoso. E eu quero ouvir a história dele.

Breen leu a história, e depois a leu de novo quando Marg chegou com seu presente e votos de felicidades. Em vez de treinar, ela deu uma volta com Morena e Marco, com o falcão circulando acima deles. E Marco se encolhendo sempre que Amish pousava no braço de Morena.

— Quando for possível — disse Breen —, eu adoraria sair com Amish de novo. Você está dispensado — avisou Marco.

— Pode crer.

— Vamos levar Amish para caçar quando você voltar da Capital. — Morena ergueu os olhos e seguiu o falcão. E os dragões, e homens-fadas. — Eles estão atentos hoje. Vou ficar feliz quando já for amanhã. Assim como Harken. É difícil para ele saber que seus irmãos estarão em campo e ele estará aqui no vale. Mas ele é necessário aqui, tem que proteger Aisling e os meninos. E jamais conte a ela que eu disse uma coisa dessas.

— Pode deixar. E ele vai ficar aqui para me proteger também, não é?

— Eu nunca disse uma coisa dessas, mas claro que sim.

— E você também?

Morena se virou na sela.

— À minha maneira. Mas chega disso. Fique atenta lá na Capital, quero saber de tudo. E das fofocas, porque sempre há fofocas. E pode me falar da moda também, porque vou precisar levar isso em conta quando for para lá.

— Eu cuido disso. — Marco levantou a mão. — Aqui é Marco Olsen, da Capital Fashion News.

Rindo, Morena deu um soquinho nele.

— Você é uma figura!

Aquilo tudo era tão normal, pensou Breen... seu novo normal. O dia passou como todos os outros, com uma chuva rápida no final da tarde que só serviu para fazer o verde brilhar mais. E ovelhas pastando nas colinas, as vacas nos campos...

Ela viu crianças brincando, pois o Samhain lhes dava uma folga da escola. Os agricultores trabalhavam nos campos, colhendo tudo para armazenar para o inverno que se aproximava, ou enchendo as carroças para o escambo.

Fogueiras seriam acesas nas praias nessa noite, e ela participaria de seu primeiro Samhain.

E Breen pensou nos espíritos presos nas ruínas de pedra, alguns loucos para se libertar e provar sangue. E outros desesperados para finalmente encontrar libertação na luz.

Ela e Marco fizeram a refeição noturna com Marg antes do pôr do sol, e recolheram tudo de que precisavam para levar à baía.

— Algumas pessoas — explicou Marg enquanto montava sua égua — farão seus próprios círculos, farão suas oferendas em suas casas, em suas colinas. Todos são bem-vindos para se juntar ao nosso. Sete são escolhidos para formar a legião, lançar o círculo e completar a cerimônia; mas todos fazem parte do todo. E haverá sete de cada tribo representada.

— Como eles são escolhidos?

— Os *sidhes* escolhem os seus, os animórficos os deles, e assim por diante. Quanto aos Sábios, na maioria das vezes Keegan lidera, pois é o *taoiseach*, é dos Sábios e provém do vale.

— Mas ele já foi para o sul.

— Sim, e haverá quem pergunte por que ele não está aqui. Diremos que ele está participando lá da Capital e que Tarryn foi escolhida no lugar dele. Ela servirá, assim como Harken e Aisling, assim como eu, assim como o jovem Declan, que completou treze anos, e o Velho Padric, que atingiu sua marca de um século; assim como você.

— Eu? Mas, Nan, eu nunca...

— Nem o jovem Declan. Os sete escolhidos deram seu primeiro suspiro no vale.

— E se eu fizer algo errado?

— Por que você faz isso? — perguntou Marco. — Você não vai estragar tudo, pare com isso! Menina, ando observando você desde que tudo isso começou, e digo que está mais preparada que quando eu caí na toca do coelho. Só aquela coisa toda divertida que você fez ontem com as fantasias... Nossa, você nem pensou em nada, foi só tipo, abracadabra.

— Aquilo foi só...

Algo que ela nunca fizera antes, percebeu Breen.

— Marco conhece a amiga dele e eu conheço minha neta. Ele tem razão, eu vi o mesmo. Seu poder cresce e suas lembranças ficam claras a cada dia. Um se conecta ao outro, acredito. Esta é uma noite solene, *mo stór*, mas também alegre. — Fez um gesto indicando ao redor. — As fogueiras estão acesas, o altar pronto e os feéricos reunidos. E as pessoas de fora que se juntaram a nós são bem-vindas.

E, enquanto a fogueira queimava, pensou Breen, uma batalha seria travada no sul. Portanto, ela não cometeria um erro, jurou enquanto conduziam os cavalos à praia. E se abriria e enviaria tudo que tinha, tudo que pudesse, àqueles que lutavam contra a escuridão.

CAPÍTULO 13

Breen conhecia alguns rostos e nomes do *ceilidh*. Marco, claro, conhecia mais, de modo que ela não se preocupou; sabia que haveria alguém para explicar a ele o rito, para orientá-lo como ela havia planejado fazer.

Nesse rito, sua avó lhe dissera, quem quisesse poderia deixar uma oferenda no altar. Um símbolo, a imagem de um parente, comida, vinho, flores. Tudo isso era deixado antes da formação do círculo, antes de as palavras serem ditas e de se acender o fogo.

Ela viu que muitos haviam deixado essas oferendas, e outros ainda o faziam. Ao lado do desenho de Eian que Marg colocara, Breen deixou flores que ela mesma havia plantado. E afagou a mão de Marco enquanto ele colocava um bolinho ao lado.

— É legal — disse ele. — Eu não sabia o que ia achar de tudo isso, mas é... é pessoal e respeitoso. É legal.

Ele lhe deu um beijo no rosto antes de se afastar.

Pessoal, pensou Breen. Sim, bem pessoal. As imagens, os símbolos, a comida, as flores, tudo era bem pessoal.

Ela deu um passo para trás para esperar ser chamada, e se voltou quando ouviu um homem perguntar sobre o *taoiseach*.

Antes que ela pudesse responder, uma garota revirou os olhos – aparentemente, as jovens de todos os mundos faziam isso.

— Já disse, tio, ele está celebrando o Samhain na Capital.

— Mas deveria estar aqui. Este é o lugar dele.

— Talamh inteira é o lugar dele — Breen se pegou dizendo. Surpresa consigo mesma, ela abriu um sorriso para suavizar a brusquidão com que havia dito aquelas palavras.

— O que você sabe sobre isso? Quem é você para falar? Viveu a vida inteira no mundo dos homens!

— Tio! Perdão, meu tio chegou do norte há poucas semanas, veio passar o Samhain conosco. Achava que veria o *taoiseach* liderar o ritual.

Pelas costas do homem, a garota fez uma mímica com a mão indicando que ele havia bebido, e revirou os olhos de novo.

Breen fez força para não rir, tentou ser solidária.

— Claro que ele está decepcionado. Espero que...

— Você vai ver o que é decepção — murmurou ele.

Irritada, quando o homem se voltou ela estendeu a mão para pegar seu braço e disse.

— Tenho certeza de que se...

E então, ela sentiu. Emanava dele, e por um instante se retorceu dentro dela como uma cobra.

Tanto ódio, tanta raiva... e, no meio, um propósito sombrio.

Ao lado dela, Porcaria rosnou.

— Vai pôr as mãos em mim? Você que tem sangue contaminado?

— Sim.

Com os olhos brilhando, ele tentou empurrá-la. Ela o bloqueou e lhe deu uma rasteira, em um movimento que a chocou tanto quanto a ele.

Porcaria plantou as patas dianteiras no peito do homem e rosnou.

— Fique aí — ordenou quando as pessoas começaram a se agitar. — Harken! Preciso de Harken!

— Estou aqui, estou aqui. O que está acontecendo? — Embora se aproximasse apressado, seu tom de voz indicava plena calma. — Alguém bebeu umas cervejas a mais antes de um rito solene? Bem, acontece — acrescentou enquanto se agachava e acariciava o cachorro, afastando-o.

— Desculpem! Vou chamar meus pais. — A garota, uma elfa, saiu em disparada. — Acho que ele não está bem.

Breen segurou o homem com firmeza e murmurou no ouvido de Harken:

— É um espião, eu sinto isso. Se eu estiver errada...

Harken sorriu e pousou uma mão no ombro do homem. E, como a outra estava no de Breen, ela sentiu a raiva em Harken. Mas ele não deixou de sorrir.

— Durma — murmurou, e o homem ficou mole. — Ele desmaiou, não foi nada. Por favor, afastem-se para que ele possa respirar melhor. Vamos tirá-lo daqui e deixá-lo dormir.

— Ah, deuses, Lordan! — gritou a mulher que voltou correndo com a garota, e cobriu o rosto. — É irmão de meu pai, sempre foi a ovelha desgarrada. Mil perdões pelo problema que causou. Vamos levá-lo para casa.

— Não é necessário — disse Harken —, vamos deixá-lo dormir.

Ele fez um sinal a uma pessoa para ajudá-lo a levar o homem inconsciente para longe do altar.

— Parente ou não, ele vai embora amanhã — garantiu a mulher. — Desculpe, Breen Siobhan, pela grosseria dele. Minha filha me disse que ele a insultou.

— Não aconteceu nada, fique tranquila.

Ela olhou para trás e viu dois homens, um de cada lado de Lordan. Harken a puxou de lado quando voltou.

— Você não estava errada, e talvez ele não seja o único. Vamos tratá-lo como um bêbado que desmaiou até que tudo acabe. E ele será levado à Capital para julgamento. Venha, já somos sete.

Antes de acompanhá-lo, ela se abaixou e beijou o nariz de Porcaria.

— Você é um cachorro maravilhoso. Vá ficar com Marco, ele está ali com Finola, Seamus e as crianças. Fique com eles.

Seu coração disparou um pouco quando ela foi se colocar ao lado de Marg.

Observou os outros que se aproximavam. *Sidhes*, elfos, animórficos, *trolls* e, na baía, sete sereianos formavam seu círculo.

Tarryn ergueu as mãos com as palmas para cima.

— A roda gira e o ano velho passa. Viemos para acolher o novo. No Samhain, honramos aqueles que deixaram este mundo e os recebemos de volta.

— Abençoados sejam — respondeu Breen em uníssono com os demais.

Cada um ergueu sua espada ritual e pronunciou as palavras circulando o altar três vezes.

— Lançamos este círculo com espada, com poder, com a energia da Mãe que é Terra.

Quando invocaram os Guardiões do leste, do sul, do oeste e do norte, Breen sentiu a luz crescer dentro de si, se espalhar e florescer. Uma luz que era poder, um poder que era um dom.

Quando Marg invocou o deus do submundo, as chamas das velas se ergueram, altas e retas, em direção ao céu cada vez mais profundo.

Dentro e fora de si, Breen se ouviu invocar a deusa.

— Grande dama, senhora das luas, dê-nos sua bênção. Conceda-nos sabedoria e coragem para enfrentar o que vier. Somos seus filhos e filhas. Ajude-nos a alcançar, através do véu translúcido, nossos amados e perdidos. Abençoada seja.

No altar, o fogo crepitou e a fumaça subiu.

Quando ergueu os braços como os outros para atrair as luas, pedindo que a luz brilhasse no espírito de cada um, Breen ouviu seu pai claramente, como se estivesse a seu lado.

Você é meu coração, minha esperança, meu amor eterno. Você é tudo para mim, ontem, hoje e sempre. Seja forte, Breen Siobhan, e enfrente aquilo que vier, o que eu não pude evitar que enfrentasse.

Com a voz de seu pai dentro de si e os outros a seu lado, Breen acendeu o fogo do Samhain. Pegou uma vela e lhe deu a chama.

Por seu pai, pensou quando a colocou no chão.

— Eis o fogo — gritou Tarryn. — Eis a luz. Eis — disse, pousando a mão em Aisling — a promessa de uma nova vida!

— Senhor e Senhora, deus e deusa, trazemos o pão e o vinho para honrar a vocês e àqueles que vieram antes. — Aisling ergueu o cálice e o pão. — Abençoados sejam.

Em um silêncio reverente, Aisling passou o pão e o vinho para os outros, pegou sua parte e deixou o restante para os ancestrais.

— Agradecemos à Grande Mãe por sua bênção — disse Harken. — Pedimos a ela força tanto na escuridão quanto na luz.

— Abençoada seja.

— Agradecemos ao Senhor do Sol por sua bênção — disse Declan. — Pedimos força tanto na escuridão quanto na luz.

— Abençoado seja.

Invocaram os Guardiões para agradecer-lhes e fecharam o círculo.

— Aberto agora este círculo, mas nunca rompido — disse Tarryn, e cruzou as mãos sobre o coração. — Perseveramos na esperança, na luz e no amor. Guardamos a memória de quem nos deixou na esperança, na luz e no amor. Bênçãos sobre vocês, filhos dos feéricos, e sobre todos os que perseveram a seu lado.

Marg pousou a mão no rosto de Breen.

— Você o sentiu, assim como eu...

— Eu o ouvi, Nan.

— Como eu. Ele é um espírito muito forte. É tanto amor que ele tem por você! — Beijou as faces de Breen, uma e depois a outra. — Fomos abençoadas esta noite. Agora, segundo a tradição feérica, vamos distribuir guloseimas às crianças.

— Mas no sul está começando... deve estar.

— Temos fé.

Precisariam de mais que fé, pensou Breen. Seu pai havia falado em força; força para enfrentar aquilo que o levara à morte.

Ela usaria sua força e enfrentaria tudo. E veria tudo.

Enquanto as crianças devoravam biscoitos e frutas cristalizadas, Breen foi até a fogueira do Samhain.

Usando seu poder, olhou profundamente nas chamas.

Outras fogueiras ardiam nas praias do sul, como ali. E nas colinas, como ali. Nos campos e pátios.

Círculos de sete, lançados.

Harken parou ao lado dela.

— Só vejo o rito e a paz. Talvez a visão estivesse errada... Talvez eu tenha me enganado.

Ele pegou a mão dela e o choque de um novo poder a atravessou.

— Vamos olhar. E, se a visão for verdadeira, enviaremos nossa luz.

Marg pegou a outra mão dela, e mais se juntaram à roda.

— Não consigo ver nada além de uma grande fogueira — declarou Marco, atrás de Breen.

— Quer ver? — perguntou Harken.

— Eu... bem, quero. Tenho amigos lá. Não tenho nada para enviar, mas...

— Ora, há luz em você, irmão, como em todos os seres vivos. Ponha uma mão no ombro de Breen e outra no meu. Vamos lhe mostrar o que vemos.

Com esperança, força e fé, as pessoas reunidas ao redor do fogo viram tudo.

Nas profundezas da torre redonda, um dos integrantes do clã dos Piedosos destrancou a porta da pequena cela onde dormia uma criança. Quando se aproximou da menina, três elfos apareceram, saindo das paredes de pedra.

Uma segurava uma faca, e sua mão tremia de desejo de usá-la. Mas ela usou a empunhadura para derrubar o homem de túnica.

— Amarre-o e prenda-o aqui. Ele enfrentará o julgamento. Depois, tomem seus lugares na batalha.

Ela embainhou a faca e deslizou os braços sob a criança para levantá-la.

— Pronto, *bláth beag* — sussurrou, e, abraçando a criança, saiu da cela em disparada.

Na colina acima da praia, enquanto a elfa levava a menina para um lugar seguro, o Velho Pai se levantou.

— Já vivi muitos Samhains nesta vida. Como brilha o fogo ritual contra a escuridão do céu e do mar! — Voltou-se para Toric com um sorriso tranquilo. — Pelo que sei, sua fé não celebra esta noite nem pede para se reencontrar brevemente com entes queridos que se foram.

— Nós não questionamos os deuses que encerraram essas vidas, nem desejamos perturbar a paz ou o castigo que lhes foi dado na próxima. Agradecemos por honrar nossa fé enquanto está conosco.

— Toda fé que exalta as boas obras, que não prejudica ninguém e aceita os outros deve ser honrada. — Keegan, transformado em Velho Pai, apoiou-se pesadamente em sua bengala. — Certa vez, visitei um mundo cujo povo afirmava repousar sobre uma placa dourada erguida sobre um grande mar por um peixe gigante, que a equilibrava em sua cauda. Nem mesmo um homem faminto se alimentaria de um peixe naquele mundo, pois eram sagrados. Mas a maioria vivia uma vida boa, amava seus filhos, tinha bondade para com o vizinho e o estranho.

— Viajou a muitos lugares, Velho Pai. Poderia entrar agora e se sentar, e, tomando uma taça de vinho, contar-me algumas de suas viagens?

— Com prazer. — Outras duas pessoas estavam no templo, com as mãos dentro das mangas. Que coragem, pensou Keegan. Três contra um velho. — Você acendeu todas as velas, pelo que vejo, embora não celebre o Samhain.

— Não celebramos, pois é uma noite profana para pagãos e hereges. Nós somos o caminho para o verdadeiro deus, o deus das trevas.

O Velho Pai deu um passo trôpego para trás.

— Meu filho...

— Não seu, nunca seu filho. Somos filhos de Odran. E você é nosso sacrifício para ele. — A mão que Toric tirou de dentro da manga segurava uma faca, e sua lâmina afiada e negra brilhava à luz das velas. — Beberemos seu sangue esta noite e jogaremos seu corpo na pira.

O Velho Pai ergueu a bengala como se quisesse se defender. Enquanto Toric ria desse gesto, Keegan a baixou, já transformada em espada, e colocou a ponta na garganta de Toric.

— Devo cortar sua garganta como você faria com um pobre velho? Seria um prazer para mim.

Ele agarrou a mão armada de Toric e a torceu até fazê-lo cair de joelhos. Lançou seu poder sobre um dos dois que o atacaram com sabres e plantou uma bota na barriga do outro, enquanto os elfos saíam das paredes.

— Prendam esses. Tirem suas túnicas e tranquem-nos bem. Tomem a casa e a colina. Protejam este terreno. — Ele ergueu os olhos quando um sino começou a tanger. — Ah, isso seria um sinal para o deus deles. Derramem sangue se for preciso. Mas só se for preciso. — Olhou para Toric. — O julgamento está chegando.

Keegan saiu correndo e chamou Cróga. Também tinha um sinal a dar.

E, quando o dragão voou, feéricos saíram da floresta, das colinas e das praias.

Alguns levaram os aldeões à segurança e ajudaram a reunir as crianças. Outros, em terra, mar e ar, esperavam pelo que se aproximava com espadas em punho, flechas engastadas, porretes e lanças.

E no oeste, na curva entre a terra e o mar, na ponta do penhasco, Keegan viu o fraco brilho no escuro.

— Oeste! — gritou, apontando a espada, montado em Cróga.

Saltaram do portal a cavalo, a pé, asas e cascos.

— Arqueiros!

Flechas voaram, algumas com pontas em chamas. E, com as lanças de fogo, os primeiros gritos dos atingidos rasgaram a noite.

Ele enfrentou a espada de uma fada do mal, cortou as asas dela e a lançou rosnando ao mar. Enquanto lutava contra outro, com sua cauda Cróga arremessou um demônio voador na água, onde os sereianos deram continuidade à batalha.

Mas outros continuavam chegando, com suas garras e espadas, presas e flechas, apesar de Keegan ter um clã de Sábios trabalhando para fechar o portal. Quando ele deu a ordem, Cróga cuspiu fogo para queimar meia dúzia que corria em direção às crianças escondidas atrás de rochas, na encosta.

Ele sentiu o calor do poder a seu lado e se voltou.

Viu as vestes do mago, pretas e esvoaçantes, e os feéricos caídos ao seu redor. Lançou energia em forma de camadas de gelo para atacar o calor violento.

O ar chiava, cuspia vapor. Keegan voou nessa direção. Contra-atacou, poder contra poder, até que o círculo de densa névoa se espalhou.

E, com ele, a proteção contra a escuridão para quem estava fora do círculo.

Saltou de Cróga e enfrentou seu inimigo na areia queimada.

— Eu conheço você. — Sim, pensou Keegan, conhecia aquele rosto, aqueles olhos escuros selvagens, as maçãs do rosto angulosas, o cabelo e a barba pretos. — Nori, o Louco.

— E você, Keegan, o Fraco. Que prêmio você é!

Nori lançou um relâmpago. Keegan o bloqueou e o fez se dissolver na névoa.

O louco, com seus olhos loucos, riu.

— O *taoiseach* anterior a você tentou me banir, e onde ele está agora? Morto pelas mãos de Odran e perdido no submundo, onde clama por misericórdia. Exatamente como você quando morrer por minhas mãos e Odran sorver seu sangue, quando os cães demônios dele se banquetearem com seu...

Keegan perfurou o coração de Nori com sua espada e decepou a cabeça do corpo enquanto caía.

— Você fala demais.

Com um movimento de mãos, dissolveu a névoa.

Chamou curandeiros para ajudar os feridos e correu de volta para a batalha.

À beira do mar, viu Sedric lutando contra três; seu cabelo prateado esvoaçando enquanto ele girava. Antes que Keegan pudesse usar seu poder para equilibrar o jogo, Sedric empalou o cão demônio e usou seu corpo como escudo e aríete. Cortou o braço de um inimigo à altura do cotovelo e, ainda na fonte de sangue, ergueu a espada e estripou o terceiro.

— Está se fechando — Keegan ouviu alguém gritar acima do som de aço se chocando e dos gritos. — O portal está se fechando.

Mais uma vez chamou Cróga e subiu para ajudar a impedir a fuga, para abater o inimigo, combater a magia sombria com a luz.

Mesmo depois de o portal se fechar, graças ao trabalho da legião, a batalha prosseguiu. Fumaça subia de lojas e cabanas em chamas, poluindo o ar e abafando os pedidos de socorro.

O suor escorria pelo seu corpo e o sangue manchava suas roupas e rosto enquanto Keegan lutava contra os que haviam ficado presos em Talamh, enquanto gritava ordens para perseguir qualquer um que tentasse escapar pelas colinas, pelo mar, pelos bosques ou pelos campos.

Transformou uma gárgula em pedra quando pulou nas costas de um soldado e a esmagou sob os pés quando caiu. Brandindo a espada, abrindo caminho por entre o inimigo, chamou Cróga para combater três que viu subindo as falésias. Praguejou quando pisou nos restos do que havia sido um demônio e lutou, até que se viu lado a lado com Mahon, enfrentando um exército adversário cada vez menor.

E, por fim, quando restavam apenas pranto e gemidos, fedor e fumaça, baixou a espada.

— Acabou — declarou. — Enviaremos patrulheiros para acabar com quem tenha conseguido passar. Não serão muitos. — Voltou-se e praguejou de novo. — Esse sangue é seu. — Apontou para o corte no braço de Mahon.

— Cuide dessa ferida — disse Mahon, apontando para o sangue que escorria pelo flanco de Keegan e manchava sua camisa.

— Vieram três cachorros de uma vez, e um conseguiu me morder. Mas vou curar você primeiro. Não quero ter que enfrentar minha irmã. — A dor já começava a se manifestar depois do calor entorpecente da guerra. Mesmo assim, ele fechou o corte de Mahon primeiro, e sibilou quando fechou as perfurações no próprio flanco. — Alguém com mais habilidade que eu fará o resto.

Com as costas da mão, ficou dando batidinhas no rosto enquanto olhava a praia, as colinas, a linda vila e via incêndios, sangue, ruínas. Morte.

— Vamos curar os nossos primeiro e depois os deles. E amarrar os que estiverem vivos para levar a julgamento. Vamos queimar seus mortos e salgar as cinzas. Levaremos os nossos para casa. Deuses, tudo que eu quero é um barril de cerveja e uma cama.

— Quero uma cerveja e um banho, e daria tudo pelos braços de minha esposa em volta de mim. Vou ter que me contentar com os seus — reclamou Mahon, pousando as mãos nos ombros de Keegan.

Keegan riu e descansou a testa na de seu amigo.

— Boa luta, irmão.

— Boa luta. E isso não foi nada. Foi só um arranhão, uma picada de agulha comparado com o que ainda está por vir.

— E vamos continuar lutando, curando nossas feridas, honrando nossos mortos. E lutaremos de novo. Por Talamh e todos os mundos.

— Por Talamh e todos os mundos. — Keegan embainhou sua espada. — Mas, pelos deuses, o gosto do massacre é horrível. Vou dançar, juro, no dia em que nunca mais precisar senti-lo. Por enquanto, porém — olhou para a Casa de Oração, no alto da colina —, vou ver Toric e seu grupo serem amarrados e levados a julgamento.

— *Taoiseach*!

Um dos elfos que ele colocara dentro da Casa de Oração correu para ele.

— A casa está segura?

— Sim, sim, mas... — Seus olhos marejaram. — ... encontramos um em uma câmara abaixo da torre do sino. E três meninos. Dois já mortos, com a garganta cortada, e a faca dele pingando sangue. E ele abriu o terceiro antes que pudéssemos detê-lo. Eram apenas crianças...

E o elfo mesmo era pouco mais que um menino, pensou Keegan.

— Ele está vivo?

— Eu o matei. Não deveria, desobedeci, mas...

— Acha que eu o culparia por isso? Colm, é esse o seu nome?

— Sim, senhor.

— Saiba que não há culpa nisso, e que vamos procurar a família dos meninos assassinados. Se não tiverem família, nós os honraremos junto com nossos mortos.

Ele olhou para a colina de novo e sentiu a raiva e a dor alimentando um fogo que queimava sua alma.

— E saiba, pois sou o *taoiseach*. Esta casa cairá. Cada pedra cairá. Não restará nada dela, nem do mal que cresceu dentro dela. Construiremos um monumento em seu lugar, em solo santificado. Um monumento aos tombados, aos inocentes, aos bravos, e todos os que andam na luz serão bem-vindos. — Soltou um suspiro. — Assim digo. — Pousou a mão no ombro do elfo antes de se dirigir aos degraus. — Boa luta — disse, levando consigo a raiva e a dor.

As primeiras estrelas começavam a desaparecer quando Keegan voltou ao vale com seu dragão. Ordenara a Mahon e Sedric que levassem os mortos do vale para casa, e designara outros para fazerem o mesmo em Talamh.

E ficara no sul até que a pira de inimigos mortos tinha virado cinzas sob o fogo do dragão.

Os guerreiros que deixara lá ajudariam a reconstruir o que fora destruído, e demoliriam a Casa de Oração.

Estava louco para chegar em casa, e durante algumas horas poderia ficar lá.

Enquanto Cróga descia, Keegan abraçou seu pescoço. Palavras nunca eram necessárias entre eles, mas ele as pronunciou.

— Descanse bem, *mo dheartháir*. Obrigado mil vezes por sua coragem e habilidade esta noite.

Cansado até a medula, Keegan escorregou até o chão e seguiu em direção à casa da fazenda, onde uma luz irradiava boas-vindas da janela.

Poderia ter ido direto para cima, poderia ter simplesmente caído na cama com as roupas manchadas de sangue, suor e fumaça, mas viu a luz da cozinha brilhando também.

Ali encontrou sua mãe e seu irmão tomando chá. E, pelo cheiro, chá com uma boa dose de uísque.

Tarryn se levantou e, mesmo contra a vontade dele, abraçou-o.

— Estou imundo.

— Você está inteiro e a salvo, assim como Mahon e Sedric. Vimos tudo. — Recuou para dar-lhe um beijo no rosto e olhar em seus olhos. — Boa luta.

— O portal está fechado e lacrado — disse ele.

— Nós vimos tudo — repetiu Tarryn. — Breen abriu o fogo do Samhain e todos assistiram. Sente-se, vou lhe trazer um uísque. Vamos guardar o chá para outra hora.

Ele se sentou.

— Vocês não dormiram...

— Nem você — disse Harken. — Falei com Mahon e Sedric há menos de duas horas. Nossos mortos estão em casa, e amanhã, ao pôr do sol, nós os encaminharemos, assim como você encaminhará os mortos da Capital. Como Talamh inteira fará. Eu mesmo cuidarei disso.

Imensamente grato, Keegan assentiu e ergueu a caneca que sua mãe lhe servira.

— Beberemos àqueles que perdemos e à luz que os acolhe.

Depois do brinde, Tarryn deu um beijo na cabeça de Keegan.

— Agora você vai comer.

Ela pegou uma frigideira, mas Harken ameaçou se levantar.

— Deixe que eu faço, mãe.

Ela lhe lançou um olhar frio.

— Por acaso acha que não sou capaz de fazer ovos com bacon para meus filhos?

— Só acho que você não cozinha muito na Capital.

— Sente-se aí. Você vai comer o que eu lhe der, e com gosto. — Ela deixou a frigideira no fogão e se voltou para passar um braço em volta de cada um deles. — Meus filhos — disse de novo, e desta vez beijou os dois. — E depois de comer, Keegan, você vai tomar um bom banho. Está fedendo.

— Eu vivo comigo mesmo, estou bem ciente disso. — Encostou a cabeça nela e segurou a mão de Harken. — Vou mandar demolir a Casa de Oração, santificar o chão e construir um memorial aos mortos no lugar. — Harken simplesmente o observou, e sua mãe não disse nada. Ele prosseguiu, então: — Eles nos traíram duas vezes. Não vou lhes dar a chance de nos trair uma terceira.

Tarryn se voltou e deitou fatias de bacon na frigideira.

— Alguns do conselho se oporão, assim como outros, com base na liberdade de escolha.

— E você?

Ela sacudiu a cabeça enquanto separava os ovos.

— A criança que eles roubaram e teriam sacrificado seria suficiente. A trama de Odran seria suficiente. Mas Mahon disse que eles mataram três meninos que haviam ido para lá para servir e estudar.

— E há outros que não tiveram participação na trama, nem conhecimento dos sacrifícios de sangue feitos sob as ordens de Toric.

— Os empáticos podem confirmar tudo isso — disse Harken. — Se você mandar três para andar por ali, sentir e olhar, nenhum argumento se sustentará.

— Eu mesmo vi os meninos. — Keegan levantou a mão. — Pode ter certeza de que farei isso. E não haverá mais abrigo, serviço e sigilo para quem quiser derramar nosso sangue a fim de honrar Odran ou qualquer deus.

— Mais de uma vez eu insisti para que você temperasse sua raiva com diplomacia — comentou Tarryn enquanto cozinhava —, mas, neste caso, deixe a raiva liderar. A criança que eles roubaram e a família irão para a Capital para o julgamento?

— Sim, está tudo arranjado.

— Ótimo. Que vejam e sejam vistos. Que conheçam e sejam conhecidos.

Ela serviu a comida nos pratos e os levou à mesa.

— Agora comam. E depois vamos descansar. Bem, você vai lavar esse fedor da batalha e depois descansar. Temos mais trabalho a fazer.

CAPÍTULO 14

Breen dormiu mal, assombrada pelo que havia visto no fogo. Já havia arrumado a mala com tudo que esperava que a ajudasse a fazer a viagem para o leste – uma mala leve, como lhe fora ordenado. Mas incluiu o papel e a caneta que sua avó conjurara para ela porque queria continuar escrevendo.

Caso surgisse uma oportunidade.

Desceu antes do nascer do sol para tomar café e deixar Porcaria sair. Estava preocupada com o cachorro, com medo de que, se tentasse deixá-lo com Marg, ele acabasse a seguindo, pelo cheiro e pela conexão mental.

A alternativa era que ele montasse com ela, pelo menos durante alguns trechos da viagem. Ele estava tão grande, pensou enquanto o observava nadar na baía. Mas conseguiria.

Marco desceu para tomar café.

— Tem certeza sobre Brian, né? Ele está bem mesmo?

— Está bem e já voltou para a Capital.

Porque ele liderou o transporte dos mortos, pensou Breen, mas não disse.

— Você vai ver com seus próprios olhos daqui a poucas horas.

— Vou me sentir melhor quando encontrar com ele. Vou fazer um café da manhã bem reforçado para nós. A viagem vai ser longa.

Cinco a seis horas a cavalo, dissera Marg, dependendo do ritmo. Uma fração disso, claro, nas asas de um dragão ou para uma fada.

Breen comeu e se vestiu, e colocou comida e biscoitos para Porcaria em sua bagagem quando admitiu para si mesma que queria que ele fosse com ela, tanto quanto ele queria ir.

— Tudo bem se eu levar minha harpa? Eu sei que é supérflua, mas...

— Vou levar um cachorro. Acho que não tem problema você levar sua harpa.

— Ele vai? — Imediatamente Marco se alegrou. — Legal! Fico mais tranquilo, depois de ver como ele foi para cima daquele sujeito que provocou você ontem à noite. Eu sei que ainda é cedo, mas...

— Antes cedo do que tarde.

Ela conjurou luz para guiar o caminho e atravessaram para as brumas frias e rarefeitas do amanhecer de Talamh.

Ouviu vozes e sons de viajantes selando seus cavalos, e viu o movimento das pessoas já reunidas.

Ao cruzar a estrada, viu sua avó usando um manto com capuz, ao lado de Sedric.

Foi até eles e os abraçou.

— Eu vi você no fogo e o vi lutar — disse a Sedric. — Ainda bem que você é um dos nossos. — Segurou a mão dele por um instante a mais. — Que bom que está bem e a salvo. Vai para a Capital?

— Sou necessário aqui. Mas acompanharei sua viagem. Mantenha-se ereta, Breen Siobhan. Você é filha de seu pai.

Ela viu Harken se aproximar com Boy.

— Tenha uma boa viagem — desejou ele.

— Obrigada. Será que Boy vai se incomodar se Porcaria montar comigo quando ficar cansado?

— Nem um pouco, mas você vai ficar espremida. Keegan vai montando Merlin, mas Cróga também vai. Ele pode levar nosso rapaz aqui.

— Ah, não sei se é...

Possível, pensou.

Ela o soltou enquanto os outros cavalgavam ou conduziam os cavalos para a estrada, e dragões planavam e circulavam pelo céu que despertava.

Viu Keegan surgir das brumas.

— Estamos todos aqui e prontos. Vamos, então.

Inclinou-se para tocar o ombro de Harken e murmurou algo. Mahon abraçou Aisling e seus filhos e levantou voo.

Sedric pegou a mochila de Breen e a prendeu com os alforjes no cavalo.

— Estou levando o espelho de clarividência — avisou Marg.

— Estarei aqui quando precisar de mim. — Marg lhe deu um beijo no rosto. — Tenha uma viagem prazerosa.

— Terei.

Pelo menos tentaria, pensou. Montou e, com Marco, entrou na fila e saiu a trote rápido. Porcaria, já tendo sua viagem prazerosa, trotava entre eles.

Cavalgaram para o leste, onde o sol pintava o céu com luz e cor, onde as colinas se erguiam, onde os lagos brilhavam e os rios serpeavam.

Breen viu crianças caminhando ou cavalgando em direção a um edifício em um campo alto e percebeu que era a escola daquele lado do vale.

Aqui e ali viam-se cabanas amontoadas, e depois se afastavam de novo. Cercas de pedra corriam entre os campos onde ovelhas, cavalos ou vacas pastavam. Lavouras floresciam com vegetais de clima frio; e as flores salpicavam tudo de cores.

Quando sentiu Porcaria cansado, Breen desviou para a grama entre a estrada e o muro. Antes que pudesse desmontar para ajudá-lo a subir no cavalo, Cróga desceu, espalhando ovelhas como bolas de algodão. Dobrou as asas ao pousar no campo.

— Volte aqui, garota. — Marco virou seu cavalo para o outro lado da estrada. — Talvez o grandalhão aí queira tirar uma soneca. Vamos prosseguir.

— Assim que eu colocar Porcaria em cima do cavalo.

De novo, ela foi desmontar, mas Keegan voltou.

— Diga a ele para subir em Cróga. Se não disser, ele não vai deixar você.

— Não sei se ele deveria...

— Ele vai ficar bem, como você mesma verá. Não é o primeiro cachorro que ele carrega. Vamos parar para descansar e dar água aos cavalos daqui a uma hora, mas o cachorro está cansado. Mostre a ela sua fibra — disse a Porcaria.

Para surpresa e preocupação de Breen, Porcaria subiu no muro e, quando Cróga baixou uma asa, subiu nas costas do dragão.

— Não se mima um guerreiro, e fiquei sabendo que ele provou ser um bravo guerreiro ontem à noite. — Fez um sinal para Cróga e, com o cachorro empoleirado em suas costas, o dragão subiu. — Agora ele é um cavaleiro de dragão.

Satisfeito, Keegan partiu a galope.

— O cachorro está indo de carona em um dragão. — Sacudindo a cabeça, Marco se aproximou para observar com ela. — Isso não se vê na Filadélfia.

— Ele está adorando!

Breen sentiu a alegria do cachorro pelo voo, o vento e a velocidade.

Cavalgaram atravessando retalhos largos e profundos de verde, dourado e marrom. Nos bosques erguiam-se árvores tão largas que seriam necessárias três pessoas para abraçar seus troncos.

E, quando se abriu, Breen sentiu a vida pulsando. Raposas e ursos, pardais e falcões, cervos e coelhos, elfos e animórficos.

Chegaram a um rio, marrom como chá, e à ponte que o atravessava. Ao norte, altas montanhas perfuravam as nuvens, de modo que seus picos pareciam flutuar sobre elas.

— São os Passos do Gigante — disse um dos patrulheiros. — E o mais alto a oeste é o Ninho do Dragão. Os picos estarão brancos em breve e ficarão cobertos de neve até o Lammas.

Breen reconheceu o rosto — jovem, corado, bonito — que vira no *ceilidh*, mas não conseguia lembrar o nome do rapaz.

Marco não teve dificuldade.

— Neva aqui embaixo, Hugh?

— De leve, uma geada nas terras mais altas. Mas neve de cobrir as botas, só uma vez na vida, que eu saiba, no sopé dos Passos do Gigante. Eu nasci lá.

— Conhece Brian Kelly?

— Claro que conheço Brian. Nós viemos juntos, porque minha mãe e a dele são primas. Somos do norte de Talamh.

— Você tem saudade de lá...

Breen podia sentir essa saudade.

— Tenho. E, quando a paz cobrir Talamh inteira de novo, voltarei para casa. Tenho uma esposa esperando e um filho que ainda não completou dois anos. Depois de honrar os que perdemos no sul, ficarei em casa até ser convocado de novo.

Do outro lado da ponte, conduziram os cavalos em direção às árvores e ao riacho que serpeava entre elas.

Breen desmontou e entregou as rédeas a Marco, e saiu correndo para Cróga quando este aterrissou. Porcaria desceu tão feliz quanto subira.

— Meu cachorro cavaleiro de dragão! Vamos escrever sobre isso no próximo livro.

Ela fez um monte de carinho nele antes de deixá-lo correr para o riacho para dar um mergulho rápido e beber água. Quando ia voltar, Keegan se aproximou. Horas a cavalo depois de uma noite de combate brutal e ele não parecia cansado. Estava tão ridiculamente atraente como quando saíra das brumas da manhã com seu garanhão preto. Mais inteligente seria, recordou a si mesma, não pensar na aparência dele, e sim no que precisava ser feito.

— Você tinha razão sobre Porcaria. Perdi a noção do tempo, não sei quanto falta para chegar.

Ele apontou para cima.

— Está vendo o sol?

— Estou.

Ele entrava e saía das nuvens que o envolviam.

— Ele viajou três horas desde que saímos do vale, portanto fizemos três horas de viagem. Falta um pouco mais de duas, pois fizemos um bom tempo. Vamos parar um pouco aqui para que os cavalos e os cavaleiros comam. Há comida em seu alforje. Minha mãe cuidou disso.

— Muito legal da parte dela.

— O cachorro... — Franzindo o cenho, ele recuou. — Por que está fazendo isso? Algum problema com sua perna?

— O quê? — Ela dobrou a perna esquerda para trás, puxando o calcanhar contra os glúteos para alongar o quadríceps. — Não, estou só alongando. — Deu um tapa na coxa enquanto fazia o mesmo com a direita — Estes músculos.

— Ah... Pois bem, o cão deve ir com Cróga até chegarmos perto da Capital. Depois, deve ir com você. E você deveria ir na frente comigo e minha mãe.

— Por que eu iria na frente?

— Você é neta de Mairghread, filha de Eian. Ambos foram *taoiseach*. Você é... quem você é. Vão reconhecê-la por seu cabelo e seus olhos e esperarão vê-la na frente. Fique onde quiser por enquanto. Mando alguém avisar quando for a hora.

— O que eu tenho que fazer? Você não me dá uma pista, nunca fiz nada disso antes.

Keegan passou a mão pelo cabelo.

— As pessoas estarão fora ou sairão quando souberem que nós chegamos. Elas sabem da batalha e de nossa vitória, e sentem orgulho. Sabem de nossos mortos e dos que foram levados de volta para as famílias que vão chorar por eles, e sentem tristeza. Mantenha as costas retas e a cabeça erguida. Olhe nos olhos das pessoas que precisem disso. E seria melhor se você comparecesse à cerimônia pelos mortos. — Ele fez um gesto para que ela o seguisse e apontou para o alforje dela. — Coma.

— O que você fez com os integrantes do clã dos Piedosos que capturou? E aquele homem, o espião do vale?

— Estão presos e vigiados. Os poderes dos que os têm foram bloqueados e assim continuarão até o julgamento.

Breen encontrou pão e queijo em seu alforje, e uma maçã.

— Quando vai ser o julgamento?

— Amanhã. Levará dois dias, se for necessário.

— Posso estar presente?

— Sim, seria melhor mesmo se estivesse. — Ele ergueu a mão antes que ela pudesse fazer outra pergunta. — Coma, alongue-se ou faça o que mais lhe convier. Em dez minutos nós vamos partir. Alguém vai lhe dar as instruções necessárias e responder às suas perguntas. Deixe o cachorro ir com Cróga até que eu mande chamá-lo.

Quando ele se afastou, Breen mordeu seu pão.

— Ele carrega o peso do mundo nos ombros — comentou Marco. — Eu ia dizer alguma coisa para animá-lo, mas não me pareceu apropriado.

— Ele falou que nós vamos ser recebidos com orgulho e tristeza, mas só vejo tristeza. — Ela deu a maçã para Boy. — Antes eu achava que ele estava... — Procurou uma palavra adequada. — ... descansado, tranquilo e forte, considerando as últimas vinte e quatro horas. Mas você tem razão, Marco. Com tudo isso, ele carrega mesmo o peso do mundo nas costas. Ou melhor, o peso dos mundos.

— Você também carrega um pouco, Breen.

— Não como ele.

Quando montaram de novo, Breen viu Porcaria voando com Cróga. A estrada subia e descia, acompanhando a topografia, e a suave manta de retalhos do centro foi dando lugar ao terreno ondulante do leste.

Breen viu um círculo de pedra em um campo, com uma coluna de pedra no centro. Ouviu o zumbido enquanto passavam. Era um cemitério onde vagavam ovelhas, perto de uma pequena construção que parecia uma espécie de capela.

Não sentiu escuridão nesse lugar, apenas luz e calma.

Perto dela, Marco conversava com outros cavaleiros. Ela deixou que as vozes a acalmassem, junto com o ritmo constante de seu cavalo, o ar fresco que carregava o cheiro de fumaça de turfa e grama, e um ocasional cavaleiro ou carroça que passava saudando.

Depois da longa noite de sono entrecortado, estava quase cochilando sobre o cavalo.

Viu-se perto da cachoeira, sob a luz verde onde cresciam grossos tapetes de musgo nas árvores, refletida pelo rio.

Duendes dançavam ali, acima e dentro do torvelinho de água, branco contra verde. Todos aqueles corações batendo – tantos – enchiam o dela. Dragões minúsculos coloridos abriam suas asas e mergulhavam. Encantada, ela foi até a margem do rio.

Ela sabia que nesse rio, anos antes, havia sido presa em vidro, mantida abaixo da superfície. Nesse lugar, não muito tempo antes, Yseult a enfeitiçara.

Mas isso era passado. Ela estava segura ali, com os duendes, os dragões bebês e a música que faziam.

No rio verde transparente como vidro, ela viu o brilho do pingente vermelho que vira em um sonho, uma vez. A pedra coração de dragão fora de seu alcance.

Ia se ajoelhar e esticar o braço, quando uma sombra passou sobre o rio e sobre ela.

Breen olhou para cima com o coração acelerado. Viu o dragão. Vermelho como a pedra, com as pontas douradas tão brilhantes quanto a corrente.

Queria alcançar o dragão em cima; queria alcançar o pingente embaixo.

O dragão sobrevoava, observando com seus olhos dourados. O pingente brilhava, esperando que a mão dela o trouxesse à superfície.

Escolha e transforme-se, ouviu a voz de Marg em sua cabeça. *Escolha transformar-se. Tome seu lugar. Ambos são seus.*

Não consigo alcançar nenhum. Não consigo.

Levou uma mão ao céu e outra à água. E se sentiu escorregar, ser puxada para trás.

De repente, estava do outro lado das cataratas. Como um fantasma, estava atrás de Odran. A voz dele explodiu, e ela teve vontade de tampar os ouvidos.

Yseult, com seu cabelo generosamente salpicado de branco, entoava um cântico com ele.

Assim como os demônios e os condenados ali reunidos.

Ela não conhecia a língua, mas entendia as palavras.

Corra com sangue, alimente-se da morte. E, com o banquete, quebre este cadeado. Abra a porta, a meu comando. Tomarei o que é meu, o que me foi negado. Que este sangue, que esta morte seja apenas mais uma no que está por vir.

Breen viu uma criança, uma fadinha cujas asas rosa-claro batiam freneticamente enquanto ela gritava chamando sua mãe, enquanto tentava escapar das correntes que a prendiam nas águas rasas do rio.

Quando ele levantou a faca, Breen não pensou, apenas agiu.

Lançou seu poder e fez a faca virar nas mãos dele, fazendo-o gritar de choque e dor. E lançou outro para quebrar as correntes e fazê-las afundar.

E a fadinha voou para as árvores.

Do lado errado, do lado errado, pensou Breen enquanto Odran se voltava.

Por um instante seus olhos – cinza sobre cinza – se encontraram.

Ela sentiu a escuridão ao seu redor.

E alguém disse seu nome.

Sentiu um puxão e encontrou Keegan segurando seu braço.

— Para trás! — disse ele, mas viu o rosto dela. — Onde você estava?

— Eu... Odran. Ele estava com uma criança, uma fadinha. A cachoeira... um sacrifício. Eu o impedi. Não sei como, não sei quando. Agora, antes, não sei. Mas ela saiu voando e ele me viu. Ele me viu, e ela está do outro lado.

— Antes não foi, senão eu saberia. Se for agora, ela se esconderá e nós a encontraremos. Descobriremos se alguma criança de Talamh está desaparecida. Se ainda não aconteceu, nós vamos protegê-la. Pare — ordenou. — Não há tempo agora. Eu cuido disso. Vá para a frente, Cróga levará o cachorro até você. Fique logo atrás de minha mãe. — Keegan apertou com mais força o braço de Breen. — Nós vamos procurar e encontrar a criança.

— Dilly é o nome dela. É assim que ela se refere a si mesma. Tem cabelo castanho, olhos dourados, pele marrom, asas cor-de-rosa. Tem... uns seis anos, acho. Não mais que sete.

— Vamos encontrá-la.

Ele deu um tapa no flanco de Boy para fazê-lo seguir e fez um sinal para uma das fadas acima.

Deu ordens e, enquanto ele se dirigia à frente, três tomaram direções diferentes.

— Eu estava conversando com Hugh e Cait — disse Marco, aproximando seu cavalo de Keegan. — Não estava prestando atenção nela. Eu...

— Ela vai ficar bem. Fique na frente comigo e não saia do lado dela.

Keegan foi para a frente e tomou a dianteira com sua mãe. Outros cavaleiros abriram espaço para Marco passar e chegar até Breen.

— Estou bem — disse ela antes que ele perguntasse. — Era uma menininha, estava tão assustada! Quero acreditar que vão encontrá-la, tenho que pensar no resto. Mas agora não. O castelo, ou fortaleza, ou seja lá como se chama... dá para aquela colina. E há muitas outras cabanas e pessoas.

— É como o subúrbio — observou ele, sorrindo na expectativa de acalmá-la enquanto Porcaria os alcançava. — Uma versão de Talamh mais urbanizada. Breen, é um castelo! Ainda bem que estou acostumado com isso. Já ficamos em um na Irlanda.

— Eu não contaria com wi-fi e filmes nos quartos desse aí.

— Isso é uma desvantagem.

Ela podia viver sem tecnologia, pensou Breen, e pensaria no sonho, na visão ou experiência quando tivesse um pouco de sossego e privacidade. Mas, nesse momento, observava as cabanas e as fazendas afastadas que se espalhavam pelas colinas e pelos campos, e as pessoas que encerravam seu dia de trabalho ou saíam pelas portas.

Bebês sendo carregados nos quadris ou ombros, crianças com a boca aberta e sorrindo. Jovens *sidhes* exibindo suas asas e voando ao lado dos cavaleiros, banhando-os com lampejos de luz.

Viu lugares que pareciam oficinas, pois as pessoas que saíam usavam aventais de couro ou tecido, e algumas ainda tinham ferramentas nas mãos.

Viu uma mulher sair correndo de uma cabana e levantar voo, e um dos homens-fadas foi voando em sua direção. Abraçaram-se e giraram no ar, beijando-se.

— Eles se casaram antes de nós partirmos para o vale — explicou Minga. — Keegan vai fingir não ter visto Dalla furar as fileiras para receber seu amado. Você vai ver pessoas com uma faixa preta no braço direito. São mães, pais, irmãos, irmãs, filhos, filhas, esposas ou maridos de alguém que morreu na batalha.

— Quantos tombaram, você sabe?

Minga fez que não com a cabeça.

— Keegan sabe.

Breen podia sentir a felicidade de seu cachorro.

Crianças! Pessoas! Ovelha! Vacas!

Olhou para baixo quando ele olhou para ela. Ninguém poderia confundir sua expressão. Era um puro sorriso.

— Não saia correndo para explorar — disse a ele — enquanto não soubermos nossa localização.

Ele queria muito, ela sentiu isso também. Mas Porcaria acompanhou os cavalos e se contentou em olhar para todos os lados.

Passaram por uma ponte que atravessava uma estreita faixa de rio, onde os portões estavam abertos e as pessoas enchiam a estrada. Havia mais gente nos telhados de palha das casas e de lojas, pubs e oficinas. Breen achou as roupas um pouco mais urbanas quando viu coletes sendo usados por ambos os sexos, e vestidos que chegavam até acima dos tornozelos ou calças justas com estampas ousadas usadas por algumas mulheres.

E xales de cores vivas, ou casacos longos para proteger contra o frio do outono. Ouviu música saindo de pubs, vozes animadas dando boas-vindas. Sentiu o cheiro do tempero de ensopados nas panelas, carne nas frigideiras, cheiro de flores se derramando de cestas e odor a gado.

Isso a fez pensar no parque folclórico de Bunratty. Ficara encantada quando o visitara, sentira-se estranhamente ligada a ele. Mas Breen já havia estado na Capital antes; não se lembrava ainda, mas sabia que havia ido com seus pais para o julgamento das pessoas que ajudaram Odran a sequestrá-la.

— Há cinco poços na Capital — explicou Minga, apontando para um lugar onde havia pessoas carregando baldes e jarras. — Escolas, claro, e campos para plantação e gado aqui e nos terrenos do castelo. A maior parte do trigo já foi colhida e levada aos moinhos. Temos três. As pessoas que vivem nos terrenos do castelo contribuem com tudo.

— Como uma comuna — disse Marco.

— Se isso for uma comunidade, sim. Trocamos o que cultivamos, o que fazemos, nossas habilidades e serviços. As pessoas procuram o *taoiseach* quando há um conflito ou dúvida, e ele julga. Ou o conselho em seu lugar. Valorizamos a paz e treinamos para mantê-la.

— Você faz parte do conselho? — perguntou Breen.

— Sim. Embora não tenha nascido em Talamh, recebi essa honra, esse dever. Somos sete, e, com o *taoiseach* e Tarryn como seu braço direito, nove.

Breen viu estradas se abrindo a partir da principal, que subia a colina em direção ao castelo de pedra, de muitos tons de cinza, com suas ameias, torres e torreões.

No alto, um estandarte se agitava ao vento, de modo que o dragão vermelho parecia voar sobre o campo branco. Tinha uma espada em uma pata e um cajado na outra.

Breen viu Cróga sobrevoar o castelo com um menino – um menino alado – em suas costas. A risada alegre do menino se derramava como a luz do sol.

Chegaram a outra ponte de pedra e outro portão. Uma fonte jorrava ao céu água cristalina, que caía em arco-íris. Jardins se espalhavam formando ilhas de texturas e rios coloridos. Mais flores fluíam dos muros dos terraços e varandas que adornavam o castelo. E mais além de tudo isso havia uma floresta, densa e profunda.

Breen ouviu o grito de um falcão e uma impressionante revoada de borboletas subindo como uma onda. Elas giraram ao seu redor, uma, duas, três vezes, antes de voar como um bloco em direção a uma ilha de flores.

— Elas estão lhe dando as boas-vindas — disse Minga, sorrindo.

— Nossa, foi demais! — O sorriso de Marco diminuiu ao observar o rosto de Breen. — Ficou assustada, menina?

— Não, não, só surpresa.

E uma lembrança começou a arranhar a superfície de sua memória. Ela na frente de seu pai no cavalo, bebendo a vista como água, o castelo subindo, a bandeira se agitando, a fonte cuspindo e espalhando água... os primeiros sons de ondas batendo nas rochas nos penhascos.

E borboletas rodopiando. Ela ria e erguia os braços para que pousassem nela. Seu pai ria e lhe dava um beijo na cabeça.

Corações de dragão, vermelhos como seu cabelo.

Minga estava falando sobre os abrigos dos falcões, os penhascos, os jardins, enquanto Keegan conduzia todos ao redor do grande edifício de pedra. Breen mal ouvia, tentando agarrar-se à lembrança.

Mas tudo desapareceu quando os cavaleiros começaram a desmontar ao redor dela.

Mahon se aproximou para pegar as rédeas.

— Eles cuidarão dos cavalos e pegarão suas coisas. Minga lhe mostrará seus aposentos, e outros lugares que queira ver, pois Keegan e Tarryn estarão ocupados durante um período ainda. Vocês têm tempo para descansar, passear ou comer alguma coisa antes da cerimônia de partida. Um de nós vai buscá-los ou encontrá-los se saírem por aí, quando for a hora.

— Imagino que você gostaria de caminhar um pouco depois da longa cavalgada — disse Minga, fazendo um gesto com a mão. — Vamos por aqui, entraremos pelas portas do hall principal.

— É grande — comentou Marco, esticando o pescoço. — E alto.

— Sim, mas é um lar mesmo assim. Acho que vocês ficarão bem nos quartos que Tarryn escolheu. Fica um ao lado do outro.

— Os jardins são lindos. Você falou que há um abrigo de falcões?

— Sim — Minga apontou —, seguindo por aqui. E uma escola para treinamento também, para falcões e alunos. Há outras áreas de treinamento para cavalos e equitação, para arco e flecha e combate. Se for à vila, a pé ou a cavalo, vai encontrar lojas para escambo. Tecidos e joias, artigos de couro, ferragens, artefatos para magia, sapateiros e alfaiates. E pubs com comida, bebida e música.

Minga foi mostrando o caminho, serpeando pelo jardim, por trilhas de pedra, amplos terraços, até chegar à escada que levava a enormes portas duplas.

— Os portões são fechados somente em tempos de defesa. E estas portas só são trancadas nessas ocasiões.

Minga pressionou a imagem de um dragão esculpida na pedra ao lado das portas, e elas se abriram.

Entraram em um salão imponente, com piso de pedra polida, tapeçarias e obras de bronze enfeitando as paredes. Arcadas se abriam em todas as direções, e o sol penetrava pela cúpula de vidro no teto alto.

Bancos estofados e cadeiras de encosto alto ofereciam assentos, e havia mais flores bonitas, e uma lareira, diante da qual ela pararia com prazer para se aquecer.

— É lindo. Achei que seria mais... fortificado.

— Quando necessário, é. Está vendo aquela escada? — Minga indicou os degraus com a cabeça.

Era de pedra, mas larga e reta, e não curva como Breen havia visto em ruínas e restaurações na Irlanda.

— Quando os portões e portas precisam ser trancados, ela... qual é a palavra mesmo? — Minga fechou os olhos. — Ah — passou a mão no ar, como se o alisasse —, os degraus entram na pedra e formam uma plataforma bem íngreme. Mas agora as grandes escadas são convenientes.

— E tudo é muito grandioso — acrescentou Marco.

Enquanto ele falava, uma jovem de calça justa e suéter verde desceu correndo. Seu cabelo escuro caía enrolado sobre as omoplatas, e os olhos também escuros brilhavam contra a pele negra luminosa.

— Mamãe!

Embora ela não usasse a velocidade total, Breen reconheceu sangue de elfo nela.

— Você voltou! — Ela jogou os braços ao redor de Minga. — Eu estava cuidando dos filhos de Gwain quando soube que você estava na aldeia. E aqui está você!

— Aqui estamos todos. — Minga abraçou forte a filha. — Esta é minha filha, Kiara. Dê as boas-vindas a Breen Siobhan e Marco.

— Vocês são muito bem-vindos! Que emocionante conhecê-los! Ah, seu cabelo é maravilhoso! Dos dois!

— Nossa Kiara tem talento para cabelos — disse Minga. — Eles fizeram uma longa viagem hoje, minha preciosa. Venha, me ajude a mostrar os aposentos deles.

— São tão bonitos! Dei uma espiada quando Brigid e Lo estavam pondo os lençóis e as flores.

Ela continuou tagarelando enquanto subiam a escada. E, então, uma visão os impactou.

Seu cabelo louro platinado caía em longas ondas, chegando até a cintura fina. Os olhos eram castanhos, como os de um gato, e tinham um leve brilho nas pálpebras. Seus lábios, rosados e perfeitamente esculpidos, curvavam-se em um sorriso sobre um rosto estreito e delicado, incrivelmente bonito.

Ela usava uma túnica marrom, que combinava com seus olhos, um cinto dourado naquela cintura minúscula e uma calça que acompanhava cada curva sua, até morrer dentro de botas altas.

Tinha um cheiro sedutor, pensou Breen, de coisas silvestres que cresciam na floresta.

— Minga, bem-vinda a casa. Você fez falta. — Ela lançou a Marco um olhar sedutor, de cílios longos e escuros, antes de voltar o sorriso para Breen. — E você é Breen Siobhan? Sua chegada foi muito esperada.

— Esta é Shana — disse Minga —, filha de Uwin, que serve no conselho como Gwen e eu. Esta é Breen, filha de Eian, neta de Mairghread, que trouxe seu amigo Marco, do outro lado.

— Ainda não fui ao seu mundo. Mas agora vejo que deveria. — Ela ofereceu a mão a Marco de uma forma que convidava a um beijo.

Mas ele apenas a apertou.

— Se for à Filadélfia, eu te mostro tudo por lá.

— Sim, agora eu vou com certeza. Vocês acabaram de chegar, então, e eu os estou mantendo em pé? Minga, se quiser descansar ou ver o resto da família, Kiara e eu podemos mostrar aos convidados os aposentos deles.

— É muita gentileza sua, mas o *taoiseach* pediu que eu mesma o fizesse.

Minga os levou para cima, explicando o que eram as salas à medida que subiam. Uma ampla biblioteca, uma sala de contemplação, uma espécie de berçário para crianças pequenas, uma sala de magia e outra de artesanato.

Em fila indiana, foram subindo a escada, passando por salas para música, para aulas de dança, para arte...

Outro lance de escadas e Minga os levou por um corredor.

— Seu quarto, Marco.

Minga abriu a porta. A cama alta tinha quatro colunas, também altas, e uma manta azul-escura. Duas luas flutuavam sobre um mar calmo desenhadas no baú, aos pés da cama, onde havia também uma bandeja com frutas, queijos, pão e garrafas. Um amplo guarda-roupa, recentemente polido e brilhante, uma poltrona alta e uma banqueta, e uma mesa enfeitada com um vaso azul-escuro com flores. Tudo denotava um estranho tipo de sofisticação.

A harpa de Marco estava em cima da mesa, com as flores.

As portas se abriam para um terraço com vista para um belo pátio e, a leste, para o mar ondulante.

— Isso é que é vista!

— Espero que toque para nós — disse Shana, indo até a harpa e passando o dedo pelas cordas. — Ouvi dizer que você é um ótimo músico.

— Ainda estou aprendendo a tocar harpa. Foi presente de Breen.

Shana se voltou.

— Que grande amiga!

— E sua grande amiga ficará no quarto ao lado. — Minga pegou a mão da filha, voltou para o corredor e seguiu adiante. — Se algo não atender às necessidades de vocês dois, é só dizer.

O quarto de Breen tinha uma cama grande, com um dossel de gaze que brilhava como estrelas. O fogo crepitava, e as flores perfumavam o ar.

Tinha uma escrivaninha, além do guarda-roupa e do baú – o dela com um prado em plena floração pintado. Na escrivaninha, voltada para o mar, estavam seu papel e sua caneta.

Incapaz de resistir, ela abriu as portas para deixar o ar do mar entrar e viu o terraço que virava a esquina.

— É lindo, por dentro e por fora. Obrigada, Minga.

— Fico feliz, assim como Tarryn, por você gostar. Agora, vamos deixar vocês se refrescarem depois da longa jornada. Se tiver alguma necessidade, desejo ou pergunta, basta me chamar. Bem, vamos deixá-los em paz.

Minga chamou as outras, saiu e fechou a porta.

— Isto aqui é animal! — disse Marco, jogando-se na cama de Breen. — O que acha de comer alguma coisa e tomar um vinho? Depois quero tomar banho, porque espero encontrar Brian.

Breen serviu vinho para os dois. E se perguntou por que a linda elfa de rosto perfeito a desprezava.

Sim, ela percebera isso também.

CAPÍTULO 15

Keegan falou com as famílias dos mortos – o pior dever que tinha. Quando terminou, foi verificar os preparativos para a cerimônia de partida. Como *taoiseach*, ele próprio conjuraria o fogo e forneceria às famílias dos mortos as urnas para as cinzas.

Uma vez satisfeito, desceu às masmorras para ter certeza de que os que seriam julgados estavam bem amarrados.

Todos dormiam sob o mesmo feitiço que fora usado na criança que haviam pretendido matar. O sono duraria até que estivessem diante dele, no dia seguinte, e suas magias continuariam bloqueadas.

Subiu de novo desejando nada mais que uma cerveja, um fogo e uma cama macia por uma hora.

Shana o esperava perto da grande escada.

— *Taoiseach*, posso falar com você?

— Tenho pouco tempo agora — respondeu ele.

— Quero lhe pedir desculpas. — Ela o fitou profundamente.

— Não há necessidade.

— Para mim, há. Por favor, só um instante. Eu sei que você tem assuntos importantes a tratar, *taoiseach*.

— Só um instante — aceitou ele, e pensou na cerveja, no fogo, na cama. E no silêncio.

Foram até o pátio, perto do quebra-mar, o que, para ele, era uma desnecessária perda de tempo, sendo que tinha tão pouco. Mas as coisas entre eles haviam acabado mal, recordou a si mesmo, e parte da culpa havia sido dele.

Ela respirou fundo.

— Primeiro, quero dizer que sei que você lutou bem e bravamente, e sei que sofre pelos tombados, como todos nós. — Ela pousou uma mão no coração dele e a outra no dela. — Meu amigo Cullin O'Donahue está entre os que vão aos deuses.

— Lamento. Ele era um guerreiro forte e verdadeiro.

— Era mesmo. — Lágrimas brilhavam nos olhos de Shana quando pegou a mão de Keegan. — E agora quero dizer que me envergonho pelo que eu disse quando nos encontramos pela última vez. Desculpe.

— Foi um mal-entendido entre nós, e parte da culpa é minha.

— Não, é só minha. Você não me fez promessas. — Ela levou a mão dele a seu rosto. — Eu queria uma coisa sabendo que você não queria, e o pressionei. Fiquei com raiva porque construí um sonho que você não compartilhava comigo. E nunca fingiu. Pode me perdoar?

— Não há nada para perdoar, Shana.

Ela baixou os olhos, porque havia dureza nas palavras de Keegan.

— Poderíamos ser amigos de novo.

— Amigos fomos, somos e seremos.

Ela demorou mais um instante para erguer seus olhos sedutores.

— Dividir a cama com você é uma lembrança muito querida, pois você é habilidoso. Eu o convidaria de novo, mas — completou depressa, pois viu recusa e rejeição no rosto dele — estou com Loren Mac Niadh agora.

— Fico feliz por isso — disse ele simplesmente, deixando-a furiosa. — Ele gosta de você, sempre gostou.

— É verdade — respondeu Shana, mexendo em um dos brincos que Loren lhe havia dado. — E, embora eu não tenha me comprometido com ele, acho que o farei, quando chegar a hora.

— Quando chegar a hora, ele será um homem de sorte. Desejo felicidade a você, Shana, em todas as suas escolhas.

— Sei que deseja e sempre desejou, por isso me arrependo ainda mais de minhas palavras iradas. Desejo o mesmo para você, Keegan. Está feliz?

— Vou conhecer a verdadeira felicidade quando a paz prevalecer em Talamh.

— Assim fala o *taoiseach* — disse ela, acrescentando um sorriso a suas palavras, embora amargassem sua língua. — Mas Keegan está feliz? Eu soube que agora você gosta de cabelos ruivos.

Ao vê-lo confuso, ela sentiu sua esperança aumentar.

— A filha de O'Ceallaigh, que você trouxe do vale. Ela é discreta, e dizem que as discretas têm mais fogo.

— Ela nem sempre é discreta, mas tem fogo suficiente. Precisa de mais tempo e mais treinamento, e nenhum de nós pode perder tempo com... flertes.

— Tem razão. Pelo que eu sei — passou o dedo pelo rosto dele —, ela não combina com você. Mas lhe desejo felicidades, Keegan, independentemente de quem ou do que a proporcione a você. Um beijo para selar meus votos — acrescentou, antes de pousar seus lábios suavemente nos dele. Suspirou. — E admito que vou sentir falta de ter você comigo no escuro. Abençoado seja, Keegan.

Enquanto voltava para dentro, ela lançou um rápido olhar para cima e se parabenizou por seu timing quando viu Breen no terraço do quarto.

Não precisaria mais convencer Kiara a fofocar sobre um encontro entre ela e Keegan. A mulher que Shana acreditava ser um obstáculo para conseguir tudo que queria havia visto por si mesma.

✢

Keegan não conseguiu a cerveja nem o fogo. Quando um falcão chegou com relatórios do sul, convocou uma reunião do conselho.

— Temos pouco tempo antes da preparação da cerimônia da partida — anunciou Tarryn enquanto alguns ajudantes corriam para colocar copos e jarros de água na mesa do conselho.

Não se consumia álcool durante as reuniões do conselho, mas, pelos deuses, pensou Keegan, era quando ele mais queria beber.

— Está tudo pronto, mãe, e não vamos demorar muito.

— Você ainda precisa tirar a poeira da viagem e se trocar.

— Fui atrasado por uma pessoa. Já está tudo resolvido. — Deu um tapinha distraído no braço dela e foi até a janela, que abriu para poder respirar.

— Até que o conselho se reúna, sou apenas sua mãe, e meu filho está cansado.

— Minha mãe também, não é? Então, vamos resolver tudo rápido.

Minga entrou primeiro, junto com o representante dos *trolls*. Bok usava uma faixa preta no braço em homenagem à neta, que havia morrido na praia do sul.

Os outros também chegaram logo, conversando e murmurando entre si enquanto entravam na sala coberta de murais e mapas de Talamh, e de tapeçarias representando todas as tribos dos feéricos.

Cada um parou atrás de uma cadeira alta – os lugares habituais à longa mesa. Keegan escoltou sua mãe até a dela, em uma das pontas, e foi até a sua, na cabeceira.

— Saudações e bênçãos, e minha gratidão a todos por seus conselhos. — Quando se sentou, os outros fizeram o mesmo. — Pedimos, como sempre, sabedoria em todas as escolhas feitas aqui, e que todas elas fortaleçam a paz de Talamh e todos os que a habitam.

— Pedimos o mesmo — respondeu o conselho.

Cumprida essa formalidade, Keegan levantou a mão.

— Sei que há muito a discutir, mas o tempo é curto antes da cerimônia de partida. Amanhã é dia do julgamento e da recepção de boas-vindas. Entre esses deveres, nós nos reuniremos de novo. Mas pedi a vocês que viessem agora pelo seguinte motivo: a batalha no sul foi vencida, mas a um grande custo. Cada vida que nos deixa é um golpe para todos. Mais, muitas mais teriam sido perdidas pela traição escondida por trás de mantos e das mãos cruzadas, por aqueles que interpretaram tolerância e perdão como fraqueza.

— Serão julgados por isso — disse Bok.

— Sim, serão julgados. O clã dos Piedosos, como antes no passado sombrio, usou sua Casa de Oração para esconder seu verdadeiro propósito de falsa piedade, e, dentro de paredes consideradas sagradas e santificadas, torturavam feéricos e faziam sacrifícios de sangue a Odran.

Ele viu a fúria nos olhos de Flynn, e reconheceu um aliado no amigo de seu pai e representante dos *sidhes*.

— *Taoiseach* — interveio Uwin, o elfo pai de Shana —, você não pode ter certeza disso.

— Tenho certeza. A criança que eles roubaram, enfeitiçaram e pretendiam oferecer a Odran em sacrifício vai testemunhar amanhã. Como eu mesmo, disfarçado de um velho santo, seria oferecido.

— Pela criança roubada, eles devem ser julgados — disse Rowan, dos Sábios. — Por enfeitiçá-la, devem ser julgados. Mas pode haver julgamento pelo que não foi feito, mesmo que impedido por uma intervenção?

— Isso ficará para amanhã. Digo aqui e agora que ela não teria sido a primeira. E digo que, ao caminhar por aquele lugar profano, senti as mortes que ocorreram antes, ouvi os ecos dos cânticos a Odran. Isso não passará. Isso não permanecerá. E o lugar profano também não permanecerá. Será destruído.

— *Taoiseach*! — Uwin ergueu as duas mãos. — Isso parece vingança, e raramente decorre justiça da vingança. Nem todos, certamente nem todos do clã dos Piedosos participaram desses atos.

— De maneira nenhuma.

— Então, devemos permitir suas escolhas, seu local de contemplação e boas obras.

— Se me permitem falar — pronunciou-se Tarryn suavemente, em meio às discussões que irrompiam ao redor da mesa. — Nós não destruímos a Casa de Oração no vale onde o clã dos Piedosos viveu, orou, fez boas obras, depois transformou em um lugar de perseguição, magia de sangue e tortura. Isso foi há muito tempo, muito antes de qualquer um de nós respirar pela primeira vez; mas os feéricos recordam. Os feéricos perdoaram e deram ao clã dos Piedosos seu lugar no sul. E, em retribuição pelo perdão, eles usaram as ruínas, perto da Dança de Deus, perto do cemitério onde jazem as cinzas de Eian O'Ceallaigh e de muitos amados e perdidos, para agitar os espíritos presos ali dentro. Os sacrificados e aqueles que os sacrificaram. Para incitá-los a sair livremente no Samhain e atravessar o véu translúcido.

Neo, um sereiano, que exibia pernas quando queria, bateu os punhos na mesa.

— Tem certeza disso?

— O destino decretou que eu fosse lá, visse, ouvisse, sentisse, como fez Breen Siobhan, filha de Eian O'Ceallaigh. Digo que sem ela eu teria precisado de uma legião para quebrar o feitiço; o feitiço de Yseult, muito forte graças à ajuda do clã dos Piedosos. E afirmo que, no Samhain, os zumbis teriam varrido o vale e além. — Ela indicou Minga com a cabeça. — Minga é testemunha disso.

— Sou. E, embora eu não seja feérica, embora não tenha o dom, até mesmo eu senti a batalha entre poder, escuridão e luz. Até mesmo eu vi as sombras tomando forma, arranhando as pedras para sair.

Rowan, um Sábio, falou de novo:

— As ruínas devem ser limpas e purificadas.

— Mais do que isso — disse Tarryn. — Os espíritos devem ser enviados para a escuridão e a luz. Isso demandará tempo e energia, mas precisa ser feito. Purificação e santificação.

— Podemos fazer o mesmo no sul — sugeriu Uwin.

— Eles se voltaram contra nós duas vezes — retrucou Flynn. — Eles nos traíram, sacrificaram inocentes. Vamos lhes dar permissão para fazer tudo isso de novo?

— Não. As paredes cairão, não restará pedra sobre pedra. Vingança, você diz? — Como sua mãe lhe aconselhara, Keegan deu rédea solta à sua raiva. — Que assim seja, pois é justiça também. Vejam! — Ele se levantou, ergueu as mãos, abriu os dedos e projetou as imagens de sua memória na parede. E lá estavam os meninos com a garganta cortada, jorrando sangue e formando uma poça. — Crianças, crianças enviadas para lá a fim de servir e aprender, e iniciar uma vida de boas obras, assassinadas pelas mãos do clã dos Piedosos. Assassinadas na esperança de que seu sangue fortalecesse o ataque contra nós. Mais! — Projetou outra imagem, de homens esparramados sobre seu próprio sangue. — Aqueles que usavam as vestes e não sabiam nada, ou fingiam não saber do mal que havia dentro daquelas paredes, do verdadeiro propósito daquele lugar. Assassinados. Não por nossas mãos, e sim por seus irmãos, para que não pudessem falar contra eles.

Keegan olhou para cada rosto ao redor da mesa e continuou:

—Não permanecerá, e cada pedra derrubada será um sinal de força, de justiça, de nosso propósito. Enviei três empáticos para entrar nesse mal, e o falcão trouxe o relatório deles. Leiam-no, como eu li. E devo dizer que os três ficaram enojados com o que viram, ouviram e sentiram. Não permanecerá — repetiu. — O solo será purificado e santificado. E em seu lugar construiremos um memorial para aqueles que deram a vida por nós ontem, e para aqueles cuja vida foi tirada por pessoas que juraram curar, ajudar e honrar. Eu sou o *taoiseach*, e esta é minha palavra. Não serei influenciado nesse assunto, seja qual for o conselho de vocês. Juro por tudo que sou, vou derrubar aquele lugar com minhas próprias mãos, se necessário.

Com orgulho e raiva no rosto, Flynn se levantou.

— Eu apoio, pois isso é justiça. Isso é certo e honroso.

Rowan se levantou também.

— Eu apoio. Que a luz surja da escuridão. Que a honra nasça do sangue dos inocentes e dos bravos.

— Eu apoio — disse Neo, levantando-se. — Que esse tributo seja alto para ser visto do mar e da terra.

Um por um, foram se levantando.

Até que Uwin se manifestou:

— Sou partidário da cautela, da tolerância, do perdão, na esperança de que tudo isso mantenha a paz. Mas há momentos, eu sei, em que tudo isso abre um caminho para o mal em alguns corações. Crianças, a mais preciosa de todas as dádivas, assassinadas? Eu apoio o *taoiseach*.

— Então, somos uma só voz. Muito obrigado pelos conselhos de vocês. Pedirei mais amanhã, sobre outros assuntos. Abençoados sejam.

Isso encerrou a reunião; alguns foram se demorando, mas Tarryn os incitou a partir com seu jeito tranquilo e incontestável.

— Boa luta — disse a Keegan, à porta. — Descanse um pouco agora. Ainda haverá mais batalhas.

⁂

Breen deu à cena no pátio a consideração que achava que merecia: bem pouca.

Foi relaxar por um bom tempo na banheira de cobre de seu banheiro pequeno. E, como levar pouca coisa para ela significava o mínimo de maquiagem, usou o que tinha.

E deu uma melhorada com um pouco de magia.

Talvez ela tivesse dado certa consideração àquela cena no pátio, sim.

Breen precisava desenvolver talento para arrumar o cabelo; mas, de qualquer maneira, como ficariam ao ar livre, o vento estragaria tudo.

Deveria ter trocado algo por um xale em algum lugar, pensou, mas teria que se contentar com sua jaqueta. Com o vestido azul – que parecia adequado para uma espécie de funeral – e suas botas, ficaria bem quentinha.

Talvez.

— É o que tem pra hoje — disse a Porcaria.

Quando abriu o guarda-roupa, encontrou uma capa com capuz, do mesmo tom do vestido, e outro bilhete de Marg.

Os ventos costeiros são fortes. Isto e o vestido azul são adequados para uma cerimônia de partida na Capital. Mantenha-se segura e aquecida, *mo stór*. Nan.

Ela sorriu para Porcaria.

— Ela não é demais? — Embora fosse cedo, ela se vestiu, não só para ver como ficava, mas também, talvez, agora pronta, para ver se Marco queria dar uma volta. Agitou a capa algumas vezes e riu. — Não sei exatamente por quê, mas usar isto me faz sentir uma heroína de romance. Gostei! Vamos ver o que Marco acha. — Ia se voltar para a porta quando Porcaria ficou em alerta. E alguém bateu. — Deve ser Marco, pensando o que estou pensando.

Breen abriu a porta, e era Shana.

— Ah! Pensei em vir ajudá-la a se arrumar para a cerimônia de partida, mas vejo que já está pronta.

— Sim.

Assim como ela, pensou Breen. Shana estava com um vestido verde-folha de corpete reto, decotado apenas o suficiente para que o grosso pingente de citrino que usava aparecesse aninhado entre seus seios arredondados.

— Que... — Shana deixou uma leve hesitação transparecer quando a olhou de cima a baixo. — ... vestido fofo! Você trouxe do outro lado?

— Não. Minha avó me deu.

— Ah — sorrindo, Shana entrou sem convite —, as avós são antiquadas, não é? Está confortável em seu quarto, então? E feliz com a vista?

— Sim, obrigada.

Como sua visita não fez nenhuma menção de sair e, ao contrário, foi até a mesa, Breen deixou a capa na cama.

— Posso lhe oferecer alguma coisa?

— Quanta gentileza! Eu adoraria uma taça de vinho. Você é escriba, ouvi dizer. Eu jamais conseguiria ficar parada escrevendo palavras no papel. E ficar sentada pode... — abriu as mãos, sugerindo quadris largos.

Shana pegou o vinho que Breen lhe ofereceu e se sentou em uma cadeira, muito à vontade.

— Deve ser estranho para você estar aqui.

Ah, ela conhecia aquele tipo, pensou Breen, e se sentou no baú. Já lidara com gente assim antes.

Não muito bem, admitiu. Mas isso foi no passado.

— Por quê?

— Ora, uma terra estranha, gente estranha...

— Acho a terra linda e as pessoas maravilhosas. Eu nasci aqui.

— É mesmo? Acho que ouvi isso em algum lugar. E, claro, isso é parte do problema, não é? Você ser o que é, seu pai ter acasalado com uma humana, foi o que fez Odran travar a guerra. Não que seja culpa sua, claro que não. Mas, ainda assim, vamos ter uma cerimônia de partida esta noite para homenagear aqueles que morreram porque ele quer você. Isso deve pesar sobre seus ombros.

Muito tranquilamente, Breen se serviu uma taça de vinho.

— É verdade. Pesa o fato de ele querer usar o que eu sou para devastar Talamh e outros mundos. Que ele queira escravizar pessoas como você. — Breen tomou um gole de vinho e pensou em todas as vezes que havia abaixado a cabeça e engolido sapos. Mas não mais. — Por isso estou aprendendo a revidar. Com magias. — Girou o dedo e acendeu as velas sobre a lareira. — E com os punhos, a espada e o que for preciso.

— Hmmm... — Shana se recostou na cadeira, segurando a taça com as duas mãos e observando Breen por cima da borda. — Dizem que Keegan treina você, e que muitas vezes você acaba com a cara na terra. Ele não é paciente, não é?

— Como você é com uma espada na mão?

Shana riu.

— Aqui na Capital, nem todos são treinados para o combate. Os elfos, como você já deve saber, têm outras habilidades. Velocidade, ocultação. E sou considerada uma boa arqueira. — Ela enroscou o dedo em um cacho sobre a orelha. O resto do cabelo estava trançado para trás, formando uma espiral na base do pescoço. — Me disseram que você dividiu a cama com Keegan uma ou duas vezes. — Seu sorriso passou a ser malicioso. — Espero que você não tenha muitas expectativas.

— Expectativas?

— Eu lhe digo isso de mulher para mulher, e pela amizade. Ele não serve para alguém como você.

Breen abriu o mais inocente sorriso possível.

— Como eu?

— Muito se espera da companheira do *taoiseach*, e os deveres são muitos. Muitos. Tenho certeza de que você concorda, considerando que não foi criada para conhecê-los e assumi-los.

Ora, dane-se!, Breen sorriu de novo, mas não tão inocentemente.

— Eu aprendo rápido.

A máscara de Shana escorregou um pouco; ela se inclinou para a frente.

— Então aprenda isto: o *taoiseach* e eu temos o que você chamaria de entendimento.

— Eu chamaria assim?

— Claro que nós dois gostamos de um flerte aqui e ali, e por que não, já que os deveres dele muitas vezes nos separam. Mas, claro, ele voa de volta para minha cama sempre que pode. Mas ambos concordamos que, quando ele não pode vir, podemos obter nosso prazer onde o encontrarmos. E, quando tudo isso ao seu redor terminar e você voltar ao seu mundo, nós vamos nos casar e fazer uma vida juntos aqui na Capital. — Ela abriu seu lindo sorriso. — Será um grande prazer ajudá-la a conhecer outras pessoas que poderiam diverti-la durante sua, imagino, breve estada na Capital.

Em vez de devolver o sorriso, Breen inclinou a cabeça e observou aquele rosto inquestionavelmente deslumbrante.

— Acho tão interessante e lisonjeiro que alguém como você se sinta ameaçada por uma pessoa como eu...

— Que coisa tola. Você não é uma ameaça para mim.

— Você está aqui porque pensa que eu sou. E, estranhamente, isso me faz sentir... — Ela girou os ombros. — ... competitiva. Não costumo ser competitiva, e Keegan não é um troféu nem um prêmio, mas aqui está você. Mais vinho?

Shana deixou a taça e se levantou.

— Estou avisando: posso ser tanto sua amiga quanto sua inimiga.

Surpresa consigo mesma, Breen se aproximou de Shana, assim como Porcaria. Com a mão na cabeça dele, manteve-o quieto.

— Você já escolheu, por isso vou avisá-la: você não me assusta. Nem sequer me intimida, porque só o que estou vendo é uma tentativa desesperada e mal disfarçada de me fazer sentir inferior, indesejada e indigna. E eu tenho coisas mais importantes que um homem pelas quais lutar.

Por um momento, elas se confrontaram.

Ouviu-se uma batida na porta e Marco assomou a cabeça.

— Oi, Breen, dê uma olhada. Ah, olá. É, Sharla, certo?

— Shana — disse ela, e instantaneamente passou a ser simpática. — Como você está lindo!

— Obrigado. Legal sua roupa.

— Bonito e charmoso. Bem, vou me despedir. Estou feliz por ter tido tempo para conhecê-la melhor, Breen Siobhan.

— Igualmente.

— Não se atrasem para a cerimônia de partida — recomendou enquanto saía. — É falta de educação.

Quando Marco fechou a porta, Breen sorriu.

— Você nunca esquece um nome. E, quando Marco Olsen diz "legal sua roupa" nesse tom, é um deboche.

— Ela estava incrível, mas não gosto dela. Parece alguém do mal. Está escrito na testa dela "Menina Malvada".

Breen foi até ele, pegou seu rosto e lhe deu um beijo barulhento na boca.

— Essa é uma das muitas razões pelas quais eu amo você. Ela é muito malvada.

— O que ela queria?

— Vou te contar, mas, primeiro: que casaco maravilhoso!

— Não é? — Ele deu uma voltinha com seu casaco de couro marrom que chegava à altura do joelho. — Nan mandou. Sua avó é a melhor.

— É mesmo.

Para provar isso, Breen pegou sua capa e a vestiu com um movimento teatral.

— Olhe só para você! Olhe só para nós! — Ele a segurou e a curvou para trás. — Parecemos uma capa de livro.

— Eu me sinto uma heroína, especialmente depois daquela cena com Shana.

— Conte tudo.

— Vamos conversar caminhando discretamente lá fora. Um pouco de ar fresco me faria bem depois do climão.

— Olha ela — disse Marco, em deleite, dando uma cotoveladinha na amiga. — Breen, a fodona.

— Eu estava pronta para quebrar aquela cara perfeita dela. E sabe de uma coisa? Fiquei elétrica quando pensei em fazer isso. O que está acontecendo comigo?

— Seja o que for, estou gostando. Agora, conte tudo.

Breen foi contando pelo caminho, tendo o cuidado de se calar quando passavam por alguém ou viam pessoas perto que poderiam ouvir.

Como ela queria mesmo tomar um pouco de ar e descobrira o caminho olhando de seu terraço, foi na frente até o pátio que dava para ver dos quartos.

— Ela levou um pé na bunda — garantiu Marco. — Estou dizendo, Keegan deu um pé na bunda dela e ela está pistola. E acha que você é o motivo.

— Já levei um pé na bunda, conheço os sinais. Eu diria que a razão foi mais ele ter reconhecido a ambição nua e crua e aquela essência de maldade nela. Não teve nada a ver comigo.

— Não subestime o poder de Breen.

— Não estou subestimando, de verdade. Mas acredito que eles não eram monogâmicos. Por isso estou dizendo que não tem a ver comigo. O problema é ela. Eu vi os dois aqui antes, e...

Ela parou porque viu estrelas cintilando nos olhos de Marco. Porcaria balançou o rabo e, quando se voltou, Breen viu Brian caminhando pelo pátio.

— Depois nós continuamos — murmurou.

Ela ficou para trás enquanto Marco e Brian caminhavam um para o outro.

— Breen me disse que você estava bem. Todo mundo disse, e eu vi, mas precisava te ver pessoalmente.

— Meu tempo está curto, porque tenho deveres na cerimônia de partida. Mas eu precisava ver você, e aqui estamos.

Breen sentiu o coração suspirar quando os dois se abraçaram e se beijaram.

Deu um tapinha em seu cachorro e chamou:

— Venha, Porcaria, vamos sair de fininho.

CAPÍTULO 16

De todas as lembranças que guardaria de sua estada em Talamh, Breen sabia, quase desde o início da cerimônia, que essa seria a mais comovente.

Ficou ali parada, como tantos outros, sob o açoite do vento entre o castelo e o quebra-mar. Abaixo, as ondas batiam nas rochas como um tambor. Acima, dragões e seus cavaleiros voavam em formação em um céu que ia ficando escuro com o crepúsculo.

Outros que haviam lutado com os tombados estavam perto da parede, com suas espadas, lanças ou arcos erguidos.

Em frente a eles estavam as famílias dos tombados na batalha do sul. E, sob o som triste de uma flauta, uma pessoa de cada família dava um passo à frente e dizia o nome de seus mortos.

Os demais repetiam o nome. Um por um.

Assim que a jangada que transportava os mortos transpôs a primeira onda, a segunda, e começou sua jornada para o mar, Keegan se juntou aos guerreiros e às famílias.

Estava de preto, sem adornos, com a espada no flanco e o cajado na mão esquerda.

— Enviamos aos deuses os valentes e os verdadeiros. Mesmo sendo diminuídos por sua perda, somos fortalecidos por seu valor. Heróis de Talamh, pai, mãe, filho, filha, irmão, irmã, amigo e amiga nunca esquecidos, sempre honrados, nós os entregamos à luz.

Ele se voltou para o mar, desembainhou sua espada e a ergueu.

Quando o brilho da prata se transformou em chama, lançou o fogo como uma flecha. Então, ergueu sua voz clara e forte e cantou.

Outras vozes se juntaram à dele, todas, e, embora as palavras pronunciadas fossem em *talamhish*, a língua antiga, Breen entendia o luto, a fé e o orgulho nelas. A seu lado, Marco segurava sua mão com força.

Ele chorava, assim como ela. Porcaria ergueu a cabeça e soltou um longo uivo, e Breen entendeu que ele também estava chorando.

E no céu cada vez mais profundo, com apenas o brilho moribundo da luz do sol, os dragões soltaram um rugido e chamas pelas ventas.

Tambores se juntaram à flauta, e suas batidas eram como as ondas que cresciam cada vez mais.

E sob aquela luz moribunda, sob o fogo flamejante dos dragões, jorros começaram a subir da jangada. As pessoas que haviam falado o nome de seus mortos seguravam uma urna no alto. E então, um por um, aqueles jorros, sobrevoando o mar, voltaram para casa.

Keegan apagou o fogo de sua espada e a embainhou. Voltando-se, ergueu o cajado.

— Da terra, sobre a água, pelo fogo e pelo ar. Que os corajosos e verdadeiros vão para a luz, para os braços dos deuses. — Os amigos, familiares e testemunhas repetiram as palavras. Quando acabaram, Keegan baixou seu cajado. Voltou-se para as famílias, colocou a mão da espada fechada sobre o coração e declarou. — Está feito.

Alguns ficaram por ali, conversando baixinho, enquanto Keegan se dirigia às famílias. Outros, notou Breen, saíram discretamente. Ela viu Shana, com um manto verde de bainha dourada, ao lado de um homem de preto e prata, cabelo castanho-escuro ao redor de um rosto estreito e bonito.

Ele tomou a mão dela e a beijou, e ela se inclinou para sussurrar algo em seu ouvido que o fez sorrir. Juntos, atravessaram a multidão e foram embora.

Breen se perguntou se o homem notara que Shana olhara para trás uma vez e fixara seu olhar em Keegan.

— Nossa, foi lindo! Fiquei muito emocionado. — Marco enxugou uma lágrima. — Você tinha me contado como eles faziam isso, mas, vendo... muito emocionante.

Ela apoiou a cabeça no ombro dele.

— Concordo. — Pegou a mão dele de novo enquanto voltavam. — Onde você vai se encontrar com Brian?

— Por aqui. Ele só tem que pousar, e depois vai estar de folga. Falamos sobre jantar ou algo assim. Vem conosco?

— Claro, vou fazer isso com certeza — retrucou Breen, cutucando-o. — Idiota!

— Não vou deixar você sozinha.

— Por que não? Estou a fim de fazer alguma sozinha, com meu cachorro. Talvez escreva um pouco e durma cedo.

— Você tem que comer alguma coisa, garota, e Brian comentou sobre um pub. A Galinha Cacarejante ou o Patinho Feio, algo assim.

— Sinceramente, além de me recusar a segurar vela no seu encontro romântico, não estou a fim de comer em um pub hoje. Quero um pouco de silêncio, Marco.

— Me deixe ver seu rosto. — Ele o agarrou, virou e observou. — Tá, é verdade, então vou deixar você ir embora. Mas precisa comer alguma coisa.

— Minga disse que bastava pedir, então, quando eu estiver com fome, vou pedir. Pare de se preocupar comigo. Veja, seu namorado gostoso está vindo.

Quando Marco se voltou e as estrelas começaram a brilhar em seus olhos de novo, Breen fez um sinal para Porcaria e foi embora com ele.

Marco ficou ali, com o coração disparado, e estendeu a mão para Brian.

— Preciso dizer que foi a cerimônia, ou ritual, mais comovente que eu já vi.

— Você chorou... — Brian passou o dedo sob um dos olhos úmidos de Marco.

— Eu estava dizendo a Breen que... — Mas parou quando percebeu que ela havia sumido.

— Ela vai embora, então? Não vai conosco?

— Ela disse que queria um pouco de silêncio, e, como eu percebi que estava falando sério, deixei que fosse para o castelo. — Então, Marco olhou para Brian e não conseguiu pensar em mais nada. — Quer ir ao pub agora?

— Não sei. Estava pensando em ir mais tarde.

— Legal. — Aproximando-se, Marco levou a mão ao rosto de Brian. — Então, por enquanto, sua casa ou a minha?

Com um sorriso, Brian lhe deu um beijo leve que prometia mais.

— A sua está mais perto.

Kiara interceptou Breen pouco antes de ela chegar ao quarto.

— Eu estava procurando você!

Estava de vermelho, não brilhante, e sim profundo e escuro, o cabelo preso com uma fita preta.

— Minha mãe pediu. Ah, primeiro tenho que dizer que adorei seu manto. — Estendeu a mão para tocá-lo. — É tão macio! De uma beleza simples, e ficou ótimo em você, e combinou com o vestido. Às vezes acho o simples sem graça em mim, mas brilha em você.

Um elogio genuíno, avaliou Breen.

— Obrigada. Não vi você lá fora. Tinha tantas pessoas... Foi tudo lindo.

— A cerimônia de partida é triste e linda ao mesmo tempo.

— Você conhecia algum dos mortos?

— Sim, todos. — Sua voz tremeu. — Eu conhecia todos.

— Meus sentimentos, Kiara. — Instintivamente, Breen pegou as mãos da moça. — Lamento.

— Eu também. Mas me conforta saber que eles estão na luz agora. Pensar neles na luz ajuda. Minha mãe me pediu para dizer que você pode jantar com ela e meu pai, porque Tarryn e o *taoiseach* têm deveres. Ou, se você e Marco, e esta gracinha de cachorro, quiserem algo mais animado, algumas pessoas estão indo para a vila, e vocês são bem-vindos.

— Obrigada, mas...

— Ela também disse que você talvez estivesse cansada depois de um dia tão longo, e que ia querer comer no seu quarto. E para eu não a importunar. Eu importuno as pessoas — admitiu sem constrangimento —, gosto de conversar, e tenho tantas perguntas, porque nunca estive do outro lado.

Breen teve que rir.

— Vou escolher ficar no quarto esta noite, mas vou adorar conversar outra hora e tentar responder às suas perguntas.

— Perfeito, então. Posso fazer seu cabelo amanhã de manhã. Não vou poder fazer antes da recepção, porque já me comprometi com outra pessoa, mas adoraria arrumá-lo de manhã. Seu cabelo é maravilhoso.

— Seria... ótimo. Obrigada.

— Ah, é um prazer, de verdade. Então vou procurar você de manhã, antes do julgamento. E vou providenciar uma refeição para você agora. E Marco?

— Saiu com um amigo.

— Ah... Bem, vou providenciar uma refeição para você e seu bom garoto. — Ela se abaixou para fazer carinho em Porcaria, que ficou deliciado. — Até amanhã, então. E, se mudar de ideia, estaremos no Pato Pintado.

Kiara saiu correndo, deixando Breen sorrindo enquanto entrava em seu quarto.

O fogo ainda ardia, mas ela o aumentou e acendeu as velas e os lampiões. Queria colocar o pijama, mas, como teria que sair com Porcaria antes de dormir, decidiu ficar vestida.

Com Porcaria já deitadinho na frente do fogo, ela se sentou à mesa. Em outro momento da história incorporaria uma cerimônia de partida, mas, por enquanto, seus personagens também precisavam de um pouco de sossego. E talvez um pouquinho de romance.

Porque a escuridão em breve chegaria até lá.

Depois de escrever um pouco, dois adolescentes alegres chegaram com a comida, e, enquanto Breen e Porcaria comiam, Marco e Brian chegaram e foram para a cama, no quarto ao lado.

Com os olhos fechados, Brian acariciou as costas de Marco.

— Pensei nisto desde o momento em que te vi pela primeira vez, parado na estrada, com os olhos cheios de espanto. Agora, acho que meus pensamentos ficaram muito aquém do que é ter você comigo.

— Talvez a gente pudesse ficar aqui, tipo, sei lá... pra sempre.

Brian riu e se virou, colando seu nariz no de Marco.

— Nós podíamos ir até a vila só para comer e ouvir música e depois voltar para cá. Eu fico com você esta noite, se você quiser.

— Quero que fique hoje, amanhã e qualquer noite que você queira. Sei que nós estamos indo depressa demais, mas...

— Não. Com você não.

— É tudo uma loucura, sabe? Tudo — Marco colou seus lábios nos de Brian, brincando com a trança de guerreiro entre os dedos. — Eu estava tão assustado, vendo na fogueira o que estava acontecendo. Breen deu um jeito de eu conseguir ver também, porque eu precisava. Você, toda aquela fumaça, o sangue...

— Não pense nisso agora, *mo chroí*.

— Não, eu quero dizer que vi você. Vi você lutando, voando e lutando, rasgando a fumaça. E vi o motivo, e eu sempre... guerra é uma merda, Brian. É uma merda, mas eu vi por que você tinha que lutar. Isto tudo tem sido como um conto de fadas para mim. Tem algumas partes estranhas, com certeza, uns saltos assustadores, mas a maioria das coisas é muito legal. Eu sabia que ia ficar com Breen, independentemente do que acontecesse, pelo tempo que fosse, mas...

— Porque você é leal. — Brian passou o dedo pelo rosto de Marco, desceu pelo pescoço e subiu de novo. — É o seu grande dom. Eu adoro esse seu dom.

— Ela é minha amiga, para o que der e vier. Mas eu vi você e os outros, a luta e o motivo. E naquela noite eu vi tudo aquilo e o que significava. Tudo muito distante do bairro gay.

Brian sorriu.

— Esse é seu lugar do outro lado?

— Sim, eu quero que você conheça um dia. Quero apresentar você a Sally, Derrick e à turma. Mas agora estou aqui, e vou ficar. Por Breen, por você, por... ah, a luz. Sou péssimo lutando, mas...

Brian pousou um dedo nos lábios de Marco.

— Você tem outras habilidades, pontos fortes e dons. — Passou a mão pelo flanco de Marco, a pele lisa, o corpo esbelto, os músculos tonificados. — Você é lindo, de corpo, coração e espírito.

— Você que é. — Marco passou os lábios sobre aqueles largos ombros. — Quero você de novo. Meu Deus, quero você de novo.

— Sou seu.

⁂

Breen acordou cedo. Jogou o manto por cima do pijama, calçou as botas e levou Porcaria lá fora. Ficou sonhando com um café, ou pelo menos um chá forte, enquanto o deixava correr, cheirar e fazer o que tinha que fazer.

Ela não era a única madrugadora; ouvira atividade e movimento dentro do castelo antes de sair com o cachorro pela porta mais próxima dos estábulos.

Escutou risos atrás dos muros altos dos abrigos dos falcões. Enquanto caminhavam, viu pessoas já trabalhando nos jardins, tirando água de um grande poço de pedra, saindo com baldes – leite? – de um lugar que parecia um celeiro.

Viu uns gatos saindo de lá. E Porcaria viu também.

— Ah, não, hoje não. Nada de perseguir gatos ou esquilos ou qualquer coisa enquanto não conhecermos o caminho.

Para compensar, ela o levou até a ponte para que ele pudesse pular no rio e nadar.

Da ponte, ela observou jovens recrutas – nem sabia se era assim que eram chamados por ali – treinando em um campo. Espadas, lanças, arco e flecha, corpo a corpo.

Acima, algumas fadas – mulheres e homens – lutavam no ar.

Reconheceu Keegan e sua jaqueta de couro esvoaçando quando ele deu um soco sem força no ombro da mulher ao seu lado. Quando ele viu Breen, ela chamou o cachorro.

— Agora chega. Essa água deve estar gelada. Vamos nos secar e entrar. — Porcaria saiu, mas com relutância, enrolando. Então, viu Keegan e, com um latido feliz, correu para ele em vez de para ela. — Que ótimo — murmurou Breen.

Sem cafeína, de pijama e descabelada.

E ele, claro, lindo e perfeito, rindo enquanto Porcaria pulava em volta dele, gargalhando e fazendo carinho no cachorro.

Sem saída, ela ficou esperando enquanto Keegan se aproximava, com o cachorro trotando ao lado como se estivesse levando um presente para ela.

— Bom dia. Espero que tenha dormido bem.

— Dormi sim, obrigada. — Ela se embrulhou no manto quando o vento bateu. — Ele precisava sair e queria nadar.

— Nós temos cães por aqui, se ele quiser companhia. Dois lebréis irlandeses, alguns spaniels e vira-latas também.

— Ah, não vi nenhum.

— Mas verá. Estava vindo para cá?

— Não, eu ia voltar.

— Eu também.

— A cerimônia de partida foi linda — disse ela quando começaram a voltar. — Dolorosa, mas linda. Não sabia que você cantava.

Ele deu de ombros.

— Gosto mais de cantar depois de umas cervejas.

— Quem não gosta? Não sei aonde devo ir ou o que fazer mais tarde.

— Daqui a duas horas será o julgamento. Alguém vai buscá-la.

— O que eu devo vestir? Pode parecer bobo para você, mas não quero ser desrespeitosa.

Ele olhou para ela.

— Não indo de pijama já está bom.

— Engraçadinho. Eu trouxe pouca coisa, conforme as instruções, não tenho muitas opções.

— Não é um evento elegante; a roupa que você costuma usar, que eu já vi, vai servir muito bem. Desculpe por não ter tido tempo de mostrar o lugar a você e Marco; e eu mantive minha mãe ocupada também. Nem consegui apresentar vocês às pessoas que vivem e trabalham aqui.

— Conheci algumas. Brigid e Lo, que me levaram o jantar ontem à noite.

Ele parou e assobiou.

— Você comeu no quarto? Puxa, de novo, desculpe.

— Sem problemas. Eu queria silêncio, e Marco estava com Brian. Kiara, de quem já gosto muito, me convidou para jantar com os pais dela ou ir com ela e uns amigos à aldeia. Mas eu só queria escrever e ter um pouco de sossego.

— Tudo bem, então. Kiara é simpática. Ela fala demais, mas é divertida e bem-humorada.

— Ela está determinada a fazer meu cabelo agora de manhã.

Ele a olhou com mais atenção e enrolou um dos cachos dela em um dedo.

— Gosto do seu cabelo do jeito que está, mas ela é muito boa nisso.

— Também conheci Shana.

— Hmm... não é de admirar, já que ela e Kiara parecem dois carrapatos.

— É mesmo? Estou surpresa, porque elas me parecem ser opostas. Uma é simpática e encantadora, e a outra... qual é o termo? Ah, sim, uma vaca fria como pedra.

Ele parou de novo e falou com cuidado – como *taoiseach,* imaginou Breen.

— É uma pena que você a tenha conhecido assim, mas não deve ser difícil evitar a companhia dela enquanto estiver aqui.

— Acha mesmo? — Ela não se conteve; na verdade, divertiu-se lançando um grande sorriso para ele. — É mais difícil quando ela entra no meu quarto sem ser convidada.

Keegan ficou paralisado, mas Breen notou a contrariedade sob a máscara dele.

— Vou falar com ela sobre isso, pois nós prezamos as boas maneiras aqui.

— Eu mesma falei com ela, mas obrigada mesmo assim. Ela fez questão de ir ao meu quarto logo depois de estar com você no pátio, aquele que se vê do meu quarto.

— Pelo amor dos deuses! Se isso é drama feminino, não tenho tempo nem... — Ela lhe deu um forte soco no estômago. Em vez de recuar, ele aprovou. — Você melhorou!

— Você tem sorte por eu ter mirado acima da cintura. O drama foi todo dela. Foi lá para insultar sutilmente minha aparência, minhas roupas, coisas com que já estou acostumada. E encerrou me alertando para ficar longe de você.

— Claro que isso é bobagem, eu...

— Me escute. Ela deixou claro que vocês estão juntos, mas que ambos se permitem flertar de vez em quando com outros, como comigo, por exemplo, ou com quem quer que ela brinque quando você não está. Mas que eu, pobre e indigna, não deveria alimentar esperanças a seu respeito. Ah, também disse que por minha causa pessoas morreram. Se eu não tivesse nascido...

Ele agarrou os braços de Breen.

— Pare. Pare imediatamente. Ela não tinha o direito de dizer uma coisa dessas a você. É uma mentira cruel. Tenho vergonha dela e por ela. Vou falar com Shana.

Breen estava mais irritada do que havia percebido, admitiu.

Bem, já que já tinha começado...

— Não me interessa se vai falar com ela ou não, eu sei que não tenho culpa de nada disso. E não me importo se você dormiu com ela. Por que deveria?

— Não dormia muito, na verdade. Não tenho tempo para isso, mas vou falar com Shana, porque foi errado o que ela disse e fez. E aquilo no pátio não foi nada.

— Foi alguma coisa — corrigiu Breen, sentindo-se mais calma depois de desabafar —, já que ela encenou aquilo para que eu visse, ou para que alguém visse e fosse me contar.

— Você não pode...

— Passei a maior parte da vida observando as pessoas, Keegan — interrompeu Breen —, porque sempre tive muita dificuldade para interagir com elas. Eu sentava no ônibus e as observava, e pelo rosto e gestos delas concluía quem eram, o que estavam sentindo. Eu vi sua linguagem corporal lá com ela.

— Meu corpo fala agora, é?

— Eu vi como você ficou, como fez questão de não a tocar quando ela insistiu em se aproximar. Foi educado e frio. Você deu um pé na bunda dela. Eu conheço os sinais também, já tomei alguns. Só que ela não aceitou o rompimento — explicou Breen, diante da testa franzida dele.

— Era o que eu estava tentando dizer antes de você começar seu discurso. Terminei quando vi que ela queria o que eu não podia nem queria lhe dar. Nunca mais fui à cama dela depois de ir à sua.

E isso era importante, pensou Breen, por questão de respeito.

— Não estamos falando de você e de mim.

— Bem, mas estamos falando, não é? — rebateu ele. — Eu nunca quis Shana do jeito que quis você, e isso foi injusto com ela. Não tenho tempo para querer você agora, mas ainda quero. — E isso, embora ela desejasse o contrário, também era importante.

— Eu não te contei essas coisas para que você ficasse com raiva dela ou para me sentir desejada. Bem, um pouco, porque eu posso ser tão mesquinha e carente quanto qualquer um. Mas senti tanta raiva nela, desespero e... ambição.

— Estou ciente de que ela queria mais o *taoiseach* que a mim. Sempre foi assim, mas o que importava? Só que agora importa; vou falar com ela.

— Eu tomaria cuidado, se fosse você.

— Mas não é, certo? — disse ele simplesmente. — Agora, preciso trabalhar e você precisa tirar esse pijama.

Quando ele se afastou, ela falou com Porcaria.

— Deu certo? Não tenho certeza, mas pus tudo para fora. Vamos trocar de roupa e arranjar um café da manhã.

Quando voltou para seu quarto, Breen encontrou Marco esperando por ela, as tigelas de Porcaria cheias, sua cama arrumada e a mesa posta para o café da manhã para dois.

— Oi... — Ela olhou em volta, enquanto Porcaria correu para comer. — Quem fez tudo isso?

— Brigid e Lo. Foram designados para cuidar de nós. Alguém viu você andando lá fora e eles apareceram tipo, sei lá. Só sei que se mexiam muito rápido. Eu disse que talvez nós tomássemos o café da manhã juntos, e *bum!*

Ela foi direto para o bule de chá.

— Onde está Brian?

— De volta ao serviço.

— Sente-se — ordenou ela, e se sentou. — Conte tudo. — Levantou a tampa de uma panela. — Acho que é mingau. Vamos experimentar. — Tudo — repetiu.

— Passamos muito tempo aí no quarto ao lado.

— Não me diga! Espere aí que eu vou fazer cara de chocada.

Rindo, Marco pegou um pouco de mingau.

— Também conversamos muito. E depois fomos até a vila, um lugar legal, comemos em um pub e ouvimos música. Kiara estava lá com outras pessoas, então nós ficamos um pouco. Mas queríamos voltar, e ele ficou comigo até ter que se apresentar hoje cedo.

— Você parece tão feliz, Marco!

— Menina, estou todo bobo. Acho que o amo. E acho que ele me ama. — Ele olhou para ela com seus grandes olhos castanhos. — É possível simplesmente se apaixonar assim de verdade? Já me apaixonei porque o cara era gostoso ou divertido ou interessante, mas não desse jeito.

— Acho que o amor não tem relógio. Cada um simplesmente tem seu ritmo. E você parece feliz.

— Quando nós estamos juntos, todo o resto desaparece. Eu entreguei a pulseira, ele disse que seria como me levar junto aonde quer que fosse.

— Até eu estou apaixonada por ele. — Breen passou manteiga e geleia em uma fatia de pão integral e a entregou a ele. — Coma, menino feliz.

— E você, o que fez ontem à noite?

— Bem, não me apaixonei, não fiz passeios românticos nem transei pra caramba, mas fiz exatamente o que eu queria. Escrevi, tive silêncio e uma boa noite de sono. Ah, também encontrei Kiara de novo, e ela quer arrumar meu cabelo agora de manhã.

— Gostei dela de verdade.

— Eu também! E não consigo entender por que ela é a melhor amiga da Menina Malvada. Encontrei Keegan agora pouco, e foi interessante.

Marco sorriu.

— Pode começar a falar.

Breen contou tudo, depois recolheram a bagunça do café da manhã e ela o mandou embora para poder se vestir.

— Coloque a calça de couro com a camisa branca e o suéter preto de decote V — sugeriu Marco. — Deixe a camisa de fora para que apareça por baixo do suéter.

— Eu não trouxe a calça de couro, que eu nem teria comprado se você não me enchesse tanto o saco.

— Por isso eu coloquei na sua mochila quando você não estava olhando. Vista a calça, você fica bem com ela. Arrasa. E ponha a bota por cima da calça. Brian disse que o julgamento é coisa séria.

Ele apontou o dedo para ela e saiu correndo.

Para não ter que pensar no assunto, Breen vestiu a roupa que ele mandara e passou maquiagem para coisas sérias.

Mal havia terminado quando Brigid e Lo entraram correndo para recolher o café da manhã, e Kiara entrou com eles.

— Ai! — Kiara juntou as palmas das mãos —, você está linda e forte. Poderia parecer um visual masculino, mas seu corpo é tão bonito que não parece.

— Obrigada. É difícil saber o que é apropriado.

— Está ótima mesmo. Agora, vou ajeitar seu cabelo para complementar o visual.

— Adorei o seu.

Kiara sacudiu seu rabo de cavalo alto e encaracolado.

— É bem simples, porque vou ajudar a cuidar dos pequenos.

— Você não vai ao julgamento?

— Vou a alguns, sim. — Fez um gesto para Breen se sentar e abriu uma maleta cheia de escovas, pentes, presilhas, potes, faixas e fitas. — Alguns vão levar os filhos, claro; é bom que as crianças vejam a justiça ser feita. Mas os pequenos ficam agitados. — Ela passava as mãos pelo cabelo de Breen enquanto falava. — Nossa, quanto cabelo! E tão saudável! Que cor elegante! Vi seu pai quando ele veio à Capital. Ele era muito bonito.

— Era mesmo.

— Ah, falando em bonito, encontrei Marco e Brian no pub. Foi divertido.

Ela tagarelava enquanto trabalhava, sobre música, sobre o homem por quem decidira se apaixonar, sobre pessoas que Breen não conhecia, sobre quem flertava com quem, quem estava bravo com o quê.

— Você já esteve no mundo da sua mãe?

— Já, sim. É lindo, todo dourado e azul, areia e mar; e as cidades têm grandes torres coloridas. E o sol é quente, daí você esquece que faz frio e chove. Mas Talamh é nosso lar, e nós a protegemos. E assim protegemos todos os mundos.

Ela deu um passo para trás e avaliou Breen com um olhar crítico.

— Quero fazer alguma coisa simples, e acho que está ficando muito bom. Se eu arranjar um tempo antes da recepção de boas-vindas, adoraria ajudar você.

Kiara pegou dois espelhos de sua maleta, segurou um diante do rosto de Breen e o outro atrás.

— Se não gostar, eu faço outro.

Breen viu seu rosto emoldurado por uns cachos finos, e o resto do cabelo formava uma longa e frouxa trança estilo escama de peixe.

— Nossa, adorei. Do jeito que você faz parece tão fácil! Eu teria demorado uma hora e não teria conseguido. Usei o cabelo liso durante muito tempo. Marco está tentando me ensinar a arrumar, mas não me viro bem.

— O cabelo dele é divino, não é? E a voz, e... mas, espere aí — Kiara parou e franziu a testa —, você disse que... está querendo dizer que alisou os cachos? Por que faria uma coisa dessas se são tão bonitos e ficam tão bem em você?

— É uma longa história.

— Vou querer ouvir quando nós tivermos tempo. Eu adoro histórias.

— Obrigada, Kiara — disse Breen enquanto a garota guardava seu equipamento. — Tem alguma coisa que eu possa lhe dar em troca?

— Da próxima vez. Este foi um presente de boas-vindas.

— O mais bonito que eu já ganhei — respondeu Breen, fazendo Kiara sorrir. — Uma pergunta... posso levar Porcaria ao julgamento?

Kiara olhou para ele, que ficara sentado durante todo o penteado.

— Claro, por que não? Ele é tão bem-comportado! Olhe essa carinha!

Deu uns beijinhos barulhentos no ar e acariciou Porcaria, que abanou o rabo.

— Mas estou achando que ele é novinho, e, como as crianças, talvez prefira brincar a ficar sentadinho comportado. Ele ficaria comigo?

Breen observou o jeito como Porcaria olhava para Kiara: com adoração.

— Sem dúvida.

— Posso levá-lo comigo quando sair do julgamento? Assim ele vai poder brincar com as crianças e outros cães. — Ela sorriu para Breen. — Você tem o dom para coisas vivas, eu também. Eu saberei quando ele tiver que voltar para você. Até então, eu e as crianças gostaríamos de brincar com ele.

— Você está tornando tudo muito mais fácil para mim.

— E por que não? — O cabelo de Kiara deu uns pulinhos alegres quando ela se voltou. — Eu aviso quando precisar sair, e Porcaria e eu vamos nos divertir. E, se não a vir antes, nos encontramos na recepção de boas-vindas.

Quando Kiara saiu, Porcaria deitou a cabeça no joelho de Breen.

— Acho que fizemos uma amiga na Capital.

CAPÍTULO 17

Kiara foi correndo para seu quarto. Precisava guardar o equipamento e se certificar de que estava ótima. Aiden O'Brian estaria no julgamento, e ela queria pôr um pouco de perfume antes de descer – e se sentar ao lado dele.

Mesmo assim, cumprimentou a todos que viu pelo caminho, e até parou para fofocar um pouco com uma conhecida sobre a recente briga pública de uma amiga em comum com um amante.

Estava rindo sozinha quando entrou no quarto.

Shana se levantou da cadeira de leitura de Kiara.

— Ora, aí está você! Não a vejo desde ontem, quando vi você e Loren escapando juntos. Onde vocês...

— Como pôde? — A fúria fazia Shana sibilar as palavras. — Como teve coragem?

— O quê? Do que está falando?

Horrorizada, Kiara largou sua maleta e correu para sua melhor amiga. Mas, quando tentou abraçá-la, Shana a empurrou.

— Você fez o cabelo dela? Achou que eu não descobriria? Arrumou o cabelo dela, convidou-a para ir ao pub, conversou com aquele amigo que ela trouxe...

— Eu... bem, por que não deveria fazer o cabelo dela, ou convidá-la para sair?

— Ela foi rude comigo! Foi cruel.

— Não! — Sinceramente chocada, Kiara levou a mão à garganta. — Ah, Shana, sinto muito. Estou muito arrependida. Eu... Breen parece tão agradável, não podia imaginar. O que ela disse? O que ela fez?

Dessa vez, quando Kiara tentou, Shana se deixou abraçar.

— Ela quer roubar Keegan de mim, pisar em mim!

Lentamente, acariciando as lindas ondas dos cabelos de Shana para confortá-la, Kiara recuou.

— Mas, Shana, você me disse que esqueceria Keegan, que preferia Loren, pois o *taioseach* pensava mais em seus deveres que em você. Que, quando Keegan quis se comprometer da última vez que esteve aqui, você percebeu que ele não servia para você.

As mentiras que ela contara à amiga a incomodaram, mas Shana deu de ombros e as viu como verdade.

— Mudei de ideia, e por que não? Ela não tem o direito de falar com ele, de falar comigo como falou. E você arrumou o cabelo dela? Como pode dizer que é minha amiga?

— Eu não sabia, entende? Mas, Shana... e Loren? Você esteve com ele e nenhum outro desde então... antes — falou com cuidado — você me disse que ele confessou que a ama, e lhe pediu compromisso duas vezes.

— E Loren por acaso é *taoiseach*?

— Não. — A tristeza encheu o coração de Kiara. — Não é. Venha, vamos sentar.

— Eu não quero sentar!

— Eu quero.

Ela precisava de um momento. Sabia como acalmar Shana quando ela estava de mau humor ou furiosa, mas dessa vez parecia diferente.

— Você sabe há quanto tempo eu quero Keegan, e como eu me entregava toda vez que ele estalava os dedos. Não vou permitir que ele me troque por alguém como ela!

— Mas você o recusou. — Ao dizer isso, Kiara descobriu a mentira e sua tristeza aumentou. — Desculpe.

— Não quero que você se desculpe.

Shana se voltou com os punhos apertados. E Kiara conhecia esse sinal. Sua amiga estava tendo um acesso de raiva, e pouco se poderia fazer até que ela se acalmasse.

— O que você vai fazer é fofocar por aí, já que é boa nisso e há muitos ouvidos ansiosos para ouvir. Vai dizer como ela é feia por dentro, por trás daqueles sorrisos e maneiras tranquilas. Que ela olha de nariz empinado para os feéricos e usa seus poderes para disfarçar isso.

— Shana, eu não conseguiria. São mentiras terríveis.

— São verdades! É a minha verdade! Você dirá que ela insultou a mim e ao *taoiseach*. — Andando de um lado para o outro, com a saia girando, Shana ia construindo suas mentiras. — Ela quer governar os feéricos e enfeitiçar Keegan para conseguir o que deseja. E, quando conseguir, vai oferecer Talamh a Odran. Ela é sangue dele.

— Pare! — Horrorizada e temerosa, Kiara deu um pulo. — Você está com raiva, por isso está dizendo essas coisas. Precisa parar. Dizer essas coisas contra alguém, Shana, é perverso!

Shana foi até a janela e olhou para fora. Então, deixou os ombros caírem e começou a chorar.

— Não é raiva, é mágoa. Ah, eu sofri tanto, Kiara! Quando vi Keegan de novo, entendi que havia cometido um erro terrível. Só quero corrigi-lo. E ela me disse coisas tão duras...

— Venha aqui. — Kiara abriu os braços e Shana se deixou abraçar. — Vamos corrigir tudo, eu sei. Foi um mal-entendido, só isso. Keegan declarou seu amor por você, e isso não mudou nem um pouco. Deve ter ficado com o orgulho ferido, mas você vai consertar isso. E vai ser gentil com Loren quando contar a ele.

— Ela está no meu caminho, não vê? — Shana ergueu o rosto manchado de lágrimas. — Keegan acha que precisa dela para Talamh.

— Ela é necessária. E, se você trocou palavras duras com ela, vamos corrigir isso também, não é? Vou ajudá-la. Há bondade nela, Shana.

Shana se afastou.

— Eu vi a verdade. Se você é minha amiga, vai evitá-la e dizer aos outros para fazerem o mesmo.

Sim, pensou Kiara, ela sabia como acalmar Shana, mas aquilo era diferente.

— Sou sua amiga, você é uma irmã para mim. Mas meus pais me pediram para receber Breen e Marco, ser uma amiga para eles enquanto estiverem na Capital. Você não pode me pedir para ir contra a vontade de meus pais.

— Faça o que quiser, então — disse Shana, em um tom tão frio que poderia ter congelado o vidro da janela.

— Shana...

— Você me mostrou quem é. — Shana abriu a porta. — Não vou esquecer.

E bateu a porta ao sair.

Minga foi escoltar Breen e Marco para o julgamento. A mulher sorria, mas Breen sentiu indícios de preocupação.

— Kiara precisa estar com as crianças — disse —, mas Brigid levaria com prazer nosso lindo menino para ela, se você não se importar.

— Claro! Obrigada. Vá com Brigid, Porcaria, para brincar com as crianças. Eu aviso quando terminarmos.

Ele saiu feliz enquanto Minga os conduzia na outra direção.

— Vai estar lotado, porque é um julgamento muito importante, mas há lugar para vocês. Se desejarem sair a qualquer momento, é permitido. Todos podem assistir ao julgamento, e todos podem optar por não o fazer.

Foram até o andar principal, onde as pessoas e o zumbido de vozes lotavam o saguão de entrada. Seguiram até chegar a um amplo arco sob o qual as portas estavam abertas.

Mais pessoas se aglomeravam ali, e também dentro de uma sala sem janelas, iluminada por tochas e velas.

Era uma sala enorme, notou Breen, com fileiras de bancos parecidos com os de igreja. Retratos cobriam as paredes, e, com certo espanto, ela viu seu pai, sua avó e Keegan.

— Todos os *taoisigh* que se sentaram na Cátedra da Justiça, que proferiram sentenças.

Minga abriu caminho entre a multidão, até chegar ao segundo setor de bancos, à esquerda.

— O conselho e suas respectivas famílias estão sentados lá — explicou, e apontou para a direita. — Estes primeiros assentos são para testemunhas. Talvez você seja chamada a testemunhar, visto que assistiu à batalha, e foi sua visão que nos alertou sobre o que ia acontecer.

— Ah... — A ansiedade fez Breen segurar a mão de Marco. — Não tinha pensado nisso.

— Se o *taoiseach* perguntar, diga apenas a verdade. Você pode se recusar a falar, pode sair. — Minga pousou a mão no ombro de Breen. — Mas espero que não faça isso.

E foi se sentar com o conselho.

— Não fique nervosa — sussurrou Marco.

— Falar é fácil.

— Ora, eu também vi. Pode ser que me chamem também.

Não parecia muito confortável, pensou Breen, olhando para a cadeira – a Cátedra da Justiça.

Não era um trono, embora houvesse indícios tênues de que poderia ser, visto que seu espaldar alto se erguia diante do estandarte do dragão.

Era de madeira esculpida, escura e polida, parecia antiga e impressionava. Mas não era como um trono da realeza, admitiu.

Era mais... sóbria.

Imaginou sua avó e seu pai sentados ali.

Seu pai, pensou de novo, fazendo justiça e levando a julgamento as pessoas que ajudaram Odran a sequestrá-la.

Olhou os retratos e sentiu um novo choque ao ver sua avó – jovem, vibrante, toda de branco. E o pingente, a pedra de coração de dragão, a corrente de ouro. O pingente que ela havia visto em sonhos e visões cintilava no pescoço de Marg no retrato.

— O pingente... — começou a dizer, mas se interrompeu quando Keegan entrou.

Vestido de preto de novo, com um colete – ou talvez um gibão – por cima da camisa. Ele também usava uma pedra de coração de dragão no pescoço, pendurada em um cordão preto.

A sala ficou em silêncio e ele se dirigiu à Cátedra da Justiça. Sentou-se.

Notando de soslaio um movimento, Breen olhou e viu Shana, vestida de vermelho-rubi, sentar-se ao lado de um homem de cabelo prateado que acariciou sua mão, e deu um aceno de cabeça – embora franzisse o cenho – quando um homem de cabelo preto se sentou do outro lado dela.

Outros foram entrando pelo corredor entre os bancos.

Breen reconheceu a garotinha que vira dormindo no catre de uma cela escura quando olhara na fogueira no Samhain.

O cabelo castanho caía sobre suas costas. Apertava as mãos do homem e da mulher que caminhavam com ela.

Os pais, concluiu Breen. E a elfa que a tirara daquela cela seguia atrás deles.

Sentaram-se no primeiro banco. Outros foram entrando e preenchendo a área das testemunhas.

Ninguém dizia nada ainda.

Brian passou por uma porta à frente e Marco apertou a mão de Breen. Atrás dele havia outros homens – prisioneiros, pensou ela –, com as mãos amarradas e os olhos baixos.

Onze, contou – o espião do vale entre eles –, levados para se sentar em bancos na lateral da sala. Brian montou guarda de um lado, uma mulher do outro, e Mahon com mais duas pessoas atrás.

Ela estremeceu quando Keegan baixou o cajado.

— Este é o julgamento. Sou o *taoiseach* e me sento na Cátedra da Justiça. Estes onze são acusados de crimes contra os feéricos, contra Talamh, contra as leis escritas. Chamo o braço direito do *taoiseach* para falar desses crimes.

Tarryn se levantou e encarou os prisioneiros. Também estava de calça preta justa, botas altas e um casaco comprido aberto.

— Vocês que aguardam julgamento são acusados de sequestro de crianças. São acusados de sacrifício de sangue de crianças e outros feéricos. São acusados do assassinato de inocentes. Acusados de traição contra Talamh a favor de Odran, o deus maldito. — Murmúrios se espalharam pelos bancos. Tarryn apenas levantou a mão para silenciá-los. — Todos vocês terão a oportunidade de falar sobre as acusações, explicar, negar, se defender. Ouvirão o relato das testemunhas das acusações feitas contra vocês. Antes que o *taoiseach* faça seu julgamento, vocês terão o direito de alegar inocência ou implorar misericórdia. — Ela deu um passo para trás e se voltou para seu filho. — Esta é a lei de Talamh. Esta é a lei dos feéricos.

— Esta é a lei — disse ele, e esperou até que sua mãe se sentasse de novo. — Alanis Doyle. — Ele olhou para a menina e sorriu. — Você está segura aqui. Quer ficar? Sua mãe e seu pai podem ficar com você. — Eles permaneceram juntos, apertando-se as mãos com força. — Só peço que conte sua história, e fale a verdade.

Ela apertou os lábios, mas sua mãe murmurou algo e lhe deu um beijo no rosto.

— *Taoiseach*, eu estava colhendo as últimas frutas de outono, pois minha mãe e minha irmã fariam uma torta. E o homem chegou.

— Esse homem está aqui?

A garota apontou para o segundo prisioneiro à esquerda.

— Está ali. Ele me disse que havia um cachorrinho ferido, e que eu poderia ajudar. Eu ouvi o cachorrinho chorando, então fui com o homem ajudar. Eu não deveria passar dos arbustos das frutas, mas...

— Você só queria ajudar — concluiu Keegan.

— Sim, eu queria ajudar. E então... não sei. Eu estava em outro lugar e tinha pesadelos. Não conseguia acordar.

— Pode nos contar sobre os sonhos?

— Uns homens de túnica chegavam, e estava escuro e frio. Aquele homem ali do cachorrinho, e aquele ali. — Apontou para Toric. — Eles entoavam cânticos, e eu me sentia mal. E disseram, ou foi aquele ali... não aquele do cachorrinho, o outro, disse... disse...

Ela escondeu o rosto na perna do pai.

— *Taoiseach*, posso falar por ela? — pediu o pai, acariciando o cabelo da filha. — Posso falar a verdade que ela nos contou? Por favor.

Antes que Keegan pudesse concordar, a garota sacudiu a cabeça. Lágrimas caíam por suas faces, mas ela se voltou para Keegan e disse:

— Ele disse: no Samhain, vamos acordá-la depois que for amarrada à estaca da pira. E então ela... seus gritos aumentarão enquanto ela queimar, e o crepitar de carne e ossos jovens honrará Odran. — Ela enxugou o rosto com as mãos. — Eu estava com tanto medo. *Taoiseach*, eu queria minha mãe, queria meu pai, mas não conseguia chamar.

— Todo mundo teria medo, irmãzinha.

— Você não. Você é *taoiseach*.

— Eu teria medo, sim. Espero ser tão corajoso quanto você foi agora dizendo essas palavras. Como voltou para sua família?

— Ela chegou. — Alanis apontou para a elfa sentada no banco e sorriu. — Eu conseguia ver um pouco, como em um sonho, e ela veio e me pegou no colo. Correu rápido, muito rápido. Ela é uma elfa, Nila, e falou comigo o tempo todo, dizendo que eu estava segura, que estava bem, e dizendo meu nome. — Alanis enxugou mais lágrimas e continuou sua história. — Eu já não estava com tanto medo e comecei a acordar. Acordei de verdade. E daí, estava em casa, e todo mundo estava chorando e me abraçando, e abraçando Nila, que disse que não podia ficar para tomar uma cerveja, mas que agradecia, porque era necessária, mas que voltaria quando pudesse.

— Você fez bem, Alanis. Pode ficar até o julgamento, claro, mas, se quiser, há outras crianças que você pode conhecer, e, como seus pais concordaram... — Brigid entrou por outra porta, com um cachorrinho malhado se contorcendo em seus braços. — Esta menininha aqui precisa de alguém que cuide dela e lhe dê um lar.

As lágrimas desapareceram quando a menina pegou a cachorrinha, alegre.

— Posso ficar com ela?

— Claro, ela está esperando por você. Mostre a elas onde podem correr um pouco, Brigid.

— Muito obrigada — disse Alanis, e saiu rindo, com a mão de seu pai em seu ombro, enquanto sua mãe se voltava para Keegan com a mão sobre o coração.

— Bênçãos sobre você, *Taoiseach*.

— E sobre vocês. — Ele esperou até que a porta se fechasse. — Nila, você vai falar?

— Sim, com prazer.

Ela era alta, esbelta, jovem, mas sua voz era forte.

Quando a elfa terminou sua história, sentou-se, e Keegan chamou outra pessoa.

O homem se levantou, torcendo o boné nas mãos, enquanto a mulher ao lado dele chorava baixinho.

— Eles mataram nosso filho mais novo, senhor. O próprio Toric foi até nós e disse ter ouvido dizer que nosso menino possuía um chamado. Na verdade, o menino já havia falado sobre ingressar na ordem, viver uma vida de oração, fazer boas obras. E Toric disse que o aceitaria como iniciado e começaria o serviço, e daria continuidade a seus estudos. Consideramos isso uma honra, e ele estaria perto, sabe? Podia voltar para casa uma vez por semana. Meu filho dizia que os iniciados trabalhavam duro e dormiam mal, mas que era bom para a alma. E comiam bem e aprendiam muito. — O homem sufocou um soluço. — Das últimas vezes que voltou para casa, ele estava muito quieto, parecia perturbado. Mas disse que precisava orar e que estava triste, pois dois outros rapazes haviam fugido. — Tomando um tempo, o homem se recompôs. — E no Samhain, após o ataque, você mesmo veio nos contar que ele estava morto. Não havíamos conseguido passar para chegar a nosso caçula, mas pensamos que ele estivesse seguro por trás daquelas paredes.

Keegan chamou os feéricos que viram os meninos serem assassinados, e os pais de outros, e de outros.

Então, olhou para Breen, e mesmo vendo o medo dela de ter que se levantar e falar, voltou-se para os acusados.

— O que dizem sobre essas palavras, esses crimes de sequestro, assassinato e sacrifício?

Todos os réus ficaram calados, recusaram-se a falar. Até que um deles se jogou para a frente e se prostrou, com as mãos amarradas estendidas.

— Fui enganado, peço misericórdia! Eu era apenas um menino quando entrei na ordem e acreditava em tudo que ensinavam, em tudo que Toric pregava. Fui enganado, e nunca derramei sangue.

— Mas viu derramar — disse Keegan.

— Se eu falasse, teria perdido a vida.

— Covarde — debochou Toric.

— Deixe-o falar — ordenou Keegan quando Brian se voltou para Toric.

— Ele é um covarde e um mentiroso, e um traidor da verdadeira fé. Ele derramou sangue, bebeu-o e o ofertou como é exigido por Odran, e agora fica choramingando como uma criança.

— Você não nega as acusações, as palavras ditas aqui?

— Não nego nada, e desafio as leis fracas, a fé tênue dos feéricos a impedir a ascensão do deus. E, com a ascensão dele, esmagaremos seus ossos. Com a ascensão dele — levantou-se e dirigiu seu olhar a Breen —, ele a drenará, abominação, e nos dará sua carcaça para que a queimemos em nome dele. Em nome dele! — gritou.

Suas correntes caíram quando Lordan, o espião do vale, desfaleceu, e Toric atirou poder em Breen.

Keegan se levantou, mas ela ergueu a mão e lançou seu poder também. Quando a fornalha de poder nela se acendeu, ela ergueu a outra mão bem alto e se levantou.

Breen se ouviu falar, mas as palavras, o conhecimento, a luz que queimava nela provinham de muito fundo.

— Quer me testar aqui, neste lugar, neste momento? Você, assassino de crianças, de inocentes, profanador da verdadeira fé, traidor do feéricos, de Talamh e de todos os mundos? — O ar se agitava ao redor de Breen, e ela deu um passo à frente, empurrando a energia que Toric lançara nela, e observando o medo crescer nos olhos dele. — Sou neta de Mairghread, filha de Eian, filha dos feéricos. Sou dos Sábios, dos *sidhes*, dos humanos e dos deuses. Ouça minhas palavras e conheça a verdade. Olhe para mim. Olhe para mim e trema diante do que espera você e seu deus sombrio.

O poder dela formou um remoinho e girou ao redor dele, prendendo-o em uma gaiola de luz. Aproximando-se de Toric, ela inclinou a cabeça para a esquerda e a direita, vendo-o encolhido dentro das barras de luz. E então continuou:

— Eu vejo sua morte, seu sangue nas pedras, seus olhos sem vida na escuridão. Esteja feliz, Toric, assassino de crianças, por não enfrentar hoje meu julgamento, e sim o do *taoiseach*, o da lei. Mas saiba que pode chegar o momento em que terá que enfrentar a mim.

Ela baixou o braço e ele caiu no chão.

O poder desapareceu dela tão depressa quanto aparecera. A sala começou a girar e ela foi deslizando para baixo como água.

Um braço a amparou e segurou seu peso. E ela ouviu voz de Tarryn em seu ouvido.

— Você não vai desmaiar e estragar um momento como esse...

— Tudo bem.

— Quero que você volte a seu lugar sozinha, olhe bem para a frente, de cabeça erguida. E sente-se.

Ela fez o que lhe havia dito Tarryn, e os murmúrios e a confusão por fim desapareceram. Breen se sentou e, mesmo com a mão tremendo, Marco pegou a dela.

— Mahon, Brian, por favor, coloquem os acusados de novo em seus lugares.

Mahon foi levantar o que havia desfalecido, mas se ajoelhou.

— Este está morto, *Taoiseach*. Duro e frio.

Keegan ergueu a mão em meio ao caos que ameaçava explodir na sala.

— Foi assim que você quebrou suas correntes — disse a Toric. — Encontrou o mais fraco, drenou-o e lhe deixou apenas o suficiente para entrar aqui. Fortaleceu-se, e tomou o resto da luz e vida dele para atacar. E agora todos nós somos testemunhas. Todos nós ouvimos você se condenar com suas próprias palavras. Cada um de vocês foi acusado, e houve depoimentos contra vocês. Cada um de vocês quebrou confianças sagradas, leis sacrossantas. E cada um de vocês pagará por isso. Todos vocês serão banidos para o Mundo das Trevas. Serão todos levados para lá imediatamente, e ali trancados para sempre.

— Ele nos libertará! — gritou Toric, mas havia medo em suas palavras. — Ele libertará seus fiéis.

— Acho que não — disse Keegan, tranquilo. — Acho que ele verá o que vocês são de verdade: covardes e fracos. Mas, se eu estiver errado, torça para encontrar a mim no campo de batalha, e não Breen Siobhan O'Ceallaigh. Banidos para sempre — repetiu, e baixou o cajado. — Este é o julgamento. Levem-nos ao dólmen na floresta. Eu mesmo abrirei e lacrarei o portal. — Abaixou o cajado de novo e se levantou. — Julgamento encerrado.

— Preciso de ar — Breen conseguiu balbuciar.

— Tudo bem, querida. Vamos só esperar o lugar esvaziar um pouco.

— É melhor sair agora — recomendou Tarryn, aproximando-se e pegando a mão de Breen. — As pessoas vão querer falar com você. Venham comigo, vou levá-los para fora por aqui. — Ela os levou para fora por uma porta lateral, que dava para um corredor, que depois de uma curva chegava a uma biblioteca. — Aqui você vai ter sossego, e um pouco de vinho. Abra as portas, Marco querido, para que ela possa respirar um pouco.

— Não sei como aquilo aconteceu.

— Se não sabe, logo vai saber. — Falando com tranquilidade, Tarryn serviu uma bebida. — Eu a levaria a meus aposentos e lhe prepararia uma poção, mas isto serve. Você é mais forte do que pensa, e mostrou isso muito bem hoje. Marg vai ficar muito orgulhosa.

— Eu senti tanta raiva, e estava tão confusa, ouvindo os pais... daqueles meninos... e foi tão rápido...

— Seu dom, seu poder, vem de seu coração e de suas entranhas tanto quanto de sua mente. Em suas entranhas está a raiva, no coração a compaixão, e na mente a vontade. — Deu um tapinha em uma cadeira para Breen se sentar e serviu vinho para Marco. — Beba um pouco de vinho, Marco. Você é um ótimo amigo. Ele ficou ao seu lado, sabia, Breen? O tempo todo. Ficou com você, por você.

— Não, não sabia. Mas claro que ele ficaria.

— Você faria o mesmo por mim.

— Tenho que deixar vocês agora, Keegan precisa de mim para o resto. Mas fiquem aqui o tempo que quiserem. Ninguém vai perturbá-los.

— Tarryn, obrigada. Obrigada por me dar sua mão quando quase desmaiei e estraguei o momento.

— Não podemos nos permitir isso agora. Foi muito emocionante.

Quando Tarryn saiu, Marco se sentou ao lado de Breen.

— Quase caguei nas calças, menina. Foi por pouco. Você estava... Foi mais que na outra noite. Mais que qualquer coisa. Você estava praticamente pegando fogo, toda brilhante e feroz. E o ar girando, a luz pulsando, e... Afe, preciso de mais vinho.

— Não sei de onde saíram as palavras, Marco, mas eu as conhecia, queria dizê-las. E aquilo que saiu de mim? Era tão forte, mas não me assustei, porque era meu. Logo depois eu fiquei trêmula, mais ou menos como da primeira vez que passei pelo portal. Mas passou.

— Como se sente agora?

— Calma — notou ela, e estendeu a mão, assentindo quando viu que não tremia. — Firme.

— É isso aí! Eu disse para você usar essa roupa, viu? Arrasou.

Ela riu e bebeu um gole de vinho.

— É, se não fosse a calça...

✦

Nas profundezas da floresta, Keegan estava em pé. Estavam apenas com sua mãe e Mahon. Observou a escuridão e ouviu o vento uivar pelo portal que abrira. Somente o *taoiseach* tinha o poder e as palavras para abri-lo e blindá-lo de novo, e ele assistira àquela boca engolir os julgados e banidos, e soubera que havia feito justiça.

Eles poderiam viver naquele mundo sombrio, mas sem magia, sem alegria, sem a paz e a liberdade que Talamh oferecia a todos.

Aquela, pensou, era a ponta afiada e cruel da justiça: eles poderiam continuar vivos.

Ele segurou o cajado, que ainda pulsava pela energia convocada, mas já começava a se acalmar. Keegan sabia, porém, que sua mente levaria mais tempo para se aquietar.

Voltou-se para Mahon:

— Vá para casa, para sua esposa e seus filhos.

— Eu vou quando o *taoiseach* for.

Keegan balançou a cabeça.

— Não há necessidade de você ficar. O que precisava ser feito está feito. O resto, que os deuses me poupem, é política e formalidades. Temos a recepção de boas-vindas esta noite, uma reunião do conselho completo e o julgamento aberto amanhã. Tire esse tempo, irmão, pois vou querer você comigo quando for para o sul para ver a demolição.

— Vá para casa — disse Tarryn, segurando o rosto de Mahon. — Minha filha é forte, mas uma mulher que está criando uma vida agradece muito uma mão firme. Aproveite, como disse Keegan, pois não sabemos quanto tempo teremos antes que Odran ataque de novo.

— Tudo bem, então. Vou averiguar o caminho para casa. Posso fazer um desvio para o sul e ver como está indo.

— Deixamos Mallo e Rory supervisionando a limpeza e a reconstrução, é suficiente por enquanto. Mas pode dar uma passada no norte, para termos certeza de que está tudo bem.

— Então eu vou, e volto se houver alguma coisa que precise lhe informar. Vocês vão se divertir bastante, mas eu mais ainda, pois estarei em minha própria casa sem ter que usar roupa chique.

— Se vai esfregar isso na minha cara, vou fazer você ficar no meu lugar e quem vai voltar para casa sou eu.

— Tarde demais. Eu sigo as ordens do *taoiseach*. Abençoados sejam.

Ele deu um beijo em Tarryn e apertou o ombro de Keegan. E então, abrindo as asas, levantou voo rumo ao norte.

— Você pediu para ele dar uma olhada no norte para que fosse embora de boa vontade e sem discussão. Isso — disse Tarryn, batendo o dedo no peito de seu filho — é política e diplomacia.

— Eu quis evitar dor de cabeça para mim; já tenho uma me esperando.

— Qual?

— Vamos sair daqui e ir para onde haja mais claridade.

Enquanto caminhavam, ele contou a Tarryn sua conversa com Breen naquela manhã.

— Deuses, aquela garota é esperta e egoísta, e sempre foi assim.

Keegan ergueu as sobrancelhas.

— Então, foi por política e diplomacia que você escondeu sua opinião de mim?

— Você visitou a cama dela com bastante frequência no último ano ou mais, e, como é um homem adulto, segurei minha língua. E gosto muito dos pais dela. É uma pena, acho, que não tenham sido abençoados com mais filhos, porque assim não teriam tanto tempo e tendência a mimar uma filha única.

— Pretendo falar com ela sobre isso.

— Sim, e deve. Mas tenha cuidado, Keegan. Meninas bonitas que se transformam em mulheres bonitas acostumadas a sempre conseguir o que querem podem ser cruéis quando não conseguem. E, como não vou mais segurar a língua... ela é maldosa.

— Shana não é uma ameaça para mim. E como todos viram claramente, pelos deuses, Breen Siobhan O'Ceallaigh é capaz de se defender e muito mais.

— Tenha cuidado — repetiu Tarryn. — A vingança nem sempre chega por meio de uma lâmina, e é um prato que se come frio. Quem é astuto e egoísta encontra maneiras de ferir — suspirou. — Nossa, Uwin e Gwen morreriam de vergonha pelo comportamento dela com Breen.

— Não há por que eles saberem. Vou falar com ela, como deve ser feito, e assunto encerrado.

Ah, homens, pensou Tarryn, às vezes tão ingênuos quando se tratava de mulheres... Mas ele já era grandinho, precisava aprender essas coisas sozinho.

CAPÍTULO 18

Como tinha um plano, que já havia cogitado no passado mas depois abandonara, Shana seguiu com Loren para a cabana dele após o julgamento.

Foram a cavalo pelos campos, à margem sul da floresta perto da aldeia. Pelo caminho, parecia que Loren não conseguia falar de nada além de Breen e do poder repentino e inesperado que ela demonstrara no julgamento.

Por que, benditos deuses, perguntava-se ela, era sempre atrapalhada por homens que consideravam aquela escória ruiva uma espécie de deusa?

— Talvez você prefira ficar com ela — disse Shana, com voz melosa. — Posso voltar e ver se consigo encontrá-la para você.

Como conhecia aquele tom muito bem, Loren se voltou para Shana, expressando nos olhos o que tinha no coração.

— Não há ninguém além de você para mim, Shana. Meu coração, minha mente, meu corpo e meu espírito anseiam só por você. Pelo poder que vi em Breen Siobhan, sou grato por saber que ela ajudará a manter Talamh segura. E você segura. Acima de tudo, você. — E, como a conhecia e a amava, não disse mais nada sobre Breen, nem sobre qualquer outra pessoa além de Shana. — O que vai vestir esta noite para encantar a mim e a todos que a virem?

— Se eu lhe contar, talvez você não fique tão encantado.

— Você me encanta todos os dias, toda hora, a todo momento. Ninguém em todos os mundos é tão afortunado quanto eu, pois você vai se sentar comigo esta noite, e dançar, e estar ao meu lado.

Ela abriu um sorriso verdadeiro para Loren, pois sabia que ele falava do fundo do coração. Ele a amava, e esse amor era sua fraqueza.

Se ele fosse *taoiseach*, tudo seria perfeito.

Mas não era, e, como não tinha ambições de liderar, nunca seria.

Como Shana poderia se contentar com a fraqueza do amor sem o poder e a posição que ela desejava?

De certa forma, ele era mais bonito que Keegan. Mais suave, com certeza, na aparência e nas maneiras. Estava sempre bem-vestido e na moda.

Ela sabia que caminhando, cavalgando ou dançando juntos formavam um casal impressionante.

E Loren gostava de lhe dar lindos presentes, criar joias brilhantes e tecidos ricos para ela com sua alquimia. E parecia nunca se cansar de lhe fazer elogios, dando a ela toda a sua atenção.

Mas...

Ele morava em uma cabana tranquila na floresta e não possuía aposentos na torre como o *taoiseach*. Nunca se sentaria à frente do conselho nem faria o povo torcer por ele.

Nunca se sentaria na Cátedra da Justiça nem puniria seus inimigos.

E, assim, ela nunca se tornaria o braço direito do *taoiseach*, nunca teria esse poder e influência.

Bem, teria, de um jeito ou de outro.

Quando chegaram à cabana, ela deixou que ele a tirasse do cavalo e passou os braços em volta do pescoço dele.

Ela sentiu o desejo genuíno quando a boca de Loren tomou a dela. Era um amante habilidoso, sabia como satisfazer todas as necessidades dela e provocar mais. Quando ela e Keegan se comprometessem e se casassem, manteria Loren Mac Niadh, com suas mãos macias e habilidosas, como seu amante. Ele preencheria suas noites quando o *taoiseach* tivesse deveres fora da Capital.

Se bem que Shana pretendia garantir que Keegan passasse a maior parte do tempo com ela, não no oeste. A mãe dele voltaria para lá, pois não seria necessária na Capital.

Ah, sim, pensou Shana, veria Tarryn ser mandada de volta ao vale. Não toleraria disputar a atenção de Keegan com a mãe dele.

— Tenho sede de você — murmurou ela, apertando seu corpo no dele. — E de vinho. — E riu. — Uma taça de vinho, e depois você pode me encantar, Loren dos Sábios.

Ele ergueu o braço e virou a mão para a direita, depois para a esquerda.

A porta – sempre trancada por um feitiço, como tudo na cabana – se abriu.

— Sirva o vinho, *mo chroí*, que vou guardar os cavalos. Não há nada que eu queira mais na vida que encantar você.

Ela entrou, foi depressa servir o vinho e acrescentou duas gotas – só duas – da poção para dormir que tinha no bolso.

Ele dormiria apenas alguns minutos, e era só disso que ela precisava.

Ela olhou para a oficina dele, que imaginara tantas vezes quando ele tecera feitiços para ela ou lhe fizera uma bugiganga bonita.

Coisas inofensivas, claro, pequenas. Mas ele tinha poderes consideráveis. E, para as coisas maiores e menos inofensivas, mantinha os materiais em um armário trancado com outro feitiço.

Só a mão dele poderia abri-lo; e, como ela havia declarado amá-lo, fizera beicinho e dissera que ele não a amava o suficiente, pois não permitia que ela abrisse o armário com sua mão também.

Aceitando o amor, ela forjou em sua mente a mais afiada das armas.

Quando Loren entrou, ela olhou para ele por cima do ombro e foi com o vinho para o quarto dele.

Fingiu um arrepio.

— Pode acender o fogo, *mo leannán*? — Ele estalou os dedos e acendeu o fogo. Continuou a segui-la, mas ela fez que não com a cabeça. — Ah, não, meu deus dourado, quero que você se dispa. — Ela tomou um gole de vinho. — Quero ver o que é meu. — Ele simplesmente estalou os dedos e suas roupas foram parar no chão. Ela riu. — Gosto do que vejo. Venha para a cama. Farei você atender às minhas ordens.

Loren se esticou na cama que tinha colunas com arremates de ouro, e um colchão grosso e macio, pois gostava de coisas finas como ela.

— Sou seu escravo, agora e sempre — disse ele.

Ela bebeu mais um gole de vinho enquanto se dirigia à lateral da cama. Deixou sua taça e entregou a dele.

— Você lutaria contra todos os meus inimigos? — perguntou enquanto soltava o cabelo.

— Batalharia e os derrotaria, do primeiro ao último.

— E me cobriria com sedas, cetins e joias?

— Com tudo que você quiser e muito mais.

— Beba seu vinho, meu escravo, para que eu possa saboreá-lo em seus lábios e sua língua.

Quando Loren bebeu, ela desabotoou o vestido e o deixou cair, para que ele pudesse ver que não usava nada por baixo.

— Shana, você é uma visão, um sonho! E muito travessa.

Ela riu e jogou o cabelo para trás.

— Agora fique quieto para que eu possa fazer do meu jeito e ter meu prazer primeiro, enquanto você espera. — Ela se deitou na cama, rastejando para ele bem devagar. Com os olhos fixos nele, usou a língua, os dentes, e o sentiu tremer, pulsar, esforçar-se para se controlar. — Espere e verá. — Ela passou os dedos pelos flancos dele. — Há muito mais coisas que podemos fazer em uma cama do que — fez uma pausa, com seus lábios quase colados nos dele — dormir.

E com essa palavra, e as duas gotas de poção, ele dormiu.

Ela tirou do pescoço dele a corrente com a chave e foi correndo para a oficina. Com o coração a mil, pousou a mão na primeira de um trio de estrelas esculpido no armário. A seguir, na primeira das duas luas, e do último para o menor num grupo de sete planetas.

Quando colocou a chave na fechadura, as portas se abriram.

Ela sabia do que precisava; conseguira o feitiço com Loren uma vez, quando ele era fácil de manipular por sexo.

Reuniu tudo depressa, bem depressa. Como eram pequenas quantidades, tinha certeza de que ele não notaria.

Fechou e trancou o armário de novo, e colocou tudo correndo no saquinho guardado no bolso de sua roupa, agora no chão.

Emocionada e animada pensando no que faria e no que ganharia, deitou-se sobre ele de novo.

— Acorde — sussurrou, e quando ele acordou, colou seus lábios nos dele.

Ele sentia a cabeça rodar, a mente confusa, seus membros estranhamente fracos.

Então ela se levantou e montou nele, engolindo-o.

E nada mais existia para ele.

Mais de uma hora depois, satisfeita, totalmente relaxada, Shana voltou para o castelo. Ah, sem dúvida manteria Loren como seu amante depois que tivesse seu lugar de direito em Talamh.

E, na recepção de boas-vindas, daria toda a sua atenção a ele para que Keegan sofresse — certamente sofreria — achando que não significava mais nada para ela.

Quando tudo estivesse feito, o *taoiseach* se ajoelharia a seus pés e lhe imploraria que pertencesse a ele. E lhe daria tudo que ela quisesse; e ela tomaria tudo que merecia.

Ela olhou para a vila movimentada, os jardins, o castelo, e seu coração se encheu de alegria por saber que em breve tudo aquilo seria dela.

Muito bem-humorada, cavalgou até os estábulos e, embora soubesse cuidar de seu próprio cavalo, entregou-o a um dos garotos de lá. Afinal, precisava de todo o tempo que lhe restava para se preparar para a noite.

Jogou o capuz para trás quando entrou e, tocando o saquinho que levava no bolso, atravessou a grande entrada.

— Minha senhora! — disse um dos homens que trabalhavam por lá. — O *taoiseach* mandou chamá-la. Deseja lhe falar.

— É mesmo? E onde ele está?

— Na sala de mapas, mas...

Ela acenou com a mão e continuou andando. Depois da sala da justiça, depois da biblioteca, perto da sala do conselho — onde ela um dia se sentaria —, a sala de mapas tinha pé-direito duplo, e mapas de todos os mundos conhecidos, inclusive das cidades, selvas, aldeias e mares, enrolados em caixas altas.

No centro da sala havia uma grande mesa redonda onde esses mapas podiam ser estudados. Havia mesas menores encostadas nas paredes onde estudiosos e viajantes podiam se sentar para atualizar os mapas, conforme necessário.

Mundos, pensou ela, ainda bem-humorada, certamente cheios de coisas bonitas. Quando estivesse no comando, os viajantes, por lei, teriam que lhe trazer alguma coisa bonita, só pelo privilégio de usar um portal.

Keegan estava à grande mesa com outras pessoas. Shana reconheceu a elfa que havia falado no julgamento; conhecia Brian — *sidhe*, cavaleiro de dragão –, os gêmeos patrulheiros, um dos irmãos de Morena, e Tarryn, claro, que na opinião de Shana tinha poder demais para uma simples mãe.

Keegan enrolou o mapa que observava quando ela se aproximou.

— Obrigado a todos — disse. — Vejo vocês na recepção de boas-vindas. — Quando todos saíram, ele se serviu meia caneca de cerveja. — Pode fechar a porta, Shana?

— Claro. — Seu pulso se acelerou.

Talvez ele houvesse caído em si e ela não tivesse que usar o que tinha no bolso.

— Falo primeiro como *taoiseach*, e devo lhe expressar minha grande decepção com seu comportamento.

— Meu comportamento? — respondeu ela, erguendo o queixo.

— E falo agora como alguém que a considerava uma amiga, e devo expressar minha raiva por você usar essa amizade contra outra amiga.

Ela o olhou diretamente nos olhos, angustiada. Disfarçava uma raiva genuína, que subia por sua garganta.

— Não sei do que está falando, o que acha que eu fiz, mas você me magoou. — A raiva, mal reprimida, fez sua voz tremer. — Você me magoou, Keegan, e me insulta me repreendendo como um professor.

Ele tomou um gole de cerveja devagar, e, como ela o conhecia, viu que estava tentando controlar seu temperamento. E isso a fez sentir certo medo.

— Me diga uma coisa: você procurou Breen ontem?

— Breen? Sim, claro, como Minga me pediu, e Kiara também, para dar boas-vindas a ela e a seu amigo. Por que você me censura por isso?

— Você a procurou para dizer a ela que nós dois continuamos dividindo a cama, e que ela não tinha importância para mim. Não gosto de ser usado em uma mentira para magoar outra pessoa.

— Isso não faz sentido! Que absurdo! Ora, e eu deveria ter pensado melhor antes de oferecer a ela um pouco de bondade. — Ela girou o corpo, mas Keegan continuou parado, imóvel. — Eu deveria ter segurado a língua quando ela se enfureceu comigo e me chamou de nomes sujos.

— Ela fez isso, é? — perguntou Keegan antes de deixar a caneca de lado.

— Eu disse a Breen claramente que o que havia entre nós era passado, e que eu amava outro, mas ela não acreditou, de tão enciumada e furiosa que estava. Mas ela distorceu tudo, é? E foi correndo para você contar essas mentiras!

— Então são mentiras?

— Claro! — Shana estava com os olhos arregalados, e seu lábio inferior tremia um pouco. — Como pode pensar que... acaso não lhe pedi desculpas ontem? Embora você tenha me magoado, eu mostrei meu arrependimento pelo modo como me comportei. E, apesar de, em nosso primeiro encontro, ela ter me dado um olhar que me arrepiou, fui oferecer minha amizade a ela e qualquer ajuda que pudesse querer ou necessitar enquanto estiver na Capital. — Mais uma vez, Shana levou a mão ao coração. — E ela voou para cima de mim com tanta fúria que pensei que fosse me bater.

— E Breen quase te bateu antes ou depois de você dizer que ela era responsável pelas mortes?

Shana deixou cair a mão na lateral do corpo. A raiva fervia dentro dela. Mas o que mais a irritava era a percepção de que havia julgado mal sua presa.

— Por que eu diria uma coisa tão horrível?

— Por quê, Shana?

— Eu não disse isso, e jamais diria. Mas, claro, estou vendo que você acredita na palavra dela e não na minha, nessa forasteira que mal conhece. Você acredita na palavra dela em detrimento da de um dos seus. — Ela pegou a caneca dele e bebeu a cerveja para tirar o gosto amargo da boca. — Ela enfeitiçou você, só pode ser essa a verdade. Todo mundo viu a ira do poder dela hoje. — Ela jogou a caneca na parede. — Você está enfeitiçado, e como alguém pode confiar em você como *taoiseach* se uma mulher de fora, com o sangue de Odran, tem sua vontade nas mãos?

Ele ficou em silêncio mais um momento, e ela sentiu outra pontada de medo. Quando Keegan tinha tempo para controlar seu temperamento, quando escolhia as palavras deliberadamente, era capaz de machucar.

— Cuidado com o que diz aqui, Shana. Tenha cuidado antes de fazer acusações falsas e infundadas. Se disser isso aos outros fora desta sala, não vai gostar das consequências.

As palavras de Keegan a chocaram, mas não mais que o olhar frio e o gelo dos olhos dele.

— Você... você está me ameaçando?

— Estou avisando. Eu sou o *taoiseach*, e seu *taoiseach* lhe diz agora para ter cuidado com suas palavras. Digo para manter distância de Breen Siobhan O'Ceallaigh. E a libero da cortesia de lhe oferecer as boas-vindas.

Shana apertou os punhos até cravar as unhas nas palmas das mãos.

— Vai me barrar na recepção de boas-vindas esta noite?

— Não, pois isso envergonharia seus pais. Mas estou lhe avisando, pelo bem deles e do seu, fique longe dela. Ela passará pouco tempo na Capital. E eu confio... prefiro confiar... que, quando ela retornar, você estará mais controlada.

— Estou controlada, *taoiseach* — disse ela, com frieza e uma expressão de pedra. — Estou bem controlada. E lhe digo que vai se arrepender de sua aliança com alguém como ela.

Ela se voltou e saiu correndo.

Duas vezes, pensou ele, Shana havia se mostrado claramente como era. E se arrependeu de ter feito uma aliança com alguém como ela.

Mas considerou o assunto encerrado.

Foi pegar a caneca amassada e, segurando-a, ficou observando o mapa de Talamh na parede.

Tinha muitas, muitas coisas mais importantes com que se preocupar que com a ira de uma ex-amante.

Com Brian de serviço, Marco insistiu em levar Breen até a vila. Porcaria gostou da longa caminhada, pois teve outra chance de pular no rio.

E Breen teve a chance de ver a vida na Capital fora do castelo.

Ela concluiu que as pessoas reunidas ao redor do poço eram como uma versão *talamhish* do bebedouro no escritório. Homens e mulheres conversavam enquanto enchiam jarras e baldes. Outros, apoiados no poço, conversavam enquanto descansavam.

Roupas esvoaçavam em varais nos fundos das cabanas; ovelhas e vacas pastavam nos campos.

Viu um homem e uma mulher descarregando tijolos de turfa de uma carroça, e uma grávida levando uma cesta de vegetais de outono para um pub onde a música de uma flauta ecoava como uma risada.

O ar soprava forte, mas o sol brilhava, e essa combinação criava um dia de outono ideal. As lojas expunham mercadorias nas barracas para seduzir os transeuntes: vegetais coloridos, doces e artigos de couro, brinquedos de madeira, tigelas e colheres, bugigangas e joias, fitas e botões.

Também xales e cachecóis, bonés e suéteres pendurados em cabides, e, na barraca ao lado, um sapateiro cantarolava enquanto martelava a sola de uma bota.

— Brian disse que fica bem movimentado — disse Marco. — As pessoas vêm para negociar ou montar uma tenda, visitar a área do castelo ou os pontos turísticos daqui.

— É tudo maior do que eu imaginava. — E cheio de vida, pensou Breen. Energia, movimento. — Se tivermos oportunidade de descer de novo, vamos trazer alguma coisa para fazer escambo. Fiz algumas pulseiras, mas não pensei em trazê-las hoje. Tenho um amuleto no bolso e um saquinho com cristais. Vou trazer mais da próxima vez, quero levar alguma coisa para Nan.

Ao pensar nisso, viu uma mulher sentada em uma cadeira de balanço, o cabelo bem preto preso em um coque frouxo no alto da cabeça, e um xale cor de abóbora nos ombros.

Enquanto se balançava, tricotava com uma lã branca como a neve, e batia o pé seguindo algum ritmo interno dela.

Havia uma placa acima de sua cabeça que dizia que era uma Sábia.

Ela parou de tricotar e apontou para Breen.

Quando Breen se aproximou, viu o dragão vermelho voando sobre o campo de lã branca.

— Que lindo!

— É para minha bisneta que virá ao mundo no Yule. É minha décima segunda, e para cada um faço uma manta, para que, por onde passarem, saibam que o dragão voa sobre Talamh.

— É um presente maravilhoso.

— Eu conheço você — acrescentou, e deixou o tricô na cesta ao lado de sua cadeira. — Você tem o olhar daquele que veio antes. Eu, carregando em mim meu último filho de sete, estava na estrada, bem ali, quando Mairghread veio à Capital pela primeira vez como *taoiseach*. E também estava quando seu pai fez o mesmo. — Ela se levantou. — Entre, Breen Siobhan. Você, seu amigo e seu belo cachorro são bem-vindos.

— Não tenho nada para negociar hoje — disse Breen, enquanto seguiam a mulher para dentro.

E então parou e ficou só olhando.

— Gosta do que vê?

— É maravilhoso! É uma loja maravilhosa.

Embora fosse muito menor, fez Breen pensar na caverna dos *trolls*.

— Uau! — Marco deu uma voltinha. — O cheiro daqui é incrível.

Nesse momento, um gato preto, que estava sentado tão parado em uma mesa que Breen o havia tomado por uma estátua, pulou. Em vez de persegui-lo, Porcaria ficou sentado enquanto o gato o cercava.

— Minha Sira não vai fazer mal a seu menino. Ela só está mostrando a ele quem é que manda. — Com diversão na voz, a mulher falou com a gata na língua antiga. A gata deu mais uma volta antes de pular de novo na mesa. E começou a se limpar. — Muito bem.

A mulher foi até uma prateleira que continha uma variedade de cristais quadrados, redondos e em formato de cunha. Pegou um quadrado perfeito, uma ametista roxa.

— É linda — disse Breen quando a mulher lhe estendeu o cristal —, mas eu... Ah, é para apoiar vela.

Intrigada, ela o pegou e analisou o buraco redondo no centro.

E ouviu a voz da pedra.

— Para paz e tranquilidade nestes tempos turbulentos. Você está procurando um presente para levar para sua vó, não é?

— Sim, e isto é perfeito. Mas não trouxe nada para permuta.

— Não, não; você veio para Talamh, e em troca eu lhe dou isso para levar para Mairghread. Meu marido, pai de meus sete filhos, tombou na Batalha do Castelo Sombrio.

— Sinto muito.

— Ele foi para a luz. Por você, por mim, por nossos filhos e por todos que vierem depois. Ele era um bom homem, e eu o vejo em nossos filhos, e nos filhos deles. Assim como vejo seu pai e sua mãe em você.

E, como eles escolheram ficar pela luz, você ficará, e a criança que eu embrulharei na manta que fiz conhecerá a paz. Diga a ela que Ninia Colconnan, da Capital, manda bênçãos. Talvez ela se lembre de mim.

— Direi. E eu me lembrarei de você, Mãe.

Breen estendeu a mão e Ninia a pegou e apertou. Seus olhos passaram de um azul suave para um mais profundo.

— Tenha cuidado, criança. Olhe para todos os lados. Alguém lhe deseja mal.

— Odran e seus seguidores.

— Eles sempre, mas é alguém deste lado, e de perto. Tenha cuidado, você é preciosa para nós. Tenha cuidado — disse pela terceira vez. — Vai falhar desta vez, mas não será o fim de tudo. — Ela fechou a outra mão sobre a de Breen. — Não consigo ver mais, mas ouço os pensamentos duros enviados a você; e pensamentos tão duros e afiados podem cortar tanto quanto uma lâmina.

— Tomarei cuidado.

Assentindo, a mulher deu um passo para trás.

— Vejo que está usando proteção — disse a Marco. — Então, pegue isto. — Escolheu uma pequena vela branca. — O perfume vem da flor de jasmim que desabrocha à noite. Assim como os prazeres do amor. Você ama e é amado, e, quando tomar esses prazeres, esse perfume e essa luz vão... melhorar tudo. E acha que eu ia esquecer de você?

Ela fez um carinho em Porcaria, enquanto a gata olhava do alto da mesa. Escolheu três pedras de uns potes e as colocou na coleira de Porcaria.

— Que este amuleto proteja seu verdadeiro coração, pois este é meu desejo e intenção. Em terra, ar e mar, protegido você vai estar. Assim desejo, assim seja.

Com um leve brilho de luz, as pedras se fixaram na coleira.

— Você é muito gentil — disse Breen.

— Você passou por provações e enfrentará mais no futuro. Isso é meu agradecimento. E gentileza não custa nada.

Marco se inclinou para lhe dar um beijo no rosto.

— Estou muito feliz por ter conhecido você... Mãe.

— Ah, que mulher não gosta de um beijo de um rapaz bonito? — Ela retribuiu o beijo. — Certamente nos veremos de novo. Agora vocês

precisam ir se arrumar para ficar lindos para a recepção de boas-vindas.
— Ela pegou a mão de Breen uma última vez. — E tenha cuidado, filha.

Enquanto voltavam caminhando, Marco comentou:

— Ela foi demais! Meio assustadora quando disse que alguém quer machucar você, mas demais.

— Acho que sei quem ela sentiu. Não é nada. Maus pensamentos não me preocupam.

— Quem? Só para eu poder olhar feio para a pessoa.

— Shana. Ela envergonhou a si mesma e a todas as mulheres tentando me fazer brigar por Keegan.

— Ah, ela... — Como Breen já havia lhe contado a história, ele deu de ombros. — Mas vou lançar a ela o Terrível Olhar Aterrador de Marco Olsen mesmo assim. Ninguém provoca minha amiga.

— Assim ela vai aprender. — Breen empurrou-o com o ombro. — Mas vamos ao que interessa. Seria uma idiotice eu mudar a cor do vestido azul, só para esta noite? Só tenho ele.

— Você pode fazer isso?

— Posso. Talvez para roxo, ou cor de bronze.

— Não é idiotice, e seria ótimo. Depois que nós terminarmos de nos arrumar, pode experimentar cores diferentes em mim? E sabe o que mais você tem que fazer? Ir atrás de Kiara e ver se ela tem presilhas brilhantes ou qualquer coisa para o seu cabelo. Use sua imaginação.

— Ela disse que havia prometido fazer o cabelo de outra pessoa e não teria tempo. Mas... posso pedir alguma coisa emprestada, e você pode me ajudar a usar a imaginação.

— Alguma coisa com brilho — ele insistiu. — Se não conseguir encontrar, podemos colocar umas flores nessa trança.

Breen enroscou seu braço no dele.

— Estou quase mais ou menos meio ansiosa por esse lance de hoje à noite.

— Quase mais ou menos meio? Peloamor, é uma festa no castelo! Nada pode ser mais maravilhoso do que isso. A noite passada foi triste e solene, e nunca vou esquecer. Depois sua exibição de poderes de bruxa hoje de manhã. Agora é hora da festa! Bem-vinda à Capital, Breen Siobhan Kelly.

— Sim, é... espere aí, o quê? Você acha que a recepção é para mim?

— Acho não, menina, eu sei. O que você achava? Além disso, Brian me contou. A recepção é para dar a você as boas-vindas, e um pouco para mim, como melhor amigo da estrela.

Ela ficou branca como papel.

— Meu Deus, Marco, não quero ser a estrela!

— Você não vai ter que se levantar e cantar. Se bem que poderia. E não precisa discursar nem nada, Brian me disse. Perguntei porque eu te conheço; você mal fala com as pessoas. Vai ser uma grande festa, com muita bebida e dança. Uma festa, Breen.

Ele riu quando Porcaria saltou da ponte para o rio.

— Esse cachorro não pode ver uma poça, muito menos um riacho. Ah, e ele também pode ir. Tire essa cara de medo, menina. Todo mundo disse que esta noite vai ser animada.

CAPÍTULO 19

Em seu quarto, com o sangue fervendo e a mente a mil, Shana reuniu os cristais, ervas, óleos e essências que pegara na cabana de Loren. De uma caixa escondida em seu guarda-roupa, tirou os fios de cabelo de Keegan que havia pegado e escondido meses antes, quando, brincando, insistira em escovar os cabelos dele.

No fundo do coração, ela sabia que sempre planejara fazer isso, mesmo quando acreditava que Keegan se comprometeria com ela. Porque, para conseguir tudo que queria, precisava que ele olhasse para ela e nenhuma outra. Que desejasse a ela e a nenhuma outra.

Que a amasse, e a nenhuma outra. Nem mesmo à mãe. Como Shana poderia tomar o lugar de Tarryn como braço direito do *taoiseach* se ele pegasse gotas do amor que deveria ser dela e as desse à mãe?

Ela usou uma tigela de quartzo rosa que Keegan lhe dera e, com raiva e ambição alimentando sua intenção, acendeu uma vela vermelha.

— Vermelho de paixão, de coração, para acender o amor dele só por mim. — Seu coração batia forte enquanto ela despejava os óleos na tigela. — Óleos de canela e papoula para fechar a mente dele para todos, menos para mim. E para isso acrescento a pedra: um peso no coração dele quando tivermos que ficar longe um do outro. — Com muito cuidado, colocou as ervas em pó. — Alecrim e valeriana, para ele só pensar no que eu lhe peça e suspirar, até que não me negue nada. — Um por um, ela acrescentou os três fios de cabelo. — Esta parte dele, três, dois, um, e o feitiço está quase pronto. — Pegou uma faquinha e fez um corte superficial na linha do coração de sua mão esquerda. — Agora, sangue de meu coração e minhas lágrimas... — Deixou o sangue pingar na tigela e, como tinha talento para isso desde pequena, fez seus olhos marejarem. Inclinando-se, deixou as lágrimas caírem na preparação. — Quando ele beber esta poção, estará me bebendo, e o amor dele será meu enquanto eu viver. Agora é só mexer, deixar ferver e incorporar. — Passando a vela em círculos sobre a tigela, deixou três gotas de cera vermelha caírem, e a preparação ferveu e fumegou. — E assim o amor dele nunca vai acabar. Quando esta poção ele beber, seu coração ao meu vai se prender. Para sempre ele me pertencerá, somente meu será. Como é meu desejo, assim seja.

Depois de um leve arrepio, Shana apagou a vela.

Já havia feito alguns feitiços depois de persuadir Loren a lhe ensinar; mas nunca nada tão complexo, nem sozinha.

Sorriu olhando para o líquido claro na tigela. Decidiu que aprenderia mais. Afinal, tinha algumas gotas de sangue Sábio nela, da mãe da mãe de sua mãe.

Verteu a poção da tigela em um frasquinho e o fechou com uma rolha.

Ela ia se arrumar muito bem para estar com a melhor aparência possível, e depois subiria aos aposentos de Keegan antes da recepção de boas-vindas.

Sabia exatamente o que fazer e o que dizer.

E, antes que as luas nascessem, teria tudo que sempre quisera.

Breen Kelly seria mandada de volta a seu próprio mundo, e Tarryn de volta ao vale.

E ela tomaria o lugar que lhe pertencia na mesa do conselho. Compartilharia com Keegan os belos aposentos da torre, e faria algumas mudanças lá, claro. E planejaria um casamento luxuoso, adequado para uma rainha.

Imaginando essas coisas, abriu seu guarda-roupa para escolher o vestido que usaria quando Keegan declarasse seu amor.

No momento em que pegou um, alguém bateu na porta. Antes que pudesse dizer qualquer coisa, ela se abriu.

Com um sorriso hesitante e sua maleta de cabeleireira na mão, Kiara colocou a cabeça para dentro.

— Vim fazer seu cabelo. Ainda está brava comigo? Ah, Shana, não quero que você fique com raiva de mim. Não aguento isso!

Como Shana não havia pensado em Kiara o dia todo, demorou um instante para lembrar. Então, fez um beicinho. Queria que Kiara arrumasse seu cabelo, claro, mas não sem torturá-la um pouco.

— Ah, então já fez o cabelo de sua nova amiga, é? E agora tem um pouco de tempo para mim?

— Não, Shana, não! — Kiara fechou a porta depressa. — Vim direto para cá depois de cuidar das crianças. Eu jamais feriria seus sentimentos dessa maneira, e fiquei mal com isso o dia todo. Não vou fazer o cabelo dela de novo, prometo. Venha, sente-se aqui. Tenho uma ideia que vai fazer todo mundo olhar para você. — Kiara foi até a penteadeira, mas parou quando viu a vela vermelha, a tigela e o resto dos ingredientes usados no feitiço. — O que andou fazendo, Shana?

Praguejando contra si mesma, Shana foi recolher as ervas e óleos.

— Tentei fazer um perfume para mim, mas não deu certo.

Kiara pegou o braço de Shana.

— Não, não era isso que você estava fazendo. Você não deve fazer isso, Shana, não deve fazer uma coisa ruim dessas.

— Não sei do que você está falando.

Furiosa de novo, Shana abriu uma gaveta com a intenção de enfiar tudo lá dentro.

— Você já fez, estou vendo em seu rosto. — Desolada e temerosa, Kiara apertou mais o braço de Shana. — A vela já foi acesa e apagada de novo. Ah, Shana, por que você faria uma coisa dessas? É contra nossas leis, e você sabe muito bem. Um feitiço de amor elimina a escolha e pode levar o enfeitiçado a fazer coisas que nunca faria, por ciúme ou desespero.

— Vai me dar um sermão agora? Pode ir. Eu mesma vou arrumar meu cabelo.

Chocada, Kiara deu um passo para trás.

— Que os deuses nos ajudem, Shana, você quer enfeitiçar Keegan. O *taoiseach*! Shana, você seria banida da Capital e sua família desgraçada! Pior, você seria banida de Talamh, pois violaria uma das Primeiras Leis.

— Não serei banida nem nada parecido, pois ele vai se dedicar a mim, que vou tomar meu lugar como esposa e braço direito dele. E eu mereço isso. E você não vai falar nada — acrescentou Shana, dando um empurrão em Kiara. — Não vai dizer nada, está me ouvindo? Ou a banida da Capital será você!

— Você está com raiva, e mais magoada do que imaginei, e eu lamento. A verdade é que não está raciocinando direito. — Kiara falava com olhos suplicantes, mas com voz gentil. — Me dê a poção, eu vou destruí-la. Nunca mais falaremos disso, não vou contar a ninguém.

— É melhor não contar a ninguém mesmo, senão vai me pagar, eu garanto. — Grunhindo, empurrou Kiara para trás. — Agora, pegue sua maldita maleta e vá embora. Você é uma amiga falsa, estou vendo isso claramente.

— Sou a amiga mais verdadeira que você já teve, por isso vou salvá-la de si mesma. — Não pegou sua maleta, mas se voltou para a porta. — Não vai me entregar a poção? Então vai entregar para minha mãe.

— Você seria capaz de me trair?

Com olhos cheios de lágrimas, Kiara olhou para trás.

— Trair não, salvar.

Kiara estava quase na porta quando Shana pegou um vaso e o jogou nela.

Kiara caiu no chão; quando Shana viu o sangue, pensou que havia batido mais forte do que pretendia.

— Não pude evitar — murmurou. — Você se voltou contra mim e teria estragado tudo. A culpa é sua.

Não tinha mais tempo para colocar o vestido e arrumar o cabelo. Quando Kiara acordasse – se acordasse –, iria correndo contar à mãe.

Depois que Keegan bebesse a poção e o coração dele fosse dela, porém, Shana lidaria com elas.

E com todos os demais.

Passou por Kiara, saiu e trancou a porta, e dirigiu-se aos aposentos do *taoiseach*, na torre.

Em seu quarto, Breen guardou o presente para Marg. Encheu a tigela de água de Porcaria, acendeu o fogo e se serviu uma taça de vinho.

— A Capital é interessante — disse ao cachorro —, mas não vejo a hora de voltar ao vale. E à nossa cabana. Mas agora tenho que entrar em clima de festa.

Abriu o guarda-roupa para pegar o vestido azul, mas encontrou um pendurado ao lado. Leu o bilhete de sua avó.

Uma recepção de boas-vindas é um pouco mais chique que um *ceilidh*, mas menos que um baile. Lembre-se de todos os anos que não pude lhe dar coisas bonitas e desfrute, como eu desfruto de lhe dar presentes. Muitas bênçãos, *mo stór*.

— Nan...

Breen suspirou enquanto tirava do armário um vestido da cor das brumas do luar. Era tão suave, pensou enquanto o segurava, virando-se para o espelho. As finas camadas da saia flutuavam até um pouco acima de seus tornozelos com um leve brilho, como luzes de fadas nas brumas. As mangas, compridas, acabavam em pontas, e a parte de cima, de corte quadrado, descia bem mais baixo que o modesto decote do azul.

— Nossa, é lindo, e merece presilhas brilhantes no cabelo, como disse Marco. Vamos encontrar Kiara, Porcaria, e ver se ela tem uma para emprestar.

O cachorro a acompanhou, e Breen percebeu que não tinha ideia de onde poderia ser o quarto de Kiara. Ia bater na porta de Marco para ver se ele sabia, mas viu Brigid.

— Precisa de alguma coisa?

— Queria falar com Kiara, mas não sei onde fica o quarto dela.

— Eu mostro, será um prazer. Fica na outra ala.

— Obrigada.

— Aproveitou sua tarde na aldeia? — perguntou Brigid pelo caminho.

— Sim! Há tanta coisa para ver...

— Sim, e o dia estava bom. E esta noite deve estar boa também. Este é o quarto de Kiara. Ela vai fazer seu cabelo? Ela é ótima.

— Só queria ver se ela tem umas presilhas que eu possa usar esta noite. — Breen bateu. — Ela me disse que já havia prometido fazer o cabelo de outra pessoa.

Brigid olhou para a porta ao lado da de Kiara.

— Provavelmente de Shana. Deve estar lá arrumando o cabelo dela.

— Ah... Bem, não vou incomodá-las.

— Aposto que consigo encontrar o que você quer. Que tipo de presilha está procurando?

— Não, tudo bem, não é importante. Eu só ia... — Interrompeu-se porque Porcaria havia ido até a outra porta e estava ganindo. — Vamos, Porcaria, saia daí. Vamos voltar e... — Mas sentiu a angústia dele. E o cheiro de sangue que ele sentia também. — Tem alguma coisa errada. — Aproximando-se,

Breen nem se deu o trabalho de bater, girou a maçaneta direto. — Está trancada, mas tem alguma coisa errada — repetiu, enquanto Porcaria soltava um uivo.

— Tem certeza? — Brigid apertou as mãos com força. — Posso pegar uma chave com Tarryn se tiver certeza. É que...

— Não há tempo. — Usando poder, Breen girou a fechadura e abriu a porta. Kiara estava caída lá dentro, e Breen correu para ela. — Ela está machucada!

Brigid girou sobre os calcanhares.

— Vou buscar ajuda.

— Espere. — Devagar, disse Breen a si mesma. Devagar. Recordou tudo que Aisling lhe havia ensinado e pousou as mãos na ferida que sangrava na parte de trás da cabeça de Kiara. — Estou vendo. Estou sentindo. — Devagar, ela puxou a luz. — Não é profundo — murmurou —, mas vai doer.

Gentilmente, ela foi inspirando e expirando, fechando a ferida, que era comprida, mas superficial. Foi suavizando a feia cicatriz e os hematomas. Kiara gemeu e se mexeu, e Breen disse suavemente:

— Fique quieta um instante. Eu sei que dói, posso sentir. Está se sentindo mal, mas fique quieta. Me deixe terminar.

— Posso ir pedir uma poção a um curandeiro — disse Brigid.

Kiara gemeu e se mexeu de novo.

— Shana...

— Está tudo bem. Mais um minuto.

Mas Kiara fez força até conseguir se apoiar nas mãos e joelhos.

— Shana. O *taoiseach*!

— O que aconteceu? Foi Odran ou...

— Ah, deuses! — Kiara se agarrou no braço de Brigid para poder se levantar.

— Onde está o *taoiseach*?

— No quarto dele. Eu...

— Procure ajuda. A mãe dele, a minha, mande alguém lá. Rápido, rápido!

Brigid saiu correndo, e Kiara ficou tonta.

— Você está tonta, sente-se. Me deixe terminar.

— Não há tempo, temos que a impedir. Me ajude, não consigo correr.

— Tudo bem. Confie em mim. O que aconteceu?

— Ela me bateu.

— Shana? Ela bateu em você?

— Ela está furiosa, acho que enlouqueceu. Ah, deuses! Ela preparou uma poção do amor e quer que ele a beba. Preciso detê-la. Ah, ela atraiu a maldição para si, minha querida amiga, e justo eu tenho que a delatar.

Enquanto Kiara estava inconsciente, Shana subiu os degraus da torre. Fez a expressão mais contrita e bateu na porta de Keegan.

— Entre.

Ela conseguiu manter sua expressão mesmo quando a irritação aumentou ao ver que ele não estava sozinho. E que não parecia satisfeito por vê-la.

— Ah, estou interrompendo — disse ela, e sorriu para Flynn.

— Uma mulher bonita é sempre uma interrupção bem-vinda, e acabamos de terminar, não é, Keegan?

— Sim. Vejo você na recepção e nos falamos de novo amanhã.

— Reserve uma dança para mim, viu? — disse Flynn a Shana.

Ela deu um sorriso e pestanejou.

— Sim, claro. — Quando ele saiu, Shana colocou um olhar triste em seus olhos e cruzou as mãos na frente do corpo. — Mais uma vez devo me desculpar. Não quero fazer disso um hábito, portanto espero que esta seja a última vez que precise fazer isso.

— Não é a mim que você deve desculpas.

Ela assentiu e se dirigiu à lareira da generosa sala de estar, que pretendia tornar sua.

— Sei que você pensa assim, e é o que farei, porque quando esfriei a cabeça percebi que o que eu disse a Breen poderia ser mal interpretado. Eu não tive a intenção de insultá-la, Keegan, mas agora vejo que a ofendi, e estava só brincando, como as mulheres costumam fazer sobre você... e nós. Ela ficou muito chateada e disse coisas duras, então eu disse também.

Balançando a cabeça, ela se voltou para Keegan e viu, naquele rosto que conhecia tão bem, que ele já estava farto desse assunto e disse:

— As mulheres às vezes são tolas no que diz respeito aos homens, e confesso que também senti um pouco de ciúme, como é normal quando uma mulher conhece a amante de seu amante. Mas fui boba e tola, e vou pedir desculpas a ela. Quando sair daqui, vou direto ao quarto dela. Mas devo desculpas a você pela maneira como falei. Fiquei envergonhada. — Ela sorriu de novo e ergueu as mãos. — Como você bem sabe, meu orgulho é grande e profundo. Poderia me perdoar de novo?

— Sim, claro.

Mas ela notou claramente a rigidez na voz de Keegan. E viu a frieza nos olhos dele.

— Tomaria uma taça de vinho comigo, para me dar coragem para enfrentar Breen, e depois deixamos o assunto para trás?

— Tenho outros assuntos para tratar antes da...

— Uma taça de vinho apenas — ela insistiu, já indo até a mesa e pegando a garrafa —, e tudo ficará para trás de uma vez por todas. — De costas para ele, derramou a poção do frasco na taça. Shana lhe entregou uma taça e bateu nela com a sua. Bebeu um gole, mas ele não, então ela tentou de novo: — Poderia beber por mim em meu compromisso com Loren, e me desejar felicidades?

Keegan a olhou nos olhos.

— Bebo a uma notícia como essa e lhe desejo felicidades.

Quando ele ergueu a taça, Kiara entrou cambaleando.

— Não, *taoiseach*, não beba!

Os joelhos dela fraquejaram e Breen a sentou em uma cadeira.

— Ela fez uma poção do amor — disse Breen.

— Que mentira terrível é essa?! O que você fez com minha amiga Kiara? Ora, sangue! Keegan, ela está...

— Silêncio! — Ele pousou a taça e, passando a mão sobre ela, blindou a poção ali dentro. — Você achou que eu não sentiria o cheiro? O que pensa que sou? — Ele segurou Shana pelo braço antes que ela pudesse se afastar, e enfiou a mão no bolso da saia dela, tirando o frasco. — Como pôde pensar em fazer uma coisa dessas com outra pessoa? Alguém com tudo que você tem faria isso para ter mais? Quebraria uma lei sagrada, trairia minha confiança, prejudicaria uma amiga, tudo por orgulho?

A fúria de Shana era tão forte que ela não conseguiu fingir chorar.

— Eu lhe dei o que me pediu, o que você queria, e fui rejeitada!

— Nós demos um ao outro o que queríamos, por um tempo; depois, não foi mais suficiente, ao que parece para nenhum dos dois.

— Você seria capaz de escolher a ela e não a mim?

Ele a olhou nos olhos e disse a verdade cruel:

— Eu nunca escolheria você.

— Maldito, você vai me pagar! — Arrancou seu braço da mão dele. — Juro que você vai me pagar. Sua vadia mestiça vai conhecer minha ira, assim como você!

Kiara ficou ali, chorando, e Shana desapareceu.

— Ela não vai longe.

Depois de apertar os olhos com os dedos, Keegan se agachou na frente de Kiara.

— Calma, querida... onde está ferida?

— Ela me bateu com alguma coisa. Acho que me bateu...

Kiara começou a levantar a mão para tocar a cabeça, mas Breen a segurou e pousou a sua na ferida.

— Eu sei que dói, mas me deixe terminar.

— Eu vi... vi na penteadeira dela, e disse que não, que ela não podia. Disse que ela tinha que me entregar a poção para eu destruir. Eu não ia contar a ninguém. Desculpe, desculpe... ela é minha amiga, e eu não teria contado a ninguém, mesmo sendo a lei.

— Está tudo bem agora. — Ele olhou para Breen e viu a concentração dela trabalhando, apesar da dor. — Quem não faria o mesmo por um amigo?

Chorando, Kiara pegou a mão de Keegan.

— Mas eu acho... acho que na verdade ela nunca foi minha amiga.

— Não, querida, mas você era amiga dela.

Minga entrou correndo no quarto, com Tarryn logo atrás.

— Ah, minha filhinha!

— Deixe Breen terminar, deixe-a terminar, Minga. Kiara está bem agora, muito bem. Não é, querida?

As lágrimas de Kiara continuavam caindo em enxurrada, mas ela assentiu quando Minga se ajoelhou ao lado de Keegan e pegou a mão da filha.

— Ela me bateu com alguma coisa. Acho que foi isso. Eu disse que, se ela não me ouvisse, ouviria minha mãe. Eu ia chamar você, mãe, mas ela me bateu, acho, porque minha cabeça... que dor horrível, e aí Breen estava lá, e Brigid. Não está doendo tanto agora, de verdade.

— Está meio enjoada, não é?

Tarryn pegou outra taça e serviu algo de uma garrafa que havia levado.

— Sim, mas agora menos. O que vai acontecer com Shana? Ela não estava raciocinando direito, não poderia estar. Foi mais que um ataque de ira. Se ela...

— Não se preocupe com isso agora. — Com calma e gentileza, Tarryn acariciou o rosto de Kiara. — Beba isto, minha boa menina. Isso, até o fim. — Breen se afastou e Tarryn passou as mãos pela cabeça, pelo pescoço e pelos ombros de Kiara. A seguir, com um sorriso, assentiu para Breen. — Agora, vá com sua mãe e deite um pouco; logo vai ficar bem. — Foi até Minga e pousou a mão no ombro dela. — Ela vai ficar bem, prometo.

— Sim, eu sei. Minha filha tem a cabeça dura. Venha, meu amor, pode descansar em minha cama, como fazia quando era pequena.

— Me diga, se souber, Kiara — Keegan a ajudou a se levantar. — Sabe onde ela teria conseguido tudo de que precisava? Onde teria aprendido as palavras?

— Não sei ao certo, e, se soubesse que ela estava pensando em uma coisa dessas, eu teria encontrado uma maneira de impedi-la, para o bem dela. Juro.

— A culpa não é sua. — Ele lhe deu um beijo na testa. — Você fez tudo certo. Vá descansar.

Minga passou o braço pela cintura da filha para levá-la, e, ao fazê-lo, pegou a mão de Breen.

— Nunca esquecerei isto.

Esfregando a nuca enquanto elas saíam, Keegan se voltou para Breen.

— Sente-se.

— Eu queria tomar um pouco de ar.

Ele agitou a mão livre para a janela, que se abriu.

— Pronto. Sente-se, você está pálida como as luas.

— E, claro, a maneira certa de ajudá-la é latindo para ela. Traga um pouco de vinho para ela, rapaz, e três gotas... três são suficientes... de um restaurador — disse Tarryn.

— Eu tenho que... ela precisa ser encontrada. Tenho que mandar os mais discretos que puder para fazer isso.

— Pelos deuses, sim! Vá então. Eu cuido de Breen.

— Fique — ordenou Keegan a Breen antes de sair.

— Ele está furioso. — Tarryn foi até um armário e, abrindo-o, escolheu uma garrafinha. — A paciência de meu filho acaba logo em situações normais, mas desaparece como névoa ao sol quando está com raiva.

— É, já notei.

Como não queria sentar e precisava de um pouco ar, Breen foi até a janela. Dava para os jardins, a fonte, o rio, a aldeia, as colinas e os campos mais além.

— Beba isto. São só umas gotas de restaurador em um belo vinho de nossas próprias vinhas. Ele ficará menos zangado quando a cor voltar a suas bochechas. Também preciso de um pouco de vinho depois de tudo que aconteceu. — Serviu-se. — Nossa Kiara estava muito machucada?

— Não sei muito bem. Ainda estou aprendendo e nunca curei um ferimento na cabeça assim. Mas tinha que tentar. Ela estava caída no chão, no quarto de Shana. Porcaria sentiu primeiro. — Ele abanou o rabo, sentado perto do fogo. — E eu senti por meio dele. Muito sangue... feridas na cabeça sangram muito. Suponho que tenha sofrido uma concussão, porque acordou com a visão embaçada, e estava enjoada e tonta. Havia um vaso de cristal, acho, no chão, e a água e as flores espalhadas. A porta estava trancada. Shana trancou a porta e deixou Kiara sangrando ali.

— Teria sido pior se você não a houvesse encontrado. Eu me culpo um pouco por isso.

Breen se voltou.

— Como? Por quê?

— Porque eu sabia como ela era, sabia de sua profunda ambição. E de sua astúcia. Mas gosto da mãe e do pai dela, e eles a amam muito. Eles a mimam demais, mas fazem isso por amor.

— Ela fez uma escolha. Isso não tem nada a ver com você, com Kiara, nem com os pais dela nem qualquer outra pessoa.

Tarryn a observou enquanto bebia seu vinho.

— É o que Keegan diria, com a mesma firmeza. Mas ele mesmo se sentiria culpado.

— Então ele é um idiota.

Tarryn jogou a cabeça para trás e riu.

— Ah, eu gosto de você. Gosto mesmo.

— O que vai acontecer quando encontrarem Shana?

— Julgamento — disse Tarryn simplesmente. — E por isso me preocupo com meu filho, pois tudo que fizer vai pesar muito para ele.

Estava indo se servir a terceira taça de vinho quando Keegan voltou.

— Mandei três elfos vasculharem o castelo, já que é muito fácil para um deles se esconder. Mas ela não poderá se esconder por muito tempo. Duas fadas cobrirão os terrenos, os bosques e a aldeia. Tive que mandar chamar Loren, e elas vão procurar na cabana dele e na floresta também. Ela pode ter pedido ajuda a ele; pode ter recebido o feitiço dele, preciso saber. — Ele bebeu um pouco de vinho. — Me diga o que você sabe — exigiu, olhando para Breen.

Não muito, pensou ela, mas disse:

— Você não ia beber. Quando entramos para avisá-lo, você já sabia.

— Já. Como foi que você disse um dia? Ah, linguagem corporal. Foi o jeito como ela se virou para servir o vinho, e insistiu que tínhamos que beber para selar o pedido de desculpas. E eu pensei que ela estava colocando algo no vinho, que queria me fazer adoecer antes da recepção de boas-vindas, porque aquele pedido de desculpas foi falso demais. — Ele pegou a taça que havia lacrado. — Mas usou um pouco de óleo de canela demais, e eu senti o cheiro, e do resto também, pois ela não leva jeito para fazer poções.

Ele se sentou; Breen nunca o vira tão cansado.

— Eu a mandaria embora. O pai dela tem família no norte, eu a mandaria para lá por um ano, acho. Se tivesse sido apenas entre mim e ela, teria achado isso suficiente. Mas houve Kiara, e agora haverá um julgamento, e os pais dela serão envergonhados.

— Me deixe falar com eles. Me deixe contar.

— Eu lhe concedo isso, mãe, e com prazer. E, por favor, deuses, que a encontremos depressa.

— Não era a você que ela queria — garantiu Tarryn, aproximando-se e se sentando no braço da cadeira dele. — Bem, um pouco era; porque feria a vaidade e o orgulho dela que um homem não a quisesse. Mas o que ela queria mesmo era o cajado e a espada.

— Eu sei disso, e felizmente nem minha vaidade nem meu orgulho ficam feridos por isso.

— Eu me decepcionaria muito se ficassem. Agora vou contar aos pais dela e depois ver como está Kiara. Ela é como uma filha para mim, e está arrasada. Você se saiu muito bem, Breen. E agora tenho que contar a meus amigos o que a filha única deles fez. — Levantou-se. — Vejo vocês na recepção.

— Eu... eu pensei que fossem cancelar — disse Breen a Keegan quando a mãe dele saiu.

— Não, melhor manter, para não ficar todo mundo comentando sobre o motivo do cancelamento.

— Puxa, que divertido!

Ele respondeu ao olhar azedo dela com um igual.

— É nosso dever, tanto seu quanto meu. Por mim, queria que fosse tudo para o inferno, mas é importante que as pessoas a recebam e a conheçam. — Ele fechou os olhos por um instante. — É importante que não deixemos tudo isso estragar a recepção.

— Tudo bem por mim. Mas, Keegan, foi mais que raiva ou ego ferido. Ela não é... eu acho que ela não é estável.

— Sei disso, eu vi. Nós vamos encontrá-la.

O homem que ela havia visto com Shana apareceu diante da porta aberta. Devia ser Loren, pensou, e deixou sua taça de lado.

— Bem, vou me arrumar, então.

— *Taoiseach*. — Loren fez um aceno de cabeça para Keegan, e sorriu para Breen. — Breen Siobhan O'Ceallaigh, é um grande prazer conhecê-la finalmente.

— Loren Mac Niadh — disse Keegan quando Loren pegou a mão de Breen e a levou aos lábios.

— Prazer em conhecê-lo. Já estava de saída.

— Vejo você de novo em suas boas-vindas. Espero poder lhe solicitar uma dança. — Como não sabia o que dizer, Breen apenas sorriu e saiu. Como parecia adequado, fechou a porta atrás de si. Loren se sentou. — Disseram que você queria falar comigo, e com urgência. Algum problema? Odran e seus demônios?

— Esse problema existe, mas não no momento. — Levantando-se, Keegan pegou a taça lacrada e, abrindo-a, ofereceu-a a Loren. — Não beba. Sabe o que é isso?

Intrigado, Loren franziu a testa.

— Bem, é vinho, não é? Tem algo mais. — Levantou a taça para cheirar seu conteúdo e olhou assustado para Keegan. — Por que você prepararia uma coisa dessas? Por que o *taoiseach* quebraria uma das Primeiras Leis com uma poção do amor?

— Eu não. Foi feita para eu beber, mas, assim como você, eu sabia o que era.

— Está me dizendo que a filha do O'Ceallaigh iria...

— Não, Breen não. — Keegan pegou de volta a taça e a lacrou de novo antes de deixá-la de lado. — Foi Shana.

— Isso é conversa-fiada, não sei quem pode ter lhe contado uma mentira dessas, mas...

— Não é mentira. — Keegan mostrou-lhe o frasco. — Ela estava com isto, e colocou no vinho que me serviu. E, antes que Shana viesse até mim, Kiara foi ao quarto dela e viu o que ela estava fazendo. Quando tentou impedi-la para salvar a amiga de um julgamento severo, Shana a agrediu. Ela deixou Kiara desmaiada no chão, sangrando, trancou a porta e veio até aqui.

— Só pode ser um engano. — Loren se levantou. — Um mal-entendido, uma confusão. Kiara está muito machucada?

— Breen a encontrou, e agradecemos aos deuses por isso. Curou a ferida o suficiente para que Kiara pudesse vir até mim e me alertar a não beber. Estava com o rosto, o cabelo e as roupas cheios de sangue. Sangue derramado por uma amiga. Minha pergunta é: você lhe deu o que ela precisava para o feitiço?

— Deuses, não! E não estou convencido de nada disso. Sei que você e eu não somos amigos próximos, mas eu jamais usaria minha magia para tal propósito, nem ajudaria alguém a fazê-lo. É uma violação do coração e da mente. E o perigo que pode...

Loren se calou; seus olhos ficaram opacos.

— Você se lembrou de alguma coisa?

— Não, nada. Foi só um joguinho entre amantes. Onde ela está? Onde está Shana?

— Estamos procurando por ela. Que jogo?

— Foi só uma brincadeira, no verão. Só fingimos fazer a poção. Mas... pelos deuses, eu dei a ela as palavras, disse como se fazia, para que ela pudesse fingir escravizar meu coração. Eu sabia que ela não me amava totalmente, mas pensei que estivesse começando a amar. Me deixe levá-la embora.

— Precisa haver um julgamento.

— Vou levá-la daqui. — Desesperado, Loren agarrou o braço de Keegan. — Para onde você disser, fora de Talamh, se for seu desejo. Eu imploro que não decrete o banimento dela para aquele lugar. Proíba-a de voltar pelo resto da vida e eu a levarei embora.

— Sabendo de tudo isso, você ficaria com ela?

— Eu a amo.

— Então, vai falar no julgamento e fazer sua proposta. Se ela concordar e você estiver disposto, atenderei seu desejo. Na verdade, seria um alívio. Mas primeiro temos que encontrar Shana.

CAPÍTULO 20

Marco estava sentado no baú ao pé de sua cama enquanto Breen andava de um lado para o outro e contava tudo.

— Tô pas-sa-do! — Ele repetiu essas palavras ou algo equivalente durante todo o monólogo dela, e depois ficou olhando para ela quando se largou em uma cadeira. — Ela ia vampirizá-lo com uma poção do amor?! Quem ia querer ficar com alguém que precisa ser drogado para querer a pessoa?

— Aparentemente, Shana. Mas parece que o que ela queria era o status, e Keegan de brinde.

— Isso vai muito além de ser uma Menina Malvada. Tem certeza de que Kiara está bem?

— Sim, mas não sei como vai superar isso, Marco. Seria como se eu fizesse isso com você, ou você comigo. Pelo menos da parte de Kiara.

Os olhos de Marco deixavam transparecer a tristeza.

— Shana partiu o coração dela também, não só a cabeça.

— Isso mesmo. Já não acredito que Shana seja capaz de sentir amizade, amor ou lealdade, mas Kiara é. Bem, eu precisava desabafar. Não acredito que vamos a uma maldita festa depois de tudo isso!

— É exatamente disso que você precisa. E, se Kiara for, vamos ajudá-la a se divertir e não pensar mais nessas coisas.

— Podemos tentar.

Ele conhecia a amiga, por isso mudou de tática para deixá-la mais tranquila.

— Vamos conseguir, e vamos estar lindos. Nan me mandou uma roupa, aposto que mandou para você também.

— Mandou.

Ele deu um pulo e foi abrir o guarda-roupa.

— Dê uma olhada aqui.

Ela se aproximou e viu uma calça – claro que de couro – cor de bronze, uma túnica creme e um longo colete de veludo verde-escuro.

— Você vai ficar lindo. É melhor eu começar a me recompor. Vamos para a festa, Porcaria!

Quando Breen já estava vestida, dando umas voltas na frente do espelho, alguém bateu na porta. Achando que era Marco, gritou:

— Entre, dê uma olhada! — Corou um pouco quando Minga entrou. — Desculpe, pensei que fosse Marco. Como está Kiara?

— Muito melhor, graças a você e ao garoto que... Puxa, tenho que me lembrar que ela já é uma mulher. Graças ao homem por quem ela está apaixonada, que apareceu com flores e a persuadiu a ir à recepção esta noite. Será bom ela ir, em vez de ficar remoendo e chorando por Shana. E eu trouxe isto para você. — Estendeu presilhas de cabelo com pedras preciosas engastadas. — Brigid me disse que era isso que você estava procurando, e, se não fosse por isso, minha filhinha teria ficado lá quem sabe por quanto tempo. Acho que combinam com sua roupa; eu dei uma olhada quando Marg me entregou o vestido para fazer uma surpresa para você.

— São perfeitas, obrigada. Só preciso descobrir onde colocar.

— Eu faço isso, com prazer. Kiara herdou seus dons élficos do pai, mas a habilidade com os cabelos foi de mim.

— O seu está... metade liso, metade cheio de cachos... incrível.

— Obrigada. Venha, vire-se. Isso, aqui é o lugar certo. Ainda não encontraram Shana — contou Minga enquanto colocava as presilhas ao longo da trança de Breen — Os pais dela estão arrasados, Tarryn me disse.

— Lamento por eles.

— Eu também. Também me disseram que, quando ela for encontrada e julgada, Loren vai se oferecer para levá-la embora daqui e viver com ela, se Shana aceitar. Isso seria o melhor para todos. Shana nunca teve que se virar sozinha, sabe, e, ainda que ser mandada embora da Capital, e talvez de Talamh, seja difícil, ela mereceu. E poderá ter uma boa vida com Loren.

— Ele deve amá-la de verdade.

— Acho que sim. Sim, ama. Mas acho que está enganado. Ele acredita que, com amor e indulgência, pode mudar o temperamento dela. Pronto. Elas seguram o penteado e combinam muito bem com o vestido.

— Obrigada. Eu não saberia fazer isso sozinha. Marco me ajuda nesse tipo de coisa.

— Acha que ele está pronto? Assim levo vocês dois para o salão de banquetes.

— Vamos descobrir. Tudo bem se Porcaria for conosco?

— Ele é um convidado de honra e outro amor da minha vida. — Com seu vestido cor de cobre cintilante, Minga se abaixou para ele. — Você sabia que minha Kiara precisava de ajuda e deu um jeito de avisar. Você é meu herói. — Minga sorriu. — Eu gostaria muito de ler o livro que você escreveu sobre ele.

— Claro. Só vai ser publicado no próximo verão, mas vou lhe mandar uma cópia.

Marco abriu a porta antes de ela bater.

— Estava indo ver se você estava pronta. Esse vestido é um arraso! Minga, você está selvagem!

— Isso foi um elogio — explicou Breen.

— Então, eu aceito. Você também é selvagem, Marco.

— Olhe aqui, Porcaria. Temos duas mulheres lindas. E eu tenho dois braços, senhoras.

E ofereceu um a cada uma.

※

A música jorrava da sacada acima do salão de banquetes. Velas ardiam em altos candelabros de ferro e rodas, também de ferro, penduradas por correntes no teto alto. A luz delas dava certo brilho às longas mesas e bancos dispostos em ambos os lados do salão, e outro na cabeceira. Atrás desse, o estandarte do dragão se agitava sobre um enorme fogo crepitante.

Vozes ecoavam no piso de tábuas largas, nas paredes cobertas de tapeçarias coloridas entre janelas em arco de vidro com chumbo.

As pessoas circulavam ou formavam rodinhas. Algumas já estavam sentadas, bebendo vinho ou cerveja e conversando.

— Ah, algumas pessoas que conheço estão esperando para vê-la de novo.

Minga abriu caminho até uma mesa onde três homens e três mulheres conversavam, quase todos ao mesmo tempo e com gestos elaborados.

Um dos homens, mais velho que os outros dois, olhou para eles e fixou os olhos no rosto de Breen.

Ela pensou que já o vira com o conselho, no julgamento, mas havia tantas pessoas...

Ele se levantou; era um homem alto, com cabelo cor de castanhas assadas, uma trança de guerreiro atrás da orelha e a barba aparada.

E Breen sentiu o coração se apertar enquanto ele a fitava. Ele não tinha barba antes, mas ela o reconheceu. Era um dos três que estavam com seu pai na fotografia tirada quando tocaram em um pub em Doolin. Do outro lado.

Enquanto a observava se aproximar, ele pousou a mão no ombro da mulher que estava sentada a seu lado e acenou, enquanto ela falava com os outros.

Ainda falando, ela ergueu o olhar. Breen viu os olhos da mulher se marejarem enquanto se levantava e corria para abraçá-la.

— Ah, doce Mãe de todos, aqui está ela! Aqui está a menina. — Ela recuou, com as lágrimas rolando de seus olhos de um verde suave e sonhador. — Olhe só para ela, Flynn, uma mulher já, e tão linda! Você se esqueceu de mim, querida? Bem, não importa, não importa, porque eu não a esqueci.

— Você é... a mãe de Morena. Você é... — Tudo estava subindo à superfície de sua memória. — Você é Sinead, e costumava fazer biscoitos doces em forma de flores para nós.

— Isso mesmo, isso mesmo, eu fazia. E você gostava mais dos fidalguinhos.

— Eu... Morena me pediu para avisar que vem visitá-los em breve.

— Espero que sim, nós sentimos falta dela. Mas sabemos que ela não gosta da Capital. — Enxugou uma lágrima do rosto de Breen. — Olhe só para nós duas! Se não pararmos de chorar, vamos ficar com o rosto todo manchado. Ela não está um espetáculo, Flynn?

— Sim, um espetáculo. E como você está, coelhinho vermelho?

Meio rindo e meio soluçando, ela se jogou nos braços dele.

— Você me chamava assim porque eu estava sempre correndo, e nos dava chicletes sem que nossas mães soubessem.

— E agora, depois de todos esses anos, você me delata?!

— Tenho uma foto sua com meu pai, o pai de Keegan e... Brian, tirada em um pub em Doolin.

— Minha mãe me contou. Aquela época foi muito boa, de fato. — Ele pegou o rosto dela com suas duas mãos grandes para beijá-lo. — Seu pai era meu irmão em tudo, menos no sangue, e um amigo muito querido.

— Eu sei... Ah, desculpem, este é Marco, meu amigo mais querido.

— Sem dúvida, já ouvimos tudo sobre Marco. — Sinead o puxou para abraçá-lo. — E vejo que Finola tinha razão, como sempre. Bonito mesmo. Venham, venham conhecer a família. Talvez não se lembre de meus meninos, Breen, e você nunca conheceu as esposas deles. Este é nosso Seamus, que ganhou esse nome em homenagem ao pai de Flynn, e nosso Phelin, em homenagem ao meu, e...

— Eu joguei sapos em você — disse Breen a Phelin. — Você... Morena e eu estávamos brincando de chá no jardim e você fez chover. Ficamos tão bravas que eu chamei as rãs e os sapos e eles puseram você para correr.

— Justo disso ela tinha que lembrar? — Ele riu e abraçou Breen. Parecia uma fotocópia do pai na foto. — E esta é minha esposa, Noreen.

— Não se levante — disse Breen à mulher bonita e grávida com uma coroa de tranças na cabeça. — Prazer em conhecê-la.

— Espero que me conte mais histórias sobre a juventude vergonhosa do meu marido.

— Estou começando a lembrar. E me lembro de você — disse a Seamus. — Você tinha uma gata chamada Maeve, e ela teve filhotes. Você me prometeu um quando desmamassem. Mas... eu fui embora antes.

— Ficamos com uma e demos seu nome a ela. Era uma feroz caçadora de ratos. Seja muito bem-vinda. — Ele tinha os olhos da mãe e a constituição física do pai. Inclinou-se para beijá-la e apresentou: — Esta é minha Maura.

— Nosso caçula tem o nome do seu pai — disse ela a Breen. — Ele foi um grande e bom homem. Meus pais lutaram ao lado dele. E eu treino outras pessoas para lutarem ao lado de nosso *taoiseach*.

Maura tinha fortes olhos verdes que brilhavam contra sua pele escura. Uma trança de guerreira caía sobre o ombro dela, mas o resto do cabelo era curto e liso.

— Ele se sentiria honrado e desejaria bênçãos sobre seu filho.

— Eu sei que vocês têm muita coisa a conversar — disse Minga —, mas vejo que o *taoiseach* chegou e preciso levar Breen e Marco para a mesa. Senão, vamos todos morrer de fome.

— Vou voltar — prometeu Breen, e pegou as mãos de Sinead. — Eu não sabia que sentia tanto sua falta.

— Minha doce menina... — Sinead a abraçou de novo e murmurou no ouvido de Breen. — Eu a amava como se fosse minha, e ainda amo.

— Eu sei. Depois eu volto.

— Muito bem — disse Minga enquanto levava Breen e Marco à mesa. — Você disse as palavras certas a Maura. E tocou o coração de Sinead.

Muito mais pessoas haviam entrado enquanto ela estivera parada àquela mesa, notou Breen. Muito mais vozes. Ela não havia notado porque as lembranças surgiram tão rápidas e fortes... e com elas os sentimentos.

Ela os amara; amara todos eles, como só uma criança poderia amar. De maneira absoluta e pura.

Havia chorado por eles quando partira.

Agora ali estava Keegan, com sua mãe, ambos em pé diante da mesa principal. Ele de preto com um colete prateado fosco, e Tarryn com um vestido azul de flores brancas.

— Você vai se sentar à esquerda de Keegan — disse Minga —, e Marco a seu lado. Não se sentem enquanto ele não se sentar. Haverá uma taça de vinho, mas não a peguem enquanto ele não falar.

— Certo. — O nervosismo de Breen a fazia tremer até os dedos dos pés. — Devo falar alguma coisa? Por favor, diga que não!

— Só se quiser. Esta noite é de boas-vindas e alegria.

— Não vi Brian — disse Marco.

— Já vai chegar, tenho certeza. E, como Keegan achou que você desejaria, vai se sentar ao seu lado esta noite, Marco.

Ela os guiou pela mesa até seus lugares e depois foi para o dela, do outro lado de Tarryn. Havia um homem de cabelo louro escuro e olhos azuis do outro lado de Minga, que pegou a mão dela para beijá-la.

Og, pensou Breen, que viajara para um mundo de areias douradas e mares azuis para encontrar o amor.

— Este é seu povo — sussurrou Keegan para Breen. — Você não tem motivos para temê-los.

— Não temo.

Não exatamente, pensou.

Keegan esperou um pouco enquanto as vozes se transformavam em murmúrios, e os murmúrios iam se apagando.

— Conhecemos batalha e sangue, alegria e tristeza, e conheceremos mais com o passar das noites e o nascer dos dias. E vamos conhecer a paz, como juramos, como juraram aqueles que vieram antes de nós, desde mais de mil anos, conquistá-la e mantê-la. O que cada um conhece todos conhecem. Somos Um. Somos Talamh.

Todos aplaudiram; ele esperou.

— Esta noite, estamos aqui, neste lugar. Estamos nas colinas e nos vales, nas florestas e nos campos. Estamos nas cavernas, nas falésias, na costa e no mar. Somos Um. Somos Talamh. E, como um só, damos as boas-vindas a Breen Siobhan O'Ceallaigh, neta de Mairghread, filha de Eian, filha de feéricos, humanos e deuses. — Ele ergueu sua caneca e se voltou para ela. — Pegue sua taça agora — murmurou.

Ele falou primeiro em *talamish*, depois traduziu:

— Assim como você é nossa, nós somos seus. Você está em casa. Portanto, seja muito bem-vinda, Breen Siobhan O'Ceallaigh, filha dos feéricos. — Bateu sua caneca na taça dela. — *Sláinte!* Beba — acrescentou sob os gritos de "*Sláinte!*" do resto.

Todos aplaudiram de novo. Enquanto se levantava, Breen sentiu a garganta se fechar, mas não de nervosismo, e sim de gratidão.

— Eu...

Marco pegou a mão dela.

— Você consegue.

— Tudo bem. — Ela suspirou. — Obrigada. — A sala se aquietou, e ela prosseguiu. — Obrigada pelas boas-vindas, por sua gentileza e paciência. — Olhou para Keegan. — Bem, pela paciência da maioria. — Ficou surpresa ao ouvir os gritos e risos. Talvez não devesse ter dito aquilo, percebeu. — Voltei para Talamh e, embora tenha família do outro lado, meu irmão está aqui comigo. — Ergueu a mão, segurando a de Marco. — Tenho família entre os feéricos, e com eles, por meio deles, eu me encontrei. Voltei para Talamh. Estou em casa.

— Muito bem — disse Keegan sob os aplausos. — Agora sente-se, senão eles vão querer mais e mais.

Aliviada, ela se sentou e pousou a mão na cabeça de Porcaria quando ele a apoiou em seu joelho.

— E agora?

— Vamos comer — disse Keegan simplesmente.

Comeram. Pratos de carnes, tábuas de pães, terrinas de sopas e muito mais. Ouvia-se música e vozes de novo, e Breen aproveitou para falar sem que ninguém além de Keegan ouvisse.

— E Shana? Encontraram?

— Ainda não. Ela tem poucos recursos — ele respondeu quase para si mesmo. — E, como raramente sai da aldeia, não conhece bem a terra e as pessoas. Não poderá se esconder por muito tempo.

— Quando eu dava aulas, sempre havia uns alunos que eram mimados demais em casa, e que achavam que as regras e as consequências por quebrá-las não se aplicavam a eles. E alguns sempre encontravam um jeito de escapar das consequências, ou atacavam, enfurecidos, quando não conseguiam.

— Você dava aula para crianças; ela não é uma criança. — Ele balançou a cabeça. — Mas tem razão. Em muitas coisas, uma criança é exatamente o que ela é.

— E é por isso que você está preocupado.

Enquanto falava, ela viu Kiara entrar acompanhada por um homem ruivo. Ele a conduziu até uma mesa, e as pessoas que estavam sentadas imediatamente se levantaram para abraçá-la.

Havia tantos corações bons, pensou Breen, que a frieza de um só pesava demais.

Foi se voltar para Marco quando viu Brian entrar por uma porta lateral. Ele pousou uma mão – a que tinha a pulseira – no ombro dele e foi até Keegan.

Inclinou-se e falou baixinho.

Keegan assentiu.

— Sente-se e coma. — Distraído, jogou um pedaço de carne para Porcaria. — Ninguém a viu ainda — disse a Breen. — Tudo que pode ser feito está sendo feito, portanto vamos esquecer isso por enquanto. — Ele se inclinou para sua mãe, que disse alguma coisa, e depois tomou um longo gole de vinho. — Tenho que abrir o baile. — Keegan se levantou e estendeu a mão para Breen, que ficou olhando para ele. — Com você.

Em vez de esperar, ele simplesmente pegou a mão dela.

Breen descobriu que um coração podia afundar na barriga e congelar lá dentro enquanto ele a puxava até um espaço amplo e aberto.

— Que tipo de dança? Eu não sei...

— Palma esquerda na minha direita e sua direita em seu quadril, e troque quando eu trocar, três vezes. Você sabe dançar, eu vi. Olhos nos meus.

Foi bom olhar para ele, só para ele, e não pensar em mais nada. Ela ouvia a música, as mãos e os pés batendo no ritmo, mas, olhando só para ele, não pensava em quantos olhos a observavam.

Ele foi falando durante os passos, inclusive quando o ritmo acelerou. Uma volta, um toque, e, naquele ritmo acelerado, uma volta virava um giro e um toque um abraço. Com o sangue batendo no ritmo, ela desejou mais.

O desejo a deixou sem fôlego quando, com as mãos firmes em sua cintura, ele a levantou e fez um semicírculo com ela nos braços. Quando a desceu, colou seu corpo no dela durante apenas um doloroso instante.

Ele deu um passo para trás, mas levou a mão de Breen aos lábios. E a segurou enquanto a levava de volta à mesa, e outras pessoas foram dançar quando a música voltou a tocar.

— Preciso dançar com minha mãe, Minga e outras pessoas. Preferia que fosse com você, mas isso seria um problema para mim.

— Um problema para você?

— Sim. — Ele puxou a cadeira dela. — Sente-se. Você não terá muitas chances de descansar daqui a pouco.

— Mas não conheço todas as danças.

— Vai aprender. — Ele hesitou, mas se inclinou e falou baixinho. — Você vai dançar com outros, como deve ser, e vai gostar. Mas lhe peço que não olhe para nenhum deles como olhou para mim. Quero isso só para mim.

Ele se endireitou, voltou-se para a mãe e estendeu a mão.

Marco se inclinou para Breen.

— Que dança sensual!

— Pare com isso!

— Eu sei o que vi.

— Vá dançar com Brian.

Ela mal havia dito isso quando o irmão de Morena, Phelin, se aproximou.

— Vamos dançar? Para compensar a chuva e os sapos.

— Você nem sempre era irritante — disse ela, sorrindo, enquanto se levantava. — Lembro que inventava jogos quando se rebaixava a brincar com "meninas", como você dizia.

— Ora, acho que eu tinha seis anos na época, era muito superior.

Um irmão mais velho. Era assim que ela o via na época, e como o percebia agora.

— Não conheço essa dança.

Ele deu uma piscadinha e disse.

— Eu te ensino, menininha.

❧

Shana observava Breen dançar. Observava do lado de fora aqueles que diziam ser seus amigos bajulando a bruxa. O desespero que começara a sentir quando encontrara os lacaios de Keegan guardando a cabana de Loren, impedindo-a de procurar abrigo e ajuda contra aquela horrível traição, cresceu, alimentando uma raiva ardente.

Eles a procuraram na floresta, nos céus, na aldeia. Como se ela houvesse infringido as leis em vez de defender a si mesma, seu lugar e seus direitos.

E quando voltou, tão cansada de se esconder em árvores e rochas e pasto alto entre as ovelhas, teve que se esgueirar para dentro do castelo como uma ladra, e o que encontrou foi seu quarto vigiado, proibido para ela.

A porta do quarto de seus pais também estava vigiada.

E, com pessoas de sua própria espécie vasculhando o castelo e os terrenos, e os empáticos tentando captar até um sussurro de seus pensamentos e sentimentos, ela logo se viu insegura em sua própria casa.

E tudo porque aquela mulher vinda do outro lado, que não pertencia a Talamh, conseguira virar o *taoiseach* contra ela.

Havia virado todos, e agora a celebravam como a uma deusa.

Mas Shana quebraria esse feitiço e retomaria seu lugar de direito. Quando a outra, a forasteira, fosse encontrada gelada caída sobre o próprio sangue, eles a agradeceriam por livrá-los daquela falsa deusa. Keegan lhe pagaria, assim como a usurpadora.

E, então, ela não seria esposa do *taoiseach*. Seria a própria *taoiseach*. E todos que lhe virassem as costas, como Kiara, viveriam na miséria no Mundo das Trevas.

Ela que dançasse. A uma supervelocidade, Shana tirou uma faca de uma bandeja. Mais de uma cabeça se voltou em sua direção, no entanto, quando deslizou ao longo da parede de pedra, viu surpresa nas pessoas, mas logo desinteresse.

Eles que dancem, pensou enquanto se dirigia devagar à parede que ficava atrás da mesa principal.

Essa noite deveria ter sido a celebração do compromisso de Keegan com ela. Mas, em vez disso, acabaria em sangue quando ela cortasse a garganta de Breen.

※

Breen só pensava em voltar para a mesa e se sentar uns dois minutos. Pelo visto, os feéricos eram capazes de dançar a noite toda.

Quando Marco pegou sua mão, ela se lembrou de que ele também era.

— Venha, garota, vamos mostrar a eles como se dança na Filadélfia.

Sentar-se à mesa não adiantaria, pensou, pois continuaria à vista de todos.

— Ar. Preciso de cinco minutos de ar. Não vou fugir — prometeu. — Porcaria e eu vamos sair, imagino que ele também precise, mas por motivos diferentes. Voltamos logo.

Marco olhou para o cachorro.

— Faça ela voltar.

Saíram, e Porcaria foi direto para os jardins, onde alguns casais caminhavam.

Ela apenas ergueu o rosto para o céu, o brilho das luas, e respirou fundo.

Seus pés estavam doendo um pouco, mas, de resto, sentia-se flutuar. A música fazia retumbar as portas e janelas, e vozes se elevavam, cantando junto. O vinho fluía e, com ele, o riso.

Sentia o ritmo da alegria no ar, nos incontáveis corações que a cercavam. Se pudesse escolher uma noite à qual voltar quando quisesse, seria essa.

Mas, então, sentiu outro coração, pulsando de fúria. Rosnando e correndo, Porcaria atravessou os jardins e voltou para Breen.

Breen se virou quando Shana saiu das paredes do castelo com a faca erguida. Por instinto, atacou.

A faca ardeu na mão de Shana, que gritou, em choque, quando a viu cair de sua mão nas pedras, ainda em chamas. Porcaria pulou, mas ela fugiu.

— Não, não! — Breen segurou o cachorro para que ele não pudesse perseguir Shana. — Você não vai conseguir pegá-la, e Deus sabe o que ela faria se conseguisse.

Tremendo, Breen caiu de joelhos e abraçou o cachorro.

Shana não era apenas mimada, pensou Breen enquanto tentava acalmar o ritmo de seu coração. Não era só instável. Era perturbada. O que ela vira e sentira era transtorno mental.

— Breen! — Kiara correu do jardim para o terraço acompanhada do homem ruivo. — Você está bem? Pensamos ter ouvido você gritar.

— Não, não, estou bem.

Ela se levantou e, com o corpo, escondeu a faca enegrecida pelo fogo.

— Sou Aiden. — Ele estendeu a mão. — Soube que você ajudou Kiara hoje. Ela é uma pessoa muito querida para mim, de modo que você também é.

— É um prazer conhecê-lo e ver Kiara feliz. Por acaso poderiam me fazer um favor?

— É só pedir — afirmou Aiden.

— Poderiam chamar Keegan? — Sua voz queria tremer, como suas pernas, mas Breen fez força para mantê-la firme e tranquila. — Preciso falar com ele, mas é tanto barulho lá que é difícil falar. Vejam se ele não se importa de sair apenas um instante.

— Claro, vamos buscá-lo. Se bem que talvez ele queira ficar aqui com você mais que um minuto. — Kiara a abraçou e sussurrou: — Serei eternamente grata a você. E para sempre sua amiga.

Quando eles entraram, Breen esfriou a faca e a pegou.

— Ela teria me matado. Era o que pretendia. — Como suas pernas estavam bambas, foi até um banco e se sentou, com Porcaria quase colado nela. — Você é o melhor cachorro do mundo. De todos os mundos. Eu sentia um pouco de pena dela antes... Ela não me matou, mas matou a parte de mim que sentia isso.

Ficou onde estava quando Keegan saiu.

— Prefiro que você não fique andando sozinha por aí até que tenhamos resolvido as coisas.

Sem dizer nada, ela estendeu a faca.

— Shana tentou me matar. Eu a queimei... eu...

— Você está ferida? Pegando-a pelos ombros, ele a levantou do banco.

— Não, mas ela está. Eu a queimei. Queimei a mão que segurava a faca. Do mesmo jeito que fiz com você e a espada. Não pensei... ela se aproximou e, foi tão rápido...

— Depois você me conta os detalhes. Para onde ela foi?

— Correu para lá. Ela enlouqueceu, Keegan. Eu vi, senti... Você precisa saber...

— Chegaremos a isso. — Cróga, que sobrevoava o local, desceu. — Subam, vocês dois — disse Keegan, e quase a jogou nas costas do dragão antes de ele mesmo subir.

— Vamos atrás dela?

Voaram até a torre mais alta, e, enquanto Cróga planava, ele pulou na varanda. Puxou Breen e deu um tapinha na perna, e Porcaria pulou atrás deles.

Voltando-se para as portas de seu quarto, estendeu a mão para abri-las.

— Você estará segura aqui.

— Keegan...

— Preciso que você esteja segura. Preciso deixá-la em segurança e começar a busca por Shana. Kiara não a machucou — prosseguiu antes que ela argumentasse — porque você a impediu. Mas pode machucar alguém antes que essa outra pessoa seja capaz se defender.

— É, tem razão.

— Fique aqui. Eu volto quando puder. — Ele saiu pela porta. — Tranque tudo. Não creio que ela tenha enlouquecido, como você disse. — Pulou de volta para as costas de Cróga. — Acho que simplesmente se revelou.

Breen o viu voltar para baixo e saltar do dragão, que ficou sobrevoando. Ia reunir as pessoas de que precisava para a busca, pensou. Uma busca por alguém sumido que, mesmo que encontrado, não seria salvo.

PARTE III

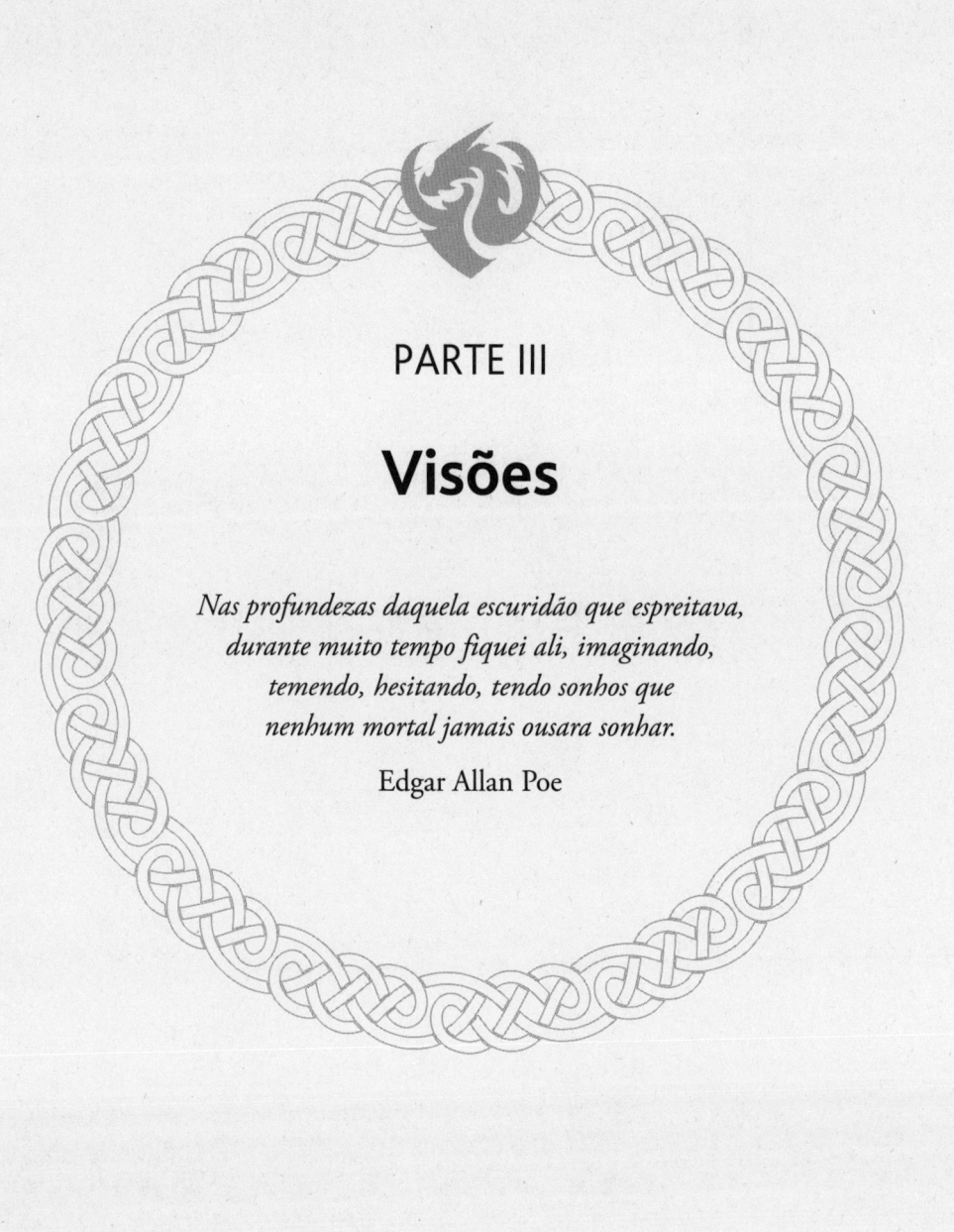

Visões

Nas profundezas daquela escuridão que espreitava, durante muito tempo fiquei ali, imaginando, temendo, hesitando, tendo sonhos que nenhum mortal jamais ousara sonhar.

Edgar Allan Poe

CAPÍTULO 21

Shana correu muito, para longe e depressa. Sem senso de direção, com a mão ardendo, sentindo uma agonia que jamais conhecera, correu pela floresta, pelos campos, além da aldeia. Com o vestido em frangalhos e o coração rasgando seu peito, correu, correu e correu.

Quando o pânico cego se transformou em medo apenas, encontrou um riacho. Mergulhando a mão na água fria, chorou; chorou lágrimas tão amargas que queimavam sua alma como ácido.

Desesperada em busca de alívio, cavou a terra com as mãos para encontrar raízes, e as roeu com os dentes para fazer um cataplasma. Mesmo depois de esfriar o suficiente para lhe permitir parar de ofegar, sua mão latejava.

Tremendo por causa do choque, arrancou tiras da parte de baixo de seu vestido.

Soluçava, murmurava e soluçava mais enquanto enfaixava a mão queimada. Com a outra, levou água do riacho à boca para aliviar sua garganta.

E os ouviu. Seus ouvidos de elfa captaram o som dos cavaleiros que a caçavam. Praguejou e amaldiçoou todos enquanto se recompunha.

E então saiu correndo e, enquanto corria, planejava sua vingança.

Vingança profunda, sem fim, sangrenta.

Enquanto Shana fugia, Breen andava de um lado para o outro.

Acendeu o fogo – percebeu que estava nos aposentos de Keegan, na sala de estar. Acendeu as velas, as lamparinas, mas nada a confortava. Foi até a janela, as portas, a janela de novo e, por fim, embora soubesse que Keegan ficaria furioso, abriu as portas do terraço e saiu.

No céu, viu dragões e seus cavaleiros, e fadas voando. Haveria outros, ela sabia. Até o momento, via um trio a cavalo. Vasculhando as estradas e as colinas, pensou. E certamente haveria elfos e animórficos a pé, procurando nas florestas e campos.

A batida na porta a fez pular, mas, como Porcaria balançou o rabo, concluiu que era alguém amigo, não inimigo. Voltou e fechou as portas do terraço.

— Sou eu, Tarryn.

Aliviada, Breen correu para destrancar a porta principal. Tarryn entrou e simplesmente a abraçou.

— Eu vim para ver pessoalmente que você não está machucada.

— Não, estou bem. Agitada, meio abalada, mas só isso.

— Claro! Quem não estaria... agitada? Gosto dessa palavra.

Ela fechou a porta e levou Breen a uma cadeira.

— E Marco?

— Eu disse a ele que viria vê-la pessoalmente. Nem todos sabem, mas, como Brian foi chamado para a busca... Vamos beber um pouco de vinho. Você bebeu pouco, todos a mantiveram ocupada dançando. — Ela serviu duas taças e se sentou. — E, para falar a verdade, eu mesma preciso me fortalecer, pois quando sair daqui tenho que ir falar com os pais de Shana. Eles precisam saber antes dos demais. E vão ficar arrasados, de tal maneira que nunca mais vão se recuperar.

— É difícil para você, não é?

— O dever muitas vezes é difícil. E, agora que meu coração dói, fico me perguntando se eu poderia ter feito ou dito algo na hora certa, da maneira certa, para impedir tudo isso.

— Ela fez uma escolha. E a escolha não é a essência da vida de Talamh?

— Sim, é verdade. Gosto muito dos pais dela, mas nunca tive carinho pela filha deles. Ela usou a beleza, o amor deles, a lealdade de um coração querido como o de Kiara, o amor de Loren e de tantos outros, com mesquinhez e egoísmo. E quando atraiu a atenção de Keegan também... Ela tem beleza, charme e inteligência, fiquei preocupada. Não que o coração dele estivesse em perigo. — Recostou-se e tomou um gole de vinho. — Fiquei preocupada porque via o que ela queria, e não era ele. Eu poderia ter sido mais gentil com Shana se ela o amasse. Mas o que ela queria era a posição dele. Fiquei preocupada com o que faria quando entendesse, finalmente, que ele nunca lhe daria o que ela queria. — Tarryn fechou os olhos com força. — Mesmo assim, nunca pensei em nada disso. Pensei em birras e palavras duras, algumas tramas para obter algum poder no conselho... essas coisas, mas jamais algo assim. E acho que nunca pensei nisso porque não gostava dela e sabia que era tendenciosa em relação a ela.

— Não conheço Shana, mas... posso imaginá-la usando a poção do amor como um último recurso. O resto... o que ela fez com Kiara e o que tentou fazer esta noite comigo foi por raiva, impulso, fúria, não algo planejado.

— Shana teria tirado sua vida esta noite. Por isso não há mais volta para ela, o julgamento é claro. Antes havia esperança. Loren, a quem Shana enganou, roubou e usou para tentar ligar Keegan a ela, pediu a ele que lhe permitisse levá-la embora. Que a banisse da Capital e o deixasse levá-la.

— Sim, Minga me contou.

— Keegan concordou, e teria persuadido o conselho. Ela poderia ter tido uma vida com um homem que a amava. Uma vida diferente da que almejava, é, verdade, mas com a qual, com o tempo, poderia ter se contentado. E agora, quando for encontrada, será banida de Talamh para o Mundo das Trevas. E meu filho vai carregar esse peso. — Tarryn se inclinou para a frente e pegou a mão de Breen. — Você é a chave do cadeado, Breen Siobhan, a ponte, o escudo. Ela teria matado você. Tirar uma vida, qualquer vida, seria a condenação para ela. Mas tirar a sua... se houvesse conseguido, teria amaldiçoado a todos nós. Ninguém em Talamh lhe dará abrigo.

— Para onde ela iria? Eu estava tentando pensar aonde iria se fosse Shana. À Árvore de Boas-Vindas, talvez?

Tarryn sacudiu a cabeça.

— Está bem vigiada. E a cachoeira também.

— A cachoeira? Esse portal leva a...

— Sim, a Odran. Não podemos arriscar. Espero que a encontrem depressa, antes que ela machuque mais alguém. — Deixou a taça de lado. — Quer que mande alguém aqui para lhe fazer companhia?

— Não, obrigada. Estamos bem.

Tarryn sorriu para Porcaria e acariciou a cabeça que ele apoiara em seu joelho para confortá-la.

— Você está bem protegida, sem dúvida, por um coração tão valente. E está mais segura aqui que em qualquer outro lugar de Talamh. Isso ajuda Keegan a manter as ideias claras enquanto lida com tudo isso. — Tarryn se levantou. — Procure descansar. Vejo você amanhã de manhã.

Sozinha, Breen se sentou perto do fogo e começou a observar as chamas. Talvez visse algo; ainda não era capaz de conjurar uma visão, só veria o que aparecesse, quando aparecesse.

Mas se sentou ali, com Porcaria lealmente a seus pés, e tentou olhar o coração do fogo, através da fumaça e das chamas. Nada surgiu; ela desejou ter seu globo, e pensou em mandar buscá-lo.

Mas se lembrou de que, uma vez, Keegan lhe mostrara como teletransportar um copo de água.

Então, visualizou o globo que estava ao lado de sua cama. Seu tamanho, forma, peso, cores... O toque suave em sua mão, os mundos que giravam dentro dele...

Imaginou seu caminho até ela através de pedra, madeira e ar.

Colocando as mãos em concha, chamou-o, e deixou seu poder subir, espalhar-se e alcançar.

— Eu sou Breen Siobhan O'Ceallaigh — ouviu-se dizer. — Sou filha de feéricos, humanos e deuses. Eu sou meu dom, e meu dom sou eu. Agora o uso para a luz.

E sentiu a explosão forte, quente, brilhante...

Algo se transformou nela, e foi violento. Por um instante, apenas um instante, não estava mais sentada na cadeira, na torre, no castelo.

Sentiu uma fúria, um propósito, uma força.

Durante um instante, estava em outro lugar, onde havia água agitada, cânticos e gritos que martelavam em seus ouvidos.

Por um instante, seus olhos encontraram os de Odran.

E, então, estava na frente do fogo, na torre, no castelo, sentindo os tremores remanescentes do poder.

E à luz do fogo, com as velas tremeluzindo, segurava o globo em suas mãos em concha.

— Foi o mesmo de antes? Foi antes, ou agora, ou ainda não? Deus, meu sangue está pegando fogo. E parece... certo. — Olhou para o globo e viu suas mãos firmes. — O que significa eu poder fazer isso e sentir que atravessei uma ponte ou limite, ou escalei um muro? — Ela estava sem fôlego, emocionada e se sentindo triunfante. Breen ergueu o globo e observou a luz do fogo, o brilho das velas e das lamparinas que girava sobre ele. — Mostre-me o que preciso ver.

E ela viu, naquelas profundezas, alguém correndo pelas sombras da floresta que mudavam e rodopiavam como água.

Shana.

Mas a imagem mudou, e a figura que ela viu correndo era uma criança. Uma fada, pois via as asas dela batendo depressa.

Breen se concentrou e observou mais profundamente.

Uma criança, uma menina. Dos *sidhes*; nua.

A criança da cachoeira. O sacrifício. O lado de Odran – onde, de alguma forma, ela mesma havia acabado de estar.

Ela queria entrar no globo, naquele mundo de novo, na criança. A menina, como via Breen, tremia de frio e corria, em choque, e suas asas a levantavam apenas a poucos centímetros do chão.

Dilly. O nome dela era Dilly. Ela tinha apenas seis anos.

— Isso está acontecendo agora. Está tudo acontecendo agora. — Breen tinha plena certeza disso. — E eu estava lá, mesmo estando aqui, eu estava lá para deter a faca, quebrar as correntes que prendiam a menina. Como fiz isso e por que não posso voltar e ajudá-la?

Enquanto tentava clarear sua mente e trazer de volta tudo que vira, viu o gato.

O gato cor de prata atravessou o caminho da criança, de modo que ela quase tropeçou e parou, com a respiração ofegante e os olhos vidrados de medo. Então ele se tornou homem – Sedric – e levou um dedo aos lábios, pousando o outro sobre seu coração enquanto se agachava.

Quando ele abriu os braços, a menininha caiu neles, e, abraçando-a forte, ele deu um beijo nos cabelos emaranhados dela e a levou para as sombras.

Segundos depois – apenas alguns segundos, pareceu –, um bando de cães demônios avançou. Um parou, levantou a cabeça e farejou, mas logo saíram correndo.

Nas sombras, Breen viu um lampejo de luz, que logo sumiu.

— Ela está segura. Está acontecendo no presente, e ela está segura. Está em Talamh de novo, com Sedric e Nan.

Exausta, Breen deixou a cabeça cair para trás, tentando esvaziá-la.

Abandonou-se na cadeira de novo, com o globo no colo e o cachorro a seus pés. E dormiu.

Keegan a encontrou lá uma hora antes do amanhecer. Porcaria abanou um pouco seu rabo fino e logo voltou a dormir.

— E por que ela dormiria em uma cadeira se há uma cama excelente no quarto ao lado?

Desconcertado e irritado com ela sem nenhuma razão aparente, esfregou a nuca rígida.

Deveria acordá-la e mandá-la para sua própria cama. E, se ela quisesse levar o cachorro para passear ou dar uma caminhada, mandaria alguém a acompanhar.

Ou poderia simplesmente carregá-la para sua cama e ficar na cadeira, já que não esperava que o sono chegasse tão cedo.

De qualquer maneira, queria uma bebida e tempo para ficar sentado, só sentado, pensando.

Começou a levantá-la, mas, no instante em que a tocou, ela acordou.

— Keegan. — Ela pousou a mão no peito dele. — Você voltou... que horas são? Encontraram Shana?

Ele se endireitou, decidido a pegar um uísque.

— Claro que voltei — disse enquanto servia três dedos em uma caneca. — Que diferença faz que horas são? E não a encontramos.

— Que pena.

— Concordo. Nunca pensei que ela seria esperta o bastante para se esconder por mais que algumas horas, na melhor das hipóteses. Especialmente no escuro e no frio, pois está acostumada a camas macias e lareiras. — Como o estava sufocando, ele se sentou com seu uísque e contou tudo que havia passado por sua cabeça durante toda a busca. — É humilhante perceber que eu nunca a conheci. Conhecia suas falhas e defeitos, mas pareciam coisas superficiais, nada que eu não pudesse ignorar em prol de meus próprios prazeres.

— Pare. Ela não merece que você se culpe.

Ele deu de ombros e bebeu.

— Eu via as coisas superficiais que ela não tinha escrúpulos de esconder de mim ou de ninguém, e não as falhas mais profundas escondidas. As mais obscuras. E, apesar de todo o amor dela por camas macias, bom vinho e coisas brilhantes, ela conseguiu escapar de mais de duas dúzias de pessoas que a procuraram a noite inteira.

— Ela está desesperada, e o desespero lhe dá vantagem.

— Quando a luz chegar, a notícia vai se espalhar e mais pessoas vão procurá-la. Quem mais ela poderia machucar, em seu desespero, antes que a encontremos? E, quando a encontrarmos, a lei permite apenas um desfecho para essa história. — Ele girou o copo nas mãos, olhando para o uísque. — Ela nunca mais verá uma cama macia. Você terá que falar no julgamento, lamento. E Kiara também, o que lamento mais ainda.

Aquilo o rasgava por dentro, pensou ela. Tudo aquilo o rasgava por dentro.

— Ela nunca entendeu você, nem que o poder que tem pesa tanto. Coisas maravilhosas como esses lindos aposentos não compensam.

Ele se recostou, observando-a enquanto bebia.

— São lindos, é? — Olhou ao redor. — Prefiro minha casa no vale. No silêncio.

— Eu também.

Keegan olhou para ela e sorriu.

— É mesmo?

— A Capital é linda, emocionante, a paisagem é deslumbrante, as pessoas adoráveis... mas são muitas.

— Sim, pelos deuses! — Ele fechou os olhos um instante e fez uma espécie de brinde a ela com seu uísque. — Bem, você poderia ter ficado de boca fechada então, anos atrás, em vez de aparecer no lago com seu cabelo girando como fogo na água para me dizer que a espada era minha.

— Você teria aceitado de qualquer maneira. Esse é você. Espere aí... como eu era quando você me viu, no dia em que se tornou *taoiseach*?

— Do jeito que é agora.

— Não! Digo, eu não era criança? Você tinha uns catorze anos, então eu devia ter uns doze. Eu parecia ter doze anos?

— Você não era criança. Eu vi uma mulher.

— Certo. — Ela se levantou e começou a andar, girando o globo nas mãos. — Então, eu estava mais perto de agora que de antes. Talvez eu ainda não tenha feito isso.

— Se você não tivesse feito isso, eu não a teria visto. Está falando bobagem.

— Não estou. Sejam sonhos lúcidos, viagens no tempo ou projeção astral, eu era anos mais velha do que deveria ser na época. Então, de uma maneira ou de outra, eu voltei. Talvez seja isso. — Ela ergueu o globo. — Não sei se isto é uma ferramenta, um veículo ou um impulso... como diabos vou saber? Mas fiz isso de novo ontem à noite.

— Você voltou ao dia no lago?

— Não. — Breen se sentou de novo e se inclinou para ele. — Não para aquele dia. Nossa, eu daria um ano de minha vida por uma Coca-Cola. Não, eu tentei ver no fogo para ajudar a encontrar Shana, mas ainda não domino a coisa muito bem. Chego perto, mas não o suficiente. E me lembrei do globo, e de como você me ensinou... bem, não ensinou, mas me desafiou... a pegar um copo d'água na cozinha estando em meu quarto.

— Você também não conseguiu fazer isso.

— Não, mas eu queria o globo. Eu queria ver, ajudar, fazer alguma coisa. Então me concentrei nele; onde estava, como era... comecei a chamar, mas senti outra coisa e disse outra coisa. E durante um minuto, menos, estava na cachoeira, ao lado de Odran. A garotinha, o cântico... tudo isso era agora, Keegan. Eu estava lá agora e aqui também. Foi como uma correnteza quente em meu sangue, uma fúria incandescente e uma onda de poder, como se todos os interruptores fossem ligados ao mesmo tempo. — Breen pegou a caneca da mão dele. Não gostava de uísque, mas queria alguma coisa. Deu um gole e a devolveu a ele. — Não, péssima ideia. E aí, eu estava aqui de novo, bem aqui, com o globo.

Ele continuava olhando para ela com olhos intensos, imóvel.

— E então?

— No globo, eu vi a menina; pensei que fosse Shana, a princípio, mas era a menininha, que batia as asas enquanto corria. Estava apavorada, correndo. Agora; digo, ontem à noite, quando vi. Eu sabia que estava vendo enquanto acontecia, e queria muito estar lá de novo para ajudá-la. Tentei usar o mesmo poder... ou sei lá o quê, mas Sedric apareceu. Primeiro em forma de gato, depois se transformou e a levou dali. Eu soube, senti que ele a trouxe de volta para Talamh. Vi a luz brilhar nas sombras e eles estavam aqui.

— Não vou perguntar se tem certeza, pois vejo que tem.

— Você o mandou procurá-la.

— Mandei um falcão para ele quando chegamos à Capital. Ele é o único que conheço que pode criar um portal quase à vontade, e o gato é um bicho inteligente. Ele observaria e esperaria. A notícia pode ter chegado enquanto eu estava fora, não verifiquei. Mas você me deu boas notícias, mais do que imagina — disse ele, e deixou o uísque de lado. — Vou levá-la para seu quarto. Até encontrarmos Shana, é melhor você não ir a lugar nenhum sozinha.

— Ela não está na Capital.

— Também acho que não, mas...

— Eu sei que não está. Eu... eu queria ver onde ela estava, por isso trouxe o globo. E estava concentrada nisso, nela, quando pedi para me mostrar o que eu precisava ver. Acho que nos primeiros segundos era Shana. Mas o que eu precisava ver era a menininha, isso era mais imediato. Então foi isso que o globo me mostrou.

— Talvez você tenha razão, mas não vamos arriscar. — Ele se levantou e ela fez o mesmo. Keegan via que ela estava com os olhos pesados e pálida de cansaço, mas não frágil; nem um pouco. — Você estava vestida de estrelas.

— O que você disse?

— Foi o que eu pensei quando a vi no salão de banquetes. Que você estava vestida de estrelas. Eu desejo você, e isso me incomoda, não consigo me livrar desse desejo. Minha vida seria mais fácil sem isso. Já tenho o suficiente com que me preocupar, não preciso de você em meus pensamentos.

— É bom ser honesto — retrucou ela, com frieza. — Seu problema é luxúria, o que é inconveniente.

— Raramente a luxúria é inconveniente, e se fosse só isso eu teria levado você para a cama todas as noites desde que voltou para Talamh.

— Está pressupondo que eu gostaria de estar na cama com você.

— Sim, exato. Não é só luxúria, embora haja muito disso. Estou cansado de dizer a mim mesmo que é melhor não tocar em você. Você me distrai, atrapalha meus pensamentos. Mas, se isso não passa ficando longe, por que não deveria ter você?

Era óbvio, pensou Breen, quase se divertindo, que ele estava tentando se convencer a dormir com ela.

— Isso é o que você chama de sedução?

— Não. Eu sei fazer muito melhor que isso nessa área. O que estou fazendo é dizer a verdade, porque nós dois a valorizamos. — Ele estendeu a mão para tocar o cabelo de Breen, só com as pontas dos dedos. — E a maldita verdade é que eu preciso dormir, mas o sono não vai chegar se eu não tiver você. Portanto, você poderia se entregar ao *taoiseach* para o bem do mundo.

E havia humor nos olhos dele.

— Poderia. — Esperou um segundo e acrescentou. — Ou?

— Ou poderia se deitar comigo, Breen, porque sou um homem que a quer, e vejo o desejo refletido em seus olhos.

Ela sorriu e estendeu a mão.

— Façamos isso.

Ele tomou a mão dela, então, como havia feito da primeira vez, em outro mundo, e a pegou no colo.

— Você está vestida de estrelas — ele repetiu enquanto a levava para a cama. — E eu me perdi nelas.

— Senti sua falta — disse Breen. Ele merecia a verdade. — Quando estive fora e quando voltei. Senti sua falta.

Ele a deitou na cama e pousou a mão no rosto dela enquanto a cobria.

— Estou aqui. Fique comigo.

Quando levou a boca à dela, Keegan deixou todas as suas preocupações de lado. Ela lhe dava paz, e ele não questionou mais por quê. Senti-la embaixo dele, macia e flexível, e ainda mais forte do que ela mesma sabia, lhe deu esperanças. E ele queria se agarrar a essa esperança como se agarrava a ela.

Ela jogou os braços ao redor de Keegan, passou as mãos pelas costas e pelos cabelos dele, aquecendo seus lábios nos dele. E o beijo lento e calmo se tornou mais ávido, mais carente, cheio de leves mordidas, línguas afoitas, corpos se mexendo querendo mais.

O contorno do pescoço, a curva da mandíbula, a pulsação da garganta dela, que batia como asas de beija-flor... todos esses sabores o envolveram e o seduziram.

Por que tinha que ser ela?, Keegan pensaria mais tarde. Nesse momento, só podia ser ela.

Com os lábios, ele buscou a curva dos seios dela, acima da nuvem de estrelas do vestido, e com as mãos, deslizou pelas camadas transparentes e as fez desaparecer com a força de seu desejo.

Nua, ela estremeceu, suspirou e se arqueou para ele. Com as mãos e a boca ele tomou os seios dela, celebrou, e sua fome só aumentou.

Ela queria isso fazia tempo; tentara ignorar esses desejos, e às vezes conseguira. Ou quase. Mas agora, o desejo de ser tocada por ele, de saboreá-lo, de sentir seu peso e seu corpo sobre ela finalmente eram atendidos, e a alegria, o prazer e a paixão se entrelaçavam como um fino fio de seda.

Quando a luz começou a surgir, fazendo desaparecer a noite para dar lugar ao sol, Breen passou as mãos por ele para fazer desaparecer suas roupas, como ele havia feito com as dela.

Ela o sentiu rir contra sua pele.

— Esqueceu uma bota.

As mãos de Keegan vagavam, sua boca a devorava. Ela se virou e ficou por cima para poder fazer o mesmo.

— É difícil me concentrar.

— Verdade — ele colou sua boca na dela de novo —, mas já resolvi. — Virando-a de novo, ele segurou as mãos dela acima da cabeça. Com os primeiros raios de sol, ela viu nos olhos dele as manchas cor de âmbar nadando sobre o verde. — Da próxima vez não teremos pressa, mas preciso de você agora. Me deixe entrar.

— Sim. — Ela entrelaçou os dedos nos dele.

Quando ele a penetrou, fundo, forte, e parou, o corpo de Breen se curvou, seu coração deu um pulo e tudo nela explodiu, selvagem.

Ele deu mais uma investida e parou de novo, com os olhos fixos nos dela.

— Quero ver o que faço com você. Mais uma vez. — Na estocada seguinte, ela gritou e estremeceu, dominada pelo orgasmo. Diante de seus olhos viu luzes piscando e dançando, brilhantes como duendes. — Breen Siobhan...

Ele cobriu com seus lábios os dela para provar aqueles gritos ardentes e impotentes, enquanto a conduzia – conduzia a ambos – com força e rapidez.

A luz suave do novo dia se espalhou sobre eles, e o canto dos pássaros se ergueu no ar. Ela se permitiu voar, só voar, como um dragão no turbilhão do vento. E quando o vento a levou, quando ela caiu nele e o atravessou, caiu com Keegan.

Não conseguia acalmar a respiração, e decidiu que não valia a pena tentar. Ficaria ali, ofegante, até se recuperar. Ele ainda segurava os braços dela acima da cabeça, mas frouxamente, deitado, flácido como um homem morto, sobre ela.

Devagar, com o coração ainda batendo rápido e os ouvidos ainda zumbindo, ela foi prestando atenção no teto.

Nele, as colinas e vales de Talamh subiam e desciam, marrons, dourados e de tantos tons de verde. Os mares rolavam em direção às praias de xisto prateado ou areia dourada. Nos mares, sereianos saltavam. Outros estavam sentados em rochas. Nas altas falésias havia *trolls* com seus porretes, machados ou picaretas. Nos campos, lavradores aravam a terra, e acima das florestas e prados fadas sobrevoavam. Elfos e animórficos caminhavam entre as árvores, cavalos carregavam cavaleiros ou puxavam carroças pela estrada. Uma legião de Sábios formava um círculo.

E, no céu azul como os mares, dragões voavam.

— É lindo esse teto.

Ele resmungou alguma coisa e rolou para o lado dela.

— Foi pintado há muito tempo, para lembrar ao *taoiseach* que, quando ele dorme, Talamh deve ser seu último pensamento, e quando acorda, o primeiro.

— É muita coisa.

— Na primeira noite que passei aqui, estudei bem o teto.

— Você era apenas um menino.

— Eu era o *taoiseach*. E um menino. Então eu pensei: como vou fazer isso? É muita gente, muita coisa. Eu queria a fazenda e o vale e, confesso, queria minha mãe. Mas dormi, e dormi com Talamh em cima de mim. De manhã, como está escrito, fui ao conselho. Estava apavorado. — Ele se deitou de lado e a fitou com os olhos apertados. — Vou negar e dizer que é uma mentira cruel se você contar isso a alguém.

— Minha boca é um túmulo.

— Pois mantenha-a assim. Então, antes que todos tivessem entrado e se acomodado, um membro do conselho veio até mim. Disse para eu ficar em pé e ignorar a dor de barriga; para lembrar que havia escolhido e sido escolhido. E que, se alguém tentasse me intimidar, azar o dessa pessoa. Foi o pai de Shana que me disse isso e me deu forças naquele dia.

Ela se voltou e pousou a mão no coração dele.

— Ele sabia que era sua escolha, e, embora deva doer nele mais que qualquer coisa no mundo, sabe que ela fez uma escolha também. E acho que, quando ela esteve aqui, não olhou para cima e viu Talamh como você.

— Eu nunca a trouxe para esta cama. Nem ninguém antes de você.

Ele se sentou e passou a mão pelos cabelos dela, imaginando se a falta de sono havia soltado sua língua. Antes que ele pudesse decidir o que dizer, Porcaria foi até a cama e olhou para eles, suplicante.

— Puxa, ele não sai há horas. Desculpe, desculpe, menino bonzinho — disse Breen, saindo da cama. — Onde está meu vestido?

— Em algum lugar — Keegan olhou ao redor e apontou. — Lá.

— Parece que vou fazer a caminhada da vergonha — disse ela, e foi pegá-lo.

— Está envergonhada?

— O quê? Não! É uma expressão. Quando uma mulher... é sempre uma mulher... chega em casa de manhã com a mesma roupa da noite anterior, chama-se caminhada da vergonha. É idiotice, mas já que é minha primeira vez, meio satisfatório também.

— Eu o levo. Tenho coisas para fazer, ele pode ir comigo.

Enquanto sacudia seu vestido, Breen se virou. Keegan já estava de calça, camisa, e calçando a segunda bota.

— Como se vestiu tão rápido?

— Faz algum tempo que me visto, já peguei o jeito. Vá direto para seu quarto quando você também conseguir, e não saia sem Marco, pelo menos.

Ele sorriu para ela, que segurava o vestido na frente do corpo.

— Você está com cara de amassada, e isso me dá vontade de jogá-la de novo na cama e amassá-la ainda mais. Mas o dever me chama. — Ele passou a mão na cabeça de Porcaria. — Se não nos vir quando sair, chame o cachorro.

— Tudo bem, obrigada, mas...

Ele foi até Breen, segurou-a pelos ombros e a beijou até fazer os pensamentos desaparecerem da cabeça dela.

— Vamos, rapaz — disse, e Porcaria saiu com ele, trotando alegremente.

CAPÍTULO 22

Breen não foi se esgueirando até seu quarto, mas fez um grande esforço para evitar encontrar pessoas subindo as escadas ou passando pelos corredores. No entanto, não poderia entrar sem antes avisar a Marco que havia voltado.

Ele abriu a porta segundos depois que ela bateu e imediatamente a puxou para seus braços.

— Desculpe... eu não podia... — Ele a abraçou mais forte. — Não fiquei tão preocupado porque Tarryn me disse que você estava segura, que estava com Porcaria nos aposentos de Keegan na torre. Mas, menina, é bom demais ver com meus próprios olhos. — Ele a soltou e a olhou com sorriso malicioso. — Sem dúvida, passou a noite bem segura... está toda relaxada.

— Mas vou ficar tensa de novo se não tirar logo este vestido da noite passada.

Ainda a abraçando, ele a acompanhou até o quarto e entrou.

— Pode se trocar no banheiro ou onde quiser, eu não vou sair daqui. Onde está Porcaria?

— Keegan o levou. — Ela pegou algumas peças no guarda-roupa. — Quero um banho, acho que posso conjurar uma chuva de água morna enquanto estiver na banheira.

— Vou falar através da porta — disse ele quando ela a fechou. — Aquela vadia tentou mesmo esfaquear você pelas costas?

— Sim, mas eu a impedi.

Ela foi lhe contando tudo enquanto tirava o vestido, as presilhas do cabelo e finalmente conseguia conjurar um banho de chuveiro.

Tinha sabor de glória.

Quando ela saiu do banheiro, Marco ainda estava falando.

— Brian voltou há algumas horas e teve que ir embora de novo logo antes de você voltar. Disse que vão encontrá-la, que ninguém em Talamh vai ajudá-la depois do que fez. Mas...

— Ele tem medo de que ela machuque alguém antes que a encontrem.

— Vai ser mais difícil, já que você a machucou, e bastante. Queria ter visto. Vamos arranjar o café da manhã e descobrir o que está acontecendo.

Breen não deveria ter se surpreendido por Marco conhecer o caminho para a cozinha, ou pelo fato de os empregados o chamarem pelo nome.

Comeu bacon e ovos na cozinha grande e quente, enquanto um gato cinza dormia no peitoril da janela de pedra e um homem e uma mulher discutiam, esfregando panelas, sobre se a chuva chegaria ao meio-dia ou esperaria até o anoitecer.

Quando saiu com Marco à bela luz do sol, ficou se perguntando por que aqueles dois achavam que choveria.

Enquanto iam até a ponte, ela foi chamar Porcaria, mas o viu com Keegan no campo de treinamento.

Como queria caminhar, prosseguiu.

— Não sei o que devemos fazer com tudo isso acontecendo. Eu queria explorar a floresta, mas tenho certeza de que mandariam meio exército comigo, e assim não tem graça. Acho que vou tentar escrever durante algumas horas. Se conseguir, vou parar de pensar em tudo isso.

— Posso dar uma cochilada; não dormi muito bem na noite passada. Foi uma pena, porque a festa estava ótima.

Enquanto se aproximavam do campo, Porcaria os viu e correu para Breen como se não a visse havia semanas.

Keegan, que estava com outras pessoas, acenou.

— Ótimo, eu ia mandar alguém procurar você, porque tenho que ir. Hugh, trabalhe com Breen, arco e flecha. E vou avisando: mantenha todos afastados em um raio de seis metros ao redor do alvo, porque ela é lamentável.

— Ora, vamos dar um jeito nisso, não é? — disse Hugh alegremente, e deu um leve tapinha nas costas de Breen.

— E você, Cyril, corpo a corpo com Marco. Uma hora, depois troquem e mais uma hora.

— O quê? Por quê? — perguntou Breen.

— Treinamento — disse Keegan. — Já chega de férias. Você aí, Bran, por que não está na escola?

— Ainda não começou. E pensei em falar com minha mãe um instante; ela está no campo ao lado.

— Ah, é? Este é Bran, sobrinho de Morena, filho mais velho de Seamus e Maura.

— Prazer em conhecê-lo. — O garoto tinha olhos inteligentes e devia ter uns dez anos, avaliou Breen. — Sua escola é perto daqui?

— Pertinho. Mas eu estava pensando — disse a Keegan —, eu poderia faltar e treinar com minha mãe. Ela não vai achar ruim.

— E imagino que você vai dizer a ela que eu concordo, para tentar convencê-la.

Com um sorriso encantador, Bran deu de ombros.

— Escola antes do treino, rapaz. Guerreiros precisam de bom cérebro, tanto quanto de espadas afiadas. Vá para a escola e aprenda alguma coisa. — O garoto deixou cair os ombros e saiu arrastando os pés. — Aprenda algo que me impressione — gritou Keegan — e eu deixo você dar uma volta em Cróga.

Imediatamente o menino se voltou, sorrindo.

— Pode ter certeza, *taoiseach*. — E saiu correndo por alguns metros antes de abrir as asas e voar.

— Parece que alguém também tem um bom cérebro, além de uma espada afiada — comentou Breen.

— Alguém que se lembra de ter sido criança querendo matar aula. Treinem duro com eles — acrescentou, e olhou para o céu. — Duas horas de treino, provavelmente vão acabar antes da chuva que vai cair ao meio-dia.

Cróga desceu do céu claro, como notou Breen. Keegan foi até ele, montou e, sem mais palavras, voou para o oeste.

— Muito bem — disse Hugh, alegre como sempre, indicando os alvos do outro lado do campo. — Vou lhe arranjar um arco e uma aljava.

Breen esboçou um sorriso para Marco.

— Acho que descobrimos o que vamos fazer hoje. Vejo você daqui a uma hora.

E, sentindo-se exatamente como Bran, arrastando os pés, seguiu Hugh pelo campo.

Choveu ao meio-dia, mas a essa altura Marco já estava cochilando e Breen estava sentada à sua escrivaninha. Ela soube no instante em que

Porcaria decidiu subir na cama para dormir um pouco, em vez de ficar perto do fogo.

Abandonou a escrita e ficou observando a chuva cair.

Até que, por fim, pegou a caneta e tentou se fechar em outro mundo – o mundo que ela construía com palavras.

Depois de um tempo, aos trancos e barrancos, conseguiu se desligar de tudo e escrever.

❦

Shana estava encolhida sob um alpendre em frente a um estábulo. Havia roubado um vestido de um varal naquela manhã. Um vestido feio, que ela considerava grande demais para seu belo corpo. Mas o dela estava em farrapos depois da longa noite.

Soube, quando o sol nasceu, que havia ido para o oeste; mas, embora tentasse, não conseguia se lembrar das aulas de geografia ou de algum mapa para saber exatamente onde estava.

Dormira o pouco que conseguira dentro de rochas, e sentia-se humilhada por isso. Queria um banho de óleos perfumados, suas botas de pelica e a sensação da lã penteada macia em sua pele.

Mas, em vez disso, estava com um vestido horrível de alguma fazendeira, imunda, com o cabelo emaranhado, agachada sob um alpendre com um cavalo enquanto a chuva caía.

Sua mão doía e latejava, apesar do cataplasma. Sua garganta ardia de sede, e a cabeça latejava de fome.

Eles pagariam por isso. E o caminho para esse pagamento, viu Shana claramente, ficava a oeste.

A vingança exigia poder e um aliado. Ela sabia que Odran devia ter espiões espalhados por todo lado; seu pai havia dito isso quando ela o persuadira a falar sobre assuntos do conselho.

Mas encontrar espiões levaria mais tempo do que ela achava que tinha.

Muita gente a estava procurando.

Ela ouviu assobios e, embora doesse se mexer, pegou uma pedra com a mão boa e se fundiu com a parede do estábulo.

Viu o menino chegar, com um balde na mão, e o cavalo amarrado virar a cabeça, expectante.

— Que aguaceiro, hein, Mags? Mas você está seca aqui. — Ele colocou a comida da égua no cocho e a acariciou enquanto ela comia. — Está com fome, é? Tenho uma cenoura no bolso, já que estou no comando hoje. Quem diria que ia chover desse jeito, logo hoje que estou cuidando de meus irmãos em vez de ir à escola, enquanto mamãe e papai estão ajudando a procurar uma maluca.

Shana arreganhou os dentes diante do insulto. Pulou para a frente e bateu no menino com a pedra, e de novo, até que ele caiu e a égua recuou. Rosnando, pegou impulso para dar um terceiro golpe, mas a sensatez substituiu sua fúria cega.

Ele tinha quase o tamanho dela, e um boné, que havia caído, e por isso não estava muito manchado de sangue. E a jaqueta parecia quentinha.

Jogando a pedra de lado, ela arrancou a cenoura gorda do bolso da jaqueta dele. As primeiras mordidas vorazes despertaram mais a fome, de modo que ela comeu tudo e só depois tirou as botas e a calça dele.

Ela seria um menino, pensou enquanto tirava o vestido e punha a calça – meio justa, mas serviria. E levaria a égua. Ela era capaz de correr mais rápido, mas estava cansada de correr, por isso cavalgaria por enquanto, com o cabelo escondido debaixo do boné.

Seria apenas um menino cavalgando na chuva. Para o oeste.

✦

Breen bloqueou o mundo e ficou escrevendo até que alguém bateu na porta.

— Sou eu, Brigid. Trouxe um chá para um dia chuvoso, se quiser.

— Que bom. — Breen se levantou para atender, acompanhada de Porcaria, que abanava o rabo.

— Espero não estar incomodando, mas achei que você gostaria de tomar um chá e comer alguma coisa. Trouxe o suficiente para dois; pensei que Marco talvez estivesse com você.

— Ele está cochilando, acho. Perdi a noção do tempo.

— Faltam mais ou menos duas horas para o pôr do sol. Ah, você estava escrevendo — acrescentou Brigid enquanto deixava a bandeja na mesinha perto do fogo. — Então, estou atrapalhando.

— Não, e eu aceito o chá. Quer tomar comigo? Tem tempo para sentar um pouco?

— É muita gentileza sua, mas não quero atrapalhar.

— Não atrapalha. — Para resolver o problema, Breen serviu duas xícaras e se sentou. — Alguma novidade?

— Só que a estão procurando. As pessoas estão comentando ao redor do castelo, na aldeia, por aí. Um diz que a viu em um lugar, outro pensa que a viu em outro, mas na verdade ninguém a vê desde ontem. Fiquei muito chocada quando encontramos Kiara. Não por Shana ter machucado alguém, mas por ter feito isso com uma amiga.

— Você não gosta de Shana?

— Bem...

— Tudo bem, eu também não gosto.

— Bem, ela nunca me convidaria para sentar e tomar chá. Ela era mais do tipo: não quero rosas-vermelhas em minha cama. Tire essas daí e ponha as cor-de-rosa; preciso de minhas botas de montaria limpas até o meio-dia. Ela trata as pessoas que dão seu trabalho ao castelo como servos, e nós não somos isso.

— Não mesmo. Você dá seu trabalho aqui porque gosta e porque tem um dom. Se ela não reconhece isso, está errada.

— Meu coração dói pelos pais dela, por Kiara e por Loren, pois é evidente que ele a amava. Ainda ama, acho. Bem, Hugh disse que você se saiu bem no arco e flecha hoje.

— Disse?

— Disse, sim. Ele está indo ver a família; tenho primos no norte e ele é um grande amigo de um deles. Ele falou que você vai melhorar com mais prática.

— Pior não dá para ficar. Ele me deu um protetor de couro para o braço, e isso evitou que eu ficasse com vários hematomas.

Marco deu uma batidinha na porta antes de aparecer.

— Oi, Brigid. Oi, biscoitos!

Foi direto pegar um enquanto Brigid se levantava.

— Preciso voltar ao trabalho. Obrigada pelo chá. A chuva está parando um pouco — comentou, indicando as janelas. — Teremos uma noite clara, afinal.

— Eu a espantei? — perguntou Marco quando Brigid saiu.

— Acho que ela não consegue ficar parada muito tempo. Dormiu bem?

— Profundamente. Achei que Brian já teria voltado quando eu acordasse, e a elfa dos infernos estaria, tipo, na masmorra. Mas acho que não. — Ele se sentou e pegou outro biscoito. — Escreveu?

— Profundamente — repetiu ela. — Vou sair desta cadeira em um minuto, ou dois, e levar meu cachorro maravilhoso para passear na chuva.

— Vou junto. — Ele pegou pão e queijo. — Eles vão encontrá-la, e aí poderemos nos concentrar só em acabar com o Malvadão.

Caminharam pelo que era mais uma névoa fina e úmida que uma chuva enquanto pedaços de azul iam atravessando o cinza. O sol mergulhava no oeste.

Dragões voavam pela névoa, pelo cinza e pelo azul. Breen viu Cróga, mas com Bran, o garoto a quem Keegan prometera uma volta.

Então, ele voltou, pensou Breen, ou partiu a cavalo. Mas, como as buscas continuavam, Shana continuava foragida.

Foram até a aldeia e voltaram enquanto a neblina desaparecia e caía o crepúsculo. Quando chegaram, Brigid apareceu correndo.

— Menina, você está em todo lugar! — comentou Marco, e ela riu.

— Acha mesmo? Bem, estou aqui para dizer que o *taoiseach* mandou chamá-los. Ele está na oficina da torre. Vou levá-los.

Ela os levou à torre, subindo os degraus sinuosos até um andar abaixo do quarto de Keegan.

Brigid bateu e abriu a porta pesada.

— Entre.

Breen viu uma sala tão grande quanto os aposentos dele. Havia lareiras estalando em ambos os lados, mesas de trabalho, prateleiras com caldeirões, tigelas, velas e potes.

E viu Marg.

— Nan!

Ela quase voou pela sala, mas Porcaria a venceu e foi se esfregar nas pernas de Marg, todo feliz.

— Ah, aqui está você! — Marg retribuiu o abraço forte. — *Mo stór*, que situação!

— Que bom que você está aqui. Como veio? Por que veio?

— Daqui a pouco você vai saber. Marco, venha me dar um beijo. — A seguir, ela deu ao cachorro a atenção que ele pedia e tirou um biscoito do bolso. — Pronto, leve isto para perto do fogo. Keegan foi me buscar, viemos com os dragões. E estou aqui para ajudar, espero, a encontrar essa garota malvada desaparecida.

Keegan, com as mangas de seu suéter preto arregaçadas até os cotovelos, interrompeu seu trabalho com o almofariz e o pilão. Por seu rosto, notou Breen, via-se que estava cansado e pensativo.

— Outros virão, e vamos ver se conseguimos fazer funcionar.

— Fazer funcionar o quê? — perguntou Breen.

— Um feitiço de descoberta — disse Marg. — Não é tão simples quanto parece. Nós, os feéricos, sabemos bloquear esses feitiços e resistir a eles desde que nascemos. Eles tiram a escolha, e não existe nenhum feitiço escrito para encontrar algo além de objetos perdidos.

— Tome um vinho. Não lhe dei tempo para recuperar o fôlego desde que chegamos. Sente-se e beba.

— Bem, vou me sentar e lhe dar tempo para explicar o que sabemos até agora, e por que foi me buscar.

— Ela fez alguma coisa. — Breen sentiu um nó no estômago. — Machucou alguém.

— Um menino, de apenas doze anos. Sente-se, sente-se. Também quero me sentar um pouco — ele acrescentou enquanto servia vinho. — Em uma pequena fazenda na região central, perto das margens do rio Shein. Ele não havia ido à escola para cuidar dos dois irmãos mais novos enquanto seus pais participavam da busca. — Sem dizer nada, Marco pegou duas taças, para Breen e Marg. — Esmagou a cabeça dele com uma pedra e tirou suas roupas. Deixou-o sangrando e nu no frio, e levou o cavalo que ele havia ido alimentar.

— Ele está... mal? — perguntou Breen.

Keegan balançou a cabeça.

— Os curandeiros estão fazendo o possível. Ficou ali uma hora, acham, antes que os pequeninos, os gêmeos de quatro anos, fossem procurá-lo. Foram inteligentes, cobriram-no com cobertores e estavam correndo para a cabana mais próxima quando um dos *sidhes* que patrulhava a área os viu e desceu.

— Eles o colocaram em um sono mágico, pois a ferida é grande e levará horas, se não dias, para curar. Mas vai ficar bem. Ela está indo para o oeste, isso está claro.

— Para o vale, sua casa, sua família — disse Breen, olhando para Marg. — Minha casa, minha família.

— Todos estão avisados — garantiu Marg —, e são mais que capazes de encará-la. Isso não é um surto, um distúrbio; isso é o que ela é. Ela disfarçou bem, ou pode ser que não soubesse totalmente o que tinha dentro de si. Mas estava lá. Três vezes ela tentou tirar uma vida.

— Shana já havia andado uma hora ou mais a cavalo, aproveitando a chuva. Ela cavalga bem, e forte. — Keegan se sentou com seu vinho, mas não bebeu. — E, como ela mostrou ser mais esperta, ou sortuda, do que eu imaginava, acho que seguirá a pé assim que o cavalo não lhe servir mais.

— Mas com frio e molhada, certo? — Marco interveio. — Faminta, cansada, e deve estar meio assustada também.

— Não importa — acrescentou Breen —, nada disso importa, porque Nan tem razão. Essa é a verdadeira Shana. Fora de controle, mas isso é o que ela é. O que precisaríamos para um feitiço de descoberta? Alguma coisa dela?

— Temos cabelo de suas escovas e pentes — disse Keegan. — Roupas e joias, e ela deixou na penteadeira algumas gotas do sangue que usou para o feitiço. Vamos usá-lo.

— Vamos escrever o feitiço, lançá-lo — disse Marg — e encontrá-la.

Breen olhou para as chamas gêmeas que brilhavam e as ferramentas de magia. Além dela, havia mais três Sábios prontos para trabalhar sob um teto pintado com estrelas e as duas luas de Talamh.

Isso era algo que ela poderia fazer. Podia ajudar.

— Por onde começamos?

Breen se sentou ao lado de Tarryn, que se juntara a eles para elaborar as palavras e a intenção. Marg e Keegan trabalhavam com os ingredientes, misturando poções frescas e destilando óleos.

Absorta, frustrada e fascinada, Breen só percebeu que Marco havia saído quando ele voltou.

— Pausa para o jantar — anunciou ao entrar carregando uma panela, seguido por um homem e uma mulher que discutiam sobre a chuva segurando uma tábua com pão e tigelas. — Brigid entrou atrás com comida e água para Porcaria. — Eu sei que vocês têm que trabalhar — disse Marco —, mas os bruxos também têm que comer.

— Ele tem razão — concordou Tarryn antes que Keegan pudesse objetar. — Trabalharemos melhor com a barriga cheia. O que temos aqui, Marco?

— É o que chamamos de sopa de entulho. Fui à cozinha e Maggie e Teag me deixaram cozinhar.

— Ele é um cozinheiro maravilhoso — disse Maggie enquanto arrumava a mesa com Teag. — Provamos e aprovamos, vocês terão uma boa refeição saudável. Que as bênçãos dos deuses caiam sobre todos vocês pelo trabalho que estão fazendo, e nossas velas estão acesas para o menino da região central.

— Obrigada, Maggie, obrigada, Teag; e a você também, Brigid. Andem, vamos sentar — Tarryn apontou para a mesa — e ver o que Marco fez com o entulho.

— O cheiro e a cara estão ótimos. — Controlando a impaciência, Keegan se voltou para eles. — Espero que ele tenha deixado bastante para vocês.

— Deixou, *taoiseach* — Teag sorriu —, e vamos comer rapidinho. A cozinha é sua quando quiser, Marco.

Tarryn serviu o ensopado.

— Obrigada pela refeição, Marco.

— Só quero fazer minha parte. Porcaria e eu vamos dar um passeio depois de comer para vocês poderem voltar ao trabalho. Eu ouvi direito? Vocês têm que fazer isso lá fora? Teag disse que o tempo vai piorar.

— Fora é melhor. — Keegan comeu uma colherada. — Nossa, maravilhoso. Temos que fazer uma legião de sete — continuou. — E sete de cada tribo.

— Como no Samhain.

— Sim. Eu queria pedir para você participar.

— Eu? — perguntou Marco, pestanejando.

— Teríamos sete que não são feéricos, que vêm de fora. E você seria um deles, se escolher participar.

— Claro! Uau! O que eu tenho que fazer?

— Estar conosco — disse Tarryn simplesmente.

— Isso é fácil. Já estou.

※

Nas profundezas da floresta, havia um dólmen que servia de altar para altos rituais e feitiços importantes. Em torno dele, durante a última hora, os sete que representavam os Sábios lançaram o círculo.

Embora o ar estivesse frio e o vento balançasse seu manto, Breen sentia um calor por dentro enquanto, com as outras seis pessoas, realizava o ritual.

Surpreendeu-se ao ver Loren participar da legião, então se deu conta de que esse era o modo de agir de Keegan. Reconhecimento de inocência e fé.

Invocaram os Guardiões enquanto outros círculos se formavam ao redor deles – de *sidhes*, animórficos, *trolls*, elfos, sereianos no mar e os sete de outros mundos.

Velas e tochas ganharam vida, espalhando luz nas sombras.

— Pela justiça, pela paz, queremos encontrar aquela que se esconde do julgamento.

Enquanto falava, Keegan derramava no caldeirão água recolhida da chuva do dia.

— Como ela quebrou as Primeiras Leis, deve enfrentar a punição.

Marg esvaziou duas garrafas no caldeirão e pronunciou:

— Poções para visão clara e coração claro nadam na água misturada por filho e filha.

Tarryn deu um passo à frente:

— Agora, ervas e cristais para o poder, a luz, que nesta poção trazem conhecimento e visão.

Com olhos que deixavam transparecer o sofrimento e voz grossa, Loren deixou pairar a mão sobre o caldeirão.

— Este broche eu dei a ela... eu poderia salvá-la.

O próximo acrescentou uma luva, e o seguinte uma escova com pedras preciosas engastadas e um pente.

— É Shana O'Loinsigh que queremos encontrar, e para isso este feitiço aos sete ventos vamos lançar. Agora, enquanto se cobre de chamas o altar, um por um, o nome nós sete vamos pronunciar.

Sob o caldeirão, chamas se ergueram e envolveram o dólmen. E do dólmen subiu a fumaça em espiral, branca como as luas.

— Ouça os crimes dela contra mim, e conceda-nos a visão para que a justiça seja feita, por fim. Com este sangue ela tentou me amarrar, contra minha própria vontade tentou me cegar — disse Keegan, e acrescentou o sangue.

Tarryn derramou os pedaços de cristal que tinha nas mãos.

— Com este vaso agora quebrado, ela feriu uma amiga para manter seu segredo selado.

Breen ouviu o dólmen zumbir sob as chamas enquanto levantava a faca enegrecida sobre o caldeirão.

— Com esta faca ela tentou me matar. Pelas costas com esta lâmina tentou me atacar.

Marg contribuiu com a pedra manchada de sangue.

— Ela bateu com esta pedra em um menino e ali o deixou caído. Por sua malícia, sua vida aguarda justiça.

A voz de Keegan subiu como a fumaça.

— Neste momento, com os poderes reunidos, defendemos Talamh e suas leis, unidos. Que as chamas e a fumaça nos mostrem o que precisamos ver, para que justiça possamos fazer.

E na fumaça e nas chamas, Breen viu.

Nos bosques do oeste, onde o musgo crescia denso e o rio corria rápido e verde, Shana se esgueirava pelas sombras, entrava nas árvores e saía de novo.

Quilômetros atrás, abandonara a égua. Ela servira a seu propósito mas, mesmo com chutes violentos, já não conseguia nem trotar. Shana encontrou o caminho, porém, pois se recordava dele de um passeio com Keegan em sua única viagem ao vale.

Haveria uma cachoeira à frente e, nela, o portal para Odran. Estaria vigiado, sem dúvida, e ela ainda tinha que descobrir como abrir o maldito portal.

Mas havia chegado até ali.

Havia enganado cavaleiros, dragões e outros elfos (traidores!), de modo que não seria detida. Sentira muita vontade de arranjar uma tocha e incendiar a fazenda que Keegan tanto amava. Mas resistira, escapara quando vira o ridículo irmão dele vigiando, e aquela prostituta alada, Morena, fazendo o mesmo perto da Árvore de Boas-Vindas.

Havia enganado todos eles.

Mas precisava descansar de novo, acalmar-se e pensar com clareza. E, pelos deuses, queria algo quente e saboroso para comer, e não os vegetais crus que arrancava das hortas.

Mais uma vez retirou a faixa de sua mão ferida e chorou baixinho ao ver as bolhas em carne viva, a vermelhidão subindo pelos dedos, que não podia desenfaixar completamente sem sentir uma dor insuportável.

Levou a mão ao rio e reprimiu um gemido, que era ao mesmo tempo de alívio e dor.

— Coitadinha! Uma queimadura tão violenta em uma pele tão macia...

Shana se voltou, pronta para correr, mas a mulher que estava parada ao lado dela simplesmente estendeu as mãos.

— Parada aí.

E ela não conseguia se mexer.

— Eu não observei e esperei tanto tempo para que você fuja agora e me faça observar e esperar de novo. Você é inteligente, Shana, mais do que eu achava, confesso.

Ela tinha cabelos vermelhos como o sangue, que caíam em ondas longas e perfeitas abaixo dos ombros de um lindo vestido cor de ameixa madura, cobertos com um manto dourado. Sorriu com olhos tão escuros e profundos que pareciam quase pretos. Joias brilhavam em suas orelhas, ao redor da garganta, dos pulsos e dos dedos.

Mesmo com medo, Shana a invejou pelas joias.

— Quem é você?

— Uma pessoa que está prestes a se tornar uma amiga muito querida para você. Quer que eu cure sua mão? Fique aqui, e eu a curarei.

Mas, se correr, aqueles que a estão caçando a encontrarão. Eu os impedi de encontrá-la até agora. — O sorriso da mulher era feroz. — Acha que conseguiu chegar até aqui sem ajuda?

— Por que você me ajudaria?

— Acho que vamos ajudar uma à outra. Levante-se, garota, e estenda a mão. — As pernas de Shana estavam respondendo de novo, então ela obedeceu. — Puxa, isso está nojento, não é?

A mulher começou a passar a mão logo acima da de Shana. Camada por camada, a dor foi diminuindo, o latejar foi passando.

A felicidade fez Shana fechar os olhos.

Quando os abriu de novo, as bolhas haviam sumido, assim como aquela vermelhidão horrível e as rachaduras pretas. Mas os vergões das cicatrizes formavam o cabo de uma faca sobre a palma de sua mão.

— Ficaram cicatrizes.

— Estou vendo. — A mulher soltou a mão de Shana, que olhava para sua palma com os olhos faiscando de raiva. — Já faz muito tempo que se queimou, vai ter que conviver com as cicatrizes. Use uma luva, se isso a preocupa. Agora, você vem comigo.

— Para onde? Quem é você?

— Para onde você quer ir. Sou Yseult, e estou de olho em você há muito tempo. Achei que enganaria o *taoiseach*, mas como não enganou... bem, você ainda pode ser útil.

— Conheço esse nome... Yseult. A bruxa de Odran. Como chegou até aqui se os portais estão lacrados e vigiados?

— Tenho meus caminhos, que vão se estreitando enquanto estamos aqui. Deseja se juntar a Odran e punir aqueles que a traíram? Você precisa desejar que eu a faça passar, e saiba que, enquanto o lacre não for totalmente quebrado, não poderei trazê-la de volta.

Shana estava vestindo roupas grosseiras de menino, tinha cicatrizes na mão e dor de estômago de fome.

— Quero me vingar. Quero fazê-los pagar.

— Então, venha comigo, depressa. Temos apenas alguns momentos. — Levantando as saias, Yseult correu para a cachoeira. Ao correr com ela, Shana viu quatro guardas. — Estão dormindo — disse Yseult. — Só mais um instante.

— Por que não os matou?

— A morte deixa rastros. Enquanto não souberem que eu posso entrar e sair, mesmo que Odran e os demais ainda não possam, não farão nada mais do que já fizeram. Agora!

Ela jogou o manto em volta de Shana e, envolvendo-a, pulou no rio. A luz brilhou na superfície das águas e logo escureceu.

CAPÍTULO 23

Breen ouviu gemidos. Mais que choro, era o som da dor arrancada de um coração.

Não precisou olhar para saber que provinha da mãe de Shana, porque sentia isso.

Ao lado dela, Tarryn segurou o braço de Loren.

— Temos que fechar o círculo, Loren. Você não pode quebrá-lo, e não vai poder ajudar Shana agora.

— Espere. Estou vendo. Está vendo? Não é uma porta — disse Breen —, nem uma janela. É uma... brecha. Estreita, irregular... embaixo da cachoeira. Não através, embaixo. Está vendo?

— Não. — Marg pegou a mão dela. — O que está vendo?

— A água está girando e a brecha se fechando. Quase pegou a ponta do manto dela. E, do outro lado, elas têm que se esforçar para subir à superfície. O feitiço está desaparecendo. Duas fadas, não, quatro, quatro entram na água para puxá-las para cima, tentando recuperar o fôlego. Há sangue na água. Não delas. Ela precisa de sangue para abrir a brecha. Embaixo da cachoeira, bem no fundo. Não através. Ainda não; ainda não é suficiente. Acabou.

— Vamos fechar o círculo.

Depois que o fecharam, Keegan falou com os pais de Shana.

— A tristeza de vocês é minha também. — E voltou-se para Loren. — Sua dor é minha dor. Não há conforto que eu possa lhes dar. Ela fez uma escolha.

Ele olhou para sua mãe, que assentiu.

— Venham comigo — disse Tarryn, e abraçou a mulher que chorava. — Venha, Gwen querida, e vocês também, Uwin e Loren. Vamos sair do frio.

— Eles nunca vão superar isso — lamentou Keegan baixinho, e se voltou para Brian. — Mande falcões, cancelem a busca. Avise meu irmão que estou indo para o oeste agora e preciso de ajuda para lacrar essa brecha. E você, Marg, tenho que lhe pedir que volte comigo, apesar de ter acabado de chegar.

— Eu vou, claro. Keegan, ela estava perdida antes de ir com Yseult. Ela foi porque estava perdida.

— Eu sei muito bem.

— Vou com vocês — insistiu Breen. — Posso ajudar; eu vi por onde elas passaram.

— Sim, você vai. Faça as malas depressa, pegue só o que precisa para agora. Marco, por favor, leve o resto quando voltar, amanhã.

— Amanhã? Ah... claro, sem problemas.

— Tenho muito a fazer e pouco tempo. Esteja pronta — disse a Breen — em meia hora.

Ele se afastou, dando ordens aos outros.

— Essa coisa de ser *taoiseach*... — comentou Marco, e bufou. — Nossa, ela foi para o lado do mal.

— Odran está com ela agora. Não sei se ela realmente entende o que isso significa; se realmente sabe o que fez.

— Ela escolheu — disse Marg categoricamente. — Venha, vou ajudá-la a arrumar sua mala. Eu trouxe pouca coisa.

Breen pegou as folhas que havia escrito e suas anotações, seu globo e outras ferramentas, e deixou o resto arrumado para Marco levar.

— Isto é para você. — Entregou a Marg o castiçal de ametista.

— Nossa, é lindo! E cheio de calma e paz. Que presente doce! Onde arranjou?

— Em uma loja aqui na aldeia. A mulher não aceitou nada em troca, então acho que o presente é dela. Disse para eu lhe dar seus melhores votos, e que talvez você se lembre dela: Ninia Colconnan.

O sorriso de Marg se iluminou.

— Com certeza, eu me lembro muito bem dela. Como você a encontrou? Ela está bem?

— Sim, e a loja dela é maravilhosa. Ela estava tricotando uma manta para um bisneto que vai chegar em breve. O décimo segundo, disse.

— Que vida boa e plena! Fico feliz em ouvir isso, e espero voltar e visitá-la. Mas agora...

— Temos que ir. — Quando chegaram ao lugar onde estavam Keegan,

Porcaria e os dragões esperando, açoitados pelo vento, Breen abraçou Marco bem apertado. — Você vai ficar bem?

— Tranquilo. Tome cuidado. Estou falando sério, Breen. Cuide de minha melhor amiga.

— Vou me cuidar, prometo. Vamos, Porcaria. Amanhã — disse ela enquanto corria para Keegan. — Vejo você amanhã.

Ao chamado de Marg, Porcaria montou no dragão com ela. Marco ficou observando Keegan colocar Breen em Cróga. E, com as asas batendo como trovões, dispararam pelo céu da noite.

Brian passou o braço em volta dos ombros de Marco.

— Não se preocupe.

— Um ano atrás ela ficava tão nervosa que não conseguia chamar um Uber, e agora está voando de dragão.

— Uber?

Marco deu uma risadinha.

— É uma coisa de carro. Antes eu tinha que empurrar para que ela saísse da concha, agora não há concha que possa segurá-la.

— Sinta-se orgulhoso, então.

— Estou orgulhoso. Mas tenho medo por ela. E por você também.

Brian puxou o rosto de Marco e o beijou.

— Não se preocupe. Estou usando sua proteção. Saia do vento e fique comigo. Daqui a poucas horas vamos para o oeste.

✦

Voaram pela noite, entrando e saindo das nuvens, por entre os ventos cortantes. Abaixo, o mundo dormia enquanto seus rios serpeavam e as plantas esvoaçavam. Breen viu as silhuetas escuras das montanhas, o mar largo e ondulante, e uma coruja, branca como um fantasma, de asas abertas voando para a densa escuridão de uma floresta.

Ao lado dela e Keegan voava Marg; sua capa com capuz esvoaçava, e Porcaria, sentado à frente dela, de olhos fechados, curtia o êxtase enquanto o vento batia em suas orelhas.

Era uma aventura para ele, pensou Breen. E para ela? Uma missão, vital demais para perder tempo com nervosismo.

Observou a terra, tentou avaliar onde estavam. Mas era muito diferente montar um dragão à noite e fazer a viagem a cavalo sob a luz do sol.

— Quanto mal ela pode fazer? — perguntou Breen, erguendo a voz acima do rugido do vento e das asas. — Quanto mal Shana pode fazer a você, a Talamh, agora que está com Odran?

— Ela conhece a Capital, o castelo, seus terrenos. Conhece os assuntos do conselho, pois o pai discutia essas coisas com ela, embora não devesse. Se ela prestou atenção, e agora acredito que sim, sabe os nomes de patrulheiros e espiões, conhece suas rotas e rotinas. Ela sabe demais. E mostrou ser mais astuta e implacável do que eu imaginava.

— Você vai dar um jeito. Vai mudar rotas, rotinas e estratégias.

— Sim, e isso já começou; mas ela passou a vida na política e nos planejamentos que fermentam na Capital. Entendo que ela seria valiosa para Odran. E lamento dizer que entendo claramente por que ela o escolheu, em vez de a sua família, seus amigos, seu mundo; por traí-los, ele lhe dará o que ela mais quer.

— Poder, posição e a liberdade de fazer o que quiser, doa a quem doer.

— Tudo isso, e a esperança de ver seu sangue e o meu correrem. E o de minha família, e acho que de toda Talamh, pois todos a rejeitaram.

— Ela é narcisista demais para entender que, se não der a Odran tudo que ele quer, ou se ele achar que ela não serve mais, vai matá-la sem pensar duas vezes. Não sei se...

Breen sentiu um aperto no coração, no estômago, na mente. Batimentos cardíacos, muitos, profundos e lentos. Dormindo como o mundo dormia. Mas um acordando agora, para bater como o dela.

No dela. No peito dela. Despertando, esperando.

No escuro, ela viu a silhueta da montanha, elevando-se tão alta que perfurava as nuvens que flutuavam ao seu redor.

Sentiu um anseio, e aquele batimento cardíaco se fundiu com o dela.

— O que é aquilo? — Apontou para a montanha. — Que lugar é esse?

— Nead na Dragain. É o pico mais alto de Talamh. O Ninho do Dragão.

— Hugh... Sim, foi Hugh que apontou aquele lugar para mim a caminho da Capital. Mas não me pareceu tão... Está diferente agora.

— É noite — disse Keegan. — Está escrito que o primeiro deles chegou lá e esperou por seu companheiro. E, quando este chegou, eles floresceram. Isso antes mesmo de os primeiros feéricos caminharem sobre a terra ou nadarem nos mares.

Juntos, Cróga e Dilis soltaram um rugido.

— Eles falam com os irmãos e irmãs que ficam lá — continuou Keegan. — Alguns param para descansar, outros para acasalar, ou para esperar. Daria para ver o Nead na Dragain do vale em um dia claro, olhando para o nordeste. E, como você disse, a caminho da Capital.

— Não lembro de ter visto antes de Hugh apontar a montanha. Parece diferente daqui de cima. — Conforme se afastavam, a atração que Breen sentia foi diminuindo, e a pulsação dentro de sua própria pulsação se acalmou. — Mas tudo está diferente. Não consigo ver onde estamos.

— Perto do vale agora, e Harken se juntará a nós, assim como Sedric e Mahon. Aisling também, pois alguém vai cuidar das crianças para ela.

Nesse exato momento Breen viu o dragão se aproximando com suas grandes asas abertas. O luar atingia suas escamas e arrancava um brilho de prata sobre o azul.

Com um movimento de cauda, ele se virou e emparelhou com Keegan e Marg, com Harken e Aisling nas costas.

— Vocês fizeram um bom tempo — gritou Harken.

— Os ventos estavam a nosso favor.

— Mahon foi na frente com Morena, pois ela estava comigo e não aceitou ficar. Eles já foram até o portal e voltaram, está tudo tranquilo lá. Vão levar Sedric na segunda viagem.

— Bem, não vamos deixá-los esperando.

Ele desviou para o sul e, em pouco tempo, Breen reconheceu – ou pensou ter reconhecido – as colinas, os campos, as florestas. E, quando viu os duendes nos jardins exuberantes e amplos de Finola e Seamus, soube exatamente onde estava.

O nervosismo se manifestou, mas ela o aceitou. Um pouco de nervosismo e dúvida era melhor que excesso de confiança.

Especialmente porque ela não tinha ideia do que devia fazer.

Breen ouviu a cachoeira antes de vê-la, e os dragões, ágeis como falcões, desceram pela floresta.

Keegan saltou e disse:

— Pule! — E acrescentou quando ela hesitou: — Agora!

Prendendo a respiração, Breen pulou. Ele a pegou e a deixou ali em pé.

— Aisling está grávida demais para... Oh — disse Breen quando viu Mahon voar com Aisling no colo.

Já sem cavaleiros, os dragões ficaram sobrevoando as árvores no céu escuro.

Um cervo saiu da floresta e se transformou em homem.

— Tudo limpo, *taoiseach*.

— Fique de olho, Dak. Não queremos interferência.

Todo animado, Porcaria corria em círculos.

— Como vamos fazer? — Breen apertou o passo para acompanhar Keegan, que ia à frente. — O que eu faço?

— Poder, luz, intenção, entrelaçados e fundidos. Sabe onde encontrar a brecha?

— Sim. Embaixo da cachoeira, perto da margem mais distante. Não consigo ver daqui de cima, mas...

— Você não vai ficar aqui em cima — começou Keegan, quando Morena pousou na frente deles, dobrando as asas.

— Está tudo limpo. Que viagem interessante você teve — disse a Breen.

Breen viu Sedric pegar as mãos de Marg e beijá-la levemente.

— Sem dúvida vou querer saber de tudo, mas, por enquanto, onde quer que eu fique, Keegan?

— Na outra margem. Você e Mahon flanqueando Aisling e Marg. Sedric na catarata. Falo com você quando houver tempo, Sedric, sobre a menininha. Obrigado por seu bom trabalho.

— A pequena Dilly é maravilhosa, e o trabalho ainda não acabou.

— Vamos lacrar essa brecha, e, da próxima vez que Yseult tentar usá-la para tirar um dos nossos, ela que se afogue em sua própria decepção.

— Keegan segurou a mão de Sedric. — Nossa luz é uma só luz. Nosso dom, um só dom — disse enquanto Mahon e Morena levavam Marg e Aisling para a margem oposta.

— Um só dom.

Aquele que ele chamara de Dak e outros saíram da floresta e ficaram perto da cachoeira.

— Nosso propósito é um só propósito.

— Um só propósito.

Mahon sobrevoou o rio e pegou Sedric, levando-o direto para a catarata. Mahon voou de volta para a margem, e Sedric ficou parado na água trovejante como uma estátua.

— Ele está protegendo o portal — explicou Harken enquanto tirava as botas. — E, ali, vai saber se alguém tentar passar.

Devia estar gelada a água, pensou Breen, e batia nele. Mas ele estava parado ali como um homem em um prado agradável, protegendo os olhos da luz do sol com as palmas das mãos.

— O que devo fazer primeiro?

Keegan olhou para ela.

— Tire a roupa.

— O quê?

— Botas e roupas vão pesar no rio. — Assim como Harken, ele tirou as botas, jogou o casaco de lado e desabotoou as calças. — Tire. Você ficará entre mim e Harken para nos mostrar a brecha. Com uma luz, um dom e um propósito, nós a fecharemos e a lacraremos. — Ele jogou a túnica de lado e ficou ali, nu e impaciente. — Ande logo.

— É uma questão de praticidade — disse Harken com suavidade, perfeitamente à vontade nu na frente de mais de uma dúzia de pessoas. — E de segurança também.

— Ah, inferno!

Com um movimento de mão, Keegan fez com que as roupas de Breen caíssem ao redor dela.

— Jesus! — Morrendo de vergonha, Breen usou as mãos e os braços para tentar se cobrir. — Você não pode simplesmente...

— A água vai cobrir você, apesar de estar gelada.

Keegan pegou Breen e simplesmente pulou.

Ela teria gritado se o choque da água gelada não a houvesse deixado sem fôlego.

Harken a segurou pelo braço.

— Recupere bem o fôlego, pois vai precisar. Precisamos que você nos mostre o que não conseguimos ver.

— Não pense, não questione — disse Keegan —, apenas sinta e aceite. Uma só luz, um só dom, um só propósito. Agora, prenda a respiração. Vamos juntos.

Como ele a puxou para baixo, ela não teve escolha. Mas podia ver claramente através do verde misterioso. Keegan e Harken seguravam suas mãos, então, com eles, ela nadou para baixo e para a frente, em direção à catarata que rugia.

Quando seus batimentos cardíacos se estabilizaram, Breen perdeu o pânico e o desejo de nadar para cima em direção ao ar.

O que ela sentia por dentro era mais forte. A coragem discreta de Sedric, a fé inquebrantável de sua avó, a luz de todos que estavam nas margens.

O propósito unido dos homens que seguravam suas mãos.

Ela viu as rochas e o lodo abaixo, a agitação selvagem da água à frente. Em sua mente, viu Yseult conduzindo Shana pela brecha – preta contra a mistura de verde e branco. Escurecida pelo vermelho do sangue.

Soltou as mãos para nadar até a brecha, uma fina linha escura na água. Quando estendeu as mãos, a luz, o dom e o propósito se juntaram.

A força da água queria empurrá-la para trás. Breen lutou contra ela, e Keegan e Harken a ajudaram a empurrar.

A luz, uma única luz, aqueceu a água, brilhando como o sol e, branca e pura, cobriu a brecha.

Ela sentiu a brecha se fechando com esforço, centímetro a centímetro; sentiu a escuridão que a havia aberto lutando para escancará-la como uma bocarra. Pensou na criança que havia sido arrastada pela brecha para enfrentar a morte e deixou a fúria sair.

Por um instante, o calor chiou e estalou, e então, com um leve murmúrio, a brecha foi lacrada.

Breen nadou depressa para a superfície para respirar. Keegan foi ajudá-la, mas ela estava tão furiosa que lhe deu um soco antes de sequer raciocinar.

E o atingiu no queixo.

— Nunca mais faça isso.

Harken subiu à margem e ajudou Breen a sair da água, colocando o manto dela sobre os ombros.

— Pronto, querida Breen.

Ela juntou o que restava de sua dignidade.

— Obrigada.

— Pronto — disse Keegan, pulando na margem. — Obrigado a todos vocês. Vamos nos manter vigilantes, aqui e em Talamh.

Ele vestiu a calça enquanto Breen tentava segurar o manto ao seu redor e vestir a sua. Enquanto ele dava ordens, ela conseguiu se vestir. Chegou a Sedric primeiro quando Mahon o trouxe de volta.

E passou os braços ao redor dele para recebê-lo, aquecê-lo e secá-lo.

— Eu vi você com a menininha do lado de Odran. Você a encontrou e a salvou. Eles estavam tão perto, tão perto... não pude ver, mas eu senti. Assim como você.

— Ela foi uma menininha corajosa, e perguntou por você: a deusa de cabelo ruivo que quebrou suas correntes.

— Não sei como fiz isso.

— Mas fez mesmo assim. Como seu pai ficaria orgulhoso!

— Eu vi você lutar no sul. Como seu filho ficaria orgulhoso!

Via-se a emoção nos olhos dele, que deu um beijo no rosto de Breen.

— Isso é o mais importante para mim: você ter dito isso. Descanse agora, amanhã farei biscoitos de limão para você. E alguma coisa para você — acrescentou, e fez um carinho em Porcaria. — Ele pulou logo atrás de você — disse Sedric. — Não para brincar, mas para protegê-la. — Sorriu, ainda a abraçando. — Venha. Marg, chame seu dragão feroz e vamos colocar estes ossos velhos na cama.

— Sem dúvida. — Ela abraçou Breen primeiro. — Não seja muito dura com ele — disse. — Ele carrega tanto peso... Mas pode ser um pouco dura sim, claro — sorriu enquanto se afastava —, pois ele merece.

— Conversaremos amanhã — disse Morena. — E com Aisling também, já que ela tinha uma antipatia tão feroz por Shana quanto a minha. E tínhamos razão, o que é bem satisfatório. Mahon precisa levá-la para casa, mas vamos saber de tudo amanhã. Belo soco — acrescentou, e foi até Harken enquanto ele chamava seu dragão.

Quando Keegan foi até Breen, ver o leve hematoma no queixo dele mais que compensou a dor na mão para ela. Por um momento, ele apenas a olhou – direta, profunda e silenciosamente.

— Levo você para a fazenda, para a casa de Marg ou...

— Para minha cabana. Quero minha própria cama, e silêncio.

— Como quiser.

Quando Cróga desceu, ela subiu antes que ele pudesse ajudá-la. Porcaria, animado, subiu atrás dela.

Ele montou e voaram sobre as árvores e os campos. Ela viu o dragão de sua avó e o de Harken, ambos sozinhos voando para o norte.

Atravessaram o portal da Árvore de Boas-Vindas para a Irlanda, onde caía uma chuva leve.

Na cabana, Porcaria saltou e surpreendeu Breen sentando-se e esperando, em vez de correr direto para a baía. Ela escorregou para baixo e se surpreendeu de novo quando Keegan desmontou, em vez de voar para longe.

— Gostaria de falar com você um instante. Fora da chuva — acrescentou ele quando ela não disse nada. — Se não se importar.

Ela queria uma bebida quente, um fogo ardente e um tempo sozinha para meditar, mas se voltou e entrou na cabana.

Keegan levou a mochila que ela havia esquecido e a deixou em cima da mesa.

— Não vou lhe pedir desculpas, pois já me desculpei mais com você nestes últimos meses que com qualquer um em toda a minha vida. — disse Keegan, enquanto Breen pendurou o manto e foi à cozinha fazer chá. — Não havia tempo a perder, e você estava toda cheia de melindres...

— Melindres? — Ela se esforçara para se manter fria e distante, mas sentiu o gelo rachar. — É assim que você chama minha reação ao ser despida, sem minha permissão, contra minha vontade, na frente de uma dúzia de pessoas?

— Eles não estavam lá para ficar olhando para você, e o que precisava ser feito tinha que ser feito depressa. Dane-se. — Ele se afastou e agitou a mão para acender o fogo, e voltou. — É um corpo, pelo amor dos deuses! Todo mundo tem um.

Porcaria estava ao lado dela, virando a cabeça ora para ela, ora para Keegan. Ela pegou um biscoito do pote para ele.

Em vez de devorá-lo, ele ficou só o segurando na boca.

— É mesmo?

— Sim. Você teria afundado como uma pedra se mergulhasse vestida, e, enquanto não estivéssemos na água, na brecha, como eu poderia saber em que estado estava aquilo? Quanto seria necessário para lacrá-la? O tempo que levamos para chegar lá serviu a Yseult para se recompor. Ela poderia ter tentado voltar, e aí teríamos que a impedir com Marg e Sedric já cansados e minha irmã grávida.

Ela desejava que tudo aquilo não fizesse sentido, mas fazia.

— No tempo que levamos para chegar lá, você poderia ter me explicado as coisas, o que eu precisaria fazer.

— Não pensei nisso. Uma mulher com quem eu me deitava antes tentou matar a mulher com quem estou me deitando agora e foi para Odran. O pai dela, um bom homem, um Sábio nos assuntos necessários, renunciou ao conselho, e não consegui fazê-lo mudar de ideia. A mãe dela vai chorar pelo resto da vida. O homem que ama aquela mulher não é bom para mim agora, e não será enquanto não conseguir superar, se é que um dia conseguirá.

Ele andava de um lado para o outro enquanto falava, como um homem enjaulado.

— Shana significava algo para mim, o suficiente para eu estar com ela. E, estando com ela, eu participei de tudo isso. Não me culpo — disse antes que Breen pudesse objetar —, mas isso é fato. Nem pensei em dizer que se você entrasse na água completamente vestida afundaria como uma pedra. Achei que você tivesse o bom senso de saber disso.

— Eu poderia ter percebido isso se você tivesse mencionado que nós teríamos que entrar na água.

— Ora, e como diabos você achou que nós lacraríamos a brecha se não entrássemos na água?

— Não sei.

— Quer que eu peça desculpas por achar que você era mais esperta do que parece ser?

Ela serviu o chá bem devagar.

— No mundo em que estamos agora, e onde vivi a maior parte da vida, somos mais reservados em relação à nudez. Quer que eu peça desculpas por achar que você já devia saber disso?

— Eu estive em um lugar uma vez, deste lado, onde as mulheres no palco tiravam... — Ele se deu conta de que só estava piorando as coisas. — Bem, não importa. Estamos em guerra, Breen. Desejo paz, tempo e habilidade para lhe dar o espaço de que você precisa, mas não tenho. O que fizemos esta noite não teria sido possível sem você. Eu precisava de você. Nós precisávamos de você.

Ela se acalmou um pouco e pegou outra caneca.

— Você espera que eu treine e aprenda a lutar nessa guerra com meus punhos, com uma espada, com um arco, com meus dons, e estou tentando. — Serviu chá na caneca e a entregou a ele. — E eu espero que você aprenda a me explicar as coisas, em vez de tomar decisões por mim. Já lhe contei o suficiente sobre minha vida, portanto você deve entender como me sinto quando tomam decisões por mim.

— É justo. É justo — repetiu ele. — Acho que sou tão ruim nisso quanto você é com um arco; mas vou me esforçar.

Satisfeito por ver que a crise acabara, Porcaria pegou seu biscoito e foi se deitar perto do fogo. Depois de provar o chá, Keegan suspirou.

— Agradeço o chá, mas será que você não tem um pouco de uísque para pôr nele?

Ela foi até um armário e pegou uma garrafa. Ele estendeu a caneca e ela lhe serviu um pouco. E como ele não retirou a caneca, serviu mais.

— Obrigado. — Ele tomou um gole, depois outro. — Não vejo como poderia haver problemas aqui esta noite, ou no que resta dela, mas não posso arriscar. Não posso deixá-la sozinha. Mas não estou pedindo para dividir sua cama. — Ele bebeu de novo enquanto ela o observava por cima da borda de sua caneca. — Na verdade estou muito cansado, acho que nenhum dos dois iria aproveitar muito. Posso ficar na cama de Marco, ou no sofá ali. Eu saberia que você está segura. Preciso dormir, e não vou conseguir se não souber que você está segura.

Ele parecia exausto, e ela percebeu que não tinha levado isso em conta. E não só fisicamente, pensou; exausto em todos os sentidos.

— Você pode dividir a cama comigo. Para dormir — acrescentou.

Ela deixou a caneca na mesa e abriu a mochila para tirar as folhas escritas e colocá-las na mesa. Foi pôr a mochila no ombro, mas ele a pegou.

— Eu levo.

Assentindo, ela foi para a escada.

— Vamos, Porcaria. Hora de dormir.

O cachorro disparou na frente e já estava enroladinho na cama quando Breen entrou. Ela acendeu o fogo e pegou seu nécessaire da mochila que Keegan carregava.

Entrou no banheiro e fechou a porta.

Quando saiu, Keegan, assim como o cachorro, já estava na cama – e os dois dormindo.

Vestiu uma calça de flanela, uma camiseta e baixou o fogo. Pensando no homem complicado e muitas vezes difícil com quem acabara se envolvendo, deitou-se na cama ao lado dele.

E caiu no sono no instante em que fechou os olhos.

CAPÍTULO 24

Breen acordou sozinha, com a luz do sol. Viu no relógio que já passava das oito – muito além de seu horário habitual de se levantar e sair.

Mas não sabia a que horas havia ido dormir.

Levantou-se, pegou um moletom e desceu para procurar seu cachorro.

Da porta dos fundos, viu-o na baía, e Keegan na areia jogando a bola. Todas as vezes Porcaria nadava atrás da bola ou saltava para pegá-la no ar.

Ela tinha boas razões para saber que ele ficaria fazendo isso por horas.

Foi fazer café e – resmungando consigo mesma por ser idiota e vaidosa – passou uma maquiagem discreta antes de ir para fora.

— Seu braço vai cair antes de ele se cansar de brincar — gritou.

Keegan ergueu a bola de novo e se voltou.

— Percebi. Dei comida para ele, o que é bem fácil, mas não sabia mexer na máquina de café.

— Por sorte, eu sei.

Ela lhe ofereceu uma das canecas.

— Obrigado. Gostoso. Pensei em pedir a Seamus para tentar cultivar o grão, já que ele é um mago com essas coisas, mas o chá é uma tradição. Talvez eu relaxe nisso um pouco depois que tudo estiver resolvido.

— Nunca perguntei o que você pretende fazer depois que tudo estiver resolvido. O que mais tem em mente?

— Bem, cuidar da paz ainda é necessário. As leis têm que ser cumpridas, as estradas mantidas limpas e desobstruídas, tenho que ajudar onde for necessário, manter tudo funcionando em nosso mundo e com os outros — ele deu de ombros —, e a maldita política nunca acaba. Eu li aquelas folhas.

— O quê?

— Você não deveria tê-las deixado ali se não quisesse que eu lesse. Gostei.

— Quase não escrevi na Capital.

— Do pouco que escreveu, gostei. As palavras fluem fácil. Você usou o castelo e a vila, como são sentidos, como cheiram. Dá a impressão de que as pessoas vão conseguir ver tudo sem nunca terem estado lá.

— Obrigada. Essa é minha esperança.

— Você não está tão brava hoje.

Ele pegou a bola que Porcaria, encharcado, largou a seus pés, e a jogou de novo.

— Talvez não.

— E eu não estou tão cansado. Queria ter tempo para persuadi-la a voltar para a cama, mas tenho que voltar à Capital.

— Talvez não tão brava não significa que estou pronta para ir para a cama com você.

— É aí que entra a persuasão. — Ele enrolou um cacho dela em seu dedo. — Mas tenho que ir e cuidar da bagunça por lá, depois voltar e cuidar da bagunça que sobrou aqui. Se eu voltar com tempo, queria levar você a um lugar, em Cróga.

— Onde?

— Falamos sobre isso se houver tempo. — Mais uma vez ele pegou a bola. — Você é um cão demônio, com certeza — disse, e a jogou. — Vai para Talamh mais tarde, certo? Precisa escrever primeiro, ficar um pouco no silêncio, mas depois vai para lá?

— Sim.

— Vejo você lá, se puder. Marco deve voltar antes do anoitecer. Bem antes, se vier com Brian.

— Acho que ao anoitecer.

— É a última vez — disse Keegan a Porcaria enquanto pegava a bola de novo. — Faça direitinho. — Ele fingiu jogar a bola, e Porcaria correu para água, mas logo voltou. Fingiu de novo e fez o cachorro pular, dançar e latir de prazer. Observá-los fez Breen se perguntar como Keegan teria sido quando era pequeno, uma criança, antes de tirar a espada do lago. Antes de assumir a responsabilidade pelos mundos.

— Tenho que ir — disse ele. — Preciso falar com Harken antes de ir para o leste, e ver se está tudo bem na cachoeira. Estou... explicando as coisas.

Foi preciso esforço, mas ela segurou o sorriso e assentiu.

— Estou vendo.

— Tudo bem, então. — Passou o braço em volta da cintura dela e a puxou para si. — Me beije, então. Eu precisei de muito autocontrole para não acordar você quando a vi deitada ali, quentinha ao meu lado, ao amanhecer.

— Talvez eu não achasse ruim.

— Só agora você diz isso? Não vou esquecer da próxima vez. Agora me beije, Breen, porque a viagem para o leste será fria. — Ela jogou um braço em volta do pescoço de Keegan e enroscou os dedos nos cabelos dele. Sem pressa. Testando seu poder, roçou os lábios dele levemente com os seus, olhando-o nos olhos. Então, mudou o ângulo e roçou de novo. Sorriu. — Vai me deixar na vontade? — disse ele.

— Poderia. — E aquele, pensou, era um poder que ela não sabia que tinha. — Mas... — Mordeu o lábio inferior dele. — ... não vou. Me beije, Keegan — sussurrou, e tomou sua boca. Tudo que ele sentiu, o calor louco da necessidade, se derramou sobre ela. E a deixou morrendo de desejo. — Eu não precisaria de muita persuasão.

— Que os deuses me poupem. — Ele baixou a sobrancelha e a fitou por um momento, então se endireitou e deu um passo para trás. — Tenho que ir. — E lhe entregou a caneca.

Cróga pousou na praia, atrás dele.

Ele se voltou, montou e olhou para Breen uma última vez. E partiu.

Ela escreveu no blog e testou suas habilidades com magia, criando fotos para o post com a memória. As encostas, as pontes sobre o rio e Porcaria pulando na água, Marco a cavalo...

Satisfeita, escreveu um e-mail para Sally e Derrick, deliciou-se com uma Coca-Cola e se sentou para trabalhar.

As palavras nem sempre rolavam fácil, mas era bom, muito bom, estar de volta à sua mesa, ao seu notebook, ao silêncio.

E, no dia seguinte, prometeu a si mesma, de volta à sua rotina preferida.

Escreveu até a tarde e parou. Hora de um banho de verdade, decidiu, e de tirar o pijama.

Hora de ir para Talamh.

Quando Breen e o cachorro entraram na floresta, Shana acordou.

Lembrava-se vagamente do banho... alguém lhe dando banho?

A água morna e perfumada...

Parecia um sonho, mas e daí, se tudo era tão suave e maravilhoso?

Viu-se em uma cama que a acolhia como se fossem nuvens, com lençóis de cetim branco roçando sua pele. No teto, pintados, deuses e fadas, elfos e animais estranhos que dançavam e fornicavam enquanto demônios de cascos fendidos tocavam flauta e criaturas de olhos maliciosos se banqueteavam nos seios de feéricas risonhas.

Era tudo tão alegre!

O quarto, com cortinas de seda branca e móveis dourados, era duas vezes maior que o que ela havia deixado para trás. E muito mais opulento, com pisos de mármore e lamparinas de cristal.

Ela havia sonhado fazer um quarto como esse quando tomasse seu lugar de direito nos aposentos do *taoiseach*.

Saiu da cama de altas colunas douradas e fez girar a fina seda branca que a envolvia. O fogo, de madeira, não de turfa camponesa, ardia em uma caixa de mármore branco com um console forrado de flores frescas.

Ela abriu as cortinas e ergueu o rosto para o sol, e viu um mar tonitruante.

Não havia uma pequena sacada onde ela mal cabia, mas sim um amplo terraço com trepadeiras floridas emaranhadas nas grades. Quis sair, mas o vento soprou tão forte que ela fechou a porta de vidro de novo.

Ficou grata ao ver seus perfumes, cremes e maquiagem favoritos arrumados, em lindos frascos, em cima de uma penteadeira com escovas de cabelo douradas e macias, pentes cravejados de pedras preciosas, um espelho com moldura dourada que refletia sua beleza, e uma cadeira forrada do mais pálido veludo rosa onde ela poderia se sentar e se admirar.

Abrindo a primeira das quatro portas do guarda-roupa, encontrou vestidos, corpetes cravejados de gemas, saias esvoaçantes, ricos tecidos. Com um gritinho de prazer, abriu mais portas e encontrou roupas de montaria, xales, cachecóis, peles, e uma parte inteira de sapatos e botas.

Estruturas para os vestidos exuberantes e sedutoras, camisolas, roupões de seda e cetim.

Em gavetas forradas de veludo, encontrou joias elegantes e deslumbrantes.

Tudo isso fazia valer a pena cada momento terrível de sua fuga de Talamh. Malditos fossem todos!

Para se divertir, pegou um par de brincos que eram estrelas de safira com uma lágrima de diamante e os colocou nas orelhas, e nos dedos colocou anéis que chamaram sua atenção.

Ao virar as mãos para admirar, viu as cicatrizes, a forma do cabo de uma faca marcada na palma de sua mão direita. Já não queimava sua pele, mas queimava, forte e fundo, seu coração.

Vingança. Um dia ela teria sua vingança.

Nesse momento, contudo, ela só queria as delícias, e encontrou mais quando entrou em uma generosa sala de estar. Mal havia começado a explorar quando ouviu uma batida – quase um arranhão – na porta.

Shana ergueu o queixo e disse:

— Entre.

A garota tinha cabelos cor de palha presos em um coque na base da nuca. Usava um vestido cinza sem forma e mantinha os olhos baixos, e carregava uma bandeja.

— Seu café da manhã, senhora. — Shana apontou para a mesa perto das portas do terraço da sala de estar. A garota correu e arrumou o bule, a xícara, os doces e um prato coberto. — Devo servir seu chá, senhora?

— Claro.

— Sou Beryl, e vou servi-la enquanto lhe agradar.

— Onde está Yseult?

— Não sei dizer, senhora.

— Quero falar com Odran.

— Disseram-me que Odran, nosso senhor, nosso mestre, mandará chamá-la.

— Quando?

— Não sei dizer, senhora.

— Até agora, seu serviço não está me agradando. — A garota ergueu os olhos apenas um instante, e Shana viu puro medo neles. Isso a deixou satisfeita. — Arrume a cama e pegue o vestido de veludo azul com os punhos e a bainha cravejados de joias, as botas de pelica azul com saltos dourados e as roupas de baixo apropriadas. Depois, vá embora. Volte daqui a uma hora.

Satisfeita, Shana se sentou à mesa, retirou a tampa do prato e encontrou uma omelete bonita e uma fatia de bacon.

Pensou na fome dolorosa que passara em Talamh, nas cenouras e nabos arrancados da terra que tivera que comer.

Comeu devagar, saboreando cada mordida, e a cada uma imaginava sua gloriosa vingança.

❦

Quando Breen subiu no muro da estrada de Talamh, Morena, com Amish no braço, chamou-a da fazenda.

— Finalmente!

— Estou atrasada. Vou à casa de Nan.

— Então nos encontramos lá. Vou chamar Aisling. Minha avó já está lá.

Com o falcão ainda no braço, Morena abriu as asas e voou para a cabana.

Divertida, Breen continuou. Ela havia sentido falta disso; foram poucos dias, mas havia sentido falta dessa caminhada pela estrada, passando pela fazenda e as ovelhas. Sentira falta de ver Harken no campo com os cavalos, como estava agora. Sentira falta do leve mugido das vacas, do cheiro de grama verde e fumaça de turfa na brisa de outono.

Porcaria trotava ao lado dela, e Breen sabia que ele estava tão feliz quanto ela por voltar.

— Nós não nascemos para castelos, não é? — Ela desviou para o lado quando ouviu uma carroça se aproximar; viu as três crianças na parte de trás. — Não tem aula hoje? — perguntou a si mesma em voz alta. — Que dia é hoje? Perdi a noção. — Viu o grupo que chamava de a Gangue dos Seis jogando com uma bola vermelha e bastões chatos em um campo ali perto, e perguntou. — Não tem aula hoje?

Mina, a líder de fato, acenou.

— Hoje é sábado! E bem-vinda de volta ao vale.

— Estou feliz por ter voltado.

Um dos meninos se transformou em um cavalo jovem, pegou a bola na boca e saiu correndo com ela.

— Idiota! — gritou Mina, e o perseguiu à velocidade de elfos. — Foi falta!

Por mais fantástico que fosse, pensou Breen enquanto prosseguia, era uma felicidade simples. Crianças brincando em uma tarde de sábado, como acontece em todos os lugares.

Ou como deveria acontecer.

Pegou a curva para a cabana de Marg, maravilhada com as flores que ainda desabrochavam apesar do frio. E viu a porta azul aberta. Porque era esperada. E era bem-vinda.

Lá dentro, o fogo ardia na lareira e o ar cheirava a pão fresco e doces. Ouviu a risadinha de Finola.

Estavam juntas no balcão, sua avó e a amiga mais próxima dela. Fada e bruxa rindo juntas enquanto Marg colocava um pão crocante sobre uma grelha para esfriar.

— Então eu disse: Seamus, se sua bunda não estivesse tão quente, não seria um convite para meus pés frios. Então ele rolou e... Ah, veja só, é Breen!

Breen aceitou o abraço que ela lhe ofereceu.

— Quero saber o que aconteceu depois.

— O que aconteceu foi o que acontece quando um homem rola em cima de você à noite. — Finola riu de novo, com seus olhos azuis brilhando.

— Por isso Fi está tão animada hoje — concluiu Marg.

— Claro que estou. E você, como está, querida? — Passou a mão pelo cabelo de Breen. — Que bom que voltou ao vale segura e bem. Que corajosa você tem sido!

— Corajosa não sei, mas estou feliz por ter voltado. Morena e Aisling estão chegando.

— Imaginei, por isso Sedric me trouxe um pouco de leitelho fresco da fazenda para fazer o pão de soda. E temos a geleia que ele mesmo fez, e biscoitos de limão. E não esqueci desse cachorro tão bom — acrescentou Marg, pegando seu pote de biscoitos.

— Onde está Sedric?

— Retirou-se, o Sábio, e deixou a cozinha para as mulheres.

— O que ele fez ontem à noite foi fantástico. Não consigo imaginar o poder que tem.

— Ele tem muito, mas posso afirmar que dormiu como uma pedra, e não rolou.

Finola soltou outra risada.

— Bem, mais noites virão. Vamos tomar vinho para nossa conversa de mulheres, não é, Marg?

— Sem dúvida. Tenho uma garrafa de espumante guardada para um dia como este.

— Não fiquei tanto tempo assim fora!

Marg apenas sorriu.

— Você foi mais longe do que imagina. Vamos usar a louça chique, Finola.

— Eu ajudo. Conheci seu filho, Finola. Ou o reencontrei, e a esposa, os filhos deles e suas esposas. Eu me lembrei de Flynn, Sinead, Seamus e Phelin. Assim que os vi de novo, lembrei.

— Sinead mandou um falcão para me contar. Ela ficou muito feliz. Amava tanto você...

— Eu lembro. Lembro que Flynn me jogava para cima, era como se eu estivesse voando, e Sinead colocava fitas em meu cabelo. Lembro da noite em que Odran me levou e você me trouxe de volta...

Breen dobrou os guardanapos coloridos em forma de leque.

— O que você lembra? — perguntou Marg.

— Lembro de minha mãe chorando e tremendo, e isso me assustou. Não foi culpa dela, não estou dizendo isso, mas fiquei assustada. E você, Finola, você a abraçou e consolou, e Sinead pegou Morena e a mim no colo. — Fez uma pausa, tudo voltara claramente. — Ela devia estar assustada. O marido estava na guerra, mas tudo que eu sentia era sua calma. Os meninos também estavam lá. Eram só crianças. E ela contou uma história para nós sobre um jovem dragão e uma jovem, e um grande tesouro. Não lembro exatamente, mas lembro da voz dela, tão reconfortante. E Keegan... eu tinha esquecido. Keegan sentado ali perto me observando. Só observando. Adormeci segurando a mão de Morena, no colo de Sinead.

— Ela nasceu para ser mãe — disse Finola. — Algumas pessoas têm esse dom.

— A minha não tinha. Não a estou culpando — apressou-se Breen —, foi uma noite terrível para ela. Acho que acabou de quebrar o que já estava começando a rachar. Ela me ama do jeito dela, mas é um jeito limitado. Ainda bem que eu tenho vocês e Sinead, e Sally, na Filadélfia. São muitas mães para uma pessoa só.

Aisling e Morena entraram, e esta última olhou para Finola.

— O que provocaria lágrimas em seus olhos hoje?

— É uma lágrima de emoção. E onde estão seus meninos, Aisling?

— Cochilando, graças aos deuses, e o jovem Liam O'Malley está cuidando deles, pois tem energia para quando acordarem. Está tudo lindo, Marg.

— Temos espumante para acompanhar. Uns golinhos não farão mal a esse bebê — acrescentou Marg.

— Do jeito que ela chuta... e eu vou continuar dizendo *ela* até eu ter uma menina. Acho que ela aguentaria uma garrafa inteira e nem assim ficaria quieta.

Sentaram-se para comer pão, geleia, biscoitos e tortas, e Marg serviu o vinho.

— *Sláinte* para todos. — Morena ergueu a caneca. — E agora eu quero ouvir tudo. Conte a história toda, Breen.

— Eu só soube de partes — comentou Aisling —, e por Mahon, que é homem e, como a maioria, é avarento nos detalhes, mesmo que os recorde. Mas me diga primeiro: é verdade que Shana tentou enfiar uma faca em suas costas?

— É.

— Ah, vadia diabólica! Nós nunca gostamos dela, não é, Morena?

— Nem um pouco. Ela sempre me olhava como se eu fosse uma formiga desagradável na sola do sapato dela.

— Verdade — concordou Aisling. — E, para mim, dava um sorriso superior, como de uma rainha para uma fazendeira. Mas quero saber o que ela estava vestindo, pois tinha roupas maravilhosas.

— Estava com um vestido verde, com brilho e decote quadrado, e não disfarçava bem o olhar que dizia que eu era bem menos do que havia esperado.

Breen começou a contar a história pelo momento em que se aproximaram da Capital; falou de sua impressão dela e da aldeia, e descobriu que, enquanto prosseguia – a cena no pátio, a visita de Shana ao seu quarto –, elas mostravam a mesma indignação e apoio. Ela ria, curtia o vinho e os biscoitos e se sentia parte de algo.

Um círculo de mulheres.

— Gosto de Brian, pelo pouco que conheço — disse Morena, passando manteiga e geleia no pão. — Eu o aprovo para Marco.

— Eles ficarão aliviados, pois estão mesmo apaixonados. E Marco estava muito bonito na recepção de boas-vindas, e ficou grato a você, Nan, por ter mandado a roupa. Como eu fiquei pelo vestido. Nunca tive nada tão bonito. Keegan disse...

Todas se inclinaram para a frente.

— O quê? — perguntou Morena. — Não nos torture.

— Ele disse que eu parecia vestida de estrelas, e era assim que me sentia.

— Que poético, vindo dele. — Aisling mordiscou um biscoito. — Vou ter que ver esse vestido. Deve ser deslumbrante.

— Eu estava muito nervosa, é muito diferente lá. Tão grandioso... se bem que todos, exceto vocês-sabem-quem, foram muito calorosos. A sala de banquetes, todas aquelas luzes, o cerimonial. Tudo muito exuberante depois do protocolo tão estrito do julgamento e da beleza comovente da cerimônia de partida. — Breen pousou a mão sobre a de Marg. — Senti falta daqui, mesmo nesse pouco tempo, mas consegui ver por que Keegan é *taoiseach*, como funcionam as leis, como funciona a Capital e aquela comunidade.

Contou a elas que saíra para tomar ar, para passear com Porcaria, e falou do ataque de Shana.

— Conheço um pouco os pais dela — disse Finola com cuidado. — Não muito bem, claro, mas os conheço das visitas que fiz a meu filho, meus netos, esposas e crianças. Vi Shana, a mulher que ela é. E vi a escuridão nela, e pensei, bem, é porque é muito mimada. Mas é muito mais que isso.

— Acredito que ela seja capaz mesmo de usar... é Loren, né? — Morena sacudiu a cabeça. — Não o conheço, não frequentamos o mesmo círculo social. Mas conheço Kiara, claro, como todo mundo. Consigo imaginar Shana usando as pessoas, inclusive quebrando uma das Primeiras Leis ao fazer a poção do amor, mas nunca imaginei que fosse capaz de tirar uma vida. Acho que minha antipatia por ela me deixou cega para o pior lado dela.

— A queimadura foi feia?

Breen sacudiu a cabeça para Aisling.

— Não sei, ela saiu correndo. Mas do jeito que gritou...

— Ótimo, e falo sem peso na consciência. Espero que tenha queimado até os ossos. O menino que ela agrediu e abandonou saiu do sono mágico, mas ainda não se sabe se ficará bem.

— Só uma pessoa má pode fazer isso com outra. — Finola serviu mais vinho. — E ela acredita que vai ter coisas boas com Odran, mas no fim vai queimar mais que a mão. — Sorriu. — Mas nossa Breen está aqui conosco, e ainda não ouvimos sua versão sobre o fechamento do portal.

— Ela deu um belo soco em Keegan — comentou Aisling.

— Foi um belo soco, dado com sentimento. — Morena mordeu outro biscoito de limão. — E merecido, concordo, mas precisa pegar leve com Keegan, porque era um assunto urgente e agir rápido fazia toda a diferença.

— Foi o que ele me explicou depois. Se tivesse dito tudo isso antes, eu teria... pensado em alguma coisa.

— Homens... — Morena apoiou o queixo na mão. — Só dão dor de cabeça. Sempre têm certeza de que sabem tudo, e nós é que temos que ter o trabalho de mostrar que não sabem. — Olhou para Marg. — Você não teria outra garrafa desse vinho borbulhante, não é, querida?

— Tenho sim. Vamos abrir.

༺༻

Shana ordenou à garota – nem se incomodou em lembrar o nome dela – que a ajudasse a se vestir. Era bom e correto ter alguém para servi-la sem que precisasse ser delicada e fingir.

Não deixaria a garota pentear seu cabelo, não confiava nas habilidades dela, de modo que o arrumou sozinha, deixando-o solto, meio para trás para mostrar as joias.

Escolheu uma gargantilha de círculos de diamantes com uma safira gorda, e um pingente em forma de lágrima que combinava com os brincos.

Shana queria sair, ver mais, mas, quando foi ao terraço, viu cães –

cães demônios – espreitando a ilha rochosa e os penhascos do outro lado da água.

Então esperou e, esperando, ficou entediada. Depois do tédio chegou a irritação. Foi em direção à porta – ficaria dentro de casa, certamente os cães não tinham permissão para andar à vontade ali – quando ouviu uma batida.

Aprumou os ombros.

— Entre.

Não era a garota dessa vez, e sim dois homens – *sidhes*, sentiu, com olhar duro.

— Venha conosco.

Ela não gostou do tom deles.

— Para onde?

— Odran mandou chamá-la. Você não vai deixá-lo esperando.

Ela inclinou a cabeça e foi até eles.

No corredor, eles a flanquearam, mas ela não se importou. As paredes de vidro preto a intrigavam, e ela admirou a luz das tochas refletida nelas.

Muito mais impressionante do que a pedra sem graça do castelo da Capital.

Seguiu-os descendo degraus largos que passavam de preto a dourado quando ela os pisava. Encantada, tentava observar tudo.

Joias brilhavam no vidro preto; grandes janelas deixavam entrar o sol e o rugido do mar.

Havia estátuas de sátiros, centauros e sereias em pedestais. Ela se assustou quando uma gárgula assobiou, em seu poleiro, e se afastou.

Desceram para um grande hall de entrada, onde o piso de mosaico mostrava uma imagem de Odran que ela já vira em livros: com vestes preta e segurando um globo – não, percebeu, um mundo – em cada mão.

E, sob seus pés, os corpos ensanguentados e sujos daqueles que ele dominara.

Isso a assustou e emocionou ao mesmo tempo.

Dois outros homens, vestindo couraças pretas, guardavam duas portas fechadas. Elfos, como ela, segurando lanças com pontas afiadas.

As portas se abriram quando ela se aproximou e sua escolta parou logo à entrada.

Uma sala do trono, pensou ela; grandiosa, com paredes de vidro preto brilhando devido aos cristais e pedras preciosas, e chão dourado. A luz recaía sobre o trono, dourado como o piso, fazendo-o brilhar, e também ao homem sentado nele.

Seu cabelo, dourado também, caía sobre os ombros e emoldurava um rosto tão bonito que deixou Shana quase sem fôlego. Seus olhos, cinza como fumaça, observaram-na se aproximar.

Sob suas saias, os joelhos de Shana tremiam.

Mas ele sorriu e acenou, chamando-a.

Estava vestido de preto – calças justas sobre as pernas compridas e uma túnica com cinto de pedras preciosas que refletiam a luz.

Estava ali sentado, à vontade, esperando.

Yseult estava ao lado dele. Usava saias esvoaçantes de um verde profundo e um corpete justo bordado com ouro.

Uma beleza, pensou Shana, mas ela é uma velha. E já passou da hora de ser substituída.

Quando tudo acabasse, Shana não ficaria em pé ao lado de Odran, e sim sentada em um trono ao lado dele.

Shana o olhou nos olhos e sorriu. E fez uma profunda reverência.

— Meu senhor Odran.

— Shana de Talamh — anunciou Yseult. — Eu a trouxe a você, meu rei, meu suserano, meu tudo, conforme o prometido.

Não, pensou Shana, não ia começar assim. Manteve a reverência, mas levantou a cabeça.

— Vim até você, meu senhor, por minha escolha. Sou grata a Yseult por sua ajuda.

— E por que veio?

A voz dele era música, e o coração de Shana dançava.

— Para servir-lhe como puder e, servindo-lhe, vingar-me de todos aqueles que me traíram.

— Então, veio para atingir seu próprio propósito?

— Sou sua convidada ou sua prisioneira, como quiser. Tenho esperanças de que meu propósito e o seu, meu senhor, sejam o mesmo.

Ele gesticulou, lânguido.

— E qual é meu propósito?

— Tomar Talamh, ou destruí-la. E governar os mundos além.
— Você é de Talamh, não é?
— Não mais.
— Mas tem família em Talamh.
— O que eles são para mim agora? Nada.

E, de fato, ela não sentia nada por eles. Os olhos de Odran eram hipnotizantes.

— Estou com você.
— E o que trouxe para mim? — Odran bateu com seus dedos longos nos braços largos do trono. — Não trouxe um tributo a este deus?
— Trago-lhe tudo que sou, tudo que sei. E todo o poder de meu ódio pelo que deixei para trás.

Ele fez um gesto e uma mulher lhe levou correndo uma taça. Bebeu preguiçosamente enquanto ela se curvava e se afastava.

— O ódio pode esfriar com o tempo.
— O meu não vai esfriar. — Ela estendeu a mão cheia de cicatrizes. — Ela fez isto comigo; sua neta, aquela que você pretende ter. Ela me marcou, e meu ódio queima como minha carne. Desejo o que você deseja: drenar o poder dela. Tudo que tenho entrego para esse propósito.

Ele gesticulou para que ela se levantasse.

— Veremos. Veremos se você traz mais que beleza e um coração sombrio. Isso se encontra facilmente. Veremos se você se mostra útil, e em caso afirmativo, terá o que procura. Senão — sorriu e bebeu de novo —, verá que o julgamento aqui não é tão leve quanto em Talamh.

— Serei útil. Da maneira que desejar, de todas as maneiras que exigir.
— Veremos. Mandarei chamá-la. Vá e espere. — Ela fez uma reverência de novo e, com o coração trêmulo, saiu. Os guardas a flanquearam mais uma vez. As portas se fecharam. Odran bebeu de novo.
— Veremos — repetiu ele, e olhou para Yseult. — Talvez ela seja útil, ou uma mera diversão. Mas o ódio dela é verdadeiro.
— Ela deseja governar com você, não sob você.

Ele riu.

— Ela terá o que eu lhe der. Mas, por enquanto, Yseult, estou satisfeito com o que você me trouxe. Providencie para que ela seja trazida a mim esta noite.

CAPÍTULO 25

Em sintonia com o mundo, consigo mesma e com suas amigas, Breen voltou para a fazenda com Morena e Aisling.

— Nossa, foi ótimo! É gostoso ficar com mulheres, beber vinho, comer biscoitos e falar mal de uma elfa psicopata. Ah, eu contei? Quando cheguei, Finola estava contando a Nan que transou com seu avô ontem à noite.

— Não contou — disse Morena, e sentiu um calafrio, fazendo Aisling rir. — E eu preferia que não tivesse contado.

— Foi uma graça. Elas são amiguinhas! Nós também. Seria estranho eu continuar dormindo com seu irmão? — perguntou Breen.

— Não tenho objeções quanto a isso — respondeu Aisling.

— Que bom, porque eu quero transar com ele de novo. E, se Odran conseguir me pegar e me sugar até secar, pelo menos terei feito sexo de primeira antes.

— Não diga uma coisa dessas. — Aisling deu um empurrãozinho em Breen. — Nenhum de nós vai deixar isso acontecer.

— Porque nós somos amiguinhas. E vamos acabar com ele.

— Isso mesmo — confirmou Morena. — E com essa Shana vadia.

— Quero muito fazer isso. É tudo tão violento, e eu nem me importo. Temos que salvar os mundos, não é?

— É o que nós fazemos. — Aisling passou a mão na lateral de sua barriga.

— Ela está chutando? Posso...

— Claro. — Aisling pegou a mão de Breen e a colocou sobre o bebê. Vida. Luz. Energia. Promessa.

— Uau! É incrível!

— Na maioria das vezes. Menos no meio da noite, quando você só quer dormir. Nunca sentiu um bebê mexer na barriga da mãe?

— Não. Já conheci mulheres grávidas, mas nunca me senti à vontade para pedir. Vejam, é Marco! Marco voltou! — Ela acenou e Marco respondeu com um grito. Estava com Brian no cercado escovando seus cavalos. — Quem diria que um negro gay da Filadélfia cairia de cabeça na vida de Talamh e se apaixonaria por um *sidhe* piloto de dragão? Queria tanto que Sally o visse!

— Talvez um dia Marco leve Brian para conhecer Sally.

Breen abriu um sorriso enorme para Morena; gostou da ideia.

— Seria fantástico.

Porcaria correu na frente para cumprimentar os recém-chegados, depois ficou dançando em volta de Mab, um adolescente e os dois filhos de Aisling. Os meninos imediatamente jogaram Porcaria no chão e pularam em cima dele.

— Esses dois safados se comportaram com você, Liam?

— Foi uma batalha, mas eu venci. Na verdade, nós nos divertimos muito, e confesso que comemos até o último biscoito de gengibre, não sobrou nem farelo.

— Foram feitos para comer.

— Não vá! — disse Finian, abraçando as pernas de Liam. — Brinque conosco um pouco mais.

— Volto outra hora, mas tenho que ir. E cuidem da mãe de vocês, seus piratas, ou vão andar na prancha.

— Iu-hu! — gritou Kavan.

Rindo, Liam se transformou em um jovem cervo e correu pelo campo em direção à floresta.

Os meninos imediatamente correram para Aisling para lhe contar que brincaram de pirata e de saquear os mares.

— Estou com minha luva — disse Finian, tirando-a do cinto. — Posso praticar com Amish?

Morena olhou para seu falcão, empoleirado no muro.

— Acho que ele concorda. Onde está Harken?

— Saiu com Keegan e papai. Eles voltaram, mas saíram de novo. Disseram que voltariam antes do jantar. Posso praticar agora?

— Coloque a luva. Vou ficar um pouco aqui com eles, Aisling.

— Que bom! Vou usar a cozinha da fazenda e cozinhar para todo mundo. Você, Marco e Brian são bem-vindos, Breen.

— Obrigada, mas temos que voltar daqui a pouco.

— Se mudar de ideia... Mande-os entrar quando se cansar deles, Morena.

— Pode deixar.

Morena ficou entretendo as crianças e Breen foi encontrar Marco, que saía do cercado.

— Como foi a volta? Você não vai acreditar na noite que eu tive! Mas o dia foi maravilhoso!

Ele inclinou a cabeça e olhou para ela, sorrindo.

— Andou bebendo durante o dia, menina?

— Sim, e foi demais. Tenho muita coisa para te contar. Brian vai ficar ou tem que voltar?

— Vai ficar. Colocaram mais tropas no vale, por causa do portal da cachoeira. Tudo bem se ele ficar na cabana, você sabe... comigo, quando não estiver de serviço?

— Dã! — Ela lhe deu um grande abraço e se aninhou nele. — A casa é sua também. Nós moramos juntos!

— Tá alegrinha mesmo, hein?

— Acho que eu deveria dar uma cochilada, mas não quero. Estou me sentindo tão bem! Sinto que tudo vai ficar bem porque, caramba, nós somos do bem. Ou talvez porque eu bebi um champanhe feito por fadas.

— Vou ter que arranjar um pouco para mim. Breen andou bebendo champanhe — disse a Brian quando ele se aproximou.

— *Sidhe* ou elfo?

— *Sidhe*.

— É o melhor. Não importa quanto beba, não dá ressaca e não traz arrependimento no dia seguinte.

— É maravilhoso. Eu dei um soco em Keegan.

— O quê? — Marco deu um puxão nela. — Quando? Por quê?

— Ele tirou minha roupa na frente de todo mundo e me jogou no rio. Nós lacramos a brecha, mas eu dei um soco nele. É uma longa história, mas tudo bem agora, ele me explicou.

— Nós sabemos que vocês lacraram a brecha — começou Brian —, cruzamos com eles na viagem de volta. Quero ouvir o resto da história, mas preciso ver se precisam de mim no portal.

— Eu levo suas coisas — disse Marco.

— Tudo bem se eu passar um tempo na sua cabana?

— Absolutamente bem, cem por cento. — Breen o abraçou e suspirou de felicidade, e murmurou no ouvido dele: — Se você o magoar, eu te transformo em um porco e faço assado no jantar.

Ele soltou uma risada.

— Eu acredito. — Olhou para Marco com olhos brilhantes. — Sua amiga Breen Siobhan é feroz e assustadora.

— Como o champanhe *sidhe*, a melhor. Venha, vou levar você para casa.

— Certo. Veja, dragões! — Ela apontou para cima, onde Cróga voava ao lado do dragão de Harken e de Mahon.

Mahon desceu, pegou um filho em cada braço e eles deram gritinhos, e subiu para girá-los.

Harken pousou suavemente ao lado de Morena.

— Eu ia subir e dar uma volta — disse ela.

— Tenho a ordenha ainda. Venha me ajudar e daremos uma volta ao pôr do sol.

— Troca justa. — Morena pegou a mão dele. — Até amanhã, então — disse a Breen, e acenou.

Keegan desceu e se dirigiu a Brian.

— Fizeram um bom tempo.

— Verdade. Precisa de mim no portal?

— Esta noite não, estamos bem preparados. Mas amanhã você vai substituir Dak uma hora depois do amanhecer. E vai ficar lá até que eu mande uma mensagem ou vá pessoalmente. Quero você patrulhando o extremo oeste até o sul, ida e volta. Mas esta noite está livre.

— Obrigado.

— Vou cozinhar. — Marco esfregou as mãos. — Janta conosco, Keegan? Estou viciado em frango com bolinho de batata.

— Obrigado pelo convite, mas...

Keegan olhou para Breen, e ela deu de ombros.

— Por mim, tudo bem. Marco faz o melhor frango com bolinho de batata do mundo.

— Então eu vou com prazer. Primeiro preciso falar com Breen um instante.

— E eu vou começar e ajudar Brian a se instalar. Levamos Porcaria?

— Ah, tudo bem. — Breen se abaixou e fez um carinho no cachorro. — Vá para casa com Marco e Brian, eu vou logo. Ele vai querer nadar.

— Sem problemas. Vejo vocês do outro lado!

— Para onde estou indo? — perguntou Breen enquanto os dois iam pegar as malas e atravessar a estrada, com o cachorro à frente. — E por quê?

— Eu disse que precisava levar você a um lugar se tivesse tempo, e hoje eu tenho.

— Brian voltou montado em Boy, foi uma viagem muito longa.

— Não vamos a cavalo — disse, e a observou com atenção. — Você está bêbada, Breen?

— Talvez um pouquinho. De leve.

— Bem, o voo deve arejar sua cabeça.

— Vamos de dragão? — Ela se animou. — Que dia incrível! Agora vou ganhar um passeio de dragão e depois frango com bolinhos de batata. — Inclinou a cabeça. — E talvez, se eu estiver no clima, deixe você transar comigo.

Ele pegou a mão dela e chamou Cróga.

— O que você andou bebendo? Preciso arranjar mais.

— Champanhe *sidhe*.

— Isso vai ter que esperar um ou dois dias.

Ele a ajudou a subir em Cróga e subiu atrás.

— Você não disse aonde nós vamos.

— Você vai ver.

Relaxada demais para teimar, ela ficou olhando para baixo enquanto subiam.

— É tão bonito! O vale, sim, mas a fazenda... Sempre que a vejo, entendo por que meu pai a adorava. E por que você a adora. Tem tudo a ver com a paz que você se esforça tanto para manter. Onde você morava antes? Acho que nunca perguntei.

— Na cabana que hoje é a casa de Aisling, Mahon e os meninos.

— Claro... é por isso que os dois lugares provocam a mesma sensação.

Enquanto voavam para o oeste, ela foi observando outros pontos que conhecia. A cabana de Nan, claro, e a de Mina e sua família, onde se viam roupas no varal e fumaça saindo da chaminé. E ao sul, as ruínas, as pedras, o túmulo de seu pai.

Subiram mais alto, acima de árvores enormes. Maravilhada, ela pegou a mão de Keegan.

Os penhascos, transparentes como vidro, erguiam-se sobre um mar agitado. A água batia em sua base, vomitando sobre rocha, xisto e areia, e se recolhia de novo. E depois corria e batia mais uma vez.

No topo dos penhascos, Breen viu árvores dobradas e retorcidas pelo vento, e grama alta tombando a cada lufada.

— É de tirar o fôlego. Já era visto da montanha, e agora ainda mais.

— É o extremo oeste.

— Marco e eu vimos as falésias de Moher na Irlanda. É assim, só que mais selvagem. Veja, estão chegando barcos.

— O mar está aí para ser pescado.

Ela ficou embasbacada de novo quando, ao sobrevoar o mar, viu lá embaixo uma baleia branca como giz.

E golfinhos saltando, e sereianos.

No topo do penhasco, viu outro círculo de pedra, maior que o outro, alguns edifícios de pedra e um punhado de cabanas.

— Aqui nós temos uma base, um campo de treinamento. São os olhos do extremo oeste. Meu pai e o seu treinaram lá.

— É mesmo? E você?

— Meu pai e o seu treinavam os jovens no vale. Aquelas pedras ali formam a Dança Finlandesa, as maiores e dizem que mais antigas de toda Talamh. Quando o sol nasce, no solstício de verão, atinge a pedra-rei, a mais alta, e a luz se espalha, branca e brilhante, por todas as pedras. E elas cantam. Cantam para todas as pedras do mundo, e todas as pedras do mundo respondem. — Ele circulou mais uma vez. — E assim a música e a luz do dia mais longo do ano tocam todos os recantos de Talamh.

— Deve ser magnífico.

— É. E no solstício de inverno são as luas, com a luz mais suave e repousante para a noite mais longa do ano. Mesmo assim se espalha, e as pedras cantam.

Ela se aconchegou nele enquanto voltavam.

— Adorei, obrigada.

— Ah, isso foi só para clarear sua cabeça. Ainda temos uma jornada pela frente.

Breen imaginou que seria curta, pois a luz do sol ia diminuindo em direção àqueles picos no oeste. Mas, longa ou curta, ela não se importava. Cróga atravessava as nuvens como um barco no mar, e o vento que batia no rosto de Breen era fresco. O mundo lá embaixo rolava, verde e dourado, com rios e estradas serpeantes. Sobrevoaram as minas dos *trolls*, os vales abaixo delas, a floresta onde as sombras se aprofundavam...

E então ela notou que estavam voando em direção àquele pico imponente.

— Vamos ver os dragões? — Mais que animada, ela jogou o cabelo para trás, pois o vento o batia em seu rosto, e se voltou para ele. — Ah, que dia! São muitos? Você consegue senti-los? Eu consigo. Há tanto poder, tanta atração!

Cróga soltou um rugido. Em resposta, dragões de todas as cores do mundo se ergueram no ar e responderam. Era como uma enxurrada de pedras preciosas contra o céu; e o poder, o poder absoluto deles era como o som de mil tambores.

— Meu Deus! Não estou conseguindo respirar. É maravilhoso! Tão bonito!

Ela deu uns pulinhos, e riu sozinha quando um dragão cor de ametista, com olhos de esmeralda, pairou ao lado deles. Cróga virou a cabeça e a esfregou na do outro dragão.

— É a companheira dele — disse Keegan. — Eles vivem muito, mas são monogâmicos.

— É linda. Como se chama?

— Banrion. Significa rainha, pois ela é da realeza. Sua amazona é Magda, que mora no extremo oeste.

— São tantos — disse Breen. — Todos têm cavaleiros ou amazonas?

— Não. Alguns perderam o cavaleiro ou a amazona, uma vez que não vivemos tanto. E, assim como com o companheiro, eles têm apenas um durante a vida toda, e vice-versa. Outros não escolheram ou não foram escolhidos, não encontraram ou não foram encontrados. E não o farão enquanto seu cavaleiro ou amazona não se transformar e fizer a escolha. Enquanto isso, eles esperam.

Ela viu cavernas na montanha, algumas enormes, e saliências, degraus, e um amplo platô. Nuvens giravam em torno deles como fumaça enquanto Cróga descia um pouco.

— Bebês! Ou jovens. São menores.

— Durante um ano a mãe carrega o ovo. Um a três ovos, mas três é raro. E então, quando se deita, choca o ovo, e só se levanta quando seu companheiro ou outro toma seu lugar, e só por um breve período.

Os jovens, grandes como cavalos, mexeram-se e grasnaram quando Cróga aterrissou no platô. E, como crianças, pensou Breen, aproximaram-se correndo, esvoaçando ao redor deles. Um, prateado, voou e encarou Breen com olhos azuis brilhantes, e logo se afastou.

— São lindos! Posso tocar?

— Eles não viriam até você se não pudesse.

Ela desceu e estendeu as mãos, tocando os que disparavam na direção dela fazendo curvas, círculos e mergulhos.

— Estão se exibindo — percebeu ela. — Brincando. Algum é filho de Cróga?

Keegan apontou para um jovem, esmeralda e azul, subindo na cauda de Cróga.

— É o mais novo dele. Observe. — Cróga sacudiu o rabo e fez o jovem voar. O som que ele emitiu só poderia ser considerado de alegria vertiginosa. Depois Cróga subiu para voar com sua companheira. — Eles têm três, dois machos e uma fêmea. Um de cada ninhada. Ela está carregando dois agora e queiram os deuses que nasçam em segurança no próximo verão.

— De todas as maravilhas que eu vi aqui, esta é a mais... sei lá... cativante. Sempre fui apaixonada por dragões. Acho que é coisa da infância, que eu não conseguia lembrar. E vê-los assim, livres e voando, adultos e crianças... — De novo ela estendeu as mãos. Um, do tamanho de um gato grande, pousou em seu braço. — Pesado! — disse, rindo, e o pegou no colo.

— Tem poucos dias de vida. Acabou de sair da caverna-ninho. — Keegan apontou para uma grande abertura. — Ali só podemos ir se formos convidados.

— Entendi. — Ela acariciou as escamas cor de âmbar. — Tive um sonho logo antes ir para a Irlanda, no verão passado. Eu estava andando à beira do rio, deste lado da cachoeira, e vi umas coisas coloridas, rápidas e brilhantes. Achei que eram passarinhos, mas eram bebês dragões. Pareciam borboletas voando em círculos e correndo. Um pousou na palma de minha mão. Mas os de verdade não são tão pequenos.

— Não. Mas os sonhos nem sempre são literais, não é?

— Não, mas parecia real. Como se nos conhecêssemos. Eu até dei um nome a ele.

— Que nome lhe deu?

— Lonrach. É estranho — o bebê se desvencilhou do colo dela e voou para longe —, como eu conheceria essa palavra?

— Sabe o que significa?

— Sim. Significa...

Seu coração começou a bater forte, e nele ela ouviu outro batimento, mesclado, pulsando ambos como um só. Em sua mente, outra mente esperando.

Anseio.

Um dragão vermelho com as pontas douradas pousou no topo da caverna. E ficou olhando para ela, enquanto outros voavam em círculos, como um anel de pedras preciosas.

O amor explodiu dentro de Breen como uma avalanche, uma força, uma dádiva. E seu coração chorou de alegria.

— Significa brilhante, porque você é brilhante. — Lágrimas borraram a visão de Breen quando ela se aproximou e Keegan recuou. — E aqui está você, Lonrach. Você é meu e eu sou sua. — Ele voou para ela enquanto os outros dragões sobrevoavam em círculos. Nos olhos dele ela se via, e sabia que ele se via nos dela. — Desculpe por tê-lo feito esperar tanto tempo. — Tocou o rosto dele e roçou o seu nele. — Você é meu, eu sou sua. Somos um só. Como você sabia? — perguntou a Keegan.

— Conheço Lonrach da vida toda. O dragão que espera que a filha dos feéricos volte para casa. Que desperte. Que se transforme. No dia do julgamento, você se levantou, falou e se transformou.

— Não estou entendendo nada.

— Você não se via, não via a luz e o poder que tem. Na volta, quando viu este lugar, sentiu-o como nunca o sentira antes. Então, a espera acabou.

Muito emocionada, ela encostou seu rosto naquelas escamas lisas como vidro.

— Sinto o coração dele dentro do meu. Sinto como se fosse meu.

— Eu sei.

— É assim com você e Cróga?

— Sim, e com todos que fazem o vínculo. Agora você vai voar nele.

— Posso montar nele? Sim, posso. Eu posso. Eu sei como. Mas não tenho sela.

— Vamos lhe dar uma, mas você vai ficar bem sem.

— Ele quer voar. — Inebriada de amor, ela apertou o rosto contra o de Lonrach de novo. — Ele quer, eu sinto.

— Vou ajudá-la na primeira vez — disse Keegan, e se aproximou.

— Devo muito a você por isso.

— Bobagem, não deve nada.

— Não é bobagem, devo sim. Você sabia e me trouxe para que nós pudéssemos nos encontrar. Você sabia como e quando. — Ela tomou o rosto dele nas mãos e o beijou. — Obrigada.

— De nada, então. Monte.

Ela deitou a cabeça no pescoço de seu dragão quando Keegan lhe deu um impulso para cima.

— Preciso chorar um minuto. Ele entende.

— Se precisa, tudo bem. Pronto? — perguntou quando ela se endireitou.

— Por enquanto.

Então, simplesmente pensou: Para casa. E colocou a cabana em sua cabeça.

Lonrach se ergueu. Keegan montou em Cróga para acompanhá-la.

Os dragões rugiram – um grito de triunfo – enquanto ela sobrevoava Talamh.

E era diferente, percebeu, diferente de ser passageira, por mais emocionante que fosse ir de carona. Agora, a sensação de voar era como se ela mesma tivesse asas.

Passaram por entre as nuvens, e ao redor delas, enquanto as últimas luzes do sol as tornavam douradas, violeta e rosa. Sobrevoaram os campos e florestas em completo silêncio, exceto pelo som do vento.

E então, embaixo, ela viu Marg e Sedric em frente à cabana, olhando para cima.

Eles sabiam; claro que sabiam. Rindo, ela jogou os braços para o alto quando Lonrach fez uma curva estilosa, como ela lhe pedira em pensamento.

Harken subiu até ela, com Morena atrás.

— Bem-vinda, amazona de dragão! — gritou ele, e se afastaram em direção ao sol poente.

No vale, outros saíram para olhar para cima e acenar. Ela viu Aisling com Kavan no quadril e Mahon com Finian nos ombros.

— Como todos sabiam?

— As notícias correm. Não é todo dia que feérico e dragão se unem e fazem seu primeiro voo. Dê um pouco de atenção a eles, voe um pouco.

— Por mim, eu voaria para sempre.

Ela ergueu o braço e acenou para Finola e Seamus; voou bem baixinho, a ponto de sentir o glorioso cheiro dos jardins deles e ouvir as palmas das crianças que corriam pela estrada.

Sobrevoaram o lago onde, quando garoto, Keegan havia emergido com espada de suas águas verde-claras, e sobre colinas e florestas, antes de voltar.

— É melhor você me seguir no portal; você nunca atravessou desse jeito sozinha.

O crepúsculo se espalhava e as sombras se reuniam. Keegan se inclinou em direção à Árvore de Boas-Vindas e Lonrach fez o mesmo.

Saíram de Talamh e entraram na Irlanda, atravessando a floresta em direção à baía e à cabana, em cujas janelas se viam as luzes brilhando.

Quando pousaram, Breen mais uma vez se deitou sobre o pescoço sinuoso de seu dragão.

A porta se abriu. Porcaria saiu em disparada, pulando e correndo em círculos. Lonrach se abaixou e o cão ficou em duas patinhas para lamber aquela cabeça grande e majestosa.

— Eles serão bons amigos — afirmou Breen.

— Claro. Ambos são seus e você é deles.

Keegan desmontou quando Brian saiu.

— Então, a espera dele acabou. Marco, você precisa ver isto.

Enxugando as mãos em um pano de prato, Marco foi para a porta.

— Só quero... puta merda! São dois! O que você está fazendo aí, menina?

— Este é Lonrach, e ele é meu.

Mantendo distância, Marco prendeu o pano no cós da calça.

— Você comprou um dragão?

— Não. Ele é meu — Ela escorregou para baixo e acariciou o dragão e o cachorro. — E ele nunca machucaria você.

— O que vai fazer com ele?

— Voar, aprender, amar.

— Menina, eu amo você mais que à minha harpa nova, mas nunca vou subir nessa coisa.

Dando uma piscadinha para Breen, Brian passou o braço em volta de Marco.

— Acho que nunca não é tanto tempo quanto você pensa.

— Nunca é nunca. Onde ele vai dormir?

— No Ninho do Dragão, a montanha. Ele vai saber quando eu precisar dele, e eu saberei quando ele precisar de mim. Amanhã — disse, e deu um passo para trás.

Com Cróga, Lonrach subiu, soprando os cabelos dela com o vento das asas. Voaram em círculos juntos, à luz das primeiras estrelas.

Voaram rente às árvores e foram embora.

Marco apenas sacudiu a cabeça.

— Acho que uma bebida faria bem a todos nós. O frango e os bolinhos estão no fogo e eu preparei uma tábua de frios. Acho que é hora de eu mostrar minhas habilidades de bartender.

— Estou sentindo o cheiro do frango, e não recusaria uma bebida.

— Keegan foi entrando. — E essa tábua de frios, hein?

CAPÍTULO 26

Enquanto Breen e os outros comiam o frango com bolinhos de batata de Marco, Shana entrava nos aposentos particulares de Odran.

Ele havia enviado um convite – uma ordem, mas ela preferia *convite* – para que jantassem juntos. Ela colocara um vestido mais formal, dourado, com um decote profundo e ousado.

Cobrira-se com joias e descobrira que a serva que lhe haviam designado tinha uma habilidade aceitável com cabelos. Arrumou-o de maneira que mostrasse seu rosto e as joias.

Shana esperava grandeza e luxo nos aposentos privados do deus, mas eles superaram suas expectativas.

As paredes de vidro preto brilhavam como espelhos. Centenas de velas emitiam luz em seus candelabros de ouro polido. Havia mais ouro nas colunas que flanqueavam a lareira onde o fogo ardia. Móveis, um longo divã, cadeiras largas de espaldar alto forradas de seda dourada ou veludo. Realmente, ouro nunca era demais.

Pedras preciosas pendiam de luminárias sobre mesas de mármore, e as janelas tinham vista para o mar escuro como a noite.

Ele estava sentado à vontade a uma mesa luxuosamente posta para dois, com pratos de ouro, taças de cristal, travessas de carne e guardanapos de linho dourado.

Ela fez uma reverência profunda.

— Meu senhor.

— Sente-se. — Ele acenou para que uma criada, que usava apenas uma coleira, como um cachorro, servisse o vinho. — Ela já se sentou onde você está porque me agradava. Até não me agradar mais.

Quando Odran ergueu sua taça, Shana fez o mesmo.

— Então, será minha honra e dever agradá-lo sempre e de todas as maneiras.

— Veremos. Você dividiu a cama com o *taoiseach* até que ele se cansou de você. Diga-me o que sabe dele, essas coisas que uma mulher que teve o pênis de um homem dentro de si sabe.

Embora a queimasse por dentro, Shana ignorou o insulto casual.

— Os feéricos o veem como forte, o portador da espada e do cajado, protetor de Talamh e defensor da justiça.

Anéis cintilaram na mão que ele sacudiu.

— Essa é a tradição, e não me diz nada.

— Como eles estão cegos pela tradição, não veem as fraquezas dele. — Ela tomou um gole de vinho. — Ele lidera por dever, não por desejo. Não tem ambição além da paz e da segurança de Talamh. Se não fosse o dever, passaria os dias arando os campos do vale com o irmão, plantando sua semente em alguém que se contentasse apenas com isso. Ele lidera, mas não governa. — Ela deu de ombros. — Isso não é força. Em outros mundos, uma pessoa na posição dele comanda. Os governantes não fazem escambo e permutas; eles tomam o que querem. Um verdadeiro governante governa com paixão, como você. Governa com poder absoluto. Mas Keegan se senta à mesa do conselho, onde falam sobre coisas pequenas e não pensam em nada do que os poderes dos feéricos poderiam obter em outros mundos.

Ele abriu um leve sorriso.

— Mas você pensa.

— Ah, sim. O mundo além, que aquela mulher que tem seu sangue atravessa de um lado para o outro livremente; um mundo enorme, de grandes riquezas, recursos e pessoas sem magia... poderia ser conquistado assim. — Estalou os dedos. — E outros também, todos. E tudo que eles têm seria nosso. Mas, em vez disso, os feéricos se prendem a leis tolas e tradições fracas, reverenciam a escolha e a liberdade como se fossem deuses.

— Mas você não.

— Eu não.

Odran fez um sinal para a mulher de novo.

— Sirva-nos. — Ela se aproximou para servir o prato de Odran e depois o de Shana e, enquanto isso, ele observava sua convidada. — Ainda assim, isso não me diz muita coisa sobre o *taoiseach*.

— Diz, meu lorde das trevas, que ele é um escravo do dever, e pelo dever morreria. Como seu filho, que tomou Keegan como filho dele.

Em outros assuntos — ela deu de ombros delicadamente enquanto comia —, ele gosta de livros e música, tem mais apetite na cama que vontade de exercer o poder de seu cargo. Não tem paciência, especialmente com formalidades, e tem um temperamento explosivo. Mas tem um coração mole; mole demais para a verdadeira força. Carrega o peso de ser um líder, mas não toma nada do que poderia e deveria ser dele. — Ela fez um gesto amplo, indicando os aposentos de Odran. — Você não encontrará ouro ou joias nos aposentos dele no castelo. Ouvi dizer que ele levou a forasteira até os *trolls* para fazer escambo pelo que ela queria, em vez de tomar. Fez escambo e bebeu com eles. — Shana provou a carne de seu prato. — Ele dá atenção ao que a mãe diz na maioria das coisas, se não em todas, como uma criança. O dom dele é forte. Se alguém disser que não é, estará mentindo. É muito habilidoso, e, embora não o tenha visto em batalha, eu o vi treinar outras pessoas. É feroz.

— Assim como era aquele que veio antes dele, o filho que eu criei e, ainda assim, está com seus deuses débeis.

— Sim, e dizem que Eian O'Ceallaigh o treinou bem. Talvez sabendo que o garoto que treinava seria líder um dia. Portanto, Keegan conhece cada colina, cada vale, cada rio, cada floresta de Talamh, e conhece pelo nome a maioria das pessoas que vivem lá. É uma habilidade, pois o torna querido por todos. Por isso são leais a ele.

— Mas você não é.

Ela continuou comendo delicadamente.

— Não sou leal a ele. Se eu tivesse tomado o lugar da mãe dele, teria usado minha influência para afastá-lo de tradições inúteis. Eu gostava de me deitar com ele, mas tinha um propósito. Se a forasteira não houvesse chegado, eu o teria alcançado. Desde então, tem sido minha esperança me encontrar com você para falar de objetivos em comum.

— E por que acha que eu iria me encontrar ou discutiria objetivos com você?

Sorrindo, ela jogou o cabelo para trás.

— Eu tinha esperanças de que você visse, por meio de seus grandes poderes ou de seus espiões, que comigo haveria mudanças. Algumas eu acredito que você aprovaria. E tenha certeza de que eu poderia ajudá-lo a alcançar tudo que deseja. Posso beber mais vinho, meu senhor?

Observando Shana, ele fez um sinal para a mulher.

— E agora, está sentada aqui, derrotada, sem ter alcançado seus objetivos, sem ter feito nenhuma mudança.

— Sim, é verdade. E mesmo assim discutiria com você como posso ajudá-lo a alcançar o que deseja e ter pequenos benefícios, o que achar que eu mereço. Meu pai faz parte do conselho — prosseguiu ela —, e, como minha mãe não tem interesse em política, sempre fui um ouvido atento para ele. Conheço as defesas e ofensas planejadas contra você, meu senhor Odran. Conheço o castelo como Keegan conhece o mundo, pois fiz dele meu mundo. — Bebendo mais vinho, Shana teve que admitir que sedução não funcionaria com um deus que podia tomar tudo que quisesse. Mas conhecimento sim. Ela se certificaria disso. — E eu sei o que acho que seus espiões e patrulheiros não sabem. Que nem os prisioneiros que você possa ter feito sabem, pois é algo conhecido por poucos: a localização exata de cada portal de Talamh, para quais mundos se abrem e como cada um é protegido. E, embora não conheça todos, conheço muitos portais de outros mundos.

— Já os atravessou?

— Não, milorde. Embora não seja permitido, meu pai foi indulgente mostrando-os em mapas para mim. Seria uma honra fazer isso por você, se lhe agradasse.

— E em troca?

— Em troca, eu veria punidos aqueles que se voltaram contra mim. Eu adoraria, depois que você drenasse todo o poder da forasteira, quando terminasse com ela, colocar uma coleira como essa nela.

— Porque ela tirou o *taoiseach* de você.

— Ele é apenas um homem, e homens se encontram fácil. É porque ela pegou o que eu batalhei para conseguir, o que mereço. — Shana estendeu a palma da mão. — E tenho isto para não me deixar esquecer. E ela terá cicatrizes, se você me conceder esse desejo, para não esquecer também.

— E o *taoiseach*?

Ela ergueu as sobrancelhas.

— Você o executaria se ele sobrevivesse à guerra. Keegan e sua família executados publicamente para que Talamh inteira saiba quem governa.

Pela primeira vez, ele sorriu.

— Você gosta de sangue...

— Prefiro vinho, mas o que é governo sem poder, o que é poder sem força? Para controlar mundos, é preciso que haja medo, sim, e sangue.

— E, para me ajudar, tudo que você quer é o que sobrar da garota depois que eu acabar com ela.

— Bem. — Com uma risadinha, ela gesticulou com a taça de vinho na mão. — Se ficar satisfeito comigo, eu não me importaria se você me concedesse um lugar... pequeno, inconsequente... onde eu possa governar. Sob seu domínio, claro. Ou, se ficar muito satisfeito, um lugar para me sentar ao seu lado. Para me deitar ao seu lado. Eu poderia lhe dar filhos, e deles você tomaria o que quisesses. Teria poder para beber durante anos e anos.

— E se você me desagradar?

— Não creio que isso vá acontecer. Meu senhor, toda a minha vida eu quis o que tenho neste momento: estar sentada ao lado de um governante de grande poder, de grande visão, que a usará para obter mais. Que alimente minha frívola afeição por coisas boas. Para isso, darei tudo que tenho para agradá-lo.

— Então, vai começar agora. — Ele se levantou. — Recolha tudo isso — disse à mulher calada e se dirigiu a outro aposento.

Como gostou do vinho, Shana levou sua taça.

Nem se preocupou em disfarçar o espanto diante da cama enorme, as altas colunas de ouro. Passou por outro fogo furioso aceso ali para explorar o vasto quarto.

Podia se ver – queria se ver – sentada diante da longa penteadeira, com seus puxadores de diamantes do tamanho do punho de um bebê, ou descansando entre as almofadas macias do sofá. No terraço, olhando para tudo que ela comandava – por meio de Odran, claro. Mas seria dela. Ela se certificaria disso.

Qualquer que fosse o custo, qualquer que fosse o preço, ela teria o que queria.

— Seu gosto é muito requintado. Sinto-me humilde em um aposento assim.

— Você não é humilde.

Ela sorriu e fez uma reverência.

— Você já me entende. Mas sinto-me honrada.

— Tire a roupa.
— A minha ou a sua?
— A sua.
— Bem, vou precisar da ajuda de um deus, pois não consigo desabotoar o vestido. — Ela deixou a taça na penteadeira, foi até ele e lhe deu as costas. — Pode me ajudar, milorde?

Ele puxou, rasgando o vestido ao meio. Shana simplesmente saiu do meio dos trapos e os chutou para o lado.

— Quanta força! Que excitante... Eu não tenho essa força, mas se permitir... — Ela se virou de frente para Odran, vestindo apenas a roupa íntima que escolhera para aquele exato propósito, e começou a desabotoar o gibão dele. — Gostaria de vê-lo, Odran, deus das trevas. E, mesmo sabendo que pode me tomar quando quiser, eu me entrego a você. Agora e sempre, como desejar. Ah, quanta beleza. — Ela passou as mãos sobre o peito nu dele, menos forte do que ela imaginava, de pele lisa, exceto pela pequena cicatriz sobre o coração. — Graça e força — murmurou enquanto descia as mãos para desabotoar a calça dele.

Já o encontrou duro como pedra, como as colunas de mármore, e sorriu.

Quando foi abraçá-lo e levar os lábios para os dele, ele a empurrou contra a grossa coluna da cama e a penetrou.

Frio; frio como um raio de gelo a empalando. Chocada, ela gritou, mas ele a empurrou contra a coluna e, por um momento, ela pensou sentir garras cravando-se em seus quadris.

Shana não resistiu, e como ele a observava com olhos que se tornaram negros, ela enroscou as pernas em torno dos quadris dele e, fechando os olhos como se estivesse em êxtase, gritou de novo e de novo.

Frio, afiado, cruel – deuses, ela queria gritar para ele parar.

Mas temia que, se fizesse isso, ele não pararia até tê-la morta a seus pés. Pensou na escrava de coleira e se agarrou a ele como se estivesse encantada. Preferia morrer a servir carne aos outros e usar uma coleira como um animal.

Então, algo mudou, e, em vez de dor e medo, ela sentiu um imenso prazer. Escuro e perigoso, que a conquistou. Enlouquecida, sem fôlego, ela se agarrou aos ombros dele, olhou naqueles olhos negros e disse:

— Mais!

Quando ele terminou, jogou-a na cama. Shana se sentiu meio mal, seu corpo latejava como a mão queimada, e desejava apenas o esquecimento do sono.

Então, ele subiu nela e lhe ergueu os quadris, enquanto ela gemia.

Shana gritou quando ele a sodomizou. E embora temesse que ele a rasgasse ao meio, aquele prazer obscuro a invadiu de novo até fazê-la chorar.

Até fazê-la morrer de desejo.

Ele a usou repetida, incansável e brutalmente, e ela achou que as dores e prazeres sem fim poderiam matá-la.

Quando, depois da longa noite, ele ordenou que fosse embora, ela foi cambaleando, nua, para seu quarto, com o corpo machucado e pequenas feridas sangrando.

E compreendeu, depois de conhecer aquelas dores e prazeres, que preferia morrer a viver sem eles.

※

Quando Brian acordou, ficou mais um pouco deitado na cama quente com Marco ao seu lado. Tinha deveres e jamais se esquivaria deles, mas pensou como seria bom ficar, acordarem juntos.

Da próxima vez, esperava. Haveria outras vezes.

Em silêncio, ele se levantou.

Foi usar o chuveiro – muito mais chique do que qualquer outro que ele encontrara em suas viagens para fora de Talamh. Marco lhe mostrara como funcionava e, juntos, mostraram um ao outro que coisas interessantes poderiam acontecer dentro de uma caixa de vidro debaixo de uma chuva de água quente.

Brian sempre imaginara que se apaixonaria em algum momento. No futuro, um dia.

Mas não sabia como seria. Nunca conhecera o relâmpago, a flutuação em um rio tranquilo, o voo selvagem entre as estrelas, o simples descanso.

E o amor era tudo isso e muito mais.

E encontrara alguém com quem queria caminhar pelo resto da vida de mãos dadas.

Qualquer que fosse o deus, qualquer que fosse o destino que colocara Marco Olsen em seu caminho, Brian lhe seria eternamente grato.

Vestiu-se no escuro e deu um leve beijo no rosto de Marco.

— Voltarei para você esta noite — sussurrou —, e todas as noites que puder.

Com as botas na mão, ele desceu as escadas. Marco lhe dissera que Breen levantava cedo, mas Brian se surpreendeu ao encontrá-la na cozinha nos primeiros suspiros do novo dia.

— Bom dia.

— Dia. — Ela ergueu a caneca que tinha na mão. — Fiz café.

— Obrigado, mas não gosto. Eu faria um chá se você me mostrasse como essa coisa funciona — disse, apontando para o fogão.

— Claro. — Ela ligou o queimador embaixo da chaleira.

— Ah, é bem simples.

— Não sou Marco, mas posso fazer uns ovos mexidos para você.

Ele sorriu para ela, mais que o necessário para quem só havia lhe oferecido fazer o café da manhã.

— Gentileza sua, mas espero que não me veja como uma visita aqui.

Ela sorriu.

— Certo, então pode fazer seus ovos mexidos. Pão, faca de pão, torradeira. — Ia apontando enquanto falava. — Manteiga e geleia na geladeira, junto com os ovos. A casa é tanto de Marco quanto minha. Você é de Marco, então é sua também. É assim que as coisas funcionam para nós. Consegue se virar? Preciso ver Porcaria, ele já está na baía.

— Consigo, obrigado.

Ela foi tomar seu café ao ar livre enquanto seu cachorro brincava na baía, enquanto as brumas subiam e o sol despertava, lançando pequenos arco-íris.

Keegan havia ido embora momentos antes de Brian descer. Não tinha tempo para café ou chá. Dissera que voltaria para o treinamento dela, mas que tinha deveres primeiro.

Ela também, pensou. Dever para com o trabalho que escolhera, para com o cão e o dragão que a escolheram como ela os escolhera. Dever para com os dois mundos que ela conhecia, e as pessoas que viviam neles.

Keegan saíra tão depressa, e com a cabeça tão cheia, que ela não lhe contara sobre os sonhos.

De qualquer maneira, Breen não sabia o que dizer a ele, exceto que haviam sido obscuros, perturbadores, dispersos, cheios de gritos de dor e gemidos de prazer.

Luz do fogo contra paredes pretas, alguma coisa... alguém... no cio nas sombras.

Então uma luz, já fraca, que se extinguiu.

Devia ter sido só um sonho de tensão; tensão sexual. Mas ela não havia ido para a cama tensa. Estava feliz – ridiculamente feliz –, e Keegan a fizera mais feliz ainda e a deixara exausta, de modo que o sono chegara depressa.

Mas estava tensa agora, e não sabia dizer exatamente por quê.

Ficou vendo Porcaria pular da água, saltar através das brumas, até que ouviu a porta se abrir e se fechar.

— Você está molhado — ela advertiu Porcaria enquanto Brian se aproximava. — Seja educado.

Em vez de pular em Brian, Porcaria se sentou e lhe deu a patinha.

— Bom dia para você também. — Brian entregou a Breen uma das fatias de torrada que tinha na mão antes de apertar a pata do cachorro. — Achei que você ia querer.

— Já que tocou no assunto. — Breen mordeu a torrada com manteiga e geleia de framboesa. — Obrigada.

— Marco me disse que você treina, que se exercita de manhã, depois escreve suas histórias.

— É minha rotina. Senti muita falta disso quando estive na Capital. Marco não é uma pessoa matutina, mas, depois que se levanta, começa a trabalhar.

— Na máquina... o computador.

— Ele é um gênio nisso.

— E na culinária e na música também.

— Multitalentoso, o nosso Marco.

— Eu o amo e desejo passar a vida com ele.

Ela baixou a caneca de café e soltou um longo suspiro.

— Meio rápido isso.

— Eu sei, mas é muito real. O que estou vivendo não é apenas um momento para mim. Não é coisa de um dia ou uma semana. É para sempre.

Breen admitiu que havia visto isso nos dois. Talvez tivesse uma dúzia de perguntas sobre que rumo aquilo tomaria, sendo duas pessoas de dois mundos diferentes. Mas o que importava, de verdade, era o amor.

— Você o faz feliz, então me faz feliz. A família dele... não a irmã, mas o resto da família...

— Ele me contou. Lamento por eles.

Ela se voltou para ele e sentiu um clique forte e definido de conexão.

— Eu também. É exatamente isso que sinto. Lamento por eles porque não enxergam como Marco é incrível. Como é bom, gentil, inteligente e bonito. Eles olham através de um prisma, não conseguem vê-lo.

— Mas você é a família dele, além de Sally e Derrick. Ele tem vocês, e agora tem a mim. E terá minha família, que o amará como eu o amo. E, quando Talamh e tudo estiver em segurança, faremos uma vida juntos.

Ficaram olhando o cachorro molhado rolar alegremente na grama úmida de orvalho.

— Está imaginando como vamos fazer essa vida, não é? — acrescentou Brian. — Vamos encontrar uma maneira. O amor encontra, basta segui-lo. Agora tenho que ir, tenho deveres a cumprir. E você tem deveres com suas histórias, senão chamaria Lonrach. Eu sei como são esses primeiros dias com o dragão. Dá vontade de voar para sempre. — Ele lhe entregou a caneca vazia. — Bênçãos sobre você, Breen Siobhan.

— E sobre você, Brian. — Ela o viu entrar na floresta e suas asas se abrirem. Quando ele voou para as árvores, ela deu um suspiro. — Ei, amigo, vamos entrar. O dever me chama.

Era bom, pensou, muito bom voltar à rotina. Fazer seu sangue circular com exercícios, mergulhar de novo na história sendo escrita...

Quando ela fez uma pausa – hora de uma Coca-Cola! –, Marco estava começando a trabalhar no notebook.

— Olhou seus e-mails?

Ela estremeceu.

— Ainda não. Eu estava...

— Ainda bem que sua editora me copia. Enfim, eles estão pensando em fazer um desenho de Porcaria nas aberturas dos capítulos. Talvez o mesmo em todos, ou um diferente em cada.

— Seria legal.

— Foi o que eu disse. Vou sair com ele daqui a pouco e tirar umas fotos para mandar. Eles têm as que você postou no blog, ou as que eu postei em outras redes sociais, mas acho que não custa mandar mais. Comeu alguma coisa?

— Sim, papai. Brian fez torrada para mim.

Ele se animou todo.

— Você o viu? Ele não me acordou antes de ir.

— Eu já estava acordada.

— Como posso amar duas pessoas que acham normal acordar de madrugada?

— Pura sorte, acho.

— Deve ser. Ele deixou isto na cama para mim.

Marco mostrou um esboço de si mesmo, dormindo com um sorriso nos lábios.

— Marco, é você! Ele é muito bom!

— Ele tem uma casinha na aldeia. É mais um estúdio, na verdade, porque além de uma cama e armas, só tem coisas de arte. E as pinturas e desenhos dele, Breen, são muito, muito bons. Eu achava que seriam muito bons, mas estamos falando de artista de verdade.

— Dá para ver por este esboço. Tem que mandar enquadrar. — Deixou o esboço na mesa. — Estou tão feliz por você!

— Estou muito feliz por mim também. E feliz com isto. — Passou o dedo pelo esboço. — Vai voltar ao trabalho?

— Sim. Trabalhei no livro de Porcaria hoje cedo, é por ele que estão me pagando. Mas vou passar para a ficção durante umas horas. Sei que ainda é um tiro no escuro, mas...

— Pare. — Marco cutucou a barriga de Breen. — Você é uma escritora, menina, e escritores escrevem. Você vai escrever e eu vou terminar isto aqui. Depois, Porcaria e eu vamos fazer uma sessão de fotos.

— Ele precisa sair.

Ela foi até a porta e a abriu, e o cachorro passou correndo.

— Eu o deixo entrar se não terminar antes dele.

Ela os deixou e voltou para sua mesa para mergulhar no mundo do perigo e da magia.

Ali, com as palavras, com as imagens, ela tinha o controle. Ainda não via o fim com clareza, mas via as etapas da jornada.

No entanto, quando passava para Talamh, não eram mais apenas palavras e imagens. E grande parte da jornada estava fora de seu controle.

Por isso escrever a acalmava e a empolgava, mesmo quando se via criando ecos do que havia visto, ouvido ou vivido.

E, quando se afastou da mesa, congratulou-se com a satisfação por seu progresso.

Teve tempo para olhar seus e-mails – Marco perguntaria de novo – e, como sempre, ficou imaginando se encontraria um de sua mãe.

Não. Ainda não, e – admitiu – talvez nunca.

Encontrou Marco na sala de estar com seu teclado, os fones de ouvido e uma partitura em branco.

— Você está escrevendo uma música! — disse ela, fazendo uma dancinha. — Você não compõe desde que chegamos aqui. Quero ouvir!

Ele tirou os fones.

— Ainda não está pronta.

— Não precisa usar os fones quando for compor, eu gosto de ouvir você elaborar uma música. É como estar no apartamento. Se quiser continuar, podemos esperar para atravessar.

— Não, tudo bem. Preciso deixar cozinhando, assim como minha carne assada de panela.

— Ah, é disso esse cheiro incrível!

— Está no fogo, e ainda vai cozinhar por quatro horas. Por isso eu preciso do seu abracadabra.

— Para fazer o quê?

— Para que o fogo desligue sozinho se não voltarmos daqui a quatro horas. Dá?

Ela ergueu o dedo.

— Talvez seja essa a chave para minhas habilidades culinárias profundamente enterradas. Dá sim.

— Legal. Prático. Faça isso que eu vou pegar nossas jaquetas.

Ela fez – basicamente, programou um cronômetro mágico. Depois de um bom dia de trabalho e com a perspectiva do assado de Marco para o jantar, ela partiu com ele e Porcaria.

— Você vai montar aquele dragão de novo, não vai?
— Pode ter certeza.
— Eu não.
— Ainda vou convencer você.
— Você é persuasiva, Breen, mas não tanto. Vou conversar com Colm.
— Quem é Colm?
— Ele mora bem perto de Finola. Faz cerveja, e vai me ensinar. Talvez um dia desses eu comece a fazer a Olsen Ale.
— Belo nome.

Separaram-se na estrada de Talamh. Para dar um tempo, ela se sentou no muro em frente à fazenda. Viu Harken conduzindo um cavalo do estábulo para o pasto – reconheceu a égua que acasalara com o garanhão de Keegan no verão.

Curiosa, abriu-se e sentiu a vida dentro da égua. Será que chutava como o bebê de Aisling?, perguntou-se

Viu os meninos em frente à casa de Aisling, e Mab de babá. A Capital, pensou, com suas multidões e agitação, parecia muito distante.

Mais uma vez, abriu-se e tentou, pela primeira vez, chamar seu dragão.

O ar estava frio, mas não desagradável. Um homem passou galopando para a baía e acenou. Uma ovelha de cara preta pastava atrás dela.

E Lonrach surgiu no céu, vermelho como um rubi.

O coração de Breen simplesmente transbordou.

— Ele está vindo, Porcaria! Quer voar?

Pelo jeito como ele abanava o rabo, ela concluiu que sim.

Lonrach pousou graciosamente, mesmo assim o chão tremeu. E virou a cabeça para olhá-la nos olhos.

— Quero ir ver Nan; e Sedric, se ele estiver lá. Mas queria voar primeiro. Queria isto. — E pousou a mão na cabeça dele.

Lonrach baixou uma asa para que Porcaria pudesse subir. Breen subiu também.

— Aonde quiser — murmurou, e ele levantou voo.

Ela viu Harken acenando.

Voaram sobre o verde, sobre a baía, sobre cabanas e ovelhas entediadas. Breen viu o túmulo de seu pai embaixo e enviou seus pensamentos para ele.

— Ainda estão presos lá — disse, observando as ruínas. — Temos que achar um jeito.

Conversaria com sua avó sobre isso.

Pensou em pedir a Lonrach que voasse para o sul. Queria ver a vila, a demolição da Casa de Oração, mas, como o dragão se afastou, percebeu que havia pensado em outro lugar.

A floresta, o riacho, a cachoeira. O portal.

Fora puxada para lá sem saber, pensou. E puxara o dragão.

Uma leve sensação de medo cobriu sua pele quando se aproximavam.

— Também está sentindo?

Como ele tremia, Breen abraçou Porcaria.

Viu Cróga sobrevoando, o que significava que Keegan devia estar no portal.

Conferindo. O lacre precisava ser conferido, claro. E o portal bem guardado, porque...

Viu Keegan e outros feéricos, alguns cavalos. E Sedric, cujo cabelo prateado brilhava.

Desceu com o vento soprando em seu rosto. Keegan olhou para cima e ela notou um breve lampejo de irritação. Ele a ignorou quando ela e Porcaria pularam.

— Tenho muita coisa para fazer...

— Eles estão no portal, do outro lado, tentando abri-lo de novo. Está sentindo? — Pegou a mão dele. — Sinta.

Através dela, ele sentiu.

— Está segurando. Sabíamos que eles tentariam, e está aguentando.

— Sim, mas...

— Está dando conta, Breen.

— Há sangue... sangue na água. Sangue de demônio, e o próximo será de feérico. Um sacrifício deles próprios, já que não têm mais ninguém nosso. Por enquanto. E é agora, está acontecendo agora.

— O que você está vendo?

— Sangue, muito sangue. Yseult no meio do sangue, e as cobras do sono enroladas em seus ombros como um lenço. Ela aponta para um elfo, mas ele não é rápido o suficiente, e os outros o arrastam até ela. As cobras atacam e ele grita.

— Chega — disse Keegan quando ela cobriu os ouvidos com as mãos. — Já chega.

— Não, não, não. Ela pega a faca e a enfia na garganta dele. Sangue, mais sangue jorra na água. As mãos dela estão pintadas de sangue. Mas o lacre se mantém.

Ela prosseguiu:

— Ele não está aí, mas observa. Odran observa de sua torre. E ela cai de joelhos no sangue e na água quando ele bate com força. Sangue no rosto dela agora, dela mesma. Ele vira as costas para ela e entra. E lá fora, na tempestade que ele provoca, ela sangra.

— Tudo bem... Tragam um pouco de água para ela.

— Não está certo.

— O lacre está firme — Keegan repetiu —, e, com isso, Talamh também.

— Não está certo, Keegan. — Ela bebeu a água. — Ele não olhou para mim. Não olhou, mas me viu. Eu sei, eu senti. Mas ele não olhou.

— Você o derrotou.

— Não está certo — disse ela de novo. — Não está, mas não sei por quê. Eu não vinha para cá, mas me senti puxada. Como se fosse urgente eu vir. Mas o lacre está segurando, e você já sabia que eles tentariam. Por que eu precisaria vir?

Keegan olhou para a cachoeira e puxou o portal para sua mente.

— Para ver e sentir o que ele queria que você visse e sentisse. Deve haver um propósito nisso. Chame seu dragão e leve Marg para a fazenda. Preciso ir buscar Mahon. Se o propósito dele for o que estou pensando, temos trabalho a fazer.

CAPÍTULO 27

Estavam sentados ao redor da grande mesa da fazenda, em cadeiras robustas. Breen imaginou quantas gerações já haviam feito o mesmo ali, nas refeições de família. E conversado, discutido, rido e chorado.

Teriam segurado mãos por cima da grande mesa? E as crianças, teriam espalhado as ervilhas no prato esperando que simplesmente desaparecessem?

Seu pai comera ali, assim como ela. E sua mãe.

Haviam sido uma família um dia.

Agora, outro tipo de família estava sentado ali, não para comer e falar sobre o dia que passara ou sobre o seguinte, e sim sobre como derrotar um deus determinado a destruí-los.

Em vez de castiçais e travessas, o aparador continha rolos de mapas. Em vez de se sentar à cabeceira da longa mesa, Keegan estava em pé, com a espada ainda em seu flanco.

— Todos de Talamh conhecem a Árvore de Boas-Vindas e o portal para o outro lado da Irlanda. Pela lei e pela tradição, como já fomos parte daquele mundo, daquele lugar, qualquer um pode passar por lá. Desde que Odran raptou Breen criança, todos sabiam do portal através das grandes cataratas que leva ao mundo que ele conquistou e reivindica como seu. Por lei, esse portal foi fechado, lacrado e proibido. E sabemos que, por meio de sacrifício de sangue e magia sombria, Yseult violou esse portal. Com a ajuda do clã dos Piedosos do sul, Odran conseguiu criar um portal de seu mundo para o nosso, que nós fechamos e lacramos. Esses dois nós vigiamos, pois levam apenas ao mundo de Odran. Breen viu os esforços de Yseult para romper o portal nas cataratas.

— Sim — Breen falou porque ele olhou para ela —, duas vezes. Da primeira vez, não sei como fui para lá quando eles estavam prestes a sacrificar a menininha.

— E você os impediu, Sedric atravessou e trouxe a criança de volta em segurança. Mas Yseult usou a brecha que não havíamos encontrado para levar Shana até Odran. E, como você a viu, soubemos onde encontrá-la e a lacramos.

— Essa parte não vou esquecer tão cedo. Mas hoje eu vi Yseult do outro lado da cachoeira. Estão sacrificando os seus agora para fazer o feitiço e violar o lacre.

— Não duvido que isso seja verdade, e eles matariam os seus sem questionar; mas não creio que ele planeje vir até nós dessa maneira.

— Pelo sul de novo? — perguntou Mahon.

Keegan negou com a cabeça.

— Lá nós lacramos tudo novamente, e temos forças concentradas vigiando, como na cachoeira.

— Ele não pode usar a Árvore de Boas-Vindas — apontou Harken. — Ainda não podem entrar naquele mundo, e nem mesmo Odran consegue quebrar aquele antigo feitiço. Nada passa, daqui ou de lá, que pretenda fazer mal.

— Ele só tem esses dois caminhos — disse Morena, e ergueu um dedo da mão direita. — O sul — a seguir, ergueu um da esquerda — e as cataratas.

— Existem outros portais.

— Sim, mas nenhum que leve ao mundo de Odran, nenhum que se conheça em Talamh. Para usar qualquer outro, exceto a Árvore de Boas-Vindas, é preciso obter a permissão do *taoiseach*. E, se concedida — prosseguiu Morena —, a pessoa é enfeitiçada para que a localização fique escondida de sua mente. Para a segurança de todos.

— Justamente — anuiu Keegan. — Assim, ninguém levado por Odran, ninguém que escolha se juntar a ele poderá lhe dar outro caminho, outro mundo para conquistar e destruir. E antes de Odran isso já era tradição. O *taoiseach* tem esse conhecimento e o detém.

— Como você não contaria a Odran, ele não tem como saber... — Morena parou. — Pelos deuses, Keegan, você contou a Shana?

— Quem você pensa que eu sou? — Em vez de revolta, as palavras dele carregavam cansaço. — O conselho, porém, uma vez que aconselha, que ajuda a elaborar as leis, que jura servir Talamh e sua segurança, sabe. É uma confiança sagrada, e esses assuntos nunca devem sair da sala do conselho. Mas Uwin é um pai indulgente e Shana uma filha inteligente. Usei o espelho para falar com minha mãe, e ela vai perguntar a ele. Ele não vai mentir. Ela saberia se mentisse, mas ele não vai. Se Uwin contou a Shana, foi porque acreditava que eu me comprometeria com ela e que a filha se sentaria à mesa do conselho um dia.

Voltou-se um instante para olhar pela janela, para os campos que corriam para as colinas, as colinas que corriam para as montanhas, para as montanhas que alcançavam o céu.

— Não o estou justificando, mas entendo. E, por lei, se ele não tivesse renunciado, seria afastado do conselho. E terei que afastar a ele e à mãe de Shana da Capital, onde ambos serviram honradamente durante toda a vida.

— Esse peso você não tem que carregar — disse Marg com frieza.

Ele se voltou para ela.

— Quem mais carregaria, então?

— Ele fez uma escolha errada. Eu amava meu filho mais que tudo na vida, mas nunca falei de assuntos do conselho com ele, que era um menino inteligente, de fato, até que ele próprio fosse *taoiseach*. Você ama seu irmão, sua irmã, e este aqui, que é outro irmão para você. Mas nunca falou dessas coisas, nunca quebrou seu juramento.

— Ela arruinou os pais — disse Breen calmamente. — Eles permitiram.

— Exato. — Morena deu um soco no ombro de Breen. — É exatamente isso.

— Com licença...

Keegan anuiu para Sedric.

— Conheço os portais, pois esse é meu dom. No entanto, nunca falei a Marg onde ficam, nem ela a mim. O amor saudável também inclui respeito, e não pede que outro traia uma confiança. Durante toda a minha vida tenho visto você, e os que a antecederam — pousou a mão sobre a de Marg —, levantar e carregar os fardos do *taoiseach*. Por isso sei que o cajado é mais pesado que a espada.

Keegan se sentou.

— Você tomaria o lugar dele no conselho?

Sedric sorriu.

— Nem por você, rapaz. Há gato demais em mim para política e protocolos. Mas, se pretende mostrar esses mapas aqui àqueles em quem confia, eu lhe mostrarei os portais que não estejam neles.

— Há mais?

— Não tenho como saber. Só sei o que sei.

— Espere — disse Harken quando Keegan foi se levantar de novo. — Você fez um juramento e só pode quebrá-lo para salvar Talamh e os mundos além dela. Mas não pode quebrá-lo por uma sensação ou palpite, Keegan. Tem que ter certeza de que o pai de Shana contou a ela. E, mesmo que tenha contado, pode ter certeza de que ela trairia seu próprio mundo? Seu povo, sua família? Para fazer isso, é preciso um coração ruim, uma alma vazia.

— Vou subir agora para perguntar à nossa mãe se Uwin deu o conhecimento a Shana. Se o fez, considerando que ele nunca negou nada à filha, o resto é consequência.

— Será? — Harken continuou argumentando quando Keegan saiu. — Eu sei o que ela fez, e sei que, se for encontrada, será banida. Mas ajudar Odran a destruir seu próprio povo...

— Homens! — Morena jogou as mãos para cima e se afastou da mesa, dando um tapa na nuca de Harken antes de começar a andar de um lado para o outro. — Homens, homens, como são inocentes! E isso porque eu considero você e Keegan dois dos mais sensatos da raça. E veja no que deu se envolver com uma elfa egoísta e conivente, e tudo por um pouco de diversão no escuro!

— Bem, foi um pouco mais do que isso. Não muito — acrescentou Mahon —, mas um pouco. Ela era encantadora quando queria, e...

— Outro cego. — Morena apontou para Mahon e prosseguiu com seu escárnio. — Charme, beleza, inteligência, olhos brilhantes e língua rápida sempre atraem, mas a beleza sempre faz um homem pensar com o pau, não com o cérebro.

— Não é com isso que estou pensando no momento — retrucou Harken —, e ela não é do tipo que desperta isso em mim.

— Mas você vê beleza e charme e é difícil ver além disso, ver o que se esconde. Homens! O que fazer com eles? — perguntou a Marg.

— Paciência ajuda.

— Ah, estou cansada de paciência — apontou para Breen —, eu não entendo o suficiente sobre os homens para saber.

— Ah, vai aprender, pode confiar. Aisling, o que me diz?

— Não disse nada até agora porque tenho duas crianças dormindo aqui em cima e uma terceira dentro de mim. E cada escolha que faço deve levar isso em consideração. Digo que o que Keegan decide é com ele. E digo que nunca gostei dela nem confiei nela. Não sei dizer se Mahon confiava nela, mas sei que nunca gostou dela. E digo a você, Harken; se a pergunta fosse se ela faria uma coisa terrível dessas, minha resposta seria: claro que faria!

Morena parou atrás de Harken de novo, e dessa vez deu-lhe um beijo no alto da cabeça.

— Adoro essa sua qualidade de nunca pensar o pior de alguém, apesar de ser frustrante.

— Mas não por ela ser uma mulher bonita.

— Talvez um pouco.

— Você é leal — disse Breen, porque era perfeitamente claro. — Por isso é difícil aceitar uma deslealdade tão terrível em outra pessoa, especialmente uma por quem seu irmão tinha afeto.

— Afeto! — Morena bufou.

— Suponho que a beleza e o charme contribuíram, mas isso está em você; você é gentil, Harken, e isso é uma parte sua, como a cor de seus olhos. Ela é cruel. Não sei se ela sabia quanta crueldade tinha dentro de si, mas agora a libertou. Keegan tem razão — acrescentou. — Se tiver o conhecimento, Shana o usará para destruir. É só o que lhe resta.

— Breen tem razão — disse Keegan quando voltou. — Minha mãe está falando com o resto do conselho para explicar o que preciso fazer. Não vou esperar que eles debatam e argumentem para fazer o que devo.

— Você é *taoiseach* — ponderou Marg —, seu dever está claro.

— Sim, está claro. Peço a vocês, agora, que sejam o conselho no vale, que mantenham essa confiança sagrada, que jurem. Jurem dizer a verdade como a conhecem e defender a lei. E representar Talamh. Você já jurou — disse a Marg —, mas peço que jure de novo.

— E assim farei.

Enquanto ele contornava a mesa, Breen sentiu que dúvidas queriam surgir. Mas ele a olhou nos olhos e ela esperou.

— Eu juro — disse Marg.

— Na Capital, o conselho tem representantes de todas as tribos. — Keegan suspirou, passando a mão pelo cabelo. — Não posso dispor de tempo para isso neste momento. Arcarei com as consequências. — Por um hábito arraigado, Breen levantou a mão. Por um momento, Keegan ficou olhando para ela. — Não estamos em uma sala de aula. Fale se tiver algo a dizer.

— Há sangue de todas as tribos em você. Em Harken, Aisling e você. Portanto, pode-se dizer que você representa todos.

Ele franziu a testa. Harken assentiu para Breen.

— Faz sentido — Keegan decidiu. — Na maior parte do tempo política é só bobagem, e isso faz sentido. Começaremos com os mapas de Talamh e seus portais. Depois, os mapas de outros mundos, o exterior e o deles.

Pegou um mapa e o desenrolou sobre a mesa.

O primeiro pensamento de Breen foi que era uma linda obra de arte, certamente desenhada e escrita à mão. Continha a bandeira do dragão voando também, e era belamente detalhado, pois ela reconhecia os lugares em que havia estado.

A Capital, claro, com seu castelo e suas pontes, o mar, a floresta, a aldeia, até o extremo oeste e as falésias selvagens, e a dança de pedras.

Keegan colocou as mãos sobre o pergaminho, que passou a brilhar.

Quando ele as ergueu, Breen viu que umas marcas haviam aparecido. Pequenos círculos luminosos, vermelhos como um coração de dragão.

— Aqui estão os portais de Talamh; cada um tem o nome do mundo ou lugar a que leva. São doze. Existem mais mundos que isso, claro, e alguns desses mundos têm portais que levam a outros mundos também. Um viajante pode passar por dois, até três para chegar ao lugar desejado e aprovado.

— Há outro — disse Sedric, colocando o dedo no centro da dança de pedras no extremo oeste. — É uma espécie de porta, mas interna. Entrando aqui, você pode ir para qualquer lugar de Talamh. É necessário ter precisão e cuidado para usá-la, pois sem isso a pessoa pode sair na frente de um cavalo galopando ou, como eu fiz uma vez quando era pequeno, à beira de um penhasco em ruínas sob o vento forte.

— Poderia economizar um tempo considerável quando necessário — observou Keegan. — Nunca ouvi falar dela.

— Raramente era usada, mesmo quando eu era pequeno, e a localização era bem guardada. Como me disseram, mais de uma pessoa que o usou em tempos passados se machucou, e inclusive morreu, por não calcular com precisão. E depois que a porta se fecha é preciso voltar por outros caminhos.

— Viagem só de ida — meditou Breen. — Isso não ajudaria Odran, pois ele não só teria que a conhecer como também teria que estar dentro de Talamh para usá-la.

— Talvez Yseult conheça. — Marg franziu o cenho. — E pode ter encontrado uma maneira de usá-la para se mover livremente dentro de Talamh.

— Se assim for, não vai mais encontrá-la livre para ela. Nossa base está lá, vamos ficar de olho.

— Havia outra.

— Havia?

Sedric assentiu e se levantou, debruçando-se sobre o mapa.

— Perdeu a luz antes de minha época, antes da época do velho bruxo que me treinou nos portais. Talvez seja lenda, mas ficava em algum lugar na floresta da Capital. Me disseram que aí ficava o décimo quarto portal de Talamh. Pode ter havido mais no passado, mas eu nunca os encontrei. E olhe que procurei — acrescentou com um pequeno sorriso. — Tive uma juventude aventureira. Nunca encontrei esse, mas senti algum eco do que havia sido.

— Aonde levava?

— Não sei, nem conheço ninguém que saiba. Não encontrei nada escrito sobre ele, nenhuma música, nenhuma história, nenhuma lenda além do que me disseram um dia. E do que eu senti.

— Temos viajantes lá fora, e, mesmo que não tivéssemos, nós não costumamos lacrar os outros portais. Se Odran pretende usar um para atacar, deve saber disso. Enquanto não tentar, estamos em vantagem. Mahon, vamos precisar de guardas, de confiança e experientes, para cada portal.

— De ambos os lados.

— Sim. Pelo menos um, o tempo todo, que tenha o dom de sentir qualquer mudança neles. Temos feéricos que escolheram outros mundos, mas feéricos são, e feéricos permanecerão. Enviaremos viajantes, de portal em portal, para ver se ele pretende passar por outro mundo para chegar aqui.

— Mas assim os portais deixarão de ser um segredo sacrossanto — apontou Mahon. — O conselho pode tentar bloquear essa estratégia, pois revelaria todos.

Keegan apenas ergueu a sobrancelha.

— Você conhece minha mãe?

Rindo, Mahon ergueu as mãos.

— Você tem razão, claro. E este... — indicou com o dedo a floresta, no mapa — é uma preocupação.

— Verdade. Por que um portal perderia sua luz? E por que não há histórias nem músicas sobre ele?

— Talvez seja muito antigo — disse Harken. — De antes de Talamh fazer sua escolha, de antes de a magia ser desprezada e perseguida. E se seu propósito se tornasse a escuridão, perderia a luz?

— Vamos dedicar estudiosos a esse assunto, mas foi isso que pensei. Odran escolheu um mundo para si com apenas uma entrada e saída? Ou o tomou, já que nunca encontramos outro portal que leve até lá, justamente por causa disso?

— Dois portais na Capital — disse Breen — e ambos na floresta? Ambos para a escuridão? É o único lugar que vejo no mapa onde há... ou pode haver dois tão próximos.

— Poderiam estar conectados? É isso que você está pensando? — disse Morena. — As fechaduras do portal do banimento, do Mundo das Trevas, nunca foram violadas. Mas se este fizer parte dele, ou estiver conectado, ele poderia abrir os dois?

— Medo — disse Marg, tirando os olhos do mapa. — Pode ter sido o medo do que havia atrás do portal que impediu os povos antigos de falar sobre ele, de deixar registros. Talvez eles mesmos o tenham destruído para manter do outro lado aquilo que temiam. Ou aquilo que vivia do outro lado era tão sombrio que engoliu a luz.

— Dizem que Odran caiu no Mundo das Trevas quando foi expulso — comentou Aisling. — E vagou por lá século após século até encontrar a saída.

— Que pode ter sido essa — completou Keegan. — Os estudiosos vão revirar a grande biblioteca em busca de qualquer menção a esse portal. Se Odran pretende atacar, que melhor lugar para destruir que a Capital, que ele vê como a fonte de poder de Talamh?

— Não é — rebateu Harken. — É apenas o símbolo de suas leis e sua justiça. A fonte de poder de Talamh é seu coração.

— Odran nunca vai tomar o coração de Talamh. Sedric?

— Vou para lá, claro. Farei o possível para encontrá-lo. Não sou mais tão jovem, mas tenho mais conhecimento.

— Vamos juntos — disse Marg, e pegou a mão de Sedric. — Eu posso ajudar. E você vai cuidar do que me pertence enquanto eu estiver fora, *taoiseach*.

— Claro.

— Os meninos acordaram, estou ouvindo — disse Aisling, levantando-se. — Vou levá-los para casa, longe de tramas de guerra.

— Vou precisar de Mahon mais um pouco.

— Eu sei. — Ela passou os dedos pela trança de guerreiro de Mahon, mantendo a outra mão na criança que crescia dentro dela. — Estou ao seu lado, *mo dheartháir*. Tenha certeza disso.

Quando Aisling saiu, Breen se levantou.

— Preciso de uns minutos para dizer a Marco que ficarei aqui... quanto mais for necessário. Ele disse que levaria Porcaria até a baía.

— Não há necessidade. Preciso de Mahon para me ajudar a escolher quem pode viajar para onde, quem vai vigiar qual lugar, e de Sedric, que talvez conheça portais que não conhecemos. Chamarei você, como parte do conselho, quando tudo estiver definido.

— Eles também não precisam de mim. Vou com você. Boa viagem — disse Morena a Marg e Sedric. — E boa caçada.

— Voltem logo para casa. — Breen foi abraçar os dois. — E em segurança. Encontrem a árvore das cobras. — Afastou-se abruptamente. — Não sei o que isso significa, só sei que precisam procurar isso.

— Então, procuraremos.

— Cobras? — disse Morena enquanto puxava Breen para fora. — Uma árvore feita de cobras?

— Não sei, mas seria bem esquisito. E não pode ser isso; alguém já teria notado uma árvore feita de cobras.

— Tem razão. Ele vai mandar meu pai e meus irmãos. Meu pai para viajar com certeza, como já fez em tantos mundos. E meus irmãos para vigiar.

— E você está preocupada com eles.

— Não posso ficar preocupada. — Afastando esse pensamento da cabeça, Morena estendeu o braço para Amish. — É a vida deles, é o que eles são. E, se Odran vier, empunharei uma espada. Eu cresci sabendo que esse dia podia chegar. Portanto — ergueu o braço para que Amish voasse —, vamos viver o hoje. Vamos observar a beleza de meu falcão, passar um tempo com seu bom cão e nosso amigo. Como Mahon provavelmente vai ficar ocupado com tudo isso a maior parte da noite, se não a noite toda, Harken irá à cabana de Aisling para fazer companhia a ela e ajudar com os meninos.

— Acho que ele é um dos melhores homens que já conheci.

— É mesmo, em todos os sentidos. Eu o amo — disse com tranquilidade —, e eu vou para a cama dele mais tarde, pois nós dois vamos precisar. Mas vou pedir para você me convidar para jantar primeiro.

— Claro! Você é sempre bem-vinda.

— Não posso contar nada disso aos meus avós, e isso me incomoda. Mais uma razão para não querer o que Keegan tem. E você não pode contar a Marco.

— Eu sei, e isso me deixa triste.

— Em breve vamos ter permissão para contar a eles, e isso é o mais preocupante. Mas agora — o falcão voltou para ela — temos aquele cachorro maravilhoso brincando na água com o sereianos, e outro homem maravilhoso sentado olhando. Vamos passar o resto deste belo dia com eles, não é?

— Sim. Estou feliz por ter você, Morena.

— Todos nós temos um ao outro agora. — Morena deu um tapinha no ombro de Breen enquanto caminhavam. — O que acha que ele vai fazer para o jantar?

Como os sereianos forneciam peixe, Marco fez peixe com batatas fritas. E os três comeram perto do fogo, com música de fundo e as velas tremeluzindo.

A refeição leve e a conversa tranquila ajudaram Breen a esquecer a elfa vingativa – possivelmente psicótica – e o deus assassino por um tempo.

Era bom demais ver seus dois amigos mais próximos, um de cada mundo seu, apagar todas as barreiras e forjar uma forte amizade.

— Já comi peixe com batatas fritas — disse Morena, balançando o garfo para Marco enquanto terminava o segundo prato de batatas —, então, posso dizer, com considerável autoridade, que este foi o melhor que já comi, em Talamh e deste lado também.

— Foi a primeira vez que fiz com peixes capturados por sereianos. Isso pode ter dado um toque especial.

— Eles gostam de você e de um certo cão d'água.

— Que, talvez pela primeira vez, ficou exausto.

Breen sorriu olhando para Porcaria, que dormia esparramado em frente ao fogo.

— O primo de Clancy, no extremo oeste, tem uma fêmea que vai dar cria. Estou pensando em negociar um dos filhotes para Harken. Eles perderam Angel no inverno passado. Era uma cachorra tão doce, e ele não teve coragem de pegar outra. Mas sente falta de ter um cachorro correndo por aí. Ele aceitaria um filhote de presente, e assim teria esse amor na vida dele.

— Que meigo!

Ela riu e ergueu a cerveja para brindar a Marco.

— Não posso negar que sou apaixonada por ele, mas, se você gostasse de mulheres, eu o trocaria por você sem pensar duas vezes, meu querido.

— Por mim, não, pela minha comida.

— Isso pesa muito a seu favor.

— Sabe, o ponto alto da minha vida, sério, foi vir para a Irlanda com Breen no verão passado. Ver coisas sobre as quais eu só havia lido ou visto em filmes, estar aqui de verdade. Mas pegar carona para Talamh com ela é o máximo. Conhecer você, Keegan e a família, Nan e Sedric, ficar em um castelo, aprender a andar a cavalo, descobrir que minha melhor amiga é uma bruxa, tudo isso não tem preço. E conhecer Brian foi a melhor cereja do melhor bolo da história das cerejas dos bolos.

— Que meigo! — imitou Morena, apoiando o queixo no punho. — Você está louco por ele, né?

— Acho que sim. Que inferno, acho nada, tenho certeza. Queria que ele tivesse chegado para jantar.

Breen vestiu a carapuça da culpa sabendo que não podia falar sobre a nova reunião do conselho.

— Imagino que Keegan tenha mandado todos os dragões sobrevoar a região. Conversei com ele... com Brian, digo, esta manhã, e sei que ele está louco por você também.

— Conversou com ele? Sobre mim? O que ele disse?

Ela fez um movimento de zíper nos lábios.

— Lamento, minha boca é um túmulo.

— Ei, ei, ei, pare com isso!

— Mas o resumo da ópera — Breen se levantou e deu um beijo em Marco — é que ele ama você, de um jeito doce e sentimental, como um filme de Natal da Sessão da Tarde, e forte como a roupa do Homem de Ferro. Portanto, eu aprovo, e, já que você fez o melhor peixe com batatas fritas de dois mundos, eu lavo a louça.

— Eu ajudo; mas que negócio é esse de Sessão da Tarde? Quem é o Homem de Ferro, e por que a roupa dele é tão forte?

— Fique aí com Marco, ele vai explicar. Eu cuido da louça.

— Muito bem — começou Marco —, você definitivamente precisa vir um dia para assistir a filmes de Natal e ao *Homem de Ferro*, todos, além de *Os Vingadores*. Mas como isso vai levar algum tempo, vou lhe explicar o básico.

Era gostoso, pensou Breen, ouvir Marco explicar um pouco de cultura pop para Morena. E divertido ouvir as perguntas e respostas de sua amiga – muito mais entusiasmada com super-heróis que com romances de Natal.

Mas Marco pretendia dar a ela ambos, aparentemente, pois estava marcando noites semanais para ver filmes.

Quando Morena foi embora, Breen achou reconfortante se acomodar em seu quarto com Porcaria, o fogo e seu tablet, ouvindo Marco ensaiar na harpa no andar de baixo.

Enquanto esperava por Brian, pensou ela.

Sim, doce e forte. E quem não gostaria de ter as duas coisas na vida?

Quando as preocupações tentaram se intrometer de novo, decidiu afastá-las um pouco mais. Decidiu escrever para o blog e postar o texto com fotos de manhã. Assim teria mais tempo para escrever os livros.

Podia terminar o primeiro rascunho do romance em questão de dias – uma semana no máximo. Achava mesmo que podia. E depois o deixaria de lado, descansando, enquanto terminava o segundo livro de Porcaria.

E não era uma maravilha saber que podia preencher suas manhãs fazendo o que sempre quisera? Odran não podia lhe tirar isso. Independentemente do que acontecesse, ela havia vivido isso, fizera isso por si mesma.

Se o romance não desse em nada, mesmo assim o teria escrito. E teria feito o seu melhor.

Se Odran atravessasse e fosse atrás dela e dos feéricos, ela lutaria, daria tudo que tinha para detê-lo. Faria o seu melhor.

Usando esses pensamentos, essa determinação como trampolim, começou a escrever o post. Estava quase acabando quando Porcaria ergueu a cabeça – ela também ouvira o movimento das asas do dragão.

Levantou-se e correu para a janela. Sentiu uma leve decepção quando reconheceu o dragão de Brian. Precisava deixar isso de lado também.

Isso era fácil, percebeu enquanto observava Marco sair para receber Brian, e os dois se abraçarem, e suspirou quando viu o beijo de boas-vindas.

— Eles formam um lindo casal, Porcaria. — Suspirou de novo, acariciando o topete do cachorro enquanto seu melhor amigo e o namorado iam em direção à baía de mãos dadas. — Um passeio ao luar, que romântico... Marco encontrou alguém que entende de romance, depois de tantos enganos. — Olhou para Porcaria. — Eu poderia te contar umas histórias. Mas parece que ele acertou desta vez, né? E, aconteça o que acontecer, eles sempre terão isso.

Ficou olhando mais um pouco e deu um passo para trás.

— Vamos deixar os dois em paz. Preciso terminar o post do blog. — Quando voltou para a cama, viu em seu tablet uma chamada no FaceTime. — Sally! — aceitou a chamada e repetiu: — Sally! Justamente de quem eu precisava. Eu estava... Caramba, você está deslumbrante!

Sally jogou para trás sua peruca ruiva armada e inclinou a cabeça.

— Gostou?

— Amei. Deslumbrante e sexy.

— Estamos fazendo um tributo aos anos oitenta, às heroínas da década. Muito antes do seu tempo, menina.

— E você não vai fazer sua incrível Cher?

— Eu queria dar uma mexida nas coisas, experimentar algo novo. Vou fazer meu melhor número.

— Ah, já sei! Claro! Pat Benatar. Vai ser ótimo.

— E Tina Turner, o que é difícil. Mas alguém tem que fazer, e eu dou conta. Falando em deslumbrante, estava com saudade dessa sua carinha deslumbrante e feliz.

— E eu de você. Muito mesmo, estou tão feliz por você ligar!

— Pensei em arriscar e ver se achava você e Marco. Onde está o meu garoto?

Breen olhou para a janela.

— Acompanhado. Ele contou que conheceu uma pessoa?

— Deu umas migalhas a mim e a Derrick, mas não o biscoito inteiro. Disse que conheceu alguém em uma festa faz uma semana. É esse?

— Sim, Brian. Sally, eles estão apaixonados.

— Hmm. — Sally se serviu uma taça de vinho. — Foi rápido.

— Também acho, mas é de verdade. Nunca o vi tão feliz, nem com alguém que simplesmente o entende e o ama. Estava me sentindo culpada por Marco ter vindo comigo de uma maneira tão repentina, como se eu tivesse roubado ele de você.

— Não seja boba! É bom saber que ele está com você. E é bom olhar para você e ver que o que encontrou aí te deixa feliz e lhe dá o que necessita.

— É verdade. Poder escrever aqui me deu exatamente o que eu necessitava. E num momento em que eu não sabia do que precisava.

— Derrick e eu lemos seu blog todos os dias, e, como sua mãe honorária, digo que é lindo ver seu lado forte e feliz. Estar aí fez você se abrir, minha doce Breen, e escrever, tomar o que é seu.

— É, me fez mudar.

— Não, querida, não a fez mudar. Simplesmente a fez se revelar.
— Sally fez um movimento com a mão e bebeu um pouco de vinho. — Preciso parar, senão vou estragar meu incrível delineado anos oitenta.

O amor tomava Breen inteira.

— Como você sabia que eu precisava justamente de você esta noite? Sally passou o dedo pela franja armada.

— Instinto materno. E Keegan, o irlandês gostoso e charmoso? Ainda está saindo com ele?

— Ah, sim. Não como Marco e Brian. Nós dois andamos muito ocupados ultimamente.

— Ninguém está ocupado demais para o amor, ou o sexo, ou um pouco de romance. O que ele faz, afinal? Acho que você nunca comentou.

Complicado, pensou Breen. Sally captava as mentiras no ar.

— Ah, ele tem um cargo de liderança. É chefe de um grande grupo.

— Está brincando!? — Sally fez uma pausa para retocar o batom. — Não me pareceu ser do tipo executivo. Achei que tivesse uma fazenda.

— Sim, a família tem uma fazenda. Keegan, o irmão e a irmã, e ele fica lá quando pode. Ele tem outra casa no leste, vai e volta o tempo todo. Tem muita responsabilidade; ele é responsável. As pessoas confiam nele, e ele leva isso a sério.

— Bom saber. Gostei dele, mas tenho que cuidar da minha menina mesmo de longe. Andei pensando... se você e Marco ainda estiverem aí na primavera ou verão, Derrick e eu vamos fazer uma visitinha.

— Jura? — Alegria e apreensão tomaram conta dela na mesma medida. — Vocês viriam para a Irlanda?

— Preciso ver meus filhos, e, se esse negócio com Brian for para valer, quero ver com meus próprios olhos. E quero conhecer sua avó.

— Ela vai adorar você. E você vai amá-la.

E Sally descobriria, pensou Breen. De alguma maneira, ele descobriria tudo.

— Vamos falar sobre isso. Ah, mais uma coisa antes que eu tenha que subir no palco e mostrar este meu corpo maravilhoso vestido de couro. Estou com uma bartender nova. Ela é ótima e, curioso, veio da Irlanda.

— Jura?

— Não da região de Galway, onde você está. É de Dublin. Meabh sabe cuidar de um bar como se tivesse nascido para isso. Se pretendem ficar aí muito tempo, talvez possam sublocar o apartamento para ela.

— Hum, nunca pensei... Faz sentido.

— Vou mandar as informações dela para você. Pode levantar a ficha dela, mas eu já fiz isso. Não contratamos qualquer um aqui no Sally's.

— Sim, obrigada. E, se você confia nela, também confio. Vou falar com Marco, mas acho que deveríamos sublocar, sim. Afinal, está fechado lá, vazio.

— Podem sublocá-lo mobiliado, ou podemos guardar o que não quiserem deixar lá.

— Não, pode ser mobiliado. Temos tudo que queremos aqui. Vou falar com Marco amanhã. Obrigada, Sally. Dê a Derrick um grande beijo meu.

— Pode contar com isso. Amamos você. Até loguinho!

— Nós amamos vocês. Arrase!

Sally pestanejou.

— Pode contar com isso também.

Breen encerrou a chamada e voltou para seu blog. Uma leve batida na porta – que ela não havia fechado – a fez erguer os olhos. Lá estava Keegan, acariciando Porcaria.

— A porta estava aberta, mas não quis interromper.

— Era Sally. — Breen deixou o tablet de lado e se levantou. — Não ouvi você entrar. Se precisar falar comigo sobre tudo aquilo, podemos descer. Posso fazer chá ou pegar uma cerveja para você.

Ele entrou com os olhos fixos nos dela. E fechou a porta.

— Já falei o suficiente por hoje.

Ele não era o tipo de homem que caminhava ao luar, pensou Breen. Mesmo assim, o jeito dele, como observava, como esperava, era estranhamente romântico.

Era escolha dela.

— Engraçado, eu também.

E, fazendo sua escolha, foi até ele.

CAPÍTULO 28

Breen se surpreendeu ao encontrá-lo quando acordou, com as primeiras luzes. E se surpreendeu ao desejar que pudessem ficar ali, passar um dia juntos sem responsabilidades e deveres.

Mas ele não era assim, e ela tinha suas próprias responsabilidades e deveres.

Estava se levantando para começar a cuidar dessas responsabilidades e deveres quando, no quarto cheio de sombras, Keegan pegou sua mão.

— Só um pouquinho. Às vezes o dia começa cedo demais.

— Verdade.

Ele sacudiu a mão livre em direção ao fogo e as chamas ganharam vida.

— A cama está quentinha, mas você não estará quando sair dela. Queria que pudesse ficar na cama comigo, que o mundo parasse por um maldito dia. Mas não para. — Ele se sentou e jogou o cabelo para trás. — Preciso ir à Capital. Deveria ter ficado lá ontem à noite, em vez de voltar. Pode ser que eu volte hoje à noite ou não.

Ela se sentou ao lado de Keegan e acariciou o braço dele, e a seguir esfregou o seu.

— Sem amarras.

Sob o olhar perplexo dele, ela se levantou.

— É uma expressão que...

— Sim, eu sei o que significa, acho.

Como estava nua, Breen resolveu pôr uma roupa de ginástica. Depois, jogaria uma jaqueta por cima para cumprir seu ritual matinal com Porcaria.

— Acho que vejo amarras em Brian e Marco.

— Sim, bem claramente. Terão que resolver muitas coisas quando chegar a hora.

Ele a viu vestir uma legging e um top.

— Gosto das roupas que você usa para fazer seus exercícios.

Ela olhou para ele por cima do ombro.

— Porque elas são práticas?

— Não, se bem que parecem ser práticas mesmo. Queria usar seu chuveiro antes de ir, se não se importar.

Ela se sentou na beira da cama.

— Vamos combinar o seguinte: quando você vier aqui, quando dormirmos juntos, quando estiver aqui de manhã, não precisa pedir licença para tomar banho, comer alguma coisa, fazer chá, tomar uma cerveja ou qualquer coisa.

— Não quero ser descuidado com você.

— Você é impaciente, muitas vezes rude, ocasionalmente ditatorial, mas não é descuidado.

— Fui descuidado com Shana, acho. Não estou justificando nada, mas olho para trás e vejo que fui descuidado ao concluir que ambos sabíamos o que tínhamos e o que não tínhamos nem nunca teríamos.

— Eu não sou Shana.

— Não mesmo, não se parece nada com ela. Nem com ninguém. Eu não deveria estar com você assim, essa é a verdade. Não deveria ter misturado as coisas desse jeito, mas misturei. Minha preocupação com você deveria se restringir ao fato de que é a chave para proteger meu mundo, o seu e todos os outros. Mas não é mais, e não poderá ser de novo.

Ela controlou seu desejo de acariciá-lo e tranquilizá-lo, porque esse não era o jeito dele também.

— Entendo. Então, tudo tem só a ver com você. Eu não apito nada nessa história.

— Resposta inteligente — disse ele enquanto se levantava. — Você tem uma mente ágil e inteligente, que eu admiro. — Nu, ele foi até a janela. — Passei mais da metade da vida como *taoiseach*. Vou segurar a espada e o cajado até morrer para proteger Talamh. Talvez Odran veja esse dia chegar antes do que eu gostaria.

— Não diga isso!

Ele olhou para ela.

— Não tenho medo de morrer pelo meu mundo, pelo meu povo. Eu uso a trança e jurei lutar, dar minha vida se necessário, como meu pai e o seu fizeram. Mas tenho medo, como não tinha, como não deveria ter, que algo de mau aconteça a você. Não só por Talamh, mas também por mim mesmo.

— Por isso você vai me derrubar, insultar minha performance com a espada e zombar de minha habilidade com o arco.

— Você não tem habilidade com o arco. Sim, sempre que eu puder, vou derrubar você. Isso não é ser descuidado com você, a meu ver. É o contrário.

— Também não tenho muitas habilidades com relacionamentos, mas tenho certeza de uma coisa: o fato de nós termos um tipo de relacionamento pessoal nos torna mais fortes.

— Por quê?

— Porque importa mais quando se gosta. Vou descer para deixar Porcaria sair e fazer café.

Estranho, pensou ela enquanto Porcaria descia os degraus à sua frente. Ela nunca havia tido uma conversa mais romântica que essa na vida. Não sabia o que isso dizia sobre eles, mas tudo bem.

Sob uma chuva fria e constante, Keegan voou para a Capital. Encontrou sua mãe na sala do conselho, como havia lhe pedido. Só os dois por enquanto.

Ela se levantou quando ele entrou e o fitou com um olhar sombrio.

— Pegou chuva — disse, e lhe serviu chá.

— Obrigado.

— Uwin e Gwen partiram há uma hora. Encontrei uma casa de campo na região central onde eles podem morar. É simples e tranquila. Eles têm cavalos e posses, e eu abasteci a casa com comida e outras necessidades. Você teve razão para mandá-los embora. — Ela pousou a mão no braço dele. — Foi difícil para você cumprir esse dever, mas fez o que era certo. Como é certo eu os ajudar a recomeçar nessa nova vida.

Ele apenas assentiu e se sentou.

— E Sedric?

— Ele e Marg já voltaram para a floresta. É uma área muito grande para cobrir, Keegan, mas eles não vão parar. Eu teria ido ajudá-los, mas sabia que você viria e queria falar comigo. Loren pediu para ajudar. — Keegan ergueu o olhar. — Ele quer encontrar esse portal — prosseguiu Tarryn —, não há dúvidas disso. Parte dele acredita que ainda pode salvar Shana, também não há dúvidas disso, mas ele quer encontrá-lo e é habilidoso.

— Tudo bem. Não há julgamento em que eu mais confie que no seu. Está com cara de cansada.

— Puxa, esse sim é o comentário que uma mulher gosta de ouvir.

— Mãe. — Ele pegou a mão dela.

— Não dormi muito. Vou descansar melhor agora, depois de ver Uwin e Gwen a caminho da casa nova. E tenho três elfos substitutos para você avaliar para o conselho.

— Nenhum da Capital.

Tarryn ergueu as sobrancelhas.

— Achei que você ia querer encontrar alguém depressa e que conhecesse os protocolos.

— Acho que nos restringimos muito a gente daqui, que conhece pouco do resto. Conheço uma pessoa no sul. Ela é jovem, mas um pouco de juventude pode ser bom. Preciso ir para o sul de qualquer maneira, para ver o progresso por lá, e vou falar com ela.

— Nila; aquela que levou de volta à família a criança que o clã dos Piedosos sequestrou. Eu conheço meu filho... é uma boa escolha, Keegan, e espero que ela concorde.

— Isso me poupa o tempo que pensei que precisaria para convencê-la.

— Sou seu braço direito e sua mãe, mas você é *taoiseach*. Achei que você traria Breen desta vez, ela poderia ser útil na floresta. E no feitiço que Marg e eu começamos a planejar.

— Pensei nisso, mas temos que tomar cuidado para não pôr todos os ovos na mesma cesta, não é? Talvez haja um portal aqui, e talvez esteja nos planos de Odran usá-lo, mas há outros. Como a cachoeira que eles usaram antes. Lá, Breen pode sentir ou ter uma visão. E no extremo oeste, aquele portal de que Sedric falou... Estou começando a pensar que você seria mais útil lá também.

— No vale? — Ela apenas sorriu para ele. — Poupe seu fôlego. Como eu disse, conheço meu filho. Quer me afastar daqui porque, segundo toda lógica, é aqui que ele vai atacar. E, como você não vai me pedir para fugir de meu dever, vai tentar me convencer de que posso fazer mais lá do que aqui. Não.

Como sabia que era uma causa perdida, ele se limitou a beber seu chá.

— Mas eu tenho um bom contra-argumento.

— Bem, guarde para outra hora. Quer reunir o conselho?

— Não, pelos deuses. Prefiro a floresta e a chuva.

— Concordo.

— Acha que eu deveria ter trazido Breen, então?

— Acho que vai ter que ir buscá-la antes que tudo isso acabe.

Keegan encontrou Marg primeiro, trabalhando com Loren e um elfo. A velocidade do elfo era bem-vinda, e sabia que a meticulosidade e eficiência de Loren compensavam sua própria impaciência.

Eles haviam dividido os vastos acres de floresta em lotes quadrados, e cobrir cada um deles havia levado uma hora ou mais no dia anterior.

— Poderia levar menos — disse Marg —, mas há muita coisa aqui. Muita energia, muitas pulsações, muitos ecos de poder. — Ficaram parados na chuva, sob o cheiro de pinho e de terra encharcada, na escuridão densa como um muro. Como Taryn, Marg usava uma capa com capuz sobre calças robustas, suéter e botas. Ela ergueu as mãos e fez um movimento circular. O mapa dos loteamento imaginário se formou no ar. — Marcamos as áreas que concluímos.

— Fizeram progressos.

— Um pouco. — Marg sorriu. — Um progresso lento. Sedric continua no norte da floresta enquanto nós trabalhamos no sul. Os outros que você escolheu, o empático Glenn com o jovem animórfico, hmm, Naill... ficaram com o leste, e Phelin McGill foi para o oeste com outro empático. Os elfos, como nosso Yoric aqui, são os corredores.

— Não vimos nada parecido com uma árvore de cobras — informou Yoric.

— É preciso muita sorte para ver a própria mão na frente do nariz nesta escuridão. Minha mãe e eu vamos pegar um lote central antes de eu ir para o sul. Mesmo que consigamos cobrir só um ou dois, sobrará menos para fazer.

E tudo poderia ser à toa, pensou Keegan enquanto ele e Tarryn caminhavam pela terra molhada. Por uma história contada por um velho bruxo a um jovem animórfico muito tempo antes.

Mas dedicou três horas, e depois fez uma refeição – adulto ou não, era difícil dizer não à sua mãe.

Com Cróga, foi primeiro para o norte, onde o ar gelado transformara a umidade em pedras de gelo, e depois em nevasca. Nos altos picos que se erguiam ao longo do mar agitado, Keegan desmontou, e a neve chegava até o alto de suas botas.

O portal ali se abria para um mundo que ele visitara uma vez, brevemente, pois achava inóspita sua dependência de máquinas e a falta de interação entre seus moradores.

Como nenhum outro portal havia sido encontrado ou registrado naquele mundo, ele achava improvável ou impossível que Odran passasse por ali.

Mesmo assim, tinha seis guardas de plantão.

Um fogo ardia sobre uma rocha larga e plana, e a onda de calor quase aqueceu seus ossos congelados. A neve caía em flocos grossos e densos, e o vento os jogava onde queria.

Se a chuva já era um sofrimento, pensou, a neve era uma brutalidade. Mas Hugh, a quem Keegan encarregara dos deveres do dia, cumprimentou-o com um sorriso de bochechas rosadas.

— Belo dia aqui nas alturas.

— Estão todos com a bunda congelada nos dez quilômetros ao redor daqui — respondeu Keegan.

— Ah... o sangue de um nortista corre denso e quente demais para isto aqui. Está tudo bem aqui. Um de nós entra e sai a cada hora, conforme você pediu. O pessoal do outro lado não está mais interessado em nós que nós neles.

— Fiquem firmes, então, Hugh.

— Pode ter certeza. Sou grato pelo serviço aqui, pois minha casa fica a apenas... não dá para ver por causa da neve, mas é ali no sopé. Assim, posso ver minha mulher e nosso bebê quando fizermos a troca da guarda.

— Que sua mulher o mantenha aquecido durante a noite — disse Keegan, já montando em Cróga.

— Manterá, com certeza.

Cruzou Talamh no caminho para o sul, parando em cada portal. Passou da neve e do frio cortante – graças aos deuses – para mais chuva, um breve momento de sol e a névoa que se seguiu.

Parou em campos, florestas, às margens de um lago chamado Lough Beag, que tinha esse nome por ser pequeno.

Quando sobrevoou o vale, levou Cróga para a fazenda, onde a chuva era só uma garoa e o sol brilhava, débil, entre as nuvens cinzentas.

Encontrou Harken no celeiro afiando arados. Outras ferramentas, incluindo três espadas, já estavam prontas na mesa de trabalho dele.

— Está um frio de matar no norte, e úmido demais no leste. E a escuridão dava para cortar com um machado na região central.

— Aqui está quente e seco, bem bom. — Keegan pegou a chaleira no fogareiro e derramou a água quente sobre um coador com folhas de um chá bem forte. — Quer comer? — perguntou Harken quando Keegan se sentou sobre um barril.

— Não, obrigado. Nossa mãe me fez comer antes de sair da Capital. Tenho pouco tempo, mas queria verificar as coisas com você antes de prosseguir.

— Tranquilo. Eu vi Brian, ele disse que Breen e Marco vão ficar do outro lado hoje até que sejam necessários. Ambos têm trabalho lá.

— Ainda bem.

Com movimentos firmes e mãos seguras e pacientes, Harken continuava passando a lâmina na pedra de amolar.

— Percebo que você está me sondando. Eu sei onde sou necessário, Keegan, como já lhe disse antes. É aqui. Mas, se precisa de mim em outro lugar, é só dizer...

— ... que você vai. — Keegan tomou um gole grande. O calor que sentiu se espalhar era tanto por estar em casa como pela bebida quente e o fogo. — Tive muito tempo para pensar; é o que acontece quando se voa sob nevascas, chuvas e baldes de granizo.

Harken sorriu, ainda trabalhando.

— O luxo e glamour de ser *taoiseach*.

— Justamente. — Keegan riu. — Eu sei que há muitas pessoas que dariam tudo, que dão, e são valorizadas por isso. Mas é a família que me dá forças, Harken. Você e Aisling, Mahon, os meninos, nossa mãe. Saber que posso ir até qualquer um de vocês, vir aqui... Não trabalho aqui como você, mas preciso deste lugar do mesmo jeito que você.

— Eu sei disso — Harken ergueu o olhar e fitou Keegan. — Eu

não lidero como você, *mo deartháir*, mas preciso saber que você segura a espada e o cajado. Saber disso me dá forças.

— No entanto, sua espada está afiada e pronta.

— Assim como o arado, quando eu terminar.

— Se os deuses quiserem, vou ajudá-lo a usá-lo depois que a roda virar para o ano novo. — Levantou-se. — Tenho que ir. Preciso checar mais três portais, e depois volto para a Capital. Volto amanhã, se puder.

— *Turas sábháilte.*

— Estarei seguro, sim, mas provavelmente molhado. Harken... se estivermos certos e Odran atravessar esse portal que não estamos achando na Capital, e se ele passar por nós...

— Não vai passar. — Harken testou o fio da lâmina e pegou outra em forma de gancho. — Mas vamos proteger o vale, nossa casa.

— Tenho certeza disso.

Keegan saiu, e Harken continuou sua tarefa, esperando.

Momentos depois, a porta do celeiro se abriu de novo e Morena entrou.

— Eu ia entrar, mas vi Keegan e senti que seria uma conversa entre irmãos, então dei meia-volta.

— Foi mesmo; obrigado. — A chuva escorria da aba do chapéu dela, e a lama cobria suas botas. Como sempre, ele pensou que ela era a criatura mais linda que existia. E continuou esperando enquanto ela andava de um lado para o outro, inquieta, tensa, irritada. — Você saiu cedo esta manhã, e com pressa — disse ele.

— Meus avós precisavam de mim. Vovô está fazendo uma cadeira de balanço para Bridie Riley dar à filha, que vai dar à luz no Yule. E minha avó está fazendo bolos de maçã para escambo. É difícil não contar a eles sobre esse portal que pode nem ser real.

— É real.

— Como você sabe?

— Porque faz mais sentido.

Ela jogou as mãos para o alto, frustrada, e saíram umas faíscas de luz vermelha de seus dedos.

— Pois nada disso faz sentido pra mim. Por que ele não nos deixa em paz? Nós o incomodamos, por acaso? Não. Ele tem o mundo dele, não tem? E pode governar como quiser. O que ele ganha destruindo o nosso? E por que você está sorrindo assim?

— Pelo que vejo, você está fazendo todo o possível para ficar furiosa e não dizer a que veio. Nem por que saiu com tanta pressa de manhã, por que voltou, por que está andando de lá para cá pelo celeiro como se tivesse fogo nas botas.

— Já disse por que saí cedo de manhã, e só voltei porque achei que encontraria Breen.

— Ela e Marco vão ficar do outro lado hoje.

— Então eu vou lá.

Ele continuou trabalhando.

— Você não vai mudar as coisas as evitando.

— Não estou evitando nada. Mudar o quê?

— O que você sente e o que quer.

Ele deixou as ferramentas de lado e se levantou.

— Você não sabe o que eu sinto e não tem o direito de olhar dentro de mim.

— Nem preciso. O que eu vejo está em seus olhos. Eu amo seus olhos — disse ele, caminhando em direção a ela. — Amo o que vejo neles sempre, mas o que vejo agora é o que sempre esperei. Amo você, Morena. Amo você há muito tempo, e vou te amar pelos dias que me restam de vida.

— Não é hora de falar de amor. O que nos espera, e, se eu posso sentir, você também sente, é terrível.

— Verdade, e por isso não há melhor momento para falar de amor. Sem amor nada faz sentido, não é? É só sobrevivência, e isso não é suficiente. Você está pronta.

Ele pegou as mãos de Morena e, embora ela tenha feito uma débil tentativa de puxá-las de volta, levou-as aos lábios.

— Pronta para quê? Pronta para lutar? Claro, como todos nós. Isso não é... — Ele simplesmente pousou seus lábios nos dela. — Caramba, quando começamos essa história, achei que nos cansaríamos um do outro e voltaríamos a ser amigos.

— Sempre vou ser seu amigo, mas não só. Estava esperando você estar pronta, e agora você está. Por isso lhe peço, Morena Mac an Ghaill, que se comprometa comigo como me comprometo aqui com você. Case-se comigo e vamos construir uma vida juntos.

— Sou uma idiota apaixonada por você. Isso me irrita às vezes.

— Eu sei, e mesmo assim aqui estamos nós.

— Não prometo cozinhar para você.

— Como você é uma péssima cozinheira, agradeço por isso.

Ela teve que rir.

— Sou mesmo. Já me imaginei sentada à mesa de um conselho, mas nunca que me pedissem uma coisa dessas. E aqui, ouvindo isso, sabendo disso, embora você já soubesse antes, eu só conseguia pensar: por que me afasto daquilo que meu coração quer se há tanta escuridão lá fora? Já passou da hora. Então, eu me comprometo com você, Harken O'Broin. Quero ter uma vida com você, e vou amá-lo sempre, mesmo quando a vida me irritar.

Abraçaram-se e se beijaram longa, lenta e profundamente, no celeiro que cheirava a feno, óleo e turfa queimada.

— Quero me casar na primavera. Não quero começar minha vida com você na escuridão do inverno, e sim na primavera promissora.

— Eu posso esperar. — E a beijou de novo.

※

Enquanto seu irmão realizava o desejo de seu coração, Keegan foi para a cachoeira, para o extremo oeste, e depois para o sul.

O ar esquentara, os céus clarearam e o gelo do norte parecia apenas um pesadelo do passado.

Foi uma satisfação ver que não restava uma única pedra da Casa de Oração na colina. Em seu lugar, artesãos trabalhavam na construção de um pilar de granito branco. Haviam-no polido e esculpido a bandeira de Talamh no centro. Na base haveria uma piscina de fogo e água, uma chama que nunca se extinguiria. E acima, no idioma antigo: NA LUZ VIVEM OS BRAVOS.

E todos que olhassem para ela, prometeu Keegan a si mesmo, saberiam, lembrariam e honrariam.

Estava sobrevoando a área quando Mahon se aproximou.

— É uma coisa forte e boa. A coisa certa.

— Sim. E o portal?

— A legião está protegendo as fechaduras e o lacre. Não houve violações nem tentativas.

— Haverá, se passarem pelo leste. Vejo que os reparos estão indo depressa.

— Telhadores, carpinteiros, pedreiros... estão a todo vapor. Depois de uma batalha, é bom consertar e construir coisas. Na verdade, Keegan, acho que está tudo mais leve aqui sem a sombra da Casa de Oração. Depois que o bebê nascer, acho que Aisling e eu vamos trazer as crianças aqui. Quero que vejam o memorial, que construam castelos na areia e pulem nas ondas.

— Por enquanto você pode voltar para casa comigo.

— Ainda há trabalho a fazer aqui.

— E você pode voltar amanhã. Mandou chamar a elfa?

— Sim. Eu a trouxe da patrulha, e ela está lá trabalhando... com os pedreiros. Nila tem uma boa mão com pedras.

— Vou falar com ela, então. Escolha quem vai assumir o comando até amanhã de manhã. Ela vai dizer sim ou não, portanto não vou demorar muito.

Aterrissou com Cróga na praia, para deleite de um grupo de crianças que brincava nas águas rasas.

E, enquanto caminhava em direção às lojas e cabanas, pensou que Mahon tinha razão. Estava tudo mais leve ali.

Encontrou a elfa reconstruindo uma parede. Ao vê-lo, ela se levantou depressa.

— *Taoiseach*.

— Bom trabalho. Mahon disse que você tem mão boa para isso.

— Gosto de construir coisas. E de vê-las construídas. O memorial já é um símbolo muito forte.

— Vamos dar uma volta?

— Claro.

— Quero agradecer por suas palavras no julgamento.

— Eu disse a verdade, era meu dever. E digo sem constrangimento: foi um prazer também.

Ele assentiu. Jovem, pensou; uma elfa muito jovem, com trança de guerreiro, que já havia visto batalhas e sangue.

— Gostaria de saber se você assumiria outro dever.

— Eu sirvo Talamh.

Ele assentiu enquanto se afastavam da aldeia em direção às árvores.

— Deve ter ouvido falar de Shana, os crimes, a fuga, a escolha dela de se juntar a Odran.

— Ouvi, sim. — O rosto de Nila endureceu, como as pedras com que ela trabalhava. — Quer que eu atravesse e a encontre?

Keegan baixou os olhos.

— Que a encontre?

— E a traga de volta para o julgamento. Essa é a lei.

Era a resposta certa, pensou ele, a resposta verdadeira, e dada sem hesitação.

— Essa é a lei. Mas não, não mandarei ninguém para o mundo de Odran por isso, nem por ela. A hora dela vai chegar. O pai dela fazia parte do conselho, não faz mais. O que eu queria lhe pedir era que você assumisse o lugar dele.

Ela parou de repente e olhou para ele.

— Não entendi. *Taoiseach*, não sou política nem estudiosa.

— Você é leal, corajosa, tem minha confiança. Conhece a lei e a honra, Nila. Quero isso na mesa de meu conselho. Sua casa fica no sul, e você teria que fazer outra na Capital. Não é pouca coisa que lhe peço.

— Eu faria meu lar onde fosse necessário, e assim minha família desejaria. Mas não tenho experiência.

— Nem eu tinha quando tirei a espada do lago, e era mais novo que você. É uma escolha, Nila, e não há desonra em escolher o não.

Ele olhou ao redor. Algumas árvores tinham cicatrizes de batalha, outras apenas as cascas chamuscadas.

Mas ainda havia beleza ali. E mais floresceria.

— Como está a menininha?

— Alanis? Resiliente. — Ele ficou de frente para ela. — Eu sei que você iria vê-la para se certificar disso pessoalmente. E essa é mais uma razão pela qual lhe peço que sirva no conselho. A lei precisa ter coração, tem que pulsar com ele, ou se transforma em pedra.

— Eu... estou chocada, essa é a verdade. Mas seria uma honra servir Talamh, e você, no conselho. Só peço que alguém me ensine o trabalho.

— Minha mãe vai ajudá-la. Estou voltando para a Capital agora, e vou providenciar aposentos e tudo de que você possa precisar. Tem cavalo?

— Sim, sim. Mas meus pés são mais rápidos.

— Vai querer o cavalo mesmo assim. — Ele estendeu a mão. — Sou grato a você.

— Espero lhe dar motivos para isso.

CAPÍTULO 29

Ele não foi à cabana naquela noite, nem na seguinte. Breen soube do lento progresso de Marg na Capital pelo espelho de clarividência. Ouviu comentários de Brian, que chegara tarde e saíra cedo, por isso sabia que Keegan atravessava Talamh todos os dias e passava horas na floresta em busca do portal da escuridão.

Ela mergulhou em seu trabalho. Assim tinha um propósito, tirava a preocupação da cabeça e não passava horas a fio se sentindo inútil.

E ficou chocada quando chegou ao fim.

Não estava totalmente acabado, disse a si mesma, olhando para a tela de seu notebook. Ainda tinha que revisar, editar, polir, tudo obsessivamente.

Mas estava tudo ali. Quinhentas e trinta e seis páginas de palavras suas, todas ali.

Precisou se levantar e andar pelo quarto. Porcaria, que cochilava na cama, levantou a cabeça. Ela teve que abrir a porta do jardim e respirar ar fresco. E, como sentiu o humor de Breen – uma alegria estupefata –, em vez de sair correndo, Porcaria se ergueu nas patas traseiras e começou a dançar em volta dela.

— Isso, vamos dançar! — Ela estendeu as mãos e ele lhe deu as patinhas dianteiras. A alegria nos olhos dele brilhava nos dela. — Eu fiz de você um cão demônio no livro, espero que não se importe. Mas é um cão demônio bonzinho. Um cão demônio incrível, o melhor de todos os tempos na história dos cães demônios. Não sei o que fazer agora. Sei sim! Temos que ir contar a Marco.

Feliz, Porcaria correu com ela até a mesa onde Marco estava trabalhando. Breen sentiu cheiro de molho vermelho e carne picante. Espaguete com almôndegas, percebeu.

Perfeito. Tudo perfeito.

— E aí? — disse ele, ainda digitando. — Estou quase acabando. Se você puder fazer aquele abracadabra no fogão, estava pensando em dar uma volta a cavalo do outro lado. Quem diria que eu aprenderia a cavalgar e que sentiria falta disso? Você precisa dar um tempo depois de dois dias escrevendo praticamente vinte e quatro horas por dia.

— Marco...

— Dois segundos, estou acabando; e conversei com Abby da publicidade sobre a criação de contas nas redes sociais para Porcaria. Como se fossem dele, entende? E no começo do ano podemos começar a monetizar as contas.

— Marco — repetiu Breen.

— Pronto! Diga. — Ele ergueu os olhos e viu o rosto dela. — Aconteceu alguma coisa. — Ele se levantou devagar. — Acho que é coisa boa, mas sei que aconteceu alguma coisa que você não me contou. Ou não pode contar. E Brian também não. Então diga de uma vez se é coisa boa.

— É boa. É ótima. É absurda! Acabei o livro. O romance de ficção. Bem, não está acabado porque...

Ela acabou a frase rindo, porque ele a levantou e a fez girar. Para não ficar de fora, Porcaria ficou em pé de novo e deu uns uivos alegres.

— Mimosas! Agora!

— Mimosas? — Ela riu de novo, agarrada nele. — São duas da tarde.

— Você escreveu um livro! Mais um livro — ele deu um beijo estalado nela —, e vamos beber mimosas.

— Escrevi um livro. Dois livros. Bem, um e meio, talvez um terço, porque ainda tenho que editar e condensar, ou ampliar, polir ou...

— Dois livros — Marco afirmou, categórico. — Menina, estou tão orgulhoso de você!

— Você teve grande participação nisso. Se eu tivesse que fazer tudo isso aí — ela apontou para o notebook e os arquivos —, não faria nada. Aceito uma mimosa. Acho que tenho que sentar e chorar um pouco.

— Chore quanto quiser. — Marco a puxou de novo. — Vou chorar com você. Minha Breen...

Porcaria soltou um latido e a seguir Morena entrou.

— O que está acontecendo? Por que estão chorando?

— É choro de comemoração — disse Marco. — Breen acabou o livro.

— Puxa, que coisa boa! — Olhou nos olhos ansiosos de Breen. — Muito boa.

— Acabei de dizer a Breen que sei que há certas coisas que vocês não podem me contar. Porcaria e eu podemos dar uma volta se...

— É verdade, desculpe — disse Morena. — Mas não precisa. Tudo está como estava há dois dias. Como faz tempo que vocês não vão para lá, eu vim.

— Chegou em boa hora, vou fazer mimosas.

Morena sorriu.

— Conheço essa bebida! É champanhe com suco de laranja, não é? Aceito, e vamos brindar à nossa contadora de histórias aqui. Posso ler?

— Não está acabado. Tenho que... basicamente, tenho que revisar e dar uma polida.

— Faça isso, então, e vamos beber de novo quando terminar. — Sentindo-se em casa, Morena tirou o boné e a jaqueta. E notou o cheiro no ar. — Que cheiro maravilhoso é esse?

— Espaguete com almôndegas. — Marco foi até a cozinha para mexer a panela e pegar o champanhe. — Volte para o jantar. Fiz comida suficiente para um batalhão. Traga Harken, e Keegan, se ele voltar. Será uma festa.

— Bem que eu queria, acredite, mas é melhor Harken e eu ficarmos em Talamh por enquanto.

— Por causa das coisas que você não pode me contar.

— Vou explicar, porque Breen seria mais discreta com...

— Morena!

— Eu sei o que estou fazendo. — Ela foi para cozinha também para cheirar o molho. — Ah, deuses, isso é um milagre dentro da panela. O *taoiseach* formou um conselho aqui no vale, e Breen e eu fazemos parte dele e juramos não falar sobre o que se discute lá, a menos que tenhamos permissão.

— Tudo bem, então. — Com mãos de barman, Marco abriu o champanhe fazendo um leve *pop*. — Vocês me contam quando eu puder ajudar.

— Sem dúvida.

— Tem algo acontecendo com você também. — Franzindo o cenho, Breen observou o rosto de Morena. — Estou sentindo, mas não é... não é sobre o que não podemos falar.

— Não mesmo, e estava esperando vocês dois atravessarem para contar. Mas, maldição, vocês não apareceram!

Marco, que estava agitando uma garrafa de suco de laranja, parou no meio do movimento.

— É bom ou ruim? Preciso saber dessas coisas.

— É bom. É estranho ainda, mas é bom. Eu estava pronta, entende? Foi a reunião do conselho que me fez perceber. — Morena ficou entrando e saindo da cozinha. — E ele sabia, claro. Ele conhece meu humor melhor do que eu, o que é irritante, mas também tranquilizador. Pois é isso.

— Isso o quê? — Marco largou a garrafa e ergueu as mãos quando Breen sorriu e começou a chorar de novo. — Desembucha!

— Estamos comprometidos, Harken e eu. Deste lado se diria que estamos noivos, mas nosso jeito de falar faz mais sentido.

Antes que Breen pudesse se aproximar para abraçá-la, Marco levantou Morena do chão.

— Menina! — E a girou, como fizera com Breen, fazendo o cachorro se animar de novo. — Casamento no Natal? Nossa, adoro casamentos no Natal.

— Não, não vai ser no inverno — disse Morena, enquanto Breen envolvia os dois com seus braços. — Quero casar na primavera, com sua luz, suas flores e suas promessas. Estou ferrada! Perdi a cabeça e vou me casar com um fazendeiro.

— Vocês são perfeitos um para o outro. Simplesmente perfeitos — exclamou Breen. — E você tem razão sobre a primavera, porque é uma estação de esperança e promessas, e uma grande farpa afiada no olho feio de Odran.

— Quase enlouqueci esperando para contar para vocês. Quando contei para meus avós, meu avô foi direto para a fazenda dizendo que ia grelhar Harken como uma truta. Não fez nada disso, claro, ele ama Harken como se fosse um neto. Minha avó chorou, depois começou a tagarelar, a falar de vestidos e flores e tal, e agora está no espelho com minha mãe, ou mandando falcões de um lado para o outro trocando planos. Vou deixar tudo nas mãos delas; elas merecem e vão fazer melhor que eu.

Morena respirou fundo.

— Agora eu é que estou tagarelando, mas quero dizer que, se um de vocês, que faria melhor também, quiser dedicar seus pensamentos a isso, vai ser muito bem-vindo. E, segundo a tradição, no casamento, os amigos ficam ao lado do casal no momento da promessa e da união da vida dos dois. Você vai, não é? — perguntou a Breen. — Minha amiga mais antiga; e você, Marco, que graças a Breen é meu amigo também. Vocês dois vão ficar comigo?

— Claro que vamos!

— Vou pegar essas bebidas antes que comece a chorar como um bebê. — Marco enxugou as lágrimas. — E dane-se o suco de laranja.

Naquela noite, Breen levou o notebook para o quarto. Poderia trabalhar e dar a Marco e Brian – se e quando ele aparecesse – um pouco de privacidade. E poderia trabalhar no segundo livro de Porcaria – algo feliz para ajudá-la a manter todos os bons sentimentos do dia.

Talvez Keegan aparecesse. Ela se sentiria mais segura se o visse, se ouvisse as notícias diretamente dele. Pelas conversas com Marg, ela entendera que eles tinham dúvidas de que o portal realmente existia. Depois de dias de busca, não haviam encontrado nenhum indício dele.

Nem da árvore de cobras.

Ela não sabia o que significava; só sabia que a frase surgira tão claramente, tão definitivamente, que tinha que significar alguma coisa.

Ou não.

Tentou ver no fogo, e no globo, mas nada apareceu.

A chuva implacável no leste tornava a busca mais difícil e a retardava, sem dúvida. Mas Marg havia dito que a chuva se deslocara para o mar naquela noite e que o dia seguinte prometia céu limpo.

Ficou imaginando se deveria ir à Capital, se poderia ajudar. E se esperar ser chamada – ou convocada – seria sinal de fraqueza ou força.

De qualquer maneira, iria a Talamh no dia seguinte e praticaria na oficina de sua avó. E pediria a Morena ou Harken para ajudá-la a treinar.

E se prepararia para o que desse e viesse.

Por enquanto, escreveria e esperaria.

Escreveu até tarde, até que a casa ficou silenciosa e adormecida. Então, vestiu um roupão e calçou as botas para sair com Porcaria no último passeio da noite, quando os duendes esvoaçavam, criando pontos de luz na escuridão.

Com Porcaria já acomodado na frente do fogo, ela se aconchegou na cama. Trabalharia mais no livro dele de manhã, mas iria para Talamh mais cedo que de costume. Daria uma volta a cavalo com Marco – passaria na casa de Finola para conversar sobre os planos do casamento – e chamaria Lonrach para dar a ambos o prazer de um voo. E se dedicaria ao treinamento – tanto mágico quanto físico.

Preencheria o dia, mas, se nada mudasse, pediria a Harken para deixá-la usar o espelho de Keegan. Só precisaria que ele encontrasse tempo para conversar e que aceitasse que ela precisava ir à Capital e ajudar na busca.

— Árvore de cobras — murmurou enquanto apagava a luz.

Por que ela saberia disso se não significasse nada?

Talvez na oficina, com a magia de sua avó ao redor, encontrasse as respostas.

Amanhã, pensou, e caiu no sono.

O sonho chegou suave e agradável com um céu de um azul comovente. Um riacho borbulhava atravessando um campo, e ao longo de suas margens cresciam os sinos violeta das dedaleiras, as elegantes trombetas das aquileias formosas, as flores estreladas do tomilho selvagem. Borboletas esvoaçavam e pássaros cantavam enquanto ela caminhava com Keegan.

— É tudo tão lindo!

— Paz. — Ele levou a mão dela aos lábios. — Não há nada mais bonito. Nós a teremos, e milhares vezes milhares de dias assim.

— Estou feliz por você ter vindo. Senti falta de ver você, de falar com você. Encontrou o portal?

— Não vamos falar disso agora. Temos isto, e o silêncio. Nós dois gostamos de momentos de silêncio.

— É verdade. Acho que é uma coisa que temos em comum. — Ela sorriu quando ele se abaixou e pegou um botão de flor para colocar atrás da orelha dela. — São raros os momentos de silêncio.

— Eu teria mais se abjurasse o cajado e jogasse a espada no lago de novo.

— Você não faria isso. Não conseguiria.

— Prefere que eu lute todos os dias da minha vida, que carregue o peso de julgar os outros? — Ele a virou para si. — Ou que eu fique com você? Que vá para seu mundo com você e o torne meu?

— Você não pode...

Ele a puxou para si.

— Está me dizendo que não quer que eu escolha você acima de tudo? Como ninguém fez antes? Até o seu pai, no fim, escolheu Talamh. Escolheu a espada e seu poder.

— O dever, não o poder; ele...

Mas ele colou seus lábios nos dela e o beijo a deixou tonta.

— Ele poderia ter passado as funções para outro e ficado com você. — Com os olhos fixos nos dela, Keegan beijou a mão de Breen. — Você não era o suficiente para ele.

— Isso não é verdade! Keegan...

— Eu escolheria você, e não Talamh. — Ele beijou o pulso dela, acelerando sua pulsação. Depois o pescoço, e os batimentos dobraram. — Peça.

Frouxa de desejo, ela quase pediu.

— Não posso.

— Se você me ama, diga. Diga que devo escolher você. — Ele passou as mãos sobre ela, os lábios quentes e urgentes... — Vamos ter momentos de paz e sossego. Você será tudo para mim. Peça! Exija!

— Eu amo você, por isso não posso. Amo você como é. Pare, você está me deixando triste.

— Eu, deixando você triste? — Ele a empurrou, e a raiva no rosto dele fez o coração dela pulsar na garganta. — E o que você faz comigo choramingando desse jeito? Quer que eu lute contra um deus por um prado cheio de flores? Você me faria morrer pelas mãos dele? Deseja isso para mim?

Ele passou as mãos pelo corpo e o sangue começou a jorrar de seu peito, a correr pelos braços e escorrer de seus dedos.

— Não! Pare! Me deixe ajudá-lo.

Ela se jogou sobre ele tentando encontrar as feridas e curá-las.

— Meu sangue está em suas mãos; lembre-se disso, patética filha dos feéricos. Você me matou.

A escuridão caiu, e ele se foi. Ela ficou sozinha, com o sangue dele ainda quente e úmido em suas mãos.

Sozinha, mas não mais no prado ensolarado. Agora estava em uma floresta tão densa que parecia que as árvores a espremiam. Mil batimentos cardíacos rugiam em sua cabeça. Apavorados, furiosos, sofridos.

Diante dela estava uma árvore, preta como o piche, de galhos retorcidos e enrolados. Suas raízes se enterravam no solo sem vida, pois a árvore sufocava sua respiração, sua pulsação.

Ela observou; entendeu que estava diante da imagem espelhada e obscura da Árvore de Boas-Vindas. E, então, aqueles galhos enrolados começaram a se mexer. A sibilar.

— Não — ela empurrou com todo seu poder —, você não vai passar.

Mas ouviu os gritos, o choque e o estrondo da batalha. Eles haviam passado.

Então ela correu, sem nenhuma arma além de si mesma, em direção aos sons da guerra. Jogou luz à frente e se assustou quando viu sangue no caminho. E os mortos espalhados entre as árvores.

Não podia salvá-los, então correu para salvar os outros.

Quando atravessou a floresta, porém, viu o castelo pegando fogo. As chamas devoravam as pontes e o rio fervia abaixo delas.

Cróga, com suas escamas cor de esmeralda e ouro manchadas de sangue e cinzas, jazia morto na terra queimada.

Gritando de dor e horror, ela caiu ao lado dele.

Odran foi em direção a ela com a espada em uma mão e o cajado na outra.

E o poder que girava em torno dele, através dele, falava de morte.

— Cavaleiro e dragão mortos. Ouve os gritos, *iníon*? Ouve como eles clamam, como imploram, como amaldiçoam o dia em que você nasceu? Em breve os feéricos não existirão mais e o mundo será meu. Talamh caiu porque você não fez nada. — Ele ria e suas vestes pretas ondulavam enquanto caminhava em direção a ela. Seu cabelo dourado se agitava ao redor do rosto, e o cinza de seus olhos se tornara preto avermelhado. — Seu sangue é meu sangue. Seu poder é meu poder. Venha e me deixe beber.

Ela acordou com um grito estrangulado na garganta e Porcaria na cama a cheirando e ganindo.

Foi abraçá-lo para confortar a si mesma e a ele mas, na penumbra, à luz do amanhecer, viu o sangue em suas mãos.

— Ah, Deus, meu Deus!

Horrorizada, correu para o banheiro tentando tirar o sangue das mãos. Ficou tonta, enjoada, teve que apoiar as mãos no balcão para lutar contra a náusea violenta.

— Não foi só um sonho. Será um presságio? Foi ele ou fui eu? — Olhou-se no espelho; estava branca como um lençol, molhada de suor. Aterrorizada. — Não importa. — Correu para o quarto e pegou o globo. — Me mostre Talamh como está agora, neste momento. Me mostre a Capital e além. — O que ela viu foi o amanhecer e o castelo calmo e inteiro, com sua bandeira se agitando sob os primeiros indícios de luz. Viu dragões no ar, viu campos, ovelhas, vacas e cavalos; fumaça saindo das chaminés. — Não era agora. Se ainda não aconteceu, temos tempo de impedir.

Ela pegou uma roupa qualquer e se vestiu depressa – legging, suéter, botas. Não tinha espada em casa, mas pegou sua varinha e seu *athame*. Nenhuma arma além de si mesma, de modo que ela teria que ser suficiente.

Atravessou o corredor e bateu com força na porta de Marco três vezes e a entreabriu.

— Breen, caralho!

Quando o viu sozinho na cama, ela descobriu que era tarde demais para pegar emprestada a espada de Brian ou levá-lo junto.

— Tenho que ir. Tenho que ir agora mesmo para a Capital.

— O quê? Por quê? Como? — Ele sacudiu a cabeça como se quisesse limpá-la. — Jesus, café.

— Não tenho tempo, não sei quanto tempo temos. Preciso que você fique aqui. Não vá para Talamh hoje. Não vá até eu voltar. — Se voltasse. — Fique com Porcaria. Tenho que ir agora.

Ela correu para a escada, mas Porcaria correu na frente.

— Não, você tem que ficar com Marco. Fique!

Ela pegou uma jaqueta ao sair e enfiou os braços de qualquer jeito. Como já havia chamado Lonrach, ele a esperava do lado de fora. No instante em que ela abriu a porta, Marco desceu voando a escada só de cueca – uma boxer do Baby Yoda.

— O que está acontecendo, Breen?

— Não tenho tempo. Tenho que ir. Fique aqui, prometa. Tenho que ir, senão eles vão morrer. Ele está vindo.

— Se você vai, eu vou. Me dê dois minutos para colocar uma roupa.

— Fique aqui.

Quando ele segurou o braço dela, Breen o afastou com um leve poder.

— Não jogue essa porcaria em mim!

Ele correu atrás de Breen, mas ela montou no dragão, onde Porcaria já estava sentado.

— Desça! Fique com Marco. — O cachorro apenas a encarou com olhos de aço, obstinado.

— Droga. Vou ter que levar você. Fique aqui, Marco! — O dragão subiu e sobrevoou as árvores.

— Inferno!

Marco bateu a porta e subiu a escada para se vestir.

Não sabia se conhecia o caminho direito, mas confiava em Lonrach; ele devia saber. Embaixo, Talamh começava a acordar. Luzes brilhavam nas cabanas onde mães incitavam crianças a se vestir para o café da manhã e fazer as tarefas antes da escola. Fazendeiros pastoreavam as vacas para a ordenha matinal. A guarda noturna se acomodava para dormir, e soldados como Brian ocupavam seus postos.

Isso não acaba hoje, prometeu a si mesma. Odran não vai passar. Não vai ganhar.

Ficou imaginando se deveria ter tentado o portal no extremo oeste, mas, calculando o tempo que levaria para se explicar, tentar abri-lo e arriscar usá-lo, já estaria a meio caminho da Capital indo de dragão.

Agora conhecia a árvore das cobras e sabia onde a encontrar na floresta. Parecia impossível que houvessem procurado durante dias e não a houvessem encontrado, mas Breen os levaria até ela.

Com Keegan, Nan e Sedric, pensou, com todo esse poder, eles o bloqueariam.

Não queria pensar na primeira parte do sonho, no desejo que sentiu, na guerra entre o desejo e o dever. Queria mesmo que Keegan abrisse mão de tudo e fosse embora com ela? Tinha tanto assim de sua mãe em seu sangue?

— Não! Não! Não! Não era eu. Foi só uma maneira de me ajudar a ver o resto. Era noite na floresta. Eu vi as luas quando saí, então era noite. Temos tempo de impedir.

E voou em direção ao sol nascente.

Como a maldita chuva finalmente havia parado, Keegan decidiu ficar com o turno da manhã da busca para depois começar a laboriosa viagem para os outros portais para checar os guardas e ver se continuavam alertas.

E talvez, com o fim da escuridão, encontrassem essa árvore de cobras que Breen mandara Sedric procurar.

Acompanhando os pensamentos dele, Tarryn deu de ombros.

— Como sabemos, presságios são assuntos complicados. Pode ser um símbolo, ou algo literal que está do outro lado, ou que simplesmente ainda não encontramos.

— Cobrimos quase cada centímetro.

— Mas não todos. Se não tivermos sucesso hoje, você deve ir buscá-la esta noite e voltar com ela amanhã. Breen pode ser o que está nos faltando.

Ele olhou ao redor. Árvores cheias de esquilos e pássaros. Ouviu o tamborilar de um pica-pau depois de seu café da manhã, e o farfalhar de uma raposa ou coelho de barriga cheia também.

— Estou pensando em ir agora. Se ela é o que nos falta, não podemos perder mais um dia. Achei melhor deixá-la onde está. Não sei bem por quê, mas achei melhor. Mas agora... — Ele olhou para cima. — Um dragão se aproximando depressa. Cróga os viu e quer que eu veja... Caramba, eu disse para ela ficar...

— Breen?

— Sim, e eu disse para ela ficar no vale, na cabana.

— Você ia buscá-la agora, assim economiza tempo.

— Eu disse para ela ficar — repetiu ele, encoberto pela sombra do dragão. — Como as árvores muito grossas não lhe permitiam pousar, Lonrach ficou planando. — Vou buscá-la.

— Não a mande de volta só porque você foi contrariado — gritou sua mãe atrás dele.

Sabendo que se sentia tentado a fazer exatamente isso, ele se controlou e foi buscar Breen.

O cachorro o alcançou primeiro, mas Breen – veloz, de fato – chegou logo atrás.

— Eu tinha que vir. — Embora soubesse que era melhor não, vê-lo inteiro, vivo e ileso a fez jogar os braços ao redor dele com alívio. — Você estava morto no sonho! Você estava morto, e seu sangue estava nas minhas mãos.

— Pelo amor dos deuses, mulher, não se atravessa o mundo em cima de uma dragão por causa de um sonho ruim, especialmente se eu disse para você ficar lá.

— Não foi só um sonho ruim — ela recuou —, havia sangue em minhas mãos quando acordei, e isso não foi o pior. Ele passou. Cheguei tarde demais, chegamos tarde demais e ele passou. E... lembra a visão de antes, o sonho em que eu o puxei para dentro quando você tentou me puxar para fora?

— Sim.

— Foi igual. O castelo em chamas, morte por toda parte... e Odran segurando sua espada, seu cajado.

— Minha espada está comigo. — Mas ele passou a mão pelo cabelo dela. — Meu cajado está onde o deixei.

— Por enquanto. Ele vai passar se não o impedirmos, se eu não fizer nada. Ele disse que este mundo era dele porque eu não fiz nada. Havia sangue em minhas mãos, Keegan.

— Tudo bem. — Ele a beijou distraidamente na testa enquanto pensava. — Tudo bem. Eu estava indo buscar você de qualquer maneira.

— Encontraram?

— Não, e aí está o problema.

— Não é mais, porque eu sei onde fica. Eu vi. Eu vi a árvore no sonho e sei onde está.

— Me mostre.

— Não é longe.

— Cobrimos tudo que não é longe.

— Lamento.

Ela o pegou pela mão e foi descendo o caminho que havia visto encharcado de sangue.

Keegan deu um assobio e, segundos depois, um elfo apareceu.

— Reúna todos os outros e nos encontre.

Breen sentia um medo que ameaçava bloquear todo o resto.

— Eu corri por este caminho depois que a árvore começou a se mexer.

— Mexer?

— Cobras formavam seus galhos e seu tronco. Corri porque ouvi os gritos e a batalha. Por aqui. Ela virou à esquerda. — Nós, você e eu, estávamos à luz do sol primeiro. Um campo, flores, muito bonito. Mas você disse coisas que não teria dito, queria que eu dissesse coisas que eu não diria. E depois você estava coberto de sangue.

— Que coisas?

— Depois. É este o caminho. — Tarryn chegou primeiro, guiada por outro elfo que saiu correndo de novo. Não disse nada, apenas seguiu Breen. Quando o caminho se estreitou e virou uma trilha eviscerada e se bifurcou, Breen apontou. — Ali.

— Estou vendo uma árvore, e de bom tamanho, mas nada parecido com cobras. E nós cobrimos este terreno.

— Ali — disse ela de novo. — Ela se esconde, espera, prende a respiração. Nenhum pássaro faz ninho nela, nenhuma criatura. Suas folhas de verão são falsas, outra máscara, pois nada cresce nela ou dela. Ela come luz e vida quando pode, sigilosamente, pois guarda a porta do inferno. — Soltou um suspiro. — Não era assim no sonho, mas é uma ilusão. Magia sombria a encobre e bloqueia a luz que permite ver ou sentir. Mas eu sinto.

Breen ia estender a mão, mas Tarryn a impediu.

— Espere os outros. Se for tão forte assim, vamos precisar dos outros.

— Ele a criou, ele conjurou essa árvore para poder ir e vir como quisesse e pegar o que desejasse. Mas ela exigia mais, precisava drenar mais poder. Ele precisava de um filho. Fez alguns, mas não foram suficientes. Até meu pai. — Ela se voltou para Keegan. — Eu sei disso. Não sei como, mas sei. E eu sei que ele não conseguiu abri-lo de novo desde que matou meu pai. É preciso muito, mais e mais, então ele tentou de outras maneiras.

Um elfo chegou correndo com um gato prateado nos ombros. O gato – Sedric – pulou e ficou observando a árvore.

— Esta? — Breen assentiu, e ele fez um carinho no ombro dela. — Não estou sentindo, lamento. Vou chegar mais perto.

— Ainda não — disse Tarryn. — E acho que Breen é quem deve quebrar a ilusão.

Marg chegou nos braços de uma fada, depois Loren e os outros que estavam espalhados pela floresta.

— Acho que o portal está nela, ou ela é o portal. Como a antítese da Árvore de Boas-Vindas.

— Sim — Keegan concordou —, acho que você tem razão. Ilusão ou não, nós a lacraremos. Destruí-la, embora fosse satisfatório, poderia abri-la, por isso é melhor lacrá-la.

— Sem ver nem sentir, como saberemos? — perguntou Marg.

— Vamos lançar o círculo e começar. Vamos fechar a passagem para Talamh.

Ao lado de Breen, Porcaria rosnou baixinho, e ela se sentiu zonza.

— Não estão vendo? — Breen a viu ficar preta, viu os galhos se enrolarem e começarem a se mexer. — Está engolindo a luz.

Breen ergueu a mão, zonza; Keegan a segurou, e de repente ela estava do outro lado, onde o Castelo Sombrio se erguia.

— Tão valente! — Odran riu. — Você é a chave, dizem, mas não só para eles. O sangue de seu pai fechou o portal, e o seu o abre.

Ele passou a lâmina de uma faca na palma da mão estendida dela.

Ela a manteve estendida, mostrando o sangue a Keegan, que a segurava.

— Ele está vindo.

CAPÍTULO 30

A árvore sangrava. Fios pretos de sangue corroíam o tronco e formavam sulcos, levantando fumaça. Como a fumaça sulfúrica e fétida aumentava, Keegan levantou sua espada e se voltou para a elfa ao seu lado.

— Vá.

A elfa sumiu, enquanto Breen, atordoada, olhava para sua mão ensanguentada.

Marg a segurou, e esse súbito choque de dor trouxe Breen de volta.

— Lute. Ele não vai levá-la, não vai conseguir, mas você tem que lutar.

A escuridão saía por trás da fumaça. As rachaduras se abriam e garras se prendiam nas bordas, abrindo-as ainda mais. Uma cabeça assomou, revirando seus olhos pretos e tentando morder com seus longos dentes. Keegan a cortou, mas mais fendas se abriram, rachando a casca áspera como um espelho quebrado.

A escuridão que se derramava sugava a luz.

Com uma espada longa, Sedric empalou um cão demônio que saltava; o corpo ainda se contorcia no chão quando mais chegaram. Soltando um rosnado feroz, Porcaria atacou. Breen o viu grudar na garganta de um demônio e os dois saíram rolando para longe, perdendo-se na fumaça.

Ela lançava poder, mais por instinto que com propósito, enquanto a luz morria e eles não paravam de chegar.

Eram muitos, tantos, rastejando, arranhando, pulando pelo portal que se abria cada vez mais.

Como Breen estava paralisada, Phelin a empurrou para longe dos chifres afiados como diamante de um veado preto.

— Defenda-se — disse a ela enquanto o destruía. — Defenda a si mesma e a tudo!

Ele abriu as asas e subiu para atacar um homem-fada do mal, que despencou no chão. Quando caiu a seus pés, Breen cambaleou para trás. Sangrando e sem uma asa, ele se levantou e foi para cima dela.

Marg o cobriu de chamas.

— Lute! — gritou, e se voltou para acertar com sua espada curta um elfo que se aproximava.

Mas ela mal podia ver Keegan, coberto de sangue, lutando com espada e magia enquanto mais seres atravessavam o portal, e Tarryn, lutando lado a lado com ele.

Então, Porcaria saiu da fumaça e correu para ela com o focinho ensanguentado e olhos ferozes.

E ambos sentiram.

Lute. Defenda. Destrua.

Quando ele pulou sobre o demônio que a atacava, colocando-se entre ela e a espada, a raiva substituiu o medo.

Breen pôs fogo na espada e no demônio junto.

A fumaça foi engrossando e parecia que ela estava lutando sozinha, furiosa e desesperada, irada e aterrorizada. Cercada por inimigos e gritos, quase sufocada pelo fedor de fumaça e morte, ela lançava tudo que tinha.

Lute. Defenda. Destrua.

Transformou uma gárgula rastejante em pó com sua varinha; acertou um demônio com asas de morcego com o poder do fogo e ele gritou e ardeu em chamas.

Aquilo não era como ver uma batalha no fogo, como lutar contra espectros no campo de treinamento. Ali ela não era observadora, e as consequências seriam mais que tombos e hematomas.

Ela lutava pela sobrevivência, pelo mundo em que nascera e por tudo além dele. Lutava mesmo sabendo que estavam em desvantagem numérica grande demais para vencer.

Então, de repente, outros chegaram para lutar com ela. Liderados pelos elfos velozes, seguidos por fadas e dragões montados, mais Sábios lançando luz através da fumaça, atacaram floresta adentro.

Acima do terrível barulho da guerra, ela ouviu as ordens gritadas por Keegan.

Flechas passavam zunindo por ela. Dois inimigos revidavam o poder que ela lançava com poder e presas, mas seu treinamento resistiu. Um violento golpe de vento que ela conjurou jogou os dois longe. Tropeçou em um corpo, mas bloqueou o horror que sentiu e pegou a espada da mão morta.

Ao lado dela, uma árvore explodiu; uma bomba vermelha flamejante que lançou estilhaços para todos os lados. Um galho, afiado como uma lança, empalou o mago que a explodira, deixando-o a se contorcer no chão.

Porcaria correu para ela, pegou uma gárgula com seus dentes e a sacudiu como uma boneca de pano. Largou-a de lado e pegou outra, enquanto Breen partia a terceira ao meio com a espada.

Atravessando a neblina, Loren abriu caminho até ela. Estava com o cabelo e o rosto sujos de fuligem e o gibão manchado de sangue – de seus próprios ferimentos e de outros.

— Vamos recuar — gritou ele. — Vou levá-la daqui em segurança.

— Tenho que lutar!

Lute, defenda, destrua ecoava como uma batida de tambor em sua cabeça.

— E vai lutar. Mas alguns romperam as fileiras do leste e do castelo. Keegan quer... Shana, não!

Ele empurrou Breen para trás quando Shana saiu de uma árvore e atacou com uma faca. A empunhadura cravejada de pedras preciosas brilhou na penumbra quando ela a dirigiu a Loren.

— Ops, errei! — E riu. — Você entrou no caminho.

Ele disse apenas:

— Shana...

Quando ele caiu, largando a espada, derrubou Breen junto. A dura queda a fez perder um breve instante, mas, quando se preparou para atacar, Shana havia sumido.

Breen se ajoelhou e pressionou a ferida, e o sangue se espalhou pelo peito de Loren.

— Eu posso ajudar você.

Mas ele agarrou seu pulso.

— Magia sombria envenenada. Tarde demais. — Uma espuma ensanguentada saiu dos lábios de Loren, e tudo que ela viu nos olhos dele foi tristeza. — Eu a amava, mas não pude salvá-la.

Ele morreu à margem da floresta onde a escuridão e a luz se enfrentavam.

Breen queria chorar, só chorar sem parar, mas se obrigou a se levantar e ir até a luz.

O castelo não estava em chamas, nem as pontes, mas a batalha também acontecia ali. Ela ergueu a espada e reuniu seu poder. Lutaria, ao preço que fosse.

E então sentiu uma mudança no ar e se voltou para trás.

Viu Yseult com suas cobras de duas cabeças enroladas na cintura como um cinto. Instintivamente, lançou luz. Yseult contra-atacou com escuridão, então os poderes opostos colidiram, soltaram faíscas e se fundiram em fumaça.

Uma neblina silente, furtiva, rastejava pelo chão em direção a Breen. Com o coração disparado – mas não de medo dessa vez –, Breen a queimou.

— Você já usou esse truque. Não vai funcionar mais.

— Aprendeu algumas coisas, é? — Jogando o cabelo para trás, Yseult começou a andar em círculos. — E acha que é o suficiente? Que você é suficiente? Você foi criada por Odran e para ele. Esse é seu destino.

— Não. — Com os olhos fixos em Yseult, Breen puxou seu poder bem do fundo de si. Os sons da batalha se calaram e estavam as duas sozinhas. Ela sabia que isso era uma ilusão de Yseult. — Meu destino é impedi-lo. Mas vou começar por você.

— Quanta confiança! Que espírito! — Yseult lançou a língua para fora. Breen sentiu uma picada no rosto, como de uma vespa furiosa, mas continuou puxando seu poder. E esperou. — Não quer me mostrar o que acha que tem? Você nunca foi suficiente, nem nunca será. Não interessa o que eles digam em suas lamentáveis tentativas de usá-la.

Mais uma vez, Breen pôs fogo no nevoeiro.

— Então, por que você continua tentando me drogar?

— Só para que seja menos doloroso para você, meu doce. Prometi a Marg que diminuiria sua dor antes de matá-la. Foi tudo que ela me pediu.

O mundo de Breen cambaleou.

— Você está mentindo.

— Ela lutou bravamente, mas, como estava preocupada com você, não se saiu muito bem. Nem aquele que ela pegou depois de Odran para esquentar a cama fria e honrada dela.

— Não acredito em você.

— Claro que acredita. O gato é astuto, e dizem que tem sete vidas. Bem, ele usou a última hoje. Morreram os dois, e os cães estão se banqueteando com o que sobrou de seu *taoiseach*. Todos mortos e morrendo por sua causa. Pegue minha mão agora e venha comigo, assim Odran poderá poupar o resto.

Breen se sentia esvaziar enquanto a névoa se aproximava, diante de Yseult, que estendia a mão, e das cobras na cintura dela, que mostravam suas presas e sibilavam.

E tudo isso a encheu, não com o poder frio e calculista que ela procurava, mas com uma raiva vulcânica.

— Volte para o inferno e diga a Odran que vou mandá-lo para lá com você.

Não usou fogo dessa vez. Sua fúria ardia demais para meras chamas. Ela disparou raios e punhais de luz quente e abrasadora. A névoa se dobrou sobre si mesma, e, queimando o chão, avançou em direção a Yseult, assim como Breen. Gritando de choque e dor, Yseult chamou o vento para desviar os raios, mas eles atravessaram e rasgaram sua carne.

— Vou acabar com você — jurou Breen. — Eu lhe devo um fim doloroso e terrível.

Com olhos selvagens, sangrando por dezenas de pequenos ferimentos, Yseult formou um remoinho de névoa ao seu redor. Quando Breen o rasgou, ela já havia desaparecido.

— Vou acabar com você — disse de novo, e, montada em fúria, saiu correndo da floresta para lutar.

Duas fadas a atacaram. Ela atacou a mulher primeiro, pois parecia mais forte; com a mão, amassou as asas dela como se fossem de papel. Deu ao homem-fada tempo suficiente para agarrar seu braço e se preparar para erguer voo, mas girou a espada e deu um golpe para trás, acertando-o.

Chegaram mais, e mais, e, mesmo tomada de raiva e fúria, ela sabia que não seria suficiente.

Ouviu rugidos no céu. Dragões montados cruzavam o céu provindos do oeste, e fadas voavam como uma nuvem de tempestade atrás deles. Com as asas abertas, Morena saltou do dragão de Harken e, de espada em punho, pousou ao lado de Breen.

— Sozinha? — rosnou enquanto empalava um elfo.

— Não deu tempo. Ai, meu Deus, Marco!

Ela o viu com Brian no dragão que lançava uma linha de fogo sobre o inimigo.

— Temos que fazê-los voltar pelo portal! — gritou Morena. A batalha se desenrolava no ar e no chão. Asas queimavam, e mortos e feridos caíam como pedras do céu. — Não sei onde fica, você tem que me mostrar. Harken vai levá-los de volta — disse Morena —, e nós também.

Então, foram lutando no sentido contrário, voltando, em meio à fumaça e ao fedor, passando sobre corpos e sangue. Breen sentia Porcaria sempre perto. E vivo. Chamou Lonrach para que ele se juntasse aos outros dragões, e, com Morena e mais guerreiros, fizeram o inimigo recuar.

Alguns voltaram correndo ou voando, outros rastejando, feridos e uivando de dor. Do outro lado, onde a escuridão pulsava, Breen ouviu gritos, mas os ignorou.

Viu Marg viva, inteira, de mãos entrelaçadas com Tarryn, trabalhando para espalhar a luz, fechar o portal e selar as rachaduras.

Mais uma vez ela queria chorar, só chorar, mas correu para elas, pegou a mão de Marg e uniu seu poder.

E o poder fundido mostrou sua força. A luta ainda girava em torno delas, mais e mais inimigos quebravam as fileiras e corriam de volta, mas as três permaneciam concentradas e inabaláveis.

Porcaria atacou um cão demônio ferido e acabou com ele, e Breen puxou a luz e a espalhou.

Queimava como bafo de dragão, de maneira que alguns se incendiaram enquanto tentavam voltar para o portal. Onde a escuridão engolira tudo, agora a luz pulsava como mil corações para encerrá-la.

Ela ouviu Sedric gritar.

— Acabamos com eles! Você, você e você, proteja as três. O resto vá atrás dos retardatários.

Vivo, disse Breen a si mesma. Vivo. Yseult era feita de mentiras.

Não podia pensar em Keegan ainda, não podia.

Ainda precisava da raiva – agora fria e deliberada – para encontrar mais força, o suficiente para fechar o portal e a escuridão.

Tudo que eram, disse a si mesma, tudo que tinham. E deu um último empurrão.

O portal se fechou, cortando ao meio o demônio que tentava subir.

— Fechado — disse Tarryn. — Agora precisa ser lacrado.

— Odran disse que o sangue de meu pai o fechou e o meu o abriu. Mas... ele teve que puxar uma parte de mim para o outro lado para usar meu sangue. — Ela olhou para a palma da mão, que havia curado para poder usar a espada. — Será que posso lacrá-lo deste lado? — perguntou, olhando para Marg.

— Sim. Na luz e por livre e espontânea vontade.

Breen estendeu as mãos.

— Faça você. Meu sangue e meu poder vêm de você.

— *Mo stór...* — Marg pegou as mãos de Breen e as beijou. Então, tirando o *athame* do cinto, fez um leve corte em cada palma. E depois nas dela mesma. — Da minha para a dele, da dele para a sua. — Apertou as palmas de suas mãos nas de Breen. — Um dom limpo e brilhante.

Breen foi até a árvore e pressionou as palmas das mãos nela.

— A luz que me foi dada a escuridão lacra. Sobre este portal coloco minha marca. O que meu sangue abriu outrora, com luz selo agora. Pelo poder que me foi concedido, que assim seja. — Breen sentiu o poder passar por ela, e com as mãos no portal, com seu sangue o penetrando, sentiu a raiva sombria do outro lado. — Pode bater — murmurou —, pode fazer o seu pior. Você não vai me usar de novo. — E, então, a escuridão foi drenada e ela correu para abraçar Marg. — Yseult me disse que havia matado você. Você, Sedric e Keegan. Achei que todos estivessem mortos.

— Ah, não, não, minha doce menina. Ela mentiu para machucá-la, para enfraquecê-la.

— E me machucou, mas me fez mais forte. — Abraçou Marg mais apertado. — Eu a machuquei, Nan, mas não a matei. Jurei que acabaria com ela, e vou cumprir. Ouvi a voz de Sedric depois, sei que ele está vivo. E Keegan?

Olhou para Tarryn por cima do ombro de Marg.

— Ele chamou Cróga momentos antes de você chegar e foi com os outros dragões, cavaleiros e o irmão. Vão caçar todo inimigo que tenha sobrado vivo deste lado. — Tarryn pegou as mãos de Breen gentilmente e fechou os cortes. — Então, enquanto eles fazem o trabalho deles, nós terminamos o nosso. Seu pai está orgulhoso de você hoje — disse, e abraçou Breen.

— Você o amava — afirmou Breen. — Eu sinto.

— Sim... Agora, vamos lançar o círculo, salgar a terra, e essa coisa maligna nunca mais esconderá o que é.

Breen se sentia abalada. Tremia por dentro por ter descoberto o que era capaz de fazer. Tirar vidas e muito mais, e com uma fúria terrível. Tremia por dentro por saber que faria de novo quando precisasse.

E quando por fim saiu da floresta com Porcaria, pisando o solo queimado ainda ensopado de sangue, e viu Marco ao lado do dragão com Brian, o choro que ela havia contido explodiu.

Ele correu para ela e a abraçou, aninhou, acalentou, repetindo o nome dela várias vezes.

— Você devia ter ficado na cabana. — Ela escondeu o rosto no ombro dele. — Eu disse para você ficar na cabana.

— Ei, você não é minha chefe. Bem, meio que é, mas não em tudo. Não no que diz respeito a cuidar da minha melhor amiga.

— Você montou em um dragão.

— Sim, e isso é uma coisa que não pretendo fazer de novo tão cedo.

— Ah, você vai aprender a amar — disse Brian, dando um tapinha no ombro de Marco e um beijo na cabeça de Breen. — Ele não queria ficar, e se eu o deixasse lá ele jamais me perdoaria. E eu jamais poderia pedir que me perdoasse.

— Você veio. — Ela virou a cabeça e olhou nos olhos de Brian. — Você e todos os outros do vale.

— Marco foi direto para Harken, e ele e Morena reuniram gente suficiente para lutar, e deixaram gente suficiente para defender o vale, se necessário. Achamos que já encontramos todos os retardatários, mas preciso fazer outra busca.

— Boa sorte — disse Marco, e mudou Breen de lado para dar um beijo em Brian. — Vou ficar aqui em terra firme.

— Você vai aprender a amar — garantiu Brian de novo, montou e decolou.

— Eu amo você, Marco, o suficiente para te colocar em um transe feliz para podermos voar de volta para casa, mas, por mais que eu queira voltar, acho que ainda não posso ir embora. Preciso falar com Keegan, preciso vê-lo. Nossa, quero o banho mais longo e quente da história dos banhos longos e quentes. E talvez um galão de vinho, só para entorpecer as imagens que tenho na cabeça agora. Eu matei, Marco. Eu sei que eram maus, e estamos em guerra, mas eu matei.

— Eu também — disse Marco, com a mesma emoção que havia nos olhos de Breen. — Três *sidhes*. Uma era mulher, ou sei lá, fêmea. Nunca imaginei que poderia, mas consegui. Não me arrependo, mas estou meio enjoado.

— Vamos sentar em algum lugar para respirar. E deixar Porcaria nadar. Ele... ele também matou. O cachorro mais doce do mundo, de todos os mundos, matou para proteger a mim e aos outros. E... e eles o machucaram. — Lágrimas brotaram de novo. — Ele estava cheio de cortes e arranhões.

— Ah, meu Deus. — Marco se agachou para acariciar Porcaria. — Ele está bem? Não estou vendo nada.

— Eu o curei e o levei a um córrego para lavar o sangue. Não suportei ver sangue nele. E você, não se machucou?

— Nem um arranhão. E você?

— Nada demais. Vamos sentar em algum lugar tranquilo um minuto.

— Breen — ele a pegou pelos ombros —, preciso te contar sobre Morena.

— Ah, Deus, não! Ela está machucada?

— Ela não. É o irmão dela. Phelin.

— Ele está ferido? Onde ele está? Eu posso ajudar.

— Não, querida, você não pode ajudar.

Ela olhou para ele e, quando entendeu, desabou.

— Não, não, não! Eu o vi lutando! Eu o vi logo no início. — Ela jogara sapos nele uma vez, muito tempo atrás. Dançara com ele na recepção de boas-vindas. Conhecera a esposa dele. Ele falara sobre ser pai. — Onde ela está? Onde está Morena?

— Foi contar aos pais, à família. — Marco enxugou as lágrimas do rosto dela e dele. — Ela vai precisar de você, mas está com a família. Harken... teve que contar a ela. Ele matou quem matou Phelin, mas teve que contar a ela.

— Tudo isso, tantos mortos, sobre minhas costas...

— Breen...

— Não estou dizendo que é minha culpa. Eu entendo, especialmente agora. Mas Odran me usou, Marco. Ele me usou, e Morena perdeu o irmão. Haverá outras cerimônias de partida. Haverá crianças cuja mãe ou o pai não voltará para casa. Não vou mais me sentir mal pelo que fiz hoje. — Ela se voltou para ele. — Se eu implorasse para você ir para casa, voltar para a Filadélfia, você iria?

— Sem chance.

— Tenho medo por você, Marco.

— E eu por você; então, ficamos juntos. — Olhando fixo nos olhos de Breen, ele pegou a mão dela e entrelaçou seus dedos. — Como sempre.

Ela respirou fundo.

— Teria sido pior, teria morrido mais gente se você me obedecesse hoje de manhã. Por isso, vou tentar parar. Não vai ser fácil, mas vou tentar. Vamos ficar juntos.

— Mas não agora. Keegan. — Marco apontou. — Parece que ele está descendo, e vocês precisam conversar. Vou ver se ainda tenho um quarto no castelo.

Deu um beijo estalado nela e a deixou.

Cróga desceu planando. Quando Keegan desmontou, Breen se perguntou se estava com a mesma aparência que ele. Sangue no rosto, nas roupas. Seus olhos estavam tão exaustos assim?

Ficaram parados por um momento, a uns três metros de distância, enquanto a brisa do mar levava para longe a maior parte do fedor da batalha. Ela não sabia bem o que dizer, como começar, mas, quando ele se aproximou, foi encontrá-lo no meio do caminho.

— Está ferida? — perguntou ele.

Ela sacudiu a cabeça.

— E você?

— Nada. — Mas ela sabia, sentia que parte do sangue que o cobria era dele. — Eu não a protegi. Eles nos separaram e não pude protegê-la.

— Você me treinou para lutar. Com a espada, com os punhos, com meu poder. E foi o que eu fiz. Não foi como no campo de treinamento. Você tentou me ensinar isso também, mas eu não entendia. — Sua garganta se fechou e seus olhos se encheram de lágrimas. — Eu não entendia. Mas agora entendo.

— Não chore, eu imploro. Suas lágrimas vão acabar comigo.

— Eu vim ajudar por causa do sonho, do portal. Mas ele queria que eu viesse, precisava me usar para abri-lo. E eu não vi isso.

— Como poderia? Nenhum de nós viu. As táticas e estratégias dele foram muito bem planejadas para nos fazer acreditar que ele usaria as cataratas para entrar, enquanto trabalhava aqui. Mas nós viramos o jogo e reunimos tropas. — Ele desviou o olhar, olhando para a floresta. — Não o suficiente para a emboscada, se Harken não tivesse trazido mais gente. Pensei que nós o encontraríamos e lacraríamos, e acabaríamos com seus malditos planos.

— E eu abri.

— A culpa não foi sua.

— Não, nem sua. É dele. Phelin morreu. — As lágrimas queriam voltar. — Morena...

— Eu sei. — Fechando os olhos por um momento, Keegan esfregou o rosto. — Ele era meu amigo de infância. Ainda não sei quem mais perdemos.

Mas vai saber, pensou Breen. Ele saberia todos os nomes, falaria com todas as famílias e lideraria outra cerimônia de partida.

— Loren. — Ele assentiu, e ela continuou. — Você não sabe como. Eu estava lá, foi Shana.

— Ah, deuses...

— Você precisa saber. Ele se colocou entre mim e ela, acho que para tentar salvar as duas. E levou a facada que era para mim. Ele disse que estava envenenada e que eu não podia curá-lo. Keegan, aconteceu tão rápido, e eu não consegui... e ela riu, estava diferente.

— Ela é de Odran agora. Mas ele não quer você morta, então a faca e o veneno eram dela.

— Eu matei hoje — disse ela sem rodeios, atraindo o olhar dele. — Nunca mais vou ser a mesma depois disso.

— Sinto muito.

— Não, tudo bem, eu sei quem sou agora. Lutei por Talamh hoje, e por você, por mim, e meu pai. Quando Yseult me disse...

— Yseult?

Ele a tocou pela primeira vez, pousando a mão no braço dela.

— Sua mãe não lhe contou?

— Não houve tempo para conversar. Sei que ela está bem, que, junto com você e Marg, ela fechou e lacrou o portal. Mas eu... tinha que ver você pessoalmente, então não tive tempo para conversar.

— Ela me encontrou, ou me atraiu, não sei. Tentou o truque do nevoeiro de novo. — Os olhos de Breen endureceram. — Não funcionou;

ela disse que eu causei tudo isso. Eu sei que não — disse quando Keegan ia falar. — E me falou que Nan e Sedric estavam mortos. Que você estava morto. Eu disse que não acreditava, mas uma parte de mim acreditou. Acreditei nela e a machuquei. Deveria tê-la matado depressa, mas não queria que fosse rápido. Queria que ela sofresse. Ela usou a neblina para fugir porque eu não quis matá-la depressa.

— Espere. — Ele segurou o rosto dela para olhá-la nos olhos. — Ela esteve sozinha com você e fugiu?

— Gritando. Gritando, de verdade. E sangrando. Mil raios, foi o que me veio à cabeça. Ou não foi à cabeça... não sei de onde veio.

— Ela é muito poderosa, e certamente ainda mais desde que escolheu Odran. E fugiu de você... Eu a levei até o seu dragão porque você se transformou. Mas foi hoje, de verdade, por inteiro, sua transformação.

— Vou matá-la antes que tudo acabe.

Com um suspiro, ele colou a testa na dela.

— Acho que não quero isso para você. Sei que tem que ser, mas acho que gostaria que não fosse.

— Eu nasci para isso.

— E para muito mais, *mo bandia*.

— Odran vai encontrar outro caminho. Vai encontrar, mais cedo ou mais tarde.

— Sim. Enquanto não for destruído, continuará encontrando um caminho. Mas pense o seguinte: por que ele não passou para cá hoje? Tantos demônios e guerreiros dele apareceram, inclusive Shana. Ele enviou Yseult com o propósito de levá-la. Mas ele mesmo não veio para levá-la, nem tentou. Por quê?

— Eu não tinha pensado nisso.

Apesar de tudo, houve momentos de clareza, mas ela não havia pensado nisso.

— Você tem um cérebro aí. — Keegan cutucou de leve a cabeça dela —, e é bom. Então pense: fomos pegos de surpresa e em menor número. Mesmo com os guerreiros esperando um sinal, ficamos em desvantagem até que Harken trouxe os guerreiros do vale. Shana encontrou você. Yseult encontrou você. Por que ele não?

— Ele não consegue passar? — Ela apertou os olhos quando transformou a pergunta em uma afirmação. — Ele ainda não consegue passar! Não tem poder suficiente para passar de novo.

— Os deuses o baniram para aquele mundo, e levou séculos para ele reunir e sugar energia suficiente para passar para Talamh. E o que ele fez?

— Fez um filho, meu pai. Para drenar o poder do filho porque ele não tinha o suficiente para tomar Talamh. Nan o deteve, e ele levou anos para vir atrás de mim. Ele manda outros para roubar crianças e jovens feéricos para sacrifícios, para ter mais poder, mas não é o suficiente.

— E nunca será, eu acho. Odran é um deus naquele mundo, mas neste há fraqueza e riscos para ele.

— Ele é um covarde. — Quando se deu conta, Breen agarrou a camisa ensanguentada de Keegan. — Ele é um covarde. Manda roubar e matar crianças, domina um bando de demônios feios e... e transtornados.

— Transtornados...

— É, extremistas. Pessoas que decidem pertencer a um culto maluco e distorcido porque se sentem bem, se sentem superiores.

Breen o sacudiu de leve e começou a andar de um lado para outro, enquanto Porcaria, esticado no chão, a observava com olhos de adoração.

— Já fui covarde, por isso sei que vencer um covarde não só é possível como também provável. Se ele acha que ganhou alguma coisa hoje, está enganado. Está apenas um pouco mais perto da derrota.

— Não pensei que fosse sorrir hoje — disse Keegan —, e veja só.

Ela parou na frente dele.

— Preciso treinar mais.

— Precisa, sim, e vai treinar. Claro, acho que não vai ser tão fácil te derrubar com tanta frequência como antes.

— Eu matei hoje.

— Ah, Breen...

— Matei coisas perversas, malignas e estou bem. Isto aqui — ergueu o braço e virou o pulso para mostrar sua tatuagem —, *Misneach*, coragem, não é mais só um desejo. Faz meses que não é mais um desejo. Então, você vai me treinar para matar coisas perversas e malignas, e, junto com Nan, vai me ajudar a aprender a usar magia como arma contra eles.

— Acho que Yseult diria que você já aprendeu direitinho.

— Eu queria tanto machucá-la quanto matá-la, e isso foi um erro.

Peguei a espada de um morto e a usei. Você não teria gostado da minha postura, mas eu usei a espada. E você vai me ensinar a usá-la melhor.

Cedendo ao que desejava desde que a vira ali no campo, ele levou o pulso dela aos lábios.

— Talvez isso esteja além das minhas habilidades.

— Talvez eu surpreenda você.

— Você me surpreende todos os dias. Se eu te beijar aqui e agora, talvez nunca mais pare.

— Por mim tudo bem.

Ele a puxou para si e passou a mão por seus cabelos, cheios de fumaça infernal, mas ainda brilhantes como uma chama acesa. Tocou seus lábios suavemente, uma, duas vezes. Até que cedeu à necessidade, a ela, e verteu tudo – o alívio, a saudade, a esperança – no beijo. Ela se trancou com ele na luz e retribuiu a tudo.

— Podemos ficar aqui assim? — disse, apoiando o rosto no ombro dele. — Só um minuto. Quero muito voltar para minha cabana no vale, mas se pudéssemos ficar assim um minutinho. Tenho que estar junto de Morena e sua família, para a cerimônia de partida. Preciso dar apoio a Finola e Seamus quando vierem para cá. E preciso ajudar você a fazer todas as coisas tristes e difíceis que tem que fazer.

Ele murmurou algo em *talamhish* e enterrou o rosto nos cabelos dela.

— E preciso aprender esse idioma para entender o que você diz quando murmura ou grita comigo.

— Eu preferiria que você não aprendesse ainda. Se for comigo falar com a família de Phelin, vai ser um conforto para eles. E para todos que a vissem na cerimônia de partida você representaria força, conforto e esperança.

Assentindo, ela se afastou um pouquinho.

— Vou precisar de um quarto.

Ele a beijou de novo, de leve.

— Fique comigo no meu.

Keegan pegou a mão dela e foram juntos para o castelo, sobrevoado por dragões. Foram para lá a fim de fazer todas aquelas coisas difíceis e tristes.

E Porcaria seguiu trotando ao lado deles.

EPÍLOGO

Do outro lado do portal, assolado por uma tempestade criada por sua própria vontade, Odran olhava para Yseult.

Ela estava sofrendo, deitada na cama macia com que ele a presenteara. Ele poderia acabar com aquele sofrimento – matá-la ou curá-la –, mas a dor dela era um pequeno prazer em um dia cheio de decepções.

— Você falhou comigo mais uma vez.

Com os olhos vidrados de dor, Yseult o fitou. Ela não imploraria, e ele a respeitava por isso. Mas, enfim, era um dia cheio de decepções.

— Você está sujando a cama de sangue. Por que não se cura?

— Alguns talhes estão muito profundos. A dor é grande e entorpece meu poderes.

Um relâmpago caiu lá fora. Algo gritou.

— Eu poderia acabar com sua dor e usar seu sangue de bruxa para melhorar o meu.

— Se essa for sua vontade, meu rei, meu suserano, meu tudo.

— Posso ficar com as joias dela? — Shana pegou um dos pingentes de Yseult e posou com ele diante de um espelho. — Ela não vai precisar se estiver morta. — Sorrindo, deu um giro. — Matei um bruxo que me amava hoje, um poderoso alquimista. É mais do que ela fez.

Odran mal olhou para Shana.

— Ela abriu o portal, você apenas passou. Deixe-nos agora.

— Para os seus aposentos ou os meus?

— Os meus.

Shana lançou um olhar cintilante a Yseult antes de sair.

— Receio, meu rei, que ela esteja mais que só meio louca.

— Ela é fértil e já carrega uma criança para mim; portanto é útil. Quanto a você... — Ele foi até a janela para observar a tempestade. — Tanto tempo, tanto sangue, tanto trabalho para abrir o portal e não conseguiu trazê-la, e eles o fecharam de novo.

— Existem outros caminhos.

— E por isso a elfa louca tem utilidade. — Ele se voltou. — Mas você? Você, cheia de cicatrizes e sangue, fraca e se contorcendo? Derrotada por um pessoa que teve apenas meses para aprender magia?

— Ela tem seu sangue, Odran, e essa é a força dela. Essa é minha fraqueza contra ela. Minha vida é sua, faça o que quiser. Se a tirar, rezo para que eu possa servi-lo na morte. Se a poupar, usarei cada momento que me der para abrir o caminho e trazê-la até você.

— Eu acredito em você. Sei que está dizendo a verdade, mas não gosto de fracasso.

Ele voltou para perto da cama e afundou o dedo em uma das feridas do braço de Yesult. A dor incandescente fez os olhos dela rolarem para trás, e seu corpo se arqueou como uma ponte, rígido.

Quando ele retirou o dedo, ela caiu frouxamente, estremecendo.

— Você vai sofrer.

Ele se inclinou até ficar com o rosto logo acima do dela. Ela viu a borda vermelha das íris dele e desejou que a morte chegasse depressa.

Mas não implorou.

Sorrindo, ele se endireitou.

— Mas vai viver. Por enquanto. Use sua magia, bruxa, e me sirva bem. Ou a dor que você sente agora será como nada.

Quando ele a deixou, a tempestade parou. No silêncio repentino, Yseult fechou os olhos. O frio, visto que ele lhe recusara o fogo, a fez estremecer, apesar de as feridas queimarem seu sangue.

Ela sofreria, e aceitava isso. Falhara com ele e pagaria o preço.

Mas se curaria. Ela se curaria, recuperaria sua força e acumularia mais poder.

E com esse poder, abriria o portal seguinte para seu rei, seu suserano, seu tudo. Jurou por tudo que era mais profano.

Quando conseguisse, ela arrastaria aquela deusa vadia de volta para Odran e a jogaria, gritando, aos pés dele.

E quando ele a drenasse, quando seu deus Odran tomasse tudo de que precisava e deixasse aquela filha mestiça dos feéricos como uma mera casca, ela pagaria cada momento dessa dor.

Ela pagaria por toda a eternidade.

**Acreditamos
nos livros**

Este livro foi composto
em Adobe Garamond Pro e
impresso pela Geográfica
para a Editora Planeta do Brasil
em outubro de 2022.